Ashley Shuttleworth

A Dark and Hollow Star

ÜBERSETZT VON
KATARINA RINAS

Hinweis
Dieser Roman nutzt Neopronomen, um Personen geschlechtsneutral zu bezeichnen.
Verwendet wird hierbei das Xier-Pronomen nach Illi Anna Heger (annaheger.de).

Die deutsche Ausgabe von
A DARK AND HOLLOW STAR – NICHTS IST GEFÄHRLICHER ALS EIN MÄRCHEN
wird herausgegeben von der Cross Cult Entertainment GmbH & Co. Publishing KG | CROSS CULT;
Verlagsleitung: Andreas Mergenthaler und Luciana Bawidamann; Teinacher Straße 72, 71634 Ludwigsburg.
Übersetzung: Katarina Rinas, Programmleitung Romane/Sachbücher: Markus Rohde;
Lektorat: Karen Eifler; Korrektorat: André Piotrowski, Satz: Rowan Rüster; Layout: Sina Keller; Cover-Foto
von Toronto: intuilapse/iStock; Umschlag-Design: Laura Eckes © 2021 by Simon & Schuster, Inc.
Herstellung: Hannah Düser; Vertriebsleitung: Peter Sowade;
Druck: Printausgabe gedruckt von CPI Books GmbH, Leck. Printed in the EU.

Titel der Originalausgabe: A DARK AND HOLLOW STAR
First Published by MARGARET K. McELDERRY BOOKS
an imprint of Simon & Schuster Children's Publishing Devision

Text copyright © 2021 by Ashley Shuttleworth
Jacket illustration copyright © 2021 by Christophe Young
All rights reserved.

German translation copyright © 2023 by Cross Cult Entertainment GmbH & Co. Publishing KG.
Original English language copyright © 2021
Published by arrangement with Margaret K. McElderry Books,
An imprint of Simon & Schuster Children's Publishing Division
All rights reserved. No part of this book may be reproduced or
transmitted in any form or by any means, electronic or mechanical,
including photocopying, recording or by any information storage
and retrieval system, without permission in writing from the Publisher.

Print ISBN: 978-3-98666-336-0
E-Book ISBN: 978-3-98666-337-7
September 2023

WWW.CROSS-CULT.DE

Für Juli, die für jedes Abenteuer zu haben war.

ANMERKUNG

Dieses Buch ist ein unheimlich persönliches Werk. Außerdem behandelt es ziemlich bedrückende Themen, die für einige schwer zu ertragen sein oder möglicherweise negative Gefühle auslösen könnten. Es ist sehr wichtig, dass wir die Diskussionen zu mentaler Gesundheit, Depressionen und Selbstmord von ihren Stigmen befreien, vor allem unter Jugendlichen. Ein Buch ist einer der sichersten Orte, um über diese sehr realen und ernsten Probleme zu reden, die so viele von uns betreffen. Doch es ist auch wichtig, dass ihr euch der Ergründung dieser Sachverhalte voll bewusst und damit einverstanden seid. Bitte beachtet daher zu eurem eigenen Wohlergehen die folgenden inhaltlichen Warnhinweise.

Content Notes: Armut, Blut/Gore, Body-Horror (wenig), Brandstiftung, Depression, Drogenkonsum/Drogensucht, Gewalt/Waffengewalt, Kindestod, Kummer/Trauer, Menschenhandel, Psychopathie, Rassismus, Scheidung, Selbstmord (in der Vergangenheit, außerhalb der eigentlichen Handlung), Stalking, Suizidgedanken, toxische Beziehung/Manipulation, Trauma/posttraumatische Belastungsstörung, Verstoßung, Wut

PROLOG

Alecto

Das Chaosreich der Unsterblichen – Höllenpalast

Der Boden, auf dem Alecto kniete, war ein glitzerndes Meer aus schwarzem Marmor, gesprenkelt mit Diamantweiß. Was für ein perfektes Imitat des Nachthimmels. Das erste Mal seit einer Weile fühlte sie sich dem Himmel wieder näher. Ehrlich gesagt konnte sich Alecto nicht mehr daran erinnern, wann sie das letzte Mal an einem solchen Ort Trost gefunden hatte. Doch jetzt war es seltsam beruhigend, sich vorzustellen, wie sie im sternübersäten Steinboden unter sich versank und spurlos unterging.

Wie wunderbar es doch wäre, von der Bildfläche zu verschwinden – einfach aufhören zu existieren und sich in Luft aufzulösen.

Nun, da ihre Rache vollendet war, gab es nichts mehr, was sie hier oder irgendwo sonst festhielt. Sie empfand weder Schuld dafür, was sie getan hatte, noch Angst vor dem, was als Nächstes auf sie zukäme. Nicht einmal Schmerz vermochte sie aus ihrer Apathie herauszuholen.

Um die Sicherheit derjenigen zu gewährleisten, die sich zu ihrem Prozess versammelt hatten, wurde sie mit gewaltigen, durch die geschmeidige Membran ihrer ausgebreiteten Flügel und in den Boden gerammten Eisenpfählen festgehalten. Die

Berührung eines solch giftigen Metalls hätte kaum auszuhalten sein dürfen, aber Alecto spürte es weder an ihren Flügeln noch an ihren gefesselten Handgelenken, die vom selben korrosiven Eisen zerfressen wurden – kurzum, sie spürte es überhaupt nicht.

Für ihre Taten drohte ihr der Tod. Noch immer konnte sie aschfahle Knochen in ihrem Mund schmecken und verbranntes Fleisch in der Luft riechen. Sie vermochte sogar das Echo ihres Zorns zu vernehmen, das aus dem gähnenden Abgrund widerhallte, zu dem ihre Seele geworden war. Doch trotz alledem hatte Alecto Frieden gefunden. Sie war *erleichtert*.

Damit hatte sie nicht gerechnet, zumindest nicht in diesem Ausmaß.

Sie hatte es sich nicht einmal erhofft.

Alecto hatte sich schlicht und ergreifend gerächt, doch nicht im närrischen Glauben gehandelt, dass ihre Rache irgendetwas ändern würde. Tisiphone, ihre geliebte Schwester und kostbarste Freundin, wäre immer noch tot. Das war eine Wahrheit, von der sich Alecto nie würde erholen können.

»Hast du etwas zu deiner Verteidigung zu sagen, Erinnye Alecto?«

Alecto hob ihren Kopf.

Aus der Finsternis ihres Herzens bahnte sich ein Gefühl seinen Weg und formte sich zu einer Parodie eines Lächelns hinter Stacheldraht.

»Ob ich etwas zu sagen habe?«

Sie musste lachen.

Es war ein hohles wie hässliches Geräusch, aber es gehörte ihr. Ihr Lachen war eine andere Art von Wut und Alecto würde dafür sorgen, dass die hier versammelten Mächte es nie vergaßen.

Ihr Blick glitt zum Thron, der vor lebenden Flammenzungen und Windböen wogte, und sah der Göttin darauf direkt in die

Augen: Urielle, Göttin der Elemente und Herrin des Chaos. Sie war die Königin des größten Höllengebiets des Reichs der Unsterblichen und Alectos Mutter.

»Nun«, entgegnete Alecto, als ihr krächzendes Gelächter verstummte, »ich denke, man kann jetzt sicher sagen, dass der Titel Erinnye nicht länger der meine ist.«

Unter den Wachen, die den Raum wie Säulen säumten, machte sich Unruhe breit. Ein Raunen ging durch die restliche Menge, die aus so vielen Leuten bestand, die Alecto einst als Freunde angesehen hatte und die nun ihre Hälse reckten, um Zeugen ihrer Demütigung zu werden. Jeder mochte Spektakel. Loyalität bedeutete Alectos Volk überraschend wenig.

Neben der Göttin stand Erinnye Megära. Sie mochten einander noch so sehr verabscheuen, doch sie war die einzige Schwester, die Alecto noch geblieben war. Wie erwartet war in Megäras Blick weder Liebe noch Mitleid für sie zu sehen. Wenn das alles vorbei war, würde Alecto ersetzt werden, genauso wie Tisiphone. Der Respekt des Reichs vor ihrer Trauer würde das Unvermeidliche nicht länger hinauszögern. Andere Unsterbliche würden ausgebildet werden, um Alectos und Tisiphones Rollen zu übernehmen, sodass es wieder drei Furien geben würde.

Vielleicht hätte Alecto ihre älteste Schwester ein wenig mehr schätzen sollen. Die Vergangenheit ließ sich jedoch nicht mehr ändern, das wusste sie nur zu gut. Megära mochte sie einst geliebt haben, doch das war schon lange her. Nun glänzte nichts als Abscheu in ihrem stählernen, finsteren Blick.

Von allen Anwesenden blieb Urielle als Einzige ungerührt, auch wenn Alecto tief in ihren unendlich schwarzen Augen eine Flut von Emotionen ausmachen konnte.

»An dem, was du mir vorgelegt hast, gibt es nichts zu lachen«, sagte Urielle mit einer Stimme, die so ruhig wie ungetrübte Wasser und gleichzeitig so hart und schneidend wie ein kantiger Stein war. »Du wurdest des Mordes beschuldigt, Erinnye Alecto. Du hast ohne Erlaubnis elf Sterblichen das Leben genommen, die nicht zum Tode bestimmt waren. Deine Taten im Namen der Rache in dieser Nacht haben nicht nur gegen die Gesetze verstoßen, die für unsere Reiche maßgebend sind, sondern auch gegen die Eide, die du abgelegt hast, als du zur Furie wurdest. Was hast du zu diesen Anschuldigungen zu sagen?«

»Zu den Verbrechen?« Alecto brauchte nicht lange zu überlegen. »Ich bekenne mich nicht schuldig.«

Megära knurrte: »Ich habe dich *gesehen*.«

In ihrem Jähzorn breiteten sich abrupt ihre Flügel aus, woraufhin die versammelte Menge luftschnappend zurückwich. Diese Schwingen waren wirklich schön: hauchdünn und sanft, weder aus Leder noch aus Federn und schwarz wie Käferpanzer. Sie waren groß genug, um den gesamten Raum hinter dem Thron zu umspannen. Alectos Flügel waren einmal genauso prachtvoll gewesen. Jetzt waren sie durchstochen, zerfleddert und zu schwelenden Fetzen versengt, ganz wie die Segel des ausgebrannten Schiffs, das sie verlassen hatte, um die Gewässer heimzusuchen.

»*Ich* war diejenige, die dich vom Schiff gezerrt hat, das du in Flammen gesetzt hast, und das auch noch mit Sternenfeuer!« Megära bebte vor Zorn. »Dein Wutanfall hat elf Seelen an den Meeresboden und an eine Flamme gefesselt, die nicht einmal die Ewigkeit löschen kann. *Ich* war diejenige, die dich aus der Verwüstung gezogen hat, die du über das Reich der Sterblichen gebracht hast. Und *ich* war es ebenfalls, die Zeugin deiner reuelosen Freude am Leid deiner Opfer wurde. Du kannst die Wahrheit unmöglich leugnen!«

»Du verstehst mich falsch«, sagte Alecto langsam. »Ich gebe aus freien Stücken alle Verbrechen zu, derer ihr mich beschuldigt. Ich habe das alles getan, ja. Nur fühle ich mich für nichts davon schuldig.«

Megära wollte etwas erwidern und öffnete ihren Mund, als Urielle sie mit einem Wink ihrer Hand zum Schweigen brachte. »Die Strafe für diese Verstöße ist die Vernichtung«, übernahm Urielle wieder das Wort.

Nicht Tod, sondern Vernichtung.

Unsterbliche starben nicht, sie wurden vernichtet. Beseitigt. Ihre Seelen wurden zu Staub zermahlen und zu den Sternen zurückgeworfen, um zu etwas anderem gewoben zu werden – zu jemand anderem. Sie wurden nicht wie Sterbliche wiedergeboren.

Für ihre Vergehen würde Alecto gänzlich ausradiert werden. Dies war beinah ein Segen.

»Ich bin so zufrieden mit der Vernichtung, die *ich* verursacht habe, dass ich Euer gütiges Angebot gerne annehme«, konterte sie.

»Erinnye Alecto!« Schließlich brach die emotionslose Maske der Göttin und sie erhob sich von ihrem Thron der Gewalt. Während sie das Podium hinabstieg, sprühten mit jedem ihrer Schritte feurige Funken unter ihren Absätzen hervor. Urielles Zorn durchdrang den gesamten Saal. Der Raum rings um sie flackerte blitzhell. Alecto zuckte zusammen, weigerte sich jedoch, den Blick von ihr abzuwenden. »Ich habe dich geschaffen. Genauso einfach kann ich dich wieder beseitigen«, verkündete die Göttin. »Zeigst du wirklich keine Reue für deine Verbrechen gegen *mich*? Bereust du es nicht, zu sehen, wie *mein* Gesetz – ein Gesetz, das du geschworen hast, aufrechtzuerhalten – nun gebrochen zu deinen Füßen liegt?«

Meine Tochter, du warst für so viel mehr bestimmt.

Die Worte ihrer Mutter klangen in Alectos Kopf zwar sanfter, als wären sie ausgesprochen worden, waren aber nicht angenehmer.

Ich entscheide selbst, wofür ich bestimmt bin, fauchte Alecto gedanklich zurück und fügte laut hinzu: »Göttin Mutter, ich kann mich selbst beseitigen und habe es bereits getan.«

Einen Moment lang stand Urielle wie erstarrt da. Dann seufzte sie. »So sei es.«

Die Göttin hob eine Hand, woraufhin sich die Schatten im Raum von den Wänden zu lösen begannen. »Erinnye Alecto, hiermit wird dir dein Name entzogen.«

Wie aufgebrachte Kobras schlugen die Schatten wild um sich. Sie stürzten sich auf Alecto und wanden sich fest um deren Körper.

»Du wirst deines Ranges enthoben.«

Die Schatten zogen sich zusammen und Alecto wehrte sich. Sie grunzte, ächzte und knirschte mit den Zähnen. Ihre Genugtuung über ihre Rache hatte sie in das Auge ihres eigenen Sturms befördert – in eine Stille, die über ihre Rage hinwegtäuschte. Doch nun fuhr sie wieder daraus hervor, zurück in das finstere und donnernde Gewitter ihrer immerzu brodelnden Wut.

»Das Privileg deines Amtes wird dir ebenfalls entzogen. Du hältst es für angebracht, nach eigenem Ermessen Bestrafungen an Sterbliche auszuteilen. Deine eigene Strafe wird es sein, für immer unter diesen zu leben.« Alecto blinzelte überrascht zu Urielle auf, doch diese war noch nicht fertig. »Du wirst aus dem Reich der Unsterblichen vertrieben und aus der Schwesternschaft ausgeschlossen. Ich entziehe dir meine Gunst und verstoße dich aus meinem Herzen. Ich verbanne dich in das Reich der Sterblichen und binde deine Ewigkeit an seinen Boden.«

Schließlich brach es aus Alecto heraus: »*Nein!*«

Das hatte sie nicht gewollt. Sie hatte mit ihrer VERNICHTUNG gerechnet – mit der Erlösung von den Qualen in ihrem Kopf – und nicht mit dieser *Verbannung*, die ihre Mutter ihr auferlegte. Diese endlose Tortur würde Alecto bis in alle Ewigkeit in ihrem Zorn und ihrer Trauer gefangen halten ...

»Ich habe Euren Namen nie gebraucht!« Alecto schäumte vor Wut. Die Schatten schlangen sich um ihren Hals, doch sie ignorierte dies. »Ich habe *Euch* nie gebraucht, Euch Feigling. Ihr habt versagt, Göttin Mutter!«

Je fester die Schatten zudrückten, desto heftiger kämpfte Alecto gegen sie an. Mit aller Kraft, die sie aufbringen konnte, warf sie sich nach vorn. Dabei rissen ihre Flügel noch mehr an den Pfählen im Boden. Nichtsdestotrotz fuhr sie mit ihrer Raserei fort. »Ihr habt *versagt.* Ihr habt nicht nur Tisiphone, sondern auch *mich* im Stich gelassen! Für das, was Ihr zugelassen habt – was Ihr unerkannt und ungestraft habt durchgehen lassen –, werde ich Euch *niemals* verzeihen. Für mich seid Ihr weder Mutter noch Göttin!«

Alecto nahm nur noch Bruchstücke wahr. Doch für den Kummer, der Urielles Miene schließlich zu erweichen begann, war es zu spät.

Als dieses Mitleid einst am meisten gebraucht wurde – als Tisiphone dieses Verständnis benötigte und Alecto sich in einem so großen Schmerz, dass sie kaum zu sprechen vermocht hatte, zum ersten Mal an ihre einst heiß und innig geliebte Mutter wandte –, enthielt diese es ihnen zugunsten des Gesetzes vor. Alecto war für ihre eigenen Taten verantwortlich, das wusste sie nur zu gut. Aber wenn Urielle ihre Beteiligung daran, dass ihre Tochter in Ungnade gefallen war, nicht erkannte, dann würde sie sich auch nicht die Mühe machen, ihr diese vor Augen zu führen.

Damit hatte sich das erledigt.

Damit war *sie* erledigt.

Urielle senkte ihren Kopf. »Ich habe dich enttäuscht, meine Tochter.«

»Nausicaä«, sagte Alecto.

Nausicaä. Ein schöner Name der Sterblichen. Er bedeutete »Schiffsverbrennerin« und sie konnte sich keinen passenderen Titel vorstellen. Ihre Rache hatte sie auf eine unwiderrufliche Art und Weise verändert und falls sie sie nicht VERNICHTETEN, würde Alecto – *Nausicaä* – nichts bewahren, was sie nicht länger war. Sie würde ihre Verbrechen wie ein Ehrenzeichen tragen.

»Nausicaä«, verbesserte sich die Göttin.

Der kurze Schimmer der Traurigkeit in Urielles Blick war das Letzte, was Nausicaä sah, bevor die Schatten sie gänzlich umschlossen. Der Sturm in ihrem Inneren tobte jedoch weiter.

»ICH VERSTOßE EUCH!«, brüllte Alecto. Wenngleich sie nicht wusste, ob die Göttin sie hörte, schrie sie weiter, bis hinter ihren Augen Sterne explodierten und ihr Bewusstsein zu schwinden begann. »ICH VERSTOßE EUCH AUS *MEINEM* HERZEN! ICH ENTZIEHE EUCH *MEINE* GUNST! UND FÜR DAS, WAS IHR MIR ANGETAN HABT, WERDE ICH EUCH NIE WIEDER LIEBEN!«

Vergiss, dass du mich geliebt hast, wenn es sein muss, aber bitte ... vergiss nicht, dass du jemals geliebt hast, und zwar so furios geliebt, dass du deinem Namen alle Ehren gemacht hast.

Oh, Nausicaä würde nicht vergessen, dass sie ihre göttliche Mutter und Tisiphone geliebt hatte.

Sie würde sich an beide erinnern und sich dadurch nie wieder erlauben, diese Liebe erneut zu empfinden. Genauso wie dieser Walfänger und seine abscheuliche Besatzung – zusammen mit diesem Sterblichen, der dachte, er könne Furien zu Närrinnen halten –, die nun allesamt bis in alle Ewigkeit am Grund des Nordatlantiks brannten, würde Nausicaäs Zorn die Zeiten überdauern. Und er allein würde sie ausmachen.

Erst als sie sich auf dem Rücken liegend wiederfand und in das unerträglich heitere Blau des Himmels im Reich der Sterblichen blinzelte, wurde ihr bewusst, dass die Schatten letztendlich über sie triumphiert hatten.

Nausicaä befand sich nicht mehr im Thronsaal des Höllenpalasts.

Ihre Familie, ehemaligen *Freunde*, der eisige Sternenmarmor ... Sie alle waren fort, doch die letzten Worte ihrer Mutter hallten noch immer in ihren Ohren.

Du hast immer noch das Zeug dazu, das zu sein, was die Sterne entwerfen, meine Tochter.

»Tsch«, spottete sie. Sie ballte ihre Fäuste um ein paar Halme des Grases, das die weiten Ebenen bedeckte, wo auch immer im Reich der Sterblichen sie ausgesetzt worden war. Dabei ignorierte sie die Tränen, die gleich dem Tau ringsumher an ihren Wimpern hafteten.

Es lag nicht länger bei den Sternen, Nausicaäs Schicksal zu bestimmen. Nach dem, wie sie Tisiphone behandelt hatten, hatten sie dieses Privileg verloren. Ihr Schicksal hing jetzt von ihr allein ab. Diese ach so mächtigen Gottheiten waren nicht einmal mutig genug, sie zu VERNICHTEN. Sie würden es noch bereuen, dass sie ihr erlaubt hatten zu erfahren, wie befriedigend es war, Dinge *brennen* zu sehen.

Bei NevaLife Pharmaceuticals ging alles ruhig zu und genau so mochte Hero es auch am liebsten. Er verabscheute die Hektik des Tages: das Kommen und Gehen der Kuriere mit ihren Scherzen, die gar nicht witzig, sondern gemein waren; die unzähligen Ärzte und Forschungsassistenten, die mit ihren Hochschulabschlüssen und Gehältern über den Ort geboten, als seien sie besser als alle anderen und insbesondere Hero; die normalen Angestellten, die es anscheinend genossen, Hero die Arbeit zu erschweren, so wie sie sich in den von ihm geputzten Räumen aufführten.

Hero war Hausmeister.

Viele hielten das für keinen glorreichen Job, aber er brachte Geld ein, das Hero dringend brauchte.

Er war achtundzwanzig Jahre alt, ohne Familie oder Partner, die ihm halfen, über die Runden zu kommen. Noch dazu besaß er keinerlei Ersparnisse, um in der Hoffnung, einen besseren Beruf zu finden, studieren zu können. Wenn er nicht gerade dabei war, verstopfte Klos zu putzen und verschüttete Flüssigkeiten aufzuwischen, arbeitete er in einem lokalen Callcenter für technischen Support. Er verteilte Flugblätter. In einem kleinen Supermarkt packte er Lebensmittel ein, holte verirrte Einkaufswagen zurück und wischte noch mehr Pfützen auf. Der Laden lag in der Nähe seiner Einzimmerwohnung, in einer Nachbarschaft, in der das Leben nicht so kostspielig sein sollte, wie es war. Doch es reichte nicht. Hero kämpfte immer noch damit, alle Rechnungen zu bezahlen und sich die kleinen Luxusartikel des Lebens wie Essen, Kleidung oder dringend erforderliche Medikamente zu leisten.

Die Welt war rau, aber es lief besser, wenn es ruhig zuging ... auch wenn es ein wenig einsam war.

»Und vergiss dieses Mal nicht, beim Gehen abzuschließen, du Vollpfosten.«

Hero nickte energisch. Darren, sein Vorgesetzter, war ein kleiner Mann mittleren Alters, der schnell die Beherrschung verlor. Er hatte braunes Haar, tränende Augen und die Statur eines leicht verwahrlosten Footballstars an der Highschool. Der Mann mochte Hero nicht, der ein wenig schüchtern und spindeldürr war und dessen Gesicht im Kontrast zu seinen großen, von der Übermüdung dunkel umrandeten Augen und seinem schwarzen Haar leichenblass wirkte. Andererseits wurde Hero von niemandem gemocht. Alle sagten, er sei eigenartig. Unangenehm. Aber er konnte es sich nicht leisten, deswegen wieder gefeuert zu werden. Außerdem konnte er nicht zulassen, dass seine zunehmende Vergesslichkeit ihn erneut so teuer zu stehen kam – nicht solang er bereits eine Monatsmiete im Rückstand war.

Hero war sehr darum bemüht, Darren bei Laune zu halten, auch wenn er lieber etwas anderes getan hätte – zum Beispiel mit der Flasche Bleichmittel auf seinem Reinigungswagen ... Er erlaubte sich einen Moment lang, sich Darrens Schrei vorzustellen, wenn plötzlich etwas von der Chemikalie auf seinem Gesicht landete.

»Was bist du, ein Wackeldackel? Hör auf, so zu nicken. Sonst schüttelst du noch den Rest deines Hirns heraus, der dir geblieben ist, und ich werd *wirklich* alle Hände voll mit dir zu tun haben.«

»S... Sorry, Sir«, stammelte Hero.

Darren stieß ein kurzes Lachen hervor. »S...S...S... Sorry, S...S... Sir«, äffte er ihn nach. »Bei jeder Kleinigkeit stotterst du wie ein verdammtes Mädel. Steh deinen Mann, Junge.«

»Jawohl, S... Sir.« Hero zuckte zusammen.

Darren schüttelte seinen Kopf. »Ein hoffnungsloser Fall.« Dann streckte er die Hand aus, um gegen Heros Namensschild zu schnippen, und kicherte wieder. »*Hero* – was für ein Witz. Denk dran, die verdammte Tür abzuschließen, Superman.«

Und schließlich verschwand er.

Mit einem Seufzer lehnte sich Hero gegen seinen Wagen. Er brauchte einen Augenblick, um sich zu sammeln.

Es war nicht immer so gewesen. Einst hatte er mehr Ambitionen gehabt, als nur ein Insektenschutzmittel zu finden, das die Kakerlaken auch wirklich von seiner Wohnung fernhielt. Früher hatte er nicht so gestottert, sein Gedächtnis war nicht so schlecht gewesen und keine Albträume und Schrecken hatten ihm den Schlaf geraubt. Erst seit Kurzem hatte seine ohnehin schon miese Situation eine beunruhigende Wendung zum Schlimmeren genommen, mit zufällig erklingenden Stimmen in seinem Kopf und Erinnerungsfetzen, die unmöglich seine waren ... Und dafür benötigte er die Medizin – diese Medizin zu Wucherpreisen, die ihn dazu zwang, zwischen mentaler Gesundheit und Dingen wie Elektrizität zu wählen.

Hero trat kräftig gegen ein Rad, sodass der Wageninhalt teilweise umkippte. Es war sinnlos, sich über etwas aufzuregen, das niemanden interessierte. Und es könnte schlimmer sein. »Aber es könnte auch besser sein«, murmelte er vor sich hin.

»Und zwar erheblich, würde ich mal annehmen.«

Auf einmal erschrak Hero so heftig, dass er beinah gegen den Putzwagen stieß.

Hinter ihm war ein Mann aufgetaucht, der eben noch nicht dort gestanden hatte – *niemand* war dort gewesen, nichts außer einem schwach beleuchteten Gang. Heros erster Eindruck: Er war groß. Es war nicht das herkömmliche »groß«, womit andere hochgewachsene Menschen beschrieben wurden, sondern ein »groß«, das Hero den Göttern zugeschrieben hätte, wenn er je darüber nachgedacht hätte.

Sein Gesicht war ... bildschön. Es war mit ungewöhnlichen silbrigen Sommersprossen wie mit Sternenlichttupfern gesprenkelt und seine Augen schimmerten in einem hellen Giftgrün. Vom Kopf bis zur Taille hing ihm auf einer Seite eine wilde, metallgraue Mähne herab, die andere Hälfte seines Haars war bis zum Schädel abrasiert. Der Mann war zwar gertenschlank, wirkte aber stark, und seine langfingrige linke Hand war mit tödlichen Krallen versehen. Zudem trug er eine enge schwarze Hose und eine ebenso schwarze, kunstvoll gearbeitete Jacke, beschlagen mit Nieten, noch mehr Silber, Schnallen und eleganten Ketten. Hero hatte noch nie zuvor jemanden wie diesen Mann gesehen, der die Präsenz eines Schattens besaß. Unterm Strich *war* er möglicherweise sogar ein Gott – noch wahrscheinlicher existierte er jedoch überhaupt nicht.

Also schloss Hero die Augen.

Er hätte nicht zum ersten Mal etwas gesehen, das es auf den zweiten Blick gar nicht gab – wunderliche Kreaturen mit Flügeln, Hörnern und blau gefärbter Haut oder geschäftige Ladenfronten, die sich nur als menschenleere Gebäude herausstellten. Normalerweise verschwanden diese Erscheinungen innerhalb eines Wimpernschlags. Doch als er seine Augen wieder öffnete, stand der umwerfende Mann immer noch da und grinste ihn an.

»Hallo«, grüßte Hero. Er wusste nicht, was er sonst sagen sollte. »Kann ich ... Ihnen irgendwie helfen? Ich g... glaube nicht, dass Sie hier sein sollten.«

Der Mann lachte, was an knarrende Holzdielen erinnerte. »Oh nein, da hast du völlig recht. Das sollte ich wirklich nicht! Aber andererseits ... solltest du eigentlich auch nicht hier sein.«

Hero sträubte sich. »Natürlich sollte ich das. Ich bin der Hausmeister.«

»Mmmm, ja, das bist du, stimmt.« Die Art, wie dieser Mann ihn musterte, ließ Hero trotz der Hitze erschaudern. Er hätte nie erwartet, dass jemand wie dieser Mann *ihn* je bemerken, geschweige denn so *ansehen* würde ...

»Der Hausmeister – einer, der Stipendien für ziemlich beeindruckende Schulen abgelehnt hat, die alle seine Unkosten gedeckt hätten, weil es seiner nachlässigen Mutter lieber war, dass er sich zu Hause um seine Geschwister kümmert, und er es ihr ja unbedingt recht machen wollte. Der Hausmeister – einer, der von dem, was hier vor sich geht, viel mehr versteht, als er zugibt. Der ganze Lehrbücher zu wissenschaftlichen Theorien verschlingt und die Dinge daraus gerne in *Experimenten* ausprobiert.«

Oh verdammt, war dieser Mann vielleicht so was wie ein verdeckter Ermittler? Hero wurde blass. Er dachte an den Lagerraum, der ihm als provisorisches Labor diente und ein Stadtviertel weiter lag, wo niemand Fragen stellte, solang man pünktlich zahlte. »Hören Sie, diese Tiere waren schon tot«, log er. »Ich habe sie am Straßenrand gefunden! Ich habe nichts Falsches getan, sondern nur ...«

»In letzter Zeit hast du ein paar Probleme am Hals, stimmt's?«, unterbrach ihn der Mann, dessen Grinsen noch breiter wurde. »Kopfschmerzen ... Schlaflosigkeit ... Gedächtnislücken ... Halluzinationen, lebhafte Träume und Dinge, die dir vertraut vorkommen, obwohl das unmöglich ist?« Dann seufzte er, allerdings ohne Mitleid. All das schien ihn nur noch mehr zu amüsieren. »Das Stottern ist eine ungewöhnliche Nebenwirkung, das gebe ich zu, aber schon andere Eisengeborene haben so wie du reagiert, wenn ihre Magie unterdrückt wurde ... Wenn sie vom Hohen Rat der Elfen GEWÄGT und für unzureichend befunden wurden, woraufhin ihre Macht weggesperrt wurde ... Dann sind sie nur ein bisschen später als erwartet stärker geworden und haben gegen ihr Gefängnis *rebelliert*.«

Der Hohe Rat der Elfen?

Gewägt?

Hero hatte jede Menge Fragen.

Wer war dieser Mann? Woher wusste er so viel über ihn? Und wovon sprach er überhaupt? Er sah nicht wie ein Polizist aus, aber wer konnte er sonst sein? Hero fragte jedoch laut, und zwar sehr vorsichtig: »Was meinen Sie mit ›Magie‹?«

Bei der bloßen Erwähnung des Wortes durchströmte ihn ein warmes, angenehmes Kribbeln – eine kaum vorhandene Erinnerung, die nur knapp außerhalb seiner Reichweite lag.

Das Grinsen des Mannes breitete sich nun über sein ganzes Gesicht aus. Es war entsetzlich. *Er* war entsetzlich. Er war so schön, dass man ihn nur mit Mühe anzusehen vermochte. Doch gleichzeitig war er so erschreckend gespenstisch, dass diese Schönheit völlig entstellt wurde. Jedenfalls war er genau die Art Mensch, bei der Heros Alarmglocken losschrillen sollten, und doch ... zeigte er sich bloß gelassen.

»Weißt du, ich glaube, ich würde es dir viel lieber zeigen«, sagte der Mann und machte einen Schritt auf Hero zu. Dann streckte er einen seiner Krallenfinger aus und zog an Heros Namensschild.

»Hero. Dein Leben war so hart. Du wurdest von deiner Familie verstoßen und bist in einer Welt umhergeirrt, für die du nie bestimmt warst. Du verschwendest deine Gerissenheit, deinen Verstand sowie deine *Leidenschaft* darauf, dich um andere Leute zu kümmern. Müde ... hungrig ... *arm* ... Vor zehn Jahren habe ich dir deine Magie genommen, und zwar auf Befehl jener, denen ich zu dienen verpflichtet bin. Doch was, wenn ich genauso wie du des Dienens überdrüssig geworden bin? Was, wenn ich dir diese Magie zurückgeben könnte? Was, wenn ich dir zu deiner eigentlichen Rolle verhelfen und dich zu dem *Helden* machen könnte, zu dem du zweifelsohne geboren wurdest? Was würdest du dann für mich tun?«

Wäre es jemand anderes gewesen, hätte Hero gelacht und ihn für verrückt erklärt.

Dieses Gefasel von Magie? Das war etwas, wofür ihm ein Therapeut ein zusätzliches Medikament verschreiben würde, wenn er sich denn noch eins leisten könnte. Aber da war dieser Blick in den Augen des Mannes, diese Schwere in seinem Auftreten, dieser Klang in seiner Stimme – er machte Hero nichts vor. Trotz seiner Sticheleien war dies kein Scherz; er meinte es todernst. Vor allem aber hatte Hero zum ersten Mal seit viel zu langer Zeit das Gefühl, dass ihm wirklich jemand *zuhörte*. Alle, mit denen er über seine Probleme sprach, schienen zu glauben, er bilde sich das alles nur ein. Aber hier stand nun jemand, der sie nicht nur anerkannte, sondern möglicherweise auch deren Ursachen zu erklären vermochte, und das war ... Nun, das war sehr verlockend. Die wilde Unwahrscheinlichkeit, dass Magie existierte, würde Hero auf der Stelle akzeptieren, wenn er dadurch der rapiden Verschlechterung seiner Gesundheit auf den *Grund* gehen könnte.

Außerdem war dies genau das, wovon viele andere Menschen wie er träumten: nämlich herauszufinden, dass sie für weitaus größere Dinge bestimmt waren und sowohl die Welt als auch sie selbst *Magie* besaßen. Es sollte unmöglich sein, aber dieser Mann ... Die Art, wie er so plötzlich aus dem Nichts *aufgetaucht* war ...

Was, wenn ...

Hero beäugte den mysteriösen Eindringling.

Schließlich atmete er tief ein und langsam wieder aus.

»Ich höre«, sagte er, und zum ersten Mal seit Jahren stand er aufrecht. Weder bebte seine Stimme noch zitterten seine Hände. Sein Kopf war klar und sein Blick scharf.

Der geheimnisvolle Mann bewegte einen Arm in Richtung Tür.

Als Hero diesmal hinausging, verschloss er sie absichtlich nicht.

Kapitel 1

Arlo

Gegenwart
Das Reich der Sterblichen – Toronto Fae Academy, Kanada

Der Boden, auf dem Arlo stand, war ein glitzerndes Meer aus weißem Marmor, gesprenkelt mit Kohlrabenschwarz. Man hatte ihn so stark gewienert, dass jeder Makel und jede Unebenheit weggeschrubbt war. Zurück blieb ein eisiger Glanz, den nichts – nicht einmal die durch die Glaskuppel strömenden letzten Sonnenstrahlen – jemals erwärmen konnte.

Dasselbe galt leider für den Hohen Rat der Elfen.

Acht stolze Elfen von den Vier Höfen des Feenvolks bildeten dieses Richtergremium. Jeweils eine Elfe oder ein Elf aus den Fraktionen des Winters, Sommers, Herbstes und Frühlings der Seelies – jenen, die ihre Macht aus dem Tag schöpften und Anmut und Verantwortung an ihren Angehörigen als höchste Qualitäten schätzten. Sowie je eine Elfe oder ein Elf aus den Fraktionen des Winters, Sommers, Herbstes und Frühlings der UnSeelies – jenen, die ihre Macht wiederum aus der Nacht bezogen und für ihr Luxusleben und ihre Gerissenheit bekannt waren.

Sie alle starrten auf Arlo herab, als wäre sie ein Käfer unter ihrem Stiefel.

Arlo fand, dass es keinen richtigen Unterschied zwischen den Seelie- und UnSeelie-Elfen gab, was auch immer die einzelnen Gruppen glauben mochten. So waren beispielsweise alle starren Gesichter vor ihr gleich – so kalt und hart wie der Marmor unter ihren Füßen.

Alle acht Repräsentanten waren erwählt worden, damit die Gesetze des Hochkönigs gewahrt wurden. Niemand von ihnen war für sein Erbarmen bekannt. Und wie sie nun vor ihnen stand, um ihr Urteil zu hören, verdeutlichte nur, dass dieses Treffen als reine Formalität galt: Ihre einstimmige Entscheidung über Arlos »Eignung« für die magische Welt hatten sie alle bereits getroffen, und zwar lange bevor sie gekommen war, um ihren Fall darzulegen.

Mit Sicherheit verlief ihre WÄGUNG nicht besonders gut.

»Es ist keine Frage der Abstammung«, sagte Ratsherr Sylvain, der Repräsentant des Seelie-Frühlings.

Er war groß, geschmeidig, sehnig und stark, und sein hohes Alter hatte ihn noch in keiner Weise gebeugt. Sein bauschiges Gewand in Smaragdgrün und Türkis, das mit schimmerndem Gold besetzt war, trug nur wenig dazu bei, die strengen Züge seines verzauberten elfenbeinfarbenen Gesichts zu mildern.

»Niemand stellt Ihre Abstammung infrage, Miss Jarsdel«, fuhr er abweisend fort. »Sie sind die Tochter von Thalo Viridian-Verdell; das ist unbestreitbar. Allerdings hinterfragen wir hier heute, ob das relevant ist oder nicht.«

Arlo kannte die Antwort auf diese Frage bereits.

Laut dem Hohen Rat zählte allein, dass Arlo zur Hälfte ein Mensch war. Dass sie zur anderen Hälfte direkt von der königlichen Elfenfamilie abstammte – *der* Königsfamilie, die derzeit selbst über den Oberhäuptern aller anderen Höfe an der Spitze der magischen Gemeinschaft stand –, war in Wirklichkeit ein

Makel. Die Elfen waren ziemlich stolz auf ihre unvermischten Blutlinien und ausschließlich Elfen bildeten den sehr weit zurückgehenden Stammbaum der Familie Viridian. Ihr gehörten keine anderen Feen an, also jene, die irgendwelche tierischen oder natürlichen Eigenschaften besaßen, wie Rinde als Haut oder Blätter statt Haare. Bis Arlos Mutter einen Menschen geheiratet und kurz darauf sie zur Welt gebracht hatte, hatten selbstverständlich auch die Viridians keine menschlichen Verwandten besessen. Immerhin sah Arlo den Elfen *ähnlich*: Sie schauderte bei dem Gedanken, wie viel schlechter sie jetzt dastünde, wenn ihr magisches Erbe von etwas anderem stammen würde.

Arlo war die erste Eisengeborene in einer Königsfamilie, deren »Reinheit« bis zur Zeit vor der Magischen Reform zurückreichte. Als man noch nicht einmal über die Höfe nachgedacht hatte, geschweige denn über deren Gründung, und es nur die sich bekriegenden Fraktionen der Seelie und UnSeelie gegeben hatte. Bedauerlicherweise hatte sie von ihrer Familie mütterlicherseits nur sehr wenig geerbt. Sie besaß in etwa so viel Magie wie eine Kiste Zitronen. Als Kind war sie so überfordert gewesen, mit ihren Mitschülern an ihrer lokalen Feen-Grundschule mitzuhalten, dass ihre Mutter Mitleid bekommen hatte und sie auf eine menschliche Schule gewechselt war. Der Rat sorgte sich ungeheuer um Arlos Vergangenheit – das Problem war nur, dass er es nicht auf eine ihr hilfreiche Art tat.

Arlo bemühte sich zu verbergen, dass sie zusammengezuckt war, und zwang sich, dem kollektiven Starren des Rats genauso zu begegnen. Ihre Augen – so hell und hart wie Jade – gehörten zu den wenigen Dingen, mit denen sich ihre Verbindung zur Familie Viridian unmöglich leugnen ließ. Doch in Momenten wie diesen wünschte sie, sie hätte die Fähigkeit ihrer Mutter geerbt, diesen grünen Augen ein finsteres Funkeln zu verleihen.

»Es ... es *sollte* relevant sein, dass ich eine Viridian bin«, hörte sich Arlo mit einer Stimme sagen, die vor Übelkeit und Nervosität ganz leise war. »Meine Magie mag nicht sehr stark sein und ich mag viel mehr Eisenblut meines Vaters haben, als Ihnen lieb wäre, aber ich kann mein Aussehen immer noch mit einem Zauber verändern und verschleiern. Außerdem besitze ich genug von der SICHT, um durch den Zauber anderer Feen hindurchzusehen ...«

Bei der Vorbereitung dieser Rede hatten ihre Mutter sowie ihr Onkel geholfen. Aber Arlo wusste, dass es nichts nutzen würde, so zu tun, als sei sie etwas anderes als absolut nicht bemerkenswert. Die einzige Ausnahme war die Stärke ihrer Fähigkeit, die Magie um sich herum wahrzunehmen. Diesen Trick beherrschten jedoch alle Elfen und sie mochte noch so sehr vermuten, dass *sie* um einiges besser darin war, aber heute würde es ihr nicht dabei helfen, viele Punkte einzuheimsen. Im Großen und Ganzen war ihre Macht leider schwach, doch sie *verfügte* über das nötige Minimum, um sich für den gewöhnlichen magischen Status in ihrer Gemeinschaft zu qualifizieren. Wenn sie den Rat darüber informierte, musste er ihr wenigstens diesen zugestehen.

»An der Schwelle zum Erwachsensein besitzen Sie weniger Talent als ein Butzensäugling, der selbst instinktiv weit mehr bewerkstelligen kann«, warf Ratsherrin Siegel ein, die Repräsentantin des Seelie-Herbsts. Ihre Augen waren so hart wie Bernstein, als sie diese auf Arlo richtete, und ihre Stimme klang hohl. »Zudem sind Sie bereits achtzehn Jahre alt und besitzen nur ein minimales Verständnis von den Grundlagen der Magie, weil Sie bisher unter menschlicher Leitung unterrichtet wurden. Miss Jarsdel, sagen Sie mir, was sollte Ihnen fehlen, wenn der Rat gegen Sie entscheiden sollte?«

Arlos Kehle wurde so trocken wie die bunten Blätter, die in die Gewänder der Ratsmitglieder eingewoben waren.

Sie würden ihr ihren Status verweigern, obwohl sie genug Magie besaß und unbedingt ein Mitglied der magischen Gemeinschaft bleiben wollte.

»Ratsherrin Siegel«, flehte sie. »Bitte, Sie … Sie dürfen das nicht tun! Wenn Sie gegen mich entscheiden, meine Kräfte wegsperren und meine Erinnerungen löschen, dann … Meine Familie … Meine Mutter, mein Onkel und mein Cousin … Ich würde sie alle vergessen! Entscheiden Sie gegen mich, wird mir der größte Teil fehlen, der mich zu der macht, die *ich* bin.«

Arlo würde so viel fehlen, wenn der Rat ihr nicht nur die Staatsbürgerschaft als Elfe, sondern auch die Zugehörigkeit zur magischen Gemeinschaft insgesamt verweigern würde. Sie war sich nicht sicher, ob sie die Elfenstaatsbürgerschaft mit ihren abschottenden Regeln und Pflichten überhaupt wollte, aber sie wusste ohne jeden Zweifel, dass sie nicht komplett von der Magie ausgeschlossen werden wollte. Sie wollte die Wahrheit über ihre Familie genauso wenig vergessen wie, dass die Magie den Zerfall der menschlichen Erinnerung an ihre Existenz überlebt hatte.

Ratsherrin Siegel hob eine ihrer feinen kastanienbraunen Augenbrauen. »Hören Sie mit dem Theater auf, Miss Jarsdel. Sie wären immer noch Sie selbst und Ihre Erinnerungen an Ihre Familie würden Sie ebenfalls nicht verlieren. Sie würden nur das vergessen, woran Sie sich nicht zu erinnern brauchen. Ihr Vater erkennt Sie ja auch immer noch wieder, nicht wahr?«

Ihr Vater.

Eheschließungen zwischen Elfen und Menschen mussten von den Höfen genehmigt werden, doch diese Genehmigung war mit einem Vorbehalt verbunden: Sollte die Ehe scheitern, büßte die menschliche Partei alles ein, was sie über die magische Gemeinschaft erfahren hatte. Ihr Vater hatte entschieden, die Scheidung einzureichen. Er hatte seine Erinnerungen freiwillig aufgegeben, weil er inzwischen, soweit Arlo wusste, für die Magie und jene, die mit ihr zu tun hatten, eine tiefe Verachtung empfand.

Ihr Vater erinnerte sich daran, wer sie war, das stimmte.

Allerdings würde Arlo ihre Beziehung nicht unbedingt als gut bezeichnen – nicht mit ihrer ständig nagenden Angst im Hinterkopf, dass ihr eigener Vater sie ebenfalls hassen würde, wenn er sich jemals daran erinnerte, warum er dies tun sollte. Dafür zu sorgen, dass ihr in seiner oder der Anwesenheit anderer Menschen nie ein Wort über die magische Gemeinschaft entschlüpfte, würde sie obendrein auslaugen. Arlo wollte weder, dass jemand aus ihrer Familie erfuhr, wie sich das anfühlte, noch wollte sie etwas aufgeben, das seit achtzehn Jahren zu ihrem Leben gehörte.

Sie musste einfach daran glauben, dass der Rat nicht so unnötig grausam sein konnte.

»Ja, Mylady, er *erinnert* sich an mich, aber ...«

Ein Hauch Endgültigkeit wehte von der Richterbank. Arlos verzweifelter Versuch, sich zu erklären, scheiterte an ihrem Mut.

»Wenn Sie nichts weiter zu Ihrer Verteidigung zu sagen haben, Miss Jarsdel, darf der Rat nun vielleicht mit der Anhörung fortfahren?«, fragte Ratsherrin Siegel.

Arlo vermochte nur dazustehen und sie anzustarren, während sich der Kummer wie ein Betäubungsmittel in ihr ausbreitete.

Ratsherr Sylvain öffnete seinen Mund, um das Wort wieder zu ergreifen und sein Urteil zu verkünden, als unversehens die Tür hinter Arlo aufflog. Sie erschrak und wirbelte herum, um die Ursache für diese Störung zu erblicken, während aus dem Rat hinter ihr ein verärgertes Rascheln erklang.

»*Unglaublich*, dieser Sonntagsverkehr!«, sagte der Eindringling zur Begrüßung.

Arlos Erleichterung war so enorm, dass es ihr förmlich den Boden unter den Füßen wegriss.

Celadon Cornelius Fleur-Viridian – Arlos Onkel zweiten Grades und das jüngste der drei Kinder ihres Großonkels, des Hochkönigs – war gleichermaßen brillant wie verschmitzt. Außerdem gab er für eine frischgebackene Achtzehnjährige in vielerlei Hinsicht wohl das schlechteste Vorbild ab. Für Arlo war er jedoch fast wie ein Bruder. Und obwohl er ein paar Jahre älter war, unterschieden sie sich wegen des langsamen Alterns der Elfen kaum in ihrer Reife.

»Hochprinz Celadon!«, platzte Ratsherr Sylvain los. Er war empört über seinen viel jüngeren Vorgesetzten, ihm gegenüber aber gleichzeitig respektvoll, wenn auch nur widerwillig. »Diese Anhörung ist eine nicht öffentliche Angelegenheit, die sich allein auf den Rat und Miss Jarsdel beschränkt. Hiermit geht Ihr zu weit, Eure Hoheit. Bei allem Respekt, ich muss darauf bestehen, dass Ihr unverzüglich den Saal verlasst.«

Arlo sah Celadon dabei zu, wie er das Marmormeer überquerte und zielstrebig auf sie zuging.

Er mochte sich zwar daran weiden, den Adel auf die Palme zu bringen, aber sie kannte niemanden, der mehr Aufmerksamkeit erregte.

Von allen Rassen des Feenvolks sahen die Elfen den Menschen äußerlich am ähnlichsten (auch wenn sie darauf bestanden, dass es die Menschen waren, die *ihnen* ähnelten). Diese Ähnlichkeit steigerte sich durch ihre überwältigende Schönheit gar ins Absurde, doch selbst unter den schönsten Feen war Celadon eine außergewöhnliche Erscheinung. Als Vollblutangehöriger des Hofes des Frühlings war er groß und schlank, mit schneeweißer

Haut und Gesichtszügen, die so scharf geschnitten wie frisch geschliffenes Glas waren. An seinen geschwungen Lippen, den jadefarbenen Augen und dem rotbraunen Haar, das sich fast genau wie bei seinem Vater am Nacken und über den Ohren kräuselte, erkannte man ihn als einen Viridian.

Wie bei allen Elfen von königlichem Blut gab es auch unter seiner Haut ein Leuchten. Selbst durch seinen Zauber glomm es wie die Abenddämmerung in einem grünlich sanften Ton, der ihn als UnSeelie kennzeichnete. Wäre Arlos Erbgut stärker gewesen, hätte sie dasselbe Leuchten getragen. So zeigten nur ihre Augen die Verwandtschaft an.

Das war jedoch besser als gar nichts und trotz der Dinge, die sie von ihrem Vater geerbt hatte – ihr ziegelrotes Haar, ihre alles andere als überwältigende Größe und stämmige Statur –, hatte Celadon sie immer wie eine echte Viridian behandelt. Ihn munter wie eh und je sowie leichten Schrittes den Saal betreten zu sehen, füllte Arlos Augen mit Tränen der Erleichterung. In seiner engen Jeans und einem Hemd in knackigem Salbeigrün sah er wie immer so aus, als käme er gerade von einem glamourösen Fotoshooting.

Sylvain hatte allerdings recht. Sogar ein Prinz war von den Regeln nicht ausgenommen.

Als Arlo sich wieder den Ratsmitgliedern zuwandte, konnte sie ihnen ansehen, dass sie vollkommen unbeeindruckt waren.

»Natürlich würde ich mich gern aus Ihren Angelegenheiten heraushalten«, sagte Celadon glockenhell und freundlich. Noch dazu breitete sich ein sanftes Lächeln auf seinem Gesicht aus. »Ich bin mir sicher, Sie alle würden es vorziehen, wieder wichtigere Dinge wie etwa das hier zu besprechen«, sagte er, hob sein Handgelenk und tippte auf den Bildschirm seiner Apple Watch, »vor allem, da Sie sich bereits lange genug mit der WÄGUNG meiner Nichte befasst haben.«

Aus seiner Uhr erklang der Ton eines Clips, der in ihrer Gemeinschaft erst vor ein paar Tagen viral gegangen war.

»*Unternehmt etwas oder wir werden es tun. Ihr werdet uns nicht niederschlagen oder zum Schweigen bringen. Wenn die Höfe dieses Problem auch weiterhin nicht als ein solches erkennen und ignorieren, werden wir vom* BEISTAND *nur noch kühner versuchen, eure Korruption aufzudecken! Eure Macht kommt von eurem Volk. Ich rate euch, euch endlich um die Leute zu kümmern, anstatt nur um euch selbst.*«

Arlo machte große Augen und wagte kaum zu atmen, als sie die Reaktion des Rats auf Celadons Dreistigkeit beobachtete.

Der BEISTAND ...

Die magische Gemeinschaft hatte alle möglichen Methoden ersonnen, um die Technologie der Menschen an ihre Bedürfnisse anzupassen. Doch der BEISTAND – eine wachsende Bürgerwehrgruppe im Untergrund, die sich dem Schutz des einfachen Volkes verschrieb – setzte diese Technologien auf kühne Weise ein. Angesichts der zunehmenden Gerüchte über eine Mordserie an Eisengeborenen in der gesamten magischen Welt – und der Tatsache, dass der Hochkönig nicht viel dagegen zu unternehmen schien – hatte der BEISTAND begonnen, Guerillabeiträge über die Morde auf menschlichen Webseiten wie YouTube zu veröffentlichen. Der UnSeelie-Frühlingshof verfügte inzwischen über eine ganze Abteilung, die sich nur damit befasste, diese Videos aufzuspüren und zu entfernen, bevor die Menschen womöglich den Verdacht schöpften, dass es sich um mehr als nur einen Scherz handelte.

Es ist sinnlos, flüsterten viele in der Feengemeinschaft hinter vorgehaltener Hand und Arlo musste zustimmen. *Der Hochkönig sorgt sich viel mehr darum, den* BEISTAND *ausfindig zu machen, als herauszufinden, wer sein Volk umbringt ...*

»In British Columbia wurde ein eisengeborener Junge tot aufgefunden«, sagte Celadon deutlich unfreundlicher als vor wenigen Augenblicken. »Und obwohl das noch weit von Toronto entfernt liegt, hat sich die Situation nun direkt in den Hinterhof des Hochkönigs verlagert. Ich bin mir sicher, der BEISTAND liegt falsch. Sicherlich sind Sie über diese Morde genauso besorgt wie wir alle.«

Bei Celadons Andeutung über ihre Nachlässigkeit bezüglich der Morde sowie der Erinnerung daran, dass der BEISTAND nicht so leicht aufzufinden war wie ursprünglich gehofft, als er erstmals größere Aufmerksamkeit erregt hatte, rutschten die Ratsmitglieder unbehaglich auf ihren Plätzen herum. Daraufhin spitzte sich Arlos eigene Unruhe nochmals zu, da sie befürchtete, diese nicht ganz so subtile Anschuldigung würde ihre Chancen auf einen günstigen Ausgang ihrer WÄGUNG beeinträchtigen.

Zum Zeitpunkt der ersten Mordgerüchte verkündeten die Höfe, die Opfer seien keine Eisengeborenen, sondern Menschen und gingen sie daher nichts an. Als sich jedoch herausstellte, dass die Toten tatsächlich Eisengeborene waren und die Höfe immer noch nichts in die Wege leiteten, erreichten die Spannungen zwischen den Gemeinschaften der Eisengeborenen, Feen und Elfen einen neuen Gipfel.

Sollte sich der jüngste Fall wirklich hier in Kanada ereignet haben – in einem Gebiet des UnSeelie-Frühlings –, konnte es sich die Regierung nicht länger leisten, Däumchen zu drehen. Der Hohe Rat der Elfen wäre gezwungen, nach dem Täter oder den Tätern zu suchen. Es gab also genug anderes für ihn zu tun, als Arlo doppelt so lange, wie ihre WÄGUNG eigentlich hätte dauern sollen, in die Mangel zu nehmen. Aber dem Rat sein Versagen an den Kopf zu werfen und ihn zu hetzen, war vermutlich nicht ideal, um den Abschluss seiner Sitzung zu erzwingen.

Angesichts der Mienen seiner meisten Mitglieder war das definitiv der falsche Weg.

»Nein«, fuhr Celadon fort, »ich bin nur gekommen, um meine Nichte abzuholen. Schließlich *hat* sie heute Geburtstag und ihre Familie möchte gern das bisschen Zeit nutzen, das ihr jetzt noch bleibt, um ihn zu feiern.« Um diesen Punkt zu betonen, hob er seine Uhr noch höher. Dann schüttelte er schier verzweifelt den Kopf. »Entschuldigen Sie die Störung, Ratsmitglieder. Ich wünsche Ihnen allen noch einen wundervollen Abend.«

Selbst wenn Celadon sie nicht alle wie kleine Kinder ausgeschimpft hätte, wäre das nie so einfach. Und auch wenn der Hochkönig höchstpersönlich Arlo jetzt zu Hilfe geeilt wäre, bezweifelte sie, dass es etwas geändert hätte. Aber Celadon griff dennoch nach ihrem Handgelenk und begann, sie zur Tür zu zerren.

Ratsherr Sylvain schoss von seinem Sitz hoch, sein Gesicht erhitzt durch eine Bläue, die durch seinen Zauber hindurchschimmerte. »Hochprinz Celadon!« Die Worte des Ratsherrn glichen einem Donnern.

Celadon ließ Arlo nicht los, drehte sich allerdings noch einmal zur Richterbank um. »Ratsherr Sylvain«, erwiderte er luftig leicht und doch wog seine Antwort irgendwie genauso schwer wie die Stimmung im Raum.

»Ihr scheint dem Irrglauben zu unterliegen, unsere Angelegenheit hier sei abgeschlossen.«

»Ist sie noch nicht? Verzeiht mir, Ratsherr, aber Ihre Prüfung meiner Nichte dauert schon viel länger als die eine dafür vorgesehene Stunde und grenzt nun gefährlich an ein Verhör.«

Ratsherrin Chandra erhob sich als Nächste von ihrem Platz. Ihr Unmut über die kaum verschleierte Anschuldigung in

Celadons Aussage stand in ihr atemberaubendes, sandbraunes Gesicht geschrieben. »Den Wert eines eisengeborenen Kindes zu WÄGEN, ist keine triviale Angelegenheit, Eure Hoheit.«

»Ich bitte um Verzeihung – den *Wert*?«

Chandra zuckte mit keiner Wimper.

»Die Gesetze, an die wir uns halten müssen, mögen streng erscheinen, aber sie sind nicht ohne Grund die unseren. Arlo Jarsdels Fall ist nicht einfach. Ein eisengeborenes Mädchen, das wenig bis gar keine Magie besitzt, wird es in unserer Welt schwer haben. Wäre es nicht besser, solche Leute auf einen Weg zu führen, auf dem sie am besten gedeihen können, und das überschüssige Wissen zu beschneiden, das ihnen ohnehin nichts nützen würde? Wir haben diese Gesetze beschlossen, um unser Volk zu beschützen, Eure Hoheit. Das wisst Ihr.«

Celadon schwieg einen Moment länger, als es für die Anwesenden im Raum angenehm war. Selbst Arlo trat neben ihm unruhig von einem Fuß auf den anderen, während ihr Herz erneut panisch zu flattern begann.

Niemand hatte es direkt ausgesprochen, aber zum ersten Mal in dieser gesamten Sitzung war das Urteil greifbar – Arlos Verdammung zu einem Schicksal, das sie nie wählen würde, wenn ihr Leben wirklich von ihr selbst abhinge.

»Um es zu beschützen?« Celadon warf Arlo einen ungläubigen Blick zu. Als er sich wieder zum Rat drehte, runzelte er die Stirn. »Sie irritieren mich, Ratsherrin Chandra. Sie sprechen so, als seien Sie darauf aus, Arlo auszustoßen.«

Bei dieser unausgesprochenen Herausforderung blitzten Chandras dunkelbraune Augen auf. »Sie ist viel zu menschlich.«

»Ich bin sicher, Ihrer Allwissenheit ist nicht entgangen, dass ihre Mutter die Nichte meines Vaters, des Hochkönigs, ist. Arlo *ist* ein Mensch. Aber sie ist ebenso eine *Elfe*.«

»Wie dem auch sei, dies ist von äußerst geringer Bedeutung, wenn es um Miss Jarsdels Macht geht.« Arlo drehte sich der Magen herum. Chandra aber kam in Schwung und fuhr fort: »Das Blut ihres Vaters verdünnt ihr Elfenblut viel zu sehr. Sie besitzt Magie, das ist wohl wahr, aber nur so wenig, dass man genauso gut meinen könnte, sie hätte überhaupt keine. Unsere Überlegungen mögen Euch, Eure Hoheit, wie Vorurteile erscheinen, doch Ihr müsst verstehen, dass Miss Jarsdel viel mehr davon hätte, ihrer Menschlichkeit nachzugehen, als den überragenden Schatten der Familie ihrer Mutter nachzujagen.«

»*Genug*«, befahl Celadon.

Meistens hielt die Welt Celadon Viridian für einen verwöhnten kleinen Prinzen, der gerade erst aus der Phase pubertärer Dramatik heraus war. Und manchmal war er das auch, vor allem wenn er in der Laune war, schwierig zu sein. Doch im Großen und Ganzen hatte er dieses Image mit Absicht kultiviert. Das führte dazu, dass die Leute (unklugerweise und oft zu ihrem eigenen Nachteil) annahmen, er sei mehr als nur ein bisschen oberflächlich. Es fühlte sich wie ein kleiner Sieg an, als er dieses Image nun ablegte, um den Hohen Rat der Elfen mit einem Blick festzunageln, der seine Mitglieder sichtlich ins Wanken brachte.

»Es ist Arlos Vorrecht zu bestimmen, wem sie hinterherjagt. Genau so bestimmt es das Gesetz, auf das Sie einen so großen Wert zu legen scheinen. Sie haben sie bereits einer Möglichkeit beraubt, indem Sie ihr die Alchemie verboten haben, in der sie als Kind von Magie und Eisen ein Naturtalent gewesen wäre. Es steht außer Frage, dass sie in *anderen* Bereichen die geforderte Mindestbegabung gezeigt hat, um den hohen Maßstäben unserer Regierung gerecht zu werden. Und Sie mögen es als gewöhnlich abtun, aber ich würde mein Leben darauf verwetten, dass ihre

Fähigkeit, die magische Signatur eines anderen zu spüren, weit über das hinausgeht, wozu Sie, die Ratsmitglieder, zusammen in der Lage sind. Jedem im Besitz von Magie, und mag sie noch so spärlich sein, müssen der Schutz und die Leitung der Höfe gewährt werden, sollte er sich unseren Regeln fügen wollen. Es ist Arlos *Entscheidung* und nicht die Ihre, Ratsmitglieder – das scheinen Sie alle vergessen zu haben.«

Celadon hielt einen Moment lang inne, um ein Ratsmitglied nach dem anderen finster anzustarren, und Arlo spürte abermals, wie ihr der Atem in der Brust schmerzhaft stockte. Er lenkte das Gespräch wieder zurück zu dem Argument, bei dessen Formulierung er ihr geholfen hatte, und tat dies weit überzeugender, als ihre Nerven es ihr jemals erlaubt hätten. Sie ertappte sich nicht das erste Mal bei dem Wunsch, sie selbst hätte etwas mehr von dieser Art Tapferkeit.

»Wenn das nicht ausreicht, um Ihre Bedenken zu zerstreuen, erinnere ich Sie gern noch an etwas anderes: Es spielt eine große Rolle, dass Ihre heutige Bittstellerin vom Blut des Hauses Viridian ist. Ich selbst war zum Beispiel ein Spätzünder. *Ich*, der elfengeborene Sohn des Hochkönigs Azurean. Ich hatte *keinerlei* Affinität für die Luft gezeigt – das Element *meines* Hofes –, bis vor fast zwei Jahren, als ich neunzehn wurde, auf einmal die Reife eintrat. Und ich habe erst vor wenigen Monaten herausgefunden, dass ich zusätzlich zu dieser Affinität auch noch über eine Gabe verfüge.«

Als der Rat erkannte, wohin Celadons Argumentation zweifellos führen würde, brach an der Richterbank Unruhe aus. Arlo war das genauso unangenehm.

»Wie Sie wissen«, sprach Celadon weiter, »orientieren wir uns bei der Reifezeit der Eisengeborenen an den menschlichen Standards der Pubertät. Es wird erwartet, dass sich ihre Magie vor dem achtzehnten Lebensjahr entwickelt. Das gilt jedoch nicht für unser Volk, oder? Nicht für die Elfen, von denen viele nur mit Windbrisen, elektrischen Funken oder Flammenhauchen herumspielen können, ehe sie selbst erwachsen werden, was zwischen achtzehn und fünfundzwanzig Jahren jederzeit passieren kann.«

Arlo wollte ihn anflehen aufzuhören – ihn daran erinnern, dass sie *einfach nur Arlo* und eindeutig keine Ausnahme war, auch wenn Celadon vielleicht eine bildete –, aber ihr wachsendes Unbehagen verschlug ihr die Sprache.

Celadon ignorierte ihre offensichtliche Verlegenheit. »Für die meisten Elfen ist diese winzige Elementarmagie alles, was sie jemals bewerkstelligen können, neben den Grundfähigkeiten SICHT und Zauber, die alle vom Feenvolk beherrschen sollten. Nicht einmal jeder Elf erbt eine echte ElementarGABE, richtig? Schließlich verfügen nicht alle von uns über die nötige Kraft, um beispielsweise andere durch das Wasser in deren Körpern zu beeinflussen, Waffen aus Elementen zu schaffen oder Geheimnisse aus der Luft zu ziehen. Ist niemandem von Ihnen in den Sinn gekommen, dass nicht Arlo Jarsdels Menschlichkeit sie von ihrem Erbe abhält, sondern die besondere Elfenbiologie?«

Letztendlich brach Arlo ihr Schweigen. »*Cel!*«, flüsterte sie eindringlich und zerrte an seinem Arm. Dieses Thema war nichts, was sie nicht schon bis zum Erbrechen durchgekaut hatten, aber Arlo war von Celadons vehementem Beharren, sie könne immer noch eine vollständige Elfe sein, nicht ganz überzeugt. An diesem Punkt würde er nicht rühren, wenn er in einem Gespräch aufkam. »Cel, ich glaube nicht, dass das Timing richtig ist, um das anzusprechen. Wir haben rein gar nichts, womit wir diese Behauptung untermauern könnten. Ich bin ...«

»Das ist das *perfekte* Timing, um das anzusprechen«, konterte Celadon im Flüsterton. »Wir nehmen jeden Strohhalm, den wir kriegen, Arlo. Schon vergessen?«

Sie würden alles verwenden, was sie hatten, um den Rat zu überzeugen. Das war ihr Entschluss gewesen, als sie in diese Anhörung gegangen waren. Doch eine Karte auszuspielen, von der Arlo nicht sicher war, ob sie diese überhaupt besaß, kam einem Versprechen gleich, das sie nie würde einhalten können. Bei Leuten wie den Elfen war ein falsches Versprechen gleichbedeutend mit einer Lüge und das war ein weiterer Punkt, der sie als ungeeignet erscheinen ließe. Denn obwohl die Feen Lügen erzählen *konnten*, mieden sie diese mit der gleichen Abscheu wie Eisen.

»Okay, aber ... fang bitte nicht an, die Leute anzuschreien, die gerade darüber nachdenken, mich aus dem ›Familienbetrieb‹ zu werfen«, hauchte sie und versuchte in der Hoffnung, ihre Panik würde dadurch abflauen, dem Moment einen sorglosen Anstrich zu geben.

Das klappte leider nicht.

Nach Celadons Rede herrschte im Saal große Spannung. Ratsherr Sylvain fuchtelte mit einer Hand in der Luft herum. »Seht sie Euch an!«, zischte er. »Das Blut in ihren Adern ist rot und nicht blau – kein *Elfen*blut – und sie besitzt keine der Eigenschaften, die sie zu einer der Unsrigen machen würden. Sie ist ein *Mensch*, Hochprinz Celadon, und wir können hierbei keine Ausnahme machen, nur weil Ihr Eure Gunst gern um Euch werft, um Aufmerksamkeit zu erheischen.«

Von der Richterbank ertönte ein Japsen.

Mehrere Ratsmitglieder drehten sich entsetzt zu Sylvain um.

Arlo starrte ihn ebenfalls an. Sein Gesicht wurde silbrigweiß, als er erkannte, welch ungeheure Respektlosigkeit er sich gegenüber jemand so Wichtigem wie seinem Hochprinzen herausgenommen hatte. »Vielen Dank, Briar Sylvain«, sagte Celadon. Sein Tonfall war so höflich wie sein Lächeln, doch beider Drohung war unverkennbar. Seine grünen Augen sprühten Funken. »Ich dachte schon, Sie wären nicht *mutig* genug, mir ins Gesicht zu sagen, was Sie hinter meinem Rücken munkeln.«

Jenseits seines unglücklichen Kommentars war Arlo über den Inhalt von Sylvains Ausbruch nicht überrascht. Die Eisengeborenen hatten ihren Namen in Anlehnung auf die Eisenoxidation erhalten, die menschliches Blut rot färbte, sobald dieses mit Luft in Berührung kam. Das Blut von Elfen und Feen enthielt kein Eisen und blieb selbst dann blau, wenn es vergossen wurde. Und genügend Elfen sahen es immer noch als schweren Verrat an, dass sich ihr Blut überhaupt mit menschlichem vermischte, geschweige denn, dass es dabei seinen Farbton änderte. Sylvain war ein glasklares Beispiel dafür, dass dieses Vorurteil fortbestand.

Viele andere maßen der Blutfarbe jedoch keine solche Bedeutung mehr bei. Eine solche Reaktion empfand man als abstoßend, unabhängig davon, wer sie äußerte, vor allem aber, wenn sie von einem Mitglied des Hohen Rats der Elfen kam. Zudem war es das *Schlimmste*, was Sylvain in Anwesenheit eines mächtigen Prinzen sagen konnte, den er gerade erst beleidigt hatte und der sich seit Langem persönlich für die Rechte der Eisengeborenen einsetzte. Und nicht nur das: Spräche sich im derzeit aufgeheizten Klima herum, dass eines der Ratsmitglieder ein solch elitäres Verhalten an den Tag legte ... Arlo wusste nicht, was dann passieren würde.

Nayani Larsen erhob sich endlich von ihrem Platz und ergriff im Versuch, die Situation zu beruhigen, anstelle des beschämten Ratsherrn Sylvain das Wort. Da Larsen die Ministerin des Rats war, kam es Arlo seltsam vor, dass ausgerechnet die Repräsentantin des UnSeelie-Frühlings in der Gruppe am freundlichsten zu sein schien – vielleicht nur, weil sie in ihren tiefen haselnussbraunen Augen und auf ihrem warmen, gelbbraunen Gesicht einen unverfälschten Ausdruck der Empörung zu Arlos Gunsten trug. »Der Rat entschuldigt sich für Lord Sylvains Bemerkung und versichert Euch, dass dies *nicht* ungestraft bleiben wird.« Ihre Nasenflügel blähten sich, als wolle sie gern ihre klare Verachtung für die Formulierung ihres Kollegen, wie sie ein Vertreter des Frühlings, näher zum Ausdruck bringen und sei gerade noch imstande, sich zurückzuhalten. »Wir wollen weder Euch *noch* Miss Jarsdel gegenüber respektlos auftreten und Ihr habt selbstverständlich recht, Eure Hoheit. Es *ist* Miss Jarsdels Entscheidung. Sie hat ausreichend geerbte Magie bewiesen, um sich ihren Platz an den Höfen zu verdienen. Ihr müsst jedoch zustimmen, dass sie uns keinen Grund gegeben hat, ihr einen höheren Status zu gewähren – wir würden unsere Macht missbrauchen, wenn wir ihr das Recht auf den Status einer Elfe überlassen, ohne dass sie eine seiner Voraussetzungen erfüllt.«

»Außer natürlich, dass sie eine Elfe *ist* und aus einem der Acht Gründerhäuser stammt«, antwortete Celadon gereizt.

Ratsherrin Larsen nickte. »Außer dass sie eine Elfe ist und aus einem der Acht Gründerhäuser stammt. Das wird der Rat nicht ignorieren.«

Allein ihr Gatte, der Mann an der Seite von Ratsherrin Larsen – klein für Elfenverhältnisse, mit goldbrauner Haut und sehr blond – zeigte bei ihren Worten keine Überraschung. Der Rest des Rats sah verwirrt zu seiner Vorsitzenden auf.

»Arlo Jarsdel.«

Arlo spürte den Moment, in dem sich alle Blicke im Raum auf sie richteten.

Wenn es ihr bereits vorher schwergefallen war zu atmen, so war das nichts im Vergleich zu dem Schwindelgefühl, das sie jetzt empfand, da sie wieder in den Fokus der Aufmerksamkeit geriet.

»J... Ja, Frau Ministerin?«

»Wie es unser Gesetz vorschreibt, haben Sie die Wahl: Sie können sich Ihrem menschlichen Erbe fügen und Ihr Wissen um die Existenz der Höfe aufgeben. Sollten Sie es jedoch wünschen, so gewährt Ihnen Ihr ausreichendes Magieerbe die Möglichkeit, dieses Wissen sowie Ihre Staatsbürgerschaft am Hof des UnSeelie-Frühlings zu behalten. Ihr Elfenstatus wird zwar nicht anerkannt, aber Ihnen wird ein Platz in der magischen Gemeinschaft gewährt.«

Erleichterung durchströmte Arlo und erfüllte sie mit einem Kribbeln, das ein bisschen an prickelnde Nadeln auf ihrer Haut erinnerte. Dabei versuchte ihr Empfindungsvermögen, in ihre Gliedmaßen zurückzukehren. Sie konnte nicht wirklich glauben, was sie da hörte. Dass nach alledem, was sie heute Abend durchgemacht hatte, ihre WÄGUNG doch mit etwas anderem als ihrer Verstoßung endete.

Arlos Entschluss lag ihr auf der Zunge. Sie wusste bereits, wofür sie sich entscheiden wollte, und war drauf und dran, damit herauszuplatzen. Ratsherrin Larsen war jedoch noch nicht fertig.

»*Allerdings* bieten wir Ihnen noch eine dritte Option an. Einen Kompromiss sozusagen. In Anbetracht der Familie, aus der Ihr magisches Erbe stammt, wird der Rat die Möglichkeit der – um den Begriff des Hochprinzen zu verwenden – ›besonderen Elfenbiologie‹ anerkennen. Sie sind nicht das erste eisengeborene Kind königlicher Elfeneltern und noch keines ist dem Standardzyklus der ElfenREIFE gefolgt. Doch aus Respekt vor dem Haus unseres Hochkönigs werden wir Ihnen die Option einräumen, diese Entscheidung auf einen späteren Zeitpunkt zu vertagen.«

Im Rat machte sich der Schock noch deutlicher bemerkbar.

Arlo fühlte sich so gelähmt wie noch nie zuvor an diesem Abend.

Sie würden diese Anhörung auf einen späteren Zeitpunkt verschieben? Wollten sie tatsächlich Celadons verzweifeltem Ringen um Arlos vollständigen Elfenstatus und Platz in der Linie der Viridian nachgeben?

»Ich ... *wirklich*? Und wann wäre das nächste Mal, Euer Vorstand?«

»Sollten Sie sich dafür entscheiden, wird der Rat diese Anhörung an jenem Tag wiederholen, der den Beginn Ihres sechsundzwanzigsten Lebensjahres markiert. Zu dieser Zeit werden Sie sich erneut zur WÄGUNG stellen, und wenn sich Ihr Elfenerbe so offenbart hat, wie es dies sollte, wird Ihnen das komplette Privileg und der volle Status des königlichen Blutes zugestanden, das durch Ihre Adern fließt. Doch sollte Ihre REIFE bis zu dieser Zeit nicht eingetreten sein, werden sich Ihre Auswahlmöglichkeiten wieder auf die jetzigen beschränken: nämlich ein Leben als Mensch oder gewöhnliche magische Bürgerin.«

»Und was macht sie bis dahin?«, erkundigte sich eine neue Stimme aus dem hinteren Teil des Saals.

Arlo konnte nicht anders, als herumzuwirbeln.

Dort in der Tür, die nach Celadons Eintritt immer noch geöffnet war, stand Arlos Mutter Thalo.

Thalo und Celadon sahen sich unheimlich ähnlich, wenngleich sie nur Cousine und Cousin ersten Grades waren. Ihre Mutter wirkte viel jünger als zweiundvierzig. Und mit demselben dämmrig leuchtenden Teint, der gertenschlanken Statur, den rotbraunen Haaren und entzückenden Gesichtszügen wie Celadons lage es nahe, sie für Geschwister zu halten, obwohl eigentlich der Hochkönig und Thalos Mutter, Prinzessin Cyanine, Bruder und Schwester waren.

Drei weitere Elfen, die stilvoll gekleidet und ebenso neugierig auf diese ungewöhnlichen Vorgänge waren, standen um den Rand der Türschwelle versammelt und spähten in den Raum. Sie richteten sich geschwind auf, als sie merkten, dass Thalo aller Aufmerksamkeit auf ihre Spionage gelenkt hatte – das war höchstwahrscheinlich das Personal, das diese Anhörung geheim halten sollte.

Ratsherrin Larsen hob eine Augenbraue.

Niemand dachte weiter darüber nach, dass *Celadon* meinte, Regeln galten für andere Leute und nicht ihn. Doch von Thalo, die das Schwert des Hochkönigs – die Generalin seiner Königsgarde – und das Oberhaupt der Falchion-Polizeitruppe war, erwarteten sie ein etwas anständigeres Verhalten. »Bis dahin«, fuhr Larsen elegant fort, »werden wir ihr den Status der Volljährigkeit an den Höfen vorenthalten und ihr erlauben, genauso weiterzuleben, wie sie es die letzten achtzehn Jahre getan hat – als Mitglied des Feenvolks auf Probe und bis zu ihrer nächsten WÄGUNG einfache Beobachterin unserer Angelegenheiten.«

Thalo blickte zurück zu Arlo und Hoffnung schimmerte in ihrer sonst so zurückhaltenden Miene. »Es ist Arlos Entscheidung«, sagte sie. Ihre Atemlosigkeit sprach Bände.

»Gewiss«, erwiderte Gavin Larsen, Nayanis Ehemann und Repräsentant des Seelie-Sommers, der über die Vorgänge lediglich amüsiert schien. »Und wie *lautet* diese?«

Wie *lautete* Arlos Entschluss?

Der Rat konnte ihre Erinnerungen löschen. Dann würde sie diesen Raum sozusagen als Mensch verlassen und als solcher bis zum Ende ihres unnatürlich langen Lebens leben. Das war das genaue Gegenteil von dem, was sie wollte.

Sie konnte auch die Gnade der gewöhnlichen Staatsbürgerschaft annehmen und ihr Leben wie ursprünglich geplant weiterleben. Dadurch würde sie weder den glorreichen Rang einer Elfe innehaben noch an den Elfenuniversitäten studieren oder eine höhere Position als allgemeine Hilfskraft im Palast einnehmen dürfen. Aber sie hätte zumindest einen Platz in den Welten ihrer beiden Elternteile und alle Erinnerungen blieben ihr.

Oder diese neue dritte Option: eine Verschiebung.

Das hieße, sie müsste ihre Jugendhölle verlängern und würde aus allem, was mit den Höfen zu tun hatte, herausgehalten werden, bis der Rat in acht Jahren wieder zusammenkam. Und das alles für die *Aussicht* auf eine volle Elfenbürgerschaft. Und sogar wenn sie sich als Elfe entpuppen sollte, bedeutete das mehr Geheimnisse in ihrem Leben und weniger Kontakt mit einer Welt, die sie nicht vollständig verlieren wollte. Sie würde jedoch *akzeptiert* werden. Für die Mehrheit derjenigen, die sie liebte, wäre Arlo keine Enttäuschung mehr. Man würde sie als Mitglied des Königshauses anerkennen, ihr erlauben, im Palast zu leben, und ihr würde das volle Privileg des Elfenlebens zustehen – die Partys, das Studium, die Dekadenz, der *Respekt* ...

Doch Arlo fand, sie konnte in Zukunft nur zwei Wege einschlagen. Der Rat gab Celadon sicherlich nach, denn unter anderem vermochte er ihnen für das, was Sylvain gesagt hatte, ihr Leben zur Hölle machen. Dass Arlo *viel zu elfisch* war, um momentan irgendeine Magie zu besitzen, war höchst unwahrscheinlich. Wie und was auch immer sie und ihre Familie über die Jahre versucht hatten, um ihr ihre Magie zu entlocken – in diesem Bereich hatte es einfach nie wirklich vielversprechend ausgesehen.

Aber *was, wenn*, schien ihr Herz zu flüstern.

Was, wenn ...

»Ich möchte die WÄGUNG verschieben.«

Ihr Entschluss platzte einfach so heraus. Zum ersten Mal an diesem Tag äußerte sie sich so entschieden. Dabei sprach sie zu einer Hoffnung, die sie lange Zeit verborgen hatte.

Rätin Larsen nickte und damit war die Sache so abrupt beschlossen, dass Arlo ins Taumeln geriet. »Hiermit wird der Aufschub gewährt. Der Fall um Arlo Jarsdels Staatsbürgerschaft als Elfe wird in acht Jahren, am fünften Tag des Mais, erneut mit Arlo Jarsdel, und *nur* mit Arlo Jarsdel, verhandelt.« Die Ratsherrin hielt inne, um erst Celadon und dann die Gruppe an der Tür mit ihren Augen anzufunkeln. »Der Rat verlässt nun den Saal. Sie *alle* können jetzt gehen.«

KAPITEL 2

Aurelian

Der Strahlende Palast des Sommers bot ein glanzvolles Spektakel. Er bestand aus funkelndem Stein und poliertem Glas, kunstvoll gearbeiteten, naturgetreuen Friesen und Gewölbedecken, von denen viele verzaubert waren, um wie ein sonniger Himmel auszusehen, und prächtigen, vergoldeten Sälen, die mit so vielen hellen Juwelen verkleidet waren, dass der Palast nie wirklich dunkel wurde, nicht einmal des Nachts, weil ihre Facetten das Licht brachen.

Doch trotz all des Prunks hatte Aurelian nie seinen ersten Eindruck von diesem Ort vergessen ... oder die Leute, die ihn ihr Zuhause nannten.

Je heller das Licht, desto dunkler die Schatten ...

»Siebenundvierzig Tage – das ist alles, was zwischen dem heutigen Tag und der Sommersonnenwende liegt, dem Fest, das *wir* dieses Jahr abhalten dürfen. Der Herrscher jedes Hofs wird anwesend sein, einschließlich des Hochkönigs Azurean höchstpersönlich, und Dark Star hat im Foyer einen *Stiertroll* freigelassen.« Riadne Lysterne, Königin des Seelie-Hofs des Sommers, sprach mit einer Stimme, die so ruhig war wie stilles Wasser. Sie brauchte nicht zu schreien – jeder im Raum konnte sie klar und deutlich hören und wurde förmlich versteinert von ihrem Blick, mit dem sie alle von ihnen nacheinander anstarrte. »Die Treppe – zerstört. Der Kronleuchter – in Stücke zerschmettert. Die Säulen, die Ausstattung, der Boden, die *Decke* – der gesamte Ort liegt in Trümmern und so wiederhole ich mich: Wer hat *gelacht*? Wer fand das so lustig? Ich werde nicht noch einmal fragen.«

Aurelian kochte innerlich. Die meisten Dienerinnen und Diener der Königin waren Sidhe-Elfen, aber sie hatte auch einige Lesidhe in ihrem Dienst. Natürlich gab es keinen sichtbaren Unterschied zwischen Sidhe und Lesidhe, abgesehen davon, dass alle Lesidhe unterschiedliche Nuancen und Intensitäten goldener Augen besaßen. Was sie am meisten voneinander unterschied, war die Magie. Sidhe-Elfen waren an die Elemente Eis, Wasser, Feuer, Elektrizität, Erde, Stein, Wind und Holz gebunden. Die Magie der Lesidhe war hingegen an den Äther geknüpft, die Kraft, die das gesamte Universum zusammenhielt. Ihre Macht entsprach am meisten der menschlichen Vorstellung von Feen. Lesidhe konnten ihre Hand wie einen Zauberstab schwenken und für alle möglichen Dinge Magie einsetzen, etwa um Gegenstände schweben zu lassen, größere Illusionen zu weben und Unordnung im Handumdrehen zu beseitigen.

Selbst als die Königin dastand und ihr Personal terrorisierte, war die Katastrophe in ihrem Foyer also nichts, was nicht bis zum Morgen wiederhergestellt werden konnte.

Allerdings wäre es ein gravierender Fehler gewesen, das im Moment zu erwähnen. Riadne war verärgert – sie raste förmlich vor Wut. Das Licht, das sie als Königin des Sommers beherrschte, glühte rings um sie in einem sichtbaren Lichthof. In diesem Zustand konnte sich ihre schlechte Stimmung ohne Umschweife in eine verdammt miese Laune ändern.

»Ah, tut mir leid, Mutter – das war ich.«

Wäre Riadne nicht unverzüglich auf ihren Sohn, Vehan, losgegangen und hätte Aurelian nicht direkt hinter diesem gestanden, hätte er wohl aufgestöhnt. Es war *nicht* der Prinz gewesen, der durch die Nase gelacht und somit den Jähzorn der Seelie-Königin entfacht hatte. Aber Vehan Lysterne wusste besser als jeder andere, wie solche Situationen ausarten konnten, wenn man sie außer Kontrolle geraten ließ. Außerdem war er ein adeliger Narr.

»*Vehan.*«

»Entschuldige!« Augenblicklich kapitulierte Vehan und hob seine Hände. »Tut mir leid, es ist nur ... *Du* hast den anderen Höfen erzählt, dass Dark Star etwas mit all dem Sterben der Eisengeborenen in letzter Zeit zu tun haben könnte. Also überrascht dich ihre Rache doch nicht wirklich, oder?«

Allein hier im Gebiet des Seelie-Sommers gab es beinah ein Dutzend Fälle toter Eisengeborener. Dass sie *ermordet* wurden, war noch milde ausgedrückt. Bis zur Unkenntlichkeit zerfleischt war eine bessere Beschreibung ... an verschiedenen Orten in Fetzen verstreut ... und es gab keinen Hinweis darauf, wer das nächste Ziel sein könnte, außer dass jedes Opfer ein eisengeborenes *Kind* war. Das älteste, das sie aufgefunden hatten, war erst neunzehn Jahre alt gewesen. Ihre Wut über die Untätigkeit der Höfe verübelte Aurelian der Gemeinschaft der Eisengeborenen nicht. Auch warf er ihnen nicht vor, dass sie sich an die einzige Gruppe von Leuten wandten, denen das nicht egal zu sein schien – eine illegale Organisation, bekannt als der BEISTAND. Die Feen, Elfen und selbst andere Menschen in ihren Reihen sorgten gründlich dafür, dass jeder neue Fall an die Öffentlichkeit gelangte und nicht etwa vergessen oder vertuscht werden konnte. Die Verwicklung des BEISTANDS in diese Angelegenheit bedingte das jüngste Treffen zwischen dem Hohen Rat der Elfen und den Häuptern der Höfe. Im Bemühen, die Gemeinschaft zu beschwichtigen, hatte der Rat der ungewöhnlich voreiligen Entscheidung des Hochkönigs zugestimmt, die berüchtigte Dark Star als mögliche Täterin zu benennen, so wie von Riadne behauptet. Aurelian vermutete jedoch, dass sogar die Königin nicht wirklich an Dark Stars Beteiligung glaubte.

Es war schon komisch, wie gut die Elfen inzwischen mit Lügen umgingen.

»Du bewunderst sie.« Wäre Riadnes Tonfall noch flacher gewesen, hätte ihre Stimme hohl geklungen.

»Nein! Keineswegs. Ich glaube einfach nicht, dass sie wirklich das getan hat, was man ihr vorwirft. Und wäre ich an ihrer Stelle, wäre ich auch nicht glücklich darüber. Ich meine, sie *ist* eine Bedrohung. Dark Star terrorisiert die magische Gemeinschaft schon seit über einem Jahrhundert ... Sie tut dumme und leichtsinnige Dinge, die zu beheben furchtbar viel kostet, und ja, sie hat andere sogar verletzt. Aber wegen ihr ist noch nie jemand *gestorben*. Ich glaube nicht, dass sie die Täterin ist. Das war sie nicht. *Aber* ...«

Aurelian unterdrückte abermals seinen Drang zu stöhnen. Er wusste, worauf der Prinz mit diesem Gespräch hinauswollte – was er als Nächstes sagen würde. Dem Ausdruck der Königin nach wusste sie es ebenfalls.

»Vehan ...«, warnte Riadne.

»Hör mich an!«, flehte Vehan. »Es geht viel mehr vor sich, als wir sehen, und es geht um mehr als nur um das Sterben einer Handvoll Eisengeborener. Du hast genauso wie ich die Gerüchte gehört. Sogar der *menschlichen* Polizei ist aufgefallen, dass eine ganze Reihe Prostituierter und Obdachloser verschwunden ist. Jemand geht umher und sammelt Menschen praktisch von der

Straße auf, genau hier in Nevada – im Gebiet des Seelie-Sommers – und es besteht ein *Zusammenhang*. Ich *weiß*, dass es ihn gibt. Ich weiß nur noch nicht, worin genau er besteht. Wenn du einfach nur ... mit dem Hochkönig reden könntest oder *mich* das tun lassen würdest. Ich weiß, er hat uns verboten, uns einzumischen, was ... recht merkwürdig ist, wenn du mich fragst. Warum dürfen wir keine Nachforschungen anstellen? Er war immer so verständnisvoll, immer fair zu seinem Volk. Wenn er vielleicht wüsste ...«

»*Vehan.*«

Blitzschnell schoss die Hand der Königin hervor, um den Kiefer ihres Sohns zu packen.

Aurelian zuckte und trat beinah einen Schritt nach vorn, was ein fataler Fehler gewesen wäre, eine Herausforderung, die die Königin bestimmt nur zu gern angenommen hätte. Gerade noch rechtzeitig fing er sich.

Die Verwandtschaft zwischen Vehan und seiner Mutter war äußerlich kaum zu erkennen. Mit seiner schönen Erscheinung, seinem sonnengebräunten, goldenen Teint und seinem überdurchschnittlich starken Körperbau sah Vehan seinem verstorbenen Vater Vadrien viel ähnlicher. Doch sein Haar war schwarz wie die Löcher, die den Weltraum verschlangen, und seine Augen von solch hellem Blau, dass sie wie das elektrische Element zu funkeln schienen, das er und seine Mutter beherrschten – jene Magie, die den Elfen des Seelie-Sommers eigen war. In beidem glich er der Königin, einer ätherischen Elfe mit scharfkantigen Zügen sowie von strahlender und doch bedrohlicher Schönheit.

Nur in Augenblicken wie diesen – wenn sie sich gegenüberstanden und einen kleinen geistigen Wettstreit austrugen – erkannte Aurelian zwischen dem Prinzen und seiner Mutter diese verblüffende Ähnlichkeit.

»Das genügt«, fuhr die Königin fort. »Ich habe die Nase gestrichen voll von deinen Verschwörungen, Theorien und deiner Suche nach Ärger, wo *es keinen zu finden gibt.*« Riadne richtete sich zu ihrer vollen Größe auf und blickte auf ihren viel kleineren Sohn herab. Ihre Miene war so streng, dass die meisten Leute nicht umhin konnten wegzusehen, und erfüllt mit all der Intensität der von den Seelie angebeteten Sonne. Vehan hielt diesem Blick stets länger stand, als Aurelian es erwartete. Allerdings wanderten selbst seine Augen irgendwann gen Boden, so auch dieses Mal. Die Königin sprach einen Hauch eleganter weiter: »Auf deine Tapferkeit und dein Pflichtgefühl gegenüber deinem Volk bin ich stolz. Als Sidhe-Elfe vom Seelie-Blut bin ich dankbar zu sehen, dass mein Sohn so viel von dem verkörpert, was unser Volk schätzt. Doch deine Obsession, in die Fußstapfen unserer Gründer zu treten – dein unendliches Verlangen, den Helden zu spielen, ihre ritterlichen und heldenmütigen Taten nachzuahmen ... Ich fürchte, eines Tages wirst du dich wegen deiner edlen Absichten verletzen, mein Lieber.«

Riadnes Hand entspannte sich, um unter Vehans Kinn zu gleiten. Dann hob sie sein Gesicht zu ihrem empor, sodass er ihrem Blick begegnete, und lächelte zu ihm hinab. »Du willst doch deiner Mutter keine Sorgen bereiten, oder?«

Vehan seufzte und Aurelian war erleichtert, wohl wissend, dass Vehan das Thema heute Abend nicht weiter vertiefen würde. »Nein, will ich nicht.«

»Gut. Schlag dir diese furchtbare Sache um das Verschwinden von Menschen und die Morde an Eisengeborenen aus dem Kopf. Du bist noch ein Kind, Vehan. Das ist nicht dein Problem. Außerdem gibt es so viele andere dringliche Angelegenheiten, die unsere Aufmerksamkeit erfordern, wie beispielsweise mein Foyer.« Sie drehte sich wieder zu ihren Bediensteten um. So sanft ihr Tonfall gegenüber Vehan auch geworden sein mochte, ihre Augen funkelten immer noch fuchsteufelswild. »Räumt hier auf.«

Sie brauchte ihr Personal nicht mit Drohungen zu motivieren.

»Jawohl, Eure Hoheit«, hallte es aus dem Raum zurück.

Mit einem letzten Blick auf jeden einzelnen Diener wirbelte die Königin herum und stieg wieder die zerschmetterte Treppe hinauf, die sie bei ihrer Krönung hatte einbauen lassen – ein Element, das an allen Höfen bekannt war, weil es komplett aus reinem, glänzendem Eisen bestand. Aurelian vermutete, dass Riadne es genoss, jeden einzelnen Gast und Bediensteten zu beobachten, wenn er auf der Treppe so tat, als brenne es kein bisschen. »Bleib nicht zu lange auf, Vehan«, fügte sie über ihre Schulter blickend noch hinzu. »Du musst morgen früh zum Unterricht. Wenn sich deine Noten wegen dieser Mätzchen verschlechtern, werde ich nicht glücklich sein – weder mit dir noch mit deinem *Gefolgsmann*.«

Vor Jahren wäre Aurelian bei diesen Worten womöglich zusammengezuckt. Jetzt nicht mehr.

»Werden sie nicht, Mutter. Versprochen! Ich geh gleich ins Bett, keine Sorge. Gute Nacht.«

Aurelian blickte Vehan an, während der Prinz seiner Mutter nachsah und abwesend die Stelle rieb, an der sie ihn am Kiefer gepackt hatte.

»Weißt du, warum ich euch hierhergebracht habe, Aurelian?«

Nein, Aurelian könnte weder seinen ersten Eindruck vom Palast noch die Königin selbst jemals vergessen.

Es gab Momente, da er vergaß, wie jung der Kronprinz war – wie jung sie *beide* waren. Genauso wie es Zeiten gab, in denen sich Aurelian Vehan anschaute und sich danach sehnte, ihn aus diesem Leben zu reißen – aus der Gefahr, die ihn ständig umgab.

Diese drängte von allen Seiten heran: vom Strahlenden Rat des Seelie-Sommers, der hoffte, seinen zukünftigen König zu seiner Marionette zu machen; von den hinterhältigen Tanten, Onkeln, Cousinen und Cousins, die nur auf die erstbeste Gelegenheit warteten, um die Thronfolge des Seelie-Sommers um eine Person zu verringern; von den anderen Königsfamilien des Seelie-Sommers, die nach einem Weg suchten, die Lysternes allesamt vom Thron zu stürzen und diesen für sich zu beanspruchen.

Außerdem sehnte sich Aurelian manchmal danach, in die Zeit zurückzukehren, als er und Vehan sich nähergestanden hatten, jünger und so unschuldig miteinander verbunden – als sie beste Freunde waren, die einander innig liebten. Als Aurelian noch nicht wusste, dass jeder, den Vehan liebhatte, die größte Gefahr für den Prinzen war, dass Vehans eigene Mutter diese Leute in Dolche verwandeln und ihrem Sohn an die Kehle legen würde.

»*Ich gebe dir einen Tipp – es hatte nichts mit deinen Eltern zu tun.*«

Sobald die Königin außer Sichtweite war, löste sich die Spannung im Raum auf. Die Stille hielt jedoch noch ein paar Augenblicke an. Dann kam ein: »Vielen Dank, Eure Hoheit.«

Es war Teron, ein junges Pixiemädchen und nicht viel älter als Aurelian, das aber erst seit einem Jahr hier arbeitete. Sie war kleiner als Vehan und unglaublich zierlich und schlank. Viele Feen fanden es unnötig, ihre Macht zur Schau zu stellen, indem sie ihren Zauber sogar an menschenfreien Orten aufrechterhielten – so wie die Elfen. Teron aber hatte sich große Mühe gegeben, ihre Gesichtszüge menschlich, ihr Haar mausbraun und ihre großen Augen in gedämpftem Blau zu halten. Allein ihre pastellrosa Haut und ihre Flügel, die so durchscheinend waren wie Zuckerwatte und so entzückend wie Buntglas, bewiesen, dass sie ihren Zauber ein wenig gedrosselt hatte. Denn ihn so lange wie die Elfen vollständig aufrechtzuerhalten, kostete zu viel Energie.

Mit einem Lächeln drehte sich Vehan zu ihr um. Aurelian brauchte es nicht zu sehen, um zu wissen, dass es mehr Gefühl als Riadnes Lächeln enthielt – er hätte dieses Lächeln nur zu gern erwidert. »Nein, nein, dafür musst du dich nicht bedanken, Teron. Es tut mir leid. Mutter ist in letzter Zeit schlecht gelaunt ... Sie steht unter großem Druck, weil hier in unserem Gebiet die meisten Morde geschehen und Leute verschwinden. Und sie möchte wirklich, dass sich das diesjährige Fest zur Sonnenwende von allen anderen abhebt. Dark Star sollte lieber ein Weilchen den Kopf einziehen, wenn sie nicht will, dass er an die Wand des Ballsaals gehängt wird«, sagte er lachend. Aurelian kannte ihn viel zu gut, um die Unbeholfenheit nicht herauszuhören.

»Ich hätte nicht lachen sollen«, erwiderte Teron kläglich.

Nein, das hätte sie wirklich nicht.

Aurelian war Zeuge gewesen, wie die Königin Feen für noch kleinere Beleidigungen an ihre Eisenstufen nagelte – wie Vehan bestraft wurde, wenn er sich ihr in besserer Stimmung widersetzte.

Teron schuldete dem Prinzen weit mehr als ihren Dank, aber Vehan war kein Elf, der aus solchen Schulden Kapital schlug – und so verhielt sich der Prinz immer, und zwar sehr zu Aurelians Verdruss. Er war viel zu *gut*, viel zu bemüht, sich um andere zu kümmern, ganz gleich, was es ihn selbst kostete.

Ganz gleich, dass Riadne dies ebenso deutlich wie Aurelian sah und es *ständig* zu ihrem Vorteil nutzte.

»Ähm, na ja, versuch es dir beim nächsten Mal so lange zu verkneifen, bis sie nicht mehr da ist, okay?«

Mit einem Kopfnicken und einer Verbeugung, bei der ihre Flügel kurz gegen Vehans Nase schlugen, flitzte sie wieder zu den anderen zurück, um ihnen bei der Reparatur des Foyers zu helfen.

Zwischen den Jungen herrschte wieder Stille. Mit einem tiefen Seufzer trat Aurelian neben Vehan und nickte in Richtung des Pixiemädchens, das Letzterem nun immer wieder kurze Blicke zuwarf. »Eine weitere, die Ihr in der Schlange sehen werdet, um mit Euch bei der Sonnenwende zu tanzen.«

»Es gibt Schlimmeres im Leben, als von hübschen Leuten für charmant gehalten zu werden.« Vehan strahlte Aurelian förmlich an. Dieser Frohsinn war nicht aufrichtig – den kaufte ihm Aurelian nicht für eine Sekunde ab –, doch ihm selbst gelang es nur dank jahrelanger Übung, seine scheinbare Gleichgültigkeit zu bewahren. Er hatte schon immer eine Schwäche dafür gehabt, wenn ein Lächeln die vollen Lippen des Prinzen umspielte. Ein Tropfen seines Ärgers musste trotzdem durchgesickert sein, denn als Nächstes fügte Vehan hinzu: »Was? Wieso guckst du mich so an?«

Aurelian schüttelte seinen Kopf.

Für Elfen war es nicht ungewöhnlich, mit achtzehn Jahren REIF zu werden – wenn sie ihre volle Macht entfalteten, immer langsamer alterten und ihre jugendliche, menschliche Sanftheit begann, sich zu wahrer Elfenschönheit zu schärfen. Dies geschah jedoch erst, wenn die Phase von Krankheit, Stimmungsschwankungen und launischer Magie in der ersten Woche vorüber war. Bei Vehan war es exakt an seinem Geburtstag geschehen, vor etwas mehr als einem Monat. Bei Aurelian war es mehr oder weniger genauso gewesen. Sein achtzehnter Geburtstag war im Januar gewesen und die REIFE hatte sich ein paar Wochen später eingestellt. Aurelian war jedoch kein Prinz eines Hofes. Die diesjährige Sonnenwende beginge er nicht so, als sei das Wort »Heirat« gleich einer Zielscheibe auf seinen Rücken gemalt. Er zweifelte kein bisschen, dass Riadne in diesem Jahr plante, auf der Feierlichkeit die bestmögliche Ehe für ihren Sohn zu arrangieren. Und wer wollte nicht die bessere Hälfte für jemanden wie Vehan Lysterne abgeben, der bereits für sein Aussehen, seine Freundlichkeit und sein fürstliches Auftreten bekannt war?

Ein wahrer Prinz des Lichts, so nannte ihn sein Volk.

Aurelian wünschte, er wäre anderer Meinung.

»Na schön. Verurteile mich schweigend – ich bin es gewohnt.« Vehan seufzte. Ein Hauch seiner vorgetäuschten Fröhlichkeit verflüchtigte sich. Ihm lag eindeutig etwas auf dem Herzen.

»Was ist?«, fragte Aurelian, ehe er sich bremsen konnte.

Er würde es bereuen, nachgefragt zu haben, doch als Vehans Gefolgsmann und Hofmeister in Ausbildung war es besser, jetzt zu erfahren, was im Kopf des Prinzen vor sich ging, und nicht erst später.

Vehan grinste.

Er musterte Aurelian so seltsam wie immer. Seit ihrem allerersten Treffen unterschied sich seine Art, ihn anzusehen, ganz und gar von der aller anderen.

Aurelian Bessel war hoch aufgeschossen und dünn, ein Lesidhe-Elf aus einem Seelie-Herbst-Haus. Mit gerade mal elf Jahren war er mit seinen Eltern von Deutschland hierher nach Nevada gezogen. Er war ruhig, unnahbar und äußerst intelligent – ein Genie, nach elfischen wie nach menschlichen Maßstäben und von aller Bescheidenheit abgesehen, obwohl sich seine Eltern sehr darum bemüht hatten, ihn von Letzterer abzubringen.

Unter seinem menschlichen Zauber hatte er leicht gebräunte Haut, einen feinen Kiefer, kräftige Gesichtszüge und dunkelbraunes Haar, das am Hals und an seinen Ohren stoppelig abrasiert war. Am Oberkopf war es länger und in ein rauchiges Lavendel gefärbt. Seine derzeitige Lieblingsfrisur bestand darin, den Pony zu seinen dichten Augenbrauen hin zu streichen. In den letzten Jahren waren an seinen Ohrmuscheln Piercings sowie ein wahrer Ärmel Tattoos aufgetaucht: schwarzes und braunes Blattwerk, mit Tinte in den Farben seines Heimathofs gestochen. Diese Tattoos bedeckten seine rechte Hand wie ein Handschuh und erstreckten sich von seinen Fingern bis zum Schulterblatt. Es war nicht schwer gewesen, eine Fee zu finden, die bereit war, dies zu stechen, obwohl er gerade erst sechzehn gewesen war. Allerdings lasen ihm damals beinah jeder Erwachsene und viele Gleichaltrige deswegen ganz schön die Leviten, fast genauso wie wegen allem anderen in seinem Leben ... Vehan war die einzige Ausnahme.

Wenn Vehan Aurelian ansah – ihn *wirklich* anblickte und ihn nicht einfach nur ansah ... Das waren die einzigen Augenblicke, in denen Aurelian so kalt erwischt wurde, dass er sich sogar fragte, wie es wohl sein mochte, wenn er ... anders wäre. Wenn er etwas weniger achtsam, etwas weniger rebellisch und ein bisschen mehr so wäre wie der Partner, den sich Riadne und ihre Untergebenen für deren Sohn wünschten – nämlich fügsam.

Wenn Aurelian als solch ein Partner nur kein weiteres Werkzeug wäre, um Vehan zu kontrollieren.

»Oh ... Nichts, wirklich ...«, brach Vehan verschmitzt ab.

Aurelian runzelte die Stirn. »Hört auf mit den Albernheiten oder lasst mich zu Bett gehen.«

»Nun, du hast doch meine Mutter gehört, oder?«

»Ja. Sie wird Euch die Haut abziehen und Euch als Kleid zur Sonnenwende tragen, solltet Ihr noch weiter ihr Personal ablenken. Sind wir fertig?«

»Okay.«

Vehan sagte dies zu fröhlich. Das war zu einfach gewesen und Aurelian spürte seine Schläfen schmerzhaft pochen. »*Was?*«

»Es ist nur, dass wir an den falschen Orten nach Ärger gesucht haben ...«

Aurelian benötigte keine Erklärung. »Die Höfe können Euch nun aufspüren, das wisst Ihr noch, richtig? Ihr seid REIF geworden. Wir *beide* sind es. Wenn Ihr vorhabt, irgendwohin zu gehen, wo wir nicht ...«

»Aurelian.«

Dieser starrte ihn wütend an.

»Ich *bin* die Höfe. Und ich willige ein. Wir haben nach Ärger gesucht, wo es ›keinen zu finden gibt.‹ Jetzt ist es an der Zeit, dort zu suchen, wo er möglicherweise steckt.«

Vehans Grinsen wurde noch breiter und Aurelian spürte, wie sich all seine Hoffnung verflüchtigte, diese Nacht ausschlafen zu können.

KAPITEL 3

Nausicaä

Wenn es etwas gab, das Nausicaä in den letzten hundertsechzehn Jahren auf der Erde – und den fast dreihundert ihres gesamten Lebens – gelernt hatte, dann, dass Rache kein Heilmittel gegen Schmerzen war. Doch beim Gedanken daran, diese zu üben, lächelte sie.

Es ärgerte sie noch immer ungemein, dass ihr Name in die Sache mit dem »Haufen toter Eisengeborener« hineingezogen worden war – sie brachte keine unschuldigen Leute um, vielen Dank, und an ihren Händen klebte bereits genug Blut, auch wenn sie gewisse Schandflecken nie bereuen würde. Aber sich trotz ihres vollen Terminkalenders die Zeit zu nehmen, um die Höfe daran zu erinnern, was sie war, hatte sich doch gelohnt: Königin Riadnes Gesichtsausdruck, als diese in ihr kostbares Palastfoyer stürmte und einen herumwütenden Stiertroll vorfand, war es wert gewesen.

»Die Iron Queen und die berüchtigte Dark Star.« Nausicaä seufzte und blickte zum Sternenhimmel empor. »Also *das* hätte einen Hammerkampf abgegeben. Echt blöd, dass wir gehen mussten – da kommt ja fast schon ein Gefühl in mir hoch.«

Seit ihrer Verbannung war bereits mehr als ein Jahrhundert vergangen und Nausicaä hatte ihre Wut auf ihre unsterbliche

Familie noch immer nicht befriedigen können. Sie hatte unzählige Dinge veranstaltet, damit sie es bereuen, sie hierhergeschickt zu haben, und sich wünschten, sie hätten sie stattdessen zur VERNICHTUNG verurteilt.

Sie hatte ihre existenziellen Grundsätze, einen ganzen oder zwei, an denen sie hartnäckig festhielt. Abgesehen von ihrer Weigerung, weitere ungerechtfertigte Morde zu begehen, versuchte sie auch, sich von schwarzer Magie fernzuhalten, und sei es nur, weil niemand etwas gegen ihre früheren Anschläge unternahm. Ohne jede Belohnung war es die Mühe nicht wert. Doch wenn sie nicht gerade versuchte, die magische Gemeinschaft mit einer List dazu zu bringen, sich den Menschen zu offenbaren, oder die Oberhäupter der Höfe anzutupsen, um sie vor Aufregung brummen zu sehen, schikanierte sie hitzköpfige Gottheiten. So fackelte sie ihre bereits vernachlässigten Schreine ab, verunstaltete ihre einst prächtigen Tempel (die nun kaum mehr als kuriose Touristenattraktionen waren) und schürte unter deren Anhängern Unruhe, um am Glauben der Sterblichen Zweifel zu säen. Dieser allein hielt die Götter am Leben und nur davon hing der Friedensvertrag zwischen den Reichen der Unsterblichen und Sterblichen ab.

Nausicaäs Art Chaos war genau das: Chaos und *nicht* das Töten der Kinder der magischen Gemeinschaft.

»Aber vielleicht sollte es das doch sein, verdammt noch mal«, murmelte sie vor sich hin und trat gegen einen Stein auf dem Weg, der sie von der Stadt in ihrem Rücken in einen riesigen, dichten Wald führte.

Die Sterblichen hatten bereits Angst vor ihr. Ab und an hatte sie sich zur Abwechslung von ihnen fangen lassen – mit der Zeit immer seltener –, nämlich in der Hoffnung, dass *irgendjemand* interessiert sei. Dass jemand der Heftigkeit und der Fäulnis ihrer magischen Aura – ein Spiegel ihres geistigen Zustands, um dessen Untersuchung sie sich nicht scherte – trotzen würde, um ihr in die Augen zu sehen und etwas anderes zu tun als zu zittern, sich zusammenzukauern oder zu verkünden, sie sei die Mühe nicht wert, um sie zurechtzuweisen.

Doch es war hoffnungslos.

Vielleicht sollte sie sich einfach damit abfinden, was nun *beide* Reiche über sie dachten ... Das war jedoch ein deprimierender Gedanke, den sie sich nicht erlauben wollte. Nicht jetzt, da die glückliche Erinnerung an Riadnes Zorn noch frisch war.

Nausicaä wandte sich an ihren Komplizen, der ihr heute Abend geholfen hatte, und grinste noch breiter. »Du warst gar nicht mal so schlecht, weißt du? Für einen Troll. Vielleicht sollte ich mich öfter mit anderen zusammentun ...«, sagte sie und tippte nachdenklich an ihr Kinn.

Der Troll, der ihr hier gegenüberstand und sich verwirrt umsah, war die erste Ausnahme von ihrer Einzelgängerregel seit weit über fünfzig Jahren. Sie mochte es nicht, mit anderen zusammenzuarbeiten – andere Leute waren kompliziert und bei ihnen schien sich alles um *Gefühle* zu drehen. Für diesen Schwachsinn hatte Nausicaä keinen Platz in ihrem Leben. Außerdem hatte sie Freunde *gehabt*, und zwar viele, vor langer Zeit. Vor all den Geschehnissen nach Tisiphones Tod war sie bei ihrem unsterblichen Volk sehr beliebt gewesen. Doch eigentlich war sie froh, dass sie sie alle los war, wirklich.

Aber Trolle waren dämlich – vor allem Stiertrolle.

Besonders dieser hier schätzte Muskeln eindeutig mehr als Verstand und überragte mit seinen vielleicht zwei vierzig ihre eigenen ungefähr eins neunzig. Er hatte ein Kürbisgesicht und eine Haut so grau wie uralter Brei und genauso klumpig. Aus seinem Maul ragten vergilbte Stoßzähne hervor und an seinen

Schläfen wuchsen spitze schwarze Hörner. Er war genauso groß wie stark und allzu bereit gewesen, ihr einen Schlag zu verpassen, als sie in seinem Wald angekommen war, um ihren zeitweiligen Bund zu schmieden. Nein, Gar – das war zumindest, was sie aus dem Geräusch machte, das *er* von sich gegeben hatte, als sie ihn nach seinem Namen gefragt hatte – hatte nicht vor, ihre Geschäftsbeziehung in etwas anderes zu verwandeln. Um seine Mitwirkung zu gewinnen, waren nicht mehr als drei Kühe und das Versprechen nötig gewesen, ein hübsches Gebäude zerstören zu dürfen.

»Falsch.«

Nausicaä ließ ihre Hand von ihrem Kinn fallen. »Was soll das heißen?«

»Falsch. Wald ... falsch!«

Der Troll war inzwischen nicht mehr verwirrt, sondern unruhig. Das war nicht weiter verwunderlich, denn Gar war sicher um Längen intelligenter als viele seiner Artgenossen (das bewies seine Mühe, Wörter in menschlichem Englisch zu lernen). Aber ihn aus seinem Heim in der versteckt liegenden Stadt Darrington im Staat Washington herauszuholen, dann im Handumdrehen ins Paradies, nämlich nach Nevada zu führen und anschließend wieder den ganzen Weg zurück nach Hause zu bringen, war definitiv zu viel für so wenig Gehirnschmalz ... Und Trolle tendierten dazu, auf Dinge einzuhauen, die sie überforderten.

»Bitte, was? Das ist er *nicht*.«

Der Troll gab ein Brummen von sich, das wie knirschendes Gestein klang.

»Hör zu, das ist der richtige Wald. Und bevor du auf dumme Gedanken kommst, Kumpel, sag ich dir mal was: Dein erster Schuss war gratis, aber wenn du versuchen solltest, mir 'nen weiteren Scheißschlag zu verpassen, werd ich ...«

»Nein. Nicht falsche Wald. Wald! Wald ist falsch.«

Nausicaä hielt inne und sah sich um.

Darrington lag in einer von schneebedeckten Bergen umgebenen Mulde und smaragdgrüne Wälder zogen sich um die Stadtgrenze. Hier gab es nicht mehr als eine Handvoll Häuser und Scheunen. Die Luft war satt und sauber und duftete nach Moos und Holz. Außer dem Rascheln der Blätter und der Brise, die sie bewegte, regte sich zu dieser späten Stunde kaum etwas.

Nausicaä hatte nicht aufgepasst – unter dem Schleier der Nacht war dieser Ort von Natur aus so absonderlich, dass sie die magischen Anzeichen völlig übersehen hatte. Als sie ins Reich der Sterblichen verbannt worden war, hatte man ihr obendrein ihre meisten Kräfte als Unsterbliche genommen, wie bei allen, die uneingeladen hierherzukommen wagten. Ihre Fähigkeit, Magie zu spüren, war stark eingeschränkt. Doch diese hier lag so konzentriert in der Luft, dass sie sich nun fragte, wie sie sie hatte übersehen können.

Magie ... Sie war da, in diesem verräterischen Klirren, leise wie ein gläsernes Windspiel. In dem Funken, den sie auf ihrer Zunge schmeckte, und ihrer lebhaften Umgebung. Genauso wie in dem gottverdammten Nebel, der über die Waldwipfel schwappte und um ihre Stiefel waberte. Der schmale Streifen zertrampelter Erde, der sich zwischen einer Reihe schlummernder Häuser und dem Footballfeld der Darrington Highschool erstreckte, war gerade so breit, dass sie beide Platz hatten. Es würde jedoch noch enger werden, wenn die um ihre Beine schlängelnden Nebelschwaden das waren, wofür Nausicaä sie hielt.

»Wechselbälger ... Was machen *die* denn hier?«

Die meisten hielten diese spezielle Art von Feen für Schwindler, die viel zu sehr mit ihren Spielchen beschäftigt waren, um von großem Nutzen zu sein. In grauer Vorzeit glaubte man, Feen würden Eisen besser widerstehen, wenn sie von Menschenhand aufgezogen wurden. Deswegen tarnten früher einige Eltern ihren Nachwuchs und tauschten ihn bei der Geburt gegen Menschenkinder aus. Theoretisch wollten die Eltern den Tausch rückgängig machen, sobald die Fee erwachsen war, sodass niemand einen Schaden davontrüge. Nur leider scheiterte der Versuch in der Praxis gnadenlos. Die meisten Kinder, Feen wie Menschen, starben letztendlich. Und diejenigen, die überlebten ...

Magie hatte ihre Regeln und wehe dem, der versuchte, sie zu umgehen.

Feen- wie Menschenkinder wurden nie an ihre Familien zurückgegeben. Als Strafe für den Versuch, die Magie höchstpersönlich zu überlisten, raubte sie stattdessen beide. Von ihr beansprucht und für immer in ihrer Jugend gefangen sowie von der Wildnis erzogen, waren diese eigensinnigen Geister des Waldes so sehr mit der Magie – der reinen Magie – verbunden wie sonst nichts und niemand.

Wechselbälger trieben hier in Darrington nur ihr Unwesen, weil etwas anderes die Aufmerksamkeit der Magie auf sich gezogen hatte. Etwas Dunkles ... Etwas Unnatürliches ... Etwas mit großem Aufruhrpotenzial. Nausicaä schätzte ihre eigenen Fähigkeiten in diesen Bereichen sehr hoch ein, doch sie wusste, dass sie heute Nacht nicht zu *ihr* strömten.

»Aber wenn ich's nicht bin ...«

Nausicaä blickte zum Troll. Gar war ein paar Schritte zurückgewichen und sie konnte das nicht zulassen – so spaßig es auch wäre, ihn ein zweites Mal loszulassen und den Bienenstock des Seelie-Sommers abermals anzustoßen, doch auch ein verwirrter Troll war gefährlich. Und ein *verängstigter* tödlich.

»Zu mir, Gar«, befahl sie und bediente sich dabei ein bisschen ihres früheren Furientonfalls.

Gar schlurfte vorwärts. »Wald ... ist falsch.«

»Ja, das spür ich jetzt auch. Keine Sorge, mein Hübscher, ich bring dich schon nach Haus.«

Sie öffnete ihre Finger und unversehens flammte auf ihrer Handfläche ein Feuerball auf. Die Flamme war klein – so schwach wie Nausicaä dieser Tage selbst –, aber es war ein Feuer, wie es sich in diesem Reich nicht beschwören ließ. Es war ein Element von zornigem Rot, zischendem Orange und kochendem, furiosem Gold, aus dem sie vor so vielen Jahren von Urielle erschaffen worden war.

Nausicaä sah diesem Feuerball eine volle Minute lang beim Brennen zu und richtete ihren Blick dann wieder auf ihren Wald.

Er war wirklich falsch. Sie war zwar vielleicht nicht mehr imstande, magische Auren so tiefgründig zu spüren wie früher, doch gewöhnliche Gerüche vermochte sie sehr wohl wahrzunehmen. Und das, was da gerade in der Unterströmung der Luft lauerte, konnte nicht einmal einem Menschen entgehen – etwas Schweres und Ranziges, wie Blut, Abwasser und toter Fisch, der an der Meeresluft gedörrt wurde.

Es war ekelerregend ... und vertraut, erkannte sie jetzt, da sie etwas Zeit zum Nachdenken hatte. Und wenn sie richtiglag, dann war sie einem solchen Geruch schon seit ... verdammt, seit sie Alecto gewesen war, nicht mehr begegnet – zu lange war das her.

Aber ein Reaper ...

Den wenigen verbliebenen Vertretern dieser Art war es seit Langem verboten, sich dem Gebiet eines Hofes zu nähern. Und doch schlich hier einer mitten in einem herum.

Interessant.

Eine ehemalige Furie und ein Reaper – was, wenn *sie* sich zusammenschlossen? Reaper waren nicht gerade für ihre

Selbstbeherrschung bekannt, genauso wenig wie Nausicaä. Aber das Chaos, das sie mit gegenseitiger Hilfe anrichten könnten ... Würde das endlich genügen, damit die Höfe das Eingreifen der Unsterblichen forderten? Wäre das endlich die Tat, die ihre Mutter dazu bringen würde zuzugeben, dass sich Nausicaä nie ändern würde?

Es war gefährlich. Es war dunkel. Es war ein Weg, den Nausicaä gemieden hatte, um ihren Willen durchzusetzen – ein Weg, der am Ende mit zahlreichen unschuldigen Opfern gepflastert wäre –, doch wenn dieses Reich so entschlossen war, sie jetzt schon mit diesem Übel zu brandmarken ...

»Ich glaub, dieser Reaper und ich müssen uns mal unterhalten.«

Nausicaä ließ ihre Hand sinken.

Die Flamme verweilte zuerst einen Augenblick lang in der Luft und wurde dann lebendig. Sie schwebte zur Stelle über ihrer Schulter, wirbelte, strudelte und sprühte wie eine Miniatursonne Funken. Der Lichtkreis, den sie zu Nausicaäs Füßen zeichnete, ließ die Schwaden zurückschrecken.

Nebel war das beste Anzeichen für die Anwesenheit von Wechselbälgern – er war ihr Lieblingsort, um sich zu verstecken und ihre Tricks zu vollführen. Je dichter der Nebel, desto größer die Ansammlung, lautete die allgemeine Regel. Derzeit war der durch den Wald wabernde Dunst so dicht, dass er alles bis auf die vorderste Baumreihe in Weiß hüllte. Wer so töricht war, sich in dieses Durcheinander zu begeben, verdiente, was er bekam – selbst die Menschen, für die sie oft gegen das Hofgesetz verstießen, um mit ihnen zu spielen, würden einen Blick darauf werfen und unversehens wieder umkehren.

Nausicaä stürzte vorwärts, verließ den Pfad und drang tiefer in den Wald ein. Gar lief ihr hinterher, wenngleich nur zögerlich.

Der Nebel teilte sich vor ihrem Licht und zog sich zurück. Die Sicht war jedoch nach wie vor begrenzt und immer wieder stürzten aus dem Nichts Bäume auf sie zu, was Nausicaä zu größerer Vorsicht als sonst zwang.

Ein Schritt.

Noch einer.

Die erste Etappe ihrer Reise schien sich ewig hinzuziehen und fühlte sich beinah erdrückend an, mit all dem Weiß, das von allen Seiten auf sie eindrang. Weder war abzusehen, wie weit sich dieser Nebel erstreckte, noch ob er sich überhaupt lichten oder eben so dicht bleiben würde, bis sie über das stolperte, wonach sie suchte. Ihr Feuerball und ihr angeborener Orientierungssinn konnten ihr dabei auch nicht groß weiterhelfen. Und obwohl sie sich mit ein wenig Zielstrebigkeit oft auf die andere Seite dieser Wechselbalgspielchen schlug, wollte sie dieser spezielle Streich wohl festhalten.

»Na gut, hört mal zu.« Sie blieb stehen – Gar und der Feuerball ebenfalls – und der Nebel näherte sich ihr langsam. »Was is hier eigentlich los? Ich hab nie was gegen dramatische Effekte, aber in diesem Wald rennt 'ne megafinstre, todbringende Kreatur herum, ganz zu schweigen von 'nem Reaper, und *ich* steh *eurem* Spaß nich im Weg. Also was soll das?«

Einen Moment lang blieb der Dunst unbewegt. Er gluckste und waberte und hörte ganz offensichtlich zu, machte aber keinerlei Anstalten zu antworten. Dann, gerade als Nausicaä darüber nachdachte, ein paar weitere Feuerbälle zu beschwören, begann sich der Nebel zu lichten. Nach und nach verflüchtigte er sich, bis nur noch ein etwas feuchter, durchsichtiger Nebelschleier übrig blieb.

Als sie sah, was da zum Vorschein kam, konnte Nausicaä nur verdutzt dreinblicken.

»Huh«, hauchte sie, als ihre Stimme endlich ihre Überraschung überwand. »Das ist ... mal was Neues.«

Nicht nur die Wechselbälger hatten sich versammelt. Sie waren freilich auch anwesend – einer stand sogar nur einen Schritt von ihr entfernt. Nausicaä nahm kurz den unverwechselbaren blassgrünen Stich seiner rehbraunen Haut und die gewundenen Efeugeflechte in Augenschein, die aus den scharfen Ausbuchtungen seiner kleinen Schultern wuchsen.

Aber es gab noch andere.

Da waren so *viele* andere. In ihrem gesamten, sehr langen Leben war Nausicaä noch nie so vielen Kindern der Magie an einem Ort begegnet. Die Menge erstreckte sich weit und fast in alle Richtungen. Gesichter in allen Formen und Größen lugten aus dem Laub und den Bäumen hervor. Es gab Zentauren, Butzen, Heinzelmännchen, Kobolde und Elementargeister. Da waren Redcaps mit ihren blutrot befleckten Hüten und bösartigen Sensen, die in den Mondlichtflecken glänzten, und Kelpies, die von durchnässtem Unkraut nur so troffen und in deren Mähnen sich Lilien verfilzt hatten. Auf den Ästen darüber saßen überall Krähen, die eigentlich gar keine Krähen, sondern Sluagh waren – umherirrende Seelen gewaltsamer Toter, die diejenigen jagten, die dem Tode nahe waren.

Obendrein gab es auch größere, unbeschreibliche Wesen sowie solche, die diesen Wald zweifellos schon lange vor Nausicaäs Geburt ihr Zuhause genannt hatten. Sie kniff die Augen zusammen und blickte in die Ferne – etwas so Gewaltiges wie ein beweglicher Hügel stand stillschweigend da, zu weit entfernt, um für das sterbliche Auge erkennbar zu sein. In seiner Form war er einem übergroßen giftigen Laubfrosch nicht unähnlich, in leuchtenden Blau-, Gelb- und Grüntönen, mit einer Krone aus Samtgeweih auf dem Kopf und Hunderten glitzernder schwarzer

Augen im Gesicht. Ein verdammter *Waldwächter*, würde sie zu vermuten wagen. Nicht dass sie jemals einen gesehen hatte, um das sicher sagen zu können.

»Ähm ... Okay, nun, das ist eine echt komische Zeit für ein Firmentreffen, aber das ist nun mal eure Sache. Ich werd dann mal ... gehen. Gar, vielleicht wär's besser, wenn du hier bei denen bleibst, bis ich die Sache mit meinem Reaper geklärt hab. Danke, dass ihr den Nebel aufgehoben habt, Waldbrut! Viel Glück mit ... was auch immer das ist. Möge die Macht mit euch sein.«

Nausicaä drehte sich wieder um. Nun gab es vor ihr weder Feen noch irgendeine Regung – nur Bäume, eine neblige Düsternis und eine selbst für diese Zeit der Nacht unnatürliche Finsternis.

Und selbstverständlich das gläserne Windspielklirren der Magie, das sich für sie nun ein wenig verzweifelt anhörte.

Ein Schritt.

Noch einer.

Nausicaä musste nicht hinter sich blicken, um zu wissen, dass ihr alle Waldbewohner folgten, wenngleich sehr vorsichtig.

Ein dritter Schritt.

Und ein vierter.

Sie blieb stehen. Dann verdrehte sie die Augen und wirbelte in der Absicht herum, ihre unwillkommene Begleitung anzuschnauzen. Doch just in dem Moment, in dem ihr Blick den des efeubewachsenen Wechselbalgs von vorhin traf, erkannte sie endlich, was sie übersehen hatte.

Es hing noch etwas anderes in der Luft, das ihr vertraut vorkam und so giftig roch wie Batteriesäure.

Sie konnte es fast nicht glauben.

»Ihr habt *Angst*!«

Das war kein heimliches Treffen von Mächten oder eine seltsame Truppe von Feen, die von Neugierde und der Aussicht auf

Spaß angelockt wurden. Das war *Angst*. Dies war sich zusammenkauern und *verstecken*. Sie hatte es nicht bemerkt – Angst war etwas, das Nausicaä antrieb, und nichts, was sie empfand. Sie hatte nicht zum ersten Mal gewagt, in die Tiefen des Grauens zu wandern, und es würde auch nicht das letzte Mal sein. Aber das alles hier ... Das alles wegen *eines* mickrigen Jemand ... Nausicaä schlang ihre Arme um sich und krümmte sich vor Lachen.

»Heilige Scheiße, ihr alle habt Angst? Ernsthaft? Wovor denn? Ihr könnt mir nicht erzählen, dass keiner von euch je einem Reaper über den Weg gelaufen ist.«

Was der Reaper vorhatte, musste die Feen so beunruhigen. Das machte Nausicaä jedoch nur noch neugieriger, nur noch gespannter darauf, mit ihm zu reden.

Ein schriller Schrei aus den Tiefen des Waldes zerriss die Stille – unerwartet, laut und verdächtig erfreut.

Nausicaäs Lachen verstummte im Nu. Das war pure Zeitverschwendung. Hielte sie sich noch länger mit diesen verängstigten Feen auf, wäre sie außerstande, aus ihrem Unglück Kapital zu schlagen. Reaper waren fähig, sich an ihre Umgebung anzupassen, und zwar fast bis zur kompletten Unsichtbarkeit. Außerdem waren sie blitzschnell, sodass sie unmögliche Entfernungen in unvorstellbar kurzer Zeit überwinden konnten – sie wollte nicht, dass ihr hoffnungsvoller Geschäftspartner entkam, ehe sie mit ihm sprechen konnte.

»Ich muss los«, sagte Nausicaä knapp. »Nur zu eurer Info: Ihr seid alle ein Haufen Jammerlappen.«

Da packte eine Hand die ihre.

Sie blickte auf die winzigen grünen Finger hinab, die sie aufhielten, dann zum Gesicht des Wechselbalgs, dem sie gehörten. Es war derjenige mit dem Efeu – Haru, wenn sie sich recht entsann. Sie kannte mehrere dieser kleinen Katastrophen per Namen, weil sie ihnen während ihrer Sprünge um die ganze Welt so oft begegnet war. »Ich hab keine Zeit für so was.«

Es ist gefährlich, Nausicaä. Harus Stimme war eine ruhige, beständige Präsenz in ihrem Kopf, die ganz und gar nicht zur Atmosphäre um sie herum passte.

»Ach ja? So ist mein Leben halt. Werd's überleben.«

Harus Griff wurde noch fester.

Ich komme mit.

Nausicaä unterdrückte einen Schwall von etwas, das durch eine Erinnerung hervorgerufen wurde und ihr wieder viel zu sehr wie ein Gefühl vorkam, und biss sich auf die Lippe. Diese dummen Waldkinder ... Tisiphone mochte sie immer, genauso wie sie alles liebhatte, was verlassen und einsam war. »Bei den Göttern, *gut*, aber können wir jetzt endlich los?«

Der Wechselbalg nickte. Seine grünliche Hand war schmutzbesudelt und seine Kleidung inzwischen uralt, kaum mehr als ein paar zerfledderte Lumpen. Heutzutage kam es nur selten vor, dass Feen ihre Kinder verließen, damit diese zu Wechselbälgern wurden. Haru war einer der Letzten aus der Zeit, als noch niemand wusste, was aus ihnen werden würde. In dem tiefschwarzen Nest auf seinem Kopf steckten verfilzte Blätter, Zweige und tote Insekten. Haru sah haargenau wie ein zehnjähriger Junge aus, den die Natur für sich beansprucht hatte, doch Nausicaä hütete sich davor, mit einem Wechselbalg herumzudiskutieren.

Dann rannten sie los.

Der Feuerball folgte ihnen und die Feen taten es ihm nun etwas eifriger gleich.

Es war viel einfacher, die Dunkelheit ohne den Nebel zu durchqueren, und Haru schien sich hier besser auszukennen als sie. Sie bewegten sich unnatürlich schnell, schlängelten sich durch Bäume und erreichten in kürzester Zeit eine Lichtung.

Nausicaä wäre direkt weitergerast, hätte Haru seine Fersen nicht auf einmal in die Erde gegraben. Der plötzliche Halt riss ihren Arm schmerzhaft nach hinten und entlockte ihr ein wütendes Knurren. Sie stürzte sich auf Haru, doch er tat nichts, als über ihre Schulter zu starren.

Sie waren zu spät.

Die Lichtung war leer – zumindest gab es keine Lebenden. Der Reaper war fort und hatte nur ein Blutbad hinterlassen. Nausicaä löste sich von Harus Griff und schritt durch die Baumstämme. Der Anblick war seltsam schön (so grotesk er auch war). Die abgeworfenen Gliedmaßen … die Drapierung der leblosen Körper … die weinroten Spritzer auf einer von Schatten verschluckten Leinwand aus gedämpftem Braun und Grün … Das alles wirkte wie ein romantisiertes Gemälde des Todes.

Die verstreut liegenden kleinen Leichen waren leicht als Wechselbälger zu erkennen. Entweder waren sie so töricht gewesen, in das Geschehen einzugreifen, das hier letzte Nacht stattgefunden hatte, oder aber zu langsam, um zu fliehen. Der Mittelpunkt dieses Schreckensbildes war allerdings etwas anderes. Durch all das Blut bahnte sich Nausicaä einen Weg und hockte sich neben die Überreste eines Teenagers mit braunen Haaren.

Sie bezweifelte stark, dass er aus freiem Willen in den Wald gekommen war. Höchstwahrscheinlich war er von genau dem Ding gejagt worden, das ihm die Gliedmaßen aus dem Leib gerissen und seinen Brustkorb gebrochen hatte, um seine Rippen anschließend wie Flügel auszubreiten. Die Reaper … Sie neigten nicht dazu, Menschen zu jagen. Ihre bevorzugte Beute waren Feen – vor allem diejenigen, die schwarze Magie praktizierten. In Nausicaäs früherem Leben, als sie eine Furie und es ihre Aufgabe gewesen war, den Gebrauch solcher Dinge zu überwachen, waren Reaper ein Signal gewesen, nach dem sie stets Ausschau gehalten hatte.

Vielleicht war das auch der Grund, warum die Sterblichen so erpicht darauf gewesen waren, sie zu vertreiben – je weniger Reaper es gab, desto unwahrscheinlicher wurde man von einer Furie bei etwas erwischt, das man nicht tun sollte. Außerdem waren Reaper in der magischen Gemeinschaft als Feenkannibalen bekannt, denn sie waren einst selbst Feen und wurden nun von derselben schwarzen Magie verschlungen und verdorben, die sie früher zu gebrauchen wagten.

»Moment mal …« Nausicaä betrachtete die Leiche genauer. Sie vermochte die magische Aura des Jungen zwar nicht mehr zu riechen, doch sie schmeckte sie immer noch auf ihrer Zunge – bitter und leicht metallisch. »Bist du … ein Eisengeborener?«

Sie hatte die Verbrechen, derer sie beschuldigt worden war, nicht wirklich verfolgt – all das Zeug über die ermordeten Eisengeborenen. Im Reich der Sterblichen war ständig etwas los – immer irgendein Krieg, ein Zwist oder eine grausame Tat, die sie in ihrem Entschluss bestärkten, sich nicht zu sehr mit den Menschen *oder* der magischen Gemeinschaft einzulassen. Das bisschen, was sie wusste, verdankte sie dem BEISTAND und seinen unermüdlichen Bemühungen, dies im Umlauf zu halten. Und der Zustand der Leiche vor ihr? Sie sah den Leichnamen in allen bisher berichteten Fällen verdammt ähnlich.

»Was zum Teuf…?«

Auf der Brust des Jungen befand sich etwas, das unter der zerfetzten Kleidung zum Vorschein kam. Gebrochene Knochen … geronnenes Blut … Es war schwierig, die Hautfetzen der Leiche zusammenzusetzen, um zu entziffern, was das für ein Symbol war, aber *irgendetwas* war auf seine Brust aufgeprägt, wie eingebrannt. Es kam Nausicaä – mit ihrem zufällig angehäuften Wissen im Hinterkopf – sehr wie ein alchemistisches Siegel vor.

Das war nicht ungewöhnlich – sie war schon vielen Eisengeborenen über den Weg gelaufen, die im Geheimen Alchemie betrieben, und das trotz der sie verbietenden Gesetze –, aber genau dieses Siegel ... die Teile, die sie zusammenzufügen vermochte ...

Sie blies die Wangen auf und streckte ihre Hand aus, um die offenen glasigen Augen des blutjungen Knaben zu schließen. Dann zog sie mit den Zähnen ein Gummiband von ihrem Handgelenk, band ihr schulterlanges Haar in der Farbe weißen Sands zurück und tauchte ihre Hand ohne viel Federlesens in die Brust des Jungen.

Was machst du da?

Haru war plötzlich an ihrer Seite und sah ihr mit großer Neugier zu, wie sie sich durch Organe wühlte.

Nausicaä warf ihm ein Grinsen zu – so, dass jeder andere vorsichtig zurückgeschreckt wäre. Haru aber neigte nur seinen Kopf zur Seite. »Höhlenforschung.« Mit einem entsetzlich platschenden Geräusch zog sie ihre Hand wieder heraus und hielt in ihrem Griff nun etwas, das viel zu hart, glatt und kalt war, um ein Herz zu sein.

Und doch war dies ein Herz gewesen.

Jetzt sah es eher wie ein polierter grauer, von Schläuchen umwickelter Steinbrocken aus. In seinem Kern glühte er jedoch so rot und hell wie ein kandierter Apfel. Das Leuchten verblasste schnell, aber das bewies, dass Nausicaä richtiggelegen hatte.

Dieser Junge *war* ein Eisengeborener. Ihr Reaper steckte hinter diesen Angriffen – allerdings war er nicht der wahre Täter. Jemand musste ihn benutzen, hatte sich mit ihm zusammengetan, wie Nausicaä selbst es beabsichtigt hatte. Und der Tausch von Nahrung gegen ihre Dienste war für diese hungrigen Kreaturen zu verlockend, um ihn zu ignorieren. Immerhin würde es kein einziger Reaper auf eigene Faust riskieren, so viel Aufmerksamkeit auf sich zu ziehen, doch ... heilige verdammte Scheiße. Dieser Stein in ihrer Hand ... er war nicht nur das Werk von *Alchemie*, sondern ...

»Nimm ihn runter.«

Nausicaä erstarrte. Einige Sekunden verstrichen. Sie holte tief Luft, unterdrückte den unmittelbaren Anflug von Wut, den die Stimme hinter ihr auslöste, und richtete sich dann auf. Sie drehte sich um, mit dem versteinerten, bluttriefenden Herzen in ihrer Hand und ihrem bis zum Ellbogen blutigen Arm. »Hallo, Meg.«

Wie lange war es her, seit sie das letzte Mal mit ihrer Schwester gesprochen hatte? Megära stand vor ihr, gekleidet in einen Menschenzauber. Obwohl sie genau genommen nicht blutsverwandt waren – Urielle hatte ihnen das Leben geschenkt, das stimmte, doch nur mittels ihrer Magie –, sahen sie sich äußerlich unglaublich ähnlich, mit ihren identischen metallgrauen Augen, ihrer wohlgeformten sowie starken Statur und messerscharfen Gesichtszügen. Nausicaä war jedoch blond und ihre Haut von der Sonne goldbraun. Dazu trug sie Schwarz: Kampfstiefel, eine enge Jeans sowie eine Lederjacke. Megära hatte langes Haar von blauschwarzer Farbe wie Tinte und war leichenblass, weil sie in ihren bevorzugten Zauber aus eissilbriger Haut gehüllt war. Ihre einzige Körperbedeckung bestand aus einem violetten Seidenunterkleid, das jede ihrer Kurven betonte.

»Leg ihn hin und tritt zurück. Du hast hier nichts zu suchen.«

Megäras gebieterischer Tonfall hatte nichts Sanftes an sich, so leise er auch war. Vor lauter Misstrauen gegenüber dem Wesen, das dafür sorgen sollte, dass die beiden Reiche dieses Universums den Gesetzen der Magie folgten, war selbst Haru einen Schritt zurückgewichen.

Nausicaä grinste und warf das Herz hoch in die Luft, bevor sie es beim Hinunterfallen wieder auffing. »Na, dann zwing mich doch.«

Megäras Miene verhärtete sich noch mehr. »Ich bin nicht hier, um Spielchen zu spielen, *Nausicaä*. Leg das Herz auf den Boden und verschwinde. Ich werd dich nicht noch mal darum bitten.«

»Mmmm ...« Nausicaä musterte das Herz, mit dem sie immer noch herumspielte, und Megäras Gesicht, in dem sie kaum unterdrückte Missbilligung las. »Nee. Ich glaub, ich behalt's. Sag mal, wusstest du, dass in diesem Wald ein *Mord* begangen wurde?« Sie trat beiseite, setzte eine zutiefst beunruhigte Miene auf und deutete auf den Haufen aus Fleisch und Knochen, der einst ein Junge gewesen war. »Sieht wie ein Fall von schwarzer Magie aus – ist es nich dein Job, so was zu untersuchen?«

Nausicaä neigte ihren Kopf zur Seite und blickte mit einem unschuldigen Lächeln zu Megära zurück.

»Stimmt, lass mal überlegen ... Irgendwo hab ich mal was drüber gelesen. Die drei Furien: Alecto, Tisiphone ... und *Megära*. Sie überwachen die Reiche und bestrafen jeden, den sie beim Verstoß gegen die Drei Prinzipien der Magie erwischen.« Sie hob eine Hand, um die Gebote, deren Einhaltung ihr einst oblegen hatte, an den Fingern abzuzählen. »Nummer eins: Ohne die Erlaubnis der Titanen darfst du keine Magie anwenden, um jemandes Schicksal zu verändern. Nummer zwei: Du darfst keine Magie anwenden, um den freien Willen komplett abzuschalten. Und Numero drei: Du darfst unter *keinen* Umständen Magie anwenden, um jemanden aus dem Grab zurückzuholen ... oder in eins zu befördern.« Sie hielt inne und ließ ein wenig ihrer immerzu lodernden Wut ihre Mundwinkel berühren, damit sie sich gleich versengten Papierrändern zu etwas wie einem Grinsen krümmten. »Ich hab grad ein kleines Déjà-vu – du, ich ...

ein Haufen Leichen. Warte kurz, lass mich um der alten Zeiten willen etwas anzünden ...«

»Nausicaä, es *reicht*!« Megära stürmte nach vorn und ergriff Nausicaäs Arm. Das Herz, das sie nur wenige Augenblicke zuvor aufgefangen hatte, fiel auf den Waldboden. Wäre Nausicaä die Sterbliche, die sie halbwegs sein sollte, hätte die Kraft dieser knochenschlanken Finger ihr Handgelenk zu Staub zermalmt.

Weder lag etwas Gütiges in den kalten Tiefen von Megäras Blick noch irgendeine Spur von Wärme in ihrem eiskalten Ausdruck ... aber sie war aus Eis geschnitzt, so wie Nausicaä im Feuer geschmiedet worden war. Selbst früher, als sie sich nahestanden, gab es zwischen ihnen nie viel Freundlichkeit oder Wärme.

»Was macht ein Stein der Weisen in diesem sterblichen Kind?« Nausicaä ließ sich nicht unterkriegen, gab aber ihre Sticheleien letztlich auf. Sie war wahrscheinlich zum ersten Mal, seit sie in diesen blöden Wald gekommen war, vollkommen ernst und erwiderte den wütenden Blick ihrer Schwester.

»Ich habe es dir bereits gesagt.«

»Das ist megaschwarze Magie – was ist hier los?«

»Das geht dich nichts an.«

»Wir kommen nicht ins Reich der Sterblichen, um sie davon abzuhalten, dumme Entscheidungen zu treffen – das ist Teil des Vertrags, Teil dessen, was uns erlaubt, unsere Kräfte zu bewahren, wenn wir hier sind. Wir dürfen uns weder einmischen noch ihnen die Entscheidung nehmen zu stürzen und erst dann handeln, wenn jemand gegen die Prinzipien verstößt. Aber *das*«, Nausicaä schwenkte ihre Hand zur Leiche des Jungen, »ist schon mal passiert und hat dieses Reich fast *alles* gekostet, als nur *eins* dieser Teile geschaffen wurde. Und dieses Mal gab es selbst nach mehreren ermordeten Eisengeborenen nicht ein einziges Wort aus dem Reich der Unsterblichen, um diese Welt hier zu warnen?

Die Sterblichen tun so, als sei das das Werk eines menschlichen Serienkillers, Meg!«

Megära kniff ihre Augen zusammen. »Du bist keine von *uns*. Es gibt kein *Wir* mehr, Nausicaä.«

Es war fast so, als höre der gesamte Wald auf zu atmen – Tiere, Feen und Bäume gleichermaßen. Es herrschte Stille und dann gab es noch *das* ... Nausicaä musste sich mehr anstrengen, als sie je zugegeben hätte, um ihr Gesicht davon abzuhalten, den Schmerz und den Verlust zu zeigen, die sie allein durch das Wiedersehen mit Megära empfand.

Gut, dass du sie alle los bist, erinnerte sie sich. *Du brauchst keinen von ihnen.*

»Das ist ein großes Problem, Meg. Bitte sag mir, dass du es wenigstens dem Hochkönig erzählt hast.«

Die furchtbare Nichtstille dauerte noch eine ganze Minute, dann ließ Megära ab. Sie sagte nichts, sondern beugte sich nur hinunter, um das Herz des Eisenjungen aufzuheben und es in seine Brust zurückzulegen.

Ich kann dich zu deinen Antworten führen.

Megära stand auf. Nausicaä drehte sich zu Haru um, aber erst als sie in dem wachsamen Blick ihrer Schwester etwas wie Neugierde erhaschte.

»Du weißt, was das ist?«

Sie deutete auf den Eisengeborenen – auf das Ding in ihm, das nun mehr Stein als Herz war.

Haru nickte.

»Du hast gehört, was meine Schwester meinte – das geht mich nix an. Und ganz ehrlich sind mir die Sterblichen und ihre Probleme herzlich egal. Sollte ich mich je um sie kümmern, könnt ich sie eh nur abfackeln. Aber ... nehmen wir mal an, ich wäre *echt* neugierig, wo dieser Reaper hingehen könnte. Sagen wir, es könnte interessant sein, herauszufinden, wer hinter diesem Ehrgeiz steckt. Die Ewigkeit ist 'ne ziemlich lange Zeit und ein Mädchen langweilt sich schnell. Also wär ich dir was schuldig, wenn du mir den Weg weisen könntest ...«

Bei den Feen drehte sich alles nur um Schulden. So etwas wie Geschenke oder gute Taten gab es bei ihnen nicht. Ein Gefallen bedeutete einen Gegengefallen. Nur ein törichter Feilscher ließ die Einzelheiten im Unklaren, denn noch mehr als Schulden einzutreiben liebten Feen, diese zu einem Geas zu verzerren – Versprechen, die mit Magie durchtränkt waren und in großen Qualen resultierten, sollten die Bedingungen nicht erfüllt werden.

Nausicaä ließ sich nicht einfach so an Verpflichtungen binden. Haru wäre einer von extrem wenigen, die bei der ehemaligen Furie einen Gefallen einfordern konnten.

Er drehte seinen Kopf, um an ihr vorbeizusehen. Nicht auszuhalten, dass ihm nicht bewusst war, welch große Ehre ihm zuteilwerden sollte.

Als sie sahen, dass die Luft nun rein war, schlichen andere Wechselbälger aus dem Wald. Sie gingen zu ihren Gefallenen, um sie vom Tatort wegzubringen, bevor er todsicher entdeckt wurde.

»Tut ... mir leid für deine Freunde«, sagte Nausicaä ein wenig unbeholfen, als sie bemerkte, wohin Harus Fokus gewandert war. Das brachte ihr ein Schnauben von Megära ein, die vermutlich an der Aufrichtigkeit ihres Kommentars zweifelte.

Meine Familie.

Nausicaä schluckte, um das ärgerliche Gefühl zu unterdrücken, das wieder einmal versuchte, anerkannt zu werden. »Ja. Genau das.«

Wenn ich dich dorthin bringe, wo du hinmusst, wirst du dann helfen?

»Helfen? Das ... ist nicht wirklich das, was ich tue – also Leuten helfen. Das ist nicht mein Ding. Und eigentlich war ich hinter diesem Reaper her, um selbst Unruhe zu stiften, also ja ...« Sie wollte mit dieser eskalierenden Situation nichts zu tun haben.

Du wirst helfen. Ich werde dich mitnehmen.

»Was?« Nausicaä sah vom Boden auf, wohin sie in Gedanken versunken geblickt hatte. Wechselbälger waren schlau – zudem vorausschauend. Ihr gefiel ganz und gar nicht, worauf das hier hinauslief.

Ich werde dir jetzt helfen und du wirst diese Hilfe weiterreichen. Das sind die Bedingungen meines Handels – ich weiß jetzt schon, dass du zusagen wirst.

»Ach ja? Und wem genau werde ich diesen Dienst erweisen?«

Das wirst du wissen, sobald du denjenigen triffst.

Haru streckte seine Hand aus, um die sich Efeu rankte.

Es wäre töricht, dieses Angebot auszuschlagen. Haru verwickelte sie in nichts, was sich nicht auf ein Minimum beschränken ließ – Hilfe war ein weit gefasster Begriff und wurde auf verschiedene Weisen verteilt. Nähme sie sein Angebot an, würde es Nausicaä kaum jucken, und im Gegenzug könnte sie vielleicht sogar etwas Nützliches in Erfahrung bringen. Megäras Erscheinen nach waren die hohen Tiere besorgt, und da ihre Schwester nicht viel preiszugeben bereit war, hofften diese womöglich, Nausicaä davon abzuhalten, sich selbst einzumischen.

Das genügte ihr und doch ... zögerte sie.

Haru schien seltsam überzeugt, dass Nausicaä demjenigen, der ihre Unterstützung benötigte, würde helfen *wollen*, obgleich sie auf dem Gegenteil bestand.

Selbst nach hundertsechzehn Jahren war ihr Zorn noch immer so überwältigend wie in jener schicksalhaften Nacht vor langer Zeit. All die Jahre und der Schmerz, entzweigerissen zu werden – die grausame Pein über den Verlust ihrer Schwester, die ihre Seele zerfleischte, zerfetzte und zerhackte –, lastete noch immer auf jedem ihrer Schritte, jedem ihrer Atemzüge und jedem Schlag ihres Herzens.

Sie wollte sich nie wieder mit jemandem einlassen. Sie würde Harus Wohltätigkeitsfall nicht helfen *wollen*, unabhängig davon, wer es war.

»Abgemacht.«

Megäras plötzliche Antwort verdutzte Nausicaä. Sie sah ihre Schwester an, die ihre Arme vor der Brust verschränkt hielt und deren hochmütige Miene so typisch für *sie* war. Nausicaä hätte lachen können, doch sie stöhnte auf. »Bei den Göttern, Meg, er hat nich mit *dir* gesprochen.«

»Ich komme mit.« Megäras Tonfall ließ keinen Raum für Diskussionen. »Nausicaä wird deinen Preis zahlen, Wechselbalg, und ich werde dir gestatten, uns beide zu dem Ort zu geleiten, wo der Reaper hin ist. Auch ich würde die Antwort gern erfahren.« Sie wandte sich an Nausicaä. »Einverstanden?«

»Na gut. Einverstanden.«

Nausicaä nahm Harus eine Hand und Megära die andere. Der Nebel kehrte zurück und strömte wie eine Flut aus dem Wald. Nausicaä spürte, wie er sie mit sich riss. Anschließend sah sie zu, wie Darrington in dem Dunst verschwand.

Der Nebel verflüchtigte sich.

Das Rauschen in Nausicaäs Ohren wurde leiser und ging in das Klirren eines gläsernen Windspiels über.

Als sie wieder klar sehen konnte, stellte sie fest, dass sie nun in einem Park an einer Straßenecke stand. Das Gras unter ihren Stiefeln war feucht von Tau, die Luft vom Geruch von Eisen, Regen und nassem Stein schwer. Sie blickte auf, vorbei an dem Gewimmel von Autos auf einer überraschend belebten Straße und zu einer Gruppe hoch aufragender Gebäude. Man konnte nicht sehen, wie weit sie nach oben reichten, da die tief hängende Wolkendecke ihre Spitzen verschluckte. Was von ihren metallüberzogenen Skeletten dennoch sichtbar war, glänzte in der nebelgedämpften Dämmerung matt. Nichts davon kam ihr bekannt vor.

»Und das ist …?« In der Hoffnung, Haru gebe ihr eine Antwort, drehte sie sich zu ihm um. Er tauchte jedoch bereits im Dunstschleier rings um ihn unter. »Hey! Warte, wo zum Teufel hast du mich hingebracht, Waldbrut?«

Denk an unsere Abmachung.

»Haru, wag es ja nicht!«

Und schon war er fort.

»Wenn ich herausfinde, dass du noch weiter in dieser Sache herumstocherst, wird das Konsequenzen haben, Nausicaä.« Megära verschwand beinah genauso schnell, wobei ihr Zauber gerade so weit nachließ, um die großen Flügel zu offenbaren, die sich hinter ihr entfalteten. Sie wickelten sich um ihren Körper und pressten sie zusammen, bis sie verschwand. Sie löste sich genauso unversehens in Luft auf, wie sie gekommen war.

Nausicaä knurrte. Dann griff sie in die Innentasche ihrer Lederjacke und fischte ihr Handy heraus. »Zum Glück gibt's moderne Technik. Schauen wir mal … Standort, Standort …« Google Maps würde ihre Frage mit Freuden beantworten. »Moment mal, *Toronto*?«

Was zur Hölle?

Toronto – für das ungeübte Auge ein geschäftiger Mittelpunkt menschlicher Aktivitäten, für die magische Gemeinschaft die Hauptstadt des UnSeelie-Frühlings sowie aller Höfe des Feenvolks. Wegen der berühmt-berüchtigten Brutalität der UnSeelie-Feen, der besonders mächtigen Magie des Frühlingshofs und des verdammten *Hochkönigs* war es eine Stadt, mit der es selbst eine ehemalige Furie nur ungern aufnehmen würde. Dass sich ein Reaper hierherwagen würde, war unwahrscheinlich – zumindest nicht ohne Verstärkung. Nicht ohne Schutz. Haru würde sie nicht in die Irre führen, was also hieß, dass jemand anderes hier eine sehr hohe Meinung von sich hatte. Jemand hielt sich für stark genug, um im Haus des Hochkönigs ein Chaos anzurichten und damit davonzukommen.

»Interessant.« Nausicaä schaltete ihr Handy aus. »Interessant und *blöd*.«

Und sehr, sehr vielversprechend.

In der Grube ihres verwüsteten Herzens glaubte Nausicaä etwas zu spüren, das ein wenig an Freude erinnerte.

»Du willst also nicht, dass ich mich einmische. Konsequenzen, sagst du. Ich frage mich, was ich wohl finden werde, wenn ich diesen Reaper vor *dir* aufspüre, Megära.«

Was für ein Chaos wurde da zusammengebraut, das einen gottverdammten *Stein der Weisen* als Brennstoff brauchte?

Das Herz des Eisengeborenen ... Es war kein vollwertiger Stein, denn es war nicht stark genug gewesen, um den Prozess der Verwandlung in einen Stein zu überleben. Sie war mit diesem ganzen Morden wirklich nicht einverstanden. Wie angepisst wären die Gottheiten allerdings, wenn sie all das, was sie über diese Legende wusste, der Person zur Verfügung stellen würde, die sie wahr werden lassen wollte? Nicht dass sie das unbedingt vorhatte, aber wenn ihre unsterblichen Gefängniswärter dachten, sie könne das tun ... Optionen über Optionen, so viele Möglichkeiten, damit sie es bereuten, sie hierhergeschickt zu haben.

Aber wieso – *wieso* – geriet bei dem, was vor sich ging, ganz anders als zu erwarten, niemand so richtig in Panik?

Vor Jahrhunderten war ein einziger Stein erschaffen worden und die Höfe der Feen waren so verängstigt gewesen, dass sie die Ausübung der Alchemie vollkommen verboten hatten.

Dieses Stillschweigen über die offensichtliche Rückkehr dieser Magie bedeutete, dass niemand davon wusste – das konnte nur so sein, nach dem letzten Mal und der Angst, die sie selbst jetzt verfolgte.

»Interessant«, wiederholte Nausicaä. »Nun denn, eins nach dem anderen: Wollen wir doch mal sehen, was du für eine Person bist, mein mysteriöser mörderischer Unternehmer.«

Sie steckte ihre Hände in die Taschen und machte sich ins Herz von Toronto auf – hätte sie es nicht besser gewusst, hätte sie beinah schwören können, dass sie diese aufregende Wendung der Ereignisse dem GLÜCK zu verdanken hatte.

KAPITEL 4

Arlo

Selbst der drohende Regen am Montagmorgenhimmel vermochte nicht, Arlos Laune zu trüben.

Das Schlimmste der WÄGUNG von letzter Nacht war überstanden.

Sie hatte sowohl ihre Magie als auch ihre Erinnerungen behalten dürfen und nun würde ihr niemand mehr vortäuschen müssen (so wie sie bei ihrem Vater), ein stinknormaler Mensch zu sein.

Als sie ihre Wohnung verließ, um zur Schule zu gehen, schienen die Behemoths aus Stahl und Glas, die die Skyline von Toronto bevölkerten, halb von einem undurchsichtigen, vom Himmel herabsinkenden Nebel verschlungen. Wegen der dunstigen Luft wirkten die Ampeln, als hingen sie im Nichts. Der morgendliche Berufsverkehr kroch im Schneckentempo voran, was bedeutete, dass Arlo wieder einmal zu spät zur ersten Stunde käme – doch ihrer Freude tat das keinen Abbruch.

Sie überdauerte den Kommentar ihres Klassenlehrers: »Oh, ich habe gar nicht bemerkt, dass Sie fehlen, Miss Jarsdel«, als sie sich schließlich an ihren Platz setzte.

Sie überdauerte auch das Getuschel ihrer Mitschüler: »Sie kommt nur deswegen mit allem davon, weil sie reich ist ...«,

»Leute, der Lehrer hat nich mal *bemerkt*, dass sie nich da war, was für 'ne Loserin.« und »Rach wollte sie zu ihrer Hausparty am Wochenende einzuladen, weil wir schon irgendwie Mitleid mit ihr haben, aber die meinte nur: ›Oh, äh, oh, nein, danke, sorry, muss zu einem Familiending.‹«

»Ha! Was denn fürn Familiending? Die einzige Familie, die ich je zu Gesicht kriege, ist ihr heißer Onkel. Der hat bestimmt auch bloß Mitleid.«

Arlo weigerte sich hartnäckig, sich ihre Erleichterung und Freude vom üblichen Schultratsch verderben zu lassen. Doch je länger der Tag andauerte und sie den zuerst noch traumhaft weißen Himmel sich aus ihrem Klassenzimmerfenster zu einem schmuddeligen Schieferdach verdunkeln sah, desto mehr spürte sie, wie sie allmählich zusammenfiel. Der Nebel ließ nicht nach und am Ende des Schultags war die Luft wie Suppe, die sie beinah mit ihren Händen schöpfen konnte.

Das war typisch für Toronto.

Das Wetter in Ontario war so wechselhaft und flüchtig wie ein Gedanke. Das Frühjahr war der schlimmste Übeltäter für diesen Wankelmut – er hatte die Königsfamilie Viridian unter anderem angezogen, um hier ihren Anspruch zu erheben. Ein bisschen Regen hätte sie nicht besonders gestört. Es *hätte* sie nicht gestört, wenn Arlo nur daran gedacht hätte, einen Regenschirm mitzunehmen, als sie morgens aus der Tür gestürmt war, und wenn sie nicht auch noch durch die ganze Stadt gemusst hätte, um ihren Vater zu treffen. Wenn sie vermeiden wollte, wegen ihrer schlechten Lebensentscheidungen bis auf die Haut nass zu werden, blieb ihr nur eins übrig: Sie musste mit dem Himmel bis zur nächsten U-Bahn-Station um die Wette rennen.

Resigniert wickelte Arlo ihre pastellrosa Windjacke enger um ihren Körper und neigte ihr Kinn näher an ihre Brust, während sie sich einzig und allein auf ihre verzweifelte Flucht die Vordertreppe der Schule hinab konzentrierte.

»*Endlich.*«

Kaum hatte Arlo das Eisentor des Schulgeländes erreicht, hörte sie eine vertraute Stimme und hielt auf der Stelle an. Vom Bürgersteig blickte sie zu dem jungen Mann hoch, der gerade so weit vom Tor entfernt stand, um sich nicht die Haut am Metall zu verbrennen. In seiner dunklen, eng anliegenden Jeans und dem smaragdgrünen Strickpullover hätte Celadon als Mensch durchgehen können, wäre da nicht die allgemeine »Andersartigkeit« in seinen hohen Wangenknochen und den zu spitzen Ohren gewesen. Arlo war ziemlich verblüfft, den verräterischen Regen- und Zedernholzgeruch nicht bemerkt zu haben, der seiner Magie anhaftete.

Die Fähigkeit, Auren zu spüren – eine magische, jedem Individuum eigene Signatur –, war eines der wenigen Talente Arlos und entsprach nicht nur den hohen Ansprüchen der Elfen, sondern übertraf diese sogar. Während die meisten Feen Auren nur wie einen Druck in der Luft oder eine Funkenbildung in ihren Nerven wahrnahmen, hatte *sie* dieses spezielle Talent mit einer ziemlich ausgefeilten Präzision verfeinert. Für sie trugen Signaturen nun Düfte mit sich. Wenn sie sich stark genug konzentrierte, konnte sie eine Aura direkt bis zu deren Quelle verfolgen und schon lange vorher feststellen, ob diese einer Fee, einer Elfe oder einem Eisengeborenen gehörte.

Celadons Magie schwankte je nach dem Anwendungsgrund und seiner Stimmung, aber Arlo kannte sie so gut, dass sie ihr fast genauso vertraut war wie ihre eigene. Normalerweise konnte sie diese auch aus beträchtlicher Entfernung erkennen. Ihn gerade völlig übersehen zu haben, verletzte ihren Stolz ein bisschen.

»Hi ...«, grüßte sie ihren Onkel zurück und fragte sich, was in aller Welt Celadon zu ihrer Schule geführt hatte. Sie lag nicht gerade einen Katzensprung vom Palast entfernt, in dem er lebte und arbeitete, und weit jenseits der Grenze, bis zu der er sich ohne die Erlaubnis des Hochkönigs begeben durfte. »Was machst du hier? Hat man dich wieder hinausgeworfen?«

Mit dem Anflug eines Grinsens wollte Celadon schon antworten, doch was auch immer er zu sagen gedachte, wurde von einem Kichern unterbrochen – sowie von etwas, das man nur als Schnurren beschreiben konnte: »Hi, Celadon.«

Arlo sah Celadon an und verdrehte die Augen, bevor sie sich umdrehte. »Hallo, Rachael. Paige.« Sie begrüßte die beiden so freundlich, wie sie konnte. Rachael und Paige verfügten wohl über eine Art angeborenen Celadon-Radar. Man konnte darauf bauen, dass sie immer dann aufkreuzten, wenn er auf den Schulhof kam.

Arlo trat zur Seite, während sie abwechselnd Celadon und ihre Klassenkameradinnen beargwöhnte. In seinen Augen lag ein verschmitztes Funkeln. Er würde definitiv *etwas* tun, das am nächsten Morgen eine ganze Latte neuer rachsüchtiger Gerüchte über Arlo auslöste, wenn sie die Situation nicht in den Griff bekam.

»Du kannst mich ruhig Rach nennen, Arlo. So nennen mich alle meine Freunde.« Bei dem herablassenden Tonfall zuckte Arlo beinah zusammen.

»Deswegen ist ihr ›Rachael‹ auch lieber, nehme ich an«, erwiderte Celadon.

Rachael machte Stielaugen und ihr Lächeln bröckelte.

»Wie auch immer!«, klinkte sich Arlo ein, ehe Rachael etwa auf die Idee kam, dass, ja, Celadon *wirklich* versuchte, sie zu beleidigen. »*Rach.*« Sie deutete mit einer unbeholfenen doppelten

Fingerpistole auf sie. Rachael fand das so gar nicht lustig und blinzelte lediglich. »Sorry, wir können grad nicht! Wir haben ... was zu erledigen. Cel und ich müssen los, um uns mit meinem Dad zu treffen. Aber wir sehen uns morgen und hey, ich hoffe, du hattest ein tolles Wochenende mit deiner Party und dem Trinken, obwohl ihr noch nicht volljährig seid und ... so.«

»Und so.« Rachael kniff die Augen zusammen. Dann schnalzte sie mit der Zunge und wechselte einen Blick mit Paige.

Vielleicht waren sie es einfach nicht gewohnt, eine Abfuhr zu bekommen. Die paar Male, die sie sich bereitwillig an sie gewandt hatten, konnte Arlo an einer Hand abzählen. Die Zahl lag sogar noch geringer als die Summe der Leute, die die beiden abgewiesen hatten, und war exakt so groß wie die Anzahl der Male, die Celadon hier auf Arlo gewartet hatte.

Die Schule war nie ihr Lieblingsort gewesen. Sie hatte Angst, aus Versehen etwas über die Magie und die Höfe zu verraten, weil das die Chancen bei ihrer WÄGUNG mindern konnte. Letztendlich gewöhnte sie sich einfach an, sich von den anderen Schülern fernzuhalten. Als sie merkte, wie oft sie das tat, hatte sie schon die Hälfte ihrer Highschoolzeit hinter sich. Freundschaften und Gruppen standen längst fest. Ohne irgendwelche Hintergedanken suchte niemand Arlos Gesellschaft. Rachael und Paige hatten schon bei ihrer allerersten Einladung deutlich gemacht, dass sie sich nicht mit Arlo anfreunden wollten. Und obwohl sie nicht gerade gern eine Einzelgängerin war, mochte sie es noch viel weniger, sich ausgenutzt zu fühlen.

»Keine Sorge«, versicherte Rachael und setzte wieder ihre heitere Maske auf. Anschließend warf sie ihr honigbraunes Haar über ihre Schulter und musterte Celadon, als überlege sie, ob sein gut aussehendes Gesicht seine Persönlichkeit wettmachen konnte. Arlo bemerkte oft solche Blicke. »Es ist okay, wenn du gehen musst. Aber du kannst immer gern mit uns abhängen, nur damit du's weißt – und dein Onkel natürlich auch.«

»Toll – danke, Rach. Rachy.« Arlo deutete erneut mit einer Fingerpistole auf das andere Mädchen. »Rach...ael, ja, sorry, ich hör schon auf. Okay, bye!«

Sie führte Celadon vom Tor weg, ehe sie sich womöglich noch mehr blamierte. Als sie den Bürgersteig hinuntergingen, ertönte von dort, wo sie die beiden Mädchen hatten stehen lassen, genau das gleiche Gelächter.

»Ah, das legendäre menschliche Teeniedrama, das ich bis jetzt nur im Fernsehen zu Gesicht bekommen habe«, sinnierte Celadon wehmütig. »Lustigerweise ist es so ziemlich dasselbe wie in der Akademie.«

Sidhe-Elfen besuchten Akademien und an jedem Hof gab es eine. Ihnen war nicht gestattet, auf menschliche Schulen zu gehen oder sich generell viel mit Menschen abzugeben. Die Lesidhe hingegen, die entschieden, sich den Höfen anzuschließen, durften sich ihren Lernort selbst aussuchen. Dies hing mit Stolz zusammen und damit, einen Sidhe-Standard aufrechtzuerhalten, hatte Celadon einmal erklärt.

Für alle anderen gab es natürlich öffentliche Feenschulen – allein hier in Toronto waren es drei. Eine besuchte Arlo von der Vorschule bis zur dritten Klasse. Doch ihr Vater war viel zu neugierig auf diesen Ort, von dem er nie zuvor gehört hatte, weil seine Erinnerungen an Magie gelöscht wurden, als Arlo acht Jahre alt war. Zudem war Arlo unglaublich traurig, als sie versuchte, mit ihren kichernden Mitschülern mitzuhalten und den unmöglichen Anforderungen ihrer aufgebrachten Lehrer gerecht zu werden. Schließlich griff Thalo ein. Sie versprach, Arlo in allem, was die Höfe von ihr über die magische Gemeinschaft zu wissen verlangten, zu Hause zu unterrichten (wie es vor der Errichtung von Feenschulen üblich war), und meldete Arlo an einer menschlichen Schule an … wo Arlo feststellte, dass sie keineswegs besser hinpasste.

»Was. *Machst.* Du. Da?«, fauchte sie und betonte ihren Satz mit Fausthieben gegen Celadons Schulter. »Danke, aber ich kann meine Klassenkameradinnen auch allein beleidigen – dafür brauch ich deine Hilfe nicht. Warum bist du überhaupt hier, Celadon?«

»Erstens: Hör bitte auf, mich zu schlagen.« Arlo runzelte ihre Stirn, hörte aber trotzdem auf. »Danke. Und zweitens: Ich hab doch fast gar nichts zu deinen Mitschülerinnen gesagt. Ich wollte spazieren gehen, wenn du's wissen willst – und das würdest du auch wollen, wenn du den ganzen Tag damit verbracht hättest, Leuten zuzuhören, die mindestens fünfmal so alt sind wie du und sich über Budgetberichte streiten. Hier.« Er hielt einen Regenschirm über sich und Arlo. »Du triffst dich heut mit deinem Vater, oder? Sieht so aus, als würde es heute regnen, und ich kenn dich viel zu lange, um zu glauben, dass du tatsächlich daran gedacht hast, einen mitzunehmen.«

Äußerst misstrauisch über seine Beweggründe nahm Arlo sein zitronengrünes Angebot an. »Du bist den ganzen Weg nur wegen *dem* hergekommen?«

»Ich würde alles für dich tun, liebste Nichte.«

»Uh… huh. Und was ist der wahre Grund?« So wundervoll und manchmal überfürsorglich Celadon oftmals auch war, Arlo hatte ihn selbst zu ihr noch nie *so* aufmerksam erlebt.

»Was willst du von mir hören? Dass ein Massenmörder frei herumläuft, der sich eisengeborene Teenager herauspickt, und ich bei deinen Outdooraktivitäten dabei sein und nerven werde, bis er geschnappt wird?«

Arlo verdrehte ihre Augen und fädelte ihren Arm durch Celadons. »Du bist echt albern. In dieser Stadt müsste es ein paar Tausend Eisengeborene geben, nicht? Das ist eine ganze Menge, klar, aber es gibt auch über zwei Millionen Menschen. Leg den Rest der magischen Gemeinschaft obendrauf und schon hat sich die Zahl verdoppelt. Dann wünsch ich dir mal viel Glück bei der Suche nach *meiner* Wenigkeit. Außerdem sind wir in Toronto, der Hauptstadt des UnSeelie-Frühlings. *Hier* wird niemand was tun.« Celadons anhaltendes Schweigen war eine klare Weigerung, sie zu verstehen, aber so war er manchmal eben – Elfenstarrsinn eben. »Weißt du, ich glaube, du kommst nur wegen der Aufmerksamkeit hierher zur Schule.«

»Arlo.« Celadons Tonfall hatte etwas Winselndes, als er sich neben sie stellte, ein wenig zu sehr darauf bedacht, ein anderes Thema anzuschneiden. »Du verstehst einfach nicht, wie aufregend dein Leben ist. Du darfst auf eine Highschool – eine *menschliche* Highschool! Die meisten Elfen kriegen nie die Gelegenheit, komplett in das echte menschliche Leben einzutauchen. *Und*«, an dieser Stelle hielt er dramatisch inne, »du musst nichts von Feng lernen. Dir ist schon klar, dass man rein gar nichts tun kann, was in Richtung Faulenzen geht, wenn man einen Drachen zur Lehrerin hat, oder?«

Celadon seufzte übertrieben. Arlo zerrte ihn in Richtung U-Bahn-Station, weil sie immer noch hoffte, dem Regen zu entkommen. »Und dir ist schon klar, dass du einer der wenigen auf dieser Welt bist, die *sagen* können, sie hatten einen Drachen zur Lehrerin, oder?«

Feng war eine beeindruckende Frau, und zwar nicht nur wegen ihres sorgfältig gepflegten Äußeren. Seit die Höfe die Drachen vor langer Zeit gezwungen hatten unterzutauchen, wusste niemand mehr, wie viele es noch auf der Welt gab. Nicht einmal

Feng konnte das sicher sagen, denn ihr zufolge bestanden ihre menschlichen Tarnungen aus mehr als nur einfachem Zauber, und nach so vielen Jahren hatten die meisten bereits vergessen, wie man sie wieder abstreifte.

Einige wussten schon gar nicht mehr, dass sie überhaupt Drachen waren.

»Außerdem«, fuhr Arlo fort, »tauche ich nicht wirklich komplett in dieses Leben ein. Niemand redet mit mir. Ich mein, sie reden schon *über* mich, aber ich weiß ziemlich sicher, dass Rachael und Paige vorhin die Ersten waren, die seit heut Morgen *mit* mir geredet haben. Sie alle halten mich für ein aufgeblasenes, reiches Mädel, von denen es, na gut, es gibt tonnenweise aufgeblasener, reicher Kinder an dieser Schule zum Anfreunden, nur reden diese auch nicht mit mir. *Sie* denken, ich sei *seltsam*. Dass ich existiere, spielt immer nur dann eine Rolle, wenn mich jemand fragen will, ob ich Single sei und Lust hab, mit ihm auf eine blöde Party zu gehen.«

Celadon warf Arlo einen total entrüsteten theatralischen Blick zu. »Willst du mir vielleicht erklären, wieso ich nie eine dieser angeblichen Einladungen erhalten habe?«

Arlo schüttelte ihren Kopf und presste in stiller Missbilligung ihre Lippen zusammen. Dabei ähnelte sie wohl ziemlich ihrer Mutter, denn das brachte ihr ein besonderes Geläut eines Windspielgelächters ein, das Celadon für ihre »Thalo-Momente« reservierte, wie er sie gern nannte.

Arlo und Celadon bahnten sich ihren Weg durch die graue Straße und schlängelten sich durch das Gewimmel der Menschen, die ebenfalls hofften, mit ein bisschen Glück und Eile den Regen zu überholen. Arlos SICHT war nicht einmal annähernd so stark, wie sie eigentlich sein sollte, vor allem nicht in diesem Dunst, sodass sie Zauber nicht gut genug durchdringen konnte, um zu *erkennen*, ob die Leute, an denen sie vorbeigingen, eigentlich vom Feenvolk waren und sich nur als Menschen tarnten. Wenn sie sich jedoch konzentrierte, vermochte sie ihre Auren zu riechen.

Einige Leute um sie herum waren Menschen. Andere allerdings ...

Sie kamen an einem jungen Mann vorbei, der hellblaues Haar und im Nacken lauter Tattoos hatte und nach Algen und feuchtem Holz roch. Außerdem war da ein kleines Mädchen in Regenstiefeln und einer gelben Jacke mit Punkten, das nach Verwesung und moosiger Erde roch, sowie eine Gruppe laut lachender Teenager, die sich wie ein Schwarm Fische um die Leute in ihrem Weg teilte und einen salzigen Geruch hinterließ, der Arlo noch lange nach ihrem Vorbeigehen in der Nase blieb. Arlo sah, wie ein groß gewachsener Mann mit glatt rasiertem Gesicht und zurückgekämmtem Haar – der stark nach Orangen und Teer roch – zusammenfuhr, als er auf den Stufen hinab zur U-Bahn stolperte und sich an einem eisernen Treppengeländer festhielt.

Es gab so viele Feen in Toronto ... so viel *Magie*, die in dieser menschlichen Stadt verborgen wurde. Das Eisen war für sie heutzutage genauso giftig wie früher. Der direkte Kontakt mit diesem schädlichen Metall konnte sie benebeln, krank machen und – in bestimmten Fällen bei längerem Kontakt – sogar töten. Einen ganzen Hof jedoch in einem Wald zu verstecken, war bereits seit einiger Zeit unmöglich. Die Götter waren nicht mehr da, um dabei zu helfen, ganze Inseln, eindrucksvolle, tief in die Gebirge gemeißelte Höhlen und Waldgebiete zu verbergen, die die Feen einst ihr Zuhause genannt hatten. Die sich immer weiter ausbreitende menschliche Bevölkerung war zu einer Macht herangewachsen, der sie allein einfach nicht gewachsen waren.

Es oblag den Häuptern der Höfe, den magischen Puffer aufrechtzuerhalten, der es den Feen erlaubte, inmitten dieses Gifts und nur mit gedämpften Auswirkungen zu leben – ein leichtes Brennen bei direktem Kontakt sowie ein geringes Schwächegefühl, wenn man sich zu lange keiner Entgiftungskur in der Wildnis unterzog. Im Unterricht ihrer Mutter hatte Arlo gelernt, dass sich die Oberhäupter der Höfe für einen Zusammenschluss entschieden hatten, weil er unter anderem mit der Verstärkung ihrer Macht belohnt wurde. Die Magie der Höfe war so stark angewachsen, dass sie inzwischen selbst eine Art Schild bildeten, und jeder, der ihnen Treue schwor, genoss ihren Schutz.

Dieser Schild wurde jedoch immer unwirksamer, je weiter man sich von den Hauptstädten der Höfe entfernte.

Seit Arlos Großonkel von seinem Vater die Krone übernommen hatte und Hochkönig aller Höfe war, stand Toronto im Mittelpunkt der magischen Gemeinschaft. Seither wurden Kreaturen jeglicher Couleur angezogen und Arlo tat nichts lieber, als ihr Talent an ihnen allen zu verfeinern.

Um sich dem auch heute hinzugeben, beschäftigte sie jedoch das Gespräch zu sehr, das sie bestimmt gleich mit ihrem Vater führen würde. Sie schwieg, als sie sich mit Celadon in einen U-Bahn-Wagen zwängte und er ihr die Ohren mit Palastklatsch vollquasselte.

Zum Glück blieben ihnen Verspätungen erspart. Doch als sie ihre Haltestelle erreichten und aus der U-Bahn stiegen, regnete es erst so richtig los.

»Das ist so typisch für dich, daran zu denken, *mir* einen Schirm mitzubringen, aber einen für dich zu vergessen«, scherzte Arlo. Sie vermutete, Celadon tat nur so, als höre er sie nicht durch die Tropfen, die auf ihren nun gemeinsamen Regenschirm prasselten.

»Bist du hier mit deinem Vater verabredet?«, fragte er, als sie ihr Ziel erreichten – ein Stück Bürgersteig an der College Street. Eine graue Steinplatte mit der Inschrift *University of Toronto* kennzeichnete den Bereich als einen der vielen Eingänge des riesigen Campus. Es war die Stelle, an dem ihr Vater sie normalerweise abholte, wenn er hier an der Hochschule arbeitete und sie sich treffen wollten – niemand fuhr um diese Tageszeit gern in der Stadt herum, wenn es sich vermeiden ließ. »Und wo wollt ihr hin?«

»Ich glaube, er sagte, das Lokal hieße *Good Vibes Only*.«

»*Good Vibes Only*?« In Celadons Stimme war eindeutig Belustigung herauszuhören, was Arlo leicht beunruhigte.

»Was hab ich verpasst?«

Celadon winkte ab und lächelte. »Bist du sicher, dass ich nicht mitkommen darf? Das vorhin war kein Witz – zu Hause zu sein, ist im Moment ein Albtraum.«

»Nicht dass ich dich nicht liebhätte und so, aber wenn du nur hier bist, um dich vor deiner Verantwortung zu drücken, musst du dich damit abfinden. Wie's aussieht, denken alle bereits, ich sei eine viel zu große Ablenkung für dich. Na ja, wie auch immer, ich glaub nicht, dass mitkommen heute günstig ist. Ich hab das Gefühl, wir werden gleich das *Gespräch* haben.«

»Echt?« Celadon zuckte mit den Augenbrauen und hatte sofort wieder gute Laune. »Mitten in einem Café? Wie skandalös. Darf ich bitte mitkommen?«

»Wa... ugh, *nein*, nicht *das* Gespräch. Ich denke, ich weiß mittlerweile, woher Babys kommen, danke. Diese peinliche Unterhaltung hab ich schon hinter mir, und zwar mit *beiden* Elternteilen. Nein, ich mein das Gespräch über die Schule. Dad will wissen, was ich wegen der Uni im Herbst entschieden habe.«

Celadon seufzte und kippte den Schirm an, um ihn dem Richtungswechsel des Regens anzupassen. »Gut. Rufst du mich an, wenn du wieder zu Hause bist?«

»Du bist 'ne richtige Klette. Wir müssen dir eine bessere Hälfte finden. Oder eine Katze.«

»Ich mag Katzen, ja. Aber lieber wär mir, du rufst mich an.«

»Oh, guck mal, da ist Dad«, sagte Arlo übertrieben betont.

Sie winkte einem heranfahrenden Auto zu, das neben ihnen langsam zum Stehen kam. »*Tschüss*, Cel. Danke, dass du mich von der Schule abgeholt hast.«

»Ciao, Arlo! Wenn du mich heut Abend nicht anrufst, geh ich einfach davon aus, dass du umgebracht wurdest. Dann rasier ich mir vor Trauer alle Haare ab und schreib lange Gedichte, in denen ich das eine Mal verewige, als du mich bei Mario Kart geschlagen hast.« Er strahlte sie an und hielt den Schirm über sie, als sie sich dem blauen Ford Focus ihres Vaters näherten.

Arlo schüttelte den Kopf. Manchmal war die einzige Antwort auf Celadons Mätzchen, nichts zu sagen. Sie öffnete die Autotür, stieg ein und wurde umgehend von einem ohrenbetäubend lauten Radiosprecher begrüßt.

» ... die Polizei hat noch nicht bestätigt, ob diese menschlichen Überreste in irgendeiner Weise mit den drei identischen Fällen in verschiedenen Gebieten des Staates Washington sowie in Arizona, Nevada und Kalifornien zusammenhängen.«

Arlos Vater drehte die Lautstärke herunter, während sie Celadon, der die Tür hinter ihr schloss, ein letztes Mal geistesabwesend zum Abschied zuwinkte.

»Da ist ja mein Mädchen«, begrüßte er seine Tochter. Sein englischer Akzent rundete jedes seiner Worte ab. »War das Celadon? Ich hab ihn seit Weihnachten nicht mehr gesehen. Alles in Ordnung bei ihm? Von hier aus sah er ein bisschen blass aus.«

Arlo blickte vom Radio auf. Die plötzliche Konfrontation mit diesem grauenhaften Bericht hatte sie kurz abgelenkt. Noch eine verstümmelte Leiche – noch ein toter Eisengeborener. Sie hatte nicht gelogen: Sie fürchtete nicht wirklich, selbst zur Zielscheibe zu werden – es war einfach zu unwahrscheinlich, dass hier etwas passieren würde ... Doch je mehr sie darüber hörte, je länger es in den Nachrichten und Thema Nummer eins war, desto stärker fühlte sie bei jeder Erwähnung ein unangenehmes Kribbeln.

Arlo schüttelte abermals den Kopf und versuchte, auf dem Bürgersteig Celadon ausfindig zu machen, um zu sehen, ob ihr Vater recht hatte. Er war jedoch bereits auf dem Rückweg zur U-Bahn. Doch das Einzige, was sie von ihm in der Menge erspähen konnte, war sein schrecklich greller Regenschirm.

Arlo runzelte die Stirn. Hatte er *vorhin* unwohl ausgesehen?

Ihr war das nicht aufgefallen. Sicher, er hatte hundemüde gewirkt. Das hatte sie allerdings als Verschleiß abgetan, weil er sie auf Schritt und Tritt verfolgte sowie laut eigener Aussage die Buchhalter des Hochkönigs und deren Streit über die Budgetberichte überstanden hatte.

»Ich denke, er hat einfach nur einen langen Tag hinter sich. Ich quetsch ihn später dazu aus.« Sie würde nach dem Essen zu ihm fahren. »Jedenfalls, hi, Dad. Wie geht's dir?«

Rory Jarsdel war ein Mann von außergewöhnlicher Intelligenz, der einfache Freuden liebte. Er mochte lächerliche Wollpullunder und mit Blumen bedrucktes Porzellan für seinen Nachmittagstee. Am liebsten durchstöberte er unter anderem Buchläden nach Science-Fiction-Romanen, um auch sie in seine ohnehin schon vollgestopften Regale zu stellen. Rory war nicht besonders groß, sah auf sehr bescheidene Weise gut aus – zumindest im Vergleich zur ätherischen Schönheit der Viridian-Familie – und besaß seinen ganz eigenen Charme. Am meisten gefiel Arlo an ihm, dass sich inzwischen die ersten Anzeichen seines Alters bemerkbar machten – er bekam ein Bäuchlein, hatte Lachfalten um seine Augen und seinen Mund und sein feuerrotes Haar durchzogen allmählich silberne Strähnen.

Elfen alterten – sie konnten sogar an Altersschwäche sterben, wenn viel Zeit verging –, aber sie alterten längst nicht so schnell wie die Menschen. Dasselbe galt (in unterschiedlichem Maße) für die Eisengeborenen und Feen. Die Angehörigen des Feenvolks entwickelten sich von der Geburt bis zur REIFE in der gleichen Geschwindigkeit wie die Menschen. Die REIFE war die Zeit, in der die Feen ihre volle Kraft erlangten, sowie ihre Version der Pubertät. Sobald diese einsetzte, verlangsamte sich die körperliche wie geistige Alterung bei vielen ihrer Artgenossen so drastisch, dass Jahrzehnte ohne nennenswerte Veränderungen vergehen konnten. Selbst wenn Arlo für ihr Alter immer viel zu jung aussehen mochte (was sie tun würde, wenn ihr Vater *dies* bemerkte, war ein ganz anderes Problem, über das sie sich erst noch Gedanken machen musste), würde sie irgendwann älter aussehen als ihre Mutter.

»Oh, mir ging's ganz gut, aber jetzt geht's mir viel besser, denn mein liebstes Mädchen ist bei mir! Und wie geht's *dir*? Wie fühlt es sich an, achtzehn zu sein?«

»Irgendwie so, als ob ich für den Rest meines Lebens müde sein werde«, entgegnete Arlo. »Gestern war ... ziemlich viel los.«

Wieso, konnte sie ihm nicht sagen.

»*Müde?*«, neckte Rory und lenkte wieder zurück in den Verkehr. »Armes altes Mädchen, ist achtzehn und geht schon auf die sechzig zu.«

»Ich ruf meine Tochter nicht jedes Mal an, wenn *David's Tea* eine neue Geschmacksrichtung rausbringt, weißt du?«

»Im Leben zählen die kleinen Freuden, Arlo. Wir können nicht alle in den Sieben-Millionen-Dollar-Domizilen des Success Tower wohnen.«

Mit einem verlegenen Lachen wischte Arlo die passiv-aggressive Bemerkung beiseite.

Sie mochte ihren Vater. Sie kam auch meistens gut mit ihm aus, wenn sie imstande war, über seine vermutlich extreme Abneigung gegen Magie hinwegzusehen – und über den Klumpen Groll in ihrer Brust, weil sie die Verantwortung für *seine* Entscheidungen tragen und ihn über die magische Welt im Dunkeln lassen musste. Aber es fiel ihr schwer, mit Rorys überhaupt-nicht-geheimer Meinung über Arlos Mutter im Allgemeinen sowie über ihren extravaganten Lebensstil im Besonderen umzugehen. In dieser Phase ihres spielerischen Schlagabtauschs war es inzwischen fast schon ihre zweite Natur, ihn zu überhören, sobald er eins dieser Themen aufgriff. Die abfälligen Kommentare endeten jedoch genau hier und schon bald lachten die beiden über ihre Lieblingsszenen aus den Marvel-Filmen, die sich Rory endlich angesehen hatte, als Arlo ihn dazu überredet hatte.

Sie waren so in das Gespräch vertieft, dass sie es beinah nicht mitbekam.

Als sie vor dem Café einparkten, nahm sie auf ihrer Haut eine seltsame, sich windende Empfindung wahr – so kühl und klamm wie der Tod. Durch das geöffnete Beifahrerfenster drang ein schwacher, widerlich süßer Duft wie der von verfaulten Blumen herein und sie überkam ein Würgereiz.

Wessen Aura war *das*?

Arlo lachte nun nicht mehr und lenkte ihre Aufmerksamkeit auf die gegenüberliegende Straßenseite, von der diese kühle Süße auszugehen schien. Dies war beunruhigend. Sie hatte noch nie zuvor eine *solche* Aura gespürt – es war mehr als ein Druck in der Luft und mehr als ein Nervenschauer ... Diese fühlte sich falsch, tot und *windend* an, wie Würmer in einem Grab. Doch selbst als sie ihre SICHT fokussierte, um die Quelle dieser Aura zu orten, wusste sie, dass es zu spät war. Die Empfindung war verblasst und ihr Ursprung verschwunden.

Als sie sich mit noch immer aktiver SICHT wieder dem Café zuwandte, verschwand die Frage, was da an ihnen vorbeigezogen sein konnte, komplett aus ihrem Kopf. Arlo erkannte sofort, warum Celadon ihr Ziel so amüsant gefunden hatte.

Good Vibes Only war ein Feencafé.

KAPITEL 5

Arlo

Good Vibes Only befand sich in einem unscheinbaren, dunkelroten Backsteingebäude. Die Schriftzüge des Cafés in Silber waren verblasst und es lag in einer belebten Geschäftsstraße mit Bürogebäuden, Kleiderboutiquen und zahlreichen Ethno-Restaurants versteckt, sodass es menschlichen Passanten kaum auffiel. Doch dem eindeutig menschlichen Paar zufolge, das es gerade durch die Glastür verließ, war es nicht ganz unentdeckt geblieben.

Feencafés waren ein Trend, der an den Höfen immer beliebter wurde. Das einfache Volk, bestehend aus Feen und Eisengeborenen, war in seinen Beziehungen zu den Menschen nicht ganz so eingeschränkt wie die Elfen. Doch auch für sie galt das Gesetz, dass ohne die Zustimmung ihres jeweiligen Hofes niemand außerhalb der magischen Gemeinschaft von der Existenz der Höfe wissen durfte. Das bedeutete, die Feen brauchten manchmal einen Platz, an dem sie abschalten konnten, ohne zu befürchten, entdeckt zu werden. Und anstatt sich zu verausgaben, indem sie solche Orte vollständig auslöschten, hatte sich das Feenvolk eine modische Alternative ausgedacht.

Als Arlo und ihr Vater das *Good Vibes Only* betraten, musste sie sich nicht sonderlich anstrengen, die vielen Auren wahrzunehmen, die die Luft mit ihren Düften erfüllten. Es ging weit über Arlos derzeitige Fähigkeit hinaus, in dieser Art Umgebung einen Geruch vom anderen zu unterscheiden. Es war ein bisschen so, als betrete man einen Laden mit Duftkerzen. Der Effekt war jedoch nicht so überwältigend, wie sie befürchtet hatte.

Für einen Menschen hatte ihr Vater eine ziemlich gute Fähigkeit, rings um ihn Magie zu spüren, und wurde davon wie eine Motte von einer Flamme angezogen. Obwohl sie vermutete, dass es in seiner Familie vielleicht einst einen Verwandten aus dem Feenvolk gegeben hatte, war es höchstwahrscheinlich nur Zufall. Das erklärte auch, wieso er sich anfangs zu ihrer Mutter hingezogen gefühlt hatte und warum ihre eigene Fähigkeit, Magie zu erkennen, stärker war als bei so vielen anderen Elfen.

»Also«, sagte Rory vorsichtig, als sie halb aufgegessen hatten. Er war teilweise darin vertieft, das Innere seines Burritos mit einer Ecke des weichen Teigs aufzunehmen. Während er sprach, warf er jedoch Arlo über den Tisch hinweg einen Blick zu. »Hast du dich bezüglich der Uni schon entschieden?«

Und hier war es – das Gespräch.

»Nicht wirklich, nein«, seufzte Arlo. »Ich weiß, ich weiß, du hast auf eine bessere Antwort gehofft. Wir haben der Uni schon was für die Zulassung angezahlt und … Ich versteh's, aber ehrlich gesagt weiß ich einfach nicht, ob ich da hinwill.« Arlo lehnte sich in ihrem Stuhl zurück und ließ ihre Gabel auf den Teller fallen. »Ich mein, ich bin der U of T superdankbar, dass sie mich in ihr Geisteswissenschaftsprogramm aufgenommen haben, aber … Was soll ich denn überhaupt *machen*? Ich hab nicht den Grips wie du, um in die Wissenschaft zu gehen. Deswegen kann ich auch nicht an deinen Biochemiekursen teilnehmen. Außerdem hat gefühlt *jeder* einen Abschluss in Englisch …«

Sie hatte sich nur an der Universität beworben, weil sie sichergehen wollte, etwas zu tun zu haben, falls der Hohe Rat der Elfen ihr ihren Status komplett verweigert hätte.

Die Toronto Fae Academy – besser bekannt als die TFA (oder kurz Teefa), wo Arlos WÄGUNG stattgefunden hatte – stand ausdrücklich *nicht* auf Arlos Optionenliste.

Vor langer Zeit hätte die bloße *Zugehörigkeit* zu den Eisengeborenen Arlo einen Platz an dieser garantiert. Ihre Magie war anders. Sie war mehr als Illusionen und Beherrschung der Elemente, die die Elfen und Feen praktizierten. Hexen, Zauberer, Hexenmeister, Magier ... Man hatte den Eisengeborenen im Laufe der Jahrhunderte viele Namen gegeben, doch eigentlich *waren* sie Alchemisten. Ihre Begabung bestand darin, die antiken Runen der alten Magie und die chemischen Formeln der Wissenschaft zu komplizierten Siegeln zu verschmelzen. Mit deren Hilfe vermochten sie alle möglichen Dinge zu tun, wie Zaubersprüche wirken, Gegenstände verhexen und Tränke brauen.

Arlo hatte keine Ahnung, wieso nur die Eisengeborenen dazu imstande waren und warum sich diese chemischen Formeln weigerten, mit der Magie zusammenzuarbeiten, solang es kein Eisenblut gab, um sie zu verbinden. Sie würde das *nie* herausfinden, denn über diese Kunst durfte sie nur lernen, dass ein Eisengeborener vor Jahrhunderten versucht hatte, sich mithilfe der Alchemie mehr Macht als die Höfe zu verschaffen. Doch der Preis für diesen Hochmut war verheerend gewesen. Leben waren geopfert worden ... ihre Geheimnisse wären beinah enthüllt worden ... Danach hatte der Hohe Rat der Elfen die weitere Ausübung von Alchemie für zu gefährlich erklärt und daher der gesamten Gemeinschaft der Eisengeborenen strengere Beschränkungen auferlegt.

Heute war diese Kunst gänzlich verboten und Arlo hätte größere Chancen, wenn sie sich an der Akademie der Sternflotte für eine Ausbildung bewarb, denn die TFA unterrichtete nur *Elfen* und sonst niemanden.

»Ich hab mir überlegt, dass ich diese Entscheidung doch um ein Jahr oder so aufschieben und auf Reisen gehen könnte, so wie ein paar andere aus meiner Schule auch. Oder vielleicht könnte ich ja hier noch ein bisschen jobben? Denn irgendwohin zu gehen, wo ich niemanden kenne, der mir helfen könnte, falls was passieren sollte ...« Allein der Gedanke jagte ihr Angst ein.

Die Universität schien die sicherste sowie naheliegendste Lösung und ihre beiden Eltern wollten, dass sie sich für genau diese entschied. Doch das war vor der WÄGUNG gewesen, als Arlo mit ihrem Feenstatus noch zufrieden gewesen war. Seitdem hatte sie trotz ihrer ewigen Unschlüssigkeit und Zweifel begonnen, über die Dinge nachzudenken, die *sie* wollte und weder sicher noch praktisch waren.

Das Zugeständnis des Rates, sie könne immer noch eine vollwertige Elfe werden (so herablassend das auch gewesen war), machte es ihr unmöglich, die Hoffnung darauf aufzugeben. Vielmehr blühte sie in ihr auf und drängte sie zu etwas *Größerem* ... Aber sie konnte ihrem Vater ja nicht die Tiefe ihrer Unentschlossenheit erklären, sosehr sie sich das auch wünschte.

Seufzend stellte Rory seinen Latte auf den Tisch. »Das ist fair, Arlo. Das kann sehr beängstigend sein, ich weiß, und am Ende ist es deine Entscheidung. Ich versteh nur nicht, wieso du nicht hinwillst. Es ist okay, Angst zu haben – niemand in deinem Alter weiß, was man vom Leben will. Die Welt ist verwirrend, aber das heißt nicht, dass man sich einfach auf die Gleise legen und darauf warten sollte, von der Inspiration überfahren zu werden.«

»Das ist echt eine gruselige Metapher – danke, Dad.«

»Ich weiß, dass du zweifelst, ob du das Richtige tust, und dass du aus irgendeinem Grund das Gefühl hast, die Universität ist es vielleicht nicht. Aber manchmal findet man erst heraus, was man will, wenn man mittendrin ist. Da ich an der Uni arbeite, musst du kein Schulgeld zahlen. Wenn du's dir also anders überlegst, musst du nur das Darlehen fürs Wohnheim zurückzahlen. Und selbst *das* könntest du vermeiden, indem du entweder bei mir oder deiner Mutter wohnst«, fügte er bedeutungsschwer hinzu.

»Ich weiß.« Arlo stieß wieder einen Seufzer aus. Ihr Vater war eigentlich auch deshalb so gefrustet, weil er hoffte, sie würde während ihres Studiums bei ihm leben.

Er schien zu begreifen, dass sie etwas anderes als teeniemäßiger Überschwang zurückhielt. Dafür war ihm Arlo zwar dankbar, doch sie fragte sich nicht zum ersten Mal, wie ihr Leben wohl aussähe, wenn ihr Vater sein Wissen über Magie nie aufgegeben hätte – wenn sie sich ihm richtig anvertrauen und das Kind sein könnte, das sie ja nun mal war, statt notgedrungen wie ein Elternteil *ihn* zu beschützen.

»Ich weiß. Es ist ja nicht so, dass ich *überhaupt* nicht studieren will ...«

Dass Arlo zur Uni gehen sollte, war so ziemlich das Einzige, worüber sich ihre Eltern noch einig waren.

Thalo, die von der menschlichen Art zu leben dermaßen entzückt war, dass sie einen Menschen geheiratet hatte, wollte Arlo in einer Universität sehen. Arlo hatte jedoch das Gefühl, dass ihre Mutter darauf bestand, weil sie bedauerte, selbst nie an einer solchen Hochschule studiert zu haben.

Auf der anderen Seite wollte Rory für Arlo einen Uniabschluss. In seliger Unwissenheit von dem Leben, das seine Tochter abseits seines menschlichen Blicks führte, bedeutete die Universität für ihn einen Job, Sicherheit und lebenslange Freundschaften, die ihr dabei helfen würden, herauszufinden, was sie sich von einer – in seinen Augen – unkomplizierten Zukunft wünschte.

Im Versuch, das Thema zu wechseln, wandte sich Arlo ab und betrachtete das Café und seine Gäste.

Der kuriose kleine Raum war mit kirschfarbenen Tischen und dazu passenden, mit Blumenmustern bezogenen Stühlen vollgestellt und die roten Backsteinwände waren mit lauter malerischen Ölgemälden behangen. Auf einem Tresen, der sich vor Kuchentellern und schicken Glasglocken voller Gebäck geradezu bog, lag ein Stapel Broschüren, die für menschliche Sinne verhext waren, denn sie erfuhren darauf von einem bevorstehenden Festival in Danforth. In Wahrheit handelte es sich aber die neuesten Nachrichten des BEISTANDS – was nicht unbedingt illegal war (das Recht auf Meinungsfreiheit galt an den Höfen genauso wie in diesem Teil der menschlichen Welt), aber doch ein überraschend gewagter Zug.

Das Personal des *Good Vibes Only* würde sich auf ein Verhör gefasst machen müssen, sobald die Höfe herausfanden, dass hier so etwas geschah, und von da an unter genauester Beobachtung stehen.

Neben ihrem Tisch saß eine Kleinfamilie. Mutter und Vater waren gemeinsam in Fotos auf einem Handy vertieft, das sie zwischen sich hielten. Während das Paar in Erinnerungen schwelgte, verteilte ihre vielleicht zwölfjährige Tochter mit Pommes den Ketchup auf ihrem Teller. Sie zeigte keinerlei Interesse am Handy, wenn die Mutter es ihr hinhielt, und sah Arlos Meinung nach so aus, als amüsiere sie sich generell nicht sonderlich.

Am Fenster weiter vorn im Café saßen zwei junge Menschenmänner, die in sehr viel buntes Elasthan gekleidet waren und Helme an ihre Stühle gehängt hatten. Am Nachbartisch plapperten ein paar Frauen in teuren Joggingklamotten fröhlich bei einer Tasse Milchkaffee. Mindestens eine von ihnen war eine Fee. Das konnte Arlo anhand der konzentrierten Aura rings um die Gruppe erkennen. Doch da ihre SICHT nicht so stark war, wie sie sein sollte, wäre sie nie imstande, sicher zu sagen, welche es war oder waren, geschweige denn welche Art Fee.

Genau das war der eigentliche Reiz von Feencafés.

Feen kamen nicht an solche Orte, um sich mit Koffein, sondern um ihren Zauber wieder aufzuladen. Da das gut ausgebildete Personal des Cafés die Luft mit so viel seiner eigenen Magie wie nur möglich erfüllte, bemerkte kein einziger menschlicher Gast, dass die Feen um sie herum ihre eigenen Tarnungen ein wenig lüpften. Erschöpfte Mitglieder der magischen Gemeinschaft konnten kurz in einem Café vorbeischauen, sich ausruhen, ohne sich dafür in ihre Häuser zurückziehen zu müssen, und etwas von der Magie aufnehmen, die kostenlos zur Verfügung stand. Sobald sie das Café verließen, fühlten sie sich genauso erfrischt wie bei Tagesbeginn. Das Personal wurde für diesen Service ziemlich gut bezahlt, da solche Einrichtungen von den Höfen selbst finanziert wurden.

Obwohl sie neugierig war, was diese Feenjoggerin anging, ließ Arlo ihren Blick weiter durch den Raum schweifen. Sie bemühte sich, abwechselnd sie zu beobachten und der Geschichte zu lauschen, die ihr Vater nun an ihre Unterhaltung anknüpfte – seinen Umzug nach Kanada – und die sie schon unzählige Male gehört hatte.

»... also verstehe ich, warum du dich so fühlst. Ich meine, um deine Mutter zu heiraten, bin ich umgezogen und habe den ganzen Nordatlantik überquert. Es war verdammt furchterregend – ich habe hier keinen einzigen Menschen gekannt –, aber ich war von Thalo eben sehr angetan, sie war schwanger mit dir und ...«

Als Nächstes wurde Arlo auf das Mädchen in der hinteren Ecke aufmerksam, obwohl sie zuerst nicht sagen konnte, warum.

Zwei Tische von den plaudernden Joggerinnen entfernt lehnte diese neue Quelle ihres Interesses lässig auf einem Stuhl. Ihre lockere Haltung passte allerdings nicht zu ihrem gespannten Blick, den sie auf die Familie neben Arlo richtete. Das Mädchen saß ganz allein da, mit nur einem Milchkaffee und einem Sandwich. Sie wirkte ungefähr so alt wie Arlo, vielleicht ein bisschen älter. Ihre Kleidung war für die Stadt nicht ungewöhnlich, doch wirkte sie, als bevorzuge sie eher raue Gesellschaft.

Mit der schwarzen engen Hose, den schwarzen Lederstiefeln und der ebenso schwarzen Lederjacke, die sie über einem einfachen Tanktop in noch *mehr* Schwarz trug, wollte ein Teil von Arlo sie als die Art Mädchen einstufen, die sie von der Schule kannte – diejenigen, die in den Toiletten des Theaterflügels rauchten und ihre Ohren selbst mit Nadeln durchstachen.

Die coolen Mädchen.

Arlo hatte nie zu ihnen gepasst, selbst als die Kinder in ihrem Alter sie nicht bewusst ignoriert hatten. Nicht dass sie je wirklich irgendwo hineingepasst hätte, doch mit ihrer spektakulären Unfähigkeit, Grenzen zu überschreiten, passte sie ganz besonders nicht in diese Gruppe. Ihr Instinkt drängte sie wegzusehen, aber die Intensität, mit der dieses Mädchen die Familie anstarrte... Wollte es sie ausrauben oder so?

Das ging Arlo überhaupt nichts an.

Außerdem, was konnte sie schon tun? Die Familie warnen? Ihnen sagen, das Mädchen in der Ecke da sehe wie eine »zwielichtige Gestalt« aus und sie sollten lieber auf ihre Habseligkeiten achtgeben? Höchstwahrscheinlich war es total harmlos und Arlo würde letztlich nur Ärger heraufbeschwören.

Wirklich, sie sollte einfach weggucken. Aber irgendetwas stimmte einfach so *gar* nicht mit diesem Mädchen.

»... ehrlich gesagt hat es sich ein bisschen so angefühlt, als würde man aus einem Traum aufwachen und direkt in die kalte, harte Realität fallen. Aber ich hatte ja meinen Job, meine Freunde und dich und das Leben ging sowieso weiter, ob ich wollte oder nicht. Also sagte ich zu mir: ›Ror, du kannst nicht einfach nur rumsitzen und dich selbst bemitleiden. Entscheid dich endli...‹«

Je länger Arlo hinschaute, desto schwerer fiel es ihr *wegzuschauen*, und umso mehr war sie überzeugt, dass das Mädchen in der Ecke viel mehr war, als es den Anschein hatte.

War sie eine Fee?

Im Gegensatz zu den Mädchen an ihrer Schule, die bloß so tough und gefährlich taten, machte sie zweifellos niemandem etwas vor. Man merkte es an der Art, wie sie sich hielt. Diese lockere Anmut. Sie wurde ziemlich gut von ihrem Tisch verdeckt, der die Sicht auf sie versperrte, doch in ihrem langen Körper ruhte Stärke. Zudem wirkte all das Schwarz wie eine Schlangenhaut, die sich über reine Muskeln spannte.

Am meisten beunruhigten Arlo ihre Augen.

Das Mädchen hatte sonnengebräunte Haut und blasses, sandfarbenes Haar, das sie hinter ihrem Kopf unordentlich zusammengebunden hatte. Doch mit seinen scharfen Zügen und tödlichen Kanten wirkte ihr Gesicht geradezu wie eine Rüstung, aus der ihre stahlgrauen Augen wie glänzende Dolchspitzen leuchteten.

Letztere strahlten viel zu hell.

Hinter ihnen bewegte sich irgendetwas. Ein Schatten von etwas, das Arlo nicht genau auszumachen vermochte – nichtsdestotrotz war es da.

Was man von ihrer magischen Signatur nicht behaupten konnte.

Dieses Mädchen war stark und hübsch, vor allem aber *furchterregend*. Allerdings konnte Arlo nichts an ihr entdecken, was sie als etwas anderes als einen Menschen auswies. War ihre Magie einfach nur zu schwach, um sich von allem anderen im Café abzuheben?

Arlo begann nochmals, ihre SICHT zu fokussieren, um nach einer Spur von Magie zu suchen – zumindest hatte sie das vor, aber nun bemerkte das Mädchen, dass *es* im Mittelpunkt von jemandes Aufmerksamkeit stand.

Stählerne Augen glitten zu Arlo.

Bei dem finsteren Blick, mit dem das Mädchen sie bedachte, schreckte Arlo heftig zurück. Hinter ihren Augen kam es zu einer Explosion, tödlicher Schmerz breitete sich in ihrem Magen aus und ihr Blickfeld versank für einen Wimpernschlag in Finsternis.

»*Arlo?*«, keuchte Rory. »Hey, alles okay? Was ist los?« Seine Hände flogen nach vorn, um Arlos Getränk festzuhalten, das sie in ihrer Bestürzung beinah umgeworfen hatte.

Sie starrte ihren Vater an, blinzelte durch ihre Benommenheit hindurch und versuchte, seine einfache Frage zu verstehen.

Gleichzeitig fuhr sie mit der Hand über ihren Bauch. Sie war wirklich erstaunt, kein Rot zu entdecken. Sie hätte beinah schwören können, dass ihr Bauch durchstochen und sie schwer verletzt sei, aber … alles war in Ordnung.

Der Schmerz war so rasch verklungen, wie er ihr zugefügt worden war.

Ein paar rote Haarsträhnen hatten sich dank ihres unerklärlichen Schreckenskrampfes gelöst und weder ihre Jeans noch das weiße T-Shirt unter ihrem Cardigan wiesen irgendwelche Anzeichen einer Wunde auf.

Ihr ging es gut.

War das, was Arlo gespürt hatte, die *Aura* des Mädchens gewesen?

Unmöglich.

Eine Aura hatte sie noch *nie* so heftig gespürt. Arlos Verstand spielte ihr einen Streich. Wie viel Koffein steckte in diesem Getränk? Sie blickte stirnrunzelnd auf ihre Tasse und entschuldigte sich mit einer Lüge: »Sorry, mir geht's gut. Bin nur für eine Sekunde in Gedanken versunken. Dann hat irgendwas mein Bein berührt und mich erschreckt.«

Rory ließ das merkwürdige Verhalten seiner Tochter durchgehen, indem er nun selbst die Stirn runzelte. Arlo konnte sich nicht zurückhalten und sah ein weiteres Mal über die Schulter ihres Vaters zu dem Mädchen, das sie womöglich gerade mit einem Todesblick hatte umbringen wollen. Wenn das nicht auf Arlos Einbildung zurückging – hatte dieses Mädchen dann dieselbe seltsame Kraft auf die Familie gerichtet, die es beobachtet hatte?

Das jüngere Mädchen am Tisch direkt neben ihr ... Lag es daran, dass es so ausgesprochen unwohl aussah?

Das Mädchen in der Ecke sah Arlo jetzt nicht mehr an. Es beobachtete wieder die Familie, die nun ihre Sachen zusammenpackte. Ihre Augenbrauen zogen sich zusammen, was aussah wie ... Besorgnis? Neugierde? Schwer zu sagen.

»Du scheinst dich ja nicht besonders für dein Essen zu interessieren. Heißt das, du bist bereit aufzubrechen?«

»Hm?« Arlo wandte sich wieder ihrem Vater zu. »Tut mir leid. Schätze, ich bin heut nicht wirklich hungrig. Wir können gehen, ja.«

»... hab doch gesagt, dass es mir nicht gut geht!«, beschwerte sich das Mädchen und lenkte Arlos Aufmerksamkeit einmal mehr auf sich.

Seine Worte waren eine Untertreibung.

Es sah so aus, als ginge es ihm kein bisschen gut. Das Mädchen schwitzte und sah inzwischen totenblass aus. Es saß zusammengekauert da, ohne seine Pommes anzurühren, und rieb sich den Brustkorb. Ihm ging es viel schlechter als eben noch, sodass sich Arlo fragte, ob es sich gleich auf den Boden zwischen ihnen übergeben würde.

»Cassandra, Schatz, *ganz ehrlich* ...«

»Carl, sie sieht wirklich nicht gut aus. Vielleicht sollten wir zurück ins Hotel und uns für den Rest des Tages ausruhen?«

»Sie beschwert sich schon die ganze Reise über, Chloe. Nur weil wir hier nicht in Palm Springs sind, heißt das noch lange nicht, dass sie sich hier nicht amüsieren kann, Gott behüte! Hör zu, Cassie, du musst wirklich damit aufhören.«

»Du *hörst* mir nie *zu*!«, schrie Cassandra. Ihre Worte verschwammen und echte Tränen liefen ihr über das kreidebleiche Gesicht. »Fühl mi nich gut. Meine *Brust* tut weh! W... will na Haus.« Dann stöhnte sie auf und ballte ihre Hände um den Stoff ihres T-Shirts. »Fühl mi krank.«

»Du *machst* dich krank!«

»*Carl.*«

»Arlo, hörst du mir zu?«

»Was zum ...«, keuchte Arlo und richtete sich auf, denn etwas *sehr Merkwürdiges* geschah mit dem Mädchen – Cassandra.

Im selben Augenblick krümmte sich diese vor Schmerz. »M... Mach ich n... nich ...«, stotterte sie dem Klang nach durch fest zusammengebissene Zähne, bis sie sich auf den Boden übergab und dort zusammenbrach. Der Stuhl ihrer Mutter krachte um, als sie ihrer Tochter zu Hilfe eilte.

»Cassandra!« Arlo konnte sie nur mit weit aufgerissenen Augen anstarren.

Nicht Cassandras Erbrechen überwältigte sie so, sondern wie das Blut in deren Adern anfing, hell und rubinrot wie eine Ampel zu *leuchten*.

»Was zur Hölle ist *das*?«, fragte sich Arlo flüsternd und stand langsam auf.

Cassandras verzweifelte Eltern kauerten nun beide neben ihrer Tochter und riefen um Hilfe. Sie waren bei Weitem nicht so besorgt über ihr ungewöhnliches Leuchten, wie sie sollten ... Fast schien es, als könnten sie es überhaupt nicht sehen.

Erneut meldete sich Arlos Instinkt.

Ihr Blick wanderte von der Familie fort, weg von den herbeieilenden Mitarbeitern und weg von den fassungslosen Zuschauern, deren Gesichter sich langsam vor Entsetzen verzogen, als sie Worte wie »atmet nicht« und »hat keinen Puls« aufschnappten – und hinüber zu dem Mädchen in der Ecke.

Dieses saß wie eine Statue da und sah dabei zu, wie einer der Angestellten Cassandra vorsichtig auf dem Boden ausstreckte, um sie per Herz-Lungen-Massage wiederzubeleben. Es beobachtete das Geschehen, als wäre das alles zu erwarten gewesen ... als wäre dies nur der nächste Schritt eines schrecklichen Plans, nach dem alles perfekt verlief.

»Hey!«, knurrte Arlo, die plötzlich zu wütend war, um von ihrer eigenen Kühnheit überrascht zu sein. »Du ...«

Ohne auf ihr Geschrei zu achten, sprang Rory von seinem Stuhl auf und umging geschickt den Tisch, um Arlo zur Seite zu ziehen. Er konzentrierte sich ausschließlich darauf, Platz für die Familie und diejenigen zu schaffen, die dem Mädchen auf dem Boden zu helfen versuchten.

In der Ferne ertönten schwach die Sirenen. Jemand hatte einen Krankenwagen gerufen, der sich nun in Sekundenschnelle näherte. In der Gruppe der Joggerinnen ließ sich nun leicht eine

Fee erkennen – sie sah als Einzige mit verwirrtem Interesse zu und war eher vom Spektakel fasziniert als über den zufälligen Tod eines Menschen entsetzt. Doch eine ihrer Begleiterinnen (eine Krankenschwester, wie sie selbst erklärte) kam nach einem Schockmoment wieder zu sich und half dem Caféangestellten mit Cassandra auf dem Boden.

Es gab bereits genug Tumult, ohne dass Arlo quer durch den Raum gefühllose Fremde anbrüllen musste, zumal es auch nichts helfen würde. Ihr war es jedoch gelungen, die Aufmerksamkeit des Mädchens erneut auf sich zu ziehen.

Diesmal war Arlo diejenige, die sie anfunkelte.

Das Leuchten in Cassandras Körper begann zu schwinden. Arlo war noch nie in ihrem Leben einer Magie wie dieser begegnet, aber das Mädchen in Schwarz ... Arlo war bereit, *alles* darauf zu verwetten, dass es etwas damit zu tun hatte. Darüber, was hier vor sich ging, wusste es zumindest mehr als alle anderen Anwesenden, und das genügte, um Arlo misstrauisch zu stimmen.

Sogar wenn diese Wendung der Ereignisse nicht an dem Mädchen liegen sollte, hatte es auch nichts unternommen, um sie zu verhindern. Sie hatte gewusst, dass etwas nicht stimmte – warum hätte sie die Familie sonst so unnachgiebig angestarrt? –, und jetzt kniete eine hysterische Mutter auf dem Boden und flehte ihre bewegungslose Tochter an: »Mach die Augen auf, Süße, *bitte*.«

Die Sanitäter kamen schließlich an, stürmten durch die Vordertür herein und schickten alle weiter weg. Nur weil Arlo die mögliche Täterin statt Cassandra beobachtet hatte, sah sie, wie diese nun versuchte, sich heimlich davonzustehlen, indem sie sich zum Caféeingang aufmachte und den Tumult als Deckung für ihre Flucht nutzen wollte.

»Alles wird gut«, flüsterte Rory, der Arlos Unruhe missverstand und sie näher an sich zog. Er drückte ihr einen Kuss aufs

Haar, ohne hinzusehen – seine Aufmerksamkeit galt Cassandra, die gerade auf eine Trage gehoben wurde. »Alles okay, keine Sorge.«

Eine Lüge.

Für Cassandra war nichts mehr »okay«. Arlo brauchte weder die zutiefst erschütterten Eltern noch die grimmig dreinblickenden Sanitäter anzusehen, um zu verstehen, dass das Mädchen tot war. Das Leuchten in ihren Adern hatte schon vorher nachgelassen und erlosch vollkommen, noch ehe die Sanitäter sie zudecken und hinaus zum wartenden Krankenwagen bringen konnten. Arlo wusste auch ohne offizielle Ansage, was das hieß.

Sie riss sich los und rannte dem Mädchen in Schwarz hinterher, ohne nachzudenken – das war die einzige Erklärung für den Anflug von Mut, der sie dazu brachte.

»Arlo!«, rief ihr Vater. »Was machst du da?«

»Sir, ich muss Sie bitten, zurückzutreten.«

»Aber meine Tochter ... Arlo!«

Arlo stürmte aus dem *Good Vibes Only* und warf wilde Blicke um sich. »Hey! Du! Bleib sofort *stehen*!«

Das Mädchen in Schwarz war die Straße bereits weit genug hinuntergelaufen, um so zu tun, als habe es sie nicht gehört. Spätestens am Zebrastreifen, der diesen Block vom nächsten trennte, hätte sie ziemlich leicht entkommen können, und zwar obwohl Arlo ihr hinterherraste. Doch aus irgendeinem Grund erstarrte es zur Salzsäule. Arlo wunderte sich nicht darüber. Ihre Empörung trieb sie vorwärts und lenkte sie davon ab, dass ihr Konfrontationen normalerweise schrecklich unangenehm waren.

»Was hast du getan?«, schrie Arlo ihre Beschuldigung, die wie ein Sturm in ihr umherfegte.

Endlich hatte sie das andere Mädchen eingeholt. Ohne wirklich zu wissen, was sie als Nächstes machen sollte, tat

Arlo das Erste, wozu ihr das Adrenalin riet – sie streckte ihre Hand aus, packte den Arm des Mädchens und zerrte es zu sich herum.

»*Wie bitte?*«

Die Anspannung des Mädchens lockerte sich zu bedrohlicher Gelassenheit. Es blickte finster auf Arlo herab. Dabei wirkten seine grauen Augen noch schärfer, jetzt, da Arlo so nahe an ihm dran war, dass sie die kaum vorhandenen Sommersprossen auf seinem gebräunten Gesicht hätte zählen können. Es war kein Mensch – endlich war Arlo imstande, das sicher zu sagen. Was das Mädchen genau *war*, wusste sie noch immer nicht, aber unter seiner menschlichen Gestalt lauerte gerade genug jenseitiger Eifer, um es zu verraten.

Als sie nicht umhinkonnte festzustellen, dass das Mädchen aus der Nähe noch hübscher aussah, wurde Arlo wütend.

Und ihre schmerzhafte Empfindung im Café ... Es war *tatsächlich* die Magie dieses Mädchens gewesen. Sie konnte diese nun besser spüren. Zwei Auren an einem Tag ... Arlo wusste nicht, was sie von dieser erschreckenden Entwicklung ihrer Fähigkeit halten sollte, Magie körperlich zu *fühlen*. Diese Aura unterschied sich jedoch von der, die sie vor dem Betreten des Cafés wahrgenommen hatte. Diese hier war *heftig*, wütend, windend und heiß. Sie roch nach Holzrauch und Metall – nicht nach fauligen Blumen – und ging in dem Moment auf Arlo los, in dem ihre eigene versuchte, sie zu streifen.

Fast wäre sie zurückgeschreckt.

Sie hätte es getan, wenn da nicht ... Etwas im funkelnden Blick des Mädchens schien genau das zu *wollen* und Arlo vermochte genauso stur zu sein wie die Elfen in ihrer Familie, wenn sie wütend war.

»Ich *fragte*, was du dem Mädchen angetan hast?«

»Was für eine gewagte Unterstellung, Rotkäppchen. Hör zu, ist das alles, was du wolltest? Ich bin nämlich grad bisschen beschäftigt. Und hab heut keine Zeit, um 'ne weitere Runde ›Schieb die Schuld auf Dark Star‹ zu spielen.«

Dark Star ...

»Was?«

Das Mädchen in Schwarz grinste. Es erlaubte Arlo weiterhin, seinen rechten Arm festzuhalten, doch griff mit der linken Hand nach seinem Jackenkragen und zog ihn zur Seite.

Arlo riss die Augen weit auf.

Auf ihrer Halsmulde befand sich das Tattoo eines großen schwarzen Sterns und Arlo wusste auf der Stelle, was das zu bedeuten hatte, obgleich sie es bis jetzt noch nie zuvor mit eigenen Augen gesehen hatte und ihre Schlussfolgerungen nur auf Gerüchten beruhten.

Arlo ließ ihre Hand fallen. Über Dark Star war nicht viel bekannt – die berüchtigte Fee, die für die magische Gemeinschaft mehr als alles andere eine Plage war. Es war schon eine Weile her, dass jemand lange genug mit ihr zusammen gewesen war, um ein richtiges Gespräch zu führen – einige Leute aus dem Feenvolk glaubten sogar, sie wäre nicht einmal real, sondern nur die Feenversion des Butzemanns: der Sündenbock für Dinge, die schiefgelaufen waren und niemand erklären konnte.

Der Hochkönig hatte erst vor wenigen Tagen eine Erklärung abgegeben, in der er Dark Star als Verdächtige in der Mordserie an den Eisengeborenen bezeichnete. Das hatte viele Zweifel erregt, sowohl an der Zurechnungsfähigkeit des Hochkönigs, der die Schuld einem wilden, imaginären Poltergeist zuschrieb, als auch an seinem berühmten Mut. Aber Arlo hatte gerade mit eigenen Augen gesehen, wie ein Mädchen *starb*, weil das vor ihr stehende etwas getan hatte ...

War Cassandra eine Eisengeborene? Arlo hatte nicht daran gedacht, ihre Aura zu prüfen. Aber wenn das hier Dark Star war und sie für all die anderen toten Eisengeborenen verantwortlich *war* ...

»*Du* bist es.« Arlo wich zurück.

»*Ich* bin's.« Etwas wie starker Triumph flackerte über das Gesicht des Mädchens, doch nicht schnell genug, um auch den enttäuschten Ausdruck zu verbergen. Arlo hatte keine Ahnung, was das zu bedeuten hatte.

Ihr war es auch egal.

»Du kommst jetzt mit mir mit.«

Wo auch immer all diese Kühnheit herkam, Arlo hatte nichts dagegen einzuwenden. Vielleicht lag es auch daran, dass sie wegen ihrer WÄGUNG erleichtert war, oder aber an der Aufregung, Zeugin eines *Todes* geworden zu sein. Doch Arlo schnappte sich abermals den Arm von Dark Star und wirbelte herum, um mit ihr im Schlepptau auf der Straße zurückzumarschieren.

»Was ... Was *machst* du da?«

Womöglich schockierte Arlos Unerschrockenheit Dark Star genauso, denn das Mädchen stolperte widerstandslos hinter ihr her. »Hey, Rotkäppchen ... was soll der Scheiß?«

»Ich bring dich zurück zum Palast.«

»Ähm ... nein, danke?«

»Ich hab dich nicht gefragt, ob du *willst* oder nicht.«

»Okay, Miss Arschgeige. Dann gehen wir also den ganzen Weg zu *Fuß*?«

Das war ... eine sehr gute Frage, die Arlo nur noch mehr reizte. Dieses Mädchen, ob es nun die wahre Dark Star war oder nicht, verstand weder seine Situation noch zeigte es Reue für das, was es vor Kurzem möglicherweise getan hatte. »Ja«, erwiderte Arlo zähneknirschend.

»Huh. Du ... hast echt keine Angst vor mir, stimmt's? Weißt du, das is das erste Mal, dass ich je von einer hübschen jungen Maid verhaftet wurde, und diese *Wut* – das gefällt mir. Wollen wir danach zusammen 'nen Kaffee trinken geh'n? In 'nem andren Café, logo. Das letzte war doch schon 'n Partykiller ...«

»Willst du mich auf den Arm nehmen?« Arlo blieb stehen und wirbelte herum. »Ein Mädchen ist gerade *gestorben*. Es ist tot. Vor unseren Augen, vor den Augen ihrer Eltern ... Es ist *fort* und du reißt hier Witze?«, brüllte Arlo nun. Die anderen Fußgänger rannten praktisch an ihnen vorbei, um nicht in diese Szene verwickelt zu werden. Das Mädchen in Schwarz blickte Arlo bloß verwundert an. Arlo zweifelte stark daran, dass es noch nie zuvor von jemandem niedergebrüllt worden war, also konnte es nicht deshalb erstaunt sein.

»Das ... war nicht *ich*.«

Das Mädchen sprach die Worte sanft aus und wirkte dabei viel zu sehr wie der Teenie, der es unter all dem forschen Auftreten wohl auch war – jung, verloren und im Augenblick leicht verängstigt –, um das Monster zu sein, für das es alle hielten. Als Arlo das sah, ließ ihr Zorn leicht nach. »Dann kannst du das auch dem Hochkönig sagen.«

»Ganz bestimmt nicht. Da muss ich passen.«

Der aufrichtige Moment war vorüber, weggefegt von wiederkehrender Angeberei. Das Mädchen in Schwarz sammelte sich und riss seinen Arm spielend leicht aus Arlos Griff, noch ehe diese es aufhalten konnte.

»Warte ... Komm sofort zurück!«

»*Arlo*, was zum *Teufel* fällt dir ein, einfach so wegzulaufen?«

Rory klammerte sich an seine Tochter und drehte sie zu sich. Das war genau die Ablenkung, die das Mädchen in Schwarz brauchte, um sich aus dem Staub zu machen. So eilte es die Straße hinauf und verschwand in der Menschenmenge.

Na gut.

Sollte sie doch abhauen.

Nur hatte sie Pech, dass Arlo etwas Besseres als eine Gesichtsbeschreibung hatte, um sie aufzuspüren.

Dark Star ...

Das Mädchen in Schwarz war auf und davon, doch es würde nicht entkommen. Ob es nun wirklich die berüchtigte Fee war oder nicht, mit dem Tattoo auf seinem Hals wäre es ein Leichtes, sie wiederzufinden. Das Mädchen besaß Antworten. Und zum Pech dieser Dark Star würde Arlo dafür sorgen, dass der hinterhältige Plan, in den sie verwickelt war, nicht lange geheim bleiben würde.

Ein Jahr war seit Heros erster Begegnung mit dem JÄGER vergangen, dessen Augen giftgrün aussahen. Das auf seiner Magie lastende Siegel war aufgehoben und seine Erinnerungen an die magische Gemeinschaft waren wiederhergestellt – ein Gefühl, als erwache man aus einem Traum und betrete die kalte Realität –, doch diese wiederzuerlangen war ... *unangenehm* gewesen.

Es hatte Monate gedauert, bis Hero genesen war. Sein Stottern, seine Vergesslichkeit, seine Kopfschmerzen, die schlaflosen Nächte und die seelenerschöpfende Müdigkeit ... Bevor sich eine Besserung eingestellt hatte, war alles noch schlimmer geworden. Sein Körper hatte Zeit gebraucht, um sich an die plötzliche Umstrukturierung seines Gehirns anzupassen. Nachdem seine Macht wieder entfesselt worden war, traf sie ihn wie ein wütender Sturm. Seine Stärke kam einem lebenden Wesen gleich, das mit seiner Gefangenschaft äußerst unzufrieden und darauf erpicht war, dies bekannt zu geben.

Doch dann ... ging es ihm auf einmal gut.

Als habe er dieses Elend nie gekannt, fühlte sich Hero wieder wie er selbst.

Freilich hatte er einen Preis bezahlt. Ohne sein Wissen wäre die Episode seines Auszugs in seinem Gedächtnis nichts weiter als ein dramatisches Ereignis gewesen: Seine Mutter hatte ihn rausgeschmissen und Hero war mit großer Freude gegangen. Die erbärmlichen Verhältnisse, in denen sie lebten, seine sechs jüngeren Geschwister, auf die Hero oft aufpassen musste, seine Mutter, die sich daheim nur selten zeigte, und sein alkoholkranker Vater, der immer nur zwischen seinen wechselnden Liebschaften auftauchte ... Nichts davon hatte ihn je glücklich gemacht.

Mit dem wiedererlangten Wissen wandelte sich auch seine Erinnerung an diesen Vorfall: Seine Mutter wollte ihn loswerden, weil es für sie viel zu anstrengend gewesen wäre, ihn im Haus zu behalten. Schließlich hätte sie ihre anderen Kinder davon abhalten müssen, ihre Magie in seiner Anwesenheit zu zeigen, wie es in solchen Fällen vorgeschrieben war. Nun, da er achtzehn war und ohne »magischen Status«, erhielt sie für ihn von den Höfen außerdem keinen Kinderbonus mehr. Heros Mutter hatte keinen Nutzen mehr für ihn gehabt und es hatte wehgetan, sich an den genauen Grund dafür zu erinnern – nämlich dass alles auf den *Wert* hinauslief und seine eigene Mutter ihn für *wertlos* erachtete.

Aber das war egal.

Hero hatte nun das Wichtigste, und zwar alle Teile, die ihn zu *ihm selbst* machten ... und keine Ahnung, was der giftäugige Jäger im Gegenzug dafür wollte.

»Malachite, mein lieber Mann, was um alles in der Welt hat dich den ganzen Weg nach *Nevada* geführt?«

Die Stimme riss Hero aus seinen Gedanken und rief etwas in ihm wach ... eine Erinnerung, mit der er sich erst wieder vertraut machen musste. Er schaute von seinem Cappuccino auf und ließ seinen Blick in dem kleinen Café umherschweifen, in dem er arbeitete. Sogleich erkannte er, dass gerade ein Mann – zweifellos ein Elf, wenn auch verzaubert – durch die Tür gekommen war.

Er war groß und geschmeidig, offenbar stark, blass wie Elfenbein, gut aussehend sowie in einen teuren Anzug gekleidet, dessen dunkles Smaragdgrün an Schwarz grenzte. Seine Magie reichte gerade noch aus, um seine Ohrenspitzen und die Bläue unter seiner Haut zu verdecken. Wie er sich bewegte, verriet außerdem, dass er unglaublich viel von sich hielt – ein *reicher* Elf also und einer mit Macht.

»Briar Sylvain«, rief ein anderer Elf kichernd aus, der ebenfalls mit einem Zauber getarnt war. »Dasselbe könnte ich dich fragen!« Dabei handelte es sich offensichtlich um »Malachite« – genauso groß wie Briar Sylvain, nur etwas kräftiger, mit sonnengebräunter Haut und jadefarbenen Augen, die so hell waren, dass sie aus Magie resultieren mussten. Er war wunderschön, selbstsicher und ein dämmriges Leuchten ging von ihm aus ... Er musste aus einer Königsfamilie stammen, wenn sich Hero richtig an die eigentliche Bedeutung dieses Leuchtens erinnerte.

Die beiden umarmten sich und Heros Kopf begann zu schmerzen, als er sich darum bemühte, eine Erinnerung abzurufen. Briar Sylvain ... Er *kannte* diesen Namen ...

»Du bist also geschäftlich hier?«

Malachite grinste. »Ein Fährtenleser schläft nie, das weißt du doch. Du auch?«

Briar setzte sich an den Tisch seines Freundes und glättete die Falten in seiner Hose, die dabei entstanden waren. »Gewiss, ein Ratsherr schläft ebenfalls nie. Es ist wieder an der Zeit, unsere Runden an den Akademien zu drehen und die Fortschritte dort zu prüfen. Weißt du, ich bin überrascht, dich hier vorzufinden – hat deine Schwester nicht eben erst ein kleines Mädchen zur Welt gebracht? Wie hieß sie noch mal?«

»Arlo.« Malachite verzog sein Gesicht. »Arlo Jarsdel – was für ein hässlicher Name. Ein hässlicher Eisenname für hässliches Eisenblut. Sie gehört nicht zu *meiner* Familie, also sehe ich keinen Grund zum Feiern.«

»Ja, da stimme ich dir vollkommen zu. Meiner Meinung nach ist es eine erhebliche Sünde, dass die alten Familien überhaupt zu *rosten* anfangen – man hält sich am besten von solch einer Schande fern. Wenigstens erhielt sie nicht den Namen Viridian.« Er schüttelte seinen Kopf, als wäre das das schlimmste aller Vergehen. »Mach dir keine Sorgen, sobald ihre WÄGUNG bevorsteht, werde ich alles in meiner Macht Stehende tun, um diesen Schandfleck zu *beseitigen*. Die Eisengeborenen ... Meines Erachtens sollten sie alle verstoßen werden. Erst neulich ...«

Die Stimme des Mannes wurde von einem Klingeln übertönt, das nur Hero hören konnte, wie er im Nachhinein feststellte.

Jetzt erinnerte er sich ... Briar Sylvain – der Repräsentant des Seelie-Frühlings von ihrem Hof in England. Er hatte bei der WÄGUNG des achtzehnjährigen Heros gegen ihn *gestimmt*, als dieser vor dem Hohen Rat gestanden hatte, der über seine Zukunft entschied.

Hero spürte, wie sich seine Lippen zu einem höhnischen Grinsen verzogen. *Briar Sylvain*, der ähnlich wie seine Mutter auf ihn herabgesehen und ihn verurteilt hatte ...

»Einfach nur widerwärtig, findest du nicht?«, raunte eine neue Stimme in sein Ohr.

Hero hatte fast den gesamten Kaffee über sich geschüttet. Der Jäger mit den Giftaugen besaß die Angewohnheit, wie aus dem Nichts aufzutauchen.

»Wie machst du das bloß?«, sprudelte er.

Das Grinsen des Jägers erinnerte Hero an einen Hai. »Ich bin schon die ganze Zeit hier gewesen. Der Zauber eines Jägers ist etwas Besonderes – ich kann mich nach Belieben völlig unsichtbar machen. In Wahrheit kann mich im Moment niemand außer dir sehen oder hören.«

»Na super«, murmelte Hero. »Wenigstens bin ich es gewohnt, dass man mich für verrückt hält.« Sein Blick wanderte zurück zum Ratsherrn und dessen Freund. »Die denken, sie sind so viel besser als alle anderen.«

»Wirklich lustig, nicht wahr? Wenn die nur wüssten, wozu die kleine Arlo Jarsdel eines Tages fähig sein wird ...«

»Was macht sie so besonders?«, schnauzte Hero und zuckte zusammen. Er hatte nicht beabsichtigt, seinem Retter und – noch viel wichtiger – dem ersten Freund seit Langem gegenüber so fordernd zu klingen.

Doch aus irgendeinem Grund wurde das Grinsen des Jägers danach nur noch breiter. »Ich frage mich, was größer ist – deine Habsucht oder deine Eifersucht?«

»Ich wollte nicht ...«

»Vergiss das Mädchen. Ich würde viel lieber darüber reden, was *dich* so besonders macht, Hero. Was dich zu etwas so viel Besserem macht als Elfen wie Briar Sylvain und Malachite Viridian-Verdell ...«

Ja, darüber würde Hero auch viel lieber sprechen.

»Was, meinst du, hebt sie von dir ab? Was lässt sie glauben, *sie* seien besser?«

»Reichtum.«

Heros – bittere – Antwort entschlüpfte ihm in Sekundenschnelle, noch ehe er sich seine Worte überhaupt zurechtlegen konnte. Das entlockte dem Jäger ein Lachen. »Oh?«

»Macht, Gunst, Schönheit – Reichtum besteht aus mehr als nur Geld, aber das haben sie sicher auch. Sie sind mehr *wert*, weshalb sie auch mehr *sind*.«

»Dann ist es also Habsucht.«

Hero sah den Jäger an. Dieses atemberaubende Individuum ... war ebenfalls mehr wert. Wie es wohl wäre, auf Augenhöhe an seiner Seite zu stehen – als *Partner* statt nur als irgendein Wohltätigkeitsfall? Wie wäre es wohl, wenn Hero zu jemandem werden könnte, der in den Augen des Jägers genauso *attraktiv* war wie dieser in Heros? Wenn er mehr wie Briar Sylvain werden könnte – gut gekleidet und beliebt, in Aussehen wie Auftreten wohlhabend?

Als habe der Jäger seine Gedanken gelesen, lächelte er ihn nun liebevoll an. »Wenn es doch nur einen Weg gäbe, auch dich zu mehr zu machen – dir alle Reichtümer der Welt zu geben, um deine Intelligenz, deine Experimente, deine *Legende* zu finanzieren, mein *Held*...«

Mein Held ... Hero schauderte. Er mochte es, wenn der Jäger ihn so nannte.

Und er kannte den Jäger inzwischen gut genug, um den Vorschlag in dieser Aussage zu hören.

Hero sah Briar Sylvain und Malachite an. Dann schaute er wieder zurück zum Jäger, dessen Namen zu kennen er sich noch nicht verdient hatte. Doch er war fest entschlossen, ihn eines Tages zu erfahren. Anschließend wiederholte er, was er ihm bei ihrem ersten Treffen gesagt hatte: »Ich höre.«

KAPITEL 6

Nausicaä

Nausicaä hatte bloß einen gottverdammten Kaffee gewollt.

Sie hatte einen langen Tag hinter sich, an dem sie sich wahllos bei Feen nach Klatsch und Tratsch erkundigt hatte – in der Hoffnung, so viel wie nur möglich über die Gegend zu erfahren. Sie war schon seit geraumer Zeit nicht mehr auf dem Gebiet des UnSeelie-Frühlings gewesen – nämlich seit es unter der Herrschaft des vorigen Monarchen noch in Europa gelegen hatte –, doch die Viridians hatten ihren Anspruch auf die Jahreszeit auf beeindruckende Weise aufrechterhalten. Immerhin gab es so einige königliche Elfenfamilien, die sich alle nicht besonders gut verstanden, und es war nicht ungewöhnlich für die Höfe, den Besitzer sowie ihre geografischen Standorte zu wechseln.

Die Viridians hatten sich zwar erst vor einem reichlichen Jahrhundert in diesem Teil der Welt niedergelassen, doch es war ihnen gelungen, den UnSeelie-Frühling seit seiner Gründung unter ihrer Kontrolle zu halten. Keine andere Familie vermochte sich einer solch beachtlichen Leistung zu rühmen und so war die an den UnSeelie-Frühling gebundene Magie ungewöhnlich mächtig ... Gleiches galt allerdings auch für sein Feenvolk und genau das beschäftigte Nausicaä momentan.

»Sie sollte nicht *existieren*. Was zur *Hölle* ist in diesem Hof los?«

Nausicaä blieb stehen und überhörte dabei die verärgerten Rufe der Leute hinter ihr auf dem Bürgersteig.

Rotkäppchen ... Im Café glaubte Nausicaä auf den ersten Blick, sie sei Tisiphone. Zwar war deren Haar nicht feuerrot, sondern so rot wie eine Edelkoralle gewesen, doch es lag vor allem an ihrer roten Mähne. Zudem besaß sie diese hellgrünen Augen, wenngleich Tisiphones an das Meer, nicht an Jade erinnert hatten. Und dann fühlte sie da noch diese wogende Kraft in ihrem Inneren, obwohl Tisiphones aus Wasser gewesen war und nicht aus Wind geformt wie die in Rotkäppchen. Diese geballte Macht braute sich wie ein Sturm zusammen und würde eines Tages entfesselt werden. Und sollte Rotkäppchen das überleben, würde dem Reich der Sterblichen Hören und Sehen vergehen, denn *dieses Mädchen* ... Nausicaä hatte es sofort gespürt.

Die VORSEHUNG war so gedankenlos gewesen und hatte eine Sterbliche mit *unsterblicher* Magie ausgestattet.

Wenn Unsterbliche VERNICHTET wurden, kehrten sie nicht in denselben Sternenpool zurück, aus dem die VORSEHUNG ihre sterblichen Kinder formte. Ihr Pool wurde getrennt gehalten, weil der Stoff, aus dem Unsterbliche bestanden, viel zu stark war und dem sterblichen Verstand, dem Körper und der Seele, die nicht von göttlichen Eltern abstammten, unheimlich schadete.

Hatte Rotkäppchen einen unsterblichen Elternteil? Das war unwahrscheinlich, denn die Unsterblichen, die dies ermöglichten, wurden hier nicht mehr geduldet. Die Furien, die WILDE JAGD sowie eine Handvoll ähnlicher Gruppen in verschiedenen Teilen der Welt durften ihre Arbeit in diesem Reich verrichten.

Obendrein durften die Oberhäupter der Höfe vorübergehend jeden Unsterblichen einladen, der einem solchen Treffen zustimmte. Doch dieser durfte sich nicht weiter als bis zum vorgesehenen Treffpunkt bewegen.

Zudem war Rotkäppchen ganz eindeutig eine Eisengeborene; das hatte Nausicaä in deren Magie ebenfalls gespürt.

Die Titanin namens VORSEHUNG war dafür bekannt gewesen, so etwas hin und wieder zu tun – allerdings nicht mehr, seit die Unsterblichen aus diesem Reich verbannt waren. Sie wählte einen Sterblichen, »verschönerte« ihn mit ein wenig jenseitiger Magie und warf ihn anschließend in die Menge, damit die anderen Gottheiten wie bei einem grausamen Fahnenraubspiel um ihn kämpften.

Die Macht der Gottheiten hing größtenteils von ihrer Anbetung ab. Vor langer Zeit hatten sie mit Sterblichen geschlafen, um Nachkommen zu zeugen, die vom Feenvolk sowie von den Menschen als Halbgötter bezeichnet wurden. Durch diese sollte sich herumsprechen, wie erhaben sie anderen Gottheiten gegenüber waren, um dadurch die Gunst der Menschen zu erlangen. Heutzutage kannten die Menschen die alten Götter jedoch gar nicht mehr. Und da das Feenvolk nur noch einige wenige anbetete – und das auch nur, wenn es ihnen passte –, hatten die unsterblichen Kräfte im Laufe der Jahrhunderte erheblich nachgelassen. Leute wie Rotkäppchen waren Joker, die sich jeder schnappen konnte. Sobald sie REIF war und ihre Kräfte erlangte, würden die Gottheiten sich zusammentun und *ausschwärmen*, um herauszufinden, wie sie diese auf ihre Seite ziehen konnten. Und sie würden einen Weg finden, um das Abkommen zu umgehen, das sie genau daran hinderte. Niemand im Reich der Sterblichen verstand wirklich, wie sehr sich die Unsterblichen danach sehnten, ihre Kräfte wiederherzustellen – nachdem sie angebetet wurden, damit sie wieder erstarkten und die Fesseln des Abkommens womöglich gänzlich sprengten und *zurückkehrten*.

Rotkäppchen würde ihnen den Vorteil verschaffen, nach dem sie sich so verzweifelt sehnten.

Die Vorsehung musste also dahinterstecken, aber *wieso?* Nausicaä konnte alle möglichen Vermutungen aufstellen, aber diese Frage nicht beantworten. Sie hatte die Absichten ihrer Älteren nie wirklich verstanden und war schon lange nicht mehr in deren Pläne eingeweiht. Die Titanen des Westens: Vorsehung, Glück, Hoffnung, Ruin, Chaos, Natur und Zeit ... Diese Wesen spielten nach ihren eigenen Regeln. Dann wünschte sie Rotkäppchen mal viel Erfolg, sollte sie ebenfalls eine ihrer Schachfiguren sein.

Das ging Nausicaä ganz und gar nichts an.

Sie hatte versucht, das rothaarige Mädchen zu ignorieren.

Anfangs war es ein Kinderspiel gewesen – der Kern ihrer ursprünglichen Neugierde war einfach gestorben. Dem Leuchten in ihren Adern und der schwachen magischen Aura nach, die ihrer Mutter anhaftete, war *sie* definitiv auch eine Eisengeborene gewesen. Der Reaper musste in der Nähe gewesen sein. Er war eindeutig entsandt worden, um die Spuren des wahren Täters zu verwischen. Nausicaä war außerstande gewesen, ihn wahrzunehmen. Aber sie wusste: Wenn sie ein wenig herumstöberte, wäre sie vielleicht in der Lage herauszufinden, was da lauerte und darauf wartete zuzuschlagen.

Dann war da wieder Rotkäppchen, die Nausicaä mit tobender Wut hinterherwetzte, und Nausicaä konnte nicht anders, als anzuhalten – zu interagieren –, genauso wie Feuer wenig gegen Wind ausrichten konnte, der es weiter anfachte.

Denk an unsere Abmachung.

Du wirst es wissen, sobald du denjenigen triffst.

Du wirst helfen. Ich werde dich mitnehmen.

»Scheiß drauf.« Nausicaä blies die Luft aus ihren Wangen und katapultierte sich wieder vorwärts. Rotkäppchen war nicht diejenige, der sie helfen sollte. Nauisicaä weigerte sich – genauso wie sie nicht noch länger darüber nachdenken wollte, was geschehen war. »Also, wo würd ich mich verstecken, wenn ich 'n dickarschiges Todesmonster wär ...«

In letzter Zeit fragte sich Nausicaä immer öfter, ob dier Titan GLÜCK des Friedens ebenso überdrüssig geworden war wie wohl die VORSEHUNG. Beinah als Antwort auf diese Frage erregten plötzlich lauter Schreie ihre Aufmerksamkeit. Sie blieb noch einmal stehen und wirbelte mit weit aufgerissenen Augen nach links.

Direkt über ihr ragte das Wahrzeichen Torontos empor, der *Canadian National Tower*. Genau unterhalb davon befand sich das *Ripley's Aquarium of Canada*, und aus diesem ertönte in diesem Moment das verzweifelte Geschrei von Menschen.

»Uh«, entfuhr es Nausicaä, als sie einen wichtigen Zusammenhang erkannte.

Die Höfe hatten die Reaper so weit von ihren Territorien vertrieben, dass sich diese Kreaturen seither in den tiefsten Rissen und Höhlen der Welt versteckten. Sie waren schon so lange aus der Gesellschaft verschwunden, dass eine Stadt wie diese – mit all ihren Menschen, Autos, Maschinen, Lichtern und Geräuschen – für sie überwältigend sein musste.

Der Reaper, den Nausicaä jagte ... Gut möglich, dass er in einer einsamen Grotte oder Höhle am Meer gefunden worden war, wo alles ruhig, feucht und kühl war. Und jetzt, da er so fern von seinem Wohnort weilte, hatte er vielleicht auch Heimweh ... und zufällig auf ein Aquarium zu stoßen, wäre für ihn wie die Entdeckung einer Wüstenoase.

Nausicaä blieb keine Sekunde, um zu entscheiden, ob sie den Reaper aufhalten oder ihm helfen wollte.

Ein monströser, gellender Schrei zerriss die Luft, der weit weniger triumphal klang als in Darrington. Gleich danach sprang die Eingangstür des Aquariums auf und spuckte eine Horde Menschen aus. Wenige Augenblicke später zerbarsten Fenster und eine *Flut* aus Wasser, Fischen und anderem Meeresgetier ergoss sich nach draußen.

Nausicaä warf ihre Arme vors Gesicht und drehte sich um, um sich gegen diese plötzliche Welle zu wehren ... aber genau im Moment des Aufpralls wurde sie davongezaubert – fort von der Welle, fort vom Reaper und fort vom Aquarium.

Ebenso schnell, wie sie erkannte, dass jemand sie teleportiert hatte, war es auch schon wieder vorbei. Als Nausicaä die Augen öffnete, fand sie sich durchnässt an einem unerwarteten Ort wieder: »Ein Friedhof?«

Der Saint James Cemetery, um genau zu sein, der älteste noch betriebene Friedhof in Toronto. Er lag nur einen Katzensprung vom Frühlingspalast entfernt und wartete mit den üblichen Elementen eines Kirchhofs auf: alten, herabhängenden Eichen, moosbewachsenen Grabsteinen, bröckelnden Denkmälern, verwitterten Marmormausoleen und einer Handvoll als Krähen verkleideter Sluagh. All das war von einem abblätternden, rostigen Schmiedeeisenzaun umgeben – ein abergläubischer Brauch, den die Menschen entwickelt hatten, um sich (als der Glaube an solche Dinge noch stärker war) vor ihnen zu schützen. Tagsüber waren hier vor allem Menschen unterwegs, doch sobald die Nacht hereinbrach, verwandelte sich der Ort in einen florierenden Feentreff, obschon das Metall sie hätte abschrecken sollen. Von den Sluagh abgesehen war er im Moment jedoch gähnend leer.

»Hallo, Nausicaä.«

Luftige, beschwingte Worte liefen feucht und kühl ihren Nacken hinunter.

Nausicaä erschauderte und wich augenblicklich zurück. Aus einem rußschwarzen Rauchschwall in ihrer Hand setzte sich ihr Katana zusammen. Als der Abstand zwischen ihr und der Person, die sie hergebracht hatte, groß genug war, wirbelte sie herum. Es gab nur sehr wenige in diesem Reich, die sich erfolgreich an sie heranzuschleichen vermochten. Zu Nausicaäs größtem Pech stand ihr nun ausgerechnet derjenige gegenüber, dem sie im Grunde am *allerwenigsten* über den Weg laufen wollte.

»Lethe.«

Der hochgewachsene, schlanke Unsterbliche war ein wenig wie Treibholz gebaut – etwas verzogen und seltsam winklig. Alles an ihm wirkte zu lang und viel zu schmal. Seine blasse Haut war silbrig und schimmerte aus bestimmten Winkeln perlmuttartig, die Sommersprossen auf seiner Nase waren so weiß wie getupfte Sterne. Zusammen mit seinen stechend grünen Augen und dem dunklen, metallischen Grau seines Haares, das auf der einen Seite seines Kopfes zu Stoppeln rasiert und auf der anderen inklusive Waldschmutz zu wilden Zöpfen geflochten war, wirkte er wie der Inbegriff »gefährlicher Magie«.

Bedauerlicherweise lag man mit dieser Einschätzung völlig richtig.

Selbst nach Nausicaäs Maßstäben und trotz der strengen Gesetze, die seinen Aufenthalt in diesem Reich regelten – Aufenthalt, nicht wie in Nausicaäs Fall Verbannung, die sie hier festhielt –, war Lethe mit Abstand das gefährlichste Element dieses Reichs: Sollte sie sein aufbrausendes Temperament entfachen, gäbe es zu wenig gegenseitige Liebe, als dass er Erbarmen mit ihr hätte.

»Du heißt doch immer noch Nausicaä, oder? Unsere letzte Begegnung ist schon so lange her und du könntest deinen Namen ohne mein Wissen geändert haben.« Lethes Augen waren so weit aufgerissen wie die einer Eule und streiften sie flüchtig. »Sternchen, du gibst eine ganz schön hässliche Sterbliche ab.«

»Was willst du, Lethe?« Nausicaä war ihm und seinen drei Gesellen absichtlich aus dem Weg gegangen. All die Zeit über war ihr das gelungen und auch er hatte offenbar nicht vorgehabt, sie aufzuspüren. Deshalb bezweifelte sie auch, dass ihre Entscheidung ihn verletzte. Aber es war besser, das Gespräch in Gang zu halten. Es ließ sich nicht vorausahnen, was Lethe auf die Palme brachte, und Nausicaä war ebenfalls nicht gerade für ihren kühlen Kopf bekannt.

»Was ich will?« Er hob eines seiner Beine in Lederstiefeln auf die Steinbank zwischen ihnen und stützte sich aufs Knie. Weder seine Stiefel noch seine eng anliegende Hose waren irgendwie aufregend – sie waren genauso schwarz wie die von Nausicaä –, doch seine obsidianfarbene Tunika mit dem Stehkragen wies ein kunstvolles, tödliches Geflecht aus silbernen Verschlüssen, Schnallen und Ketten auf. Wenn er keine Uniform trug, entsprach das viel mehr seinem üblichen Stil. »Wir sind eine Familie oder etwa nicht, *liebe* Cousine? Du kommst den ganzen Weg hierher, nachdem du so lange nicht da warst, und ich bekomm nicht einmal eine Umarmung.«

»Nichts für ungut, aber ich würd lieber 'nen Reaper umarmen.«

Lethe gluckste, was wie splitterndes Holz klang. Mit den langen Fingern seiner linken Hand trommelte er gegen sein Knie, sodass die tödlichen, diamantharten Krallen daran in den Lichtreflexen glitzerten. »Interessante Wortwahl. Ein Reaper, hmm? Lustig, dass du das erwähnst …«

Nausicaä erstarrte. »Du weißt was.«

»Ah, Nausicaä, ich weiß viel ›was‹. Ich bin sehr alt und die Sterne sind in so viele Geheimnisse eingeweiht. Du musst schon ein bisschen konkreter werden.«

»Na schön, du Arschloch – du weißt, dass es hier einen Reaper gibt. In dieser Stadt. Im *Hof* deines Aufsehers. Im Aquarium, von dem du mich unhöflicherweise fortgeschleppt hast, ehe ich es mir genauer ansehen konnte. Vielen Dank auch, *übrigens*. Du weißt, dass sich da draußen ein Reaper rumtreibt, der entweder 'nem anderen Arschloch hinterherräumt oder aus dessen Schurkerei erster Sahne Kapital schlägt, diese Alchemie und eisengeborene Kinder benutzt, um sein eigenes ...«

»Und das alles soll ich wissen, Sternchen?« Lethe hob seine rechte Hand hoch, die anders als seine linke ohne Krallen war, um mit einem Finger über die scharfe Kante seines Kiefers zu fahren. »Du hast eine ganz schön wilde Fantasie. Aber andererseits ... warst du schon immer so.«

Die Anspannung in Nausicaäs Stimme hatte jetzt nichts mehr mit ihrer Vorsicht oder ihrem Unbehagen zu tun. »Wie bitte?«

Eine Sekunde lang grinste Lethe sie breit und spöttisch an und entblößte dabei seine Haifischzähne. Dann legte er auf einmal eine übertrieben ehrliche Miene an den Tag. »Ja, du hast schon immer gern Geschichten erfunden – und dich lieber von deinen Leidenschaften leiten lassen, statt zu denken. Ich beneide dich fast darum.«

»Halt sofort deine verdammte Klappe.« Sie wusste, wo das hinführen würde. Sie hatte sie schon unzählige Male gehört, sogar in zahlreichen Versionen, aber es war immer dieselbe Geschichte.

Tisiphone ... Sie litt so lange unter Depressionen. Und das war ... nicht weiter verwunderlich, denn berufsbedingt taten sie das Allerschlimmste, was die allerschlimmste Sorte Leute einem zufügen konnte. Berücksichtigte man noch, wie Unsterbliche auf bösartige Weise gegeneinander wetteiferten, überraschte es noch weniger. Tisiphone war eine sanftmütige Seele gewesen, die ein Leid nie gleichgültig mit ansehen konnte, und so zu leben zehrte an ihrer geistigen Gesundheit. Aber Unsterbliche waren stolz. Sie sprachen nicht über solche Dinge, weil sie gern glaubten, dass »solche Dinge« ihnen einfach nicht passierten. Nausicaä hatte keine Ahnung gehabt, wie sie mit dieser Wesensart ihrer Schwester umgehen sollte, wie sie verhindern konnte, dass die Dinge noch schlimmer statt besser wurden – ja wie die Krankheit ihrer Schwester überhaupt *hieß*, verdammt noch mal. Dann ließ sich Tisiphone, die dringend Hilfe benötigte, mit einem abscheulichen sterblichen Elfen ein. Heulfryn ... Dieser gab vor, ihre Probleme so gut zu verstehen, tat so verliebt, so *treu* ... nur um sie zu seiner neuesten »Trophäe« zu machen, sie zu benutzen und wegzuwerfen, sobald er hatte, was er wollte. Und mehr als das vermochte Tisiphone nicht zu ertragen.

In den Legenden über sie wurde Alecto immer wie eine tragische Heldin dargestellt, die vom Kummer in den Wahnsinn getrieben wurde und eine Schuld auf sich nahm, die gar nicht existierte, weil Unsterbliche nie gern zugaben, dass ein Sterblicher sie überhaupt je berühren konnte, geschweige denn ihr Herz. Ihrer Meinung nach war eigentlich Tisiphone schuld am »Lauf« der Dinge. *Sie* wurde als das Opfer ihrer eigenen »Dramatik« dargestellt, als sei ihre selbstverschuldete Vernichtung – ihr Tod durch Selbstmord – ein beschämendes Versagen gewesen. Die Geschichten schrieben Alectos Zorn stets ihrer Überreaktion zu, und wenn sie diese hörte, drehte sich ihr *stets* der Magen um.

»Wie ich schon sagte, beneide ich dich *fast* darum, aber dann erinnere ich mich, wie furchtbar jämmerlich es war, als Megära dich von diesem brennenden Schiff zerrte. Es sah so erbärmlich aus, als etwas so Großartiges von etwas so Belanglosem wie Trauer bezwungen wurde. Und nach allem, was Eris für dich getan hat ...«

Nausicaä zitterte.

Sie versuchte, sich auf ihre Atmung zu konzentrieren, wie sie es in den wenigen sich selbst zugestandenen Therapiesitzungen gelernt hatte: tief einatmen, innehalten – tief ausatmen, innehalten – einatmen und wieder innehalten.

Lethes Worte waren nichts weiter als das: Sie durfte nicht zulassen, dass deren Funken den Zunder erwischten, der gerade den Platz ihres Herzens einnahm.

»Sieh dich nur an.«

Einatmen und innehalten – ausatmen und wieder innehalten.

»Dein Feuer ist verloschen. Du bist nur noch ein fadenscheiniger Lumpen deiner einstigen Pracht. Du *stinkst* nach Eisen – ehrlich gesagt ist es mir peinlich, dich als Familienmitglied anzusehen.«

»Dann lass es doch«, knurrte sie.

Einatmen und innehalten – ausatmen und innehalten – einatmen und wieder innehalten.

Es funktionierte nicht.

Nausicaäs Zittern wuchs zu einem Beben. Ihre Hände schlotterten vor rasender Wut und Lethe wusste nur zu gut, dass er sie verursachte. Bereits die Ereignisse im Café, Rotkäppchen und das Aquarium hatten sie aus der Bahn geworfen. Nun würde sie nicht mehr viel brauchen, um sich in der Rage zu verlieren, die ihre Brust erfüllte. Schon hob Nausicaä witternd ihren Kopf.

Sie richtete die Spitze ihres Katanas – eine umwerfende Kombination aus glänzendem schwarzem Glas und Stahl, so dunkel wie die Leere – auf Lethes Herz und verzog leise knurrend ihre

Lippen. »Ich werd dir kein zweites Mal sagen, dass du die Klappe halten sollst.«

»Auch du bist schuld daran, weißt du? Ich meine Tisiphones Tod. Du hast einen unbedeutenden Sterblichen abgefackelt, nur weil er es gewagt hat, das neueste der ach so vielen Leiden deiner Schwester zu sein. Und dann hast du dich über die anderen Unsterblichen aufgeregt, weil sie den Gedanken verschmähten, eine von ihnen könnte an einer menschlichen Krankheit leiden. Aber sag mir doch bitte noch einmal, was *du* getan hast, um zu helfen, als die anderen nichts taten? Ich kann mich sogar noch deutlich daran erinnern, dass du ...«

Nausicaä *explodierte*.

Sie holte aus und schlug zu ... und schlug ... und schlug immer wieder nach dem vergnügt lachenden Unsterblichen, der jedem ihrer Hiebe auswich. Finsternis nagte an ihrer Sicht wie Hitze an einem Filmstreifen.

Jeder missratene Hieb verlieh ihr Kraft für den nächsten. Obwohl sie unablässig fehlschlug, zwang sie Lethe Schritt für Schritt zurück und presste ihn schließlich gegen einen großen burgunderroten Grabstein.

Nausicaä hob ihr Katana hoch über ihren Kopf und mit all der wilden Stärke, die sie aufzubringen vermochte, schlug sie es nieder ...

Doch Lethe fing es ab, ohne auch nur mit der Wimper zu zucken.

Die Klinge aus schwarzem Glas verkeilte sich fest in seiner krallenbesetzten Hand. Saphirblau quoll daraus hervor und sickerte seinen Arm hinab. Sonst war er jedoch unverletzt.

Außerdem hatte er anscheinend genug von diesem Spiel.

Sein Lachen verebbte. Mit unvergleichlicher Kraft machte sich Lethe Nausicaäs Verdruss zunutze, um ihr das Katana zu entreißen und beiseitezuwerfen. Das Schwert zerfloss wieder in denselben schwarzen Rauch, der es in dieses Reich beschworen hatte, und löste sich ganz auf. Genau im selben Moment packte Lethe Nausicaä am Nacken und schleuderte sie gegen den Grabstein, gegen den sie ihn gepresst hatte.

»*Argh!*«, schrie sie, als ihr der Wind aus der Brust geschlagen wurde.

Mit seinem vollen Gewicht auf ihrem Rücken hielt Lethe sie über den Granitstein gebeugt fest. Wie sie sich auch wehrte, schrie oder ihn anknurrte, spielte keine Rolle, denn sie konnte sich einfach nicht befreien – er war stärker als sie, unterstützt durch die volle Wucht seiner uneingeschränkten Magie. Ihr Körper bebte immer noch vor Wut und Adrenalin. Sogar ihre Zähne klapperten. Als sie ihm einen Rückwärtstritt gegen sein Schienbein versetzen wollte, blockte er diesen spielend leicht ab und verpasste ihr einen ebenso harten Kick zurück. »Reicht«, zischte er ihr ins Ohr.

»Leck ... mich«, presste sie zwischen ihren Zähnen hervor. Doch unwillkürlich beruhigte sie sich so langsam.

Lethe gluckste eine weitere Runde splitterndes Holz. »Schön zu sehen, dass du noch bisschen Kampfgeist hast. Den wirst du auch brauchen, Cousine. Was auch immer ich darüber weiß, was hier vor sich geht, mir sind die Hände gebunden ... aber anderen nicht. Ich hörte, du suchst nach dem Feenring.«

Der Feenring war weithin bekannt als der Hof der Verbannten – augenzwinkernder Name für seine Art Klientel – und damit der perfekte Ort, um etwas über boshafte Reaper und ruchlose Verschwörungen zu erfahren. Richtig, Nausicaä war auf der Suche danach gewesen. Das Problem war nur, dass niemand sich so richtig darauf festlegen konnte, wo er sich befand, wenn er denn überhaupt eine Vermutung hatte. Sie war mehreren

Wegbeschreibungen gefolgt, die sich allesamt als Irrwege erwiesen hatten. Nach einigen Wanderstunden durch Toronto hatte sie sich nur gewünscht, des Rest des Tages im *Good Vibes Only* zu sitzen und in aller Ruhe zu einem Kaffee ihr Sandwich zu essen.

»Ich verachte dich«, sagte Nausicaä hitzig. »Wir hätten ein normales Gespräch darüber führen können, verdammt. Du hättest mich nicht *ködern* müssen wie …«

»Wie langweilig.«

Sie knirschte mit den Zähnen. »Du bist so'n Arschloch und hast dich kein bisschen verändert. Ja, ich bin auf der Suche nach dem Feenring. Weißt du, wo ich ihn finden kann?«

Zur Antwort löste Lethe seinen Griff um ihren Hals und sein Gewicht von ihrem Rücken. Dann rutschte er so weit weg, dass sie sich aufrichten und vorsichtig ihre Muskeln lockern konnte. »Nun?« Sie funkelte ihn an.

Lethes grinste nun widerlich breit.

KAPITEL 7

Arlo

Das leise Klopfen an Arlos Tür riss sie aus ihren trüben Gedanken. Sie sah, wie sie sich knarzend öffnete und durch den Spalt ein ihr vertrauter Blondschopf lugte.

Erst nach beinah einer Stunde hatte sie ihren Vater beruhigen und endlich überreden können, sie an diesem Abend zu Hause abzusetzen. Soweit Rory wusste, arbeitete Thalo für irgendeinen schniekten Regierungsbeamten als Sicherheitskraft. Als er sie auf ihrem privaten Handy anrief, erfuhr er, dass sie erst sehr spät heimkehren würde (es ging um einen Vorfall im *Ripley's Aquarium of Canada*). Dadurch und wegen Arlos Unvermögen zu erklären, warum sie so schnell aus dem Café geflohen war, hatte sie ihren Vater nicht gerade leicht davon überzeugen können, dass sie auch allein klarkäme.

Doch Arlo wollte nur noch heim und es sich in ihrem vertrauten Schlafzimmer gemütlich machen. Offenbar war Thalo genauso besorgt wie ihr Vater, dass Arlo allein war. Der blonde Kopf, der in ihr Zimmer spähte, gehörte niemand anderem als ihrem Cousin zweiten Grades, Elyas Viridian. Und wenn *er* hier war, vermutete Arlo, dass auch Celadon dabei war. Abgesehen von ihrer Mutter waren die beiden die einzigen Viridians, die sich so sehr um sie sorgten, dass sie nach ihr sahen. Obendrein war Elyas noch zu jung, um den ganzen Weg allein herzufahren.

»Arlo?«

»Hey, El.«

Arlo rutschte vom Rand ihres Bettes. Das war die Erlaubnis, die der elfjährige Sohn des Hochprinzen Serulian benötigte, um die Tür weit aufzureißen und in ihr Zimmer zu stürzen, das in zartem Rosa, cremefarbenen Teppichen und Möbeln wie in einem Puppenhaus eingerichtet war.

Überbleibsel aus ihrer Kindheit.

Arlos Geschmack war nicht gerade über Dinge wie den Prinzessinnenbaldachin über ihrem Bett hinausgewachsen. Doch als Teenie hatte sie jede Menge Videospiele und Manga in ihre nun überquellenden Regale gestellt, ihre rosafarbenen Wände mit Anime-Postern gepflastert und auch noch haufenweise Sammelfiguren ihrer geliebten Helden auf die gerammelt vollen Bücherborde gestellt.

»Ist alles okay?«, fragte Elyas und schlang augenblicklich seine Arme um Arlo. »Onkel Cel hat gesagt, dass heute etwas passiert ist und du deswegen traurig sein könntest.«

Sie hoffte, Elyas würde nie aus seinem Feingefühl herauswachsen.

Er war ein absoluter Schlingel, wenn er wollte, und ähnelte Celadon in vielerlei Hinsicht sehr (nicht zuletzt in seiner Freude, Unfug zu treiben). Allerdings konnte er so freundlich sein – so mitfühlend, verständnis- und liebevoll –, dass er oft selbst diejenigen verblüffte, die ihn am besten kannten.

So war Elyas nun mal.

Elyas war groß und schlank. Mit seinen jadegrünen Augen und der Art, wie sich sein Haar an den Ohren kräuselte, sah er seinem Großvater unglaublich ähnlich. Doch an den bereits schärfer werdenden Wangenknochen und der spitzen Kieferpartie erkannte man in ihm auch seinen Vater, Hochprinz Serulian, sowie an seinem sternenblonden Haar seine Mutter.

Arlo konnte sich daran erinnern, wie sie mit gerade mal sieben Jahren den neugeborenen Prinzen zum ersten Mal in den Armen gehalten hatte.

Er wuchs an ihrer Seite auf. Arlo brachte Elyas alles bei, was sie wusste – wie man ausmalte, auf dem Klettergerüst schwang, das Fantasiespiel spielte und Teepartys für ihre vielen Stofftiere ausrichtete. Sie war bei jeder Geburtstagsfeier und jedem Familienfest dabei und es gab noch so viel mehr in ihrem Leben, das sie mit ihm zusammen erleben wollte. Bis jetzt war ihr nie in den Sinn gekommen, wie leicht das alles verloren gehen konnte.

Erst heute erkannte sie, wie *endgültig* der Tod wirklich war.

So vieles würde sie verpassen, wenn sie jetzt stürbe, und dieses Mädchen ... Cassandra, die kaum älter als Elyas gewesen war ... Es war unvorstellbar, *ihn* an Cassandras Stelle zu sehen, wie ihm seine Zukunft genauso grausam wie ihr entrissen wurde.

»Ähm ... Arlo?«

»Ja?«

»Du drückst ganz schön fest zu.«

»Tut mir leid«, murmelte Arlo, unfähig, ihren Griff auch nur ein bisschen zu lockern.

Elyas hauchte ein Lachen und umarmte sie umso fester. »Schon okay. Du kannst mich so fest umarmen, wie du willst. Tut mir leid, dass du so einen schlechten Tag hattest. Onkel Cel hat gesagt ... Er sagte, jemand ist gestorben? Das ... tut mir leid.«

»Ja, mir auch.«

Erst als Elyas anfing, ihr den Rücken zu reiben, bemerkte sie, dass sie weinte. Ausgerechnet jetzt, wo sie doch den ganzen Tag nicht eine Träne vergossen hatte. »Was brauchst du denn?«, fragte er sie leise. Irgendwie war es schon komisch, dass gerade er Arlo erlaubte, an seiner Schulter zusammenzubrechen. Als hätten sie ihre Rollen getauscht, sodass sie nun das kleine Kind und Elyas der frischgebackene junge Erwachsene war.

Sie weinte, und je mehr Tränen flossen, desto lauter wurde ihre Trauer.

Da erschien Celadon in der Tür.

Er war noch immer so angezogen wie bei ihrer Begegnung nach der Schule. Den Rest seines Tages war er vermutlich den Beratern seines Vaters aus dem Weg gegangen. Als Arlo den Kopf hob, las sie durch ihre Tränen eine Mischung aus herzzerreißender Erleichterung und tiefer Sorge auf seinem blassen Gesicht. Aus irgendeinem seltsamen Grund fiel es ihr bei seinem Anblick nur noch schwerer, ihren Kummer zu unterdrücken.

»E... Es tut mi... mir so leid!«, jammerte sie, schob sich aus Elyas' Umarmung und schlang ihre Arme um sich selbst. Sie kam sich ausgesprochen kindisch vor, wie sie da so mitten in ihrem Zimmer flennte, und es ärgerte sie, dass sie nicht aufhören konnte. »Ich w... weiß nicht, wi... wieso ich w...w... weine.«

»Stimmt doch gar nicht«, beruhigte Celadon sie. Er klang selbst ziemlich bekümmert, doch Arlo konnte nicht sagen, ob das nun an ihren Tränen oder seinen eigenen Emotionen lag. Jedenfalls durchpflügte er den Raum und Elyas trat zur Seite, damit Celadon Arlo in die Arme nehmen konnte. Dann führte er sie zu ihrem Bett und sie setzten sich gemeinsam auf die Kante. »Alles gut«, tröstete er sie weiter. »Es ist okay zu weinen, Arlo. Direkt vor deinen Augen ist heute etwas Schreckliches passiert und Tränen sind eine völlig gesunde, natürliche Reaktion.«

»Ich kannte das Mädchen ja nicht mal.«

»Musst du jemanden kennen, um Mitleid zu empfinden? Du bist freundlich, Arlo, und wenn du etwas spürst, dann immer aus tiefstem Herzen. Für so was sollte man sich nicht schämen, weißt du? Eine ganze Menge Leute lernt zeitlebens nicht, so ein Mitgefühl zu zeigen. Und ich finde, es ist besser, zu viel davon zu haben, als sich Leiden anzusehen und dabei gar nichts zu spüren.«

Arlo dachte an das Mädchen – das in Schwarz, dessen Magie so heftig und flüchtig gewesen war, dass Arlo sie wie eine echte Wunde hatte spüren können. Das Mädchen, das vom Sterben eines Kindes praktisch unberührt geblieben war und es wie ein wissenschaftliches Projekt in einer Grundschule verfolgt hatte.

Das Mädchen in Schwarz, das höchstwahrscheinlich hinter all dem steckte, was der Gemeinschaft der Eisengeborenen in letzter Zeit widerfuhr ... Diejenige, die die Feen ihren Unglück verheißenden Dark Star nannten.

Arlos Tränen ließen nach und sie schluchzte.

»Kann ich mit dir über was reden?«

»Natürlich«, entgegnete Celadon. Unnötig, es laut zu sagen, denn er wusste auch so, dass sie unter vier Augen mit ihm sprechen wollte. Er schaute zu Elyas hinüber und sagte ebenso sanft zu ihm: »Elyas, warum gehst du nicht und wärmst die Zimtschnecken auf, die wir mitgebracht haben? Ich bin sicher, Arlo könnte jetzt einen Zuckerrausch gebrauchen.«

Elyas rümpfte über Arlo die Nase. »Wenn *ich* traurig bin, kauft *mir* keiner Zimtschnecken«, zog er sie auf, wie immer, wenn er eine Situation entspannen und Arlo ein Lächeln aufs Gesicht zaubern wollte. »Seit wann bist du denn die Hochkönigin?«

»Klappe«, hänselte Arlo schwach zurück, während sie sich die Tränen aus den Augen wischte. »Geh und wärm mir wie befohlen eine Zimtschnecke auf. Das letzte Mal, als du traurig warst, hat Celadon dir ein *Pferd* gekauft.«

Das ließ sich nicht leugnen. Elyas streckte Arlo die Zunge heraus und stapfte davon.

»Okay. Jetzt sind wir unter uns«, sagte Celadon. »Worüber wolltest du reden?«

»Über ... das Café.«

»Ja?«, ermunterte Celadon sie geduldig.

Sie erzählte ihm, was im *Good Vibes Only* geschehen war, von ihrer Begegnung mit dem Mädchen in Schwarz und was wirklich mit Cassandra passiert war. Diese war vielleicht eine Eisengeborene, doch ihr Tod passte nicht ganz in das Schema der anderen Opfer. »... und dann fing sie einfach an zu leuchten.«

Verwirrt neigte Celadon seinen Kopf zur Seite. »Was meinst du damit, dass sie zu leuchten anfing?«

»Ich mein ... ihre Adern. Da war was in ihren Adern und es fing an zu leuchten, so richtig hellrot, und dann ist sie zusammengebrochen. Es verblasste, als sie ... Aber das war keine optische Täuschung«, fügte Arlo eilig hinzu. »Ich hab's mir nicht eingebildet, ich schwöre, das kleine Mädchen hat *geleuchtet*. Und ich hab keine anderen Beweise, außer was ich gespürt habe, aber ich *weiß*, dass das Mädchen in Schwarz etwas damit zu tun hatte. Also bin ich ... äh, ihr gefolgt.«

»Du hast bitte *was*?«

»Lass mich ausreden!« Arlo hielt ihre Hand hoch. »Ich bin ihr gefolgt – sie hat versucht abzuhauen und ich weiß nicht, ich war wohl einfach traurig und hab nicht wirklich drüber nachgedacht, was ich da tue ...«

»Was du nicht sagst.«

»Aber ich hab sie eingeholt und ... na ja, versucht, sie dazu zu bringen, zum Palast zurückzukommen, um mit dem König zu reden. Eins führte zum anderen und es ist einfach ... *sehr* gut möglich, dass das Mädchen in Schwarz Dark Star ist. Das will ich damit sagen.«

Hätte Celadon Perlen getragen, hätte er diese nun vor Entsetzen umklammert. Das dachte Arlo wenigstens. »Dark Star«, wiederholte er zaghaft.

»Genau.«

»Sie war in dem Café.«

»Ich bin ... mir ziemlich sicher, ja.«

»In einem Café, in dem ein Mädchen *gestorben* ist.«

»Richtig.«

»Dark Star, die zurzeit unter dem Verdacht steht, in *mehrere Morde* verwickelt zu sein, war in einem Café, in dem *jemand gestorben ist*. Und du dachtest, du könntest sie einfach ... auf eigene Faust festnehmen? Und dann? Sie die Palasttreppe hinaufführen und meinem Vater präsentieren?«

Arlo holte tief Luft. »Es ... klingt ja schon blöd, wenn du das so wiederholst, aber du übersiehst dabei das große Ganze, Cel.«

»Nein, nein, ich glaub, ich hab eine ziemlich gute Vorstellung von dem Ganzen, Arlo. Ist dir eigentlich klar, wie gefährlich das war und dass du hättest *sterben* können?«

Arlo schluckte, denn die Angst holte sie schließlich ein. »*Jetzt* ist mir das klar. Sorry.«

»Ich bin einfach nur ... *Cosmin*, Arlo. Ich bin nur froh, dass es dir gut geht.« Ah, er war ganz schön aufgebracht über diesen Vorfall. Celadon betete nie zum Schutzgott des UnSeelie-Volks (so wenig üblich diese Anrufung dieser Tage auch war), es sei denn, er war wirklich verärgert.

»Du ... du glaubst mir doch, oder?«

Celadon warf Arlo einen scharfen Blick zu. »Was glaubst du, wer ich bin? Natürlich. Mir gefällt zwar nicht, in was du dich da reinmanövriert hast, aber ich glaub dir, dass es passiert ist. Und wenn du sagst, dieses Mädchen war Dark Star, dann war sie das auch. Allerdings *ist* es seltsam, dass du ihre Magie so intensiv spürst.«

Arlo nickte. »Ich hab noch nie zuvor die Magie eines anderen *gespürt*. Nicht so. Und das zweimal an ein und demselben Tag, wenn ich das mitzähle, was ich wahrgenommen habe, bevor wir ins Café sind. Zwei verschiedene Auren …«

»Nicht einmal wir teilen diese Art Bindung«, schloss Celadon sanft und nachdenklich. »Ich steh dir näher als irgendjemand sonst. Seit deiner Geburt waren wir fast immer zusammen. Du musst dich meistens nicht mal konzentrieren, um meine Aura wahrzunehmen. Das Gleiche gilt umgedreht für mich. Aber wir spüren die Magie des jeweils anderen nicht mehr als sonst. Vielleicht könntest du das eines Tages mit deinem starken Talent, aber die Magie einer total fremden Person so innig zu spüren und von deiner eigenen Familie nichts … Na ja, das ist nicht grad normal.«

Arlo ließ sich rücklings auf ihr Bett fallen. Sie fühlte sich total ausgelaugt, jetzt, da sie alles losgeworden war, was sie mit sich herumgeschleppt hatte, und freute sich schon auf die Zimtschnecken von Cinnabon, die Celadon immer unter dem Vorwand emotionaler Krisen besorgte.

»Vielleicht *dreh* ich ja durch.«

»Vielleicht entfaltet sich aber auch deine Magie. Ich mein, Auren so tiefgreifend zu erkennen, ist eher ein Talent der Unsterblichen und nichts, was üblicherweise für das Feenvolk gilt, aber es ist immer noch *Magie*. Es könnte sogar eine GABE sein.«

»Na toll. Meine einzige Superkraft ist, auf andere so sensibel zu reagieren, dass es wehtut. Ich werd der Gesellschaft völlig abschwören und den Rest meiner Tage als Einsiedlerin leben müssen. Außerdem kann ich mir nie wieder meine eigenen Pumpkin Spice Lattes kaufen – das musst du für mich.«

»Nur wenn du versprichst, nie wieder gesuchte Verbrecher zu jagen.« Celadon erhob sich von ihrem Bett. Anschließend fügte er leiser hinzu: »Aber ganz im Ernst, Arlo, geht's dir auch wirklich gut? Als Thalo zu mir kam, um zu erzählen, was passiert ist, war sie ganz aufgeregt – ich dachte zuerst, *dir* wär was passiert.«

Arlo starrte auf ein Mobile mit Sternen in der Mitte ihres Betthimmels, die im Dunkeln leuchteten, und nickte. »Mir geht's gut. Ist ja nichts passiert. Ich bin nicht gestorben.«

»Nein, bist du nicht und ich bleib ab jetzt für eine Weile in deiner Nähe, damit ich daran denke. Aber dem Tod beizuwohnen, ist schon eine Art, sich selbst zu belügen. Ob du es gemerkt hast oder nicht, ein Teil von dir hat das heute nicht überlebt.«

Aus irgendeinem Grund brachten Celadons Worte Arlo zum Lachen. »Wow, mach mal halblang mit der Weisheit, Gandalf. In letzter Zeit liest du wieder zu viel Menschenliteratur. Der Tod der Unschuld – das ist doch aus den Liedern der Dingsda von William Blake, nicht?« Celadon runzelte die Stirn, wahrscheinlich weil sie den Titel eines Werks seiner Lieblingsautoren verhunzt hatte. Das brachte sie nur wieder zum Lachen. »Trotzdem danke, ja?«, fügte sie hinzu, als sie sich beruhigt hatte. »Denk ich zumindest. Auch wenn du mich grad mehr oder weniger eine Lügnerin genannt hast?«

»Arlo«, seufzte eine Stimme aus Richtung Tür. Arlo hob ihren Kopf und entdeckte wieder Elyas. »Wir haben noch einen langen Weg vor uns, bevor du *diese* Errungenschaft freischalten kannst.«

Arlo blickte zu Celadon. »Deswegen sagt meine Mutter, sie sollten dich nicht mehr auf ihn aufpassen lassen.«

»Ich weiß«, trällerte Celadon fröhlich. Das war seine Art zu zeigen, dass er sich um nichts kümmerte, was ihn eigentlich doch beunruhigen könnte. »Komm, lass uns in die Küche gehen und uns über den Süßkram hermachen. Ich werd mit Vater darüber reden, was du gesagt hast. Würde nicht schaden, wenn du es auch Thalo erzählst. Wenn Dark Star hier *ist*, werden wir sie finden, also mach dir mal keine allzu großen Sorgen, okay? Sollten wir deine Hilfe brauchen, lassen wir's dich wissen. Für meine Begriffe hast du erst mal genug durchgemacht.«

Arlo nickte und schälte sich aus ihrem Bett. Sie hatte alles getan, was sie konnte, und ihr Wissen an diejenigen weitergegeben, die es wirklich zu nutzen vermochten. Jetzt blieb ihr nichts anderes übrig, als abzuwarten und zu sehen, was der Hochkönig tat.

Hoffentlich würde er *etwas* unternehmen.

Das Feenvolk fand den Hochkönig in letzter Zeit unberechenbar, da er sich in seinen Augen mehr bemühte, den BEISTAND aufzuspüren als den Eisenblutkiller, und einen echten Geist als Täter benannte. Arlo glaubte jedoch, dass er seine Gründe hatte. Er ließ niemals zu, dass eine solche Spur ignoriert wurde. Er war keinesfalls das gefühllose Monster, für das sein Volk ihn allmählich hielt. Die Gemeinschaft der Eisengeborenen lag ihm genauso am Herzen wie alle anderen, die unter seinem Schutz standen. Zu Arlo war er zwar distanziert, aber kein einziges Mal unfreundlich gewesen, und Dark Star ... Jetzt, da sie hier war, vermochte er sie gefangen zu nehmen. Dann würde das Getuschel aufhören – die Leute würden sich daran erinnern, wie gut ihr Hochkönig war, und zwar zu ihnen und in seinem Job.

Zumindest würden sie einige Fortschritte machen. Vielleicht würde Arlo sogar ein paar Antworten auf die Fragen finden, die ihr auf der Seele brannten.

Etwa was es mit all dem Leuchten auf sich gehabt hatte, wenn Cassandra doch eine Eisengeborene war. War das auch bei den anderen passiert? Wollte das Mädchen in Schwarz Cassandra irgendwie entführen, um sie wie all die anderen Opfer zu *zerfetzen*? *Warum?* Und wenn es so ungewöhnlich war, die Auren des Feenvolks wahrhaftig zu *spüren* – wenn das ein Talent war, das man eher den Göttern zuschrieb –, gehörte dann das, was sie fühlte, womöglich gar nicht zum Feenvolk? *Arlo* war keine Unsterbliche. Ihre Mutter war eine Elfe und ihr Vater ein Mensch, doch sie wussten so gut wie gar nichts über Dark Star.

Sie wussten nicht, wer oder *was* sie war. Dark Stars Vergangenheit war für sie ein komplettes Rätsel und niemand hatte auch nur die leiseste Ahnung, womit sie wohl ihre offensichtliche Verachtung verdient hatten.

Was, wenn nicht nur Arlos Magie stärker wurde, sondern auch Dark Star gar nicht hier sein sollte – eine Unsterbliche, die gegen den Vertrag verstieß, der sie vom Reich der Sterblichen fernhielt? Was bedeutete es für Arlos Welt, wenn dem so war?

Während schon eine ganz neue Sorge ihre Schatten vorauswarf, folgte Arlo ihrem Onkel und ihrem Cousin in die Küche. Sie konnte nur hoffen, dass ihre Instinkte Fehlalarm schlugen und nicht den Beginn einer Krise ankündigten, die noch *schlimmer* war als die jetzige.

Kapitel 8

Vehan

Das geschäftige Treiben in den Läden des *Caesars* überraschte Vehan nicht. Im sogenannten Forum war *immer* viel los, ganz besonders zu dieser Zeit des Jahres. Die weitläufige Luxusmall lockte immer viele Leute an, und zwar nicht nur wegen ihrer Lage inmitten des Las Vegas Strip oder seinen beeindruckenden Schaufenstern mit menschlicher Designermode.

Nein, das Einkaufszentrum war insgesamt bezaubernd.

Die Besucher wurden so prachtvoll wie in einem antiken römischen Palast empfangen. Der Eingangsbereich wartete mit hohen Decken und strahlend weißen Säulen auf, einem eingelassenen Springbrunnen, einer atemberaubenden klassischen Architektur sowie Skulpturen menschlicher Philosophen und Helden. Eine spindelförmige Rolltreppe beförderte die Leute in die oberen Stockwerke und genau hier führte das Einkaufszentrum buchstäblich zu sich selbst – rissige Steinböden und leuchtende Laternenpfähle leiteten die Kunden von einem Themenladen zum nächsten und alles war von vergoldeter Stuckarbeit, vorzüglichen Schnitzereien und noch mehr Marmorsäulen umrahmt.

Am spannendsten fand Vehan das Tonnengewölbe. An der Decke simulierten aufgemalte Wolken und ein blauer Himmel die verschiedenen Tageszeiten – der letzte Schliff für diese Freiluftatmosphäre. Dieses Schauspiel – vom hellen Leuchten morgens und tagsüber bis zum leicht schummrigen Licht bei Einbruch der Dämmerung – zeugte vom Einfallsreichtum der Menschen und erinnerte daran, dass sie keineswegs so hilflos waren, wie sie schienen ... Und es forderte das Feenvolk heraus zu beweisen, dass es so etwas besser konnte: Seelie-Sommer hatte sich die Gelegenheit nicht entgehen lassen und in dem von ihnen errichteten Markt alle Register gezogen, um damit zu konkurrieren.

»Also gut, wo würde ich mich verstecken, wenn ich der Goblin Market wäre ...«, grübelte Vehan. An Aurelian gewandt fügte er hinzu: »Weißt du, ich bin überrascht, dass wir so lange gebraucht haben, um hier nachzusehen – vor allem, weil wir früher so viel Zeit in diesem Einkaufszentrum verbracht haben.«

Überwältigt von einer plötzlichen Erinnerungsflut, die allein durch die Anwesenheit hier ausgelöst wurde, hielt er vor einem Schaufenster an, aus dem mehrere Modellpuppen in verschiedenster Kleidung leer auf ihn herabblickten.

Früher hatten sich Aurelian und er viel nähergestanden als jetzt. Sie waren einmal beste Freunde gewesen. Auf Aurelians Laptop suchteten die beiden bis spät in die Nacht Serien, sodass sie oft zusammengekauert daneben einschliefen. Außerdem schlichen sie sich in die Küche, wenn alle anderen schon im Bett waren, um Kuchen, Torten und Süßigkeiten zu futtern, die Aurelians Eltern absichtlich für sie übrig ließen. Diese Backwaren waren nicht nur köstlich, sondern auch der Grund, aus dem Vehans Mutter Aurelians Eltern vom Seelie-Herbst abgeworben hatte. Als sie und Vehan diese Köstlichkeiten vor Jahren während eines

Auslandsurlaubs probiert hatten, bot sie ihnen die Königliche Ernennungsurkunde an und erklärte sie mit dieser Auszeichnung zu den offiziellen Patissiers ihres Hofs.

Vehan und Aurelian spielten zusammen, trainierten zusammen, lachten, lernten und forschten *zusammen*. Mit am liebsten kamen sie hierher ins Einkaufszentrum, denn Aurelian war von allen menschlichen Dingen geradezu besessen und Vehan ziemlich besessen von *ihm* – dieser allerersten Person, die Vehan offenbar um seiner selbst willen mochte und nicht wegen des Prunks, der Insignien und Privilegien, die einen »Prinzen« ausmachten.

Warum sich das änderte, konnte sich Vehan denken.

Er wusste auch genau, *wann* das passierte.

Nämlich kurz nachdem seine Mutter Aurelian zu Vehans Hofmeister ernannt und ihre Freundschaft somit in eine Fußfessel verwandelt hatte – obwohl dieser Rang keineswegs dem entsprach, was Aurelian für sich selbst wollte. Von diesem Augenblick an konnte Aurelian ihm kaum noch in die Augen sehen. Dieser Tage versuchte Vehan, diese Pflicht so schmerzlos und unpersönlich zu gestalten wie nur möglich, um Aurelian den Freiraum zu bieten, den er offensichtlich brauchte. Doch dass er einst halb in Aurelian verliebt gewesen war, ließ sich nicht so leicht vergessen.

Noch schwerer ließ sich jedoch verdrängen, dass er noch immer in ihn verliebt war.

»Damals haben wir nie nach dem Markt gesucht«, entgegnete Aurelian gelassen. Vehan erschrak und erinnerte sich erst jetzt, dass er eine Frage gestellt hatte.

»Ich korrigiere: *Du* hast ihn nicht gesucht. *Ich* schon – immerhin ist es der *Goblin Market*. Welches Kind will nicht an einen Ort, an dem man Erinnerungen gegen Wünsche oder Haarlocken gegen Ambrosia tauschen kann? Oder Zwergenwaffen kaufen, gesalzenes Ale mit dem Meeresvolk trinken und ...«

»Hab ihn gefunden.«

Aurelian zeigte auf die gegenüberliegende Seite.

Zwischen einem Schuhgeschäft und einem Unterwäscheladen befand sich eine Tür, die kaum aufregender war als das, was sie war – nämlich eine schlichte Tür. Sie war massiv, schmal und mit perlweißem Samt bezogen. Doch trotz ihrer einheitlichen Farbe wirkte sie in dieser Umgebung fehl am Platz; Magie verzerrte das Licht um sie herum, sodass sie sich etwas vom Gewöhnlichen abhob.

»*Endlich*«, sagte Vehan und seufzte. »Es wäre so viel einfacher, wenn der Eingang einfach nur an einem Ort bleiben würde. Na, dann lass uns mal unseren Ärger suchen.«

Nur wem Magie im Blut lag, war in der Lage, diese Tür ausfindig zu machen und zu öffnen. Auf dem Goblin Market gab es eine strenge Altersbeschränkung. Menschen und mit Magie ausgestattete Minderjährige sahen nur schlichtes, weißgetünchtes Metall mit der Aufschrift *Staff only*. Versuchten sie einzutreten, gelangten sie nur an eine Treppe, die sie wieder nach draußen führte. Aber für REIFE Angehörige des Feenvolks ...

Vehan und Aurelian drängten hindurch und fanden sich in einem kompakten Empfangsraum wieder.

Der Boden war mit einem plüschigen, dunkelgoldenen Teppich ausgelegt.

Die Wände zierte schimmernde Tapete, die einen Bambuswald in der Morgendämmerung zeigte. Dieser schaukelte, raschelte und gab dieselben Geräusche wie ein echter Hain von sich.

Einige Sitzgelegenheiten waren mit dem gleichen perlmuttfarbenen, weichen Samt bezogen wie die Tür eben. Vehan übersah sie allerdings und ging geradewegs auf den Tresen zu, der sich auf der rechten Seite des Raums erstreckte. »Hallo«, grüßte er das Feenmädchen dahinter herzlich. Sogleich blickte es von seiner Zeitschrift auf. Es hatte smaragdgrünes Haar, helle, lavendelfarbene Haut und auf seinem Kopf zuckten Katzenohren. Der leuchtende, kunterbunte Farbton ihrer Augen bedeutete höchstwahrscheinlich, dass sie eine Formwandlerin war. Sie blinzelte erst Vehan, dann Aurelian an und im nächsten Moment hellte sich ihre gesamte Miene auf.

»Hallo, ihr Hübschen«, schnurrte sie. »Seid ihr wegen des Goblin Markets hier oder kann ich euch mit was anderem unter die Arme greifen?«

Sie war ganz klar bereit, noch etwas anderes anzubieten, denn ihr unausgesprochener Vorschlag war leicht herauszuhören. Vehan war an diese Art Anmache gewöhnt, selbst wenn die Leute nicht erkannten, wer er eigentlich war. Er war gut aussehend – von der hübscheren Sorte, wie viele Elfen – und das wusste er. Außerdem hatte ein Großteil der Welt eine Schwäche für ein Paar strahlend blauer Augen, schwarzes Haar und den lässigen Flirt, den Vehans angenehmes Lächeln nebenbei versprach.

»Vielleicht ein andermal.« Er zwinkerte dem Feenmädchen zu, das daraufhin loslachte. Aurelian, der einen Schritt hinter ihm stand, deutete hingegen ein leises Stöhnen an. »Heut ist nur der Goblin Market dran, fürchte ich.«

»Na gut. Du weißt ja, wo du mich finden kannst, falls du's dir doch anders überlegst.« Sie musterte ihn noch einmal kurz von Kopf bis Fuß – Vehan konnte ihr ansehen, wie sie versuchte herauszufinden, wieso er ihr so bekannt vorkam – und warf nun auch Aurelian einen Blick zu, der ihm sagte, dass sie überhaupt nichts dagegen hätte, wenn *er* ihr Angebot ebenfalls annähme (was Vehan nicht mehr halb so toll fand und sein Lächeln um einen Backenzahn kürzte). Dann deutete sie zurück auf die Tür, durch die sie eben eingetreten waren. »Ihr könnt ruhig durchgehen.«

Diese Türen waren ein beliebter Trick in der magischen Gemeinschaft. Je nachdem, wie man ihre Knäufe drehte, wo man anklopfte oder wie man beschrieb, wo man hinwollte, führten diese an verschiedene Orte – meistens solche, an denen reger magischer Verkehr herrschte, den es zu regulieren galt. Derlei Orte wurden jedoch nicht von der Regierung verwaltet, sodass man es sich nicht leisten konnte, die Polizei oder die Höfe einzuschalten.

»Danke«, entgegnete Vehan.

Die beiden gingen zur Tür.

Von außen hatte es keinen Knauf gegeben – sie hatten nur drücken müssen, um durch die Tür zu gelangen. Auf dieser Seite gab es allerdings einen. Direkt darüber war ein Schild in Blindenschrift angebracht, ein Knopf, damit der Text laut vorgelesen wurde, und darüber wiederum derselbe Text wie auf dem Schild in Großbuchstaben: FORUM auf der linken Seite und MARKET auf der rechten.

Im Moment leuchtete das Wort FORUM golden. Als Vehan den Knauf nach rechts drehte, schaltete es um und MARKET leuchtete auf.

»Bist du bereit?«

Bei Vehans aufgeregtem Tonfall verdrehte Aurelian die Augen. Er konnte einfach nicht anders – er wollte schon so lange hierherkommen, doch hatte es bis jetzt nie geschafft, weil immer so viel los war. Vehan öffnete die Tür. Als er auf der anderen Seite heraustrat, schien es, als wäre er in eine völlig andere Dimension gesogen worden.

Come buy, Come buy – vor ihnen stand ein witzelndes Holzschild mit lauter kleinen hölzernen Händen, die in alle Richtungen wiesen. Direkt dahinter lag das Forum, das jedoch nicht mehr wiederzuerkennen war.

Die Decke war kein bloßes Gemälde mehr, sondern ein echter, von Zwielicht umfangener Himmel, der bis zum Firmament reichte und sich über ihnen beiden aufspannte.

In den zahlreichen Laternenpfählen brannten nun aber keine Glühbirnen, sondern Fackeln.

Die Läden hatten hier nicht nur Fassaden, sondern waren ganze Gebäude aller Formen und Farben – rote, blaue, grüne und lila, große, kleine, bauchige und schmale; einige aus Stein oder Holz, andere aus strahlenden Segeltuchstücken und reich verzierten Seidenstreifen. Vehan hatte gehört, dass manche nur in bestimmten Winkeln oder nur zu jeder vollen Stunde sichtbar waren.

Mit dem schimmernden Wald hinter sich, der bereits die Wände des Empfangsraums bedeckte, kam es Vehan so vor, als dehne sich dieser Raum unendlich aus, erfüllt vom Kiefernduft und der frischen Luft, vom Holzrauch, der hier und da aus Kaminen strömte, und von den schmackhaften und würzigen Gerüchen verschiedener Feengerichte, bei denen einem das Wasser im Mund zusammenlief.

»Hier lang«, sagte Aurelian und berührte im Vorbeigehen Vehans Ellbogen, um ihn auf sich aufmerksam zu machen. »Wir können genauso gut auf der Etage beginnen.«

Sie waren noch nie zuvor hier gewesen. Obendrein wussten sie nicht wirklich, wonach sie suchten. Ihnen blieb nur übrig, dem Hinweis nachzugehen, dass irgendjemand hier irgendetwas über die Menschenentführungen und das Sterben der Eisengeborenen wissen könne.

Sosehr sich die Höfe auch bemühten, die magische Gemeinschaft zu regulieren – also dafür zu sorgen, dass sich das Feenvolk an moderne Kodexe und Praktiken hielt –, die »alten Bräuche« vollständig auszumerzen, war unmöglich.

Immer gab es irgendeine nicht sanktionierte Feier, die die Falchion-Polizeitruppe auflösen musste. Regelmäßig brachen zwischen den vielen Feenbanden Revierkämpfe aus, die sich um jede Eiche, jede Esche und jeden Dorn stritten, um ihren Anspruch darauf zu erheben. Die Hausgeister – jene sanften Feen, die die Feuerstellen glücklicher und gemütlicher menschlicher Häuser mochten – gerieten ständig an Orte, an denen sie nichts zu suchen hatten, und mussten immer wieder zu den im Voraus genehmigten eisengeborenen Gastgebern zurückgejagt werden.

Selbst die Elfen fanden das Stadtleben anstrengend. Zunächst einmal verabscheute das Feenvolk Geld – Feen hielten es für anstößig, Dinge gegen *Bargeld* einzutauschen. Auch wenn vom übermäßigen Kontakt mit den Menschen abgeraten wurde, ließ er sich nicht komplett vermeiden. So kam es beinah täglich vor, dass jemand aus dem Feenvolk versuchte, in menschlichen Geschäften mit Edelsteinen statt mit richtiger Währung einzukaufen, oder sogar mit Dingen wie Spinnenseide oder einem »Segen«. Letzterer war kein Zaubertrick, sondern eine Fee, die man später einschüchterte, damit sie sich besonders um das Land des Menschen kümmerte oder ihm sonst wie zur Hand ging.

Das Feenvolk war ein dickköpfiger Haufen.

Seine Angehörigen rebellierten in vielerlei Hinsicht gegen die ständige Weiterentwicklung ihres Lebensstils. Er erlaubte ihnen zwar immer noch, ihre Existenz geheim zu halten, doch jede Tradition, die sie zum »Wohle« der Höfe aufgeben mussten, sorgte wieder für neue Unruhe.

Goblin Markets waren inzwischen eine Art Zufluchtsort. Sie waren viel mehr als eine Reihe Händler. Das Feenvolk unterhielt mehr als genug Läden, die sie verzaubern konnten, damit sie für menschliche Passanten wie abbruchreife Gebäude aussahen. Die Waren ihrer Verkäufer auf den Straßen waren verzaubert, damit sie die menschlichen Sinne überhaupt nicht ansprachen, doch für ihr Volk waren es alle möglichen von Feen fabrizierten Gegenstände. Doch die *Goblin Markets* ... Selbst das kompromissloseste Ratsmitglied war es leid, einen Ort aufzulösen, an dem man alles bekommen konnte, was das Herz begehrte, und wenn das Informationen waren ... nun, dann gab es keinen besseren Ort, um diese zu finden.

Während Vehan seinem Gefährten hinterherlief, drehte er seinen Kopf mal in diese, mal in jene Richtung.

Come buy, Come buy – diese Aufschrift prangte überall. Sie war auf Pfosten gestempelt, über Eingänge gekritzelt und zwinkerte von flatternden Bannern auf sie herab. Händler riefen es auf der Straße aus. Sie kamen an einer Menagerie vorbei, wo extra darauf abgerichtete Vögel mit regenbogenfarbenem Gefieder und echten Flammenschwänzen es ebenfalls aus ihren Käfigen riefen. Auch andere Ausrufe erklangen: Versprechen wahr werdender Träume; von Früchten, die wie Honig auf der Zunge zergehen; von Schneidern, die ein Kleid oder einen Anzug aus *allem Möglichen* zaubern konnten, ob aus Blütenblättern, glänzenden Insektenflügeln, Mondlicht oder sogar Morgennebel. Vehan hörte zufällig, wie eine kleine männliche Fee (die wie ein Kind aussah, doch mit Augen so alt wie die Erde und rubinroter Haut) den Passanten mitteilte, dass sie bei ihm mehr Cents erhielten als bei den Banken, wenn sie Geld umtauschen wollten.

»Come buy, come buy, hier stellt keiner Fragen! Kein Handel wird abgelehnt! Ist eine KONTROLLE eures Viertels geplant?

Wollt ihr nicht, dass die Falchion die alten Alchemielehrbücher findet, die ihr in euren Häusern versteckt haltet? Habt ihr ein verfluchtes Amulett, das beseitigt werden muss? Ein bisschen Vampirblut zu entbehren? Wir nehmen alles – eure Waren für Menschengeld, zehn Cent mehr als an der Börse, come buy, come buy, wir sind unschlagbar!«

Als sie weitergingen, bemerkte Vehan, dass die Statuen des Forums hier lebendig waren. Sie trugen zum Geplauder bei, unterhielten sich miteinander, stritten, gaben Kommentare zu den Leuten unter ihnen ab und entfachten Kämpfe zwischen leicht reizbaren Feen, die nur wenig brauchten, um aufeinander loszugehen. Diese Statuen waren nicht länger Abbilder römischer Persönlichkeiten, sondern längst verstorbener Berühmtheiten des Feenvolks. Als Vehan und Aurelian am Götterbrunnen des Forums ankamen, waren dort anders als auf der menschlichen Seite nicht die römischen Gottheiten zu sehen. Stattdessen standen hier die kolossalen Skulpturen der Großen Drei, der alten westlichen Götter, die das Feenvolk in diesem Teil der Welt einst über alle anderen verehrt hatte: Urielle mit ihrer Robe aus Feuer, Wasser und Wind sowie einer Lichtkrone auf dem Haupt; Tellis mit ihrem Gewand aus Moos, Blättern und Pelz und ihrer Krone aus Stein; und Cosmin, in sternenklare Nacht gehüllt und mit seiner Krone aus Knochen. Für die anderen Höfe gab es andere Götter, deren Statuen vermutlich genauso auf ihren Märkten standen.

Vehan hatte jedoch noch nie solch eindrucksvolle und makellose Darstellungen der Großen Drei gesehen. Die Götter waren von den Acht Gründern der Höfe aus diesem Reich vertrieben worden, jenen Helden, zu denen er am meisten aufsah. Sie hatten das Feenvolk gegen diese unsterblichen Herrscher vereint und gemeinsam einen Weg gefunden, die Sterblichen von deren

Tyrannei zu befreien. Diese Statuen starrten finster auf Vehan herab, als er an ihnen vorbeiging. Dabei fühlte er sich unbehaglich und klein und ihm war heiß um die Ohren, sodass er sich ein wenig gegen Aurelian presste. Der empfand wohl dasselbe, denn er ließ es kommentarlos zu.

Je weiter sie gingen, desto schwerer fiel es ihnen, sich daran zu erinnern, wieso sie überhaupt hergekommen waren.

Sie kamen an Händlern vorbei, deren Äpfel nicht nur weinrot waren, sondern bestimmt auch berauschend schmeckten. Sie passierten Stände, die Fläschchen mit Einhorntränen feilboten, die dem Anwender vorübergehende Hellsichtigkeit verliehen. Und sie gelangten in schattige Ecken, in denen man Rosen kaufen konnte, die auf den Gräbern schöner – in der Blütezeit ihres Lebens verstorbener – Leute wuchsen und angeblich jedem, der sie geschenkt bekam, einen vorzeitigen Tod bescherten.

Mitten in einem Innenhof, den sie durchquerten, stand ein riesiges Aquarium. Darin befand sich eine echte *Meerjungfrau* mit Haar so weiß die Gischt und einer Haut so flammend wie der Sonnenuntergang, großen gelben Augen und einem langen, schillernden Schwanz in der Farbe frisch gefallenen Schnees. Vehan konnte nicht umhin, sie anzugaffen – verständlich, wie er fand, denn Meermenschen verließen ihre Gewässer nicht besonders oft und waren daher selten anzutreffen. Zudem waren ihre Stimmen ein Zauber, der genau eine solche Reaktion wie beim Prinzen hervorrufen sollte.

Sollte Vehan ihrem Lied lange genug zuhören, könnte sie ihn dazu bringen, alles zu tun, was sie verlangte. Momentan war ihr Lied ein Jingle – eine lebende Werbung für die *Mermaid Tavern*, die Vehan irgendwo in der Nähe vermutete – und plötzlich wollte er *unbedingt* dorthin. Er schreckte erst aus seiner »Bewunderung« auf, als sich Aurelian räusperte.

»Glaubst du, Mutter würde mir erlauben, als Begleitung zur Sonnenwende Zale mitzubringen, wenn ich verspreche, mit jedem zu tanzen, den sie vorschlägt?«, fragte Vehan eigentlich nur, um die peinliche Stille zu überbrücken.

Zale – der einzige Meermensch, den Vehan abgesehen von der Meerjungfrau im Wasserbehälter je gesehen hatte – war praktischerweise bei seiner Mutter angestellt. Er hatte nicht für Vehans bisexuelles Erwachen gesorgt (nicht einmal Aurelian besaß diese »Ehre«), aber ihm als Erster vom Feenvolk immer den Hintern versohlt, wenn sie miteinander trainierten. Über die Jahre änderte sich nichts daran. Egal wie gut Vehan im Nahkampf war oder mit Schwertern und Magie umgehen konnte, Zale war immer *besser*, und anscheinend fühlte sich Vehan immer dann besonders von anderen Leuten angezogen, wenn sie ihn abservierten.

Aurelian runzelte die Stirn.

Das war echt unfair – wieder mal dieses Abblitzen-Schrägstrich-Anziehungsding, das sich Aurelian in letzter Zeit oft leistete. Dies machte Vehans ganze »Versuch, über deinen heißen besten Freund hinwegzukommen«-Nummer kein bisschen leichter. »Ich denke, Ihr habt keine Wahl, was das Tanzen angeht«, antwortete Aurelian. »Außerdem ist Zale fast dreißig.«

Vehan schnaubte. »Na und? Meine Mutter hatte viel mehr Jahre auf dem Buckel als mein Vater.« Er winkte ab. »Irgendwann hört man aber auf, sich um das Alter zu kümmern, solange beide Partner einverstanden und REIF sind.«

»Stimmt schon irgendwie. Aber an diesem Punkt seid ihr noch nicht angekommen.«

Vehan verdrehte die Augen. Aurelian war immer empfindlich, wenn es darum ging, dass sich Vehan von Zale angezogen fühlte. »Okay, *Dad*. Aber ... ich möchte lieber doch nicht, dass Zale seinen

Job verliert oder bei einem Amoklauf stirbt, den eine solche *Frage* an meine Mutter wahrscheinlich auslösen würde. Denkst du, sie hat Hochprinz Celadon eine Einladung geschickt?«

»Zur Sonnenwende?«

»Nein, zur Jagd auf meine Hand.« Er lachte, doch am Ende lief alles mehr oder weniger darauf hinaus – seine Mutter verkündete vor versammelter Elfenelite seine REIFE, als sei er ein errötender Debütant und bestehe ihr einziger Lebenszweck darin, ihn eine »ausgezeichnete Partie« machen zu sehen. Sosehr sie den Hochprinzen auch verachtete – und die Familie Viridian als Ganzes, weil ihr Patriarch Azurean ihr zuvorgekommen war, um seinen Vater der Krone zu entheben und selbst Hochkönig zu werden –, Celadon war jung genug und so gut vernetzt, dass es töricht von ihr wäre, ihn nicht in Betracht zu ziehen.

Riadne Lysterne war vieles, doch gewiss *keine* Närrin.

Darauf sagte Aurelian allerdings nichts. An seinem Kiefer zuckte ein Muskel und also schwieg er nicht, weil es ihm an Kommentaren mangelte. Früher war Vehan außerstande gewesen, seinen Freund vom *dauernden* Reden abzuhalten (über Videospiele, menschliche Technologie und, oh große Güte, über den *Weltraum* und *Star Trek*, die Aurelian immerzu faszinierten), doch nun musste er ihm geradezu alles aus der Nase ziehen. Vehan schätzte sich glücklich, dass sie gerade so viel miteinander gesprochen hatten.

Ein Platschen unterbrach ihre Unterhaltung, gefolgt von schallendem Gelächter und Schadenfreude. Vehan drehte sich um, um nachzusehen – ein großer, knorpeliger, kanariengelber Redcap hatte wohl irgendwie die diensthabende Meerjungfrau verärgert, denn diese hatte ihn über den Rand ihres Beckens gelockt. Nun sank er in sein Grab, während sein Löwenschwanz hinter ihm herwallte. Seine scharfe und gut gepflegte Sense glänzte auf den Pflastersteinen, wo er sie fallen gelassen hatte, und seine karmesinrote Haube, die vom menschlichen Blut dunkel gefärbt war, trieb auf der kräuselnden Wasseroberfläche. Das Gelächter ging in Jubel über, als die Nixe ihre Klauen ausfuhr und ihre Zähne zum Vorschein brachte, um sich auf ihre Beute zu stürzen.

Das Aquarium füllte sich augenblicklich mit leuchtend blauem Blut.

Beim Anblick dieses Spektakels schüttelte Vehan den Kopf. Zugegeben, der Redcap hatte es vermutlich verdient, aber je länger den Angehörigen des Feenvolks ihre einstigen Freiheiten verweigert wurden, desto fieser wurden sie zueinander. An den Höfen verstießen Morde genauso gegen das Gesetz wie in der menschlichen Gesellschaft, aber hier auf dem Goblin Market war das Gesetz gern bereit, darüber hinwegzusehen, solange die Falchion großzügig bestochen wurde – und dasselbe wurde von Vehan erwartet.

Nun interessierte er sich weniger für die Sehenswürdigkeiten und war leicht niedergeschlagen. Er passte sich Aurelians Tempo an und so schlenderten sie gemeinsam noch schweigsamer als zuvor über den Markt. Bis auf einmal ... »Warte mal, das da sieht vielversprechend aus.«

Very Slight Forces lautete der Ladenname. Und darunter stand: Wahrsagungen.

Ein Orakel.

Der Laden war zwar klein und zwischen zwei viel größere Geschäfte eingezwängt, aber idyllisch. Er hatte große Milchglasfenster, eine lavendelfarbene Eingangstür, smaragdgrüne Fensterläden und ein ebenso grünes Schrägdach. »Wenn es jemanden gibt, der weiß, was in der Welt vor sich geht, dann ist es ein Seher ...« Vehan schaute zu Aurelian.

Sein Gefährte erwiderte den Blick mit Augen wie aus geschmolzenem Gold, ebenso unergründlich wie intensiv.

Aurelian war ... umwerfend. Viele Leute aus dem Feenvolk – insbesondere die Elfen – sahen seine Tattoos und Piercings als obszön an, als viel zu menschlich für ihren Geschmack. Es gab vieles, was das Feenvolk an der Übernahme menschlicher Lebensweisen schätzte, allerdings gehörten solche Körpermodifikationen nicht dazu. Die Leute im Palast waren ständig hinter Aurelian her, und zwar wegen Dingen wie seiner zerrissenen Skinnyjeans oder seinen Lieblingshemden in Braun und Schwarz – den Farben des Herbstes und nicht denen des Seelie-Sommers: Weiß und Gold. Gleich nach seiner Ankunft begannen sie ihm seinen deutschen Akzent austreiben. Durch die Einschreibung an der Nevada Fae Academy wirkten sie auch gleich seinem Unterricht an einer öffentlichen Menschenschule entgegen, die er vorgezogen hatte. Und sogleich verweigerten sie ihm die Dinge, die ihn freuten – seine Hoffnungen und Ambitionen, wie der Besuch einer menschlichen Universität und seine Beschäftigung mit den über alles geliebten Wissenschaften. Nämlich weil es sich »für jemanden in der Ausbildung zum Hofmeister des zukünftigen Königs nicht ziemte« – eine Position, die Aurelian aufgezwungen wurde, als die Königin erkannte, wie *gut* er mit ihrem Sohn umging.

Vehan hatte nie zu den Leuten gehört, die Aurelian ansahen und irgendeine seiner Leidenschaften als »falsch« erachteten. Aurelian war schon immer wunderschön gewesen – erst recht, wenn er so frei war, er selbst zu sein. Aber natürlich war er *nicht* frei, zumindest nicht mehr – dank Vehan, der ihm nicht länger ohne schlechtes Gewissen in die Augen sehen konnte. Er verabscheute, was aus ihrer Beziehung geworden war. Noch mehr verabscheute er jedoch seine Verbitterung darüber, dass er unschuldig für etwas bestraft wurde.

Bei alldem fiel es schwer, so zu tun, als wäre zwischen ihnen alles in Ordnung, aber er tat es trotzdem.

»Wollen wir's uns ansehen?«, fragte Vehan und schluckte seine ungezügelten Gefühle hinunter.

»Wenn Ihr es wünscht, Eure Hoheit.«

Vehan ignorierte, dass er von Aurelians Anrede eine Gänsehaut bekam, nickte ihm zu und ging weiter. Als er dann das *Very Slight Forces* betrat, wurde er sofort von Weihrauchgeruch überwältigt. Der Markt wurde schon schwach beleuchtet, doch dieser Laden war noch dunkler. Es dauerte einen Moment, bis sich seine Augen an das schummrige Licht gewöhnt hatten. Als es so weit war, fand er sich in einem offenen Raum wieder. Die Wände der Vorderseite säumten Regale und darin standen Gläser, in denen sich Teile von Tieren, Insekten und Pflanzen befanden, Kristalle aller Größen und Farben, fein bemalte Tarotkarten, Kerzen und Bücher. Von der Decke hingen verschiedene getrocknete Kräuter herab, ein Paar Pixieflügel (die jede Menge Geld und allein für ihren Besitz genauso viel Zeit im Gefängnis einbrachten) sowie Geweihe, Hörner, Zähne und Pelze aller möglichen magischen und nicht magischen Kreaturen.

Linker Hand wand sich eine Holztreppe nach oben und verschwand im ersten Stock.

Im hinteren Teil des Geschäfts befand sich eine lange Glastheke mit weiterem okkultem Krimskrams, doch ehe Vehan sie noch näher untersuchen konnte ...

»Ich dachte schon, ihr würdet nie kommen«, sagte die Frau dahinter.

Vehan starrte sie an.

Sie war so alt, dass sich um ihre Augen, ihren Mund und ihre Nase dauerhafte Falten gebildet hatten, doch immer noch so jung, dass ihr dunkelbraunes Haar nur leicht graue Strähnen durchzogen. Elfen wurden leicht mehrere Hundert Jahre und manche sogar an die tausend Jahre alt. Viele Feen vermochten das ebenfalls. Der Rest genoss lediglich ein um ein paar Jahrzehnte verlängertes Leben mit besserer Gesundheit und geringerem Verfall. Die Augen dieser Frau waren hell und ihre Gesichtszüge hübsch, doch etwas an dem rosigen Schimmer ihrer smaragdfarbenen, schuppigen Haut wie der einer Schlange verriet Vehan, dass sie eine Eisengeborene war – und zwar eine praktizierende. Die Gegenstände, die sie in ihrem Laden anbot, ergaben nun allesamt Sinn: Sie dienten für Tränke und Zaubersprüche, und die Bücher waren höchstwahrscheinlich Bände mit Siegeln und Verhexungen. Hinter der Frau befand sich eine Feuerstelle – darin ein noch kalter Kessel – und in die Holzscheite waren Symbole geprägt. In letzter Zeit hatte Vehan genügend geheime Nachforschungen angestellt, um sie als Alchemie zu erkennen.

Eine Alchemistin, die auch noch eine Seherin war ... Das war fast schon ein wenig zu *viel* Glück. Wenn diese Frau wusste, was mit ihren *eigenen Leuten* geschah, würde sie wahrscheinlich keinen so gepfefferten Preis wie andere verlangen, um Vehan hilfreiche Wege zu zeigen.

»Hallo«, begrüßte er sie vorsichtig. Die Angehörigen des Feenvolks waren im Grunde ihres Herzens Schwindler, vor allem die Feen, und der Markt konnte ein gefährlicher Ort sein, da er außerhalb des Gesetzes existierte. Gut möglich, dass die Frau gar keine Seherin war. Das wäre allerdings beunruhigend, denn woher hätte sie sonst wissen sollen, dass er kommen würde? »Sie haben uns also erwartet?«

»Ja und nein«, entgegnete die Seherin lächelnd. »Nur weil ich euch kommen sah, heißt das noch lange nicht, dass ihr euch für diesen Weg entschieden habt. Du musst wissen, die Zukunft ist keine in Stein gemeißelte Sache, selbst für diejenigen, zu denen sie spricht.«

Orakel. Vehan widerstand dem Drang, seine Augen zu verdrehen, aber er hatte das Gefühl, Aurelian hinter ihm würde sich nicht wirklich darum kümmern – in puncto Hellsehen war sein Gefährte ziemlich skeptisch.

Echte Seherinnen und Seher waren heutzutage eine Seltenheit, beinah nicht existent. Da die Götter aus diesem Reich verbannt waren, konnte diese Fähigkeit nicht mehr wie früher an ihre bevorzugten Anbeter vergeben werden. Sie musste nun von Vorfahren geerbt werden, die die Götter vor langer Zeit gesegnet hatten, und Aurelian war nicht der Einzige, der mit unnachgiebigen Zweifeln auf jemanden reagierte, der behauptete, seine Kunst sei echt.

»Es kommt nicht aller Tage vor, dass man einem dereinstigen König begegnet. Komm näher, Junge – lass mich dich genauer ansehen.«

Vehan kam der Bitte nach und trat zu ihr vor. Aurelian folgte ihm dicht auf den Fersen. Egal welche Kränkungen zwischen ihnen auch bestehen mochten, er wusste, dass Aurelian nie zulassen würde, dass ihm etwas zustieß. Wenn Vehan leicht verletzt werden konnte, war dieser sehr misstrauisch.

»Du bist genauso hübsch, wie die Leute sagen.«

»Danke.« Er grinste, allerdings nicht ganz so glanzvoll wie sonst. »Ich bemühe mich, niemanden zu enttäuschen.«

»Ja ... nicht wahr?« Ihr Tonfall wie ihr Lächeln sprachen von einer gewissen inneren Belustigung – sie meinte nicht nur Vehans Aussehen. »Du bist sehr beflissen, es anderen recht zu machen und dich als würdig zu erweisen ... Willkommen im *Very Slight Forces*, Vehan Lysterne, Kronprinz des Seelie-Sommers. Mein Name ist Lydia. Was führt dich heute hierher?«

»Was?«, scherzte Vehan, der sich nicht zurückhalten konnte. »Sie wissen es nicht?«

»Ja und nein«, antwortete Lydia ruhig. Sollte sie wegen des Besuchs zweier königlicher Elfen in ihrem ziemlich illegalen Laden auch nur leicht nervös sein, dann zeigte sie dies nicht. »Ich würde es gerne von dir hören.«

»Na gut. Dann komme ich gleich zur Sache. Ich bin hier, weil in letzter Zeit eisengeborene Kinder sterben, Menschen von den Straßen verschwinden, entführt und nie wieder gesehen werden und weil ich weiß, dass es einen Zusammenhang zwischen alldem gibt. Ich weiß auch, dass es nicht die Tat eines anderen Menschen ist, wie der Hochkönig behauptet hat, oder die von Dark Star, der alle die Schuld in die Schuhe schieben wollen. Und dass das alles einem magischen Komplott dient. Nur hab ich keine *Beweise* und würde gerne wissen, wo ich welche finden kann. Werden Sie es mir sagen?«

»Das werde ich, Little Light, aber alles hat seinen Preis.«

Vehan wusste das nur zu gut. Die gesamte magische Gemeinschaft war nach diesem Konzept aufgebaut. »Das ist mir klar. Was wollen Sie dafür?«

Lydia dachte über ihre Antwort nach und so trat im Laden kurz Stille ein. Sie konnte leicht eine Reihe Dinge von ihm verlangen, denn als Prinz hatte er so viel mehr zu geben als ihre normale Kundschaft, nicht zuletzt einen Geas – was in ihrer Hand keine Kleinigkeit war. Vehan hatte mehr als genug Zeit gehabt, um abzuwägen, welche hilfreichen Antworten er heute zu geben bereit war und welche nicht. Doch aus irgendeinem Grund fühlte er eine Spur Angst, jetzt, da er an der Schwelle zu dem Moment stand, in dem er erfuhr, was ihn diese Quest kosten würde.

»Was kümmert es dich, einen *Elfen*, dass Eisengeborene sterben und Menschen verschwinden?«

Vehan hätte beinah losgelacht. War diese Frage ihr Preis? Das war ja gar nichts. Diese Frage wurde ihm oft gestellt, und zwar jedes Mal, wenn *er* jemand anderes zu den Ereignissen befragte oder seine Meinung dazu äußerte. »Was mich das kümmert?«, spottete er. »Ich bin der Prinz des Seelie-Sommers. *Meine* Bürger werden hier zur Zielscheibe gemacht. Sie alle gehören zum Feenvolk und es ist meine Pflicht, sie zu beschützen.«

Lydia lachte, doch Vehan blieb verhalten. »Eine edle Gesinnung.« Endlich kam sie hinter ihrem Tresen hervor und zog ihr braunes Zopfmustertuch enger um ihre breite Gestalt. »Sehr edel, mein Little Light. Unsere ehrwürdigen Gründer der Höfe wären so stolz, wenn sie dich das vortragen hörten – aber das sind nur Worte. Was kümmert es *dich*?«, wiederholte sie.

»Ist das Ihr Preis?«, erkundigte er sich vorsichtig. Vehan wollte über ihren Handel klar im Bilde sein, ehe sie sich für etwas anderes entscheiden konnte, sobald die Bedingungen erfüllt waren.

»Das ist mein Preis. Eine Wahrheit im Tausch gegen eine andere.«

Vehan seufzte. »Das sind nicht nur Worte. Es *ist* meine Pflicht. Wussten Sie, dass ich derjenige war, der den ersten Tod eines Eisengeborenen gemeldet hat?« Er warf Aurelian einen flüchtigen Blick zu, unsicher, ob er fortfahren sollte. Andererseits war diese Information gar kein Geheimnis, und wenn sie nicht mehr für ihr Wissen wollte … »Es ist jetzt ein paar Jahre her, vielleicht drei? Aurelian und ich waren auf dem Heimweg von der Schule, als wir einen eisengeborenen Teenager bemerkten, der auf einer Parkbank zusammengesackt war. Aurelian meinte, er *leuchte*, dass da was Rotes in seinen Adern sei, das schnell verblasste. Ich konnte es nicht sehen, aber Aurelian ist ein Lesidhe. Seine Magie ist anders und erlaubt ihm, Dinge zu erkennen, die Sidhe-Elfen nicht wahrnehmen können – etwa Dinge wie aktive Alchemie. Und das habe ich nicht infrage gestellt. Dann gingen wir rüber zu der Bank, um dem Jungen zu helfen, aber als wir dort ankamen, war er schon tot. Sein Hemd war in Fetzen gerissen, die Brust mit blutigen Linien übersät und unter seinen Nägeln geronnenes Blut ... Ehe wir's uns versahen, waren bereits die menschlichen Behörden da und schickten uns weg. Doch davor erhaschte ich noch einen Blick darauf, was ihm so viel Schmerz bereitet und ihn zu dem Versuch getrieben hatte, sich durch seine eigene Brust zu graben – denn das alles hatte er sich ja selbst angetan.«

Bis er im Park den leblosen Körper des eisengeborenen Jungen in seinen Armen hielt, war der Tod für Vehan nichts Greifbares gewesen. Er hatte für ihn bislang nur als Idee existiert. Als Vehans Vater starb, war er noch klein gewesen und hatte nur verstanden, dass er fort war. Dass er auch dann nicht zurückkehrte, wenn er einen ganzen Monat von frühmorgens bis spätabends in seinen persönlichen Gemächern auf ihn wartete. »Es ist meine Pflicht, dieses Problem zu lösen«, erklärte Vehan mit neuer felsenfester Überzeugung. »Ich war von Anfang an dabei. Ich konnte dem Jungen nicht helfen, aber ich kann verhindern, dass anderen das Gleiche widerfährt. Ich flehe Sie an, wissen Sie, wer dahintersteckt oder zumindest wo ich nach Antworten suchen kann?«

»Schon«, entgegnete Lydia. »Aber was kümmert's dich?«

Vehan knirschte mit den Zähnen. Es gab keinen anderen Weg.

Er würde es ihr zeigen müssen – wenigstens sollte dieses Geheimnis ihren Durst nach persönlichen Informationen über ihn stillen.

»Sie wollen also eine Wahrheit?« Er trat einen Schritt vor. Dann riss er sein weißes Baumwollhemd bis zu den Schultern hoch und entblößte so vor der Frau seine Brust. Aurelian erschrak und gab einen Protestlaut von sich. Doch in seiner derzeitigen Verstimmung war es Vehan egal, wie höchst unanständig diese Szene für jemanden aussähe, der nun hereinkäme. »Da. Sie sehen es doch, oder? Ein Siegel. Und zwar genau dasselbe wie das des eisengeborenen Jungen. Es ist schon größtenteils verblasst – schwer zu sagen, dass es da ist oder was das überhaupt ist, ich weiß –, aber ich habe es lang genug getragen, um es überall wiederzuerkennen. Ich bin gebrandmarkt, so wie jeder andere Eisengeborene, der gestorben ist, da bin ich mir sicher, und niemand kann mir sagen, *wieso*.« Vehan richtete sein Hemd wieder. Danach funkelte er die Seherin wütend an, als wolle er sie herausfordern zu sagen, dies genüge nicht für einen Handel.

Doch sie schwieg.

Vehan schüttelte ärgerlich den Kopf. »Es tut weh, wissen Sie? Es leuchtet zwar nicht, aber es tut ab und zu weh. Ich habe mir bis jetzt nie viel dabei gedacht. Als ich meine Mutter das erste Mal danach fragte, meinte sie, das sei nur eine Narbe. Sie sagte mir, ich sei als Säugling verletzt worden, und zwar schwer – ein missglückter Mordanschlag. Und diese Verletzung habe eine Narbe hinterlassen, die nie komplett verheilt sei. Ich hatte nie einen Grund nachzuforschen, was das für ein Mal sein könnte. Ich gab mich immer mit dieser Antwort zufrieden. Aber so manche Magie prägt fürs Leben, Madame Orakel. Dieser Junge muss genau wie ich mit etwas Dunklem in Berührung gekommen sein und ich will herausfinden, womit. Werden Sie's mir *sagen*?«, wiederholte Vehan, fest und befehlend, wie es sich für den künftigen Herrscher des Seelie-Sommers gehörte.

Mit reservierter Miene starrte Lydia auf seine Brust. Vehan betrachtete das als Sieg, denn endlich war ihr Lächeln verschwunden, doch ... »Interessant. Aber immer noch nicht die Wahrheit. Was kümmert ...«

Diese unausstehliche Frau! War das nicht genug? Was wollte sie hier von ihm hören? Dass es ihn kümmere, weil ... was? Weil er einen geheimen Leichenfetisch habe, den sie eines Tages gegen ihn verwenden könne?

»Entschuldigung, aber es *sterben* Leute. Warum sollte mich das *nicht* kümmern?«

»Wenn du die Wahrheit wissen willst, musst du dafür eine Wahrheit geben. Du musst einen Preis bezahlen, Prinz Vehan. Was kümmert es ...«

»Weil es so *ist*!«

»Und warum?«

»Weil es mir nicht gleichgültig ist?«

»*Warum?*«

»Weil es sonst keinen interessiert!«, schrie Vehan und war selbst überrascht. Aber er war mit seiner Geduld am Ende. »Niemanden kümmert's! Leute sterben und niemanden *interessiert's*. Es widert mich an, dass man einer ganzen Gemeinschaft das Gefühl gibt, sie sei allen egal. Es *nagt* an mir, denn ich kenne dieses Gefühl ganz genau – diese zermürbende Hoffnungslosigkeit, die *alles* andere in dir ertränkt und dir weismacht, dass du mutterseelenallein bist, nichts weiter als ein Werkzeug, ein Mittel zum Zweck, eine *Last*, und dass dich niemand wirklich vermissen wird, wenn es dich nicht mehr gibt.«

Seine Mutter, die ihre Erwartungen an ihn jedes Mal höherschraubte, wenn er sie erfüllte, weil sie stets überzeugt war, er könne es besser machen ...

Sein bester Freund, der ihm grollte und nichts mehr mit ihm zu tun haben wollte ...

All die Leute um ihn her – seine Mitschüler, seine Berater, seine Lehrer, seine Familie –, sie *alle* sahen ihn als Objekt, das sie beliebig benutzen, formen, ertragen, ja sogar *vernichten* mussten, um sich ihre Wünsche zu erfüllen ...

Vehan war nicht *glücklich*. Er hatte ein gutes Leben, eines, um das ihn die Leute beneideten, voller Reichtum, Sicherheit sowie von allem überfüllt, was er sich je wünschen könnte. Nur gab es keine einzige gottverdammte Person, die sich ernsthaft dafür interessierte, dass er überhaupt existierte. Und deswegen *war er nicht glücklich*. Er war so unglücklich, dass er es kaum noch ertragen konnte. Normalerweise vermochte er das hinter seinem Lächeln und seinem natürlichen Charme zu verbergen, doch jetzt, da er zur Teilnahme an diesem abscheulichen Spiel gezwungen wurde ... Er hätte es besser wissen müssen und sich keinesfalls so leichtfertig darauf einlassen dürfen.

»Und das zu fühlen ...« Vehans Stimme brach. »Es ist furchtbar. Ich bin egoistisch, ist es das, was Sie hören wollen? Und ich projiziere. Es geht hierbei nur um mich und meine eigenen erbärmlichen Gefühle – ich möchte einfach nur jemanden so beschützen, wie *mich* keiner beschützen will.«

Jeden Moment drohten Tränen zu fließen. Vehan wünschte sich zurzeit nichts sehnlicher, als zu gehen. Er hatte nie irgendetwas davon sagen wollen und würde all das nie laut vor seiner Mutter äußern, die nur noch mal bekräftigen würde, wie lächerlich er war. Zudem hatte er diese Dinge nie und *nimmer* in *Aurelians* Anwesenheit zugeben wollen. Er wollte seinem Freund nicht das Gefühl geben, er sei schuld an Vehans Trübsinn oder verdiene kein selbstbestimmtes Leben und schulde Vehan mehr, als er ihm bereits gegeben hatte.

Es herrschte Stille.

Deshalb klang sein Geständnis in seinen Ohren umso lauter.

»Da ist sie ja«, sagte Lydia schließlich. Ihr Blick richtete sich jedoch auf Aurelian und Vehan konnte nicht sagen, warum.

Allerdings wusste er zu schätzen, dass er sich nun sammeln konnte. »Für ein Volk, dem Lügen schwerfallen, könnt ihr Wahrheiten ziemlich schlecht zugeben.« Dann wandte sie sich wieder Vehan zu. In ihrem Ausdruck herrschte nun eine Sanftmut, die beinah wie Mitleid aussah. Dadurch fühlte er sich noch schlechter. »Du hast deinen Preis bezahlt. Auf dem Markt wird gemunkelt, dass Angehörigen des Feenvolks im Austausch für Leute, die niemand vermissen würde, große Summen Gold geboten werden. Die Einrichtung werdet ihr hier in der Wüste Nevadas finden – Eisenzähne werden euch den Weg weisen. Doch wisset dies: Erst wenn die Sterne günstig stehen, werdet ihr die Antworten finden, die ihr begehrt.«

Vehan ballte die Fäuste. »Na super. Das ist ja echt hilfreich.«

Er hatte viele Fragen. Warum vermittelten Seher ihre Weisheiten nur immer in Rätseln …? Für mehr Direktheit wäre er ihr dankbar gewesen, aber das war gerade unwichtig. Darüber würde er sich später Gedanken machen. Im Moment war er fertig. Vehan wirbelte abrupt herum, um zu gehen, und zwar ohne Aurelians Blick zu erwidern, als …

»Hallo, pass auf, wo du hingehst. Dieser Anzug ist richtig teuer.«

… er mit einem Mann mittleren Alters zusammenstieß, der in der Tür stand. Er trug schwarze Lederhandschuhe und einen wahrlich schönen mitternachtsschwarzen Anzug, sein ebenso schwarzes Haar war glänzend und sorgfältig gepflegt. »Tut mir leid«, würgte Vehan heraus und konnte seine Worte selbst kaum verstehen.

»Muss dir nicht leidtun, Junge, sei einfach *vorsichtig*«, antwortete der Mann trocken. Wie er auf Vehan herabsah, deutete darauf, dass er genau wusste, wer er war – nur war es ihm einfach egal. Das war keinesfalls verblüffend. Auf diesem Markt, wo uneingeschränkt das gemeine Volk herrschte, war der Status eines königlichen Sidhes vor allem ein Nachteil.

»Ah, Mister Aurum – Sie kommen genau zur rechten Zeit. Um Ihre Vorräte wieder aufzustocken? Meine Güte, Sie haben aber ganz schön viel zu tun in letzter Zeit«, sagte Lydia und sah Vehan dabei recht eindringlich an. Sie wollte ganz offensichtlich, dass er ging, ehe er noch eine Szene machte.

»Einen schönen Tag noch, Madame Orakel«, klinkte sich Aurelian ein und trat nun ebenfalls nach vorn. Er nahm Vehan bei der Schulter und führte ihn vorsichtig aus dem Laden. Auf ihrer gesamten Heimreise vermied Vehan mit aller Kraft, ihn anzublicken.

Er glaubte, nicht ertragen zu können, was er vielleicht im Gesicht seines ehemaligen Freundes vorfände – Mitleid, Bestürzung ... oder schlimmer noch: die Bestätigung, dass er Aurelian vollkommen gleichgültig war.

KAPITEL 9

Arlo

~~~

Der Immergrüne Palast des Frühlings – von seinem Gründer aus der Familie Viridian »die Reverdie« genannt – war eine schöne und gepflegte Konstruktion aus gewölbtem Glas und Stahl. Er unterschied sich nicht allzu sehr von seiner Umgebung auf der Bloor Street mitten in einer überfüllten Reihe exklusiver Verkaufsstellen und Gewerbegebäude. Doch die zahlreichen Zauber, die sein Äußeres verbargen, machten ihn für jeden unsichtbar, der nichts von seiner Existenz wusste.

Arlo liebte die Reverdie.

Ihre Wellenform sollte an einen säuselnden Windhauch erinnern – eine Hommage an das Element der Luft, das die Elfen des UnSeelie-Frühlings beherrschen – und ihr Inneres war genauso pompös, wie die Menschen die Feenpaläste immer beschrieben: Wände, Böden und hoch aufragende Säulen aus grün gefärbtem Speckstein, Marmor und Jade; riesige Kronleuchter, deren Kristalle wie Tropfen herabhingen und somit an das Eis erinnerten, das ihre Jahreszeit schmelzen ließ; Schnitzereien mit goldenen Blättern und Wandteppiche aus lebenden Schmetterlingen, die von einem Ort zum anderen flatterten; fächergewölbte Decken, die durch ihre Bemalung wie Blätterdächer aussahen und sogar raschelten, im Wind schaukelten und sich bei vorüberziehenden Stürmen schüttelten.

Der Palast bot ein ausschweifendes Erlebnis – ein Spektakel auf Schritt und Tritt –, doch die Moosteppiche sowie die üppige Fülle von Pflanzen und Blumen auf jeder Oberfläche verliehen ihm den Anschein, als entstamme er einer längst vergessenen Zeit.

Diese beeindruckenden, überall wuchernden Gewächse waren dem Einfluss des Hochkönigs zu verdanken.

Da er eines der beiden Herrscher des Frühlings war, folgte ihm das grüne Leben überallhin. Dasselbe galt für alle Oberhäupter der Großen Höfe (allerdings war diese Wirkung beim Hochkönig um vieles größer, weil er über alle herrschte). Dem Winter folgte Frost, dem Sommer der strahlende Glanz und dem Herbst ein buntes Verblühen. Die Reverdie war Arlos einzige Begegnung mit einer dieser beeindruckenden GABEN, denn immerhin war diese Magie nur in der Nähe eines Herrschers jemals so spürbar.

Worauf sie gern verzichten konnte, war das Gefühl, wenn die Magie des Hochkönigs ihren Zauber von ihr abzog. Das tat sie bei allen, die den Palast betraten. Bei dieser Empfindung, als trete man durch eine Windböe, wurde ihr immer kribblig und sie kam sich nackt vor. Abgesehen von der leichten Schärfung ihrer Gesichtszüge, den spitz zulaufenden Ohren und der etwas kräftigeren Leuchtkraft ihrer Augen sah sie auf der anderen Seite dieses Tricks auch nie viel anders aus. Das war doch recht enttäuschend – vor allem wenn man bedachte, was es mit allen anderen machte.

»Tagchen, Arlo«, grüßte Dag, während er sie durch das zweite Paar Glastüren des Turms winkte. »Kommst du Hochprinz Celadon besuchen?«

Arlo nickte.

»Na gut«, grunzte er.

Dag war ein Zwerg. Er war gerade mal eins zwanzig groß und wie ein Felsbrocken gebaut. Der Großteil seines warmen, braunen Gesichts wurde von seinem kupferroten Haar und dem dazu passenden buschigen Bart eingenommen. Hier und da waren Zöpfe eingeflochten, die zweifellos von seiner Partnerin oder seinem Partner stammten. Das war ein Aberglaube der Feen, dem selbst die Elfen anhingen. Die meisten glaubten, dass solche Zöpfe ihren Geliebten Schutz vor bösen Absichten boten.

Dag war vermutlich Arlos Lieblingswachmann – der einzige, der nicht seinen Pflichten nachkam, wenn sie zu Besuch kam –, aber heute war sie noch dankbarer als sonst, ihn zu sehen.

Alles, was auf die Tortur im Café gefolgt war, hatte sich als vergleichsweise ereignislos erwiesen. Seit diesem schrecklichen Abend mit ihrem Onkel und ihrem Cousin, an dem sie mit heißer Schokolade und Caldons Zimtschnecken Wohlfühlfilme auf Netflix gesuchtet hatten, kam sich Arlo schon wieder relativ normal vor.

Nun war es wenige Tage später und sie besser gelaunt und so konnten ihre Gedanken wieder neugierig umherschweifen. Der Hochkönig hatte noch nicht auf das ihm übermittelte Wissen reagiert, was wieder ein Beweis war, dass die ohnehin schon verdächtige Dark Star mehr über die Geschehnisse wusste als vorgegeben.

Zumindest hatte der Hochkönig nicht in aller Öffentlichkeit gehandelt.

Das bereitete Arlo keine allzu großen Sorgen – noch nicht. Der Hochkönig, der alle befehligte; die Herrscher, die ihm dienten und ihre Höfe gemäß seinen Wünschen und den Freiheiten, die er sonst noch gewährte, regierten; der Hohe Rat der Elfen, das einzige Gremium mit Mitspracherecht, das die restlichen Höfe bei den Entscheidungen des Hochkönigs besaßen – sie alle hatten seit Beginn dieser Angelegenheit geschwiegen. Hinter den Kulissen geschah vieles, in das Arlo nicht eingeweiht war, das wusste sie, aber ... sie würde dennoch ruhiger schlafen können, wenn ihr jemand sagte, dass etwas unternommen wurde. Je länger sich dieses Schweigen hinzog, desto ungeduldiger wurde sie: Aus einem Tag wurden zwei, und außer dass Cassandra tatsächlich eine Eisengeborene gewesen war, wie Arlo vermutet hatte, teilten ihr weder Celadon noch ihre Mutter etwas Neues mit.

Was, wenn das Mädchen in Schwarz beschloss unterzutauchen, jetzt, da ihm Arlo klar auf der Spur war? Was, wenn das ihre einzige Chance war herauszufinden, wer die eisengeborenen Kinder tötete und *warum*? Und was, wenn sie ihnen durch die Lappen ging, weil Celadon vergessen hatte, seinem Vater eine wichtige Information mitzuteilen, die diesen schneller handeln ließ? Zum Beispiel dass Cassandra *geleuchtet* hatte oder dass Arlo die Magie des Mädchens in Schwarz viel stärker *gespürt* hatte denn als leichtes Kribbeln oder Druck ...

Niemand konnte ihr die Antworten liefern, die sie brauchte, und so würde Arlo sie sich selbst besorgen müssen. Wenn sie so tat, als sei sie nur hier, um Celadon zu besuchen, und ihre Hintergedanken für sich behielt, nämlich »in privaten Hofangelegenheiten herumzuschnüffeln«, konnten selbst die Wachen sie nicht wegschicken, die sie am meisten schikanierten – schließlich war sie immer noch ein Mitglied der Königsfamilie, ob offizielle Viridian oder nicht.

»Du solltest öfter vorbeikommen«, fügte Dag hinzu und bedachte sie mit einem scharfen Blick. Eine Efeuranke, die sich von der Säule direkt hinter ihm erstreckte, kroch über seine breite

Schulter. Er schlug sie jedoch mit gewohnter Leichtigkeit zurück und trat vor. »Vielleicht würde sich der Hochprinz dann auch wirklich nicht mehr vom Fleck rühren, wenn er es nicht soll, und wir müssten ihn nicht in der Stadt herumjagen, nur um ihn wieder zurück zur Arbeit zu schleppen.«

»Ja ... Tut mir leid.« Arlo lachte. »Armer Celadon, Papierkram hasst er fast genauso sehr, wie drinnen zu sitzen.«

»Genau, armer Celadon. *Mich* findet natürlich niemand arm. Ich habe nämlich nichts von deinem kleinen Café-Vorfall neulich erfahren und deshalb dummerweise versucht, deinen Onkel daran zu hindern, aus der Tür zu stürmen – so, wie uns der Hochkönig höchstselbst den Umgang mit seinem ›leicht ablenkbaren‹ Sohn befohlen hat. Ich dachte, er wolle vor einem weiteren Meeting fliehen.«

Dag baute sich vor Arlo auf und blickte sie eindringlich an, wobei seine dunkelbraunen Augen heller leuchteten als sonst. Arlo zuckte zusammen – sie wusste ganz genau, wie Celadon ausflippte, wenn er sich Sorgen machte. »Tut mir leid«, entschuldigte sie sich wieder. »In letzter Zeit benimmt er sich echt seltsam. Noch schlimmer als normalerweise. Ich hoffe, er war nicht grob zu dir – wenn doch, verspreche ich, ihn für dich anzumeckern.«

»Ha – als ob das was ändern würde. Elfen und ihre Launen ... Ich bin viel zu sehr daran gewöhnt, um mich noch darüber aufzuregen. Trotzdem. Übrigens, ich hab gehört, der Hohe Rat könnte dir diesen schicken VIP-Status gewähren. Wenn das stimmt, solltest du darüber nachdenken, in den Palast zu ziehen. Dann könnten sich einige von uns vielleicht zur Ruhe setzen.« Er legte eine Pause ein und intensivierte seinen vielsagenden Blick nochmals. Arlo antwortete ihm mit einem verlegenen Kichern – bei allem, was seither passiert war, hatte sie die WÄGUNG beinah vergessen.

Sie hielt es jedoch immer noch für recht unwahrscheinlich, dass sie genug Elfeneigenschaften entwickeln würde, um dem Rat zu gefallen. »Also dann«, sagte Dag, diesmal etwas bestimmter. Während er den Blickkontakt mit Arlo aufrechterhielt, richtete er sich ganz auf und fuhr fort: »Du weißt ja, wie der Hase läuft.«

Arlo nickte ihm zu.

»Nennen Sie Ihren Namen.«

»Arlo Cyan Jarsdel.«

»Was ist Ihr heutiges Anliegen hier, Arlo Cyan Jarsdel?«

Arlo zwang ihren Puls, ruhig und gleichmäßig weiterzuschlagen, und kämpfte gegen die Magie an, die sie zu einer ehrlichen Antwort zwang. »Ich bin hier, um Hochprinz Celadon zu besuchen.«

Nun war Dag an der Reihe, ihr kurz zuzunicken. Anschließend machte er ihr den Weg frei, ohne weiter nachzuhaken.

Der Thrall war einer der ältesten Tricks überhaupt. Jeder mit auch nur einem Tropfen Magie im Blut war seiner Herrschaft unterworfen. Elfen wie Feen fiel es von Natur aus schwer zu lügen – es war ihnen unangenehm, und je größer die Lüge war, die sie zu spinnen versuchten, desto mehr verkrampften sie sich. Die magische Gemeinschaft fand irgendwann heraus, dass man die Wahrheit besser in ein schmeichelhaftes Licht rückte, und schon bald etablierten sich ihre raffinierten Verwirrspiele und das vorsichtige Weglassen als gängige Praxis. Innerhalb kürzester Zeit ließen die Angehörigen der magischen Gemeinschaft glatte Lügen ganz sein, und je seltener sie schwindelten, desto größer wurde die Macht der Wahrheit.

Inzwischen waren Namen – eine der stärksten Waffen der Wahrheit – ein Kontrollinstrument.

Die Mitglieder des Feenvolks waren dazu übergegangen, nach Erreichen der REIFE einen zweiten Namen zu wählen – einen wahren Namen, den sie nur denjenigen verrieten, denen sie ihr Leben anvertrauten –, um sich unangreifbar zu machen. Arlo besaß keinen zweiten Namen, noch nicht. Nicht, bis der Hohe Rat der Elfen ihr einen offiziellen Status in der Gemeinschaft gewährte, entweder als Elfe oder als normale Bürgerin. Mit nichts als ihrem Geburtsnamen war sie dieser Magie allerdings selbst noch ausgesetzt.

Zum Glück hatte sie ihre eigenen Schutzmechanismen.

In ihrem Blut befand sich Eisen.

Würde Dag sie noch weiter mit seinen Fragen löchern und die andere Hälfte ihrer wahren Absicht ans Licht bringen, konnte sie sich auf ihren sehr menschlichen Vorteil verlassen. Lügen waren ihr zwar wirklich unangenehm, aber längst nicht so sehr, um sie ganz zu meiden. Sie war immer noch imstande zu lügen – und *log* auch –, aber Dag nahm ihre Worte wohl gern für bare Münze.

»Geh jedem Ärger aus dem Weg, hörst du?«

Arlo nickte abermals. Nachdem sie ihm ein Daumenhoch gezeigt hatte, huschte sie an ihm vorbei in die Rezeption. Diese befand sich in einem riesigen Raum, der mit Moos und Frühlingsblumen übersät war. Hohe Eichen ragten hier wie Säulen empor und ihre knorrigen Äste reckten sich zu allen Seiten aus und trugen das zauberhafte Blätterdach. In die gegenüberliegende Wand war zudem ein waschechter tosender Wasserfall eingelassen worden und Statuen aller früheren Hohen Herrscher aus purem Gold standen wie übermäßig prachtvolle Wachen entlang der Absperrung.

In der Reverie war heute viel los, jedoch eingedenk der Uhrzeit auch nicht mehr als sonst. In den ersten Stockwerken des Palasts waren die Ämter angesiedelt und so war jeder willkommen, sich um eine Audienz beim Hochkönig zu bemühen oder einen Antrag auf Portalreisen, einen Handel oder anderweitige Lizenzen zu stellen. In der Zoll- und Einwanderungsabteilung herrschte stets der größte Andrang, weil die Leute ein Visum beantragten, um für längere Zeit an andere Höfe zu reisen, oder um eine zweite Staatsbürgerschaft ersuchten, um zwischen den Höfen zu wechseln. Linker Hand gab es sogar ein Tim-Hortons-Restaurant und direkt daneben befand sich das Falchion-Polizeipräsidium. Und neben *diesem* stand die Hauptfiliale der Court of Spring Bank, die von allen einfach »COS Bank« genannt wurde und ähnlich wie ein Pfandhaus funktionierte. Dort konnten Feen ihr Hab und Gut gegen Menschenwährung eintauschen oder das Geld, das sie in Menschenberufen verdienten, in Schmuck, Edelsteine und Goldstücke umtauschen, die sie dann in den Feengeschäften ausgeben konnten.

Zwitschernde Vögel aller Arten und Farben flogen von einem Ast zum nächsten. Unter ihnen irrlichterten kolibriartige Feen umher – ihr glänzendes Gefieder schillernd und ihre Gliedmaßen so dünn wie Zahnstocher – und kümmerten sich mit einer Kraft um die Pflanzen und Tiere, die genügte, um Dinge hochzuheben, die zehnmal so groß wie sie selbst waren.

Eine Bö zog über die Decke. Der Regen, der schon bald herabfallen würde, war verzaubert, sodass er verdunstete, noch bevor er irgendetwas berührte. Bei diesem Schauspiel blieben die Leute jedoch immer stehen und gafften, sodass sich alles noch mehr staute.

Eine große Traube hatte sich in der Mitte des Raums um das Informationszentrum gebildet, das von stämmigen Ogern in Falchion-Polizeiuniform bewacht wurde. In der prächtig geschmückten Sitzecke warteten zahlreiche Feen unterschiedlichster Couleur darauf, den Hochkönig treffen zu können. Sie alle bildeten einen wahrhaftigen Regenbogen: blasses Pfirsichorange, goldenes Braun, Juwelenschwarz, aber auch Türkis,

Violett und schreiendes Pink, gedämpftes Buttergelb, Diamantblau und Waldgrün. Einige hatten Schwänze und Krallen, andere waren groß genug, um das Blätterdach zu streifen. Dann gab es noch diejenigen, die so klein waren, dass Arlo aufpassen musste, wo sie hintrat, um sie nicht zu zertrampeln.

Sie entdeckte eine Großfamilie tintenblauer Butzen, die ihr kaum bis zu den Knien reichten und spindeldürre Gliedmaßen hatten. Dieser folgte sie zu den Fahrstühlen neben dem Wasserfall. Vor langer Zeit war das alles mit Magie betrieben worden. Heutzutage kam jedoch im Großteil des Palasts Elektrizität zum Einsatz – ein Teil der Bemühungen des Hochkönigs, der magischen Gemeinschaft zu zeigen, dass man sich besser weniger auf Magie verließ, die sie womöglich verriet. Der Fahrstuhl auf der rechten Seite des Wasserfalls führte zu den privaten Büros und spezielleren Regierungsämtern, der linker Hand zu den oberen Etagen der Reverdie, wo sich die Gemächer der Königsfamilie und ihre persönliche Bibliothek befanden.

Genau dorthin musste Arlo.

»Guten Tag, Arlo«, grüßte Cali, die Elfe, die den Fahrstuhl heute bediente. Ihr langes, violettes Haar bildete an ihrem Hinterkopf einen festen Dutt und ihre smaragd- und salbeigrüne Uniform war perfekt gebügelt und auch sonst tadellos.

Arlo sah das Personal des Palasts nur selten außerhalb seiner Mauern, wo sie sich hinter ihren Zaubern verstecken konnten. Sie fragte sich, ob es daran lag, dass sie ihr wahres Äußeres weniger befremdlich fand als so manches Erscheinungsbild an anderen Orten. Unverzaubert war Cali eine Schönheit mit scharfen Kanten – irgendwie vogelartig – und fast schon alarmierend ätherisch. Ihre Alabasterhaut besaß einen milchigen, saphirblauen Stich und statt des Weiß hatten ihre Augen ein dunkles Pflaumenrot, das schon an Schwarz grenzte.

»Hallo, Cali«, begrüßte Arlo sie ebenso höflich. Dann betrat sie den Fahrstuhl und Cali schloss das Gitter hinter ihr. »Sechsundneunzigste Etage, bitte. Bin da, um Cel ein bisschen zu nerven.«

Cali erstrahlte – es war kein Geheimnis, dass sie ein Mitglied des Cel-Fanklubs war –, doch ehe sie etwas sagen oder den Knopf für Arlos Stockwerk betätigen konnte, wurde das Aufzugsgitter wieder aufgedrückt.

»Oh! Lord Malachite«, stotterte Cali erschrocken. Dann verbeugte sie sich tief und entschuldigend. »Bitte verzeihen Sie vielmals, es war nicht meine Absicht, das Gitter direkt vor Ihnen zu schließen – ich habe Sie nicht kommen sehen.«

Malachite Viridian-Verdell – Arlos Onkel und der einzige Bruder ihrer Mutter – blickte finster auf Cali herab, aber was er antworten wollte, war im Nu vergessen, als er Arlo bemerkte. »*Arlo*«, stieß er mit einer Begeisterung hervor, die ebenso falsch wirkte wie das Lächeln, das auf seinem ewig jungen Gesicht erschien.

Ähnlich wie der Rest von Arlos Familie war Malachite hochgewachsen und außerordentlich gut aussehend. So wie jetzt, nämlich ohne seinen Zauber, verlieh das Dämmerleuchten seines königlichen Status der Bläue, die durch seine gebräunte Haut hindurchschien, einen grünlichen, perlmuttartigen Schimmer. Er hatte adlerscharfe, ja richtiggehend geierhafte Züge und sein Grinsen entblößte die Spitzen seiner Haifischzähne. »Bilden sie dich auch für den Dienst im Palast aus?«, erkundigte er sich bei Arlo und ließ seinen Blick danach zu Cali wandern. »Sosehr es mich auch freut, dass sie endlich eine Verwendung für dich gefunden haben, ich sollte vielleicht doch mit jemandem darüber reden, dich zu einem besseren Ausbilder zu schicken.«

Unter Malachites Tonfall schrumpelte Cali förmlich zusammen. Das schien er jedoch keineswegs zu bemerken. Als er den Fahrstuhl betrat, deutete er mit einem Ruck seines Kopfes auf das Gitter und signalisierte Cali so, es hinter ihm zu schließen. Als er sich an Arlos Seite positioniert hatte, warf er einen Arm um ihre Schultern. »Komm schon, schau nicht so düster drein. An ehrlicher Arbeit ist nichts auszusetzen! Briar hat mir erzählt, dass du bei deiner WÄGUNG ein kleines Affentheater aufgeführt hast – da finde ich ja, du solltest dankbar sein, dass du überhaupt eine Stelle im Palast bekommen hast.« Er grinste noch etwas schärfer und seine grünen Augen leuchteten beinah so hell wie Feuer. »Ich mein, es können ja nicht alle ausländische Diplomaten wie Hochprinz Serulian oder weltberühmte Fährtenleser wie ich sein.«

Das Auflodern ihrer Wut war Arlo inzwischen vertraut.

Sie wollte etwas sagen, und zwar *immer*, wenn Leute wie Malachite so furchtbar unverschämte Sachen zu ihr und den anderen um sie herum sagten, doch die Worte wollten ihr nicht über die Lippen kommen. Jedes Mal, wenn sie sie aufsteigen spürte, verwandelten sich ihre guten Absichten in Feigheit und wurden wieder von ihrer Nervosität verschluckt.

Weil Celadon und Elyas Anomalien waren. Die meisten in Arlos Familie taten so, als existiere sie nicht. Der Hochkönig war nett zu ihr, wenn sie sich denn bei einer seltenen Gelegenheit mal trafen, und Hochkronprinzessin Cerelia war stets herzlich zu ihr gewesen. Doch Arlos Großeltern mütterlicherseits waren über Thalos Wahl ihres Ehemanns so verärgert gewesen, dass Arlo sie nur von Bildern kannte. Hochprinz Serulian behandelte sie wie Luft, wenn sie sich hier im Palast über den Weg liefen. Sie hatte noch einige andere Cousinen und Cousins sowie Verwandte (egal welchen Grades), die wie vorbeiziehende

Winde kamen und gingen, die sich nichts dabei dachten, sie unhöflich und neugierig über ihr Leben auszuhorchen, und sich kaum bemühten, ihr Getuschel über sie für sich zu behalten. Das alles war jedoch immer noch besser als Malachites unverfrorenes Benehmen – als sei sie weniger als nichts und durch ihre Menschlichkeit unzulänglich. Seine Kommentare waren allesamt darauf ausgerichtet, sie so sehr zu verunsichern, dass sie sich nicht wehren konnte.

Und Malachites Stolz auf seinen Beruf war so ziemlich der beste Hinweis auf seinen Charakter, den Arlo entdecken konnte. Fährtenleser waren die Polizeitruppe der magischen Gemeinschaft für Kreaturen, die nach den Maßstäben der Höfe nicht als »Personen« galten. Und Malachite fand einen perversen Gefallen daran, meistens derjenige zu sein, den sie aussandten, um das zu »neutralisieren«, was als Bedrohung für ihren Frieden galt.

»Besser eine Dienerin als ein Mörder«, flüsterte sie leise.

»Was sagst du da, liebste Nichte?«

Malachite hatte sie sehr wohl gehört. Mit seinen scharfen Elfensinnen wäre es ziemlich verwunderlich gewesen, wenn er das nicht getan hätte. Doch noch mehr als Arlos eisengeborenes Erbe hasste Malachite vermutlich, dass *sie* aufgrund der hohen Stellung ihrer Mutter und Celadons Zuneigung mehr Macht innehatte.

Würde ihr das nur helfen, wenn es wirklich darauf ankam.

»Ich fragte, in welches Stockwerk wollen Sie?« Sie schlüpfte unter dem Arm ihres Onkels durch und ging auf die Knopfleiste an der Wand zu. Malachites Miene verriet seine Enttäuschung darüber, dass Arlo nicht angebissen hatte – er wusste haargenau, dass Arlo nicht Calis Azubi war, und hatte seine »Vermutung« beleidigend gemeint. Malachite hatte Arlo schon so oft bis hin zu Tränen beleidigt, dass dieser erbärmliche Schlag fast schon lächerlich war – aber angesichts Calis Gesichtsausdruck krampfte vor Wut Arlos Magen.

»An deinem Umgang mit anderen wirst du noch feilen müssen«, entgegnete Malachite steif. »Dreiundzwanzigste Etage. Ich werde Ratsherr Sylvain die Nachricht über deine neuen *Ambitionen* überbringen – es wird ihn freuen zu hören, dass du dich so gut mit deiner Position als Normalbürgerin arrangierst.«

»Da bin ich mir sicher.« Arlo drückte auf seine Nummer, dann auf ihre eigene.

Dann warf sie Cali einen entschuldigenden Blick zu und stellte sich wieder zwischen die beiden. Entschlossen, das Verhalten ihrer entsetzlichen Familienmitglieder *irgendwie* wiedergutzumachen, zog sie ihr Handy heraus und hielt es unbeholfen zwischen sich und die Elfe. »Wir sind an Celadons Geburtstag zu den Niagarafällen gefahren. Er war total betütert und wollte die Meerestiere in Marineland befreien. Jetzt haben wir dort lebenslanges Hausverbot – willst du dir ein paar Bilder ansehen?«

Cali nickte eifrig.

KAPITEL 10

Aurelian

~~~~

Ich möchte einfach nur jemanden so beschützen, wie mich niemand beschützen will.

Manchmal hasste Aurelian Vehan fast schon dafür, dass er niemandes Handlungen zu durchschauen vermochte. Und dann lag er nachts wach, aus Angst, der Prinz würde genau das tun. Manchmal wollte er ihn am liebsten an den Schultern packen, ihn schütteln, anschreien und fragen, wie er ihre Freundschaft so geringschätzen konnte: dass es so *einfach* gewesen war, ihn davon zu überzeugen, es sei vorbei.

Ich möchte einfach nur jemanden so beschützen, wie mich niemand beschützen will.

Bis vor Kurzem hatte Aurelian seine Schwächeanfälle immer mit der simplen Mahnung unterdrücken können, dass Vehan wissen wollen würde, *warum* diese ganze Heuchelei nötig gewesen war – Aurelian könnte ihm niemals die Wahrheit sagen.

Er konnte den letzten Halm Unschuld, an den sich der Prinz so verzweifelt klammerte, nicht zerschmettern – die Hoffnung, dass Riadne trotz allem, was sie sonst war, immer noch eine Mutter war, die ihren Sohn liebte. Aurelian wusste nie, was schlimmer war, als er dieses Szenario in seinem Kopf durchspielte: dass der

Prinz ihn fortschicken könnte, weil er die Königin verleumdete, und Vehan dadurch noch anfälliger für ihre Manipulationen würde, als er ohnehin schon war, oder dass er ihm *glauben* würde. Dass er die Königin zur Rede stellen und riskieren würde, auf die minimale Freundlichkeit zu verzichten, die sie ihrem eigenen Fleisch und Blut gegenüber vorgab.

Ich möchte einfach nur jemanden so beschützen, wie mich niemand beschützen will.

Bis vor Kurzem war er aus Angst so entschlossen geblieben. Er konnte Vehan von sich stoßen, wenn er durch diese Distanz in Sicherheit wäre. Genauso konnte er Vehan im Glauben lassen, dass Aurelian ihm die Schuld für die Pflicht gab, die ihm aufgezwungen worden war, sowie für den Verlust einer Zukunft, die er stattdessen angestrebt hätte – wenn das bedeutete, dass Vehan seine Nase aus dem heraushielt, was wirklich um ihn herum geschah.

Jetzt *schwächte* jedoch eine neue Angst seine Entschlossenheit. In Vehans Stimme hatte etwas Gefährliches gelegen, als er auf dem Goblin Market davon gesprochen hatte, sich einsam zu fühlen – etwas, das Aurelian vielleicht schon früher mitbekommen hätte, wäre er nicht so sehr damit beschäftigt gewesen, jede andere Bedrohung ständig im Auge zu behalten, um *das* zu bemerken ... einen Jungen, der mutterseelenallein auf einer Klippe stand, sich nach Zuneigung sehnte und so schweigsam wie eh und je war, weil Vehan andere *niemals* um Hilfe bat, die er selbst so bereitwillig leistete. Was, wenn Vehan bald denken würde – oder viel, viel, viel schlimmer noch, *bereits* dachte –, der einzige Weg von diesem einsamen Felsvorsprung wäre der Sturz?

Weißt du, warum ich euch hierhergebracht habe, Aurelian?

Er erschauderte.

»Ist es eine Art lesidhischer Brauch, sein Essen zu Brei zu zermanschen, bevor man es isst?«

Aurelian schaute von der Schüssel Spinatsalat auf, den er geistesabwesend unter seiner Gabel zerstampfte. Er saß in der grellen Cafeteria der Nevada Fae Academy (mit ihren bogenförmigen, vom Boden bis zur hohen Decke reichenden Fenstern, Tischen aus Buchenholz und grauen Bambusböden). Er war so sehr in seine kreisenden Gedanken vertieft gewesen, dass er die Kriecher ausgeblendet hatte, die Vehan auf Schritt und Tritt folgten, und sich erst jetzt an deren Anwesenheit erinnerte.

Er würdigte die Frage keiner Antwort. Kine, ein blonder Elf mit porzellanweißer Haut, der jedem, der ihm zuhören wollte, gern erzählte, wie *eng* er mit dem Prinzen ihres Hofes befreundet war, machte nie auch nur einen Hehl daraus, wie wenig er Aurelian leiden mochte.

Dieses Gefühl beruhte auf Gegenseitigkeit.

»Du bist so ein Rassist«, zischte das goldhaarige, ebenso blasse Mädchen neben ihm – Fina, Kines Zwillingsschwester, die Aurelian vielleicht ein bisschen mehr gemocht hätte, wenn sie im Großen und Ganzen nicht so furchtbar wäre und einfach akzeptieren würde, dass er sehr schwul war und so *gar nichts* von ihren »Bekehrungsversuchen zur Bisexualität« hielt.

»Bin ich nicht – das war eine aufrichtige Frage! Ich versuch nur, seine Kultur besser kennenzulernen. Das nennt man ›einen offenen Geist haben‹, *Fina.*«

»Du meinst wohl eher einen leeren Geist. Passt du in Soziologie überhaupt auf? Ganz ehrlich, manchmal frag ich mich, ob du zur Hälfte ein Troll bist, bei dem Blödsinn, den du da von dir gibst. Ignorier ihn einfach, Aurelian, mein Bruder benimmt sich mal wieder wie ein Arsch – wir alle wissen, dass die Lesidhes durchaus zivilisiert sein können. Aber mach dir keine Sorgen.«

Sie zwinkerte ihm zu. »Ich mag meine Elfen, wenn sie noch ein bisschen *wild* sind.«

»Toll«, sagte Aurelian. Dann stach er in ein Spinatblatt und schob es sich in den Mund.

Normalerweise aß er woanders zu Mittag – am liebsten auf dem Schuldach, aber auch im Theater oder in den Musikräumen und manchmal im Garten, wenn es dort ruhig genug war. Sich in dieser Schule anzupassen, an der es nur Elfen gab, war anfangs schwierig gewesen – früher war er mit Erlaubnis seiner Eltern auf eine menschliche Schule gegangen –, doch letztlich hatte er seine eigenen ... nun, nicht ganz »Freunde«, aber Leute um sich geschart, die er in seiner Nähe ertragen konnte. Er war nicht der einzige Lesidhe-Elf, der an der Nevada Fae Academy eingeschrieben war, obwohl sich die Lesidhe größtenteils dazu entschieden, sich in die Wälder und in ihre eigene Gesellschaft außerhalb des Hofterritoriums zurückzuziehen. Er war nicht einmal der einzige Schüler, der von einem anderen Hof hierhergekommen war. Feen sprangen heutzutage genauso einfach umher wie die Menschen, vor allem solche wie Aurelian, die über so starke Magie verfügten, dass sie sich sowohl menschliche als auch Fremdsprachen des Feenvolks aneignen konnten (Aurelian war jedoch einen Schritt weitergegangen und hatte sich auch das menschliche Englisch sowie den Nordwestlichen Seelie-Dialekt beigebracht, die beiden Amtssprachen dieses Hofes). Die Angehörigen des Feenvolks heirateten und zogen ins Ausland, ließen sich an verschiedenen Orten nieder, studierten durch Austauschprogramme, reisten mit Arbeitsvisa umher ... Einem Dschinn außerhalb seines Heimatgebiets, dem UnSeelie-Sommer, zu begegnen, war nicht mehr ungewöhnlich. Zudem traf man dieser Tage überall auf Trolle des Seelie-Winters.

Aurelian war alles andere als eine Sehenswürdigkeit. Aber für die verwöhnten, elitären Kinder von Sidhe-Elfen-Eltern (die in dem Glauben aufwuchsen, sie seien automatisch die *Besten*, weil die GRÜNDERACHT ebenfalls Sidhe gewesen waren) war alles außer »ihnen« ein Novum, das sie ach-so-gnädig in *ihre* Gemeinschaft aufnahmen.

»Weißt du was, du Zicke?«, schnauzte Kine. »Das macht dich auch zu einem Halbtroll.« Er warf ein Blatt seines eigenen Spinats nach ihr, woraufhin sie aufkreischte, als sei es eine Nacktschnecke, und hinter Theo verschwand, dem Jungen neben ihr.

Dieser wirkte alles andere als belustigt. Durch Finas Theater hatte ein Klecks Kürbissuppe seinen Schoß erwischt. »Falls wir in dieser Pause noch weiter eurem Streit darüber zuhören müssen, wer in eurer Familie das *einzige* Hirn geerbt hat«, sagte Theo langsam, »beknie ich meine Eltern, eure gesamte Sippe in die Arktis zu verbannen.«

Theo war ... ganz okay.

Von allen »Freunden« Vehans hatte Aurelian ihn wirklich gern, wenn auch widerstrebend. Er war wahnsinnig schön, selbst für einen Elfen und wie er so direkt neben Vehan saß, mit seinen kurzen, dichten Locken schwarzen Haars, vollen, geschwungenen Lippen und seinen hohen Wangenknochen, die zu spitzen Ohren zuliefen. Die kupferne Wärme seiner dunkelbraunen Haut leuchtete nur schwach, denn Theodore Reynolds war (technisch gesehen) ebenfalls ein Prinz, der älteste Sohn einer der drei Königsfamilien des Seelie-Sommers. Mit Theo konnte sich Vehan richtig identifizieren, und zwar wie mit niemandem sonst. Das war *gut*. Vehan brauchte jemanden, der die Dinge verstand, die selbst Aurelian nie würde nachvollziehen können. Jedoch war es kein Geheimnis, dass Riadne die Freundschaft zwischen den beiden gefördert hatte, weil ihr die Vereinigung ihrer Häuser potenziell Vorteile bringen würde. Und Aurelian war kein Heiliger – er sollte ruhig eifersüchtig sein, wie *gut* Theo und Vehan zueinander passten.

»Versucht's doch, Eure *Nichtigkeit*«, spöttelte Kine. »Deine Familie darf ohne die Erlaubnis der Lysternes überhaupt nichts, stimmt's, Vehan? Es ist lächerlich, dass wir dich überhaupt noch Prinz nennen, Theo.«

Doch Vehan schenkte alledem keine Beachtung. Er starrte schon das ganze Gespräch über auf sein Handy und das erklärte auch sein Schweigen, denn normalerweise kam er Aurelian schneller zu Hilfe, wenn sich seine Freunde danebenbenahmen. Das sah ihm wirklich nicht ähnlich. Vehan vergaß sein Handy *immer*, wenn er ausging, und sogar wenn er es mal dabeihatte, verbrachte er nicht viel Zeit damit.

»Ist das nicht die Hauptstadt des UnSeelie-Frühlings?«, fragte Danika, ein schwarzhaariges Mädchen mit bernsteinfarbener Haut, das sich näher zu Vehan beugte, um auch einen Blick aufs Handy zu erhaschen. »Toronto! Das ist doch ... das Aquarium. Da war ich in den Ferien schon mal. Wow, was ist denn da passiert?«

»Hast du's nicht gehört? *Court News Network* hat einen ganzen Beitrag dazu verfasst. Man sagt, dort gab es einen *Reaper*-Angriff.«

Court News Network – die selbst betriebene Webseite der magischen Gemeinschaft war so ziemlich das Einzige, wofür Vehan sein Handy gebrauchte. Sie war nur über eine Einladung und mit Identifikationsnummer zugänglich, die alle Angehörigen der Höfe entweder bei ihrer Geburt oder bei ihrer Registrierung erhielten.

»Echt jetzt? Ein Reaper in den Höfen?«

»In der *Hauptstadt*.« Kine sog die Luft zwischen seinen Zähnen ein und spottete. »Der Hochkönig wird immer mehr zur Witzfigur. Deine Mutter sollte ihn HERAUSFORDERN und ihn aus seiner senilen Misere befreien, Vehan. So was würde niemals passieren, wenn *sie* die Kontrolle hätte.«

Vehan schaute von seinem Handy auf und funkelte ihn finster an.

Eine HERAUSFORDERUNG – Aurelian wusste, dass eine bevorstand. Sie alle wussten das und es war nur eine Frage der Zeit.

Der Rang des Hochkönigs als Oberhaupt der Großen Höfe ließ sich nicht durch Erbfolge weitergeben, sondern allein nach ganz konkreten Regeln erlangen. Zudem waren ausschließlich wenige Auserwählte dazu berechtigt.

Nur Elfen von königlichem Blut konnten den Besitz der KNOCHENKRONE erstreiten – das Geschenk, das die Götter den Acht Gründerelfen gaben, als die Unsterblichen dieses Reich verließen. Nach dem, was Aurelian gehört hatte, war er nicht ganz überzeugt, dass die Krone überhaupt ein Geschenk war. Und er war nicht der Einzige mit diesem Verdacht.

Allein diejenigen, in deren Adern königliches Blut floss, durften den Kronenbesitzer HERAUSFORDERN. Der HERAUSFORDERER durfte den Zeitpunkt wählen – innerhalb eines Jahres – sowie den Ort – ganz egal wo.

Zudem konnte er entscheiden, ob er die HERAUSFORDERUNG selbst bestritt oder an seiner statt einen CHAMPION kämpfen ließ. Jedoch gab es kein Zurück mehr, sobald die Bedingungen festgelegt waren, und es war ein Kampf auf Leben und Tod. Der Verlierer verwirkte sein Leben und der Sieger erlangte die Krone. Azurean Viridian war in seiner Blütezeit ein beeindruckender Elf gewesen – die Krone war schon so lange in seinem Besitz, dass Aurelians Lebtag nie jemand gewagt hatte, sie ihm zu nehmen. Doch Azureans beste Jahre gehörten klar der Vergangenheit an, denn dieser Tage zeigte er nicht nur Anzeichen der Schwäche.

Seine gottverliehene Krone forderte angeblich einen hohen Tribut, und zwar von jedem, der auch nur ein einziges Mal wagte, sie aufzusetzen. Sie sei nie für die Köpfe Sterblicher bestimmt gewesen und es hieß, sie flüstere ihnen den Wahnsinn ein. Diese Spekulationen fanden sich dadurch bestärkt, dass jede Hochmacht der Höfe, die *kein* schnelles Ende fand, auf genau diese Weise seltsam labil wurde. Das Feenvolk war überzeugt: Bei diesem Geflüster handelte es sich um die Stimmen der ehemaligen Kronenbesitzer. Die Seelen wurden nach ihrem Tod nicht zu den Sternen übergesetzt, sondern in einem letzten Akt göttlicher Grausamkeit von der Krone verzehrt. Das besagte zumindest der Glaube. So wurden die Seelen bis in alle Ewigkeit in einem Objekt gefangen gehalten, das sie unter allen Umständen begehrt hatten, weil dieser hohe Tribut stets von ihrem Machtverlangen in den Schatten gestellt wurde.

Hochkönig Azurean war schon früher eine Legende, ehe er seinen Anspruch auf die magieverstärkende Krone erhob. Riadne war zum Zeitpunkt des Herrscherwechsels der Krone noch recht jung, doch Azureans altersschwachem Vater gleichwohl eine mehr als ebenbürtige Gegnerin. Was Azurean selbst betraf, musste sie jedoch den rechten Augenblick abwarten. Und dieser Augenblick rückte näher. Jeder spürte es. Riadnes Groll gegen die Viridians war über die Jahre nur noch stärker geworden. Das Feenvolk wartete, beobachtete und war krankhaft fasziniert von ihren geheimen Machenschaften, über die alle sehr wohl im Bilde waren. Aurelian wusste, sobald sie ihren Spielzug machte, würde das Spektakel dieser Schlacht die Geschichte der HERAUSFORDERUNGEN prägen ... aber das war für Vehan schon immer ein heikles Thema gewesen.

Wenn Riadne gewann, würde er zum Hochprinzen werden.

Wenn sie jedoch verlor, würde er seine Mutter verlieren.

»Vielleicht solltest du solche Sachen nicht in Tulias Anwesenheit sagen.« Vehan antwortete so kühl, dass Kine sein Kinn einzog, um ein Zucken zu verbergen. Dann legte der Prinz sein Handy auf den Tisch und blickte kurz zu Tulia Viridian hinüber – einer der vielen wie weit auch immer entfernten Nichten des Hochkönigs –, die mit ihrer eigenen Gruppe von Kriechern Hof hielt. »Außerdem hat Hochkönig Azurean sehr viel Gutes für uns getan, falls du es vergessen haben solltest.«

»Jaja«, seufzte Fina und wedelte mit ihrer Hand, als sie ihrem Bruder über den Mund fuhr. »Wir sind ihm superdankbar für seine Menschenschutzgesetze und die öffentlichen Feenschulen, die er überall in den Höfen hat errichten lassen. Ein großes Hurra auf Bildung für alle.«

»Und auf das Gesundheitswesen«, fügte Theo hinzu. »Die kostenlose öffentliche Medizinversorgung in jedem Hof ist für die Feen ein ziemlich großes Ding.«

»Genau, kostenlos, weil *wir* doppelt so viele Steuern zahlen müssen. Wir Elfen zahlen nämlich dafür und von uns wird erwartet, dass wir während der ZEHNTEN JAHRESZEIT mehr von unseren Waren an die Palastlager abgeben, um das zu kompensieren. Und wofür?« Fina rümpfte die Nase. »Die Feen beschweren sich ständig darüber, wie unfair alles für sie ist. Sie sind undankbar. Sie dürfen in einer Gesellschaft leben, die *wir* aufgebaut haben, also erwarten wir natürlich, dass sie sich *unseren* Regeln anpassen. Und ich weiß nicht, vielleicht sollten die mal aufhören, Sachen zu kaufen, die sie sich nicht leisten können, wenn sie zu arm sind, um Arztrechnungen zu bezahlen? Sollen sie sich mal einen anderen Job suchen oder so?«

Ein paar Leute nickten. Andere waren sichtlich unangenehm berührt, schwiegen aber.

Aurelian fragte sich oft, was genau er in seinen früheren Leben falsch gemacht hatte, um in diesem hier zu landen. Die Elfen waren ein privilegierter Haufen, besonders die Sidhe-Elfen, und viele hielten das für selbstverständlich. Dadurch waren sie keine schlechten Elfen, aber verdammt, wer dachte, er sei deshalb etwas *Besseres* ...

Vehan war so empört, dass er trotz seines Zaubers blau anlief. Er öffnete seinen Mund und wollte gerade eine, wie Aurelian sicher wusste, beeindruckende Tirade über seine Meinung zu Finas spektakulärer Ignoranz vom Stapel lassen – er war nie dafür bekannt gewesen, sich während solcher Momente zurückzuhalten –, doch Theo erhob seine Hand. »Bitte erlaubt mir, das zu regeln, Eure Hoheit.« Er wandte sich selbst an Fina. »Weißt du, deine Mutter hätte dich doch lieber verschlucken sollen.«

Diesem Kommentar folgte ein minutenlanger Schlagabtausch. Gehässige Bemerkungen und Drohungen wechselten einander ab, was in einen immer hitzigeren Streit ausartete. Dahinter verkniff sich Aurelian ein Lachen.

»Okay, okay«, sagte Vehan etwas später, um dem Ganzen wenigstens vor der Pause ein Ende zu machen. »Fina hat etwas Unpassendes gesagt. Und es ist angesprochen worden. Lassen wir's gut sein. Ich wollt euch alle eigentlich noch was fragen, bevor wir zum Unterricht gehen.«

Ein Reaper hätte durch die Wand der Cafeteria pflügen können und niemand hätte auch nur mit der Wimper gezuckt – so prompt und konzentriert richtete sich die Aufmerksamkeit am gesamten Tisch auf Vehan. Alle dachten zweifellos, er wollte sie etwas zur Sonnenwende fragen. Doch da war er endlich – der Grund, weshalb sich Aurelian überhaupt dieser Mittagsfolter unterzogen hatte. Normalerweise gab es andere, die während der Mittagspause auf Vehan aufpassten; zum Beispiel die streng dreinblickende Palastwache an der Tür zur Cafeteria. Normalerweise war Aurelians Anwesenheit nicht nötig, aber ...

Eisenzähne werden euch den Weg weisen. Doch ... erst wenn die Sterne günstig stehen, werdet ihr die Antworten finden, die ihr begehrt.

Keine noch so großen Nachforschungen hatten geklärt, was die Seherin Lydia mit diesem Rätsel meinte. »Erst wenn die Sterne günstig stehen« konnte einfach heißen, dass sich die von ihr erwähnte mysteriöse Einrichtung nur nachts finden ließe, wenn die Sterne am Himmel zu sehen waren. Aber Eisenzähne? An dieser Stelle waren sie mit ihrem Latein am Ende.

Vehan hatte die Idee, seine Klassenkameraden nach ihrer Meinung zu fragen. Aurelian musste zugeben, dass das nicht der schlechteste seiner je geschmiedeten Pläne war. Zudem war er genauso daran interessiert, dieses Rätsel zu lösen, selbst wenn er gleichgültig tat. So schmerzhaft es auch war, dieser besonderen Elfenansammlung beim Tratschen, Streiten und Beschweren über Belanglosigkeiten zuzuhören, sie waren immer noch Teenager – und wussten eine Menge Dinge, die Erwachsene für unwürdig hielten.

»Also, Aurelian und ich waren neulich auf dem Goblin Market ...«

»OMG, echt jetzt?«

»Und, wie war's?«

»Oh Mann, bin ich neidisch.«

»Habt ihr was gekauft?«

»Oh bitte, du *musst* mit mir hingehen, wenn *ich* REIF bin.«

Vehan wartete weitaus gnädiger, dass die Kommentare verebbten, als sie es Aurelians Meinung nach verdient hatten. »Es war ... interessant. Wir hatten aber nicht viel Zeit, um uns umzusehen. Ich war aus einem anderen Grund dort.«

»Etwa wegen der Sonnenwende?«

»Meine Familie hat gleich nach Eintreffen unserer Einladung zugesagt – Vehan, du wirst mir doch einen Tanz freihalten, oder?«

»Sag mir bitte, ihr habt *wenigstens* beim *Honeytree* vorbeigeschaut. Dort gibt's diese Torten – Gott, die sind eine wahre *Sünde*. Meine Mutter bringt sie uns immer mit, wenn sie da hingeht. Sorry, Aurelian, ich weiß, deine Eltern sind ...«

»Würdet ihr ihn endlich mal ausreden lassen?«, schnauzte Aurelian. Ihm war völlig egal, wo sie einkaufen gingen oder dass die meisten von ihnen vorgaben, für die königlichen Patissiers zu schwärmen, die die Königin ausgesucht hatte – seine Eltern –, obwohl sie untereinander tuschelten, dass sie diese Ehre skandalöserweise keinem Talent ihres eigenen Hofs erwiesen hatte.

Die Pause war beinah vorbei.

Vehan war viel zu nett zu Leuten, die nur zu gern auf ihm herumtrampelten; er musste hier mal auf die Tube drücken.

Der Prinz wandte sich ab, und zwar gerade so weit, um ein Grinsen zu verbergen. Doch da es so kurz und flüchtig war, konnte es sich Aurelian auch einfach nur eingebildet haben. Dann richtete er sich an die ganze Runde: »Nichts war wirklich aufregend, aber ich hab nach was gesucht und jemand meinte, ich würd dieses etwas finden können, wenn ich ›Eisenzähnen‹ folgen würde. Aber ich hab null Ahnung, was das bedeutet. Vielleicht weiß das ja einer von *euch*?«

Ah, sich dem Kronprinzen zu einer Zeit als nützlich zu erweisen, in der alle nur ans Heiraten dachten. Wenn Vehan doch nur ein wenig mehr wie seine Mutter zu manipulieren gelernt hätte und das in *anderen* Lebensbereichen anwenden würde, müsste sich Aurelian nicht so sehr um ihn sorgen.

»Eure Hoheit, vielleicht wäre es besser, wenn Ihr uns genau sagen würdet, was Ihr wissen wollt, anstatt um den heißen Brei herumzureden.«

Aurelian musterte Theo und Theo musterte Vehan.

Theo hatte kein einziges Wort gesagt, seit Vehan sie angeraunzt hatte, endlich zuzuhören. Er hatte dagesessen, gelauscht und clever, wie er war, zweifellos allerlei Dinge zwischen den knappen Zeilen herausgelesen – wirklich genau das Gegengewicht zu Vehans Naivität.

Niemand gab auch nur einen Mucks von sich, denn alle erwarteten Vehans Antwort.

»Na gut.« Vehan faltete seine Hände auf dem Tisch und richtete sich ein wenig auf. »Laut Gerüchten gibt es jemanden in der Wüste, der Gold gegen Menschen tauscht. Wisst ihr etwas darüber?«

Wieder Schweigen. Alle Elfen sahen einander an und schüttelten die Köpfe.

»Kommt schon ... gar nichts? Ich wär euch selbstverständlich zu Dank verpflichtet, wenn ihr mir auch nur einen Hinweis geben könntet. Ich würd *wirklich* gern erfahren, wo das ist.«

Bei Vehans sehnsüchtigem Blick in Kines sowie in die Augen einiger anderer lag es Aurelian auf der Zunge, ihm zu sagen, dieses Angebot zurückzuziehen.

»Eisenzähne, was?«, erwiderte Carsten Odelle, ein stämmiger Junge mit mehr Muskeln als Verstand, sandblondem Haar, leicht gebräunter Haut und einem verbissenen Gesichtsausdruck, der ihm den Spitznamen »Grimm« eingebracht hatte. Wenn sich Aurelian recht entsann, diente sein hochdekorierter Vater bei der Seelie-Sommer-Fraktion der Falchion.

Grimm sprach ziemlich selten, kaum mehr als Aurelian. Dass er sich nun hier äußerte, war merkwürdig und das galt auch für den Blick, den er mit dem dünneren, ausgemergelten Jungen neben sich – Jasen – tauschte.

»Ja?« Vehan wurde etwas aufmerksamer. Genau wie der Rest der Versammlung.

Jasen antwortete nervös und äußerst zaghaft. »Du erzählst doch meinen Eltern nicht, wo du das herhast, oder?«

»Ich schwör dir, mach ich nicht.«

Jasen schüttelte den Kopf. »Meinen Eltern erzählen – du musst es richtig schwören. Entweder du gibst mir ein richtiges Versprechen oder ich sag kein Wort.«

»Ich, Vehan Soliel Lysterne, werde deinen Eltern auf keinen Fall verraten, wie ich an die Informationen gekommen bin, die du anzubieten hast.«

»Außerdem schuldest du mir einen Gefallen.«

Vehan nickte. »Was immer in meiner Macht steht zu gewähren und genauso wichtig ist wie das, was du mir zu sagen hast. Doch nur, wenn deine Worte das enthalten, wonach ich suche.«

Jasen biss sich auf die Unterlippe und griff in seine Tasche. Er schaute sich um, um sicherzustellen, dass nur die Clique ihn beobachtete. Dann beugte er sich über den Tisch und klatschte etwas auf dessen Oberfläche.

Es war ein Päckchen mit einem aschfarbenen Pulver darin.

Aurelian erkannte es augenblicklich.

»Ist das ... FEENSTAUB?«, fragte Fina und beugte sich vor, um das Pulver genauer zu betrachten.

Sie lag völlig richtig. Aurelian hatte ihn einmal bei einem Anflug von Rebellion probiert. Er hatte so einige Dinge ausprobiert, aber Feenstaub war bei Weitem das Schlimmste gewesen – ein Psychedelikum, das anfangs wie eine Mischung aus DMT und Ecstasy wirkte, die er ebenfalls probiert hatte. Dann löste es aber einen albtraumhaften Horror und alle möglichen negativen

Effekte aus wie Übelkeit, Panikattacken, extreme Paranoia, Aggression, heftige Angst und Selbstmordgedanken.

Zudem machte es ungeheuer abhängig und war billig. Der Rausch war einfach unbeschreiblich *schön*, wenn sich der Körper erst einmal an das Gift gewöhnt hatte und die Nebenwirkungen kaum noch spürbar waren.

Mit diesem Zeug hatte die Falchion alle Hände voll zu tun, in letzter Zeit noch mehr als sonst. Dass Jasen es bei sich hatte, noch dazu an der Akademie, war unglaublich riskant.

Aber da, ein Symbol auf dem Päckchen – das Signum des Verkäufers: ein offenes Gebiss in Schwarz, dessen Schneidezähne eisensilbern schimmerten.

»Jasen«, sagte Vehan im Flüsterton. Mit der Fingerspitze schob er das Päckchen näher heran und Aurelian musste sich zurückhalten, um nicht zurückzuweichen. »Ich glaube, wir haben einen Deal.«

KAPITEL 11

Arlo

»**W**as machst du da?«

»Lichtbogenschweißen«, antwortete Arlo und sah von ihrem Buch auf. Augenscheinlich las sie.

Im Palast hatte sie sich schon immer in Celadons Räumlichkeiten am meisten zu Hause gefühlt. Der Fahrstuhl öffnete sich und mündete in einen großen, luftigen Salon. In seine blassgrünen Wände waren mehrere Fenster eingelassen, die einen atemberaubenden Panoramablick auf Toronto zuließen. Direkt gegenüber dem Fahrstuhl und zwischen zwei Fenstern befand sich ein Kamin aus goldenem und jadefarbenem Granit. Genau davor hatten Celadon und sie früher viel Zeit verbracht – in Decken eingemummelt und mit Kakao und menschlichen Fantasybüchern, die sie sich gegenseitig laut vorlasen.

Der Raum war wie ein typisches Gesellschaftszimmer in einem Palast eingerichtet: mit einem Flügel (Celadon konnte beim besten Willen nicht spielen, tat aber wie ein Klaviergenie, wenn sich ihm unsympathische Leute aufdrängten), Sofas, Diwanen, Sesseln und Couches, die allesamt mit feinsten smaragdfarbenen Stoffen bezogen waren, hübschen Vasen, umwerfenden

Skulpturen und goldgerahmten Ölgemälden mit sublimen, romantischen Motiven.

Die Türen auf der rechten Seite führten in weitere Räume zu verschiedenen Unterhaltungszwecken, doch die Türen linker Hand waren für Celadon reserviert – sie führten in seine persönlichen Gemächer. Dort befand sich zunächst ein Bad aus schwarzem Marmor, das größer war als viele von Torontos Wohnungen, einen in den Boden eingelassenen Whirlpool, eine gläserne Wasserfalldusche und verzauberte Fenster besaß, die den Blick auf einen ruhigen, in Dämmerlicht getauchten Wald freigaben. Weiterhin gab es ein Ankleidezimmer mit Regalen voller Kleider, Schuhe, Schmuck und Accessoires, eine Privatbibliothek, einen Meditationsraum, einen Spielraum und noch einen kleineren Salon.

Wenn Arlo auf Celadons Rückkehr wartete, suchte sie häufig Celadons Schlafzimmer auf – sein Himmelbett, um genau zu sein. Es war so groß, dass drei Erwachsene bequem darin unterkamen, und mit Seidenlaken bezogen, die sich auf Arlos Haut wie Sahne anfühlten.

Bei ihrer Antwort verdrehte Celadon die Augen und warf sich dann neben sie aufs Bett, sodass sie kurz hochhüpfte. Dafür funkelte sie ihn zwar an, doch ohne ein Fünkchen Wut.

Stirnrunzelnd betrachtete Celadon das Buch in Arlos Händen (einen besonders dicken und langatmigen Wälzer über magische Bindungen) und zog anschließend ein anderes Buch zu sich heran, das sie sich zum Zeitvertreib geschnappt hatte – aus einer Laune heraus, weil es zufällig auf dem Rosenholztisch (durchtränkt mit dem Duft echter Rosen) neben den offenen Balkontüren gelegen hatte. Celadon las dieses Buch offenbar gerade und zunächst weckte das ihre Aufmerksamkeit. Doch die schwarz-goldene Schlange, die sich den ledernen Buchrücken hinauf und durch eine Reihe goldener Kugeln schlängelte, veranlasste sie dazu, das Buch genauer in Augenschein zu nehmen. Dieses Symbol kam ... ihr seltsam bekannt vor.

»Die meisten Leute verbringen die schönsten Frühlingstage nicht damit, sich im Haus zu verkriechen und Nicholas Flammels *Exposition der Hieroglyphischen Zeichen* zu lesen, weißt du?«

»Darum geht's also in dem Buch?«, fragte Arlo zerstreut, steckte die Nase zurück in ihren Schmöker und blätterte die Seite um. »Hab's noch nicht angefangen. Ist es gut?«

»Wenn man diskursiven, weitschweifigen Fanatismus mag, ja. Dann ist es eine wunderbare Lektüre. Arlo ...«

Arlo blickte abermals auf. Bei seiner Wortwahl hob sie ihre Augenbraue – durch ihre Ausbildung klangen die Elfen alle wie die uralten Gelehrten, die sie unterrichteten –, doch Celadons bedeutungsvolle Miene lenkte sie von ihrem Kommentar ab.

»Nicht dass ich dich nicht furchtbar liebhätte, aber was machst du hier?«

Seufzend klappte Arlo ihr Buch zu und begab sich in den Schneidersitz. Es brachte nichts, um den heißen Brei herumzureden. Celadon wusste längst, weshalb sie hier war, wie sein skeptischer Blick verriet. »Weiß man schon *irgendwas* darüber, was der Hochkönig wegen des Vorfalls im Café unternehmen wird?«

»Arlo ...«

»*Cel.*« Sie zwang ihn, den Blick abzuwenden.

Celadon rutschte eingeschnappt vom Bett. »Du weißt, dass ich dir das nicht sagen darf. Du bist noch kein offizielles Mitglied der Höfe und außerdem sind das vertrauliche Infos. Er hat eine Vorladung für sie ausgestellt ...«

»Vor Ewigkeiten, ja. Das ist doch nichts *Neues.*«

»Was soll er deiner Meinung nach tun, sie mit einem Mal versehen?«

Arlo zuckte zusammen. »Na ja, nein ...«

Ein MAL ...

Einst hatten die Götter eine viel aktivere Rolle in den Angelegenheiten der Sterblichen gespielt und kamen und gingen, wann sie wollten. Doch selbst nach Elfenmaßstäben war ihre Herrschaft viel zu grausam gewesen – viel zu launisch und zu streng. Letztendlich hatte das Feenvolk entschieden: Genug war genug.

Acht Elfen waren vorgetreten – acht Champions, acht künftige Gründer der Höfe des Feenvolks –, deren Magie nach Jahren der Eisenaussetzung unverdünnt geblieben war und deren einzigartige GABEN die beeindruckendsten Talente gewesen waren, die das Feenvolk damals kannte. Sie vereinten die magischen Rassen und führten den Angriff auf die Tempel und Schreine an, die das Feenvolk seit Langem unterhielt, weil die Götter ... eine unübertroffene Macht waren. Sie bliesen, schüttelten, überfluteten und höhlten die Erde in ihrem Zorn über diese Rebellion aus, doch diese Macht? Sie hing gänzlich von der Anbetung der Sterblichen ab.

Ohne ihre Anbetung waren die Götter nichts – sie wurden schwächer, verkümmerten und schrumpften zu bedauernswerten, machtlosen Kreaturen. Um sich selbst zu erhalten, stimmten die Götter einem Vertrag zu, ihre Tage im UNSTERBLICHEN REICH der Titanen zu verbringen. Sie erklärten sich bereit, sich weitgehend aus den Angelegenheiten der Sterblichen herauszuhalten, und erhielten im Gegenzug das Versprechen des Feenvolks, sie weiterhin anzubeten, wenn auch nicht mehr in dem Maße wie einst – nur so viel, dass sie davon leben konnten.

Arlo kannte nur eine Handvoll Götter. Der Krieg war schon so lange her, dass die meisten in Vergessenheit geraten waren.

Die Großen Drei der Abendländischen Verehrung waren Urielle, die Göttin des Chaos und der Elemente, die angeblich die Welt der Sterblichen erschaffen und sie mit Licht und Magie erfüllt hatte; Tellis, die Göttin der Natur, die der Welt der Sage nach das Leben schenkte; und natürlich der Herr des Kosmos Cosmin, der den Tag in Tag und sternenklare Nacht geteilt und das Leben seiner Schwester mit dem Tod ausgeglichen hatte. Die unsterblichen Jäger, sein riesiger Elitetrupp, waren in Feenlegenden immer als Seelenernter dargestellt worden. Sie durchstreiften die Himmel, jagten göttliches Wild und zeigten sich den kürzlich Verstorbenen nur dann, wenn sie deren Seelen einsammeln kamen und in Cosmins Reich überführten.

Von den vielen, die in seinem Dienst standen, ragten vier über alle anderen heraus – sie selbst nannten sich die Wilde Jagd.

Die Krone, die Arlos Großonkel derzeit trug, machte ihn nicht nur zum Hochkönig und verlieh dem UnSeelie-Frühling auch nicht nur die Herrschaft über alle anderen. Die Knochenkrone, die Cosmin der Gründeracht höchstpersönlich als Zeichen des Friedens zwischen den beiden Reichen geschenkt hatte, verlieh dem Hochkönig zusätzlich das Kommando über diese legendäre Truppe. Obwohl Arlo noch nie einen Jäger mit eigenen Augen gesehen hatte, wusste sie so gut wie jeder andere, dass sie eine ernste Gefahr waren. Waren sie erst auf jemanden angesetzt, gab es kein Entrinnen mehr.

Und hatte die Hochmacht jemanden mit einem MAL versehen, war es der JAGD erlaubt, diesen Jemand nach Gutdünken zu hetzen ... zu quälen, zu foltern und ihm die letzten Momente im Leben zur Hölle zu machen ...

Dieses Schicksal wünschte Arlo keinem, den sie nicht sicher als den Mörder identifizieren konnte, den sie verfolgten.

»Arlo.« Celadon sprach ihren Namen nun viel sanfter aus und trat vor, um seine Hände auf ihre Schultern zu legen. »Ich weiß, du brennst darauf, diese Sache zu klären. Glaub mir, ich fühl mich genauso. Ich mag es ganz und gar nicht, wie nah du der Gefahr gekommen bist – und in was für einer großen Gefahr du dich jeden Tag befindest, an dem sie nicht beseitigt wird. Aber das ist nichts, worüber du dir den Kopf zerbrechen musst.« Er hob eine Hand, um an einer Strähne ihres Haars zu ziehen. Arlo schlug sie weg, wenn auch nur halbherzig. »Bitte erlaube mir, mich darum zu kümmern. Du bist meine Familie, meine beste Freundin und ich liebe dich wie eine Schwester ... okay, vielleicht sogar mehr als eine Schwester, denn ich habe ja eine und ich kann dir sagen, dass sie mir *ständig* auf die Nerven geht. Also lass mich dich so beschützen, wie ich dich immer beschützt habe ... und es immer werde.«

Verdammter Celadon, er setzte seinen Willen aber auch immer durch. Arlo wusste, dass er jedes Wort ernst meinte – es gab niemanden auf der Welt, bei dem sie sich sicherer fühlte als bei ihm, den sie mehr liebhatte und der *sie* im Gegenzug genauso liebhatte. Das hieß aber nicht, dass er inzwischen nicht genau wusste, was er sagen musste, um ihre Launen zu mildern.

»Na gut«, seufzte sie. Sie *spürte* regelrecht, wie ihre Kampfeslust sie verließ. »Du hast gewonnen.«

»Hier geht's nicht um gewinnen.« Celadon ließ sich zurück aufs Bett fallen. »Sondern darum, dass du lange genug lebst, um dem Ratsherrn Sylvain ein Aneurysma zu verpassen, wenn du offiziell zur Viridian ernannt wirst.«

Arlo prustete.

Sie stieß ihn mit einer Schulter an. Daraufhin schwang Celadon wie ein Pendel und mit genug Kraft wieder zurück gegen ihre Seite, um sie umzuwerfen. Ihrem finsteren Blick begegnete er mit einem schelmischen Grinsen. »Nein, aber ernsthaft«, fügte er hinzu, sobald sich Arlo wieder aufgerichtet hatte. »Wir werden dem Vorfall im Café auf den Grund gehen. Überlass Nausicaä uns.«

Nausicaä?

»Wie bitte?«

Der Schock auf Celadons Gesicht genügte, um zu verstehen, dass er aus Versehen etwas verraten hatte. Arlo spürte, wie ihr Kampfgeist von Neuem aufloderte. »Nausicaä – ist das ihr Name? Wisst ihr, wer sie ist? Ist sie tatsächlich Dark Star?«

Celadon sah wie eine seltsame Kombination aus wütend und entsetzt über sich selbst aus. Er saß auf der Bettkante und blinzelte sie an. Arlo hatte ihn noch *nie* zuvor so perplex gesehen. Normalerweise war er so scharfsinnig, dass sie nicht mitzuhalten vermochte, und ihr bei jedem Gespräch drei Schritte voraus.

»Ist das ihr Name?«, trieb sie ihn noch weiter in die Enge und drängte dichter an ihn heran, um ihrem Onkel nicht entkommen zu lassen.

»Ich ... *ja.* Das ist ihr Name, okay? Und jetzt lass es gut sein! Arlo, *was machst* ...«

»Woher weißt du das?«, verlangte sie von ihm und klammerte sich an ihn. Sie wäre zwar außerstande, Informationen, die er nicht preisgeben wollte, unter Körpereinsatz aus ihm herauszuleiern, aber wenn sie ihm tüchtig auf die Nerven ging, konnte sie ihn sicherlich dazu bewegen einzulenken. Das war wichtig – ein *Fortschritt.* Wenn Celadon den Namen von Dark Star kannte, wusste er garantiert noch mehr über sie. Denn die GABE des Hochprinzen – die Zusatzfähigkeit, die die Stärke seiner Magie ihm verlieh – ermöglichte es ihm, Äußerungen noch lange Zeit zu hören. Worte hingen als Eindrücke in der Luft und suchten den Raum, in dem sie ausgesprochen wurden, wie Geister heim. Vorausgesetzt jemand mit solch einem Talent wusste es einzusetzen, war kein Geheimnis vor ihm sicher, ehe sich diese Geister verflüchtigen konnten.

»Arlo, du zerknitterst meinen Anzug! Lass los.«
»Sag mir, was du über Nausicaä weißt!«
»Nein.«
»Weißt du, wo sie ist?«
»*Nein.*«
»Zwing mich nicht, *deinen* Namen zu benutzen ...«
»Das wagst du nicht!«

»Du bist einfach *unfassbar*.«

Arlo nickte. Das war fair. Manchmal (zum Beispiel jetzt) konnte sie ihre Hartnäckigkeit selbst nicht fassen. »Uh... hum. Ich weiß. Na, bist du dir auch wirklich sicher, dass du nicht mit mir reinkommen kannst?«

Celadon holte tief Luft, als wolle er sich eine Antwort verkneifen, die er nur zu gern geäußert hätte. Stattdessen sagte er: »Allerdings. Der Feenring hat eine strenge ›Keine Sidhe-Elfen‹-Politik. Ich bin körperlich unfähig, ihn zu betreten. Darf ich dich außerdem noch mal daran erinnern, dass dieser Ort *unglaublich illegal und ziemlich gefährlich* ist? Sollte jemand davon Wind bekommen ...«

Der Feenring war mehr als nur ein Nachtklub, denn das war nur seine offizielle Fassade. Sein wahres Wesen steckte bereits im Namen, obwohl auch das eher verschwommen war.

Ursprünglich waren Feenringe der VORSEHUNG gewidmete Altäre gewesen. Als Titanin – eine Unsterbliche, die noch älter und mächtiger war als ein Gott – war sie von vielen angebetet worden, obwohl das anders als bei den Göttern nicht notwendig war, um sie oder einen der anderen selbstständigen Titanen zu erhalten.

Ringe, Endlosschleifen ohne erkennbaren Anfang oder Ende, waren so etwas wie ihre Symbole geworden und zu Feenringen trugen die Feen ihre Gebete und Opfergaben, um sich ihre Gunst zu verdienen.

Nach der Vertreibung der Götter aus der Welt machten es sich einige Feen zur Aufgabe, diese Ringe in Fallen umzuwandeln. Sie versahen sie mit einem Zauber, der ahnungslose Menschen von ihrem Weg abbrachte und direkt in die Fänge des Rings lockte. Einmal gefangen, war dieser Mensch den Launen der Feen bis zu seiner Freilassung ausgeliefert. Diese totale Knechtschaft bedeutete jedoch oftmals ein lebenslanges Urteil.

In den Hofgebieten waren Feenringe verboten, zusammen mit vielen anderen erfundenen Tricks zur Folter von Menschen, wenn auch nur, weil es zu viel Aufmerksamkeit darauf lenkte, was sie nun zu verbergen versuchten. Die meisten Ringe waren zerstört worden. Allein diejenigen in der WILDNIS waren unberührt geblieben – sowie *dieser* hier, der Nachtklub, den Arlo betreten wollte. Gerüchten zufolge war dies der allererste Altar, den die VORSEHUNG errichtet hatte. Selbst der Hochkönig hütete sich, das Wesen zu beleidigen, das angeblich das Schicksal kontrollierte.

Arlo wedelte mit der Hand und wies damit Celadons sehr berechtigte Bedenken zurück. Doch eigentlich und jetzt, da sie hier war, begannen sich ihre Nerven zu regen, die sie normalerweise von solchen Dummheiten abhielten.

Das entsprach ganz und gar nicht ihrem normalen Verhalten und genau dem, was *andere* Leute taten – Leute, die mutig und keineswegs solche Angsthasen wie sie waren. Verdammt, sie ging nicht mal gern bei Rot über die Straße, geschweige denn in ausdrücklich verbotene Höhlen menschlicher Qualen.

Doch Celadon wusste, wer Dark Star wirklich war.

Und er wusste, wo man sie *finden* konnte.

Eine Vorladung würde nicht genügen, um »Nausicaä Krake« herbeizurufen, nicht nach dem, was Arlo aus ihrem kurzen Gespräch über ihre Persönlichkeit erfahren hatte. Zudem überfuhr Arlo eine noch größere Angst. Sie fürchtete, Nausicaä würde in der Zeit entkommen, die der Hochkönig brauchte, um zu begreifen, dass er effektivere Maßnahmen in die Wege leiten musste.

Es lag also bei Arlo, den unwiderlegbaren Beweis zu finden, auf den der Hochkönig zu warten schien.

Sie hatte die Begegnung schon einmal überlebt – Dark Star war nicht halb so furchterregend, wie die Legende behauptete. Vielleicht weil Arlo sie sich nie so jung und … na ja, so ziemlich hinreißend vorgestellt hatte. Sie könnte das Treffen ein weiteres Mal überleben. Liefe alles nach Plan, würden sie sich gar nicht erst über den Weg laufen – wie wahrscheinlich war es denn schon, dass Nausicaä um diese Zeit der Noch-nicht-ganz-Nacht da wäre? Wie standen die Chancen, dass sie sich überhaupt noch hier in der Stadt befand? Arlo brauchte nur Beweise, sonst nichts. Würde sie im Klub eine Fee auftreiben, die ihre Theorien bestätigen und vor dem Hochkönig als Zeuge auftreten könnte …

»Wir sind jung.« Sie zuckte mit den Schultern. »Impulsiv … Die Höfe nehmen Elfen vor und kurz nach Eintritt ihrer Reife nie ernst – zumindest nicht, bis wir mindestens fünfzig Jahre alt sind. Sollte die Sache schiefgehen und wir werden erwischt, hält der Hochkönig uns eine tüchtige Standpauke. Dann versprechen wir, nie wieder so was Dummes zu tun. Wird schon alles *gut*.«

Die Klümpchen in ihrem Magen waren da ganz anderer Meinung.

»Ja, nur wirst du wahrscheinlich *sterben*, bevor du irgendwas über besseres Verhalten versprechen kannst.«

»Sei nicht so dramatisch, Cel. Niemand wird mich umbringen. Du hast doch selbst gesagt, im Klub gilt die ›Niemand tötet Angehörige des Feenvolks‹-Regel. Und du wirst hier auf mich warten, bis ich fertig bin, stimmt's?«

Celadon brummte zustimmend.

»Ich werd nirgendwo allein bleiben, wo es wirklich gefährlich werden könnte.«

So der Plan. Und jetzt, da sie ihn perfekt umzusetzen gedachte, traute sich Arlo das viel weniger zu. Und natürlich wollte sie nicht, dass Celadon dies mitbekam und seine Bemühungen verdoppelte, sie umzustimmen.

»Du willst gleich in den vermutlich gefährlichsten Klub der ganzen *Welt* eindringen und einen Haufen gefährlicher Krimineller nach einer befragen, die höchstwahrscheinlich eine Attentäterin ist und über seltsame, magische Todeskräfte verfügt.« Celadons Kiefermuskeln krampften zusammen. »Ja, klingt super. Das ist todsicher allen Altersgruppen zu empfehlen, kann ja gar nichts schiefgehen.«

Dummerweise erinnerte sich Arlos Kopf ausgerechnet jetzt daran, dass sie mit alledem fertig sein mussten, ehe ihre Mutter heimkam. Es war noch ziemlich früh am Abend – die Sonne hatte den Horizont gerade erst erreicht – und Thalo wäre normalerweise erst in ein paar Stunden zurück. Schließlich musste sie die Königliche Garde durch Trainingssimulationen leiten, Aufträge für die Falchion-Fraktionen verteilen und prüfen und als kleines Extramuskeltraining generell überall dort herumwuseln, wo sich der Hochkönig aufhielt. Doch es konnte immer passieren, dass sie früher Feierabend machte.

Arlo seufzte und versuchte zu ignorieren, dass ihr allmählich übel wurde.

»Wenn sie da ist, werd ich gehen«, erinnerte sie ihn. »Sollte es überhaupt irgendwelche Probleme geben, werd ich das Lokal sofort *verlassen*. Ich weiß, dass es gefährlich ist, Cel. Ich weiß, das ist ... ja, okay, sicher – ich gehör zum Feenvolk, ganz egal was die Höfe sagen. Im RING kann niemand versuchen, mich zu töten. Doch mir wehtun oder mich verfolgen können sie, wenn sie mich daran erinnern wollen, dass sie 'n Haufen Mörder, Diebe und Verbrecher sind.«

»Mit diesem Gespräch erreichst du genau das Gegenteil von dem, was du eigentlich wolltest.«

Arlo guckte Celadon in die Augen. Sie *wollte* nicht so in das Ganze verwickelt werden, hinter möglichen Killern herlaufen und sich von einem Brandherd in den nächsten stürzen. Sie würde alles dafür geben, jetzt sicher daheim zu sitzen, nicht darüber grübeln zu müssen, was in ihrer Gemeinschaft vor sich ging, und dieses Problem anderen Leuten zu überlassen, aber *andere Leute* taten genau dasselbe. Diese anderen Leute unternahmen rein gar nichts und Arlo wurde das Weinen von Cassandras Mutter einfach nicht los. Genauso konnte sie den Anblick von Cassandras erstarrtem, schmerzverzerrtem Gesicht nicht vergessen ... ihren leblosen Körper ... sowie Dark Star, die so leichtfertig gewesen war, dass Arlo immer noch vor Wut platzte. Immer wenn Arlo die Augen schloss, durchlebte sie den Vorfall im Café und fragte sich, ob sie etwas hätte tun können, um all das zu verhindern. Sie fragte sich, ob *sie* vielleicht wirklich die Nächste sein könnte, denn Celadon schien bereits davon überzeugt zu sein – und ja verdammt, *sie* hätte es in dem Café genauso leicht treffen können. Immerhin war sie wie Cassandra eine Eisengeborene. Sie hatte direkt neben ihr gesessen, mitten im Blickfeld eines Killers, der offenbar zuschlagen konnte, wann und wo er wollte.

Wie vielen Leute würde ein Stein vom Herzen fallen, wenn es sie nicht mehr gäbe?

Wer würde *ihr* Gerechtigkeit widerfahren lassen, solang Celadon und die wenigen anderen, denen sie etwas bedeutete, dies wegen der Regeln nicht vermochten?

Familie, Mitschüler, der Hohe Rat der Elfen ... Arlo hätte sterben können, könnte es immer noch – andere *würden* sterben – und nichts würde unternommen werden, weil sich niemand wirklich um die Eisengeborenen scherte.

Arlo war wohl die Einzige, die noch etwas für Cassandra tun konnte. Sie würde nicht zulassen, dass ihre nicht gerade kleinen Ängste sie davon abhielten, diese eine kleine Sache zu tun, die helfen könnte. Und wieder einmal glomm da dieser winzige Hoffnungsschlimmer in ihr auf: *Was, wenn ...*

Was, wenn das alles jetzt enden könnte?

Was, wenn *sie* etwas *unternehmen* könnte?

»Ich muss das tun, Cel.«

Celadon schwieg und musterte sie. Wie immer schätzte es Arlo, dass er sie auch dann verstand, wenn sie ihre Gedanken nicht unbedingt aussprach. »Du hast eine Stunde«, gab er schließlich nach. »Alles, was versucht, dich zu verletzen oder dir aus dem Klub zu folgen, wird sich auf der Stelle mit der Gesamtheit der Acht Höfe im Krieg befinden. Solltest du dich im Feenring zu *irgendeinem* Zeitpunkt unsicher fühlen, brichst du die Mission ab. Wenn Nausicaä Krake dort drin ist, bist du es nicht. Verstanden? Du darfst *nicht* noch mal so in ihren Radar geraten.«

Arlo nickte stumm.

»Gut. Ich freu mich trotzdem nicht drüber.«

»Ich weiß.«

»Eine Stunde.«

»Okay.«

»Im Klub darfst du weder tanzen noch trinken oder *irgendwas* essen. Du bist auch ein Mensch und das ist immer noch ein Ring – womöglich lassen sie dich nicht gehen, wenn du etwas von alldem machst.«

»Ja, mir ist im Moment sowieso nicht wirklich nach irgendwas davon.«

»Arlo?«

Als sich Arlo noch einmal zu Celadon wandte, presste sie ihre Lippen aufeinander. Seine Miene war so untypisch ernst, dass sie wieder ins Schwanken geriet. Zwischen dem, was eine Person mutig, und dem, was sie zum Dummkopf machte, lag ein schmaler und zerbrechlicher Grat – und bisher hatte sie den leisen Verdacht, ihr Plan gehöre in die zweite Kategorie.

»Ist was?«, fragte sie leise.

Sein langes Schweigen dauerte gefühlt noch eine ganze Minute, bevor er seine Besorgnis etwas herunterfuhr. Erst als er seine Hände lockerte, merkte sie, wie weiß seine Knöchel waren – so fest hielt er sie umklammert. »Sei bitte vorsichtig. Und stell nichts Dummes an.«

Arlo verdrehte die Augen. Sie musste das tun, bevor sie völlig die Nerven verlor. »Wir sind schon da, Cel. Wir haben ›dumm‹ erreicht. Weißt du, du bist noch nicht mal einundzwanzig. Du wirst noch mal einundzwanzig Jahre so jung aussehen. Ich bin in meiner Zeitachse schon weiter als du – eines Tages werden die Leute anfangen zu sagen, *ich* hätte einen schlechten Einfluss auf *dich*.«

»Bitte was?«, schnaubte Celadon, der teilweise wieder in seiner üblichen Stimmung war. »Ich bin der unglaublich altmodische Inbegriff eines ›Erwachsenen‹. Ich hab ein Haus, einen Job und mindestens drei potenzielle Lebensgefährten, die mich noch nicht persönlich kennengelernt haben und also noch nicht wissen, dass alle Gerüchte über mich mehr oder weniger stimmen.«

»Uh ... huh. Was *ist* überhaupt dein Job? Dafür zu sorgen, dass die Budgetberichtmeetings nicht mit Toten enden?«

Celadon runzelte die Stirn und tat, als würde er darüber nachdenken. »Weißt du, ich kann das nicht so richtig beantworten. Ist es eine Berufsbezeichnung, mich und den Namen Viridian aus Skandalen herauszuhalten? Denn ich bin mir ziemlich sicher, dass man mich deswegen zur Beratung des Hochkönigs zwingt.«

Prustend stieß Arlo die Tür auf und trat auf den Bürgersteig hinaus. Doch bevor sie sie wieder zumachte, beugte sie sich vor, um Celadons Blick zu erhaschen. »Wenn es das ist, bist du eine Niete darin, und sie zahlen dir vermutlich viel zu viel.«

Celadon überhörte ihre Aussage, griff nach dem Hebel an seinem Sitz, verstellte ihn und lehnte sich zurück. Dabei hielt er seinen Venti S'mores Frappuccino, als sei der etwas Stärkeres.

Arlo schüttelte den Kopf und schloss die Tür hinter sich.

Sie kam sich viel älter vor, als sie war. Alles dank den schwarzen Jeans, den pinken High Heels und dem dunkelgoldenen Paillettentop, das sie sich kurz nach ihrem Gespräch in der Reverdie extra für dieses kleine Abenteuer gekauft hatte. Nach beinah einer Stunde und mehreren YouTube-Videos passten auch ihre Haare zu diesem Outfit: halb zu einem aufwendigen Knoten zurückgebunden, der an eine Rose erinnern sollte, während der Rest in flammenden, losen Locken ihren Rücken herabhing. Sie war fast schon stolz auf das Endergebnis.

Es kam nicht oft vor, dass sie sich so hübsch fand und das Gefühl hatte, sie könne sich – wenigstens halbwegs – in ihrer umwerfend schönen Elfenfamilie behaupten. Als sie auf dem

Weg in einem dunklen Fenster ihr Spiegelbild erhaschte, fühlte sie sich wie ein völlig anderer Mensch.

Ihr Outfit war wie eine Rüstung. Darin vermochte sie ihr eigenartiges neues Selbstbewusstsein beinah wie eine Waffe zu führen.

Doch als dicker Zement die verschiedenen Ladenfronten dominierte, begann dieses waffenartige Selbstvertrauen zu schwanken. Ihr Ziel näherte sich schnell – eine baufällige Straßenüberführung voller Unkraut und Graffiti – und an der kahlen Fassade lehnte lässig jemand, der so aussah, als könne er mit nur wenig Aufwand Celadons Auto in der Mitte verbiegen.

Arlos Bauchgefühl sagte ihr, sie solle ihr Kinn näher an ihre Brust ziehen und an diesem Berg vorbeihuschen. Xiese olivgrauen durchtrainierten Arme waren so dick, dass sich der Baumwollstoff xieses schwarzen Hemdes um sie spannte, und auf xiesem kahlen Kopf befand sich statt der Haare ein gewebtes Tattoomuster. Xier gehörte zu den Leuten, mit denen nur wenige – einschließlich Arlo – Augenkontakt aufnahm. Doch als sie näher kam, erkannte sie auf einmal eine Besonderheit. Sie blieb wie angewurzelt stehen.

Feen konnten ausgezeichnet Illusionen spinnen und ihr Äußeres in etwas so Menschliches verzerren, dass es ohne genauere Betrachtung niemand merken würde. Allerdings ließen immer einige verräterische Hinweise auf ihr wahres Wesen schließen. Selbst die Elfen, deren Magie die stärkste der Feenrassen war, besaßen *stets* den Hauch einer Signatur.

Irgendetwas sagte Arlo jedoch, dass ihr dieses abgrundtiefe Schwarz in den unmenschlichen Augen dieser Person nicht aufgefallen wäre, wenn sie es nicht gewollt hätte. Immerhin war das ihr einziger Hinweis. Je intensiver Arlo xien ansah – und zwar wirklich ansah –, desto stärker festigte sich xiese Illusion um xien herum. Niemandes Zauber war *so* gut und schon gar nicht die Fee, die diese Augen und die Masse vermuten ließen.

Ein *Troll*.

Unter … einer Art Brücke. Ganz wie der *Fremont Troll* in Seattle.

Arlo wollte nicht auf diese Ironie hinweisen, denn schließlich könnte dier Troll denken, sie fände das lustig – und diese Art Feen neigte dazu, alles zu töten, was sie reizte.

Arlo nahm jedes Quäntchen Mut zusammen, das sie besaß, und zwang sich, xiem direkt ins Gesicht zu sehen. Dafür machte sie sich so groß, wie es ihre ungefähr eins fünfundsechzig zuließen. »Hallo«, sagte sie schrill und übertrieben fröhlich. Nicht dass sie an Celadon und seiner vermutlich ungehörigen Wissensfülle zweifelte, doch wenn ein Troll dieses Kalibers hier mitten im Nirgendwo herumstand, musste sie am richtigen Ort sein.

Das war höchstwahrscheinlich der »Türsteher« des Feenrings.

»Nein.« Dier Troll schüttelte xiesen Kopf.

Arlo blinzelte. »Aber ich hab doch noch gar nichts gefragt!«

»Musstest du auch nicht. Die Antwort ist ›Nein.‹«

Wegen xieser Sprechweise war dier Troll nur schwer zu verstehen. Xiese Stimme klang wie ein Reibeisen, nicht gerade akzentuiert, aber dumpf und tief. So wie die Worte in der Grube xieses Baritons widerhallten, hatte Arlo außerdem das Gefühl, als rede sie mit einer Höhle.

Sie kämpfte mit ihrem schwindenden Mut und versuchte es erneut: »Okay, aber ich würde wirklich gern in den Klub rein. Bitte, es ist wichtig.«

»Ich hab keinen Schimmer, wovon du sprichst, Kleine. Geh nach Haus.«

Verdammt, das funktionierte ganz und gar nicht.

»Hör zu, Mister«, sagte sie so entschlossen wie nur möglich. Sie hoffte inständig, dass sie hier nicht umsonst eine Szene machte und dier Troll einfach nur schwierig war. Denn sollte sich herausstellen, dass xier nur gern unter Brücken stand, würde Arlo gleich etwas doppelt so Großes wie sie selbst belästigen, das sich zudem viel weniger um die Folgen einer öffentlichen Ausweidung kümmerte. »Mir ist bekannt, was sich hier befindet. Ich weiß, dass du den Feenring bewachst, und ich will da rein. Ich gehöre zum Feenvolk, also musst du mich reinlassen. Ähm …« Ihre Unschlüssigkeit kehrte zurück. »Stimmt doch, oder?«

Dier Troll winkte ab und war weder von Arlos Tonfall eingeschüchtert noch allzu sehr darum bekümmert, dass sie xien dabei erwischt hatte, die Wahrheit zu verdrehen. Arlo konnte sogar schwören, einen belustigten Schimmer in xiesen unnatürlich dunklen Augen zu sehen. »Zunächst einmal bin ich kein ›Mister.‹ Meine Geschlechter mögen fließend und vielfältig sein, aber meine Bezeichnungen sind neutral.«

»Oh! Tut mir leid«, entschuldigte sich Arlo. »Kommt nicht wieder vor.«

Xier nickte. »Zweitens, du bist eine Elfe. Eine Sidhe-Elfe. Dein Volk erlaubt dir vielleicht nicht, seinen Namen zu tragen, aber er liegt dir dennoch im Blut … In einem Blut, das nach Eisen riecht.« Die Augenlider dies Trolls waren schwer und xies Gesicht wirkte zusammengedrückt und quadratisch. Als sich xies breiter Mund zu einem Grinsen verzog, vermochte Arlo beinah unter xiese menschliche Maske und zu den abgestumpften unteren Eckzähnen zu sehen, die in xiese Oberlippe hineinragten. »Eine Elfe *und* ein Mensch, beides ungern gesehen an dem Ort, den du glaubst, aufsuchen zu wollen.«

Arlo war ernüchtert, doch noch nicht vollkommen bereit, sich geschlagen zu geben. Immerhin hatte sie damit nicht gerechnet – ein Klub, der so frech war, das Hofgesetz zu missachten, war auch so schlau, jemanden anzuheuern, der nicht einfach jeden reinlassen würde, der zu wissen behauptete, dass er am richtigen Ort war. »Ich bin nicht offiziell als etwas anerkannt. Ich gehör zum Feenvolk, das war's. Es gibt unzählige von uns ohne irgendeine Zugehörigkeit zum Hof.«

»Und ... weiter? Da du nichts weiter als jemand aus der ›breiten Masse‹ bist, hast du es also einfach auf die Verbannung abgesehen?« Dier Troll hob eine Augenbraue und beargwöhnte Arlo. »Weißt du überhaupt, was der Feenring ist, Kleine? Das ist nicht nur irgendein Nachtklub zum Vergnügen. Nur weil du nicht gut genug für die VIP-Abteilung der Höfe bist, heißt das nicht, dass sie dich nicht wie eine Ziehharmonika zusammenstauchen werden, wenn du hier erwischt wirst. Das ist kein Ort für jemanden wie dich.«

»Ja, da hast du völlig recht«, stimmte Arlo zu und verschränkte ihre Arme defensiv vor der Brust. »Ich weiß ganz genau, was das für ein Ort ist, und er ist *todsicher* nichts für mich. Aber im Augenblick muss ich dort sein und du darfst mir den Zutritt nicht verweigern.«

Dier Troll betrachtete Arlo mit flackerndem Interesse. »Warum musst du ausgerechnet dort sein?«

»Ist geheim.«

»Was du nicht sagst.« Xier grinste sie wieder breit an. »Hinter wem bist du her?«

»Ich ... hab nie gesagt, dass ich hinter jemandem her bin.«

Zwischen ihnen trat Stille ein, obwohl es nicht wirklich ruhig war.

Torontos Straßenverkehr hinter ihnen war laut und vor lauter Feierabend der Berufspendler und mit dem einsetzenden Nachtleben am Freitag geschäftig. Irgendwo in der Ferne dröhnten ein paar Takte Musik aus einem Autoradio. Ein paar menschliche Teenager, zu sehr in ihre ausgelassene Unterhaltung vertieft, um irgendetwas anderes um sich herum wahrzunehmen, schoben sich zwischen Arlo und dem Geländer hindurch, das den Bürgersteig von der Straße trennte.

Als der Letzte aus der Gruppe vorbeitrudelte, stieß sich dier Troll von der Mauer und ging einen Schritt auf Arlo zu. Dadurch schien xier um einige Zentimeter zu wachsen und Arlo schämte sich nicht zuzugeben, wie ungeheuer sie das einschüchterte.

Der Blick aus xiesen schwarzen Augen traf den ihren.

Sie wollte wegschauen, doch eine leise Stimme in ihr sagte, dass sie dann genauso gut weg*gehen* könnte.

»Na gut, Arlo Jarsdel. Ich lass dich rein.«

Die Erwähnung ihres Namens überraschte sie. Fassungslos versuchte sie, sich daran zu erinnern, wann sie ihn möglicherweise genannt hatte. Dier Troll missverstand ihr Stillschweigen als Wunsch, etwas zu klären. »Du kannst reingehen, wenn du dir sicher bist, dass du das auch wirklich willst.«

Sie war sich *dabei* genauso sicher wie zurzeit bei allem anderen, nämlich zu null Komma null Prozent. »A... Alles klar«, erwiderte sie. »Gut. Danke.«

Dier Troll prustete über etwas, das xier an ihrer Aussage amüsant fand, und nickte als Zeichen, diesen mündlichen Vertrag anzunehmen. Dann lehnte xier sich wieder zurück an die Wand. Doch ehe dies geschah, trat dier Troll zur Seite. Daraufhin entpuppte sich die Stelle, die xier zuvor bewacht hatte, als ... nichts als ein Stück Mauer und Teil des restlichen Betons.

»Ähm ... Und wie komm ich jetzt da rein?«

»Nun, das ist nicht Gleis neundreiviertel, also würde ich dir davon abraten, mit voller Wucht dagegenzurennen.«

Wegen der unverblümten Frechheit xieser Worte verdrehte Arlo die Augen. Die magische Gemeinschaft – sosehr sie auch über ihre wachsende Abhängigkeit von der Technologie sowie die Assimilierung mit der menschlichen Kultur nörgelte – zeigte ihre Liebe für die menschliche Kunst doch darin, wie oft sie sich in zwanglosen Gesprächen darauf bezog.

»Leg deine Hand an die Mauer. Die Tür wird sich öffnen. Eine *richtige* Fee hätte das gewusst.«

Das bezweifelte sie, aber Arlo hatte nicht vor, jetzt diesen Streit vom Zaun zu brechen.

Sie bekam das hin. Sie hatte es schon so weit geschafft. Nun musste sie nur noch durch diese magische Tür gehen und würde endlich mehr über die geheimnisvolle junge Frau aus dem Café erfahren – so einfach war das. Sie würde nicht länger schwanken. Arlo nickte sich selbst kurz ermutigend zu, trat vor und tat wie geheißen.

Zuerst geschah nichts.

Dann, als sie gerade nachfragen wollte, sank ein Teil der Mauer unter ihren Fingern mit einem dumpfen Geräusch ein. Einen Moment später verlagerte sich das Türkonstrukt wieder zurück und glitt beiseite. Im dahinterliegenden Raum wurde eine schmale Treppe sichtbar, die in eine so tiefe Finsternis hinabführte, dass Arlo über die ersten paar Stufen hinaus nichts erkennen konnte.

»Bist du sicher, dass das der Feenring ist?«, hörte sie sich leise fragen.

»Ich hab nie behauptet, dass er das ist.«

Arlo funkelte den Troll finster an.

Dem Glänzen in xiesen Augen und xiesem fächerartigen Grinsen nach spielte xier nur mit ihr. Das *war* der Feenring und sie hatte keine Zeit, dass ihre überaktive Fantasie ihr eine weitere Ausflucht anbot.

Misstrauisch musterte Arlo den Gang, seufzte und biss angesichts ihrer Reise ins finstere Ungewisse ihre Zähne zusammen. »Danach wirst du ein schönes, beschauliches Leben haben«, versprach sie sich selbst. Sie hob einen Fuß und trat über die Schwelle auf die Steinstufe.

Der ersten folgte die zweite.

Erst als sie die Luft aus ihrer schmerzenden Lunge strömen spürte, merkte sie, dass sie sie angehalten hatte. Sie dachte, dass etwas passieren würde – etwas Ähnliches wie dem Dieb am Anfang von *Aladdin*, der von der Wunderhöhle verschlungen wurde, weil er es wagte, sie zu betreten, obwohl er nicht der »ungeschliffene Diamant« war.

Arlo war keine Fee.

Zumindest keine »richtige«.

Genau wie sie kein »richtiger« Mensch war.

Arlo war gar nichts so richtig und bot schon gar keinen Stoff für eine gute Heldin so wie Aladin und den diese Nachforschung hier wahrscheinlich brauchte. Sie würde sich diese Teenie-Existenzangst allerdings für später aufheben müssen, denn ob sie nun die Richtige für diesen Job war oder nicht, sie hatte ihn bereits angenommen. Jetzt umzukehren wäre mehr als nur peinlich.

Dier Troll erschien hinter ihr und umklammerte mit gekrümmten Fingern den Türrahmen. »Ich hoffe, du wirst fündig, Arlo.«

Sie wirbelte herum. »Okay, *woher* kennst du meinen Namen?«

Doch dier Troll grinste nur. Xies eigentlich unmöglicher Zauber schwankte und durch den flackernden Moment erschienen schiefergraue Haut und knochenbrechende Zähne. Irgendwie glaubte Arlo, dieses trollige Erscheinungsbild darunter sei auch nur ein Zauber, was jedoch ebenso unmöglich war.

Das Schwarz xieser Augen glänzte kalt und unendlich, nun durchzogen von Blau, Rot, Violett und Weiß – ein schillernder Kosmos, der Arlo immer tiefer in sich hineinzog, je länger sie hinsah. Erst als diese Augen blinzelten, geriet die Trollhülle wieder ins Lot und sie wurde aus ihrem Bann befreit.

»Viel Glück«, murmelte dier Troll, als xier die Finger zurückzog und sich die Tür bereits schloss.

Arlo sah zu, wie dier Troll in einem Spalt verschwand und dann ... war xier fort. In nur wenigen Sekunden war die Betonmauer wieder vollständig versiegelt. Um sie herum herrschte vollkommene Finsternis. Sie konnte kaum noch die eigene Hand vor Augen sehen und ihr zuvor tief empfundenes Unbehagen pustete sich wieder auf wie ein Luftballon. »Ein schönes, beschauliches Leben mit sehr viel Beleuchtung.«

Sie klammerte sich an dieses Versprechen und hielt ein letztes Mal inne, um sich vor Augen zu führen, worin sie sich da reingeritten hatte. Danach streckte sie ihre Arme zu beiden Seiten aus und manövrierte sich an den Wänden langsam nach unten.

KAPITEL 12

Nausicaä

Das Einzige, was den VIP-Bereich des Feenrings vom Rest des Klubs abtrennte, war ein breiter, hölzerner Treppenlauf – und ein paar Vampire.

Es gab nicht viele Vampire, mit denen sich Nausicaä gut verstand. Diese Feenart war das Ergebnis eines lange zurückliegenden Experiments der Elfen mit Blutmagie. Den Legenden nach hatte sich eine Handvoll von ihnen zusammengetan, um wie die Götter zu werden, die sie aus ihrer Welt geworfen hatten. Und das hatte geklappt ... auf gewisse Weise. Ihr einfallsreiches Ritual hatte ihre Alterung fast bis zu einem kompletten Stillstand verlangsamt sowie ihre ohnehin schon bemerkenswerte Geschwindigkeit, Ausdauer, Beweglichkeit und Sinne verbessert. Natürlich hatte eine schwarze Magie der nächsten Stufe ihnen diese Kräfte verliehen. Doch schwarze Magie glich einem Parasiten: Sie klammerte sich an ihren Wirt und ernährte sich von ihm.

In manchen Fällen tat sie das so lange, bis der Wirt zu einer geistlosen Hülle und diese wiederum zu einem Instrument des Unheils wurde. Wenn jedoch Nausicaä (als Alecto) eingriff, bereitete sie dem ein Ende.

Niemand mochte es, wenn sich jemand einmischte, egal mit welchem Ziel.

Die beiden Vampire, die die Treppe flankierten, waren offenbar gerade erst erschaffen worden. Blutmagie war ziemlich pingelig und forderte für ihre Instandhaltung eine konstante Zufuhr frischen Feenbluts. Je länger sie aufrechterhalten wurde, desto mehr veränderte sie das Äußere ihres Wirts. Die Ohren wurden größer ... die Eckzähne länger ... die Knochen schärfer geschnittener und dünner und die Haut fahl ... Diese beiden sahen immer noch wie Elfen aus – die einzige Feenrasse, die in einen Vampir verwandelt werden konnte – und ihre Augen waren noch hellblau, nicht mitternachtsblau – die Farbe, die sie mit der Zeit annehmen würden. Eben erst erschaffen bedeutete eine starke Abhängigkeit von ihrem Schöpfer, der sie mit Nahrung versorgen und davor bewahren musste, in einen blinden Blutrausch zu verfallen, was in diesem Alter leicht geschehen konnte. Und natürlich hatte Nausicaä das Pech, dass dieser »Jemand«, den die beiden bewachten, »jemand« war, der sie von diesen Blutsaugern vermutlich am allerwenigsten leiden konnte. Hieß also auch, dass keiner *dieser* beiden sie mögen würde.

Nur war es dieser »Jemand«, den Nausicaä bei dieser stundenlangen Feenlustbarkeit gestalkt hatte, und sie war bereits viel zu sehr daran gewöhnt, nicht gemocht zu werden, um sich davon abschrecken zu lassen.

»Hallöööchen«, sagte sie langsam und mit tiefer, sinnlicher Stimme. Dann stemmte sie ihre Hände in die Hüften, bastelte sich mithilfe ihrer unzuverlässigen Erinnerungen an solche Dinge ein so charmantes Lächeln wie nur möglich zurecht und sah die beiden Jungvampire abwechselnd an. »Ich muss mal mit eurem Schöpfer sprechen.«

Der linke Vampir – drahtig, mit kastanienbraunem Haar und Haut so gräulich-weiß wie blasser Stein – wechselte einen Blick mit seinem Partner. Dieser war kräftiger, mit Haaren von einem dunkleren Braun und erdfarbener, eine Nuance grauerer Haut, und antwortete: »Hast du einen Termin?«

»Einen Termin? Hä, bin ich hier beim Zahnarzt oder was? Nein, ich hab keinen verdammten Termin. Außerdem bin ich nur höflich. *Geh zur Seite* – ich muss mit jemandem reden, der mehr in seinem Kopf hat als gähnende Leere.«

Nausicaä zwängte sich zwischen die beiden. Obwohl es sich so anfühlte, als teile sie mit bloßen Händen einen Berg, machten die zwei Vampire Platz. Der Schock auf ihren Gesichtern war sogar ein bisschen befriedigend.

»Halt!«, blaffte der rechte Vampir sie an und griff nach ihrem Arm.

Nausicaä blieb stehen und drehte sich zu ihm um. »Ich geb dir zehn Sekunden, um drüber nachzudenken, wie sehr du an dieser Hand hängst«, drohte sie. Sie war gar kein Fan davon, von Fremden begrapscht zu werden.

Ihr »Geiselnehmer« knurrte und entblößte spitze Zähne, die einem so einfach die Kehle zerfetzen konnten wie Klingen ein Blatt Papier.

Das war vielleicht entzückend, als würde ein Löwenjunges mit einer erwachsenen Löwin Angst einjagen spielen.

Nausicaä fauchte zurück und entledigte sich teilweise ihres Zaubers. Dies genügte, damit ihr wahres Aussehen hindurchschien: Ihr Mund spaltete sich weit über die scharfen Kanten eines eingefallenen Gesichts und füllte sich mit geschärften Zähnen, ihr Körper flackerte und ragte höher auf, Fäden schwarzen Rauchs sickerten hinter ihr hervor und woben langsam das Bild von Flügeln. Mit einem erschrockenen Schrei ließ der Vampir sie los, denn wenn schon nicht ausdrücklich *sie*, so erkannte er doch die charakteristischen Merkmale einer Furie. Er huschte zurück und stieß mit seinem ebenso verängstigten Kumpanen zusammen.

Nausicaä verstaute ihre Wut wieder unter der Oberfläche ihres Zaubers, verband ihre Gelassenheit wieder mit ihrer sanfteren Erscheinung und lachte. »Ihr solltet eure Gesichter sehen.«

»Dein dramatisches Verhalten schickt sich nicht, Nausicaä Krake.«

Ihr Lachen verebbte. »Für wen, Pallas?« Nausicaä wirbelte ihren Kopf wieder herum und blickte zum oberen Ende der Treppe sowie zu dem Vampir, der auf sie herabsah. »Eine *Lady*?«

Der Vampir namens Pallas seufzte. »Ganz ehrlich, so wie du mich anfauchst, könnte man meinen, ich hätte das schreckliche Pech, dein Vater zu sein.«

»Ha! Das hättste wohl gern.«

Nausicaä stampfte die Treppe hinauf.

»Und ich meinte, dass deine Überlegenheit unschicklich ist. Du bist ein Gott. Du solltest über unseren sterblichen Leidenschaften stehen.«

»Fick dich.« Sie funkelte ihn wütend an, als sie sich an ihm vorbeidrängte. Genau diese Einstellung bekräftigte denselben sturen Glauben der Gottheiten und hatte dazu geführt, dass Tisiphones Depression so lange ignoriert und unbehandelt blieb. Genau diese Denkweise zerrte auch an Nausicaäs Verstand, denn sosehr sie auch wusste, dass sie falsch war – sie konnte die giftige Stimme in ihrem Kopf nicht unterdrücken, die behauptete, sie sei die richtige. »Sieht so aus, als hätt ich euren Spaß unterbrochen.«

Der Treppenabsatz war in vier Bereiche geteilt und jeder war mit feinen Tischen, Samtdiwanen und ausladenden, gepolsterten Sofas ausgestattet. Im Zentrum befand sich eine Barinsel, an der ein Mensch arbeitete. Sein Haar war grün gefärbt und er trug ein schlichtes weißes Hemd, das an mehreren Stellen zerknittert und zerrissen war. Dieser Gefangene der Feenlaunen mit glasigen Augen und schlaffem Gesicht bewirkte jedoch nicht, dass Nausicaä eine Augenbraue hochzog.

Nur einer der vier Bereiche war besetzt. Pallas hatte die volle Verfügungsgewalt über diesen Teil des Klubs, wenn er im Feenring anwesend war, da er sein derzeitiger »König« war. Mehrere Feen verschiedenster Geschlechter und unterschiedlich weit entkleidet fläzten sich auf den bereitgestellten Sofas. Sie lagen auf einer Fläche herum, die eindeutig Pallas' Kommando unterstand, bis Nausicaäs Ankunft seine Aufmerksamkeit erregt hatte. Elfenbein- und onyxfarbene, rote, marineblaue, lindgrüne und morgengelbe, muskulöse wie schlanke Gliedmaßen verknoteten sich ineinander. Ein Eidechsenschwanz zuckte träge dahin. Über einer Couchlehne ging ein Vorhang aus Weidenranken. Keiner ihrer Besitzer schien sich bewusst, was vor sich ging. Ihre berauschende Glückseligkeit war eine Nebenwirkung der Magie in den Vampirfängen, die für jeden, der weder Elfe noch Elf war, nichts weiter als eine ungeheuer süchtig machende Droge war.

Pallas wedelte mit einer Hand und ließ sich wieder auf seinen Platz fallen. »Ich finde ja, du unterbrichst immer irgendwas. Was willst du, Nausicaä? Wie ich höre, warst du in den letzten Tagen andauernd in meinem Klub unterwegs. Mir wäre lieber, du wärst es nicht.«

»Dann sag mir, was ich wissen will, und du wirst mich bald von deinem dämlichen Hals haben.«

Keine noch so lange Zeit vermochte Pallas gänzlich die Schönheit zu nehmen, die er als Elf eindeutig besessen hatte. Seine Haut war so dünn wie Pixieflügel und stellte alle seine Knochen und Adermuster darunter zur Schau. Sein saphirfarbenes Leben war verblichen, sodass er nun weiß wie Marmor war. Für Nausicaä sah er wie ein wandelndes Mausoleum aus, selbst für Vampirverhältnisse uralt. Doch seinen rotbraunen Haaren, die sich an seinem Nacken und seinen Ohren kräuselten, den violetten, einst wohl jadefarbenen Augen mit den dichten Wimpern und seinen luftigen, eleganten Bewegungen wohnte immer noch Schönheit inne. »Was möchtest du wissen?«

»Ich nehme an, du hast von den jüngsten Todesfällen unter den Eisengeborenen gehört?«

Pallas neigte seinen Kopf. »Gewiss. Meine Sorge gilt nun dem einfachen Volk. Ich nehme mir jedes Leid zu Herzen, das ihm widerfährt.«

Nausicaä prustete. »Einen Scheiß tust du. Du magst es gar nicht, dein Essen zu teilen. Immerhin kannst du kein Menschenblut trinken – all das Eisen bekommt dir nicht. Und die Höfe würden dich zur Scheißschnecke machen, wenn du dich mit deinen Reißzähnen an ihren Elfen vergreifen würdest. Übrigens, viel Glück für den Fall, dass die deine beiden Helferlein da unten entdecken. Für euch heißt's andere Feen oder nichts – du vergisst, dass ich keine Idiotin bin.«

»Und *du* vergisst, dass du meine Hilfe willst.«

»Argh, *na schön*. Ich drück mich nett aus. Bitte, oh großer und schrecklicher Pallas Viridian, allerliebster Bruder desjenigen, der den UnSeelie-Hof des Frühlings gegründet hat. Offenbare mir, einer höchst demütigen Kreatur, das Wissen, das dir deine unzähligen Jahre, deine überaus ansehnliche Schönheit, dein Haar wie brennende Bronze, deine ...«

»Bist du fertig?«

»Moment – Reißzähne, die es mit denen der großen und schrecklichen Midgardschlange, der Bringerin der Endzeit, aufnehmen ...«

»Ein Reaper treibt in der Stadt sein Unwesen. Ich weiß weder, wer sein Wächter ist, noch kenne ich – abgesehen davon, dass er hinter seinem Meister aufräumt – sein Ziel. Wer auch immer dahintersteckt, besitzt genug Macht, um direkt unter der Nase meines Ururur-und-wer-weiß-wie-viele-noch-Großneffen zu agieren. Und diese Macht entspringt einer Kunst, die die Höfe zu Recht verboten haben.«

Nausicaä holte tief Luft und blies sie hörbar durch die Nase aus. »Das alles *weiß* ich schon. Jemand macht 'n Haufen Steine der Weisen. Und dieser Jemand benutzt dafür Kinder. Irgendwie abgedreht, aber hey, ich hab mich damit abgefunden, dass Sterbliche so komisch sind. Mehr hast du jetzt ernsthaft nicht für mich? Vampire können lügen – ihr habt diese Fähigkeit wiedererlangt, als meine einstige Alecto eure Bindung an die richtige Magie brach.« Denn die Art von Magie, die ein Wesen in etwas völlig anderes verwandelte, etwa einen Elfen in einen Vampir? Nun, dies war eine Form der Schicksalsveränderung und die früheren Furien – die Nausicaä und ihre Schwestern für deren Rollen herausforderten, wie es ihr Brauch war und wofür sie ihr ganzes Leben lang trainiert hatten – wurden gezwungen, ihre Strafen entsprechend zu verhängen. »Nicht vergessen: Bin keine Idiotin.«

»Und hast *du* Noel nicht vergessen?«

Im ganzen Raum wurde es plötzlich totenstill. Die Feen auf den Sofas waren immer noch unkonzentriert und interessierten sich nicht für ihr Gespräch. Allerdings vermochten selbst sie Pallas' Stimmungsumschwung wahrzunehmen. Nausicaä konnte sich noch genau erinnern, wie er früher in diesem Zustand den Geruch saurer Milch verströmt hatte und sein Tonfall von einem brausenden Sturmwind überdeckt worden war, den er einst hatte heraufbeschwören können.

Noel. Pallas' Elfenliebhaber. Ihn hatte er unter Missachtung des Hofgesetzes als Ersten in einen Vampir verwandelt. Dank seines Status war Pallas jedoch der Hinrichtung entkommen, die seine Taten gefordert hatten. Und das Vampirvirus zählte zwar immer noch zur schwarzen Magie, doch jetzt, da in die Welt gerufen, war es keine Form der Schicksalsveränderung mehr. Fortan vermochte die VORSEHUNG das Schicksal nach ihrem Gutdünken zu spinnen. Aber nichts von alledem bewahrte Noel davor, dass Pallas' Biss seinen Verstand brach und ihn auf einen mörderischen Pfad lenkte, der mit seinem Tod endete.

»Noel hat einen Haufen Menschen entführt und geopfert, um seine eigene persönliche Untotenarmee zu schaffen«, antwortete Nausicaä trocken. »Er versuchte, ich zitiere, ›die Sonne auszulöschen und die Welt in einem Festmahl aus feindlichem Blut zu ertränken‹. Tut mir leid, aber Noel war wahnsinnig. Nekromantie ist gegen das Gesetz. Ich war eine Furie und hab nur meinen *Job* getan, als ich ihn schuldig sprach, nicht mehr und nicht weniger.«

»Du hast deinen Job mit *Vergnügen* getan, du gehässiges Ding«, zischte Pallas.

Nausicaä verschränkte ihre Arme vor der Brust und funkelte ihn an. »Da bin ich ganz anderer Meinung. Man kann sich nicht an etwas vergnügen, das einem scheißegal ist – ja, ich *mochte* es, eine Furie zu sein, und ich war gut darin. Immerhin wurde ich genau dafür geschaffen. Ich hab mein ganzes Leben damit verbracht, mich auf diesen Posten vorzubereiten. Aber ich kannte weder dich *noch* Noel. Es war nichts Persönliches. Sondern. Nur. Mein. *Job*.«

»Geh mir aus den Augen!«, fauchte Pallas und sprang auf die Füße. Die Feen um ihn herum keuchten und rührten sich endlich. Eine flüchtete sich in die Arme der Fee neben ihr; eine andere fiel vom Ende ihres Diwans. Der versklavte Mensch an der Bar ließ das Glas fallen, das er gerade gespült hatte, und es zerbrach.

Ohne mit der Wimper zu zucken, lief er über die Scherben, um nach einem Besen zu suchen – als er hinter der Bar hervorkam, bemerkte Nausicaä, dass er barfuß war und blutige Tapsen hinterließ.

All die Straftaten, mit denen der RING davonkam, waren nur möglich, weil die Menschen, die von den Kunden angelockt wurden, um sie zu »unterhalten«, die Freiheit erhielten, den Versuchungen zu widerstehen, mit denen sie geködert wurden. Und nur weil die Menschen ohne eine einzige Erinnerung daran, was geschehen war, wieder in die Welt entlassen wurden (sollten sie vorher nicht gestorben sein), sobald sie ihren Zweck erfüllt hatten und ihren Feenkidnappern langweilig wurde. »Eine Entführung durch Aliens«, schlussfolgerten viele aus ihrer Gedächtnislücke. Es gab nichts, was die Höfe unternehmen konnten, selbst wenn sie wollten. Und auch den Furien waren die Hände gebunden.

»Hinfort mit dir! Du hattest jedes Quäntchen Mitgefühl für deine eigene Misere, aber *keins* für mich. Die Eisengeborenen sind dir genauso egal wie dieses Reich! Du kümmerst dich um *niemanden* außer um dein elendes Selbst. Ich würde viel lieber das schreckliche Ende ertragen, das sich hier anbahnt, als dir zu verraten, was auch immer ich sonst noch über diese Situation weiß. *Hinfort.*«

»Weißt du was? Verflucht sollst du sein!« Nausicaä spuckte auf den Boden, um ihre Worte zu besiegeln. »Ich hoffe, du verlierst noch mehr als Noel.«

Die Fee mit dem Eidechsenschwanz keuchte.

Selbst Pallas sah sprachlos aus.

Jemanden zu verfluchen, war keine leicht zu nehmende Sache, so wenig man auch sich selbst dafür verwenden musste:

Speichel, eine Spur Magie oder sogar Überzeugung, denn der Glaube war ein mächtiges Ding. Er konnte beinah zu allem verbogen werden, um einem schrecklichen Zweck zu dienen. Nausicaä wusste nur zu gut, dass Flüche zu demjenigen zurückkehren konnten, der sie aussprach, um ihn genauso schwer zu verletzen wie das beabsichtigte Opfer. Aber das war ihr egal. Pallas brachte sie auch so schon zur Genüge auf, ohne alte Wunden aufzureißen.

»Die Götter hätten dich VERNICHTEN sollen, als sie die Gelegenheit dazu hatten«, sagte er im Flüsterton.

»Da sind wir uns völlig einig!«

Nausicaä stürmte die Treppe wieder hinunter und stieß grob mit den beiden zusammen, die ihr zuvor den Weg versperrt hatten, einfach weil sie es konnte. Sie hatte es satt. Pallas, dieses unausstehliche Arschloch, hatte recht – das alles ging Nausicaä einen feuchten Dreck an. Was kümmerte es sie überhaupt, dass ein Haufen verdammter Eisengeborener starb? Was spielte es für eine Rolle, dass jemand all diese spezielle schwarze Magie benutzen könnte, um etwas ins Leben zu rufen, das dieses Reich niemals überleben würde? Sie sollte das *begrüßen*, wenn überhaupt. Sie hatte niemanden, der ihr etwas bedeutete und in diesem Krieg sterben konnte, sowie niemanden, der sich um sie sorgen würde, wenn sie sich auf die »falsche Seite« stellte.

Zur Hölle damit!

Dieser Reaper und sein Meister könnten direkt vor ihren Augen einhunderttausend Sterbliche töten und Nausicaä könnte darauf ebenfalls pfeifen, denn das wäre ihr total egal – das war nicht mehr ihre Aufgabe. Sie war *fertig*.

Sie hatte keine Ahnung, was ihren Blick auf die vielen Sitzecken lenkte, die die hintere Wand säumten. Glück, vermutete sie. Nichts als Glück brachte sie dazu, genau dorthin zu sehen, während sie sich durch die tanzenden Feen drängte und ihr verärgerte Schreie, Flüche und Drohungen wie Wespen hinterhersummten. Doch was sie dort erblickte, ließ sie zur Salzsäule erstarren.

Nausicaä wagte ihren Augen kaum zu trauen.

Da, zwischen den Tischen, lauerte eine Kreatur, die so groß wie sie in ihrer wahren Gestalt war. Sie war gigantisch. Unter der straffen Haut ragten die scharf geschnittenen Knochen ihres ausgemergelten, langgliedrigen Körpers hervor, und obwohl jemand oder etwas ihren Schädel eingedrückt und ihr das Augenlicht genommen hatte, schien sie sich ohne Probleme fortbewegen zu können.

Ein Reaper.

Ihr Reaper.

Sie konnte ihn nun riechen, und zwar vom anderen Ende des Raums her. Niemand sonst schien ihn zu bemerken, was seltsam war, denn in *seiner* Gegenwart sollten selbst die scheußlichsten Angehörigen des Feenvolks in Panik geraten. Das hieß also ...

»Sehen sie dich etwa nicht?«

War ein Reaper tatsächlich so gut verzaubert, dass nichts und niemand in einer Höhle der verruchtesten Kreaturen der Welt seine Anwesenheit wahrnehmen konnte?

Nausicaä verharrte einen Augenblick lang und starrte den Reaper einfach nur an, so unfassbar war das alles. Sie folgte seiner langsamen, gewundenen Wanderung zum hinteren Teil des Raums und war komplett verwirrt, dass er überhaupt hier war – Reaper gehörten zu dem wenigen, was sogar der RING zurückwies –, mal ganz davon abgesehen, dass er sich hier ziemlich wohlfühlte.

»Entschuldigung ...«

»*Was?*«

Nausicaä wirbelte herum. Ehe der Reaper sie hingehalten hatte, war sie auf ihrem Weg zum Ausgang schon ein gutes Stück über die Tanzfläche gestapft und hatte die Feen auseinandergejagt – alle außer einer, wie es schien. Diese sah ziemlich grauenhaft aus: ein kugelförmiges Durcheinander aus verfilztem Haar und vernarbtem Fleisch mit einem Mund von der Größe eines Reifens genau in der Mitte ihres Körpers.

Ein Anthropophage.

Und ein *höflicher* noch dazu.

Nausicaä war leicht bestürzt, dass sich die feiernden Feen höchstwahrscheinlich viel eher wegen dieser kannibalischen Kreatur verstreut hatten als wegen ihres rasenden Zorns. »Was?«, fragte sie, als der Anthropophage sie so anstarrte, als sei *sie* diejenige, die umherlief und ihre Mitfeen verschlang.

»Ähm ... du bist doch die, die sich in letzter Zeit nach diesen hier umhört, stimmt's?«

Mit seiner massiven, knorrigen Pfote hielt er etwas zwischen sich und Nausicaä. Es war glatt, grau, von schwarzen Adern durchzogen und in Röhren einer ähnlichen Farbe verwickelt. Auf den ersten Blick war es ein Stein in Form eines sterblichen ... »Ist das ein Herz?«

»War's mal.«

Nausicaä spürte, wie ihr eigenes Herz in ihrer Brust zu pochen begann. Anthropophagen waren nicht so verstört wie ihre Reaper-Cousins. Sie waren jedoch definitiv gefährlich und wurden ebenso von ihrem Hunger nach Fleisch getrieben. Dies war ... merkwürdig. Was hier gerade passierte, war alles seltsam. Von allen Feen, von denen sie angenommen hatte, sie könnten ihr nützlich sein, hätte ausgerechnet diese nicht auf ihrer Liste gestanden, sogar wenn sie dies hier gewusst hätte.

Sie blickte zurück in den Raum. Der Reaper war nun nirgends zu sehen – fast als wäre er nie da gewesen. Selbst sein Verwesungsgestank war verschwunden: Hatte sie sich das alles nur eingebildet? Normalerweise zweifelte Nausicaä nicht so sehr an ihrem Sehvermögen, doch eigentlich nicht vorhandene Dinge zu sehen, war zurzeit viel glaubwürdiger als ein verdammter Reaper, der in einem Klub mit Leuten feierte, die sonst normalerweise herumschreien würden.

»Wo hast du das überhaupt her?«, fragte sie, als sie sich wieder zum Anthropophagen umdrehte.

»Gewonnen.« Der Anthropophage lachte auf. Es war ein verstümmeltes Geräusch, das irgendwie nach schalem Blut stank. »Der Rest von ihm ging geschmeidig runter, aber auf *so was* hab ich keine Lust. Du aber schon, wie ich gehört hab. Und ich hab auch gehört, dass du gute Kartenspiele magst.«

»Ich wittere ein Angebot, mein guter ...«

»Cyberniskos.«

Nausicaä entblößte ihre Zähne in einem Grinsen. »Cyberniskos. Richtig gehört. Ich würd echt gern das ehemalige Herz in deiner Hand haben ... und erfahren, weshalb du so sicher wusstest, dass ich es haben will. Was verlangst du?«

Nun war Cyberniskos an der Reihe zu grinsen und es war kein schöner Anblick. »Man sagt, du bist eine Furie.«

»Mm...hmm, und ich nehme an, du hast *so was* noch nie zuvor zu dir genommen.« Sie ahnte schon, worauf das hinauslief, und verdammt noch mal, sie war sogar ein winziges bisschen aufgeregt. Außerdem hatte sie so die perfekte Ausrede, um noch etwas länger zu bleiben, falls ihr Reaper wirklich in der Nähe *war*. Sie hatte sich noch nie so richtig mit einem Anthropophagen unterhalten – und noch nie mit einem bei einem Pokerspiel um dessen weltliche Besitztümer gespielt. Endlich erhielt sie hier ein hauchdünnes Versprechen auf Antworten – viel mehr als das, was sie seit ihrer Ankunft an diesem gottverlassenen Hof bekommen hatte. Zudem vermochte sie nicht zu leugnen, dass Drohungen und Gefahr einen gewissen Nervenkitzel auslösten.

»Ich nehme an, das wird mich wortwörtlich meine Existenz kosten, was?«

Cyberniskos gluckste. »Mir hat nie jemand gesagt, dass Dark Star so lustig ist.«

»Ja, erzählt auch keiner.«

KAPITEL 13

Arlo

Das war nicht der Feenring. Der Gang, den Arlo hinabstieg, war die Treppe zur Hölle, und niemand könnte sie je vom Gegenteil überzeugen. Sie hatte keine Ahnung, was sie täte, wenn sie endlich aus ihren leibhaftig gewordenen Albträumen herauskam. Sie war sich jedoch absolut sicher, dass sie nie wieder einen Fuß in diese Dunkelheit setzen würde.

Weil das nicht einfach nur Dunkelheit war.

Die Luft hier war unglaublich dicht und viel zu feucht und zu kühl, als dass die Schatten nur aus fehlendem Licht resultieren konnten. Dunkelheit füllte einen Raum nicht wie flüssiger, in eine Form gegossener Teer aus. Sie pulsierte auch nicht wie zischende Energie auf Arlos Haut und jagte ihr keine statischen Schauer über den Rücken. Die Dunkelheit war kein lebendiges Wesen, das Arlo ins Ohr flüsterte und ihr fremde, panische Gedanken in den Kopf einpflanzte oder sie mit nichts als den irgendwie schleimigen Wänden als Halt die glitschigen Stufen hinabtrieb. Die Finsternis (nahm sie an) hatte auch ihr Handy mit der eingebauten Taschenlampe abgeschaltet.

Mit jedem Schritt wuchs der Drang, der ihr sagte: *Du musst umkehren*, als wolle der Gang selbst sie von ihrem Vorhaben abbringen. Den Grund konnte sie nur vermuten. Vielleicht war das ein Test oder eine Magie, die die Menschen davon abhalten sollte, dem Köder zu folgen, mit dem die Feen sie in dieses Spinnennetz lockten. Oder aber es war nur ein Produkt ihrer verdammten Einbildung. Doch als die körperlose, Nicht-ganz-Arlo-Stimme in ihrem Kopf andeutete, sie würde ersticken und sterben, wenn sie nicht auf dem Absatz kehrtmachte – für immer und ewig eingeschlossen an diesem ätzenden Ort –, war ihr das egal. Sie wollte dieser Stimme einfach nur unbedingt Folge leisten, sofort umdrehen und gehen.

»Ich darf nicht«, murmelte sie vor sich hin. »Ich darf nicht, ich darf nicht.«

Umzukehren wäre klug und eine ausgezeichnete Idee. Arlo nahm an, dass viel mutigere Leute als sie an diesem Punkt nicht weitergehen würden. Mit diesem Durchgang erreichte sie ein nie zuvor erlebtes Horrorlevel. Drehte sie jedoch um, müsste sie erneut diem Troll gegenübertreten. Sie würde sich xieser eingebildeten Überlegenheit stellen und xiem die Genugtuung erweisen müssen, dass sie nicht das Zeug hatte, den Feenring zu betreten.

Wenn die bloße Anwesenheit von Magie – wie übermächtig sie auch sein mochte – genügte, um sie abzuschrecken, könnte sie letztendlich genauso gut ein vollständiger Mensch sein.

Arlo zwang sich weiterzugehen. Sie verdoppelte ihr Tempo und flog die restlichen Stufen so schnell und sicher wie möglich hinunter. Gerade als sie die unterste Stufe hinter sich ließ, wankte jedoch auf einmal alles um sie her. Erst als Farben und Geräusche in ihre Sinne eindrangen, erkannte sie, dass der Gang sie ihr genommen hatte. Arlo blieb mit dem Gefühl zurück, sie sei gerade durch ein besonders feines Sieb passiert worden. Beim leisesten Klingeln in den Tiefen ihres Gehörs fragte sie sich, ob sie diese Erfahrung je vergessen würde.

»Ich werde Celadon umbringen«, murmelte sie mit zittriger Stimme. »Dieser dumme magische Durchgangsdreck ... Eine *kleine* Vorwarnung wäre echt nett gewesen.«

Zurzeit hasste sie Celadon mit jeder Faser ihres Körpers – hätte er ihr von diesem verhängnisvollen Durchgang erzählt, hätte er sie vielleicht überzeugt, diesen Plan auszusitzen. Doch es war vorbei. Sie war hier.

Vor ihr lag der Feenring.

Der Klub war wie jeder andere konstruiert – nicht dass Arlo je in einem gewesen war, da sie nach menschlichen Maßstäben minderjährig war und abgesehen von Celadon keine Freunde hatte, mit denen sie hätte hingehen können. In der Mitte des Raums befand sich eine runde Bar und linker Hand eine Tanzfläche. Auf Letzterer wanden sich und taumelten lauter Körper. Für Arlo sahen sie wie ein Meer aus Würmern aus. Wie auf Wellen bewegten sie sich zu den Beats der Liveband, die im hinteren Teil des Raums spielte, direkt hinter einer Treppe, die zu einem privaten Treppenabsatz führte.

Auf die offene Fläche warf die Deckenbeleuchtung alle Farben des Regenbogens, und die Tänzer und der dazwischen wabernde Dunst reflektierten sie. Als Arlo ihre Sinne zu fokussieren versuchte, war das Wirrwarr der Auren genauso unmöglich zu durchdringen wie ihre Körper.

Die Käfige über ihren Köpfen hoben den Feenring glasklar von andern vom Feenvolk betriebenen Klubs ab. In diesen goldglänzenden, an dicken Ketten von der Decke hängenden Käfigen steckte jeweils ein Mensch, im Vollrausch von den Speisen und Getränken, zu deren Verzehr man ihn verführt hatte. Diese Menschen waren mit Federn beklebt worden, sodass sie zu Vogelparodien wurden, so farbenfroh wie die blinkenden Lichter. Wenn einer aufhörte zu singen (weil seine Kehle entweder zu trocken oder sein Körper zu erschöpft war; einige begannen sogar, aus ihrer Benommenheit zu erwachen), zischten und buhten die Leute darunter und warfen weitere Essenshappen oder verspritzten ihren Getränke nach oben, um sie aufzuheizen.

Auf der hinteren Plattform bei der Band tanzten spärlich bekleidete Menschen wie Marionetten, mit weit aufgerissenen, leeren Augen, bespritzt mit leuchtender Farbe, Schmutz und zweifellos Schlimmerem. Arlo bemerkte, dass sie infolge ihrer unbedachten Leichtfertigkeit zerschrammt und zerkratzt waren.

Auf dem Boden saßen noch mehr Menschen, die vor Feenkost so trunken waren, dass sie mit etwas Glück bis zum Umfallen tanzten. Vollständig präparierte Köpfe hingen genau so an den Wänden, wie Jäger Trophäen ihrer Lieblingsbeute sammeln – Fänge, die diese boshaften Feen zu sehr mochten, um sie wieder ins Leben zu entlassen.

Arlo versuchte, die Augen abzuwenden, doch ein gruseliger Anblick löste den anderen ab, und zwar in jeder Richtung. Hier in dieser Ansammlung der Allerschlimmsten ihrer Art, wo die Regeln der Höfe nicht galten, war es dem Feenvolk gestattet, seinem Frust freien Lauf zu lassen. Die Feen waren einst gezwungen worden, für einen ungewollten Frieden ihr Leben aufzugeben, und diese Menschen mussten einen schrecklichen Preis dafür zahlen, was ihnen versprochen worden war, so jämmerlich diese Sache auch sein mochte – ob Geld, das zu Blättern verschrumpelte, Edelsteine, die zu Pilzhüten verrotteten, oder ein hübsches Gesicht, das unter seinem Zauber gar nicht so schön war. Jedes Versprechen barg einen Schwindel und viele überlebten die Tage nicht, die sie im Tausch dafür gaben.

»Geh einfach weiter«, murmelte sie und unterdrückte einen Schauder. »Denk ... einfach nicht drüber nach und geh weiter.« Sie wusste, was sie hier erwarten würde – sowohl Celadon als auch Gerüchte warnten sie. Die Höfe vermochten in nichts einzugreifen, was hier geschah. Dies war ein Spalt außerhalb ihrer Kontrolle, weil er technisch gesehen der WILDNIS angehörte. *Sie* konnte nichts unternehmen und sie würde die Nerven verlieren, wenn sie sich nicht vorwärtsbewegte.

Kopf nach unten ... Nicht zu viel Aufmerksamkeit auf sich ziehen.

Zu ihrer Rechten gab es Sitzgelegenheiten. Dutzende Tische standen verstreut herum, bis hin zur hinteren Wand und den Sitzecken davor. Hier war auch alles voller Feen und vermutlich der beste Ort für Arlo, um etwas in Erfahrung zu bringen. Doch jetzt fiel ihr ein, dass sie ja auf einige wirklich zugehen und mit ihnen *reden* müsste, und sie hatte keine Ahnung, wie sie das so dringende Gespräch überhaupt anfangen sollte.

Hast du eine blonde junge Frau mit grauen Augen gesehen? Die so viel Schwarz trägt? Und weißt du zufällig, ob sie in letzter Zeit rumgezogen ist und Leute getötet hat?

Genau. Nein, sie würde viel zu sehr wie eine der Falchion klingen, der gewöhnlichen Polizeitruppe der magischen Gemeinschaft. An einem Ort wie diesem würde ihr das nur genau den Ärger einbringen, den sie unbedingt vermeiden wollte.

»Ich muss klein anfangen ...«, sagte sie zu sich selbst.

Die Serviceleute (zumindest diejenigen, die keine Menschen waren und wie animierte Puppen mit Tabletts herumschlurften) wären wahrscheinlich die beste Startvariante – an einem Tisch könnte sie jemanden unter dem Vorwand einer Bestellung anhalten. »Natürlich hab ich mir die geschäftigste Nacht dafür ausgesucht ...« Arlo seufzte.

Der Feenring war bei Kriminellen beliebt und der Grund war nicht schwer zu erraten. In dem exklusiven Klub für Feen konnten sie ihren Zauber vollständig ablegen, ohne dabei zu riskieren, erwischt zu werden. An diesem Ort der Ruhepause musste sich keiner mit dem menschlichen Standard des Aussehens abmühen, nach dem sie laut dem strengen und unnachgiebigen Hofgesetz ihre Zauber weben sollten. Das vermochten viele nur mit großer Anstrengung über einen längeren Zeitraum am Stück aufrechtzuerhalten.

Als sich Arlo zwischen den Tischen durchschlängelte und einen freien Platz suchte, kam sie an einer Gruppe Gnome vorbei: pummeligen, knubbeligen Männern mit langem, grauem Bart, orangefarbiger, lediger Haut und stämmigen Gliedmaßen. Diese vermehrten sich dieser Tage wie Ratten in den Städten. Sie schlürften allesamt aus Krügen, die größer als sie selbst waren, und konnten nicht einmal über die Tischkante sehen.

Arlo wandte sich nun dem nächsten Tisch zu. Dort saß etwas, das einem rosaroten Elefanten in einem weißen Anzug ähnelte. Xier trug so viel Gold, dass xier jedes Mal blendend funkelte, wenn die Regenbogenlichter in xiese Richtung strahlten. Xiese Partnerin war eine prächtig aussehende Frau mit vier Paar käferschwarzer Augen, langem marineblauen Haar und kobaltblauer Haut, die wie Fischschuppen schimmerte. Arlo wusste nicht, um was für Feen es sich bei beiden handelte. Möglicherweise waren sie dem RING von einem seiner früheren Aufenthaltsorte gefolgt und daher normalerweise nicht im Frühlingsgebiet anzutreffen.

An einem anderen Tisch, an dem sie vorbeikam, saß eine Gruppe kichernder Feen. Diese Art *erkannte* Arlo – es waren Dryaden. Mit brauner Teak-, Eichen- und Weidenrinde als Haut und zusammengenähten Blütenblättern als Kleidung sahen sie allesamt umwerfend aus. Außerdem waren sie groß und geschmeidig und lenkten die Blicke einiger zitronengelber, lavendelfarbener und pastellener Pixies auf sich, die ein paar Tische weiter saßen. Indem sie ihre schillernden Flügel wie Masten aufstellten, versuchten diese wiederum, die Blicke der Feen auch auf sich zu lenken.

Nach einigen weiteren Minuten, in denen sich Arlo durch die Menge schlängelte, entdeckte sie in einer hinteren Sitzeckenreihe endlich einen freien Platz. Dieser lag ein wenig abseits, doch das war vielleicht sogar ein Segen, denn sie wollte sich interessierten Blicken ja gerade entziehen. Sie drängte sich vor und wäre auch problemlos angekommen, hätte da nicht jemand ihr Handgelenk geschnappt und sie aufgehalten.

»Hey!« Arlo wirbelte herum. Ihre Empörung verflog in dem Moment, in dem ihre Augen kaltes Schwarz trafen. »Ähm, warst du nicht gerade ...«

Dier Troll von außerhalb des Klubs saß jetzt an einem Tisch und musterte Arlo. Fort war xies Zauber – zumindest der, der xien als Mensch erscheinen ließ. Unter einer olivfarbenen Haut mit tannengrünem Stich war xiese enthüllte Gestalt ausgesprochen felsig. Die in xiese Kopfhaut gestochenen runenartigen Tattoos waren immer noch sichtbar und liefen xiesen Hals hinab und unter den Kragen xieses Hemds. Doch jetzt ragten aus xiesen Schläfen zwei stumpfe, etwa zehn Zentimeter lange Hörner vom selben Vulkanglasschwarz wie xiese Augen und Nägel. Mit Letzteren trommelte die eine freie Hand auf den Tisch.

Glasklar sah xier für Arlo vor, sich auf den xiem gegenüberstehenden und einzigen anderen Stuhl an xiesem Tisch zu setzen. Sie zögerte. Xier war viel zu schnell hergekommen, und zwar ohne dass sie es überhaupt bemerkt hatte. Feen waren äußerst geschickt darin, sich ungesehen fortzubewegen, aber Trolle (insbesondere so große wie dier vor ihren Augen) sollten außerstande sein, praktisch an jedem beliebigen Ort wie aus dem Nichts aufzutauchen.

Arlo war unklar, was sie von diesem abnormen Verhalten halten sollte.

»Setz dich«, sagte dier Troll.

»Würd ich viel lieber drauf verzichten ...«

Dier Troll ließ Arlos Hand fallen und deutete mit xiesem Kinn auf den leeren Stuhl. »*Setz dich*«, wiederholte xier und Arlo fügte sich trotz ihrer Bedenken. Besänftigt entspannte sich dier Troll wieder. »Ich mag dich.«

Arlo rümpfte die Nase. »Hast eine ganz schön komische Art, das zu zeigen. Was willst du von mir?«

»Was *ich* will, spielt im Moment keine Rolle, Arlo Jarsdel. Die eigentliche Frage ist: Was willst *du*?«

Was wollte sie denn? Nun, eine Antwort auf ihre Fragen wäre ein guter Anfang. »Woher kennst du meinen Namen?«

Dier Troll zuckte kurz mit den Schultern. »Ich weiß viel mehr als das, aber das ist im Moment genauso unwichtig, falls du das noch nicht verstanden hast.« Xier warf einen Blick über Arlos Schulter und deutete nun mit dem Kinn auf etwas hinter ihr. »Im hinteren Teil des Klubs gibt es einen Ausgang. Siehst du ihn?«

Arlo wandte sich um. Zwischen blinkenden Lichtern, zahllosen anderen Köpfen, Gliedmaßen, Geweihen und Hörnern konnte sie gerade noch eine Tür ausmachen, verborgen in der schattigen Ferne und durch ein leuchtendes rotes Schild markiert. »Ja, ich seh ihn.«

Dier Troll grunzte. Als sich Arlo xiem wieder zuwandte, deutete xier mit xiesem Kinn abermals auf etwas, diesmal rechts von ihr und neben der Bar. »Diese Dryade da, siehst du sie?«

Sie spähte in die Menge.

Dort, vier Tische weiter, saß ganz allein eine Dryade und beugte sich über ihr Getränk. Dabei waren ihre schlanken Rosenholzschultern bis an die Ohren hochgezogen und ihr Haar von der Farbe schwarzer Stiefmütterchen hing um sie wie ein Trauerschleier. Mit jedem giftigen Blick, den sie durch den Raum schoss, schien sich ihre Anspannung noch zu verstärken. Sie war hübsch, genauso wie die anderen Dryaden, an denen Arlo auf dem Weg hierher vorbeigegangen war. Doch so, wie sie sich hielt, wirkte sie müde und zerbrechlich.

»Ja, sie seh ich auch. Na und?«

»Wenn du durch die Tür hinter dir gehst, findest du dich auf einem Pfad wieder, der das Geheimnis um den Tod des eisengeborenen Kindes im Café durchaus lüften könnte.«

Arlo setzte sich ein wenig aufrechter hin und lauschte gespannt.

»Doch sprichst du stattdessen mit der Dryade, wirst du dich auf den Pfad der Gerechtigkeit begeben. Die Dryade kennt die Antworten auf die Fragen, die dich heute Abend hergeführt haben – was für ein *Glückspilz* du doch bist, dass du dieselbe Nacht für deinen Besuch gewählt hast wie sie. Was sie dir sagen kann, kann zweifellos dazu führen, deine Beute zu ergreifen und ein Unrecht wiedergutzumachen, das bereits seit über einem Jahrhundert schwelt. Und es kann einen uralten Groll beenden, den selbst die Götter nicht zu besänftigen vermögen.«

Arlo neigte den Kopf zur Seite und betrachtete dien Troll in einem neuen Licht.

Xier benahm sich immer merkwürdiger. Neben xiesem ungewöhnlich starken, seltsamen Zauber und dem Mangel einer erkennbaren Aura war xier auch viel wortgewandter, als sie je von einem Troll erwartet hatte. So ziemlich jeder sagte, sie seien nicht die wortreichsten Kreaturen. »Warum erzählst du mir das alles? Was hast du davon, mir zu helfen?«

»Die Tür oder die Dryade – das sind die Auswahlmöglichkeiten, die dir die Vorsehung gewährt hat, da du hergekommen bist«, erklärte xier weiter. »Aber diese Pfade stehen dir nicht als einzige offen.« Dier Troll lehnte sich vor. Während des Gesprächs hatten xiese Finger irgendwann aufgehört zu trommeln. Xier kam wohl endlich zum Punkt. Obwohl sie genau wusste, dass xier genau die Art Gefahr war, vor der sie gewarnt worden war und die sie meiden sollte, brannte Arlo auf xiese Worte.

»Einfach gesagt: Du stehst an einem Scheideweg, Arlo. Die Vorsehung hat bereits über deine Zukunft entschieden, aber in gewissen Momenten im Leben – wie zum Beispiel jetzt – lässt sie dich wählen, welchen Pfad du gehen möchtest, um dort anzukommen.

Du hast Glück, denn dieser Moment findet in einem Feenring statt. In *dem* Feenring. Ich bin mir sicher, dir war nicht bewusst, dass ein Feenring einer der wenigen Orte ist, den die Gottheiten im Reich der Sterblichen heutzutage ohne Einladung besuchen können. Welch ein *Glück*, dass du gekommen bist, denn diese Momente der Wahl sind ebenfalls besonders. Nur in diesen Zeiten lässt sich das eigene Schicksal nämlich gegen etwas eintauschen, das nicht von meiner Titanenschwester, sondern von jemand anderem erschaffen wurde. Und es ist schon eine Weile her, seit ich auf diesem Spielbrett eine anständige Spielerin hatte – ganz zu schweigen von einer, die die Vorsehung sonst zu einer Heldin gemacht hätte.«

Arlo machte große Augen.

»Du bist kein Troll ...«

Dier Troll grinste und zeigte noch mehr von den stumpfen Felsbrocken, die xiem als Zähne dienten. Als sich das Grinsen über xies Gesicht ausbreitete, flackerte xies Erscheinungsbild genauso wie zuvor xiese menschliche Maske.

Da war Arlos Antwort.

Das Flackern währte viel zu kurz, um zu verstehen, was sie sah. Aber der Eindruck eines viel schärfer geschnittenen Gesichts, feuergrünen Haars und winziger Zwillingsgalaxien, die in Obsidian versteinert waren, blieb Arlo noch lange nach dem Verschwinden des Bildes im Gedächtnis. Das genügte ihr, um zu wissen, dass sie hier nicht mit einer durchschnittlichen, alltäglichen Fee sprach – und schon gar nicht mit etwas so Einfachem wie einem Troll.

Aber wozu machte xier das, fragte sie sich. Xiese *Titanenschwester* ... War dieser Troll eine Art *Gott*?

»Also ... nur damit ich das richtig verstehe.« Arlo schob die Myriaden anderer Fragen beiseite, die in ihrem Kopf herumschwirrten, und konzentrierte sich auf xien. »Die VORSEHUNG hat entschieden, dass ich eine Art ... Heldin sein werde? Und jetzt befinde ich mich in einem ›gewissen Moment‹ in meinem Leben, der festlegen wird, wie heldenhaft ich als Heldin sein werde, je nachdem, wofür ich mich entscheide. *Und* eines dieser Dinge, die zur Auswahl stehen, wird mir sagen, was Cassandras Blut zum Leuchten gebracht hat.«

Dieses »Was, wenn«-Gefühl der Hoffnung, sowohl damals bei der Anhörung als auch vor ihrer Ankunft im Klub – hatte es sie zu diesem Moment geführt? Hatte alles, was in letzter Zeit geschehen war, sie in diese Richtung getrieben – nicht zu einem Leben als Elfe, sondern zu einem Leben als Heldin?

Dier Nichttroll nickte.

»Ganz genau. Die VORSEHUNG will unbedingt, dass du eine größere Rolle in der Geschichte spielst, die sich um dich herum entfaltet. Wähle die Tür oder die Dryade – beide sind ihr Wille und dazu bestimmt, dir die großartigste Rolle zuzuweisen, die deine Zukunft bereithält. Natürlich auf verschiedene Weisen. Alles hängt von deiner Leistung ab, um zu dem zu werden, was die VORSEHUNG geplant hat.«

Arlo konnte beinah spüren, wie ihr das Blut aus dem Gesicht wich. »Du hast da was von einem Schicksalstausch erwähnt. Was, wenn ich keine Heldin sein will?«

Ihr war nicht egal, was in den Höfen vor sich ging, genauso wie es ihr nicht egal war, was mit Cassandra geschehen war. Sie wollte helfen, wollte dieses schreckliche Kapitel im Leben der Eisengeborenen zu Ende bringen. Sie liebte es, Geschichten über Leute zu lesen, die sich in Abenteuer stürzten und herausfanden, dass sie die geborenen Anführer waren und es ihre Bestimmung war, etwas in der Welt zu bewirken. Aber eine Heldin?

Helden mussten so viel Leid ertragen.

Und sie lieferten den Stoff für *Tragödien*.

Sie übernahmen die Verantwortung, forderten Autoritäten heraus und trafen nicht nur für sich selbst Entscheidungen, sondern auch für andere Leute. Arlo ... Arlo gelangte ja schon beim Thema *Schule* kaum zu einem Entschluss. Sie war in so ziemlich jedem Lebensbereich eine Enttäuschung und auch hier würde sie nichts anderes tun, als andere zu enttäuschen, weil das ... Das war viel mehr, als sich nur nach Hinweisen umzusehen, um sie anschließend anderen, kompetenteren Leuten weiterzugeben. Es ging darum, die Verantwortung für das *Leben* anderer zu übernehmen, sie zu beschützen, ihre *Hoffnung* zu sein. Arlo war eine Statistin, eine Hintergrundfigur, die Heilerin einer Abenteuergruppe, wenn überhaupt. Sie hatte schlichtweg nicht das Zeug zu irgendetwas anderem, egal was die VORSEHUNG zu denken schien.

Aber so wie dier ihr gegenübersitzende Troll grinste, hatte sie offenbar das Richtige gesagt. Die unendlich schwarzen Augen flackerten noch dunkler und ermöglichten einen weiteren kurzen Blick auf die unergründliche Finsternis. Xies Grinsen wurde noch spitzer. »Nun, dann wären wir bei deinen anderen Optionen.«

»Die da wären …?«

»Du könntest einfach gehen und entscheiden, gar keine Heldin zu sein. Dadurch würdest du die VORSEHUNG einfach zwingen, ihren Plan zurückzusetzen und eine neue Rolle für dich zu suchen.«

Arlos Blick huschte über die Schulter dies Trolls zum Eingang des Feenrings und zur Dunkelheit, die auf ihr Ende wartete.

»Die VORSEHUNG hat dich so wie alle vor dir bereits hiervor, ihrem Tempel, gewarnt. Du hast nur diese eine Gelegenheit. Du wirst nicht noch einmal dasselbe erleben, wenn du dich entscheiden solltest, den gleichen Weg zu gehen, den du gekommen bist«, erklärte dier Troll, als xier ihr Zögern bemerkte.

»Und das war's? Ich kann einfach … aufstehen und gehen? Und ich muss nicht irgendjemandes irgendwas sein?«

War das wirklich so simpel? Könnte sie durch die Vordertür gehen und damit die schwere Last ihres vermeintlichen Schicksals hinter sich lassen?

Die eigentliche Frage war, ob sie das auch wirklich tun *würde*.

War sie tatsächlich egoistisch genug, um etwas aufzugeben, zu dessen Lösung sie nicht nur unbedingt beitragen wollte, wozu sie sogar hergekommen war, sondern das sie auch so dringend benötigte, dass sie für ihre Hilfe zur Heldin würde? War ihre Entscheidung wirklich relevant oder würde sich in dieser Situation jemand anderes für diese Rolle finden? Nur weil Arlo anscheinend die Anforderungen für diesen Part erfüllte, hieß das noch lange nicht, dass sie die Einzige war, die infrage kam. Zudem gab es da draußen sicherlich jemanden, der viel besser zum Retter taugte.

»Es ist in der Tat so einfach«, bestätigte dier Nichttroll. »Der Fairness halber möchte ich dich jedoch auf etwas anderes aufmerksam machen.«

Xier hob xiese Hand mit den schwarzen Fingernägeln. Dieses Mal zeigte xier über das Meer aus Gesichtern und Tischen hinweg auf die Sitzecke, die Arlo vorhin angesteuert hatte. Diejenige, die sie ausgesucht hatte, war noch immer unbesetzt, doch aus ihrem jetzigen Blickwinkel war die davorliegende nicht mehr versperrt. Als sie eine der beiden Insassen erkannte, stockte ihr der Atem und fiel ihre Kinnlade herab.

Das Mädchen in Schwarz.

Nausicaä Krake.

Wieder ließ sich ihre Aura überhaupt nicht wahrnehmen.

Wie alle hier sah auch sie im Feenring anders aus. Sie war ein bisschen zu weit entfernt, als dass Arlo in ihrem Gesicht etwas Bestimmtes hätte erkennen können. Allerdings trug sie immer noch wie einen Mantel diese gleichgültige Ausstrahlung und streckte sich in der Sitzecke wie auf einem Thron aus. Sie war immer noch ganz in Schwarz gekleidet, ihre Beine waren unter dem Tisch ausgestreckt und schienen wegen ihrer engen Lederhose und der tödlichen Spitzen ihrer rot besohlten Stilettos noch länger.

Nun war viel mehr von ihr zu sehen als im Café, da sie ihre Lederjacke gegen ein knappes Oberteil aus Spitze und Mesh getauscht hatte und ihre starken Schultern entblößt waren. Im Licht des Klubs wirkte ihr offenes sandblondes Haar wie ein sich ständig wandelnder Regenbogen. Bei jemand anderem wäre das vielleicht ein skurriler Effekt gewesen, aber bei diesem Mädchen namens Nausicaä trug nichts dazu bei, die tödliche Schlange hinter ihrer lässigen Fassade zu besänftigen – im Gegenteil, sie sah noch geisterhafter aus als zuvor.

Sie spielte Karten und für die Dinge, die ihr Gewissen belasten sollten – wie Cassandras Mord –, sowie angesichts ihres Spielpartners wirkte sie viel zu entspannt. Arlo fand, dass dies Bände über ihren Charakter sprach. Säße *sie* dieser kugelförmigen, riesigen Masse aus blutverkrusteter Haut und abgebrochenen Zähnen gegenüber, wäre sie nicht halb so ruhig wie Nausicaä, die soeben den Kopf zurückwarf und eine Äußerung dieser Kreatur mit einem Lachen quittierte.

Mit einer vertrauten und nervösen Übelkeit in ihrem Bauch drehte sich Arlo wieder zum Nichttroll um. »Sie war eigentlich der Jemand, dem ich heut Abend aus dem Weg gehen wollte, weißt du?«

»Dark Star. Ja, das ist mir bekannt.«

»Aber du willst, dass ich zu ihr gehe und mit ihr rede«, folgerte sie.

»Korrekt«, erwiderte dier Nichttroll. »Genau das will ich. Für das Bevorstehende würde ich sehr gern erfassen, was Nausicaä ist – wozu sie fähig ist –, und zwar bevor die anderen bemerken, dass sie dasselbe versuchen sollten. Sie ist die Zukunft, die ich bereit bin, im Tausch für diejenige anzubieten, die du derzeit schulterst. *Ich* möchte, dass du diese Option wählst.«

Ah, es war also nicht Arlo, auf die es Wer-auch-immer-das-war in Wahrheit abgesehen hatte. Sie war wieder einmal nur das Mittel, um an jemand anderes heranzukommen. »Du weißt schon, dass sie vermutlich eine Mörderin ist, oder?«

»Oh ja, das ist sie, und ihre Finsternis hat sie in gewissen Kreisen zur Legende gemacht. Aber sie steckt nicht hinter den Verbrechen, die du ihr in die Schuhe schieben willst.«

»Oh?«

Das war nicht gerade beruhigend, wenngleich doch informativ.

Also war Nausicaä nicht für Cassandras Tod verantwortlich? Na toll. Dem Geständnis dies mysteriösen Fee nach war sie aber trotzdem eine Mörderin. Arlo war keine Heldin, doch auch keine Schurkin; sie wollte sich nicht mit solchen Leuten abgeben.

»Nun«, begann sie. Solang sie noch überzeugt genug war, sich von dieser Angelegenheit fernzuhalten, schob sie ihren Stuhl zurück und stand auf. »Dann solltest du vielleicht selbst mit ihr reden. Ich will weder mit Nausicaä Krake zu tun haben noch mit sonst was, das du mir auftischen willst. Ich hab erfahren, was ich wissen wollte – nämlich dass Dark Star nicht hinter den Morden an den Eisengeborenen steckt.«

Das musste genügen.

Sie würde diese Angelegenheit nicht komplett aufgeben und immer noch helfen, wo sie nur konnte. Sie war jedoch außerstande, durch diese Tür im hinteren Teil des Klubs zu gehen oder mit dieser bekümmerten Dryade zu sprechen. Sie konnte das Feenvolk doch nicht zu *ihr* als seiner »Retterin« verdammen. Es würde jemand anderes sein müssen – jemand wie der Hochkönig, geboren, um den Mantel eines Helden zu tragen ... und keine Teenagerin.

»Du gehst also?«

Arlo nickte und rutschte von ihrem Sitz. »Ja. Danke, dass du mich auf meine Auswahlmöglichkeiten aufmerksam gemacht hast. Mir ist klar, dass du das nicht tun musstest, und bin dir dankbar. Ich möchte einfach niemandes Heldin sein – nicht einmal deine. Ich will keine Schachfigur in einem Spiel sein oder eine von deinen *Avengers* oder was auch immer du hier vorhast. Ich bin nicht ... dafür geschaffen, jemand zu sein, den man *braucht*.«

Die VORSEHUNG hatte einen Fehler begangen; es gab keine andere Erklärung dafür.

Sie war nichts Besonderes.

Sie war nämlich Arlo – *einfach nur* Arlo – und ihr Leben recht gut. Warum sollte sie dieses für all den Stress durcheinanderbringen, der mit der Einmischung in Angelegenheiten um Leben oder Tod einherging?

»Du missverstehst, wer ich bin.«

»Wahrscheinlich weil du's mir nie gesagt hast.«

Dier mysteriöse Troll-Gott schüttelte den Kopf. »Ich will nicht, dass du eine Heldin bist, Arlo Jarsdel. Ich will, dass du etwas bist, das sich nicht zu sehr in Regeln verstrickt – mein Hollow Star, wie mein Ehemann jedes unserer Adoptivkinder zu nennen pflegt. Jemand, dessen Zukunft von der VORSEHUNG *losgelöst* und stattdessen an das Glück gebunden ist und der den Ausgang einer jeden Entscheidung ändern kann, um sich so viele Schicksale zu formen, wie man sich nur erträumen kann.«

»Das klingt sogar noch schwieriger, als eine Heldin zu sein.« Arlo verzog das Gesicht. »Unendliche Möglichkeiten? Glück? Tja, bin mir nicht sicher, ob ich viel davon habe. Also, ähm, danke, aber nein danke.« Arlo nickte zum Abschied und schritt um den Tisch herum.

Und wieder geriet ihr Handgelenk in den blitzschnellen Griff dies Nichttrolls.

»Nimm das hier«, sagte xier sanfter, als xier es den ganzen Abend getan hatte.

Plötzlich hielt ihre Faust etwas Schweres. Als dier Nichttroll sie losließ, hob Arlo ihre Hand, öffnete ihre Finger und untersuchte den Gegenstand, den xier in ihre Faust gezaubert hatte.

»Ein Würfel?« Sie sah dien Nichttroll wieder an und hob eine Augenbraue.

War das eine Art Scherz? Der Würfel war wunderschön, aus Jade in exakt derselben Farbe wie Arlos Augen geschnitzt und mit Zahlen aus purem Gold auf jeder seiner zwanzig Seiten versehen. Aber das war doch nur ein Würfel ... oder?

»Ein Würfel«, bestätigte dier Nichttroll. »Und er gehört dir allein. Ich habe ihn speziell für dich gefertigt.«

»O...kay. Na, danke, aber ich hab dir schon gesagt, dass ich dir nicht helfen werde.«

»Wenn du ihn nie benutzt, ist das deine Sache. Aber er gehört dir und er wird bei keinem anderen funktionieren. Solltest du jemals beschließen, mein Angebot doch anzunehmen, brauchst du es nur zu sagen und ihn zu würfeln.«

Arlo nickte. Dann steckte sie ihr Geschenk ein. Sie hatte das Gefühl, sie bekäme Kopfschmerzen, wenn sie darauf bestand, dass xier ihn zurücknahm. Außerdem konnte sie ihn später jederzeit wegwerfen, wenn xier nicht in der Nähe war, um sie dabei zu erwischen. »Alles klar, hab's verstanden. Mach dir aber keine allzu großen Hoffnungen oder so.«

Als Antwort zuckte dier Nichttroll lediglich mit den Achseln. Arlo fasste das als Erlaubnis zu gehen auf. Sie wirbelte abermals herum und widerstand dem Drang, noch einen Blick auf die Tür zu werfen und noch länger über diese Dryade und was sie zu sagen hatte, nachzudenken, weil ... nein, sie durfte nicht. Sie durfte sich von ihrer Neugierde nicht überwältigen lassen.

Während sie es eilig hatte zu fliehen, bevor dier Nichttroll einen anderen Weg fand, um sie aufzuhalten, sah sie aus dem Augenwinkel – ein viel zu kurzer Blick, um ihn zu verarbeiten – die schwarzen Augen dies Nichttrolls aufblitzen ... der Puls, der durch die Luft schallte und das Geschehen leicht verzerrte, der Feenmann, der seinen Tisch *genau* in dem Moment wütend verließ, in dem Arlo *zufällig* nach vorn trat. Ohne weitere Vorwarnung stießen die beiden zusammen und die letzten Tropfen des Getränks der Fee schwappten über den Rand ihres Bechers und durchnässten die Vorderseite ihres Hemds.

»Pass doch auf«, schnauzte sie. Arlo, die beinah umgekippt wäre, konnte nur große Augen machen.

Bis jetzt war sie noch nie einem Lesidhe-Elfen begegnet, zumindest nicht wissentlich. Die Höfe und überfüllten Stadtgebiete mochten sie eher nicht. Zudem hatten sie nur wenig Lust, in der Politik mitzuspielen und sich unter andere Gesellschaft als die eigene zu mischen – und wohl allein deshalb hatten die Sidhe das Sagen, nicht die Lesidhe, denn deren Magie galt gemeinhin als wesentlich mächtiger.

Die Überraschung über ihren Zusammenprall ließ den Menschenzauber eines Mannes mittleren Alters verfliegen und enthüllte seine lodernden bernsteinfarbenen Augen sowie seine frostblaue Haut. Seine Aura – die sie nur wegen ihrer Nähe von den vielen anderen unterscheiden konnte – saß wie eine kaum wahrnehmbare winterliche Kiefer in ihrer Nase fest und schimmerte praktisch am Rande ihrer SICHT. Das passierte ihr bei einem Sidhe-Elfen zum ersten Mal.

»Tu... Tut mir leid«, stammelte Arlo.

Die Lesidhe und die Sidhe ... Sie kamen nicht besonders gut miteinander aus – genau genommen so schlecht, dass die Lesidhe es schon vorzogen, sich als Feen zu bezeichnen, und in Ringen und an anderen ähnlichen Orten auch generell als solche willkommen geheißen wurden. Die Lesidhe hielten die Sidhe für ebenso arrogant und grausam, wie die Götter gewesen waren, und hassten es, sich viel zu strengen Vorschriften zu unterwerfen, nur um an den Höfen leben zu dürfen. Umgekehrt konnten die Sidhe nicht ertragen zu wissen, dass die Hierarchie, die sie genossen, leicht zu Fall gebracht werden konnte, sollten die Lesidhe eines Tages ihrer Wälder und der Regeln, die ihre Kräfte banden, leid werden.

An der Art, wie der Lesidhe die Augen zusammenkniff, erkannte Arlo, dass er endlich begriffen hatte, was sie war. »Verpiss dich«, grunzte er und kochte wohl schier über. Dann schubste er sie weiter von sich weg.

Wieder stolperte Arlo. Der Lesidhe war zu schnell gewesen, als dass sie sich hätte wehren können. Durch die Wucht seines Stoßes wurde sie gegen den Tisch geschleudert, an dem sie und ihr mysteriöser Begleiter eben noch gesessen hatten. Dier Nichttroll war zwar verschwunden, doch mitnichten das harte Holz, und es tat höllisch weh, so hart dagegen zu prallen.

Als ihre Stühle quietschend über den Boden schrammten, waren dann doch ein paar Leute ringsum auf sie aufmerksam geworden. Aber niemand rührte sich, um zu helfen. Vereinzelte Jubelrufe und schallendes Gelächter der Zuschauer, die auf die Auseinandersetzung anstießen, waren die einzigen Reaktionen.

Stöhnend und mit schmerzenden Handflächen erhob sich Arlo vorsichtig vom Holzboden. Sie war zwar etwas widerstandsfähiger als ein gewöhnlicher Mensch, aber das hinderte die Wut nicht daran, so stark in ihr aufzulodern, dass ihr die Hitze den Hals hochstieg und ihre Wangen erglühten.

»Das war nicht besonders nett«, sprach eine raue Stimme.

Arlo erkannte sie auf der Stelle.

»Ach ja? Vielleicht passt sie ja nächstes Mal auf, wo sie hinläuft«, knurrte der Lesidhe.

Arlo fiel es schwer, beleidigt zu sein, solang ihr Kopf noch damit beschäftigt war zu verstehen, wie die Zu-ihrer-Retteringewordene-Mörderin sie so schnell erreicht hatte. Nausicaä *war* ihr zu Hilfe gekommen. Ihr Gesicht, noch immer die tödliche Waffe aus scharfen Winkeln und stolzen Zügen wie im Café, vermochte Arlo nun aus der Nähe zu sehen. An ihren stählernen Augen, die den Lesidhe vor ihnen betrachteten und so todbringend wie Dolche waren, sowie an ihrer spürbar fehlenden Aura hatte sich ebenfalls nichts geändert.

Doch etwas hatte sich verändert. Im Café hatte sie definitiv einen Zauber getragen, denn hier, an einem der wenigen Orte, die davon abrieten, war der dunkle, skelettartige Schrecken, den Arlo davor nur flüchtig erhascht hatte, viel deutlicher zu sehen.

Klarer.

Wie ein hochauflösendes Bild neben dem in Standardauflösung.

Nausicaä war auch ohne ihren Zauber wunderschön, doch selbst die neun Höllenringe konnten sich nichts Schrecklicheres einfallen lassen als die Art, wie sich ihr Grinsen über ihr Gesicht zog: gleich einem Stacheldraht, der sich an der Haut verfängt und diese zerreißt.

Die Verwandlung war seltsam fesselnd – *Nausicaä* war seltsam fesselnd – aber wieso Arlo bei dieser Erkenntnis der Atem in der Brust stockte, wo es doch Gott weiß wie viele Menschen in ihrem Leben gab, die in *ihrer* unverzauberten Pracht geradezu atemberaubend waren, entging ihr völlig.

»Vielleicht«, erwiderte Nausicaä, wobei der Stahl in ihren Augen glänzte. »Aber ich bin mir nicht sicher, ob du dieses nächste Mal miterleben wirst.«

Der Elf legte seinen Kopf schief. Offensichtlich versuchte er herauszufinden, inwieweit Nausicaä für ihn wirklich eine Bedrohung darstellen konnte. Als er seinen Unterkiefer nach vorn schob und den Mund öffnete, um knurrend etwas zu entgegnen, hatte er eindeutig einen Entschluss gefasst – doch die auflodernde Wut verlosch auf seinen Lippen.

Als Arlo aus ihrer kurzen Benommenheit auftauchte, sprang sie erschrocken zurück.

Die Fee erstarrte.

Einige der Gäste, die den Austausch von ihren Tischen aus verfolgt hatten, zuckten zusammen, warfen ihre Getränke um und stießen ihre Gliedmaßen schmerzhaft gegen die Möbel.

Andere zeigten bei der sehr guten Aussicht auf einen Kampf nun ein viel größeres Interesse.

Nausicaä hatte eine Waffe gezückt, die noch vor wenigen Sekunden nicht da gewesen war, und zwar blitzschnell, sodass Arlo hätte schwören können, sie habe diese direkt aus der Luft gezogen. Die Spitze ihrer langen schwarzen Klinge schwebte gefährlich nah am linken Auge des Lesidhes, und zuckte sie auch nur mit ihrem Handgelenk, würde er augenblicklich erblinden.

Ihre Finsternis hat sie in gewissen Kreisen zur Legende gemacht.
Die Worte dies geheimnisvollen Trolls drängten sich in Arlos Kopf in den Vordergrund. Sie versuchte, die anschwellende Angst in ihr hinunterschlucken.

Nausicaä mochte vielleicht nicht hinter dem Tod im Café stecken, doch harmlos war sie keinesfalls. Niemand in einer solchen Haltung hinter einem waschechten gottverdammten Schwert konnte harmlos sein. Und Nausicaä sah nun glücklicher aus als den ganzen Abend über.

»Hey«, hörte sich Arlo sagen. Ohne Erlaubnis hob sie eine (leicht) zitternde Hand und deutete auf den Arm, der die Klinge hielt. »Hör auf! Tu ihm nicht weh. Ich hab wirklich nicht drauf geachtet, wo ich hingegangen bin. Und ich glaube, er ist nur betrunken.«

Zuerst spürte sie nur einen leichten Funken. Doch der Moment, in dem sich Nausicaä zu ihr umdrehte und sich ihre Augen trafen, war viel besorgniserregender. Bei der schmerzhaften und unangenehmen Empfindung der stechenden Magie verkrampfte sich Arlos Magen. »Warum *passiert* das?«, fragte sich Arlo laut, mehr zu sich selbst als an Nausicaä gewandt, deren dunkelblonde Augenbrauen sich bei dieser Frage zusammenzogen.

Sollte sie eine Antwort darauf haben, so wurde sie durch den wiederaufflammenden Zorn des Lesidhes unterbrochen. »Ich brauch deine Hilfe nicht, du Sidhe-Schlampe«, fauchte er.

Nausicaäs Hand zuckte.

Der Elf hatte Glück, denn sie zielte nun auf seinen Mund statt auf sein Auge und daraus resultierte kein größerer Schaden als ein Kratzer an seiner Unterlippe. Allerdings war die Wunde doch so tief, dass er vor Schmerz zischte und ein Tropfen saphirblauen Bluts hervorquoll. »Nur zu deiner Info – da liegst du falsch«, schmähte Nausicaä. »Dieser Ring hier? Er bindet meine Gewalt nicht auf dieselbe Weise wie deine. Und ich ziehe Cate nur dann aus ihrer Scheide, wenn ich ein Leben nehmen will.« Mit pfeifender Präzision krachte die Spitze ihres Katanas auf den Steinboden, woraufhin sich alles von der Klinge bis zum Griff in tintenschwarzen Rauch und »Cate« sich in Luft auflöste. »Verpiss dich«, fügte sie mit einem spöttischen Lachen hinzu und warf dem Elfen damit seine eigenen Worte zurück an den Kopf.

Der Lesidhe presste eine Hand an seine Unterlippe und funkelte über seine blau befleckten Finger hinweg zuerst Nausicaä, dann Arlo an. »Wenn du glaubst, du kannst mich einfach so ohne Konsequenzen angreifen und mir drohen ...«

»Dich angreifen? Ich hab dich gar nicht angegriffen«, platzte Arlo heraus.

»Oh, verdammt noch mal.« Nausicaä packte Arlo an der Schulter und wirbelte sie so leicht wie eine Stoffpuppe herum. »Geh und leb' deinen Wutanfall woanders aus, du Arschloch. Und zeig die Lippe mal 'nem Doc!«, fügte sie mit Blick über Arlos Schulter hinzu, während sie sie bereits wegführte. »Ganz vergessen, welche meiner Waffen ich mit Gift bestrichen habe.«

Angesichts der Miene des Lesidhe-Mannes brach sie in weiteres Gelächter aus. Danach konzentrierte sie sich voll und ganz darauf, Arlo zurück zu ihrer Sitzecke zu führen. Die groteske Kreatur, mit der Nausicaä Karten gespielt hatte, verfolgte ihre Rückkehr neugierig. »Mensch, Rotkäppchen«, sagte Nausicaä wieder mit ihrer rauen gedehnten Sprechweise. »Ich geb zu, die Lesidhe sind nicht die kuscheligsten Waldbewohner, aber die meisten sind ziemlich gechillt. Wie schafft man's überhaupt, dass einer von denen zum Wutmonster wird? Du musst in einer ganz anderen Nervensägenliga spielen – bin beeindruckt.«

»Ähm, w… wo gehen wir hin?«

»Zurück zum Kartenspiel, das du so unhöflich unterbrochen hast? Cyberniskos hat sich richtig Mühe gegeben, sein Abendessen zu gewinnen.«

»Kiber … Kiber was?« Das Ding an ihrem Tisch hatte einen Namen?

»Cyberniskos. Ein echt interessanter Typ – sobald man sich an seinen Geruch gewöhnt hat. Zusammen mit dir und ihm war der heutige Abend voller lustiger kleiner Überraschungen.«

Und plötzlich war Arlo mit ihrer Frohnatur und nichtssagenden Antworten am Ende. Sie hatte es satt, wie eine Flipperkugel in einem Automaten herumgeschubst zu werden und von einer Ecke zur nächsten zu prallen. Zudem hatte sich an ihrem Standpunkt nichts geändert. Worin auch immer Nausicaä verwickelt war, Arlo wollte nichts damit zu tun haben. Indem der Nichttroll Nausicaä zu ihrer Rettung schickte, versuchte xier sie vermutlich dazu zu bewegen, was xier wollte – und darauf hatte sie keine Lust. Sie würde nicht zulassen, dass dieser Wirbelwind von einem Mädchen sie mit in dieses Chaos hineinzog. »Stopp«, befahl Arlo.

Nausicaä blieb stehen.

Exakt zur selben Zeit flog die Tür im hinteren Teil des Klubs auf – genau die, auf die dier mysteriöse Nichttroll erst vor wenigen Minuten hingewiesen hatte.

Sie schlug so laut gegen die Wand, dass das Krachen von Holz auf Stein über die Tische hinweg hallte. Jedermann in Hörweite zuckte zusammen. Die Band auf der gegenüberliegenden Seite des Raums stellte ihre Musik ein. Nur die Menschen in ihrem Trancezustand machten weiter, als sei nichts geschehen. Nach dem Wink einer Hand verstummten die in den Käfigen allerdings. In nur wenigen Sekunden verebbte auch das bis dahin stetige Gemurmel. Alle blieben stehen und starrten verblüfft auf den pummeligen malvenfarbigen Butz mit strähnigem Haar an der Schwelle des Hinterausgangs.

»Ein Eisengeborener wurde gerade ermordet!!!«, schrie die Kreatur. Seine schrille Stimme, die mit Magie verstärkt war, um den ganzen Raum zu erfüllen, prallte von den Wänden mit dem ständig wandernden Lichterregenbogen ab. »Geht jetzt, wenn ihr nicht geschnappt werden wollt – die Wilde Jagd ist im Anmarsch!!!«

In der darauffolgenden Grabesstille war die Luft wie zum Zerreißen gespannt.

Ein Glas, geistesabwesend auf einem entfernten Sims abgestellt, fiel auf den Boden und zerbrach. Damit war der Bann über den Klub gebrochen.

An seine Stelle trat Chaos.

»Macht es dir eigentlich je etwas aus, dass deine Versuchskaninchen dasselbe sind, was *du* einmal warst?«

Hero schaute von der Leiche auf seinem Operationstisch auf. Eigentlich *musste* er nicht hinsehen. Immerhin kannte er diese Stimme fast schon so gut wie seine eigene und keine andere ließ seinen Puls so flattern. Und doch sah er auf und war kein bisschen überrascht, auf der anderen Seite des Tisches seinen Jäger vorzufinden. Dieser grinste ihn an, als wäre er schon die ganze Zeit über da gewesen und nicht eben erst wie aus heiterem Himmel nach wochenlanger Abwesenheit wiederaufgetaucht. Er hatte nicht einmal eine Nachricht hinterlassen, wo er hinging oder was genau er vorhatte.

»Genau solche Leute wie du«, sinnierte der Jäger weiter. »Vor langer Zeit. Einsame ... vergessene ... *bedauernswerte* ...«

»Sie sind Menschen«, platzte Hero heraus. Er musste die plötzliche Freude unterdrücken, die er beim Anblick des Jägers empfand, und konnte nicht weiter wütend auf ihn sein. »Wir ähneln uns ganz und gar nicht und haben es auch nie.«

Das war in gewisser Weise wahr, aber gleichzeitig eine Lüge.

Wahr, weil Hero nie nur ein Mensch gewesen war. Er war ein Eisengeborener, ein Alchemist, Mensch und Magie *zugleich*.

Und eine Lüge, weil das menschliche Material, das seine Mitarbeiter für ihn sammelten, viel mehr war als bloßes Verbrauchsgut, für das er es hielt. Diese Menschen waren *er*. Sie waren die Hilflosigkeit, die Hoffnungslosigkeit und die Sinnlosigkeit, gefühlt in einem Leben, aus dem er auf eigene Faust nicht hatte fliehen können, weil ihm die Macht und die Mittel dazu fehlten. Sie waren Kontrolle. Es machte Hero nichts aus, diese Leute auseinanderzunehmen, zu etwas Besserem wieder zusammenzusetzen und so wie sein Jäger für ihn ihren Retter zu spielen. Es *erleichterte* ihn. Diese Taten stillten eine Wut, die nichts anderes läutern konnte, einen Kummer, den er zu ignorieren versuchte, und einen in letzter Zeit nagenden Hunger ... Aber das war nun mal der Preis der Macht.

»Das stimmt.« Der Jäger schnipste das Leichenteil zwischen ihnen beiseite. So flink seine Bewegung auch war, sie genügte, um mit seiner Kralle durch Haut und Knochen zu schneiden. Hero stieß einen Seufzer aus. Um das zu flicken, würde er einen seiner Mitarbeiter holen müssen. »Was macht *das* schon? Es schien dich freilich wenig zu kümmern, als du in ein kleines eisengeborenes Mädchen ...«

»Wo bist du gewesen?«, platzte Hero heraus. Sein Gesicht war heiß geworden und unter den Handschuhen juckten seine Finger.

Sein Jäger hatte jedes Versprechen Hero gegenüber gehalten. Hatte ihm die Mittel gegeben, um großartiger zu werden, als er es jemals für möglich gehalten hätte. Einen Stein der Weisen zu erschaffen, war keine leichte Aufgabe. Der Prozess war bereits von jemand anderem in Gang gesetzt worden (und es ärgerte Hero mehr, als er zugeben wollte, dass der Jäger ihm nicht sagen wollte, von *wem*). Sein Lamm war mit einem Siegel gebrandmarkt und so bereit für die Schlachtung. Hero hatte nahezu sechzehn Jahre darauf gewartet, bis das Siegel reif war, und gelernt, es zur rechten Zeit zu aktivieren. So kompliziert war die Formel, die es bildete, so mächtig die Symbole, die es antrieben. Jedes einzelne dieser Zeichen hatte wie eine lebendige wilde Kreatur gezähmt werden müssen, bevor er den erschöpfenden Prozess, sie zu beherrschen, überhaupt beginnen konnte.

Und dann hatte sein Jäger ihm ein eisengeborenes Mädchen gebracht.

Das in dessen Brust direkt über dem Herzen eingeprägte Siegel war bei seiner Geburt durch das Experiment einer anderen Person angebracht worden – Grund dafür war (so hatte man ihm erklärt), dass das Herz Zeit brauchte, um sich an seine Magie zu gewöhnen und zu akzeptieren, wozu es werden würde. Das Herz eines Erwachsenen war viel zu abgehärtet und stieß diese spezifische Magie komplett ab, aber Kinder ... sie waren wundersam: *manipulierbar*, voller Glauben, Akzeptanz und Vertrauen. Sie mussten natürlich Eisengeborene sein, weil diese Magie auf ihren Wirt und auf die Alchemie angewiesen war, um zu wachsen. Und ja, diese Hürde war für Hero nicht leicht zu überwinden gewesen – jemanden, der so jung war und ihm so sehr ähnelte, zu seinem persönlichen Vorteil zu opfern –, doch er war erpicht darauf gewesen zu gefallen.

Das Leben dieses Mädchens war das erste, das er je genommen hatte.

Seitdem fiel es ihm wesentlich leichter zu töten, aber er sprach nicht gern über *sie* – erinnerte sich nicht gern daran, was er verloren hatte, um so weit zu kommen, ganz gleich wie hoch der Lohn auch ausfiel. Egal wie reich ihn seine Ambitionen auch belohnt hatten und sein Jäger ihn nun ansah, wenn er denn daran dachte vorbeizuschauen.

»Wo bist du gewesen?«, wiederholte er seine Frage. »Ich habe dich fast seit einem ganzen Monat nicht mehr gesehen. Ich dachte, du wolltest mir helfen, die Panzerung meiner Cava zu verbessern?«

»Oh, hier und da«, antwortete der Jäger und trat vom Tisch weg, um sich die verschiedenen Utensilien in Heros Werkstatt anzusehen.

»Du verschwindest immer öfter und für immer längere Zeiten – hab ich was falsch gemacht?« Allein bei dem Gedanken daran zog sich sein Herz zusammen und überflutete ihn mit einer Angst, die ihm schier den Atem raubte. »Bist du ... unzufrieden mit mir?«

Der Jäger lachte auf. »Unzufrieden?« Er nahm ein Fläschchen in die Hand, um es genauer zu untersuchen. Dieses war mit einer sauren Lösung gefüllt, mit der Hero in seiner Freizeit herumspielte. »Nein. Nein, du machst das sehr gut. Du bist alles, was ich mir von dir erhofft habe, mein Held.« Er stellte die kleine Flasche ab und richtete seine Aufmerksamkeit wieder auf Hero, wo sie auch *hingehörte*. »Aber ich habe noch andere Projekte am Laufen. Andere Leute, die mich brauch...«

»*Ich* brauche dich.« Er klang genauso besitzergreifend, wie er sich vorkam. Doch obwohl er zusammenzuckte, als er sich das so unverblümt sagen hörte, bereute er seinen Kommentar nicht. Er teilte nicht gern. Genauso wenig mochte er es, wenn man ihn als »Projekt« bezeichnete. Und es gefiel ihm ganz und gar nicht, dass das Interesse des Jägers an ihm eindeutig nachließ, trotz seiner Worte. »Wir sollten ein Team sein. Und du solltest hier sein – lass mich raten, es geht wieder um Arlo, hab ich recht?«

Der Jäger amüsierte sich die ganze Zeit, doch nun gefror seine Heiterkeit. »Pass auf, wie du mit mir sprichst, Hieronymus. Ich würde nur ungern annehmen wollen, dass du für alles, was ich für dich getan habe, *undankbar* bist.«

»Bin ich nicht!«, entgegnete Hero hastig, um ihn wieder zu besänftigen. »Ich bin nicht undankbar, sondern nur ... verwirrt! Seit ich dich kenne, warst du schon immer von diesem Mädchen besessen. Und ich möchte einfach nur wissen, *wieso*. Warum schenkst du ihr so viel von deiner Zeit? Sie ist kaum fünfzehn Jahre alt, wurde noch nicht einmal GEWÄGT und die Leute tratschen so einiges – ich *weiß*, dass sie das Interesse nicht wert ist. Sie ist nichts – ein Niemand! Eine Enttäuschung und es ist auch nicht so, als hättest du jemals mit ihr gesprochen, oder? Du tust nichts weiter, als sie zu *beobachten*. Wonach hältst du überhaupt Ausschau?«

»Wonach ich *Ausschau* halte?« Der Jäger prustete. »Nach gar nichts. Worauf ich allerdings *warte* ...« Er durchquerte das Labor und legte seine krallenlose Hand an Heros Wange. Diese war so kühl wie bei jedem der seltenen Male, wenn der Jäger ihn berührte. Nichtsdestotrotz erhitzte der Kontakt Heros Haut wie Feuer. Erst während dieser flüchtigen Momente erkannte er, wie sehr er sich nach Wärme sehnte. Sein Instinkt ließ ihn fast sich selbst vergessen – er gab sich der Berührung beinah hin, fing sich aber gerade noch rechtzeitig. »Ich habe dir schon einmal gesagt, dass in Arlo Jarsdel großes Potenzial steckt – etwas sehr Beeindruckendes, das mir später sehr nützlich sein könnte.«

»*Ich* kann dir nützlich sein«, hauchte Hero bebend. »Du brauchst sie nicht.«

Hero hob eine Hand. Der Jäger erlaubte ihm nie, ihn zu berühren, aber vielleicht dieses eine Mal?

Er wich jedoch zurück. Verletzt von dieser Ablehnung ließ Hero seine Hand wieder fallen. »Eifersucht langweilt mich.« Damit ging er zur Tür. »Sag mir Bescheid, wenn du bereit bist, deine Nützlichkeit zu beweisen.«

»Warte!«, rief Hero. Dann biss er sich auf die Zunge, weil er sich verkneifen musste, was er noch hinzufügen wollte. Er hatte den Jäger verärgert. Das war nicht gut. Also musste er die

Dinge wieder geradebiegen, um seine Gunst wiederzuerlangen. Vielleicht musste Hero einfach nur genau das tun – nämlich dem Jäger beweisen, wie sehr er ihn brauchte, wie nützlich er ihm in Wirklichkeit war, damit dieser aufhörte, woanders nach etwas zu suchen, das er *genau hier* finden konnte. »Warte ... Ich will dir etwas zeigen.«

Der Jäger blieb stehen, drehte sich um und hob fragend eine Braue.

»Ein Geschenk«, fügte Hero hinzu. »Für dich. Um dir mit deinen ... anderen Projekten zu helfen.«

»Ich höre«, schnurrte der Jäger.

Hero zeigte es ihm.

Er führte ihn aus der Werkstatt heraus, den Flur entlang und ein Stockwerk weiter hinab, wo er seine sensibleren »Unterfangen« aufbewahrte – in den Raum, in dem er seinen Reaper hielt. Eine Kreatur, die schwer zu finden und noch schwerer zu fangen war und die er noch viel schwerer unter seine komplette Kontrolle gebracht hatte. »Die Kinder ... die anderen, die du für dein Experiment gebrandmarkt hast – viele ihrer Siegel beginnen zu reifen. Und diejenigen, die die Belastung dieser Verwandlung nicht überleben werden ... Ich denke, sie werden richtig viel Aufmerksamkeit erregen. Es wird sogar gemunkelt, dass der Prinz des Seelie-Sommers und sein junger Gefolgsmann neulich einen solchen eisengeborenen Jungen tot im Park gefunden haben. Ihrem Bericht nach hat er in einer sehr ungewöhnlichen Farbe geleuchtet.«

Hero legte seine behandschuhten Hände auf die Gitterstäbe des alchemistisch verstärkten Käfigs. Der Reaper darin knurrte ihn an und rührte sich, machte jedoch keinerlei Anstalten, ihn anzugreifen – an sich beeindruckend, da Hero ihn hungern ließ. Aber schon bald würde er viel schlimmere Übeltaten begehen dürfen. »Du wirst Hilfe benötigen, wenn du nicht willst, dass jemand herausfindet, was wirklich los ist.«

Er schnippte mit den Fingern.

Daraufhin traten zwei Butzen ein. Diese schleppten einen jugendlichen Eisengeborenen zwischen sich her, dessen Eltern in den menschlichen Nachrichten noch immer um seine Rückkehr flehten: »Wo auch immer er ist, wer auch immer ihn hat, *bitte*, gebt uns unseren Sohn zurück.« Sein blasses Gesicht war tränenüberströmt, sein Körper an vielen Stellen geprellt und sein rechter Arm gebrochen. Er schrie um Hilfe, fluchte, spuckte und sträubte sich gegen die Hände, die ihn gefangen hielten – ein vermisstes Kind, das die herzlose, wankelmütige Welt vergessen würde, sobald etwas anderes auftauchte, um ihre Aufmerksamkeit zu erregen.

Hero trat beiseite und löste das Siegel, das den Käfig verschlossen hielt. Die Gittertür schwang auf.

Mit einem Satz stürzte der Reaper hinaus.

Dann wurde der Raum von Schreien erfüllt, jedoch nur denen des Jungen – Hero hatte sein Monster darauf konditioniert, lediglich eisengeborene Beute anzurühren.

»Du wirst ihm natürlich beibringen müssen, bloß die Eisengeborenen zu jagen, die wir mit Siegeln markiert haben«, sagte der Jäger nur. Er beobachtete die grauenhafte Szene vor seinen Augen mit einem Ausdruck, der Hero ein wenig wie Sehnsucht vorkam. Doch dann hob er seinen Blick. »Er darf nur den fehlgeschlagenen Steinen hinterherjagen. Du musst ihn mehr trainieren.«

»Selbstverständlich, Meister Jäger.« Hero lächelte. »Was immer du verlangst.«

Das Geschrei verstummte.

Und der Reaper jauchzte.

Mit einem widerwärtigen Knacken brach er den Brustkorb des Jungen auf und begann, seine Eingeweide, sein Herz sowie alles Übrige von ihm zu verschlingen.

Erst als ein Augenblick verstrichen war, erwiderte der Jäger Heros Lächeln. Es war voll, breit und glänzend – und gleichzeitig schrecklich und faszinierend. Etwas, wonach Hero sich sehnte: sowohl Gift als auch Elixier und man wusste oft nicht, was von beidem. Dennoch sonnte er sich in der Aufmerksamkeit.

»Ich denke, es ist an der Zeit, dass du mich Lethe nennst, meinst du nicht?«

Hero lächelte und lächelte und lächelte noch lange nach *Lethes* Aufbruch.

KAPITEL 14

Arlo

~~~

Arlo wirbelte herum und wandte sich an Nausicaä. »Sie denken, *du* warst das«, sagte sie panisch.

»Sie tun *was*?«

Erst jetzt fiel Arlo auf, um wie viel diese mysteriöse Fee sie selbst überragte. Durch ihre Schuhe war sie sicher ein paar Zentimeter größer, doch selbst ohne diese musste Nausicaä mindestens eins achtzig groß sein. Aus dieser Nähe war Arlo gezwungen, ihren Kopf ziemlich stark nach hinten zu beugen, um Nausicaäs fragendem Blick zu begegnen. »Die Wilde Jagd – sie sind auf dem Weg hierher und alle denken, Dark Star sei diejenige, die die Eisengeborenen tötet. Und … na, ich *könnte* ja einigen Leuten erzählt haben, dass ich dich im Café gesehen habe, in dem das kleine Mädchen gestorben ist. Und vielleicht habe ich ihnen auch gesagt, du seist möglicherweise für seinen Tod verantwortlich. Also, ähm, es wird *verdammt* verdächtig aussehen, wenn sie dich … hier finden … wo gerade noch jemand gestorben ist …«

Falls der Nichttroll recht hatte, war Nausicaä an diesem konkreten Verbrechen nicht schuld und Arlo hatte falschgelegen – sie hatte mal wieder andere *enttäuscht*, hatte versucht zu helfen und dadurch alles nur noch schlimmer gemacht. Ziemlich furchterregende Leute mit realer Macht, mit der sie Nausicaä Krakes Leben vollständig ruinieren konnten, glaubten nun dank ihrer Einmischung viel überzeugter als zuvor daran, dass Nausicaä die gesuchte Täterin war.

»Wem zum Teufel sollst du das erzählt haben, dass das überhaupt eine Rolle spielen würde? Dem Hochkönig höchstpersönlich?« Nausicaä lachte, als sei die Idee schon absurd, dass Arlo so etwas tun könnte.

Die Eisengeborene zuckte zusammen.

»... Du hast es dem Hochkönig erzählt, stimmt's?«

»Ich hab es dem Hochkönig erzählt, ja.«

»Was soll der Scheiß, Rotkäppchen?! Warum glaubst du überhaupt, dass ich's war?«

»*Jetzt* glaub ich das ja nicht mehr.«

Rings um sie flogen in alle Richtungen Feen, einige sogar buchstäblich. Viele visierten den Eingang des Feenrings an und strömten in Scharen durch den Gang. Allerdings steuerten noch mehr von ihnen die Wand auf der gegenüberliegenden Seite der Tanzfläche an. Kaum hatte der Butz seine Warnung kundgetan, waren die Paneele dieser Wand aufgesprungen und entpuppten sich als Portale. Sie waren in den Notfallmodus versetzt worden und der Großteil der Klubbesucher schlüpfte nun durch diese magischen Türen, die in Wüsten, Wälder und andere Städte führten. Arlo sah, dass man durch eine sogar direkt in die Tiefen eines Ozeans gelangte.

Eine Handvoll blieb zusammen mit den menschlichen Gefangenen im Nachtklub zurück. Während sich die meisten Menschen nicht mehr rührten und nunmehr mit leerem Blick vor sich hin starrten, bewegten sich diejenigen auf der Tanzfläche noch immer zu einer Musik, die nur sie hörten. Arlo sah einen Kreis aus Pilzen und winzigen Blumen, der die Tänzer umgab.

Dieser hielt sie so lange gefangen, bis die Fee, die sie hineingelockt hatte, oder eine stärkere sie wieder entließ.

Die Angestellten hatten größtenteils keine andere Wahl, als dazubleiben. Sie verschanzten sich jedoch hinter der Bar und anderen größeren Einrichtungsgegenständen. Die meisten kamen zweifellos von woanders her, viele waren vermutlich von den Höfen Verbannte: Sollten sie draußen erwischt werden, würden sie nur in noch größere Schwierigkeiten geraten. Die Gnome, an denen Arlo vorhin vorbeigelaufen war, hatten von all den Geschehnissen nichts mitbekommen, weil sie bewusstlos unter ihrem Tisch lagen. Nausicaä schien sich mehr darum zu sorgen, dass Arlo herumlief und Leuten erzählte, sie habe Kinder ermordet, als über die bevorstehende Ankunft der Wilden Jagd. Doch andererseits war sie *Dark Star* – dank ihres zweifelhaften Rufs trat sie in mancher Situation so forsch auf, wie andere es nicht vermochten.

»Du musst aber zugeben«, fügte Arlo hinzu und ihr Tonfall wurde milder, »dass du dich ganz schön verdächtig benommen hast. Du saßt einfach nur da und hast das Mädchen angestarrt, ohne danach auch nur ein *kleines bisschen* traurig darüber zu sein, dass es direkt vor deinen Augen starb. Und dann war da übrigens noch deine Magie.«

»*Verzeihung?*«

Bis jetzt hatte Arlo sie noch nie so höflich und zugleich so fassungslos reagieren hören. »Deine ... deine Magie«, wiederholte Arlo weniger selbstsicher. »Zuerst konnte ich sie gar nicht wahrnehmen, weil du sie so gut verborgen hast – aber dann habe ich sie gefühlt! Ich hab noch nie im Leben Magie so ... so heftig *gespürt*. Deine war ...« Sie vermochte es nicht in Worte zu fassen und drückte auf ihren Bauch, um die Erinnerung daran heraufzubeschwören.

Für ein paar Sekunden konnte Nausicaä sie nur anstarren.

»*Tsch*«, schnaubte sie dann und erholte sich schnell wieder von der Überraschung, die Arlos Worte ausgelöst hatten. »War ja klar. Die Jugend von heute ...«

»Ich bin schon achtzehn!«, korrigierte Arlo sie.

»... hat so gar keinen Respekt vor Älteren ...«

»Nichts für ungut, aber du siehst nicht gerade viel älter aus als ich.«

»... rennt rum und beschuldigt völlig unschuldige Arschlöcher der Scheißtaten, die sie aktiv zu vermeiden suchen.«

»Was? Du meinst also, du hast *normalerweise* Lust, Kinder abzuschlachten?«

»Äh, ich zieh das grad echt in Erwägung.« Nausicaä unterstrich ihre Aussage mit einem scharfen Blick. »Aber ich meinte das Morden allgemein.«

Arlo seufzte. »Also, nun ... das ist ein Riesenproblem. Die JAGD ist auf dem Weg hierher und ich sollte wirklich nicht hier sein.« Gott, diese Nacht verlief wirklich nicht nach Arlos Plan. Eigentlich entgleiste sie sogar in eine Richtung, die sie sich nicht einmal ausgemalt hatte, um sich von dieser dummen Idee abzubringen.

Nausicaäs stählerner Blick musterte Arlo eindringlich.

Sie hatte offenbar gefunden, wonach auch immer sie gesucht hatte. Ihre Augen glänzten, weil sie einen kleinen persönlichen Sieg errungen hatte – ein Verdacht, der sich als wahr erwies – und gleich danach vor lauter Missbilligung. Schneller, als Arlo entkommen konnte, streckte Nausicaä eine Hand aus und packte sie am Kinn. »Deine Augen haben einen hübschen Grünton, Rotkäppchen«, sagte sie mit einer Stimme, die bei jedem anderen ein Singsang gewesen wäre. »Ich glaub, den hab ich schon mal irgendwo gesehen. Schätze, ich weiß, warum du direkt zum *Hochkönig* gerannt bist, nur um mich zu verpetzen.«

»Na ja ...«, murrte Arlo und schüttelte sich frei. »Wir sollten uns wohl *beide* auf den Weg machen.«

Sie drängte sich an Nausicaä vorbei, kam jedoch nur ein paar Schritte voran, weil sie bemerkte, dass diese ihr nicht gefolgt war. Also drehte sich Arlo wieder um.

»Oh klar, *Ihr* solltet auf jeden Fall losgehen, Eure Hoheit. Schließlich wollt Ihr doch sicherlich nicht an einem Ort wie *diesem* erwischt werden, Ihr freches Ding.«

Nausicaä zwinkerte ihr zu, woraufhin Arlo die Augen verdrehte. »Ich bin nicht von *so* hohem Stand. Kommst du nun mit, oder was?«

»Etwa mit dir?«

»Ja?« Arlo wusste nicht, wieso ihre Antwort wie eine Frage klang. Aber je länger Nausicaä dastand und sie so anstarrte, als hätte sie ihr vorgeschlagen, nur in Unterwäsche die Straße hinunterzulaufen, desto mehr zweifelte sie an sich selbst. Sollte man eine andere Fee lieber nicht dazu einladen, den RING zusammen zu verlassen? War das eine Art Regel, vor der Celadon sie zu warnen vergessen hatte? Band sie sich etwa gerade unwiderruflich an eine mörderische Feenschurkin oder so?

Nausicaä biss sich auf die Lippe und ihr Blick schweifte zum Ausgang, wo bis vor Kurzem noch der Butz gestanden hatte. Sie schien ihre Optionen abzuwägen, mit sich selbst zu ringen, doch ehe Arlo ihr Angebot wieder zurückziehen konnte, antwortete Nausicaä ihr endlich: »Gruppenaktivitäten ... sind nich so mein Ding. Danke für die Einladung, aber ich bin mir ziemlich sicher, dass da hinten 'n Reaper ist, und ich verfolg den schon 'ne ganze Weile, also werd ich mal ... nach dem sehen. Aber ich wünsch dir viel Glück bei deinen Plänen. Also dass du nicht erwischt wirst und ...« Arlo hätte fast darüber gelacht, wie unbeholfen Nausicaä auf einmal klang und ihre verkümmerte Verabschiedung mit einem Doppelschuss zweier Fingerpistolen untermalte, genau wie Arlo es tat, wenn sie nervös war. Doch dann dämmerte ihr endlich, was Nausicaä soeben gesagt hatte.

»Entschuldige, hast du gerade *Reaper* gesagt?«

Gab es hier wirklich einen?

Ihre Mutter hatte ihr alles über das Ereignis im Aquarium erzählt, dass die Zeugen berichteten, diese Katastrophe sei das Werk eines Reapers gewesen. Aber da dieser geflohen war, noch bevor die Falchion eintreffen konnte, um ihn zu fangen und die Aussagen zu bestätigen, war diese Geschichte nichts weiter als ein Gerücht.

Und überhaupt, ein Reaper an einem *Hof*? Unmöglich.

Arlo erhielt keine Antwort, denn Nausicaä war bereits fort. Ihr blondes Haar wippte hinter ihr her, als sie durch die Hintertür verschwand. Ebendiese hatte der Nichttroll als einen der Pfade bezeichnet, die Arlo zu einer Heldin machen würden.

Arlo sollte genau das tun – auf einen Ausgang zusteuern – natürlich den vorderen – und niemals zurückblicken. Reaper waren gefährlich, genauso wie Nausicaä. Dieser ganze verfluchte Klub und alles, was gerade geschah, war *gefährlich*.

Sie wandte sich um, um zu gehen.

Die Wilde Jagd – sie ist auf dem Weg hierher und alle denken, Dark Star sei diejenige, die die Eisengeborenen tötet.

Arlo erstarrte.

Die Wilde Jagd ... Fänden sie Nausicaä dort hinten am Tatort vor, würde das kein bisschen helfen, um ihren Namen reinzuwaschen. Und das war Arlos Schuld – sie musste *irgendetwas* unternehmen.

»Verdammt, verdammt, verdammt«, murmelte sie vor sich hin, als sie genau in die entgegengesetzte Richtung eilte, zum Hinterausgang. »Bitte sei kein Reaper, bitte sei kein Reaper, bitte sei kein Reaper«, flehte sie, während sie die Tür aufstieß. »Hiermit entscheide ich mich dagegen, eine Heldin zu sein«, fügte sie hinzu, falls die Vorsehung auf komische Gedanken kommen sollte. »Nausicaä ist als Erste hier durch, nimm sie!«

Und so stolperte Arlo aus dem Ring in die finstere Seitengasse hinaus.

Inzwischen dämmerte es schon. Auf ihrem erhitzten Gesicht fühlte sich die Nacht kühl an, ein leichter wie frischer Kontrast zu der schweren feuchten Luft im Klub. Die Gasse war schmal und in die Schatten der umliegenden Gebäude getaucht. An ihrem anderen Ende fuhren Autos vorbei, deren Lichtstrahlen wie Schlangenzungen in ihre Tiefen eindrangen. Nausicaä stand nicht weit von Arlo entfernt und starrte auf den Boden – auf etwas, das sich um einen großen metallischen Mülleimer herum sammelte.

Blut.

Die Eisengeborene verzog ihr Gesicht. Sie bemühte sich sehr, nicht daran zu denken, was all das dunkle Rot zu bedeuten hatte. »Bitte sei keine Leiche …« Sie schritt vorwärts. »Nausicaä«, sagte sie etwas lauter, »ich glaub nicht, dass wir hier sein sollten – die Wilde Jagd, erinnerst du dich? Alle denken, du steckst dahinter. Wenn sie dich hier find...«

Nausicaä wirbelte so schnell herum, dass Arlo vor Schreck verstummte. Wieder einmal stand sie wie angewurzelt da und fragte sich, ob Dark Star sie vielleicht doch angreifen würde. Denn was wusste Arlo schon über diese Fremde? Womöglich war das alles nur ein Trick gewesen, um sie an einen dunklen, abgelegenen Ort zu locken und sie ebenfalls abzuschlachten, weil sie ihr viel zu nahe gekommen war.

»Sie war bereits hier.«

Arlo kniff ihre Augen misstrauisch zusammen. »Woher willst du das wissen?«

»Die Leiche ist nicht mehr da. Und der Reaper auch nicht. Verdammt, wusste ich's doch, dass ich mir das nicht nur eingebildet habe! Ich hätt ihm früher folgen sollen. Ich hätt ... Ach, egal.« Nausicaä schüttelte den Kopf. Aus Frust kniff auch sie nun ihre Augen zusammen und richtete ihren finsteren Blick direkt auf Arlo. »Was machst du eigentlich hier draußen? Läufst du immer allem nach, was dich umbringen könnte? Oder weißt du einfach nur nicht, was ein Reaper ist? Was er tun kann? *Du* solltest definitiv nicht hier sein. Ich brauch deine Hilfe nicht. Geh *heim*, du dahergelaufenes Feenmädchen.«

Verlegenheit und Demütigung erhitzten Arlos Gesicht gleichermaßen. Sie ballte ihre Fäuste und machte einen Schritt nach vorn. Schon ihr ganzes Leben lang redeten Leute herablassend mit ihr, schickten sie weg und schlossen sie aus, weil sie zu jung, zu menschlich, zu *anders* war, um »dazuzugehören« oder um »zu verstehen, was vor sich ging«. Eine Enttäuschung. Nicht gut genug. Aus irgendeinem Grund tat es noch ein bisschen mehr weh als sonst, dasselbe von Nausicaä zu hören. »Na schön! Dann tu ich halt genau das.«

»Gut!«

Sie rührte sich nicht von der Stelle. »Was kümmert's mich, wenn du von einem Reaper zerstückelt und gefressen wirst?«

»Das kann ich dir auch nich sagen.« Nausicaä trat einen Schritt vor. Ihre Miene wurde düster und ihr war anzusehen, dass sie ebenso wütend war wie Arlo.

Arlos Gefühle sprudelten nur so aus ihr heraus. Sie hörte sich sagen: »Nur weil du das Mädchen im Café nicht getötet hast, heißt das noch lange nicht, dass du eine gute Person bist.« Sofort spürte sie einen Anflug von Reue, da sie mit ihren Worten ganz klar etwas Zerbrechliches in Nausicaä getroffen hatte. Doch als diese nur mit »Ach ja? Na, ich wär lieber 'ne unmoralische

Mörderin als ein eingebildetes, verwöhntes, nerviges Prinzesschen wie *du*« konterte, verlor sie wieder die Beherrschung.

»Was *stimmt* bloß nicht mit dir?«, schrie Arlo sie regelrecht an. Durch ihren Zorn hindurch glaubte sie, in Nausicaäs Fassade einen Riss zu erkennen. Ihr stählerner Blick schien in diesem flüchtigen Moment nicht mehr ganz so hart. Ihre Augen wirkten leicht glasig, als sei all das Metall geschmolzen und drohe nun überzulaufen. »Tut mir leid«, sagte Arlo leiser. So schnell ihr Ärger auch aufflammte, so schnell erlosch er wieder.

»Muss es nicht«, schnaufte Nausicaä und verschränkte die Arme vor der Brust. »Ich frag mich auch des Öfteren, was mit mir nicht stimmt.« Sie wurde wieder gänzlich unnahbar und funkelte Arlo nur ungerührt an. Diese spürte jedoch, wie am Rande all dieser Angeberei etwas unsicher balancierte. Was auch immer eben zwischen ihnen vorgefallen war, hatte dieses Etwas dazu gebracht, beinah in die falsche Richtung zu kippen.

»Da ...« Irgendetwas hatte sich an die Wand hinter Arlo gesaugt und löste sich nun ab. Bei dem Geräusch unterbrach die Eisengeborene ihren unbeholfenen Versuch, die Kluft zwischen ihr und dem anderen Mädchen zu überbrücken. Ein Schauer lief ihr den Rücken hinunter und breitete sich über ihre ganze Haut aus. Vor lauter Angst sträubten sich die Härchen auf ihren Armen. Nausicaä starrte mit leicht geweiteten Augen über Arlos Schulter hinweg.

»Du solltest ... rüberkommen, Eure Hoheit. Und zwar flink. Am besten, ohne dich umzudrehen.«

Doch Arlo drehte sich um.

Sie konnte nicht genau erkennen, wer dort war. Die Düsternis der Gasse und sein außergewöhnlicher Zauber verzerrten ihn zu sehr. Aber ein stechender Geruch nach verrotteten Leichen und fischiger, fauliger Verwesung überschwemmte ihre Sinne, sodass sie sich beinah übergeben musste. Sie brauchte nicht zu wissen, wer der vorwärts kriechende plumpe Schatten war, um zu verstehen, dass sie nicht von ihm geschnappt werden wollte.

»*Hübsche Blüte ... kleine Alchemistin ... Bist du es? Komm her und lass mich dich kosten*«, krächzte er.

Arlo schrie auf. Instinktiv griff sie nach etwas, um sich zu verteidigen, doch in ihrer Nähe gab es nichts außer – ihrem Würfel! Dier Nichttroll hatte ihn ihr gegeben. Vielleicht war er ja eine Waffe?

Sie wich vor dem Reaper zurück, griff in ihre Hosentasche und schleuderte den Spielwürfel in seine Richtung. Dabei hoffte sie inständig, das Gesicht der Kreatur zu erwischen.

Das kleine Objekt traf auf.

Es prallte vom Reaper ab, landete auf dem Asphalt und rollte davon.

Vor lauter Fassungslosigkeit über ihren unspektakulären Zug rührte sich niemand.

»Kurze Frage«, meldete sich Nausicaä und durchbrach die verdutzte Stille. »Was zur Hölle sollte das denn bringen?«

»Na ja ... zumindest nicht das«, gab Arlo zu. »Ich hab irgendwie gehofft, dass ...«

Der Reaper fiel ihr mit einem Zischen ins Wort, woraufhin Arlo abermals aufschrie und hastig zurückwich.

»Okay, Zeit, zu gehen!«, sagte Nausicaä entschieden.

»Warte!«

Nausicaä sah sie an, als wären ihr zwei Köpfe gewachsen. Sie hatten keine Zeit für Arlos neuerliche Unschlüssigkeit. Wenn sie zwischen dem, was zweifellos der wiederaufgetauchte Reaper war, und einer jungen Frau, die (möglicherweise) eine Art bekehrte Mörderin war, wählen musste, zog Arlo die Gefahr dem sofortigen Tod vor. Kopfschüttelnd griff sie nach Nausicaäs ausgestreckter Hand und lief ihr zum anderen Ende der Gasse nach. »Tut mir leid«, entschuldigte sie sich unterwegs. »Es ist nur ... wehe, du lockst mich weg, nur um mich heimlich umzubringen. Denn ich schwöre bei *Cosmin*, ich werde dich mein ganzes Leben nach dem Tod heimsuchen, wenn du das tust.«

»Denkbar schlechtes Timing. Und ich will deine Träume ja nich zerstören oder so, aber das is 'n heftig umkämpfter Markt. Vielleicht solltest du dir lieber einen anderen Plan austüfteln.« In der Mitte der Gasse hielt Nausicaä an. Dann zog sie Arlo näher an sich heran, schlang einen Arm um ihre Taille und drückte sie eng an sich. »Außerdem solltest du dich besser fragen, ob ich so eine ewige Bindung überhaupt wert bin«, fügte sie leicht heiser hinzu.

Arlo starrte sie wütend an und ignorierte die Hitze, die sie sowohl bei der versteckten Andeutung als auch wegen ihrer plötzlichen Nähe durchströmte. Nausicaäs Necken wurde messerscharf und doch war dieser Ausdruck viel amüsanter als ihr letzter. »Du bist nicht halb so witzig, wie du denkst«, sagte Arlo. »Und was zum Teufel machen wir hier überhaupt?«

Nahmen sie sich inmitten ihrer verzweifelten Flucht wirklich die Zeit, um ... was, sich zu umarmen und zu versöhnen?

»Du kannst mir nicht entkommen, hübsche Blüte ... Ich werde dich finden, ganz gleich, wohin du auch gehst. Jetzt kenne ich dich. Ich kenne deinen Duft ...«

Arlo spähte an Nausicaä vorbei. Die unscharfe Gestalt des Reapers erschien nun klarer und streckte ihre Hand aus. Diese reichte so nahe an sie heran, dass sie Nausicaäs Haarsträhnen streifte. »Jetzt müssen wir aber wirklich Leine ziehen!« Sie versuchte sich loszureißen, aber Nausicaä hielt sie auch weiterhin fest in ihrem Griff.

»Halt dich noch ein bisschen mehr an mir fest, Klammeräffchen.«

Ehe Arlo die Anspielung auch nur kommentieren konnte, brach aus Nausicaäs Rücken der gleiche Rauch heraus, in den sich ihr Schwert aufgelöst hatte. Wie Finger schoss dieser hinter ihnen in die Luft und streckte sich zum Reaper hin aus. Dann aber machte er einen Bogen und rollte auf sie zurück.

Arlo war unfähig, sich ihre Reaktion zu verkneifen. Wieder einmal entfuhr ihr ein Schrei, wobei sie sich in Nausicaäs Griff verkrampfte und ihr Gesicht instinktiv gegen sie presste. Wider ihre Erwartung erfolgte jedoch kein Stoß, und da ihre Augen fest geschlossen waren (als könnte sie das vor den anstürmenden Rauchlanzen retten), vermochte Arlo nicht zu sehen, wie sich diese schattenhaften Finger um die beiden legten – aber sie konnte sie fühlen. Sie schlangen sich um ihren Körper und *drückten* sie: federleicht, lederweich und kühl.

Ihre Ohren dröhnten.

Schwindel überwältigte sie.

Arlo schnappte nach Luft, als wäre ihr diese aus der Brust gerissen worden. Der Druck, der sich um sie herum aufbaute, begann zu pfeifen. Ihr war übel, sie zitterte und stand kurz vor einer Ohnmacht. Dieses Gefühl erinnerte sie stark daran, was sie vor ein paar Tagen im Café empfunden hatte, nur war es diesmal noch heftiger. Auf einmal brach die Welt unter ihren Füßen zusammen und ihr schien, als würde sie gleichzeitig fallen und davonschweben.

Dieses Brausen, Schweben und Fallen dauerte eine Ewigkeit an, doch als es endete, stellte Arlo fest, dass ihr diese Empfindung viel lieber war als das, was an ihre Stelle trat – ein Gefühl, als würde man am Ende einer Angelschnur hängen und stetig zum Ufer gezogen.

Was auch immer vor sich ging, sie gäbe alles dafür, damit es aufhörte.

Endlich – zum Glück – hörte es auf.

Der Rauch verflüchtigte sich, verbrannte und zerbröselte wie Asche im Wind, und der Druck ließ nach. Der Erdboden kehrte gerade noch rechtzeitig zurück, damit Arlo auf ihre Knie fallen und sich seitlich übergeben konnte.

Direkt auf ... das Gras?

Sie schaute sich um und wartete, bis sich ihre Übelkeit legte. Sie befanden sich nicht mehr in der Gasse. Sie war zwar immer noch draußen, allem Anschein nach aber in einem kleinen Park, der sich in die Ecke einer belebten Kreuzung schmiegte. Er bestand bloß aus einem für Schaukeln und eine Rutsche abgetrennten Quadrat. Arlo erkannte ihn an der Peter-Pan-Statue in seiner Mitte wieder. Es war die gleiche wie in den Londoner Kensington Gardens, doch nach einem zweiten Blick auf das Stadtbild um sie her wusste sie, wo sie war.

Toronto.

Sie waren nicht weit gekommen.

Die Eisengeborene gab einen kurzen erleichterten Seufzer von sich. Davon, wem sie gerade entkommen und wie sie hierhergelangt war, zitterten ihre Nerven immer noch. Dann richtete sie ihren Blick wieder auf Nausicaä und kniff die Augen zusammen.

»Warum müssen sie immer kotzen?«, fragte sich diese laut und sah mit gerunzelter Stirn zu Arlo hinunter.

»Was zum Kuckuck war *das*?«, krächzte Arlo, während sie mit schlotternden Beinen wieder aufstand. »Haben wir ... Haben wir uns gerade *teleportiert*?«

Das Ding war: Teleportieren an sich war nicht wirklich unmöglich, aber eine Durchschnittsfee konnte es auch nicht einfach bewerkstelligen. Selbst unter den *Elfen* gab es nur wenige, die dazu imstande waren – eigentlich hatte Arlo sogar noch nie von jemandem gehört, der das konnte.

Viele Angehörige des Feenvolks nutzten heutzutage Ambrosienbesen und als Autos verzauberte Pferde, um sich fortzubewegen. Inzwischen waren Portale die bevorzugten Langstreckentransportmittel der Wohlhabenden. Magisch von einem Ort zum anderen zu gelangen, erforderte ein so präzises Verständnis und Geschick, dass es beinah unmöglich war. Seinen Körper an einem Punkt zu zerstreuen und an einem anderen wieder zusammenzusetzen, war eine ausgesprochen schwierige Kunst. Die einzigen Leute, von denen Arlo bisher wusste, dass sie annähernd dasselbe wie Nausicaä zu vollbringen vermochten, gehörten zur Wilden Jagd.

Und Nausicaä war noch einen Schritt weitergegangen: Sie hatte noch eine zweite Person mit sich teleportiert.

»Was *bist* du?«

Nausicaä sog Luft durch ihre Zähne ein und antwortete in ihrem bisher trockensten Tonfall: »Hat dir noch nie jemand gesagt, wie unhöflich es ist, eine Fee danach zu fragen, was sie ist?«

»Von wegen eine Fee! Bist du eine Elfe?«

»Wirst du jetzt endlich rangehen oder was?«

Verwirrung zeichnete eine Falte zwischen Arlos Brauen. »Wo rangehen?«

Doch dann spürte sie es – wie ihr Handy in ihrer Hosentasche vibrierte. Offenbar funktionierte es einwandfrei, jetzt, da es nicht mehr im Feenring war. Sie hatte vergessen, dass sie es auf Vibrieren gestellt hatte. Und da ihr Körper nach der fremdartigen Erfahrung einer leibhaftigen *Teleportation* immer noch bebte, hatte sie den hartnäckigen Anruf gar nicht bemerkt.

»Oh nein«, stöhnte sie.

Der heutige Abend wurde immer schlimmer.

Celadon war nicht weit vom Klub gewesen. Er hatte ganz sicher all die Leute gesehen, die aus dem Vordereingang des

Feenrings geströmt waren. Bei dem Anblick war er todsicher ausgeflippt.

Arlo kramte ihr Handy aus der Tasche heraus und schaute aufs Display. Celadon, allerdings.

Er war garantiert megawütend.

»Hey ...«

»*Arlo!*«, keuchte Celadon, doch es klang eher nach einem erstickten gehauchten Schluchzen. Die unglaubliche Erleichterung in seiner Stimme trieb Arlos Schuldgefühl auf die Spitze. »Arlo ... Arlo, wo bist du? Oh Cosmin, dir geht's doch gut, oder? Bist du in Sicherheit? Du bist nicht tot und liegst nicht blutig und zerfetzt in einer Gasse hinter dem Klub?«

»Was? Nein, Cel, tut mir leid, aber hey ...«

»Wo bist du? Bist du immer noch im Ring? Hör zu, Arlo, du musst wieder rauskommen. Ich werd dich abholen. Es tut mir leid, aber die Jagd ... Die Jäger wissen, dass du im Klub warst. Deine Mutter hat angerufen und mir gesagt, dass ein weiteres Mädchen getötet wurde. Die Jäger wurden beauftragt, die Todesfälle der Eisengeborenen im Auge zu behalten, und da Thalo wusste, dass ich ihnen bei der Ermittlung helfe, hat sie die Nachricht an mich weitergegeben und ... Gott, Arlo, sie sagte, dass es direkt hinter dem Feenring passiert ist. Und es war ein rothaariges eisengeborenes Mädchen – ich bin in Panik geraten! Ich dachte, sie redet von *dir*, also hab ich ihr alles erzählt! Es tut mir so leid, Arlo. Ich versuch grad, in den Klub reinzukommen, aber er ist komplett abgeriegelt und ... Arlo, bist du noch dadrin?«

Immer wenn Celadon richtig verängstigt war, redete er wie ein Wasserfall. Das lag den Viridians sozusagen im Blut.

»Ähm ... nein.« Sie blickte zu Nausicaä hinüber, die bloß gelangweilt ihre Nägel betrachtete. Celadons jetziger Zustand machte ihr klipp und klar, dass er wahrscheinlich in Ohnmacht fallen würde, wenn sie ihm zu allem Überfluss auch noch erzählte, dass sie beinah von einem Reaper gefressen worden wäre. *Sie* würde gleich bewusstlos umkippen, wenn sie daran dachte, wie knapp das gewesen war. »Nein, ich bin rausgekommen. Ich bin ... Ich glaub, ich bin im Glenn Gould Park. Du weißt schon, der mit der Statue von Peter Pan? Würdest du ... kommen und mich abholen?«

Am anderen Ende der Leitung herrschte Stille. Arlo konnte Celadons schweren Atem und den Verkehr im Hintergrund hören. Als er schließlich seine Stimme wiederfand, klang er leise und fassungslos. »Wie in aller *Welt* bist du dort gelandet?«

»Das ist ... eine lange Geschichte. Aber ich ...«

Arlo wurde das Handy aus der Hand gerissen.

»Hallo? Wer ist da?« Nausicaä hielt es an ihr Ohr, während sie ihren anderen Arm ausstreckte, um Arlo davon abzuhalten, ihr das Telefon wieder wegzuschnappen. »Celadon? So wie *Hochprinz* Celadon? Mensch, und sie sagte, sie sei nicht von so hohem Stand. Arlo? Wer ist das?«

Arlo unterbrach den Kampf um ihr Handy und starrte zornig Nausicaä an, die ihr in eben diesem Moment auch einen Blick zuwarf.

»Wir hatten nich viel Zeit, um uns vorzustellen. Und hey, kommst du sie abholen? Wenn ja, kannst du mich nämlich gleich mitnehmen. Hab meine Meinung geändert, was das Ignorieren eurer kleinen Vorladungen angeht. Ich will mit deinem Alten reden. Ich? Nausicaä. Wa...

Was zur Hölle, ich werd *sie* nich *verletzen*. Hey!« Sie hielt das Handy vor sich und blinzelte den Bildschirm an. »Der hat einfach aufgelegt! Wie unhöflich.«

Sie schnaubte angewidert und warf Arlo ihr Handy zurück. »*Nicht von so hohem Stand*«, fügte sie spöttisch hinzu. »Du hast nie gesagt, dass der verdammte Hochprinz des Frühlings dein Vater ist – der übrigens will, dass du hier wartest. Es sei denn, ich verwandle mich in die Mörderin, für die mich heute alle halten, und versuch dich umzubringen. Dann wär's ihm wohl lieber, du rennst weg.«

»Zunächst mal«, begann Arlo sie zu verbessern, »ist Celadon nicht alt genug, um mein Dad zu sein. Du denkst vermutlich an seinen älteren Bruder, Serulian – der auch nicht mein Vater ist. Zweitens: Celadon ist mein Onkel. Mein Dad ist ein *Mensch*, also nein, ich bin nicht von *so* hohem Stand. Außerdem hab ich keine Ahnung, wieso ich mich überhaupt vor dir rechtfertige. Und drittens: Warum willst du mit Hochkönig Azurean sprechen?«

Nausicaäs Miene wurde ernst. »Keine Sorge, wirst du noch früh genug erfahren.«

Arlos Brauen zogen sich noch stärker zusammen. »Hat das was mit dem *Reaper* zu tun und warum er heut Abend hinter dem Feenring aufgetaucht ist?« Es gab nur eine Handvoll Feen, die von den Höfen verbannt und gezwungen waren, ihr Leben in den Ritzen, Schatten und neutralen Räumen dazwischen zu verbringen. Von allen waren die Reaper womöglich die berüchtigtsten. Gelinde gesagt war es äußerst beunruhigend, dass ein solcher Reaper durch die vielen Verteidigungsmauern geschlüpft war, die genau ihretwegen um die Hauptstadt des UnSeelie-Frühlings errichtet worden waren.

Nausicaä sagte kein Wort.

Dass sich Dark Star entschied, selbst zum Hochkönig zu gehen, war das Beste, was bei dieser katastrophalen Mission herauskam. Sie würde ihm erzählen können, was genau vor sich ging – zumindest das, was ihr bekannt war, falls der Hochkönig nicht schon selbst über diese Informationen verfügte. Zudem war das viel besser als die mageren Ergebnisse, die Arlo selbst vorzuweisen hatte. Sie würde sich jedoch freuen, wenn sich jemand in dieser Nacht auch nur einmal die Mühe machen würde, wenigstens *eine* ihrer Fragen zu beantworten.

»Guck mich nicht so an wie ein verwundetes Tier. Ich bin kein großer Fan davon, mich wiederholen zu müssen, das is alles. Ich würd lieber warten, bis ich 'n volles Publikum habe.«

»*Argh*, weißt du was? Gut. Ist sowieso alles zu viel. Meine Mutter wird mich umbringen.«

»Ich nehm an, sie weiß nichts von deiner Schwarzarbeit als schlechteste Detektivin der Welt?«

»Nein«, fauchte Arlo wütend und stöhnte wieder auf. Sie steckte ihr Handy in ihre Tasche zurück. »Ich bin so was von mausetot. Ich hab ein Treffen mit einem Reaper überlebt und werd trotzdem sterben. Sie *alle* werden mich töten und mich dann für mein ganzes ewiges Leben nach dem Tod unter Hausarrest stellen.«

Nausicaä verdrehte die Augen und beendete das Gespräch, indem sie zur Statue hinter sich schlenderte, wo sie vermutlich auf Celadon warten wollte. Es war so ziemlich der ungraziöseste Abgang ever – die dünnen Spitzen ihrer Absätze versanken in der weichen Erde. Letztendlich hielt sie an, riss sich die Schuhe von den Füßen und knurrte noch ein Schimpfwort.

Arlo wandte sich zur Straße und schüttelte den Kopf. Eigentlich würde sie auch gern ihre Schuhe ausziehen, weil sich ihre Absätze ebenfalls unangenehm in den Schmutz bohrten. Doch da Nausicaä das schon getan hatte, weigerte sie sich hartnäckig.

Arlos Blick wanderte gen Himmel.

Die Nacht würde wohl wunderschön werden. Ein letzter Schimmer des Tages hing noch als schwaches, dämmerblaues Leuchten am Horizont. Die vielen Gebäude, die sich gegen diesen jenseitigen Lichthauch abhoben, waren in eine schmucklose

Dunkelheit gehüllt, die sie eher wie stille, gewaltige Riesen erscheinen ließ. So, wie sie auf Arlo herabsahen, kam es ihr vor, als wäre dieser Park eine Bühne, auf der sich schon bald etwas Bedeutsames abspielen würde.

Entnervt blickte sie wieder zurück auf die Straße, wo die Dämmerung das Treiben an der belebten Kreuzung in verschiedene Nuancen von Marineblau und Stahlblau tauchte. Blassgelbe Scheinwerfer lockten dort wie Irrlichter zwischen Bäumen in Wäldern.

In Windeseile scherte ein smaragdgrüner Audi von der Straße auf den Bürgersteig aus. Obwohl sie diesen Wagen kannte, war Arlo wirklich überrascht, Celadon herausstolpern zu sehen.

Die Autos, denen er in seiner Hast den Weg abgeschnitten hatte, hupten, als sie an ihm vorbeifuhren. Aus den Fenstern heraus machten einige Fahrer sogar ihrem Ärger über seine rücksichtslose Fahrweise Luft. Celadon ignorierte sie jedoch alle, schrie ihren Namen und stürzte auf Arlo zu. Je näher er kam, desto blasser und schreckensgeplagter sah er aus. Selbst dieses letzte bisschen Angst verwandelte den Celadon, den sie kannte – voller Selbstvertrauen und Gelassenheit, bei dem jedes Härchen an seinem Platz saß –, in jemanden, den sie kaum wiedererkannte. Seine Aura aus Regen und Zedernholz traf sie mit der Wucht eines Tsunamis, noch ehe er selbst überhaupt in der Lage dazu war. »Arlo, Cosmin sei Dank, es geht dir gut.«

Als er sie erreichte, zog er sie auf der Stelle ungestüm in seine Arme. Wieder einmal fühlte sich Arlo von seiner heftigen Umarmung schier erdrückt, doch sie erwiderte diese, so fest sie nur konnte. Indessen gingen ihr die Bilder des schleichenden Reapers einfach nicht aus dem Kopf. »Sorry, Cel. Ich wollte dir keine Angst machen.«

Doch Celadon antwortete nicht.

Als das Schweigen ein bisschen zu lange anhielt und die Luft verdächtig ruhig wurde, drückte sich Arlo so weit weg, wie es ihre Umarmung zuließ. Sie sah, wie Celadon die Statue, nein, Nausicaä anfunkelte, die lässig daran lehnte. »Hi«, grüßte sie mit der gleichen unausstehlichen, fast schon eintönigen und spöttischen Stimme wie eben. Doch jetzt kam eine verächtliche Handbewegung hinzu, die an ein Fingerschnipsen erinnerte. »Dein Schlitten gefällt mir.«

Celadon knurrte.

Die Elfen waren den Menschen in vielerlei Hinsicht sehr ähnlich.

In vielerlei Hinsicht aber eben auch nicht.

Celadon gab ein weiteres Knurren von sich, und das nicht einfach nur, um seinen Zorn zu betonen. Das da tief in seiner Kehle war ein ultimatives Grollen, das Arlo stark an einen wütenden Dämon erinnerte. Elfen vermochten dieses Geräusch nur dann zu erzeugen, wenn sie selbst zutiefst beunruhigt waren. Arlo hatte Celadon noch nie so aufgewühlt erlebt und nie gedacht, dass sie ihn je knurren hören würde, denn die meisten Sidhe-Elfen hielten dieses Verhalten für höchst unzivilisiert.

Das war ein Zeichen dafür, wie gefährlich Elfen in so einem Zustand sein konnten, und selbst Nausicaä gab nach. Was auch immer die armen Menschen, die auf ihrem nächtlichen Spaziergang an ihnen vorbeikamen, von diesem Geräusch hielten, Arlo wusste ganz genau, dass niemand von ihnen versuchen würde, sie zu belästigen.

»Der Hochkönig hat dich zum Verhör vorgeladen.« Celadons Stimme klang tief und seidig und stand beinah komplett im Gegensatz zu dem Knurren, das nach wie vor in Arlos Ohren hallte. »Ich schlage vor, du lernst vor diesem Treffen, ein bisschen mehr Hochachtung zu zeigen.«

Nausicaä zuckte mit den Achseln, schien jedoch nicht mehr ganz so sorglos. »Hochachtung, hm? Davon muss ich noch was draufhaben. Also, nach euch, nehm ich mal an?«

»*Nicht* mit *uns.*« Wieder begann das unmenschliche Grollen und untergrub die milde Drohung in Celadons Stimme. Über die Nacht breitete sich mittlerweile eine unnatürliche Dunkelheit aus. Wie eine aus einem Fässchen quellende Tinte befleckte sie die Dämmerung, bis diese komplett verschwunden war, und die kolossalen Gebäude, die über die Stadt zu wachen schienen, wichen aus Angst vor ihr zurück. Betäubender Zorn breitete sich auf Nausicaäs Gesicht wie Gift aus und entstellte ihre Schönheit zu etwas so Monströsem, dass Arlo ihren Blick abwenden musste.

In diesem Moment wölbte sich der Nachthimmel und sie wusste: Die Wilde Jagd war da.

Schaudernd und haspelnd entschuldigte sie sich bei Nausicaä und wandte sich dann an Celadon: »Wir sollten gehen.«

»Sicher«, entgegnete Celadon knapp. Er nahm sich nur noch ein paar Sekunden Zeit, um Nausicaä wütend anzustarren. Dann wich er so weit von Arlo zurück, dass sie seine Hand nehmen konnte.

Dark Star wäre vorerst safe. Die Wilde Jagd holte sie nicht von einem Tatort ab. Doch wollte Arlo die Dinge wieder ins Lot bringen, durfte sie nicht hierbleiben und mit einer Truppe herzloser Unsterblicher streiten. Sie musste sich beeilen, ehe es zu spät war. Bevor Nausicaä zum Hochkönig gebracht und ohne Verteidigung vor Gericht gestellt werden konnte. In diesem Augenblick erreichte die Wölbung hinter ihr ihre Grenzen und platzte. Vier Schatten tauchten aus dem finsteren Himmel auf und stiegen in den Park hinab. Außer für jene, die SICHT beherrschten, verbargen sie sich vor aller Augen.

»Können wir zurück zum Palast?«, fragte Arlo, als sie in Celadons Audi saßen. »Ich muss mit dem König sprechen. Ich muss ihm sagen ...« Sie musste ihm sagen, dass Nausicaä unschuldig war, und die Sache wieder geradebiegen. Ihr Herz pochte so heftig in ihrer Brust, dass ihre Sicht nicht nur wegen der Tränen verschwamm. Ihre Nerven beschwerten sich jetzt schon darüber, was sie gleich unternehmen würde – eine weitere von zahlreichen Dummheiten an diesem Abend. Und nichts von alledem wurde durch die Geschehnisse da draußen besser.

Celadon stieß einen schweren Seufzer aus. »Ja klar.« Dann griff er nach seinem Sicherheitsgurt. »Komischerweise will er auch mit uns reden, Arlo.«

... Verdammt.

Sie steckten bis zum Hals in Schwierigkeiten.

Das Gleiche galt jedoch für Nausicaä, wenn Arlo ihre Schulden nicht schon bald beglich.

KAPITEL 15

Arlo

Celadon wäre normalerweise stehen geblieben, um mit den Leuten an der Rezeption zu plaudern. An diesem Abend nickte er ihnen jedoch nur grüßend zu, als sie sich verbeugten.

Niedergeschlagen und besorgt lief ihm Arlo hinterher.

Sie wünschte, er würde etwas sagen. Das letzte Mal, als er nicht mehr mit ihr gesprochen hatte, war sie sechs und er neun Jahre alt gewesen. Damals hatte Arlo ihm im Schlaf ein großes Haarbüschel abgeschnitten, weil sie es für ein Kunstprojekt brauchte. Allerdings nahm sie ihm seine jetzige Wortkargheit nicht übel. Im Moment war auch ihr nicht wirklich danach, mit sich zu reden.

Arlo steckte in *solch gewaltigem* Schlamassel. Doch im schlimmsten Fall tat ihr ihr Großonkel das an, womit man ihr schon ihr ganzes Leben lang drohte, nämlich sie für immer aus dem Leben ihrer Familie zu verbannen. Deshalb war diese Angst auch nicht neu für sie. Aber für den Sohn des Hochkönigs – der nicht einfach so aus dem Stammbaum gestrichen, seines Wissens und seiner Macht beraubt sowie verleugnet werden konnte – würde der »schlimmste Fall« weit *kreativer* ausfallen müssen.

Und wieder einmal war Arlo an dieser Misere schuld.

Erst Nausicaä, jetzt ihr Onkel ... Jedes Mal, wenn Arlo ihre Nase in Angelegenheiten steckte, die sie nichts angingen, zahlten Unschuldige den Preis dafür.

Wie konnte die VORSEHUNG nur auf die Idee kommen, dass *sie* das Zeug zur *Heldin* hatte?

Schließlich kamen sie am Zielort an. Zwei ernst dreinblickende Elfen, die in ihren goldverzierten Uniformen in Smaragd- und Salbeigrün strahlten – den offiziellen Farben des UnSeelie-Frühlings –, ließen sie unter Verbeugungen durch prächtige Eichentüren in den Thronsaal eintreten. Mit seinem grünen Marmorboden und dem spärlichen Dekor ähnelte dieser Saal dem Raum, in dem Arlo dem Hohen Rat der Elfen gegenübergestanden hatte. Mit der üppigen Vegetation an ihren Säulen und Balken, den vergoldeten Einbauten und dem Moosstreifen, der sich wie ein Teppich von der Tür bis zum Thron erstreckte, unterschied sich diese Räumlichkeit jedoch von der in der Akademie. Statt der Richterbank befand sich hier außerdem ein mit Gold gesäumtes Podium, auf dem drei Stühle mit hohen Lehnen standen – die Throne, geformt aus verdrehten Ästen und einem Gewirr aus Efeu und Ranken.

Alle drei waren besetzt.

Selbstverständlich war der Hochkönig anwesend. Seine markante grasige Aura war Arlo beinah genauso vertraut wie die ihrer Mutter, da sie in fast jedem Raum des Palasts hervorstach. Zu seiner Rechten saß seine Frau Reseda, die Königin, und zu seiner Linken ihre älteste Tochter Cerelia, die auch die Thronfolgerin des UnSeelie-Frühlings war. Würde sich Arlo ein wenig mehr konzentrieren, könnte sie ihre jeweiligen Auren aus Zitrusblüten und erdigem Wald wahrnehmen.

Thalo stand direkt neben der Königin und sah trotz der blauen Schatten um ihre Augen fuchsteufelswild aus. Im Dunkel hinter ihr und der Herrscherfamilie standen vier weitere Gestalten so ruhig wie der Tod da. Arlo bemühte sich, sie nicht anzugaffen – ihr war, als wüsste sie, wer sie waren, obwohl sie keine einzige ihrer magischen Auren wahrnehmen konnte. Ihre Anwesenheit war alles andere als beruhigend.

Die Wilde Jagd.

Celadon stellte sich neben die einzige Person in der Saalmitte: Nausicaä. Von der Magie, die das Aussehen aller anderen entzaubert hatte, war sie völlig unberührt geblieben. Arlo hatte keine Ahnung, ob ihr die Erklärung lieber war, sie habe unter ihrer Schönheit nichts zu verbergen, auch wenn bestimmte Momente etwas anderes andeuteten, oder dass Nausicaäs Kräfte stark genug waren, um denen des Königs standzuhalten. Wie dem auch sein mochte, ihre Hände waren hinter ihrem Rücken mit einem Seil gefesselt, das speziell für die Haft von Angehörigen des Feenvolks entwickelt worden war. Sie war immer noch barfuß – wo waren nur ihre Schuhe abgeblieben? – und starrte genauso furienhaft zum Kopf des Raums auf, wie sie zuvor *sie* angefunkelt hatte, als Arlo und Celadon sie ihrer WILDEN Eskorte überlassen hatten.

Als sich Arlo neben Celadon stellte, hob der König sogleich sein Kinn. »Erklärt euch«, befahl er.

»Es ist ganz allein meine Schuld, Vater.«

Azurean seufzte, wobei sein Mund belustigt zuckte. »Celadon Viridian, ich bin über deine Beteiligung nicht im Geringsten überrascht, aber ich würde meine Krone freiwillig der Königin des Seelie-Sommers überreichen, wenn deine Aussage *voll und ganz* der Wahrheit entspräche.«

Celadon und sein Vater waren jeweils ihr Spiegelbild und reflektierten verschiedene Stadien ein und desselben Lebens.

Azurean war selbst für Elfenmaßstäbe alt. Sein ordentlich gestutzter Bart hatte gänzlich das Grau angenommen, das sein lockiges Haar längst durchzog. In seinem Gesicht hatte er Falten, die nur jahrzehntelanger Stress einzumeißeln vermochte. Er war ein gut aussehender Mann – groß und gertenschlank wie sein jüngster Sohn. Allerdings besaß er die Präsenz eines Berges und zu seiner Blütezeit wäre kein noch so starker Wind unter dem Befehl der Elfen des UnSeelie-Frühlings jemals imstande gewesen, ihn in die Knie zu zwingen.

Die Leute fragten sich tuschelnd, ob man das auch heute noch über ihn sagen konnte.

»Es ist wahr genug«, erklärte Celadon weiter. »Das *war* mein Fehler. Ich habe Arlo gesagt, wo Dark Star zu finden ist. Obwohl ich Arlo nicht noch mehr in diese ganze Sache verwickeln wollte, als sie es ohnehin schon war, habe ich ihr *erlaubt*, in den Feenring zu gehen. Ich habe das zugelassen. Ich wollte die Flucht unserer Beute nicht riskieren, nicht wenn das Leben unserer Eisengeborenen auf dem Spiel steht, und schon gar nicht, wenn Arlo selbst zum nächsten Ziel werden könnte.« Er hielt inne und schluckte. Arlo musterte ihn von der Seite und war besorgt, wie silbrig blass sein Gesicht vor Verzweiflung wurde. »Das geht mir an die Nieren. Und das weißt du. Du selbst hast mir in den letzten Wochen erlaubt, strenger über meine Nichte zu wachen, um diese Sorge wenigstens ein wenig zu lindern. Ich wurde jedoch leichtsinnig, weil ich dieses Problem so schnell wie möglich klären wollte, wofür ich mich auch entschuldige.«

Arlos Herz stockte. Sie war mit Celadon so leichtfertig umgegangen, als er versucht hatte, ihr zu erklären, warum er ihr in letzter Zeit folgte. Sie hatte die ganze Situation auf die leichte Schulter genommen und nun standen sie hier.

»Du lässt dich in deinem Urteilsvermögen zu sehr von deinen Gefühlen leiten, Celadon«, sagte Azurean nicht unfreundlich, aber auch nicht ganz ohne Missbilligung. »Weshalb hast du deine jüngere Nichte mitten in unsere kriminelle Unterwelt geschickt, wenn ich fragen darf? Ich weigere mich zu glauben, dass sie sich Dark Star ganz allein stellen sollte.«

»Um Informationen zu sammeln«, antwortete Celadon flink. »Nein, ich wollte nicht, dass Arlo unsere Verdächtige festnimmt. Der Plan war zu ermitteln, ob wir unsere Zeit nicht einfach vergeuden, indem wir jemanden von Dark Stars ... Kaliber verfolgen.«

Nausicaä prustete.

Azurean richtete seinen Blick auf sie und seine Miene wurde hart wie Stein. »Und so trifft man sich, Dark Star. Du hast dir wirklich Zeit gelassen, meiner Vorladung nachzukommen, Nausicaä Krake.«

»Das hatte ich gar nicht vor, Eure Majestätische Hoch Angesehene Lordschaft, Sir. Ich ›komme Vorladungen nicht nach‹. Und ich bezweifle, dass Ihr das überhaupt wolltet.«

Der Hochkönig legte seine Stirn in Falten. »Du hältst sehr viel von dir, nicht wahr, junges Fräulein?«

»Oder sehr wenig«, erwiderte Nausicaä grinsend. »Wie auch immer, ich stehe Euch in beiden Fällen nicht zur Verfügung.« Sie zwinkerte ihm zu. Arlo hätt wohl am liebsten die Augen verdreht, wenn sie diese Respektlosigkeit nicht ein klein wenig entsetzt hätte. Vor allem gegenüber einer der wichtigsten Personen der magischen Gemeinschaft. »Hört zu, ich muss noch woanders hin. Dinge erledigen und *keine* Kinder umbringen, vielen Dank auch. Also würd ich gern mit der Show weitermachen, jetzt, da die Gruppe vollständig ist.«

»Majestät«, erhob sich eine neue Stimme zusammen mit einer der Gestalten aus der Dunkelheit.

Arlo war nie in den Sinn gekommen, dass die Mitglieder der Wilden Jagd zu sprechen vermochten.

Sie hatte schlichtweg nie darüber nachgedacht und musste gestehen, dass ihre Fantasie in dem Fall etwas Kaltes und Luftiges heraufbeschworen hätte. Zumindest hätte sie niemals den seidigen Bass erwartet, der von diesem Jäger ausging. Zudem war die Stimme von einer Abscheu erfüllt, bei der Arlo zusammenzuckte. Ihr ging es nicht als Einziger so. Der Jäger schritt zur Vorderseite des Podiums, kniete vor dem König nieder und Königin Reseda fuhr zusammen. Von ihrem Standpunkt aus konnte Arlo nicht erkennen, wie er aussah – sein Umhang umfing seinen Körper wie eine gewebte glitzernde Mitternacht und verbarg ihn von Kopf bis Fuß. Doch seine Präsenz allein war so beunruhigend, dass sie Reseda wahrlich nicht um den Blick auf ihn beneidete.

»Ihr solltet erfahren, wer das ist.«

Mit einem Nicken erlaubte Azurean ihm fortzufahren.

»Eure Angelegenheiten gehen uns nichts an, es sei denn, Ihr beauftragt uns, Majestät. Es steht uns nicht zu, uns in das Reich der Sterblichen einzumischen. Aber die Person, die hier vor Euch steht, ist eine Plage, die keine Grenzen kennt, und …«

Nausicaä schnappte nach Luft, und zwar so plötzlich, dass der gesamte Raum aufschreckte. »*Eris.*« Die Gestalt in der Kapuze erstarrte. Eris musste der *Name* des Jägers sein. »Das ist so ziemlich das Netteste, was du je über mich gesagt hast. Wüsste ich es nicht besser, würde ich annehmen, du vermisst mich.«

Sie *vermissen*?

War Nausicaä etwa ein Mitglied der Wilden Jagd, das in Ungnade gefallen war? Arlo musterte sie mit neuem Interesse.

Der Jäger – Eris – ignorierte die Unterbrechung, auch wenn sein Tonfall wegen der Stichelei etwas eisiger wurde. »So wie uns das Reich der Sterblichen nichts angeht, sind die Angelegenheiten des anderen Reichs auch nicht die Euren. Als diese konkrete Unsterbliche verbannt wurde, wurde es als unnötig erachtet, Euch über ihr wahres Wesen zu informieren. Die Umstände zwingen uns jedoch, den Mund zu öffnen. Dies ist die ehemalige Erinnye Alecto – eine Furie, obgleich sie nicht länger den Rang oder den Titel innehat.«

Arlo hatte sich also zu Recht Sorgen gemacht – Nausicaä *war* eine Person, die nicht hier sein sollte.

Eine Furie. Sie hatte ein wenig über diese Unsterblichen gelesen, doch seltsamerweise stammte ihr meistes Wissen über sie aus menschlichen Quellen – beispielsweise aus der Schule, als ihr Theaterkurs einen kurzen Abstecher zu den antiken griechischen Dramen gemacht hatte. »Erinnye« ... Dieser Titel bedeutete »Furie«. Doch da man fürchtete und glaubte, sie könnten durch die bloße Nennung dieses Namens beschworen werden, waren sie auch als Eumeniden bekannt – die Wohlmeinenden. Arlo hatte sie sich als zornige Göttinnen des Todes und der Rache vorgestellt, ein bisschen wie Harpyien, mit fledermausartigen Flügeln, blutigen Krallen und verfilzten Haaren. Sie hatte gedacht, sie wären groteske und furchterregende Monster, die in der Hölle geboren wurden.

Die Elfen sprachen nicht über sie, vor allem, weil man – ähnlich wie bei der JAGD – generell befürchtete, dass die bloße Erwähnung ihres Namens ihre Aufmerksamkeit erregte. Doch Nausicaä sah viel zu menschlich aus, um etwas so Antikes, Nebulöses und Göttliches zu sein, sodass es Arlo schwerfiel, dieser Behauptung zu glauben.

»Eine Furie?« Azurean beäugte Dark Star. »Ja, mir ist ein wenig über ihre Art bekannt. Allerdings habe ich noch nie zuvor eine gesehen ... Ihr neigt dazu, die Gesellschaft anderer zu meiden, wenn ihr hier seid.«

Eris nickte. »Das sollen sie auch. Die Höllische Schwesternschaft – die Wohlmeinenden – ist eine der wenigen Gruppen wie wir, deren Anwesenheit überall dort gestattet werden muss, wo Magie existiert. So verlangt es die Magie selbst, unabhängig vom Vertrag. Sie sind Göttin Urielles Töchter, geboren aus den von ihr befehligten Elementen – aus der Magie selbst. Ihnen wurde das Leben geschenkt, damit sie die ordnungsgemäße Wahrung der magischen Gesetze sicherstellen.«

Eris erhob sich wieder. Er stand mit dem Rücken zu Arlo und den anderen in der Saalmitte. Dennoch waren seine Worte klar und deutlich zu hören. »Sie sind in euren Worten die Polizei der Reiche. Drei Schwestern – Megära, Tisiphone und Alecto. Diese Titel werden stets an die jeweiligen Nachfolgerinnen weitergegeben. Wenn eine herausgefordert und besiegt, VERNICHTET oder aus welchen Gründen auch immer verstoßen wird, wird eine andere auserwählt, um deren Namen und Platz einzunehmen.«

Azurean hob eine Augenbraue und seine grünen Augen funkelten. Von der Möglichkeit, eine Unsterbliche vor ihnen stehen zu haben, über die sein Volk so wenig wusste, schien er beeindruckt. Unter der Faszination blitzte jedoch auch eine Warnung auf; die Götter waren hier immer noch genauso wenig willkommen wie damals, als sie vertrieben wurden. »Und was hast du selbst dazu zu sagen, ehemalige Erinnye Alecto?«

Nausicaä zuckte mit den Achseln, als seien es nicht ihre Geheimnisse, die der Reihe nach vor zehn anderen Leuten gelüftet wurden. »Dass Ihr mich Nausicaä nennen könnt?«

»Er kann dich Mörderin und Verdächtige nennen«, warf Eris ein und wirbelte herum. Da er seine Kapuze tief in die Stirn gezogen hatte, vermochte Arlo sein Gesicht immer noch nicht zu sehen. Das betrübte sie jedoch kein bisschen. Er klang wie ein kaum beherrschtes eisiges Feuer und sie wollte es nicht unbedingt in seiner Miene reflektiert sehen.

Er machte ihr so schon genug Angst.

»Ihr solltet noch mehr über die Schande erfahren, die so stolz vor diesem Gericht steht«, fuhr Eris fort und dreht sich wieder zu Azurean um. »*Nausicaä* wurde verbannt, weil sie elf Sterblichen das Leben nahm, noch bevor deren Stunde schlug. Sie ist dafür verantwortlich, dass sich Eure Majestät abmüht, ein ewig brennendes Schiff vor den Menschen geheim zu halten, und dass dieses Schiff von Schmerz, Gewalt und Wut heimgesucht wird.«

Angesichts dieser Anschuldigungen grinste Nausicaä bloß. Das Grinsen selbst hatte jedoch kein »bloß« an sich. Als eine leise Note eines selbstgefälligen Lachens durch ihre Nase drang, musste Arlo den Blick von ihrem Lächeln abwenden, das aussah, als sei es mit einer Rasierklinge in ihr Gesicht geritzt worden.

»Gern geschehen«, schnurrte Nausicaä regelrecht.

Arlo war über Nausicaäs enthüllte Verbrechen weniger erschrocken als … enttäuscht. Sie konnte nicht wirklich sagen, warum. Immerhin hatte sie von Nausicaäs kriminellem Hintergrund *gewusst* – so viel hatte ihr der Nichttroll im Nachtklub verraten. Doch es war eine Sache, etwas abstrakt zu wissen, und eine andere, es im Detail zu kennen.

Letzten Endes war Nausicaä eine Mörderin. Und Arlo war von sich selbst enttäuscht. Ihr wurde nämlich bewusst, dass sie das wilde, labile und unsterbliche Wesen neben sich doch schon ein wenig lieb gewonnen hatte.

Azurean klopfte mit seinem goldenen Zepter wie ein Richter mit seinem Hammer gegen das Podium, um für Ruhe zu sorgen.

»Es reicht. Für private Streitigkeiten fehlt mir die Geduld. Danke, dass du mich darauf aufmerksam gemacht hast, Eris, aber ich fürchte, selbst ich bin außerstande, eine Person zweimal für ein und dasselbe Verbrechen zu bestrafen.« Leiser fügte Azurean hinzu: »Ich respektiere, dass du einst ein überragendes Wesen warst, Nausicaä, aber hier in meinem Reich wirst du *mich* respektieren. Du bist hergekommen, um mir etwas zu sagen. Ich schlage vor, du legst deinen Fall dar, bevor ich beschließe, meiner Jagd zu glauben und dich schuldig zu sprechen.«

Die ehemalige Furie schien ihre nächsten Worte sorgfältig abzuwägen. »Macht es Euch was aus, die Fesseln von meinen Händen abzunehmen?«

Angesichts dieser Frage runzelte Azurean skeptisch die Stirn – wieso brauchte sie dafür seine Hilfe? –, doch er gab mit seiner freien Hand einen Wink. Daraufhin lösten sich die Seile und fielen zu Boden.

»Vielen Dank.« Nausicaä massierte sich die steifen Gelenke und schwang eine Hand in die Höhe. Daraufhin erschien darin ein Stein, der vor wenigen Sekunden noch nicht da gewesen war. Diesen hielt sie dem König zur näheren Betrachtung hin.

Alle anderen zehn Anwesenden beugten sich vor, um ihn ebenfalls genauer zu mustern.

Arlo kam der Stein nicht sehr besonders vor, als sie um Celadon herumlugte. Er war kaum mehr als ein unförmiger ovaler grauer Brocken, der an manchen Stellen von schwarzen Adern durchzogen war.

»Ihr seid wie alt ... einhundert, Eure Majestät?«

Azurean runzelte seine Stirn abermals. »Dreihundertzwölf.«

»Genau. Mein Fehler«, entschuldigte sich Nausicaä freundlicherweise. »Was ich damit sagen will: Ihr seid jung. Älter als ich, sicher, aber ich selbst bin im Vergleich zu gewissen Legenden ziemlich jung.«

Der König taxierte den Stein noch etwas genauer. Gegen seinen Willen schien auch Eris ein wenig interessiert zu sein – zumindest vermutete Arlo das angesichts seiner stillen vorgebeugten Haltung. Vielleicht war er aber einfach nur eingeschlafen.

Dann prallte der König viel zu plötzlich gegen seinen Thron zurück. Ein Wiedererkennen flackerte in seinen Augen auf, zusammen mit einer namenlosen Furcht, die er jedoch schnell wieder verdrängte. Sein auf Nausicaä gerichteter Blick wurde unerklärlich kühl – was diese geradezu zu freuen schien. »Seht Ihr? Ich wusste, Ihr würdet ihn auch erkennen.«

»Das tue ich nicht.«

»Wow«, prustete Nausicaä. »Wie sehr hat's wehgetan, *diese* Lüge zu erzählen? Das hier ist nich nur irgendein Stein – das ist ein Stein der Weisen und Ihr wisst das.«

Dies war nicht die dramatische Enthüllung, die Nausicaä wahrscheinlich beabsichtigt hatte.

Königin Reseda stöhnte auf und sank auf ihrem Thron zusammen. Sie verdrehte die Augen, als kämen jeden zweiten Tag Leute mit legendären magischen Steinen hereingeschneit. Angesichts der schieren Absurdität zuckten Cerelias Mundwinkel und verzogen sich zu einem Grinsen.

Aber Celadon hatte sich neben Arlo merklich versteift und auch König Azurean saß verdächtig still auf seinem Thron. Für die Eisengeborene sah es so aus, als bemühte er sich, Gleichgültigkeit vorzutäuschen, doch der Griff um seine Armlehnen war allzu fest. Zudem spannte sich sein ganzer Körper an. Log er etwa *wirklich*? Seinem Unbehagen zufolge war das durchaus möglich. Außerdem besaß er als Hochkönig die innere Stärke, um das durchzuziehen. Doch unverhohlen in so viele Gesichter zu lügen, wenn es um etwas so Wichtiges wie Morde ging ... das würde er nicht. Nausicaä musste sich einfach irren. »Wie bezaubernd gewisse Geschichten auch sein mögen«, sprach Azurean schließlich, »sie sind nichts weiter als *Märchen*. Ein magischer

Stein, der Blei in Gold verwandelt und seinem Besitzer ewiges Leben schenkt? Alles nur erfunden. Sogar Feen haben ihre Fantasien – der Stein der Weisen existiert nicht.«

Das Zucken, das er beinah zu verbergen vermochte – der verräterische Schmerz, den eine Lüge hervorrief –, erfüllte Arlo mit ebenso viel Angst wie Verwirrung.

Nausicaä schien von dieser scharfen Zurückweisung völlig unbeeindruckt zu sein; sie lächelte nun komplett gelassen. »Schwachsinn.« Sie drehte sich zu Arlo um. »Hey, Rotkäppchen, tu mir 'nen Gefallen und halt den mal kurz, ja?«

Als Nausicaä Arlo auf einmal ansprach, wurde diese hellhörig. »Ähm ... nein?«

»Ich versprech dir, er wird dich nich *umbringen*. Bitte ... Es dauert auch nur eine Sekunde.«

»Mmm ...« Arlo beäugte den Stein misstrauisch. »Wenn ich das mache, schulde ich dir rein gar nichts mehr für alles, was im Feenring passiert ist, deal?«

»Jaja, geht klar. Hier.«

Arlo trat vor, nahm den Stein in die Hand ... und es geschah nichts.

»Okay«, sagte sie nach einem Moment der Stille. Alle Augen im Saal richteten sich auf sie, sodass sie verlegen wurde und ihr Gesicht glühte. »Und was nun?«

»Sieh mich an.«

Arlo holte tief Luft und tat wie geheißen. Sobald ihr Blick auf das harte Grau von Nausicaäs Augen traf, ließ sie den Stein beinah zu Boden fallen.

Die einstige Furie hatte freigesetzt, was auch immer ihre Magie verborgen hatte. Die magische Wucht überwältigte Arlo und durchbohrte sie scharf, genüsslich. Während sich in ihrem Kopf ein Druck aufbaute und ihr die Sicht raubte, stieg ihr der

Geruch nach Rauch von brennendem Holz und Eisen in die Nase.

Irgendwo in der Ferne hörte Arlo Schreie.

Nach einem Moment oder einer Ewigkeit – schwer zu sagen, wonach genau – wogte die Luft hinter ihr auf Celadons Befehl hin und stürmte so heftig an ihr vorbei, dass sie an die gegenüberliegende Wand geschleudert worden wäre, wenn sie das Ziel gewesen wäre.

Nausicaä aber verlor nur kurz das Gleichgewicht. Das genügte, um ihre Verbindung zu kappen. Und erst dann tauchte Arlo wieder aus Nausicaäs ungezügelter Aura auf, kribbelnd und leicht benommen.

Der einst matte Stein in ihrer Hand leuchtete nun in einem kräftigen Rot.

»Arlo?« Celadon packte sie an den Schultern und drehte sie zu sich herum. Er sah den Stein kein einziges Mal an. »Arlo, alles in Ordnung mit dir? Du hast geschrien – du sahst so aus, als würde es *wehtun*. Was ist passiert?« Er starrte Nausicaä finster über seine Schulter an. »Was hast du gemacht?«

Arlo blinzelte zu Celadon auf und sah danach langsam zu den restlichen Anwesenden hinüber. Sie alle waren zu Salzsäulen erstarrt. Jeder stand in einer Pose da, die darauf hindeutete, was er hatte tun wollen, bevor die Elementarkraft des Hochprinzen außer Kontrolle geriet.

Zuallerletzt fiel ihr Blick auf Nausicaä. »Du hast gesagt, das würde nicht wehtun!«

Ein Teil der Spannung um sie herum löste sich auf und alle Beteiligten beruhigten sich, wenngleich widerwillig. Thalos Miene blieb jedoch unverändert. Man sah ihr an, dass sie zu weit mehr bereit war, als Nausicaä eine Brise entgegenzuschmettern – was angesichts ihrer GABE nicht schwierig wäre und viel mehr Schaden anrichten würde. Immerhin vermochte sie auf ihrer Handfläche Luft zu sammeln und diese wie eine Peitsche mit einem Stahlende zu führen.

»Falsch – ich sagte, du würdest nicht sterben.«

»Nimm ihn zurück! Warum leuchtet er überhaupt?« Arlo hielt Nausicaä den Stein hin. Sie hatte Angst, dass etwas passieren würde, falls das Glühen noch länger anhielt – bei ihrem Glück in letzter Zeit würde sie das nicht wundern.

»Komm mal wieder runter, is alles okay. Das ist nichts weiter als eine Reaktion. Der Stein leuchtet nur, weil du eine Eisengeborene mit starker Magie bist und ihm der Saft noch nicht komplett ausgegangen ist.«

Trotz der Gesamtsituation musste Arlo darüber lachen, wie weit neben der Wahrheit sie mit ihrer Aussage lag – ihre Magie sollte *stark* sein? Wohl kaum.

Doch Nausicaä ignorierte den Lachanfall und wandte sich erneut zum Podium, ihr blondes Haar wild zerzaust durch die von Celadon heraufbeschworene Böe. Sie deutete mit ihrer Hand auf den strahlenden Stein in Arlos Griff. Niemand außer der Jagd und ihrem König schien sein Leuchten sehen zu können. »Die Lesidhe, die Eisengeborenen und die Unsterblichen – sie sind die Einzigen, die das Glühen der Alchemie sehen, die erkennen können, wenn einer dieser Steine ausreichend aufgeladen ist, um aktiviert ... oder verdorben zu werden. Aber die Krone, die Ihr da auf Eurem Kopf tragt, macht Euch zu etwas Besonderem, nicht wahr, Eure Hochmajestät? Ihr könnt es auch sehen.« Nausicaäs Grinsen kehrte zurück. Es war immer noch genauso scharf, wirkte jedoch im Vergleich zu vorher etwas gedämpfter. »Technisch gesehen habt Ihr recht – das ist *kein* Stein der Weisen, zumindest kein richtiger. Dieser hier ist ein Blindgänger. Das eisengeborene Herz, das benutzt wurde, um ihn zu schaffen, war nicht in der Lage, den Stress der Verwandlung auszuhalten.«

Der Stein in ihrer Hand war ein *Herz*?

Angewidert ließ Arlo ihn auf den Boden fallen und Nausicaä seufzte. Sie bückte sich, um ihn zügig aufzuheben, bevor das jemand anderem einfiel. Sogleich verblasste sein Leuchten und er wurde wieder grau.

Als Arlo zum Thron aufsah, bemerkte sie, dass Azurean auf dem Rand seines Sitzes verharrte und sein Gesicht ein saures, milchig-blasses Blau angenommen hatte. »*Das reicht*«, fauchte er und wegen irgendetwas an seinem Tonfall sträubten sich Arlos Härchen an den Armen.

Nausicaä reckte ihr Kinn vor, um Azureans eigenartig fragiler Stimmung zu trotzen. Es schien beinah so, als stachelte sie ihn absichtlich an, seine Fassung zu verlieren. »Nein, das glaube ich nicht. Ich bin nicht hergekommen, um Euch was zu sagen, Azurean Viridian, sondern um zu fragen, warum verdammt noch mal Ihr so tut, als wäre das nicht genau das Riesenproblem, von dem Ihr *wisst*?«

»Ich werde dir kein zweites Mal sagen, das sein zu lassen. Die Steine der Weisen *sind nicht real.*«

»Versteht mich nicht falsch«, fuhr Nausicaä unbekümmert fort. »Mir persönlich ist's schnuppe, aber vor *Jahrhunderten* hat irgendein Kerl mal *eins* von diesen Dingern geschaffen und ihr alle seid dermaßen ausgeflippt, dass ihr einen ganzen Magiezweig verboten habt. Also erzählt mir nicht, Ihr wärt nicht beunruhigt oder hättet nicht zumindest *angenommen*, dass all die Todesfälle unter den Eisengeborenen das Ergebnis von Alchemie sein könnten. Die Anzeichen dafür könnt Ihr unmöglich übersehen haben, denn Ihr seid ja nicht dumm. Wieso also schiebt Ihr *mir* die Schuld für alles in die Schuhe und ... macht nichts weiter? Ihr hättet mich schon vor Urzeiten hierherschleppen können, um es bestätigt zu bekommen. Aber alles, was Ihr erlasst, ist eine verdammte *Vorladung*? Ihr *wollt* das gar nicht näher untersuchen, oder? Ihr ignoriert's schlichtweg. *Warum?*«

Eine Minute verging.

Noch eine.

Alle schwiegen und beobachteten. Alle Anwesenden blickten zum Hochkönig. Jeder wartete auf seine Antwort, doch es kam keine. Stattdessen lief sein Gesicht vor Empörung saphirblau an und wurde von Sekunde zu Sekunde noch dunkler. Arlo hatte ihren Großonkel nie als einen Mann gekannt, der so schnell aufbrausen konnte. Er war leidenschaftlich, sicher, und duldete keinen Unfug, doch Arlo hatte ihn noch nie so *wütend* erlebt – kein einziges Mal. Selbst wenn Celadon sein Bestes gab, um ihn zu provozieren, Azurean Viridian war ein Mann, der Ernsthaftigkeit der Hysterie vorzog, genauso wie harte Worte dem Gebrüll.

»Kein Kommentar, hm?« Nausicaä tippte mit einem Finger gegen ihr Kinn. »Interessant. Wisst Ihr, wenn sich so ein Reaper in Eurer schwer bewachten Stadt rumtreibt, der Eisengeborene verschlingt und dadurch die Beweise für meine Worte vernichtet, damit niemand sonst diese kniffligen Fragen stellen kann, die Ihr ach-so-verzweifelt abzuwehren versucht ... dann ist das alles doch schon ein wenig *praktisch*, findet Ihr nicht auch? Ihr beharrt darauf, dass alles in Ordnung sei, dass dies das Werk eines menschlichen Serienkillers oder der Dark Star ist oder vielleicht sogar, dass die Eisengeborenen einfach von selbst tot umfallen, verdammt noch mal – was für Ausreden habt Ihr *noch* parat, um die magische Gemeinschaft von dem abzulenken, was wirklich vor sich geht? Dieser Reaper ... Er gehört doch nicht etwa *Euch*, oder?«

»Nehmt sie fest!!!« Als sich der Hochkönig aus seinem Stuhl riss, flog ihm Speichel aus dem Mund.

Arlo sprang vor Schreck auf und stieß beinah mit Celadon zusammen, der ebenfalls erschrocken war. Azureans Reaktion überraschte jedoch nicht nur sie beide. Königin Reseda und Cerelia zuckten zusammen und Thalo zückte sogar den juwelenbesetzen Dolch, den sie an ihrer Seite trug, um jederzeit eine nicht vorhandene Bedrohung auszuschalten.

Nausicaä lachte. »Ein *Feigling* – der große Azurean Viridian ist nichts weiter als ein zitternder kleiner *Waldgeist*, der sich in seinem Baum versteckt.«

»Verhaftet sie! Ich lasse nicht zu, dass man in meinem eigenen Haus so mit mir spricht!! Nehmt sie fest – mit diesen Worten begeht sie Verrat am Eurem König!!!«

Eris gehorchte mit Vergnügen.

Sobald der Befehl erteilt war, ging er auf die vom Podium hinabführende Stufe zu. Nach der Anweisung ihres Königs glitten auch die anderen drei Jäger vorwärts. Sie strömten wie dunkler Nebel um den Thron hervor.

Celadon wich augenblicklich von Nausicaä zurück und gab den Weg frei. Arlo wollte dasselbe tun, aber ihre Beine rührten sich nicht von der Stelle. Die Jäger stiegen herab. Ihr Ziel war die Person, die am heutigen Abend nichts weiter getan hatte, als Arlo zu beschützen.

»Verhaftet sie!!« Azurean stampfte mit dem Fuß und rings um ihn breitete sich ein Teppich aus tiefvioletten Schwertlilien aus. Fürstlichkeit ... Weisheit ... Als Kind des Frühlings hatte sie im Unterricht die Blumensprache erlernt – bildete sich Arlo das nur ein oder sahen die Blüten ein wenig ... verwelkt aus? »Nehmt sie fest!!«

Die Wilde Jagd kam vom Podium herab und formierte sich fächerförmig. Eris schritt vor.

»W... Wartet!«, rief Arlo instinktiv. Anscheinend war ihr Mut direkt mit ihren Instinkten verbunden. »Wartet, bitte, tut das nicht! Nausicaä ... sie ist nicht ...«

»Ruhe!!!«

Arlos Mund klappte zu. Diesem scharfen Befehl hätte jeder Folge geleistet.

Der Hochkönig keuchte wie ein erschöpftes Tier und seine Wangen waren von einer solch dunklen Bläue, dass es nicht gesund sein konnte. Angesichts eines solch fieberhaften Zorns schwand Arlos Mut.

Sie vermochte sich keinen Reim darauf zu machen.

Azurean war ein gerechter König. Er war ein guter und freundlicher Mann. Jemand, der schon auf wackligerem Boden Behauptungen erwogen und untersucht hatte, doch dieses Verhalten ... dieser *Wahnsinn* ... das sah ihm überhaupt nicht ähnlich!

Arlo sah zu, wie sich ihr Großonkel in seinen Sitz zurückwarf und mit seinen Fingerspitzen über seine Krone strich, dieses einfache Geflecht aus elfenbeinweißen Geweihknochen, die ihn zum Herrn über sie alle machte. »Alles gut«, murmelte er. »Es ist alles gut. Wir sind in Ordnung.« Als würde er einen Schalter umlegen, beruhigte er sich auf der Stelle und kehrte zu seinem normalen Selbst zurück. »Verhaftet sie. Sie soll wegen des Verdachts der Kollaboration und der Vorenthaltung sachdienlicher Informationen zu den laufenden Verbrechen der Entführung, des Mordens und des magischen Fehlverhaltens vorübergehend in Haft genommen werden. So lautet das Urteil bis zu einer formellen Anhörung – eine Anhörung«, betonte er, »die erst dann beginnen wird, wenn die Angeklagte sich eher zur Zusammenarbeit bereit zeigt und *Respekt* für ihre derzeitige Lage empfindet.«

Daraufhin schnappte sich Celadon Arlo und zog sie von Nausicaä zurück, die trotz dieser Situation seltsam ruhig geblieben war. Arlo kam es so vor, als wäre sie nur ein kleines bisschen angesäuert, dass der König die Frechheit besaß, sie unter Arrest zu stellen.

»*Tss.*« Abermals schwang Nausicaä ihre Hand empor und schickte ihr steinernes Herz zurück in die Leere, in der sie vermutlich auch ihr Schwert und Gott weiß was sonst noch aufbewahrte. »Schätze, es stimmt wohl, was man über Macht sagt.« Sie tippte sich genau dort an den Kopf, wo normalerweise eine Krone saß. »Na gut. Lebt ruhig weiter in eurer Fantasiewelt. Ich hab Besseres zu tun, als euer Gefängnis zu dekorieren. Bis denn, Arschlöcher.«

Nausicaä warf sich ihr Haar über die Schulter und wirbelte auf ihren nackten Fersen herum. Ehe Azurean imstande war, seine Magie einzusetzen, um sie aufzuhalten, oder seiner Jagd anordnen konnte, sich etwas mehr zu beeilen, schoss dieselbe schattenhafte Dunkelheit aus ihrem Rücken, die sie zuvor vom Feenring fortgebracht hatte. Wie eine Blase legte sie sich rings um sie und zerplatzte anschließend mit einem *Plopp*. So löste sich Nausicaä in Sekundenschnelle in Luft auf.

Der Hochkönig war jetzt ebenso wie Arlo vorhin darüber erschüttert, dass sich die ehemalige Furie einfach so teleportieren konnte. Er saß abermals angespannt da und war bereit aufzuspringen, sobald er sich daran erinnerte, wie man sich bewegte.

Eris hielt ebenfalls inne, auch wenn er und seine Gefährten von Nausicaäs Fähigkeiten kein bisschen überrascht schienen. Einer der Jäger scherte sich sogar so wenig um diese Entwicklung der Ereignisse, dass er ihr Verschwinden überhaupt nicht beachtete. Stattdessen sah er *Arlo* an, als käme sie ihm genauso eigenartig vor wie er ihr.

Zumindest vermutete Arlo, dass er sie ansah. Die Öffnung seiner schwarzen Kapuze hatte sich in ihre Richtung gedreht, so viel konnte sie mit Sicherheit sagen. Ein weiterer Schauer überkam sie – ohne Vorwarnung nahm die Luft eine kühle, kriechende Feuchte und einen widerwärtig süßlichen Duft an. Er war zwar schwach, genügte aber, um eine Erinnerung wachzurufen, die sie nicht zuzuordnen vermochte. Sie hatte diese Aura schon einmal gespürt, aber wo? Wem gehörte sie? Niemand in ihrer Familie besaß eine solche Aura ... und Nausicaäs war das auch nicht ... Ging sie von einem der Jäger aus? Von dem, der sie beobachtete? Doch falls das stimmte, wieso konnte Arlo dann die der drei anderen nicht wahrnehmen?

»Majestät?« Eris drehte sich wieder zu seinem König um. Er zögerte, jedoch nur, weil er immer noch keine Befehle erhalten hatte, und nicht wegen der Verwunderung, die alle anderen Anwesenden in ihrem Bann hielt. »Leider muss ich Euch mitteilen, dass ich unfähig bin, eine weitere Unsterbliche mit einem MAL zu versehen. Wollt Ihr dennoch, dass wir sie verfolgen?«

Arlo atmete erleichtert auf.

»Dark Star gilt eure neue Priorität. Ich will, dass ihr sie herbringt – und zwar bitte lebendig.«

Die JAGD kam seiner Anordnung umgehend nach. Die Jäger glitten an Arlo und Celadon vorbei und Arlo spürte, wie der eine Jäger sie bis zur allerletzten Sekunde im Auge behielt. Sie bemühte sich jedoch, den Blick nicht zu erwidern. In einem Strom aus flatternden Umhängen verließen alle vier den Saal.

Als Azurean seinen harten Blick auf Thalo richtete, trat diese schnellen Schrittes auf ihn zu. Die Eisengeborene sah mit wachsender Angst zu, wie sich ihre Mutter tief verbeugte, um ihrem König, Arbeitgeber und geschätzten Onkel ihren Respekt zu zollen. »Deine Tochter hat eine Dummheit begangen, die kein zweites Mal geduldet werden wird«, sagte Azurean. »Da sie nicht im Feenring gefunden wurde und nicht für den heutigen Schaden verantwortlich ist, werde ich es dir überlassen, sie für ihre Taten zu bestrafen. Nimm sie mit und geht, Thalo. Ihr beide seid entlassen.«

Thalo richtete sich mit einem dankenden Nicken auf und verließ sogleich das Podium. Sie stieg die Stufen genauso beängstigend wie soeben die JAGD hinab und ging geradewegs auf Arlo zu.

Arlo war unterdessen viel zu sehr in einer seltsamen Mischung aus schwereloser Erleichterung, lähmender Vorahnung und einem Rest von Schrecken gefangen, um sich zu bewegen. »Eure Hochmajestät«, äußerte sie sich vorsichtig, wobei ihr die Worte nur schwer über die Lippen kamen. »Bitte, ich *bin* für alles verantwortlich. Das alles war allein meine Idee. Ich habe Celadon dazu gebracht, mir zu sagen, wo der Feenring ist, mit mir mitzukommen und …«

Sie wollte nicht gehen, ohne sicherzustellen, dass Azurean in seinem momentanen ungewöhnlichen Zorn Celadon nicht zu hart bestrafen würde. Im Grunde hatte Celadon nichts verbrochen und sie würde nicht zulassen, dass er mehr Schuld auf sich nahm als sie selbst – doch Azurean hob seine Hand und warf ihr einen hasserfüllten Blick zu, den sie von *ihm* ganz und gar nicht kannte. Er passte vielmehr zu Malachite. »Mein Sohn ist mein eigenes Problem und nicht das deine, Arlo Jarsdel. Geh fort, solange ich es noch gestatte. Was du gerade in diesem Raum vorgeführt hast, war Alchemie – ich stehe kurz davor, auch dich zu verhaften.«

Arlos Herz stockte und versagte ihr beinah den Dienst.

Sie hatte doch nur einen Stein gehalten … Sie hatte ihn nicht zum Leuchten bringen wollen und auch keinerlei Magie angewendet. Nausicaä hatte gemeint, es wäre nur eine Reaktion. Sicher könnte der Hochkönig sie für so etwas nicht *ins Gefängnis werfen*, oder?

»Arlo«, drängte Celadon sie mit leiser Stimme. »Es ist alles in Ordnung.« Sein blasses Gesicht verriet jedoch, dass er selbst nicht wirklich daran glaubte. »Danke, aber du solltest mit Thalo gehen. Ich werde später bei dir vorbeischauen, okay? Ich bin einfach nur erleichtert, dass es dir gut geht. Heute Abend habe ich für einen Moment gedacht, ich hätte dich verloren, und ...« Er setzte ein künstliches, schwaches Lächeln auf und schüttelte den Kopf. »Dir geht es gut. Keine Strafe könnte schlimmer sein als das Gegenteil dieser hier.«

Als Thalo die beiden erreichte, funkelte sie Celadon so kühl an, dass Arlo befürchtete, deren Beziehung würde diese ganze Angelegenheit womöglich nicht überstehen. Dass Celadon sie vielleicht doch »verloren« hatte, unabhängig davon, wie das alles enden würde. »Arlo, wir gehen«, sagte ihre Mutter eisig.

Mit einer weiteren lautlosen Entschuldigung auf den Lippen wandte sich Arlo von Celadon ab. Dieser antwortete mit einem entschuldigenden Nicken und kniete sich auf den Boden, um das Urteil des Hochkönigs entgegenzunehmen.

Azurean würde ihn doch nicht verbannen, oder? Seinen eigenen Sohn? Für etwas so Triviales wie bei einer schlampigen Nachforschung den Fluchtwagenfahrer zu spielen? Aber wer da auf dem Thron saß, war nicht der Hochkönig, den Arlo kannte. Sie war sich nicht sicher, was er tun oder nicht tun würde.

So undenkbar es auch schien, doch sie stolperte ihrer Mutter hinterher und aus dem Thronsaal hinaus, noch banger, noch ängstlicher und mit einem noch viel schrecklicherem *Schuldgefühl* als am Anfang.

KAPITEL 16

Vehan

Die Angehörigen des Seelie-Volks waren nicht dafür bekannt, die Schönheit der Nacht besonders zu verehren. Sie bezogen ihre Kraft vom Tag – von der Sonne, seinem Licht und der Wärme. Deshalb lebten sie auch am Tag ihre schönsten Freuden aus. Für den Prinzen des Seelie-Hofs des Sommers war diese Lebensweise wie ein Gesetz, doch selbst Vehan musste zugeben, dass die Aussicht überwältigend war.

»Guck dir all die Sterne an«, schwärmte er, während er sich über das Lenkrad seines Geländewagens beugte, um durch die Windschutzscheibe zu schauen. »Da oben muss es *Millionen* geben ...«

Wie sich dort am Nachthimmel das Blau von Hyazinthen und das Violett von Eisenkraut durch endloses Schwarz wie von Orchideen zog und die Sterne wie glitzernder Tau auf Blütenblättern erschienen – dieser Anblick erinnerte Vehan an einen kosmischen, ätherischen Garten.

»Es sind viel mehr als ›Millionen‹ – nach aktuellen Schätzungen gibt es über zweihundert Milliarden, und das allein in unserer Galaxie«, verbesserte ihn Aurelian, der ebenfalls von seinem Handy zu den Sternen emporblickte.

»Hast du das von Google gelernt?«

Es folgte ein Prusten. »Schaut nicht so selbstzufrieden. Ihr versteht ja kaum, was Google überhaupt ist.«

Aurelians Tonfall brachte Vehan zum Lachen. Der Hauch von Missmut darin erinnerte ihn an die Zeit, als diese Art Geplänkel zwischen ihnen noch normal gewesen war. »Ich kann nicht perfekt sein, weißt du?«, neckte er. »Mindestens einen Makel muss ich doch haben.«

»Das würde die Dinge immerhin um einiges einfacher machen, ja.«

»Wie bitte?«

Vehan musterte seinen Freund. Seine Aussage verwirrte ihn. Aurelian hatte nicht laut gesprochen. Zudem hatte er dieses leise Eingeständnis mit einem Zusammenzucken unterstrichen, was dem Prinzen verriet, dass er es höchstwahrscheinlich gar nicht hatte sagen wollen. Und nun sah er so aus, als wäre es ihm unglaublich unangenehm. Es gab keine bessere Beschreibung dafür. Die Nacht vermischte sich mit der Beleuchtung des Armaturenbretts und färbte den Lavendelton seines Haars noch dunkler, glättete seine ohnehin schon perfekte Haut und warf Schatten auf seine Gesichtszüge. Vehan würde diese selbst mit geschlossenen Augen wiedererkennen, weil er das Antlitz seines Freundes so oft anstarrte, wenn dieser nicht hinsah, und manchmal auch, wenn er hinsah. Aurelian war wunderschön, und zwar immer, aber in diesem Moment sogar noch etwas mehr. Immerhin stand ihm sein Unbehagen deutlich ins Gesicht geschrieben – ein aufrichtiges, offenes Gefühl. Es war schon so *lange* her, seit Vehan irgendetwas anderes an ihm hatte sehen dürfen als Emotionen, die mit einem Stirnrunzeln einhergingen.

Plötzlich erinnerte er sich an ihre allererste Begegnung.

Bevor Aurelian und seine Familie in den Palast gekommen waren. Vor jeder Spannung, jedem Seufzer und jedem Schmerz, die jetzt zwischen ihnen standen, hatte es nur *sie* gegeben. Vehan – der kleine mürrische, schweigsame und rundum unglückliche Junge, der sich an die Rockschöße seiner Mutter klammerte und sich sehr darum bemühte, den kürzlichen Tod seines Vaters zu verwinden. Aurelian – der andere kleine Junge in dem winzigen Laden, der gleichzeitig sein Zuhause war, der Vehan ein selbst gebackenes Zuckerplätzchen anbot und ihm nichts als sanfte Worte, Wärme und sein breitestes, unschuldigstes Lächeln schenkte.

»*Der ist für Euch, Eure Hoheit.*«

Vehan schaute zu dem etwas größeren Jungen empor. Sein Lächeln war so strahlend, dass er einen Moment lang dachte, es sei dieselbe Magie, die auch seine Mutter wirken konnte. »*Danke*«, *entgegnete er mit piepsiger Stimme, mehr wie eine Maus als ein Knabe. Es war Wochen her gewesen, seit er jemandem etwas zu sagen vermocht hatte – zunächst weil er dachte, Wutanfälle würden seinen Vater vielleicht zurückbringen, und danach ... weil er zu traurig gewesen war.*

»*Nichts zu danken. Wollt Ihr mit mir spielen gehen?*«

Vehan blickte zu seiner Mutter empor. Sie schaute den lächelnden Jungen an und überlegte. Seine Mutter dachte immerzu nach. »*Nun?*«, *drängte sie ihn und Vehan schlurfte vorwärts. Sehr vorsichtig nahm er die ausgestreckte Hand des anderen Knaben an, und als sie nach einigen Stunden wieder zurückkehrten, lächelte Vehan ebenfalls – blau bis über beide Ohren, glücklich und lachend.*

»*Herr und Frau Bessel*«, *hörte er zufällig seine Mutter sagen.* »*Ich habe ein Angebot für Sie.*«

»Vehan.«

Vehan schüttelte seine Erinnerungen ab. Erinnerungen an den schicksalhaften Urlaub, den er nach der Beerdigung seines Vaters mit seiner Mutter in Deutschland verbracht hatte. Erinnerungen an eine Bäckerei, von der gesagt wurde, sie sei die beste im Seelie-Hof des Herbsts, und an seine erste Begegnung mit den Bessels. Doch nun hatte Aurelian ihn angesprochen und sah dabei seltsam ernst aus. Er wandte seinen Blick vom Himmel ab, um Vehans Starren zu begegnen. Seine Augen blickten so eindringlich, dass es unmöglich gewesen wäre wegzusehen, sogar wenn Vehan gewollt hätte. »Da wir noch etwas Zeit haben, würde ich ... gern mit Euch über etwas reden.«

Oh verdammt ... Bei diesem Gespräch würde es darum gehen, was er auf dem Goblin Market gesagt hatte. Um seinen kleinen Zusammenbruch über Gefühle und Einsamkeit. Dieser konkrete Vorfall war Vehan unbeschreiblich peinlich. Er hatte die letzten paar Nächte wach gelegen und sich in schmerzhaften, lebhaften Einzelheiten daran erinnert, wie *erbärmlich* er dabei ausgesehen haben musste. Wie er geflennt hatte über sein ungerechtes Leben, sein Leben als verflixter *Prinz*, um Urielles willen.

Er hatte darauf geachtet, sich ständig auf Trab zu halten, um jeder Möglichkeit dieser Konfrontation aus dem Weg zu gehen. Normalerweise versuchte Aurelian nicht mehr, mit ihm über irgendetwas zu reden. Und zum ersten Mal in den zwei Jahren, in denen ihre Beziehung eine spürbare Wendung in Richtung irreparabel genommen hatte, war Vehan darüber *erleichtert* gewesen. Aber Aurelian war ein guter Elf. Er fühlte sich verpflichtet, Vehan mitzuteilen, dass er nicht allein war, Leute um sich hatte, seine Mutter zwar streng war, ihn jedoch liebte, und dass Aurelian immer ein offenes Ohr für ihn hatte, wenn er mal jemanden zum Reden brauchte. Aus unerklärlichen Gründen erschauderte er bei dem Gedanken, dass sich Aurelian auf dieselbe Art verstellen und mit ihm genauso reden sollte wie seine anderen Freunde.

»Äh ... okay, aber hör zu, wenn's um den Goblin Market geht, dann ...«

»Ihr wisst, dass ich Euch nicht hasse, richtig?«

»Dass ich Euch nicht hasse« war zwar keineswegs ein leidenschaftliches Geständnis tieferer Gefühle – oder generell irgendwelcher Empfindungen –, doch Aurelian klopfte das Herz bis zum Hals. Seine Augen brannten ein wenig und er musste wie verrückt blinzeln. Er richtete seinen Blick sofort wieder auf die Windschutzscheibe, um diese alberne Reaktion zu verbergen. »Ja, weiß ich.« Er schenkte der Landschaft ein Lächeln. »Aber du kannst mich auch nicht mehr besonders gut leiden, stimmt's?«

Zum ersten Mal sprachen sie diese Zwickmühle an – und natürlich genau *jetzt*, mitten in einer Wüste, wo sie auf einen mit Drogen dealenden Butzen warten sollten. »Pincer« wusste nicht, wer sie waren. Ihm war lediglich bekannt, dass sie von Jasen empfohlen wurden, an einem »Großeinkauf« interessiert waren und es vorzogen, den Handel an einem so abgelegenen Ort wie möglich durchzuziehen. Die Wüste war Pincers Idee gewesen und Vehan war nicht so dumm zu glauben, sie seien hier in der Nähe der Einrichtung, die er eigentlich zu finden gedachte. Wenn sie nur diesen Butz *treffen* könnten ...

Eisenzähne werden euch den Weg weisen.

Könnten sie nicht um die nötigen Informationen feilschen, würde der Butz sie ihm vielleicht einfach *verkaufen*. Das schien genau sein Ding zu sein, wenn er tatsächlich zu den Feen gehörte, die für Menschenentführungen bezahlt wurden.

»Ich ...« Aurelian wusste wohl nicht, was er sagen sollte. Er war unfähig zu lügen, aber offenbar auch nicht gewillt, die Wahrheit zu sagen, da er Vehan für so verletzlich hielt – was Vehan noch viel schlimmer fand. »Vehan, ich ...«

»Hoffentlich taucht unser Butz bald auf.«

Im Moment konnte er sich nicht damit auseinandersetzen. Er besaß nicht den Mut, sich Aurelians Erklärung anzuhören, warum ihre Freundschaft auseinandergegangen war. Zumal er seinen Herzenskummer schon bald mit Charme überspielen müsste, um einem gefährlichen Kriminellen Informationen zu entlocken.

Aurelian brummte. Das war seine verhaltene Antwort, die Vehan weismachte, er habe seine unausgesprochene Bitte um Gnade gehört (und akzeptiert).

»Dieses Treffen war viel verlockender, als es noch Theorie war. Eine Reise durch die Wüste mitten ins Nirgendwo, und das an einem Schulabend, war ... kein guter Plan, wirklich. Ich kann nicht fassen, dass du zugestimmt hast. Außerdem ist Pincer schon fast eine halbe Stunde zu spät. Sicher, dass wir am richtigen Ort sind?«

»Sicher«, seufzte Aurelian und schaute wieder auf sein Handy herunter. Seine Miene wirkte wieder zu einem schwer lesbaren Stein erstarrt. »Wir sind am vereinbarten Treffpunkt. Dieser Pincer sollte auch bald kommen. Es sei denn, er hat seine Meinung geändert oder seine eigenen Anweisungen falsch verstanden.«

Butzen waren nicht die hellsten Kerzen auf der Feentorte. Pincer mochte genauso gut an einen anderen Ort gegangen sein.

Vehan stieß einen tiefen Seufzer aus und stützte das Kinn auf seine Hände, die das Lenkrad umklammerten, um die Sache noch ein wenig auszusitzen.

Er hatte es so satt, falschen Spuren nachzugehen – einer Wahrheit nachzujagen, die sich umso mehr verwickelte, je mehr sie diese zu entwirren dachten. Obendrein glaubte niemand, dass überhaupt etwas vor sich ging, was er ebenfalls leid war. Sollte sich Pincer als eine weitere Sackgasse erweisen, wusste er nicht, wie viel mehr Sabotagen der Welt er noch ertragen konnte.

»Vehan.«

Blitzschnell packte ihn eine Hand an der Schulter. Der Prinz schaute auf und fand einen angespannten, alarmierten Aurelian vor. Er glich einer Katze, die in der Ferne eine Beute erspäht hatte. »Das ist er.«

Der sich von rechts annähernde mattschwarze Hummer hatte seine Scheinwerfer offenbar schon lange ausgeschaltet. Doch die Staubwolke, die er hinter sich aufwirbelte, hob seinen kleinen Tarneffekt auf – der Staub und die Death-Metal-Musik. Jetzt, da er achtgab, konnte er sie hören: Sogar ein *Mensch* wäre in der Lage gewesen, diese Musik zu vernehmen, so laut war die Stereoanlage aufgedreht.

»Hey, guck mal – noch jemand, der Geschrei für Musik hält. Vielleicht könntet ihr ja Freunde werden.«

Aurelian ignorierte seinen Kommentar mit Absicht und warf die Beifahrertür auf. Leise lachend folgte Vehan seinem Beispiel. Er stieg aus und ging um den Geländewagen, um sich wie sein Freund, der schon dort wartete, gegen die Motorhaube zu lehnen. Mit den hochgekrempelten Ärmeln seines weißen Hemds, seinen Tattoos, die so zum Vorschein kamen, und seinen silbernen, im Mondlicht schimmernden Piercings sah Aurelian eher wie ein angeheuerter Schläger denn wie sein zukünftiger Hofmeister aus. Seine Aufgaben würden sich nicht nur auf die Verwaltung von Vehans Zeitplan und Haushalt beschränken. Er würde auch an seiner Stelle als König des Seelie-Sommers fungieren müssen – als Regent, sollte Vehan für längere Zeit ins Ausland reisen oder vorübergehend handlungsunfähig werden.

Der gesamte Hof war entsetzt gewesen, als die Königin jemandem diese Ehre erwies, der nicht nur ein Lesidhe und ein Bürgerlicher, sondern auch noch *kein Elf des Seelie-Sommers* war. Wegen Königin Riadnes Entscheidung wurde Aurelian ständig beargwöhnt – und ohne Ende mit Eifersucht, Feindseligkeit und unfreundlichem Klatsch konfrontiert. Der Palastrat hatte sein Bestes getan, um Vehans Mutter umzustimmen, doch sie blieb stur. Wenn sie sich etwas in den Kopf setzte, bekam sie es mit allen erdenklichen Mitteln, und aus irgendeinem Grund hatte sie Aurelian *unbedingt* in Vehans Leben haben wollen. Und zwar noch mehr, als er es sowieso schon war.

Der Hummer raste an ihnen vorbei, drehte hinter dem Geländewagen eine Kurve und fuhr wieder zurück. Die Fenster des Wagens waren heruntergekurbelt: Zwei der Mitfahrer hinten streckten ihre Köpfe heraus und grinsten anzüglich. Der Fahrer hielt an der Außenseite seiner Tür seine blank polierte schwarze AK-47.

»Gewehre«, murmelte Vehan verächtlich. Im Großen und Ganzen verabscheuten die Elfen diese Art von Waffen – sie hielten Schusswaffen für primitiv und extrem »unpersönlich«, denn das Töten war für sie nie ein Sport gewesen, so wie wohl für Menschen und andere Angehörige des Feenvolks. Ein Leben zu nehmen, war für Elfen eine ernste Angelegenheit und wurde in der Regel nur wegen eines schrecklichen Unrechts, das jemandem angetan wurde, für nötig erachtet.

Im Falle eines schrecklichen Unrechts bevorzugten es die meisten Elfen, mehr »Hand anzulegen«, als es ein Gewehr erlaubte.

Aurelian richtete sich auf. Er war zwar nicht Vehans Schläger, doch die Lesidhe waren stark – sogar noch stärker als ihre Sidhe-Counterparts – und niemand wollte sich mit einem anlegen, der einen so guten Todesblick beherrschte wie Aurelian. Das war so ziemlich der einzige Grund, aus dem die Königin Vehan gestattete, ohne einen Leibwächter herumzulaufen. Bekanntermaßen mussten nämlich alle Lesidhe, die auf dem Gebiet eines Hofs lebten, vor ihrem jeweiligen Herrscher einen Eid der Zurückhaltung ablegen – einen Schwur, der ihnen verbot, mehr Kraft als die Sidhe einzusetzen.

»Tretet hinter mich«, befahl Aurelian und schritt vor.

Vehan rührte sich nicht von der Stelle und lehnte weiter an der Motorhaube. Sobald sich der Hummer der Butzen in ihre Richtung gedreht hatte, kam er schlitternd zum Stehen. Die Musik verstummte und der Staub legte sich. Vier schwarze Türen sprangen auf und mehrere Stiefelpaare rammten sich in den Wüstenboden. Als die Türen wieder zuknallten, zählte Vehan fünf ausgewachsene Butzen, jeder von ihnen in einem anderen Violettton, die sie allesamt anstarrten.

Jeder hielt eine Schusswaffe – der Butz, der sein Gewehr aus dem Fenster gehalten hatte, hatte sogar zwei, denn ein weiteres hing über seiner Schulter. Das musste Pincer sein. Wenn er grinste, sah Vehan die Eisenstücke, die anstelle seiner Schneidezähne implantiert waren.

»Du bist also Pincer?«, rief Aurelian.

Pincer hob seine Waffe und zielte auf Aurelians Brust. Als Vehan das sah, stieß er sich so aggressiv vom Geländewagen weg, dass die Luft um ihn herum knisterte. Er streckte eine Hand aus und richtete sie direkt auf Pincer, bereit ihn mit einem Fingerschnippen zu braten. Doch dann legte Aurelian seine Hand auf Vehans Arm und gebot ihm Einhalt.

»Ihr müsst Jasens *Freunde* sein«, spottete Pincer.

Er pfiff und zwei der drei Butzen hinter ihm stürmten vorwärts. Sie kreischten, schlugen sich gegenseitig und schnappten mit ihren krummen Zähnen nach Vehan und Aurelian, als sie an ihnen vorbeikamen, um ihren Wagen zu untersuchen.

Butzen – eine der Feenrassen, die Vehan am wenigsten leiden konnte.

Mit ihrer ledrigen Haut, den knolligen Gesichtszügen und den Ohren, die wie Fledermausflügel aussahen, waren sie wahrlich nicht gerade schön. Aber Vehans Abneigung rührte eher daher, dass sie eine regelrechte Plage waren. Ihre Banden agierten ähnlich wie die Fraktionen vor der Gründung der Höfe, die ständig um Territorien kämpften, die sie verloren, eroberten und wieder verloren. Sie scherten sich ausschließlich um Geld – menschliches Bargeld, Gold oder Juwelen, und wenn es sich um Währung handelte, begehrten sie diese. Sie kämpften darum, töteten einander, fielen sich gegenseitig in den Rücken und *logen* dafür.

Sie besaßen nur sehr wenig Magie (für die sie sich ohnehin nie wirklich interessierten). Aus diesem Grund hatten sie sich an das Stadtleben wie ein Kelpie ans Wasser gewöhnt, da Eisen ihnen kaum etwas ausmachte, überall Gewalt angewendet wurde und sie wie Rattenkönige in ihren Abwasserkanälen, Gassen und Löchern herrschen konnten, mit Gewehren, Sprengstoffen und chemischen Gasen. Den Höfen bereiteten sie deswegen unendliche Schwierigkeiten.

Pincer – ein lilafarbener, besonders fies aussehender Butz – trug Kampfstiefel, eine Lederjacke und ein dunkelgrünes Oberteil, das in einer Armeehose mit Tarnmuster steckte. Er überragte Vehan um ein paar Zentimeter und war damit so groß wie ein durchschnittlicher Butze. Er wäre jedoch eine viel größere Bedrohung gewesen, hätten die Butzen nicht diese unglaubliche Dummheit gepachtet. Doch Vehan wusste, dass Pincer kein Problem damit hätte, auf sie zu schießen, wenn er oder Aurelian ihm einen Grund dafür gäben.

»Lasst euch nich von *meenen* Kumpels stör'n. Müss' ma bloß wat nachkieken und sicherstell'n, dass ihr keene andern kleenen Elflinge versteckt, wa?«

Aurelian nickte kurz. »Schon gut.«

»Wie heißt ihr denn?«

»Aurelian«, entgegnete er. »Vay«, fügte er hinzu und zog Vehan ein wenig nach vorn und näher zu sich heran.

Vay – so hatte Aurelian ihn früher und schon seit Langem *nicht* mehr genannt. Bis jetzt war Vehan nicht klar gewesen, wie sehr er es vermisst hatte, diesen Spitznamen von ihm zu hören.

»Vay die Fee!« Pincer lachte schallend los. »Vay die Fee – wat für 'n saublöder Name!«

Der Butz hinter Pincer schloss sich seinem Wiehern an, wobei er sich in ein Keuchen hineinsteigerte, das in einen Hustenanfall überging. Die zwei hinter dem Prinzen prusteten ebenfalls los. Vehan fand, dass es schon ein extrem starkes Stück für jemanden war, der umherzog und sich selbst »Greifer« nannte, aber er hielt den Mund.

Der Butz, der gegenüber Pincer am Hummer stand, runzelte die Stirn. »Ich check's nich.«

»Es reimt sich fast, du Trottel!«

»Oh!«

»Entwarnung.« Die beiden, die den Geländewagen prüften, erklärten ihn für sicher und stapften wieder zurück zu ihrem Hummer. Pincer ließ seine Waffe sinken. »Ihr zwei wollt also Feenstaub kaufen, hm? Jasen sagte, ihr wollt 'ne *Menge*.«

»Stimmt«, bestätigte Aurelian.

»Ha – verwöhnte kleene Geldsäcke wie ihr mag ich am liebsten, wisst ihr? Wat is, lieben euch Mammi und Pappi nich jenug? Braucht ihr 'n bissel Aufmerksamkeit? Keine Sorge, ihr habt's Jeld und ich die Ware. Aber haste's Zeuch schon mal jenommen, *Aurelian*?«

Leicht niedergeschlagen erkannte Vehan, dass er diese Frage nicht beantworten konnte. Es gab so viel, was er über seinen Freund nicht mehr wusste. *Aurelians* Freunde ähnelten denen des Prinzen keinen Deut. Sie gruben sich nicht tief genug ein, um Wurzeln zu schlagen und sich keinen Zentimeter mehr von der

Stelle zu bewegen, höchstens um irgendwie näher an ihn heranzukommen und sich um ihn zu schlingen, bis er erstickte ... Ihre ruhigeren, sanfteren Klassenkameraden – mit denen Aurelian seine Zeit verbrachte – hatten keine Chance gegen Typen wie Kine und Fina.

In Aurelians Kiefer zuckte ein Muskel.

»Ah.« Pincer kicherte. »Haste also. Man sieht's dir an. Hat dich jenauso erwischt wie jeden andren. Probier's mal aus und du wirst's nie mehr verjessen. Jruselig, wat? Aber man will's wieder – man will's immer und man sehnt sich danach. Und beim zweiten Mal kommste nich mehr los. Man kommt nich übern Staub hinweg – er is 'n Hurensohn, sicher, aber is scheiße, wenn er dir nich das Jefühl jibt, der King der verdammten *Welt* zu sein, bevor er dich ruiniert.«

Alle Butzen jubelten. Zwei von ihnen hoben ihre Gewehre in die Luft und gaben je einen Schuss ab. Als Vehan erschrak, schien sie das nur noch mehr zu belustigen. »Das Prinzesschen da sieht nich so aus, als würd's wissen, worauf sich's einlässt«, fügte Pincer hinzu, dessen leicht vortretende Augen Vehan nun von Kopf bis Fuß musterten. »*Kommt* mir aber bekannt vor. Loogie – kommt dir Vay die Fee, nich auch bekannt vor? Hey, Vay, wo hab ich dich schon mal gesehn?«

»Ha! Hey Vay – das reimt sich echt!«

Vielleicht sollten sie die ganze Sache beschleunigen. Vehan hatte gehofft, ihnen Informationen zu entlocken, ohne zu verraten, wer er wirklich war (es war erstaunlich einfach, unerkannt umherzulaufen, da die Leute von ihrem Prinzen nicht erwarteten, in der Öffentlichkeit unterwegs zu sein). Allerdings hatte er das Gefühl, jemand würde hier entweder erschossen werden oder durch einen Stromschlag ums Leben kommen, wenn sich das noch weiter in die Länge zog.

»Na ja«, sagte er und trat von Aurelian weg, um sich ganz aufzurichten. »Eigentlich heiß ich ...«

»*Verflixt und zugenäht*, ich kann's nich glauben.«

»Zum letzten Mal, Bludge, so flucht heut keen Mensch mehr.«

»Verflixt sollste sein, mein Handy sagt doch, und ich find's gut!«

»Sind das *Flammenwerfer*?«

Köpfe wirbelten herum und alle Augenpaare richteten sich auf das orangefarbene Licht, das in der Ferne hinter dem Geländewagen auflöderte. Vehan neigte seinen Kopf zur Seite und fragte sich, was in aller Welt das wohl sein mochte. Es wurde immer größer und heller, und plötzlich wurde ihm klar, dass hier noch ein Wagen angerast kam und das leuchtende Orange wirklich Feuerstrahlen waren. Der Motor heulte wie ein knurrendes Biest auf – ein weiterer Hummer, jedoch größer und von einem glänzenden Schwarz. An seinem Kühlergrill waren Stacheln montiert, als wäre er für den Krieg und nicht für die Stadt gebaut.

»Sie sind's wirklich!«, rief Pincer. »Das sind die Flammenwerfer – man hat uns jeleimt! Vay die Fee hat uns reinjelegt, die arbeiten mit den Flammen zusammen! Das is 'n Revierkampf, Jungs, Feuer frei!«

Oh ... toll. Ein Revierkampf zwischen Butzen. Die Flammenwerfer mussten eine rivalisierende Bande sein. Das war genau das, was sie im Moment am wenigsten gebrauchen konnten. Und zu allem Überfluss dachte nun ein aufgebrachter Feenhaufen mit Schusswaffen, Vehan habe einen Putsch gegen sie organisiert.

Im ersten Augenblick stand er noch fassungslos da und im nächsten ... lag er bereits rücklings auf dem Boden, während sich Aurelian auf ihn presste, um ihn vor den Kugeln zu schützen, die viel zu dicht über ihren Köpfen vorbeizischten. Dies war nicht der richtige Zeitpunkt, um sich bewusst zu werden, wie *fest* sich

Aurelians Muskeln unter seinen Händen anfühlten. Bei ihrem Sturz hatte er instinktiv die Bizepse seines Freundes gepackt. Er wurde jedoch vor seiner Verlegenheit bewahrt, als Aurelian ihn mit übertriebener Leichtigkeit auf die Beine zog und zurück zur Fahrertür drängte.

»Warte!«, rief Vehan. »*Warte.*«

Das würde entweder mit Antworten oder einem Loch in seinem Kopf enden – dies waren die einzigen Optionen, verflucht.

Er riss sich von Aurelian los und steuerte direkt auf Pincer zu.

Dieser schoss auf ihn – seine Kumpane waren mehr damit beschäftigt, auf den zweiten Hummer zu ballern, der nun auf sie zukam und aus dessen Fenstern andere Butzen mit echten lodernden Flammenwerfern heraushingen.

»Nich euer Revier!«, brüllte Bludge.

»Euer isses auch nich!«, schrie einer der Flammenwerfer.

»Das war ich nicht!«, knurrte Vehan über das Getöse hinweg. Er hielt seine Hände hoch und erzeugte über die Elektrizität in Pincers Hummer ein Kraftfeld zwischen ihnen. Mit dessen Hilfe lenkte er die Kugeln des Butzen ab, die daraufhin in verschiedene Richtungen davonsausten.

Elektrizität.

Das Element des Seelie-Sommers.

Die Quelle, in der sich diese Macht sammelte, hatte sich in Vehan seit seiner Volljährigkeit erheblich vergrößert. Er war noch in der Ausbildung und lernte, seine Fähigkeiten zu kontrollieren. Diese waren bereits viel stärker als jemals zuvor, boten aber noch lange nicht das gesamte Repertoire, das er mit zunehmendem Alter beherrschen würde.

»Das war ich nicht – hör auf zu feuern! Ich heiße Vehan – Vehan Lysterne. Ich bin euer *Prinz*, also lass das Schießen und hör mir zu!«

Pincer brach seine Ballerei ab, jedoch nur, um sein Gewehr gegen Vehans Kraftfeld zu schleudern. Als er es auch damit nicht durchbrach, wirbelte er herum und kletterte zurück in seinen Hummer.

»Stehen bleiben!«

Vehan stürmte los. Die Tür schlug zu, noch ehe er sie erreichen konnte, doch Pincer würde nicht entkommen. Vehan hatte ein wenig zu viel Leben aus der Hummerbatterie gezogen – er spürte, wie es in seinem Inneren funkensprühend und einsatzfreudig dröhnte. Er musste vorsichtig sein, weil dieser Eifer auf ihn zurückschlagen könnte, wenn er nicht bald ein Ventil dafür fand. Aber diese Energie in seinem jetzigen Zustand freizusetzen – als Anfänger, der unter Stress und Adrenalin stand –, konnte genauso gefährlich sein.

»Ducken.«

»Seit wann geben Gefolgsmänner Ihren Herren Befehle?«, neckte Vehan Aurelian. Sein Freund musste es ihm jedoch nicht zweimal sagen. Er sank zu Boden und sein Gefährte schlug mit einer Faust gegen die gepanzerte Scheibe des Hummers. Dann griff er durch das zerbrochene Fenster, um die Tür zu öffnen. Doch Pincer hatte es längst aufgegeben, seinen Wagen starten zu wollen. Der Butz sprang auf die gegenüberliegende Seite, stieß die Beifahrertür mit einem Fuß auf und nahm Reißaus.

Er war schnell.

Doch Vehan war schneller.

Pincer war noch nicht weit gekommen, als Vehan seine Beine packte. Der Butz hatte jedoch einen Vorteil. Natürlich wusste der Prinz, wie man kämpfte. Er war es gewohnt, dass Zale mit ihm den Boden aufwischte, und das Nahkampftraining mit Aurelian hatte ihm einmal ein Veilchen eingebracht. Er hatte darüber gelacht, wie dunkelblau es gewesen war (und Aurelian hatte sich deswegen so schuldig gefühlt, dass er sich von ihren Übungskämpfen abgemeldet hatte).

Also ja, Vehan wusste zu kämpfen, einerseits, denn er hatte das nie ernsthaft müssen. Auf der anderen Seite kannte sich Pincer sehr gut mit dieser Kunst aus, in der Regeln nur was für Leute waren, deren Leben nicht auf dem Spiel stand.

Er holte aus – und versetzte Vehans Kiefer einen so wuchtigen Schlag, dass ihm der Kopf in den Nacken flog. Benebelt ließ der junge Elf ihn los und so boxte sich Pincer wieder frei, um abermals zu entkommen.

Aurelian hatte sein ganz eigenes Problem: Er wurde von einem der Flammenwerfer aufgehalten, der jeden, der nicht zu seiner Bande gehörte, als Feind ansah. Er richtete seine Waffe direkt auf das Gesicht des anderen Elfen. Aurelian brauchte Vehans Hilfe nicht – immerhin besaß er seine eigene Magie, um diesen Quälgeist loszuwerden. Dennoch krampfte sich das Herz des Prinzen unwillkürlich zusammen, als er seinen Freund in Gefahr sah.

»Pass auf!«, schrie er und streckte seine Hand aus.

Elektrischer Strom schoss wie ein Blitz auf den Butzen zu und schlug ihn. Dabei schleuderte er ihn hoch und warf ihn zurück. Der Flammenwerfer stöhnte – Gott sei Dank lebte er, Vehan hatte es also geschafft, sich *etwas* zurückzuhalten – und krümmte sich auf dem Boden, stand allerdings nicht wieder auf.

Aurelian raste zu Vehan, der sich träge aufrichtete. Sein Kiefer schmerzte, aber er spürte es kaum. »Pincer!«, rief er über seine Schulter. »Er entwischt noch, na komm schon!«

Die beiden rannten los.

Die Dunkelheit war kein Problem für ihre Elfensinne. Vehan sah sehr gut, in welche Richtung Pincer abgehauen war. Die einzige klare Orientierung für ihren Treffpunkt war das weitläufige

Feld aus Solarzellen vor ihnen gewesen. Es war von vier hellen Flutlichtmästen umgeben und nur durch ein Stück Draht gesichert und gehörte zweifellos der menschlichen Regierung und nicht dem Seelie-Sommer. Das spielte jedoch keine Rolle. Es zählte nur, dass sich Pincer gerade schon über diesen Zaun hievte und diese Hürde kurz vor Vehans und Aurelians Ankunft überwand.

Was sollte das?

Wo wollte er denn hin?

Butzen – wie hirnrissig waren sie eigentlich, dass dieser hier aus Versehen und so einfach in diese Falle getappt war?

»Na los«, drängte Vehan erneut und zog sich spielend leicht über den Zaun. Aurelian tat es ihm gleich, doch sobald ihre Stiefel die Erde berührten, bebte der Boden. Dieses Beben war viel zu leicht, um von Menschen wahrgenommen zu werden, aber Vehan spürte es: Da wurde etwas zügig aufgeschoben.

»Was zum Teufel?«

Pincer war unweit der Solarzellen stehen geblieben und stampfte ungeduldig auf die Erde, wobei er etwas mit »Beeil dich!« anschrie. In diesem Moment erkannte Vehan ...

»Eine Tür ...«

Allerdings.

Der Butz warf Vehan ein Grinsen zu und sprang durch die Tür, die unter die Erde führte. Aber wohin? Zu einer geheimen Einrichtung, die versteckt in der Wüste lag?

Eisenzähne werden euch den Weg weisen.

Vehan stürmte vorwärts. »Aurelian, das ist die Einrichtung, die die Seherin erwähnt hat – *wir haben sie gefunden!*«

Schlitternd hielt er an.

In dem Moment, in dem Vehan die Lichtfelder um die Solarzellen herum durchbrach, schaltete ihr blendend weißes Licht in ein blutiges Rot um und ein schriller Ton zerriss die Nacht. Die Tür, durch die Pincer verschwunden war, knallte zu. Aus dieser Entfernung konnte Vehan gerade noch ein Muster ausmachen, das in ihre Oberfläche geritzt war und aus seltsamen Symbolen und geschwungenen Schriftzeichen in einem Kreis bestand.

Alchemie – dieses Muster war ein alchemistisches Siegel, da war er sich ganz sicher. Nach all den Nachforschungen, die er in letzter Zeit angestellt hatte, um seine vielen Theorien zu überprüfen, stand dies außer Frage. Das war ein weiteres Indiz in einer langen Kette besorgniserregender Hinweise, die auf etwas viel Unheilvolleres deuteten, das nur darauf wartete, sie mit seinen Klauen zu umschließen.

Er prägte sich diese Information jedoch für später ein. Schließlich hatte er keine Zeit, sich jetzt darüber Gedanken zu machen. Sie hatten einen Alarm ausgelöst und der Lärm würde garantiert Aufmerksamkeit erregen, wenn nicht sogar ihr Gehör schädigen. »Was geht hier vor sich?«

»Wir müssen hier weg«, brüllte Aurelian über den Alarm hinweg. »Und zwar sofort. Irgendwas ist da im Anmarsch. Wir müssen zurück zum Auto!«

Die Sinne der Lesidhe-Elfen waren ausgeprägter als die der Sidhe und sie konnten Bewegungen aus viel größerer Entfernung wahrnehmen. Vehan würde ihn beim Wort nehmen müssen. Er drehte sich um, um Aurelians ausgestreckte Hand zu ergreifen und den Rückzug anzutreten. Doch wieder einmal blieb er überrascht wie angewurzelt stehen.

»Tss, tss, tss.«

Aurelian wirbelte auf der Stelle herum.

Selbst er hatte das Auftauchen der Fee hinter ihnen nicht bemerkt und das war höchst beunruhigend. Zu groß, zu dünn, zu seltsam gebaut war die männliche Fee – wie Treibholz, das von unfreundlichen Wassern geformt wurde ... nun, Vehan würde ihn nicht als hübsch bezeichnen, doch seinen Blick abwenden konnte er nicht. Nicht von dem skelettartigen scharfen Schnitt seines Gesichts, seiner großen giftgrünen Augen oder den tödlichen silbernen Verzierungen seiner tiefdunklen Tunika, die im Licht gefährlich glitzerten. »Was macht Seine Hoheit denn hier draußen?«

Vehan runzelte die Stirn. Er machte einen Schritt nach vorn, aber Aurelian war schneller – er warf sich wie ein Schild zwischen den Prinzen und den Neuankömmling. »Lass uns gehen. Wir wollen keinen Ärger.«

Der besorgniserregende Feenmann neigte den Kopf in die entgegengesetzte Richtung ihres einseitigen Grinsens. »Ihr wollt keinen Ärger und doch seid ihr hier und schürt ebendiesen.«

Was auch immer Aurelian zuvor vernommen hatte, Vehan hörte es nun ebenfalls. Er drehte sich um, drückte seinen Rücken an den seines Gefährten und sah mit wachsendem Entsetzen zu, wie die Tür im Boden wieder aufschnappte und etwas aus seinen Tiefen quoll.

Das war nicht Pincer.

So wie die Gliedmaßen umherschlugen und sich streckten, um den Körper herauszuheben, dachte Vehan zuerst, eine riesige, vielbeinige Spinne krabbele aus ihrer Höhle, aber das war es nicht. Diese Gliedmaßen gehörten zu mehreren Körpern – Körpern mit Waffen, die ebenso tödlich glänzten wie ihre geheimnisvolle, grünäugige Fee. »Lass uns gehen«, knurrte Vehan und streckte eine Hand aus, um mehr Strom zu erzeugen. Elektrische Funken knisterten an seinen Fingern. »Geh beiseite oder wir müssen dich dazu zwingen.«

Die mysteriöse Fee lachte. Das Geräusch erinnerte an knarrende Holzdielen. »Ich würde Euch das nur zu *gern* einmal ausprobieren lassen. Doch ... wir werden Euren Mut nicht in dieser Nacht auf die Probe stellen, Prinz Vehan.«

Mit ruckartigen und zuckenden Bewegungen näherte sich der Schwarm aus massigen humanoiden Gestalten Vehan und Aurelian an. Sie hatten keine Zeit für diese Auseinandersetzung. Doch gerade als Vehan spürte, wie sich die Waffe in seiner Hand zu materialisieren begann, fiel die Nacht vom Himmel.

Besser konnte er das nicht beschreiben.

Das funkelnde Weltall schmolz dahin, tröpfelte um sie her wie schwarzer Teer und sickerte vom Himmel, um sie beide in seine klebrige, kalte Umarmung zu ziehen. Vehan schrie erschrocken auf – Aurelian stockte der Atem –, doch so schnell, wie die Nacht sie verschluckte, spuckte sie sie auch wieder aus, und zwar völlig unversehrt.

Das Solarzellenfeld war verschwunden.

Die Lichter ... die Kreaturen, die auf sie zukrochen ... der schrille Alarm ... all das war wie vom Erdboden verschwunden. Sie waren wieder bei ihrem Auto. Pincers Bande und ihre Rivalen, die Flammenwerfer, waren ebenfalls nicht mehr zu sehen. Als einzige Beweise, dass sie hier gewesen waren, fanden sie die versengte Erde und sechs regungslose Leichen vor.

»Was um des TAGES willen ist gerade passiert?«, fragte sich Vehan laut.

Er blinzelte zu Aurelian auf. Sie standen ziemlich nahe beieinander. Aurelians Arm war fest – und schützend – um Vehans Hüfte geschlungen und der andere um seine Schultern. Vehans zwischen ihnen eingeklemmte Hand presste sich flach gegen Aurelians Brust. Es dauerte einen Augenblick, bis er begriff, wie intim diese Pose aussehen musste. Doch in seiner Benommenheit stellte er fest, dass es ihm nicht so viel ausmachte, wie es das vielleicht sollte.

»Seid Ihr in Ordnung?«, erkundigte sich Aurelian ein wenig atemlos.

»Ich bin okay. Und du?«

»Ich bin bloß etwas verwirrt, aber sonst geht's mir auch gut, ja.«

»*Nun*«, sagte eine dritte, unangenehme Stimme, die Vehan daran erinnerte, dass sie nicht allein waren. »Hier sind wir, gesund und munter.« Er betrachtete die rings um ihn verstreuten Leichname und seufzte. »Zumindest die, die wichtig sind. Ich hoffe, Ihr werdet mich entschuldigen, Eure Hoheit – die Pflicht ruft. Ich bin mir sicher, ihr schafft es selbst, nach Hause zu gelangen …«

Vehan löste sich von Aurelian und schritt auf diesen Fremden zu. »Wer bist du? Wusstest du, dass wir hier sein würden? Arbeitest du für meine Mutter – hat sie dich dazu angestiftet?«

Der Feenmann blickte ihn von oben herab an. Für einen langen sowie totenstillen Moment standen sie da, funkelten einander an – säurereiches Grün prallte auf elektrisches Blau – und schwiegen. Dann hob die Fee einen Finger, der mit einer silbernen Klaue besetzt war, und fuhr ganz sachte über Vehans Nase. Er grinste ihn an und entblößte dabei zwei Reihen Zähne, die ihn bestimmt in Fetzen reißen konnten. »Gute Nacht, kleines Prinzlein. Ich bin mir sicher, wir sehen uns wieder.«

Aus Aurelians Kehle ertönte ein tiefes Knurren, Vehan schüttelte jedoch den Kopf. Das federleichte, bedrohliche Kratzen der Kralle kitzelte seine Haut. Die Fee wich zurück – einen Schritt, zwei. Aurelian rief ihm nach, er solle warten, aber in einem Wimpernschlag löste er sich schon in der Dunkelheit auf und nahm die getöteten Butzen mit sich. Die beiden jungen Elfen standen abermals allein da.

Der mysteriöse Fremde war verschwunden … einfach so.

Unter Vehans bekannten Elfen und Feen gab es niemanden, der sich in Luft aufzulösen vermochte. Am heutigen Abend ergab rein gar nichts irgendeinen Sinn.

Die schwere Stille, die die Fee zurückgelassen hatte, hielt noch ein paar Sekunden an. Dann hörte Vehan die grobkörnige Erde unter Aurelians Stiefeln knirschen, als dieser sich ihm wieder näherte. »Eure Hoheit, wir müssen zum Palast zurück. Wer auch immer das war ... wie er so einfach kommen und wieder gehen konnte ... was hier heute Nacht vorgefallen ist – das alles. Es ... Es reicht. Lasst uns heimgehen.«

»›Wir werden Euren Mut nicht in dieser Nacht auf die Probe stellen‹«, murmelte Vehan die Worte, die ihm nicht mehr aus dem Kopf gehen wollten.

Da war etwas an ihrem Feenretter ... irgendetwas an den Dingen, die und wie er sie sagte, und an dem, was unter seinen Worten unausgesprochen lauerte ... Eine Erinnerung fuhr Vehan durch den Kopf, die im Nu aufblitzte und genauso schnell wieder verblasste. Doch der Versuch, sie festzuhalten, glich dem, mit bloßen Händen hauchdünne Elritze im Wasser zu fangen.

»Wie bitte?«, fragte Aurelian.

Vehan schüttelte nochmals den Kopf. »Wir wussten, dass das ein richtig großes Ding ist.« Er drehte sich um. »Wir wussten, dass etwas vor sich geht.« Er packte Aurelian an der Schulter, die viel schmaler als seine eigene und doch so viel stärker war. »Auf der Tür war ein alchemistisches Siegel, hast du's gesehen? Mit jedem Schritt, den wir bei dieser Nachforschung gehen, stoßen wir auf etwas, das geradezu nach alchemistischer Aktivität schreit. Mutter kann das nicht ignorieren. Das *darf* sie *nicht*.«

Aurelian nickte, neigte eigentlich nur seinen Kopf, ohne den Blickkontakt zu Vehan zu unterbrechen. Doch der Prinz kannte ihn noch gut genug, um zu erkennen, wann er bewusst den Mund hielt.

»Du denkst, sie wird's unter den Tisch fallen lassen.«

»Ich werde nicht schlecht über Eure Mutter reden«, war alles, was Aurelian steif erwiderte.

»Du glaubst immer noch nicht, dass sie mir zuhören wird.«

Aurelian starrte ihn an.

Seufzend ließ Vehan seine Hand wieder fallen. »Sie hat das Herz am rechten Fleck. Sie ist einfach nur viel beschäftigt, das ist alles. Außerdem können wir nicht von ihr erwarten, dass sie sich auf jeden Verdacht stürzt, den ihr zwei jugendliche Elfen vorlegen. Aber das hier ... *das* muss sie sich anhören.«

Vielleicht lag es an Vehans flehentlichem Ton, den er einfach nicht loswerden konnte ... oder aber Aurelian hielt sein Urteil zurück, weil er neutral bleiben wollte. Wie dem auch war, Aurelian lenkte ein. »Wie Ihr meint. Wir sollten zurückfahren.«

Er wandte sich zum Wagen. Vehan sah ihm nach. *Wir werden Euren Mut nicht in dieser Nacht auf die Probe stellen.* »Du bist mir nicht so fremd, wie du eigentlich sein solltest«, grübelte er leise und bemerkte seine eigenen Worte kaum. »Ich kenne dich ... aber woher?«

»Tut es weh?«

Vehan fuhr hoch und sah Aurelian an der Fahrertür stehen und ihn mustern. Seine angespannte Miene war der einzige Hinweis darauf, dass er sich eigentlich ein bisschen sorgte, wenn seinem Prinzen etwas zustieß.

Ah.

Vehan hatte sich abwesend die Brust gerieben – das Brandmal, das keine einfache Narbe war, ganz gleich, was alle anderen sagten. »Nein. Alles gut. Na komm, ich hab Lust auf ein Bad – und Burger. Lass uns unterwegs irgendwo anhalten und was essen.«

»Okay. Ihr fahrt.«

Vehan lachte – natürlich würde er das. Aurelian liebte die meisten Erfindungen der Menschen, aber das Fahren schien ihn nervös zu machen. »Was auch *immer* Ihr wünscht, *Eure Hoheit*.«

Später in der Nacht, wenn er im Bett lag und dieses Gespräch bis zum Erbrechen in seinem Kopf durchspielte, sollte er sich dafür verfluchen, dass er diesen Scherz etwas aufrichtiger gemeint hatte als beabsichtigt.

Wie weit Hero es doch gebracht hatte. Von dem Jungen, der einst nichts besessen hatte, und von dem Leben, das er ausschließlich an andere Leute passte und in dem er bis zur Erschöpfung arbeitete, nur um gerade so über die Runden zu kommen.

Sein Gedächtnis quoll über von Dingen wie dem Schulschwänzen (was er immer mochte), weil eines seiner Geschwister krank war und gepflegt werden musste, den Monaten, in denen er mit der Miete im Rückstand gewesen war und vorgeben musste, er sei nicht zu Hause, bis er sie bezahlen konnte (ohne Licht, ohne Wasser, mit sehr wenig Wärme und er schlich sich wie ein Hausbesetzer in seine eigene Wohnung rein und wieder raus), von der Kleidung, den Schuhen und den Mänteln, die ihm nicht richtig passten, entweder zu klein oder zu groß waren, hässlich und billig, die sich auf der Haut rau anfühlten und sich doch abnutzten, denn sosehr er sie auch hasste, bessere Sachen konnte er sich nicht leisten.

Aus einem schwach beleuchteten Gang aus Metallböden und Glaswänden blickte Hero nun auf sein Imperium. Die Butzen, Orks und Kobolde unter ihm gingen ihrer Arbeit nach, inspizierten seine kostbaren Schöpfungen und prüften sie auf Herz und

Nieren. Doch obwohl Hero hinausstarrte, er beobachtete nicht dieses Treiben – sein eigenes Spiegelbild hatte seine Aufmerksamkeit erregt.

Ein Mann um die vierzig – vor Leben und Gesundheit strotzend, nicht mehr unbeholfen und dürr, sondern stark, genährt von erstklassigem Fleisch, teuren Weinen und frischen Produkten aus biologischem Anbau.

Jetzt war er glatt rasiert ... keine Tränensäcke mehr unter seinen Augen ... seine Haut nicht länger trocken und fahl ... und statt seiner Lumpen trug er nun Reichtümer. Um seinen Anzug, der der Nacht entnommen und genau auf seine Figur zugeschnitten war, würde ihn selbst der Hochkönig beneiden. Er glich den Gewändern, in denen die Angehörigen der elfischen Königsfamilien umherstolzierten – nur war er sehr viel wertvoller.

»Was willst du denn mit ihnen allen *tun*?«

Hero drehte sein Gesicht, um die Linie seines Kiefers zu betrachten, und gluckste. »Verkaufen natürlich. An den Höchstbietenden der Welt. Brauchst du etwas, Lethe?« Nicht dass sein Jäger hier nicht willkommen wäre, aber in dieser letzten Vorbereitungsphase gab es keinen wirklichen Grund für Überraschungsbesichtigungen und Lethe tat nur selten etwas ohne Vorsatz.

Auf das Glas neben seinem Spiegelbild legte sich eine Hand. Das gedämpfte Scheinwerferlicht fiel auf lange, spitze und filigrane Krallen. Diese stachen durch das Glas, als wäre es ein Schwamm, und veranlassten Hero, sich von seiner Selbstbeweihräucherung abzuwenden. Dabei stellte er fest, dass er halb gefangen war, und zwar von einer höchst seltsamen Nähe. Lethes Arm streckte sich wie eine Brechstange fest und unbeugsam aus. Die Länge seines Körpers hatte sich auf eine fast intime Art um Hero gekrümmt. Das Blut in den Adern des Eisengeborenen wurde heiß und seine Lippen verzogen sich zu einem verwirrten Lächeln. »Ja?«

Grüne Augen bohrten sich in seine.

Hero holte tief Luft.

Diese saß in seiner Brust – vorsichtig wie wartend –, als aus einem Augenblick erst zwei, dann noch mehr wurden und das Grün ihn in seinem Bann hielt. Hero reduzierte seine Gedanken auf einen einzigen ... Er hob eine Hand und presste sie flach gegen Lethes Brust. Das war mehr, als er sich je zuvor getraut hatte, und mehr, als ihm je erlaubt worden war. Als Lethe seine eigene freie Hand erhob, zuckte Hero zusammen – er war überzeugt, der Jäger würde seine wegschlagen, ihn von sich wegstoßen oder *irgendetwas* anderes tun, als sie über Heros zu legen, um sie fester an sich zu drücken.

»Hero«, schnurrte Lethe geradezu.

»*Ja?*«, hauchte der Eisengeborene. Von der Intensität, mit der dieses hinreißende Wesen auf ihn blickte, raste sein Herz. Und von der Nähe. Wegen dieser gesamten, berauschenden Situation. Weder wusste Hero mit ihr umzugehen noch wie er sich ihre Fortsetzung vorstellte, wenn er denn überhaupt wollte, dass sie weiterging.

»Ich will dir eine Geschichte erzählen.«

»Okay ...«

»Über einen Jungen, der so gut darin war, Leben zu nehmen, dass er dem Tod ein Angebot machte, als dieser kam, um seins zu holen.«

»Bist du dieser Junge?«

»*Schhh*«, brachte Lethe ihn zum Schweigen, so sanft wie eine Mutter, die ihr quengelndes Baby beruhigte. »Hör einfach zu. Für seine jahrelange Verehrung sowie für die Seelen, die er wie Opfergaben zum Altar des Todes geschickt hatte, liebte ihn der Tod innig und dieser Junge schlug ihm einen Handel vor: Im Gegenzug für die Unsterblichkeit bot er ihm seine Dienste an. Der Junge würde wie ein Gott werden und den Rest seiner Tage damit verbringen, im Namen der Sterne zu töten. Das war der allererste Jäger. Aber die Gottheiten ... sie lieben ihre Spielchen. Und was den Tod angeht? Sein Geschenk war gar keins, sondern eine *Kette* für diesen Jungen. Jahre wurden zu Jahren, die wiederum zu noch mehr Jahren wurden. Der Tod pickte viele andere für seinen glorreichen Dienst aus und schuf viele weitere Jäger. Der Junge wurde zu einem leuchtenden Beispiel und stand über ihnen allen, zusammen mit drei weiteren, die zu dumm waren, um dieses Podium als das zu erkennen, was es wirklich war – um zu begreifen, dass es nur dazu diente, sie mit weiteren Ketten zu fesseln.«

Hero blickte in diese grünen Augen, die ihm auf einmal unvorstellbar alt und unglaublich müde vorkamen. Hero fühlte mit ihm mit. Er *fühlte* sich in ihn *ein*. Er wusste, wie sich das anfühlte. Diese Müdigkeit, die bis in die Knochen eindrang und sich noch tiefer verwurzelte. Lethe ... Hatte sich je einer genauso sehr um ihn gesorgt wie Hero? Diese Geschichte, dieser Junge, das musste Lethe sein – hatte er je einem anderen davon erzählen können?

Lethe ... Er musste sehr einsam sein, wenn er schon so viele Jahre allein lebte. Gut dass er sich Hero gegenüber endlich öffnete. Sein Jäger – wankelmütig und manchmal grausam, aber gut, trotz alledem so gut.

»Du verdienst es, frei zu sein«, sagte Hero zu ihm.

»Stimmt.« Lethe drückte seine Hand ein wenig zu fest, sodass Hero zusammenfuhr. Sein Jäger war so viel stärker als er selbst und vergaß das manchmal. Doch es war in Ordnung. Er überging den Schmerz. »Ich freue mich, dass du das genauso siehst.

Vielleicht kannst du mir dann verraten, wieso du deinen Reaper so nah an mein einziges Mittel herangelassen hast, mit dem ich das erreichen kann?«

Hero blinzelte. »Was?«

Lethe richtete sich ein wenig auf, um sich anschließend nicht intim, sondern bedrohlich über Hero zu beugen. »Dein Reaper. Er scheint sich ein wenig ... hinreißen zu lassen.«

Oh.

»Es geht um Arlo.«

»Es ging schon *immer* um Arlo«, zischte Lethe, wobei das Grün seiner Augen giftig grell aufleuchtete.

Hero riss sich aus dem Griff des Jägers frei, trat zurück und rieb sich seine schmerzende Hand. Er fragte sich, ob er später blaue Flecken vorfinden würde, wenn er unter den Handschuh schaute, der die Welt vor seiner Berührung schützte? Er war wütend, ausgerechnet *deshalb* misshandelt zu werden, und schnauzte: »Was spielt das überhaupt für eine Rolle? Du kannst mir nicht ernsthaft erzählen, dass sie dir immer noch wichtig ist – nicht nach ihrer WÄGUNG! Sie hat es gerade so herausgeschafft. Ehrlich gesagt weiß ich immer noch nicht, wie sie sie überhaupt überstanden hat. Sie ist schlechter als ich in diesem Alter. Sie ist ein Niemand! Was macht's schon, wenn mein Reaper ...«

Lethe stürzte schneller nach vorn, als Hero fassen konnte. Wie ein Schraubstock umklammerte seine Hand Heros Kiefer und drohte Knochen zu brechen. »Es spielt eine Rolle«, raunte er. Dabei strömte sein Atem so kühl wie ein Schauer über Heros Gesicht. »Die Welt war einst *voll* von uns Unsterblichen. Ich bin nicht der Einzige, der sich nach Freiheit sehnt. Es. Spielt. Eine. *Rolle.* Außerdem bin ich nicht der Einzige, dem Arlo Jarsdels Zukunft nicht gleichgültig ist, also rühr sie nicht an – wag es ja *nicht* oder du wirst es nicht überleben.«

Hero funkelte ihn an. Er war unfähig zu sprechen und richtete nur einen tödlichen Blick auf den Jäger. Er wusste jedoch, dass er ihm, dem er so viel schuldete, nie etwas Schlechtes ins Gesicht sagen könnte – ihm, der vielleicht nie das Geschenk gewesen war, das er vorgab zu sein, ähnlich dem, was der Junge in der Geschichte vom Tod erhalten hatte.

»Dein Reaper war heute Abend im Feenring. Er hat Arlo fast umgebracht. Das wird nicht wieder vorkommen. Die Vorsehung hat den Unsterblichen *einen* Vorteil verschafft, Hieronymus – einen kleinen, sterblichen, komplett formbaren Champion für ihre Rückkehr. Wenn du ihnen das vermasselst, werde nicht ich dich bestrafen, auch wenn du es dir noch so sehr wünschen wirst.«

Der Jäger ließ Hero frei, indem er sich losriss. Mit einem Schwung seines Umhangs verschwand er wieder und ließ Hero zitternd und *wütend* auf dem Boden zurück. Nach allem, was er für Lethe getan hatte und was zwischen ihnen geschehen war …

Nein.

Er holte tief Luft.

Durch die Nase atmete er wieder aus.

Das war mehr, als Lethe ihm je über sich erzählt hatte, persönliche Details, die Hero bis jetzt nicht kannte; ein Fenster in das Reich der Unsterblichen, durch das nur wenige Privilegierte – wenn überhaupt – hindurchblicken durften. Was Lethe mit diesem Gerede über die Vorsehung meinte, konnte Hero nur vage erahnen. Das Reich der Unsterblichen – sie planten eine Rückkehr? Und die Vorsehung hatte Arlo zu etwas gemacht, das ihnen einen Vorteil verschaffte?

Sie war schwach. Sie war nichts – einfach nur nutzlos. Sie würde lediglich all die Leute enttäuschen, die das Gegenteil dachten. Und Lethe. Kein Wunder, dass er so launisch war und Hero jedes Mal anschnauzte, wenn dieser ihn daran erinnerte, dass er einen besseren Retter als Arlo verdiente. Denn Lethe sah es – er *musste* es sehen. Er war gezwungen, so viel seiner Zeit und Sorge zu vergeuden, um sie vor jeglichem Schaden zu schützen – sich um sie zu ängstigen –, aber tief in seinem Inneren musste er es wissen: Er hatte etwas Besseres verdient.

»Ich könnte ihm etwas Besseres bieten.«

Hero starrte gedankenverloren auf seine Hände herab, auf seine Handschuhe, die einzigen Dinge, die sich nicht in Gold verwandelten, wenn er sie berührte. Dieses mit Alchemie verstärkte Leder war alles, was als Barriere zwischen der einzigartigen Magie, die ihm sein Stein der Weisen verlieh, und dem Rest der Welt diente.

Hero vermochte nicht nur Lethe, sondern ihnen *allen* mehr zu geben. Er könnte der Champion des Reichs der Unsterblichen sein – er war es bereits. Sie waren einfach nur unfähig, dies zu erkennen, weil sie sich zu sehr auf dieses *Kind* konzentrierten, um sich bewusst zu werden, was sie bereits besaßen!

Er würde seinen Reaper nicht zurückrufen. Lethe brauchte nicht zu wissen, dass er ihn mit einer weiteren Aufgabe in die Welt hinausgeschickt hatte. Arlos Verfolgung war kein Versehen gewesen und jetzt, da Hero wusste, was auf dem Spiel stand, war er entschlossener denn je, sich für seinen Jäger um dieses Problem zu kümmern. Aber zuerst ... würde er vielleicht einen Blick darauf werfen. Vielleicht sollte er Arlo Jarsdel einen persönlichen Besuch abstatten, nur um zu sehen, ob es vielleicht etwas gab, das nicht in seinen Berichten stand.

Arlo würde in jedem Fall sterben.

Und Lethe würde frei sein.

Ein kurzer Blick würde nicht schaden und bestätigen, was er bereits wusste. Zudem würde jeder erkennen, dass Hero derjenige war, auf den sie bauen sollten, dem sie sowohl ihren Schutz als auch ihr ... »*Gah!*«

Bei dem Alarm, der urplötzlich losschrillte, fuhr er zusammen und schlug sich die Hände über die Ohren.

Die Lichter wurden rot.

Hero hastete zum Lift am Ende des Gangs.

Gerade war jemand in sein Labor eingedrungen, der gar nicht dazu berechtigt war. Sein Abend hatte so gut angefangen – wie konnte es jetzt nur dazu kommen?

»Doc!«, rief ein Butz, als Hero aus dem Fahrstuhl und wieder ins Hauptgeschoss trat. Diesen kannte er beim Namen – Pincer, leicht zu merken dank der eisernen Schneidezähne, die Hero ihm hatte implantieren lassen, »damit ich auf unsere Rivalen einschüchternder wirke«. Hatte er Feuer gefangen? Der Zipfel seines Umhangs war versengt. »Verdammte Scheiße, Vay die Fee hat grad versucht, mich zu killen! Er hat meine Brüder getötet – ich will mehr Waffen, ich will *Rache*!«

Hero konnte ihn nur mit großen Augen anstarren. »Verzeihung, wer?«

KAPITEL 17

Nausicaä

»Verdammt noch mal!«, fluchte Nausicaä. »Verdammt, verdammt, *verdammt*!« Sie krallte sich ihre Hände in die Haare. Die ehemalige Furie hatte sich aus dem Thronsaal des Hochkönigs herausteleportiert, ohne wirklich zu überlegen, wohin sie sich danach begeben sollte. Sie wusste nur, sie wollte weg – weg vom Hochkönig, der unter dem Gewicht seiner schweren Krone allmählich zerfiel, weg von der JAGD, die ihrem früheren Groll noch immer zu sehr verhaftet war, um nachsichtig mit ihr zu sein, weg von Arlo, die zweifellos dieser mysteriöse »Jemand« war, dem sie auf Harus Wunsch hin helfen sollte.

Nausicaä stöhnte auf.

Ihre Finger krallten sich noch fester in ihr Haar.

Sie hatte sich auf der Aussichtsplattform des *Canadian National Tower* rematerialisiert, dem höchsten Bauwerk von Toronto, das wie ein massiver Betondorn aus dem Herzstück der Stadt ragte. Das war das Weiteste, bis wohin die Magie sie »fort«fliegen ließ, weil Haru ein Penner und ihre Schuld ihm gegenüber noch nicht beglichen war.

Arlo …

Mit den viridiangrünen Augen, dem feuerroten Haar und all dem rosaroten Schimmer unter ihrer spitzenweißen Haut sah Arlo für sie gar nicht mehr wie Tisiphone aus. Es war lächerlich, dass Nausicaä überhaupt je eine Ähnlichkeit zwischen den beiden gesehen hatte.

Und sie *mochte* sie.

Das war vermutlich das Schlimmste von allem.

Nausicaä *mochte* diese Arlo Jarsdel wirklich. Sie kannte sie nicht besonders gut, aber während ihrer kurzen Bekanntschaft hatte Arlo eine solche Sturheit, Entschlossenheit und Heftigkeit an den Tag gelegt, dass sie Nausicaä mächtig an sich selbst erinnerte. Doch sie hatte auch etwas Sanftes an sich, genauso wie Loyalität und Liebe – Dinge, die Nausicaä einst ebenfalls besessen, aber mit Tisiphones Tod verloren hatte. Dinge, von denen Arlo nicht ahnte, dass sie diese nicht so offen zur Schau tragen sollte. Schließlich war die Welt zu jedem Fitzelchen Güte äußerst grausam.

Und wie sie erfahren hatte, war es das Rotkäppchen – *gütig*. Sie lebte behütet, sicher, und verhielt sich in bestimmten Situationen extrem schüchtern, in anderen jedoch trotz ihrer Unentschlossenheit nicht weniger stark.

Dann war da noch, dass sie Nausicaä in die Gasse hinter dem Klub gefolgt war. Ungeachtet des Reapers, der Jagd, der Leiche und dass Nausicaä eine Fremde war, die Arlo vor nicht allzu langer Zeit des Kindsmords verdächtigt hatte. Außerdem hatte sie versucht, dem Hochkönig die Stirn zu bieten und für Nausicaäs Unschuld zu bürgen, was niemand – *kein Einziger* – je getan hatte, seit in ihrem Leben alles den Bach runtergegangen war.

Denk an unsere Abmachung.

Das wirst du wissen, sobald du denjenigen triffst.

Du wirst helfen. Ich werde dich mitnehmen.

»*Verdammt noch mal*, Haru!« Nausicaä schlug mit den Händen auf den Steinsims der Spitze der runden Plattform. Die Worte des Wechselbalgs kamen ihr wieder in den Sinn – das Abkommen, das sie mit ihm getroffen hatte, um im Gegenzug hierhergebracht zu werden. Ein Handel, der unmöglich zu vergessen war und dem Nausicaä nicht ohne Konsequenzen entkommen konnte, die sogar sie nur ungern würde schultern wollen. »Ich werd nie wieder mit 'nem Wechselbalg einen Deal abschließen – nie und nimmer«, knurrte sie leise vor sich hin. »Seit ich hier bin, läuft alles nur noch schief!«

Sie war der Festnahme ihres Reapers oder der Aufdeckung der Identität seines Meisters keinen einzigen Schritt näher gekommen. So interessant das Gespräch mit Cyberniskos auch gewesen war, sie hatte doch nichts Neues aus ihrem Spiel in Erfahrung gebracht. Außer natürlich, dass es viel mehr Leute gab, die mit unausgereiften Steinen der Weisen in ihrer Brust herumliefen als gedacht. Und niemand schien etwas über deren Existenz zu wissen. Sie hatte weder Antworten noch weitere Richtungsangaben und zu allem Überfluss hatte sie den Hochkönig ausreichend angepisst, um seine Jagd auf sie zu hetzen.

War es das überhaupt noch wert?

Sie verfolgte diesen Reaper, um die Aufmerksamkeit der Unsterblichen auf sich zu lenken. Sie wollte sie ihre Entscheidung bereuen lassen, sie hierhergeschickt zu haben. Doch im Moment bedauerte nur *sie* etwas. Sie hatte versucht, eine Distanz zwischen sich und ihre Vergangenheit zu bringen. Ihre bloße Neugierde war allerdings einer Nachforschung gewichen, die ihrem früheren Leben viel zu ähnlich sah, um sich darin wohlzufühlen – und wenn sie weitermachen wollte, müsste sie Vorsicht walten lassen.

Darin war Nausicaä noch nie besonders gut gewesen.

»Langsam fang ich an, das persönlich zu nehmen«, murmelte sie zu den Sternen. Anschließend sackte sie mit einem Seufzer über dem Turmvorsprung zusammen. »Was hab ich euch je getan?«

Neben Nausicaä, nahe ihrem Arm, landete eine Krähe.

Die ehemalige Furie drehte ihren Kopf und starrte sie mürrisch an. »Von *euch* gibt's hier in letzter Zeit aber wirklich 'ne Menge. Die hübsche kleine Frühlingsblume Arlo ... Kaum zu glauben, dass sie wie der Rest von euch großen bösen Albträumen eine UnSeelie ist.«

Der Vogel neigte seinen Kopf zur Seite.

Es war nicht wirklich eine Krähe. Sie war viel zu groß, viel zu schwarz und ihre Augen waren von einem solch dunklen Weinrot, dass sie auf den ersten Blick ebenfalls als schwarz durchgehen konnten. Doch Nausicaä wusste es besser. Der Sluagh krächzte und klapperte mit dem Schnabel. Dabei glitzerten im Mondlicht über ihnen seine winzigen scharfen Splitter von Zähnen.

»Na, hast du neulich jemand Aufregendes gefressen?«

Der Sluagh krächzte noch einmal. Dann sprang er mit gesträubten Federn ab und verschwand so lautlos gen Himmel, wie er gekommen war. Nausicaä sah zu, wie er wieder zurück in die Stadt hinunterstieß. Für einen bösartigen Dämon, der sich von den Seelen toter Angehöriger des Feenvolks ernährte, sah sein Flug seltsam elegant aus. Aber so war nun mal die UnSeelie-Fraktion – allesamt elegante und boshafte Dämonen ... außer vielleicht Arlo. Nicht dass die Seelie viel besser waren, auch wenn sie sich bemühten, das Gegenteil vorzutäuschen.

Nausicaä seufzte abermals.

Toronto bestand ebenfalls aus böser Eleganz. Von weit oben sah die Stadt wie ein aufgerissenes Maul aus. Die Nacht legte sich wie ebenholzschwarzer Samt über die fangzahngleichen

Spitzen ihrer zahlreichen Gebäude und verbarg somit ihre tödliche Verheißung. Die vielen glühenden Lichter, die in diesen trügerischen Schleier eingewoben waren, erinnerten Nausicaä an die Seelen, über die die Sterne wachten.

Es war wunderschön.

Und tödlich.

Aber das war nichts, was sie nicht schon mal gesehen hatte – Städte waren alle gleich.

Weit unter ihr platzte die Birne in einer Straßenlaterne. Nausicaä sah, wie sie von der Dunkelheit eingenommen wurde. Ihre Sehkraft war viel besser als die eines Sterblichen, aber nicht so gut wie früher einmal. »Ich hab das alles so richtig *satt*«, brummte sie.

Sie sehnte sich nach ihrem alten Leben.

Nausicaä erlaubte sich nicht oft, dies zuzugeben, aber sie vermisste ihr Leben als Furie. Genauso wie sie Schwestern, Mutter und Freunde vermisste sowie Leute, denen es nicht gleichgültig war, ob sie lebte oder starb. Doch es stellte sich heraus, dass sie außer Tisiphone anscheinend nie etwas von alledem besessen hatte – Megära, Eris, ihre Mutter, die Unsterblichen, die Gottheiten und viele andere, die sie früher zu ihren »Leuten« zählte, scherten sich letztlich einen Dreck um sie. Als sie sich nichts weiter als eine einzige Person wünschte, die verstand, warum sie verärgert war, als sie nur deren Mitgefühl brauchte – eine verfluchte *Umarmung* hätte schon Wunder gewirkt. Die Leute, von denen sie einst dachte, sie liebten sie, kehrten ihr lediglich den Rücken und stempelten sie als Monster ab.

Arlo war nett.

Aber das spielte keine Rolle.

Sie würde wahrscheinlich sterben, weil an den Höfen absolutes Chaos herrschte, ihre Regierung schrecklich war und all die unvorstellbare wie unsterbliche Kraft in diesem sterblichen Mädchen – Nausicaä verstand noch immer nicht, warum die VORSEHUNG sie ihm gegeben hatte, aber *so what* – schlussendlich zurückschlagen würde. Arlo würde dieser Macht kein angemessenes Ventil bieten dürfen. Die Höfe würden ihr niemals erlauben, Alchemie zu praktizieren. Ihre eigene Magie würde sie in dem Augenblick töten, in dem sie REIF wurde. Und sollte sie das irgendwie überleben, würden die Unsterblichen und deren unstillbarer Hunger sie an ihrer Stelle ruinieren.

Eine weitere Straßenlaterne ging kaputt.

Nausicaä hob eine Augenbraue.

Noch eine erlosch ... und dann noch eine.

Sie hob ihren Kopf und beobachtete das zugegebenermaßen eigenartige Phänomen mit aufkeimendem Interesse. Die Laternen gingen der Reihe nach aus und der Verkehr unter ihnen kam zum Stillstand. Hupen und verärgerte Rufe durchbrachen das Grundrauschen der Stadt. Der plötzliche Ausfall des Lichts reichte, um die Fahrer zu erschrecken und eine sich ausweitende Massenkarambolage zu verursachen. Die Finsternis rollte wie eine Krankheit über die Straße und löschte nicht nur Straßenlampen, sondern auch die Lichter in den Gebäuden. Verwirrung, Gemurmel und Angst wehten zu Nausicaä hinauf. Doch am merkwürdigsten war, als diese Dunkelheit wendete und geradewegs in die Tiefen irgendeiner Gasse strömte. Diese füllte sie wie einen Brunnen und verharrte.

»Huh ...«

Regte Magie oder nur ein simpler Stromausfall Nausicaäs Fantasie an? Die Frage beantwortete sich beinah ebenso schnell, wie sie aufgekommen war. In der Gasse breitete sich die Finsternis weiter aus und jede Krähe in der Stadt, die keine echte war, erhob sich in die Lüfte. Rings um Nausicaä stiegen die Sluagh so schwer wie eine Wolke aus einem Heuschreckenschwarm auf und die Freude in ihren ohrenbetäubenden Krächzern versetzte ihr einen Adrenalinkick.

Also doch Magie.

Die Sluagh sammelten sich über der Gasse und kreisten dort gleich einem Wirbelsturm.

Nausicaä konnte *nicht* umhin nachzusehen, was die örtliche Tierwelt so in Aufruhr versetzte, und so sprang sie vom Turm.

Wie ein Felsbrocken stürzte sie auf die Straße und die Luft strömte mit der Kraft rauschenden Wassers an ihr vorbei. Mitten im Fall spreizte sie ihre Gliedmaßen. Ihre eigene Dunkelheit brach aus ihrem Rücken hervor – ihre Flügel, oder zumindest das, was sie von ihnen noch zu gebrauchen vermochte. Was war nur aus ihnen geworden …? Ihr Anblick schmerzte Nausicaä zu sehr, erinnerte sie zu stark daran, was sie verloren hatte. Doch diese Schatten erfüllten noch immer ihren Zweck. Weit ausgebreitet dämpften sie ihren Landeanflug ab, und als ihre Füße den Boden berührten, rannte sie sogleich los.

Was auch immer das hier war, es war groß. Die Falchion-Polizeitruppe würde schon bald eintreffen. Sie wollte nur einen kurzen Blick riskieren – vielleicht wäre die Fee, die für diesen Aufruhr verantwortlich war, zu einem Gespräch bereit, wenn sie sie in Sicherheit bringen könnte.

Schlitternd kam sie vor der Gasse zum Stehen. Sie war nicht mehr in der Lage, so wie früher als Furie magische Auren zu riechen, aber was dort in der Finsternis auch immer brodelte, brachte ihren Nacken zum Kribbeln. Seine Magie war so kühl wie der Tod. Sie kam ihr beinah vertraut vor. Sie versuchte, ihre Sinne zu fokussieren, um nach einer eindeutigen Gefahr zu suchen. Doch was die Identität dieser Magie verschleierte, war stark.

Es kam ihr fast so vor, als läge der Zauber einer *anderen* Person über dieser Aura.

»Wollt ihr mich verarschen?«

Die Aufregung pulsierte nun noch stärker in Nausicaäs Adern. Das Werfen seines eigenen Zaubers über die Magie eines anderen war ein Talent, das nicht viele beherrschten. Und das womöglich auch noch mit einer Stärke, die diese Magie vor der Entdeckung durch Unsterbliche schützte ... Nun, das war genau, was ... oh, vielleicht einem Reaper helfen würde, ungehindert durch den großartigsten Hof des Feenvolks zu streifen?

Die ehemalige Furie hielt es für unwahrscheinlich, dass der Hochkönig etwas damit zu tun haben könnte – mit dem Reaper oder den sterbenden Eisengeborenen. Sein Verstand entglitt ihm allmählich, ja, aber er schien immer stolz auf seine Position zu sein, sein Volk zu lieben und sich ihm gegenüber korrekt verhalten zu wollen. Andererseits war so ziemlich alles absurd, was gerade vor sich ging und ... das war noch längst nicht ihre wildeste Theorie.

Der Hochkönig selbst vermochte keine Alchemie zu betreiben, doch wie schwer wäre es wohl, jemanden dafür anzuheuern? Außerdem brauchte es kein Eisenblut, um einen Stein zu *benutzen*. In der Dämmerung seines Lebens ... könnte sich nun jederzeit jemand um seine Krone bemühen ... Der Gedanke, dass er vielleicht versuchen wollte, sie so lange wie möglich zu behalten, war nicht völlig abwegig. Und wie könnte er das wohl besser anstellen als mit einem Stein der Weisen als zusätzlichem Machtbooster?

»Schätze, wir werden's bald herausfinden.« Sie betrat die Gasse. »Bitte sei der Reaper, bitte sei der Reaper, bitte sei der Reap...«

Die Dunkelheit explodierte.

Nausicaä wurde nach hinten geschleudert und konnte kaum begreifen, was los war. Sie wusste nur, dass sich das Stechen in ihrem Nacken im ersten Moment so kalt wie eisiges Wasser über ihren Körper ausbreitete – und sie im nächsten schon mit dröhnenden Ohren in den Himmel emporblinzelte. Sie lag auf dem Bürgersteig der gegenüberliegenden Straßenseite und das glatt rasierte Gesicht eines jungen Mannes blickte auf sie herab.

»Ganz ruhig«, mahnte er, als sich Nausicaä abrupt aufrichtete. »Hey, ist alles in Ordnung mit Ihnen?«

Sie schüttelte ihren Kopf und hoffte, das Dröhnen in ihren Ohren würde dadurch aufhören. »Was ist passiert?«

»Was ist denn *nicht* passiert?« Der Mann schüttelte ebenfalls den Kopf. »Ein Gasleck ... ein Stromausfall ... eine Massenkarambolage ... es gab sogar Berichte über eine kleine Explosion in der Gasse dort drüben, aber ...« Er deutete auf die vollkommen unberührte Gasse hinter ihm, in der es keine einzige Spur von der Finsternis gab, die auf Nausicaä losgegangen war. »Könnten Sie bitte kurz hersehen?«

Nausicaä schaute in die gezeigte Richtung. Der Mann trug eine Uniform. Um seine dunkelblauen Hosenbeine und Ärmel waren Reflektorbänder angebracht und ein Abzeichen an seiner Schulter wies ihn als Sanitäter aus. Sie winkte ihn davon. »Mir geht's gut.«

»Nun, das ist eher unwahrscheinlich. Immerhin waren Sie bewusstlos. Könnten Sie bitte auf meinen Finger schauen?«

»Wie wär's, wenn du auf meinen schaust?« Sie zeigte ihm den Stinkefinger.

Der Sanitäter lachte unwillkürlich auf. »Okay, Ihre Teenielaune scheint ungebrochen zu sein. Und wie sieht's mit dem Rest von Ihnen aus? Wie fühlen Sie sich?«

»*Genervt.*« Sie kam auf die Beine. Der Sanitäter protestierte lautstark, doch Nausicaä hatte keine Zeit, seine Sorgen zu zerstreuen. Ja, sie sah wie eine Teenagerin aus. Urielle hatte sie so erschaffen. Ja, selbst nach unsterblichen Maßstäben war sie technisch gesehen immer noch eine Teenagerin. Und ja, sie würde den Rest ihrer Ewigkeit hier verbringen, verhätschelt von erwachsenen Fremden, die Jahrhunderte jünger als sie selbst waren. Manchmal kam ihr das zugute. Und andere Male kam es ihr in die Quere – so wie jetzt, wo sie doch einfach nur die Gasse genauer unter die Lupe nehmen wollte, in der es jetzt nur so von Polizisten wimmelte. »Ein Gasleck«, prustete sie. »Menschen sind so naiv.«

»Warten Sie, Miss, Sie sollten nicht ...«

Nausicaä überquerte die Straße, zog ihr Haar am Hinterkopf zu einem Dutt zusammen und zurrte ihn fest. Wenn die menschliche Polizei hier war, war auch die Falchion anwesend. Viele ihrer Mitarbeiter agierten als Doppelagenten und arbeiteten in beiden Teams, um sicherzustellen, dass die magische Gemeinschaft zuerst an einen Tatort gelangte, der möglicherweise vertuscht werden musste. Von den Falchion würde sie sich fernhalten müssen. Sollte der Hochkönig einen Haftbefehl gegen sie erlassen haben und Nausicaä ihre Aufmerksamkeit erregen, würde sie einen Haufen Probleme am Hals haben und nie erfahren, wer oder was in dieser Gasse gewesen war.

Mit ihren früheren Kräften hätte sie sich komplett unsichtbar machen und in aller Ruhe herumstöbern können. Aber zum Glück hatte sie noch ein paar andere Tricks auf Lager.

»Was für ein Chaos«, grunzte Nausicaä und trat neben einen menschlichen Polizisten, der etwas auf einen Notizblock kritzelte.

Er schaute auf. Ein Schwarzer mit einem frischen Gesicht und dunkelbraunen Augen, kurz rasierten schwarzen Haaren, glatt rasiertem Kinn und kräftigen Armen. Er war groß, aber das war Nausicaä auch, ihr kräftige Statur passte gut zu ihrer Fassade. Als der Polizist sie anblickte, stand keine Teenagerin in staubigen Lederhosen, ohne Schuhe und in einem schwarzen Mesh- Oberteil vor ihm, das an mehreren Stellen zerrissen war. Nausicaä sah für alle Welt wie eine weitere menschliche Polizistin aus. Ihr mächtiger Zauber bildete die Maske einer tadellosen Uniform sowie gänzlich unversehrter Haut.

»Wem sagst du das?«, entgegnete der Beamte. »Hast du's dir schon von innen angesehen?«

»Was du heute kannst besorgen, das verschiebe nicht auf morgen, hm?«

Mit seinem Kinn deutete der Mann auf die Gasse. »Hoffentlich hast du nicht zu viel gegessen.« Anschließend schrieb er weiter auf seinen Notizblock. Nausicaä hatte nicht wirklich erwartet, dass es *so* leicht wäre, an den Sicherheitsleuten vorbeizukommen, die den Rest von Toronto in Schach hielten. Aber wenn es Officer Braunauge nicht wichtig genug erschien, eine noch nie zuvor gesehene Uniform zu hinterfragen, wollte sie auch nicht mit ihm herumdiskutieren.

»Abend«, grüßte sie die zwei anderen Polizisten, die vor der Gasse standen. Beide waren Menschen. Die Mitarbeiter der Falchion hatten sich um einen Streifenwagen versammelt – Nausicaä konnte sie am Summen der Magie in der Luft rings um sie erkennen. Sie teilten sich Kaffee aus einer Thermoskanne und interessierten sich überhaupt nicht für die Gasse oder das, was die Menschen darin taten – ein recht ungewöhnliches Verhalten, wenn man bedachte, dass definitiv Magie heute Abend so viel Chaos verursacht hatte.

»Dienstmarke?«

Endlich. Es machte keinen Spaß, sich als jemand anderes auszugeben, wenn sie niemandem Lügen auftischen durfte, die die Unsterblichen ganz wunderbar zu fabrizieren vermochten.

Nausicaä griff in ihre Gesäßtasche und fischte die Marke heraus, die sie dem vorigen Polizisten stibitzt hatte. Der Beschützer des Reapers vermochte nicht als Einziger, etwas anderes mit einem kleinen Zauber zu belegen. Als sie dem Beamten die Dienstmarke überreichte, sah er Nausicaäs erfundene Daten und nichts von ihrem Besitzer Greg Jordan.

Der Polizist nickte und winkte sie weiter. Nausicaä steckte die Marke wieder ein und ging zwischen ihnen hindurch.

Die Dunkelheit, die die Gasse zuvor ausgefüllt hatte, war verschwunden. Die meisten Sluagh hatten sich ebenfalls aufgelöst, aber auf den umliegenden Dächern saßen noch Dutzende und beobachteten in ihren Krähenverkleidungen, was vor sich ging. Ihre Aufregung war ein klares Anzeichen für Magie; sie verfolgten einzig und allein ihre Kinder, die Angehörigen des Feenvolks – oder genauer gesagt ihre Seelen. Da sie Aasfresser waren, hingen ihre Mahlzeiten von ihrer Schnelligkeit ab – sie mussten die Toten flinker als Cosmins Jäger erreichen. Und wenn die Sluagh noch hier herumlungerten, dann war auch die Beute, hinter der sie her waren, noch in der Nähe. Hatte die Falchion hier wirklich nichts gefunden, was ihre Aufmerksamkeit verdiente?

Nausicaä drängte sich an den CSIs und anderen Beamten vorbei, die gerade den Tatort verunreinigten. Im Mittelpunkt lag eine verstümmelte Leiche – jung, weiblich, rothaarig und selbst für einen Leichnam viel zu blass –, die zweifellos ihrem Reaper zum Opfer gefallen war, genauso wie alle anderen vor ihr. Für den Bruchteil einer Sekunde konnte Nausicaä schwören, es sei Arlo. Sie musste ihren Kopf schütteln, um das Bild zu verdrängen.

»Hmm.«

Eine Polizistin mit goldbrauner Haut und kurzem kastanienbraunem Haar, das sie am Hinterkopf zusammengebunden hatte, schaute zu Nausicaä auf. »Hmm, was ist?«

»Sie ist ein wenig ... alt, um in das Muster zu passen, meinst du nicht?«

»Muster?«

Nausicaä verdrehte die Augen. »Ich mein natürlich die Leichen aus den Nachrichten. Das waren meist Teenager und Kinder. Verstümmelt ... auseinandergerissen ... genau wie diese hier, nur muss sie um die dreißig sein. Habt ihr schon einen Blick auf ihre Brust geworfen?«

Die Polizistin verzog angewidert ihr Gesicht. »Äh ... nein? Moment, warte! Du kannst doch nicht einfach ...«

Unter diversen Schreckensschreien hockte sich Nausicaä hin und stieß ihre Hand in eines der klaffenden Löcher an der Leiche. »Was *machst* du da?« Nausicaä wühlte herum. Ihre Finger schlossen sich um das gesuchte Organ. Doch im Gegensatz zu den anderen fühlte sich dieses in ihrem Griff warm, glitschig und fleischig weich an.

»Das is ja nur ein normales Herz!«

»Was zum Teufel hast du denn erwartet?«

Sie zog ihre Hand wieder heraus.

Anschließend prüfte sie das Opfer auf Restmagie und stellte fest, dass es zu Lebzeiten eine bescheidene Menge besessen hatte. Die Leiche war weiblich, hatte weiße Haut und rotes Haar, das wegen des ganzen Bluts einen dunkleren Ton angenommen hatte ... und ihr Blut war *rot*. Das war eindeutig eine Eisengeborene aus dem Feenvolk, allerdings eine völlig normale. Das Desinteresse der Falchion bedeutete, dass sie bei ihrer WÄGUNG höchstwahrscheinlich zum vollwertigen Menschen ernannt worden war. Dennoch handelte es sich zweifellos um das Werk von Nausicaäs Reaper.

»Aber du hattest gar keinen Stein«, grübelte sie nach. »Warum hatte er es auf dich abgesehen?«

»Hör mal, ich weiß nicht, wovon du da redest, aber du kannst nicht einfach hier rumlaufen und deine Hand in Leichen stecken. Du solltest besser gehen.«

»Ja«, erwiderte Nausicaä leicht verwundert. »Ja, ich glaub, das sollte ich.«

Nichts davon ergab irgendeinen Sinn. Diese Veränderung im Verhaltensmuster ... War ihr Reaper einfach nur hungrig gewesen? War das überhaupt ein Reaper-Angriff gewesen? An der verbliebenen Aura dieses jüngsten Opfers deutete nichts darauf, dass es jemals schwarze Magie praktiziert hatte. Das hieß jedoch nicht, dass sich diese Kreaturen nicht etwas anderes suchen würden, wenn ihre bevorzugte Mahlzeit außer Sichtweite war.

Wie diese junge Frau im Tod zerfetzt worden war, ähnelte zu sehr der Art, wie *ihr* Reaper mordete, als dass es anders sein konnte. Es sei denn, es trieben sich gleich *zwei* dieser Teufelsbraten mit unterschiedlichen Zielen in Toronto herum. Doch diese Kreaturen waren intelligent genug, um ihr verbotenes Herumlungern auf unauffälligere Städte zu beschränken. Und niemand wäre so dumm zu versuchen, mehr als einen Reaper für seinen finsteren Plan einzuspannen und sie dann auch noch *beide* in der übervölkerten Hauptstadt des Hochkönigs aufmarschieren zu lassen. Die JAGD würde das bemerken ... und die Furien ... und selbst die *Leute* – ihnen allen sollte schon jetzt mehr auffallen, als es der Fall war, und ... »*Argh*, ich bin vielleicht kirre! Was is hier überhaupt los?«

Als Nausicaä aus der Gasse heraustaumelte, fingen ihre Schläfen an zu pochen.

Das alles passte einfach nicht zusammen ... Ihr fehlte ein sehr wichtiger Hinweis. Dieser lag direkt vor ihrer Nase, zum Greifen nah, und sie vermochte ihn dennoch nicht zu sehen – sie war viel zu nahe dran.

Was hieß, dass es an der Zeit war.

Nikos wäre nicht erfreut – sie hatten sich nicht im Guten getrennt. Aber es war an der Zeit, mit jemandem zu sprechen, der sich wirklich um die Dinge kümmerte. Mit jemandem, der es sich zur Aufgabe gemacht hatte, *alle* Gemeinschaften im Auge zu behalten und nicht nur die der Elfen.

Irgendwann musste sich Nausicaä ja mit jemandem »anfreunden«, der *nicht* in illegale Machenschaften verstrickt war, und sei es nur, um sich ein wenig Abwechslung zu verschaffen.

KAPITEL 18

Arlo

»Du wirst dich erst mal *nicht* mehr mit Celadon treffen«, verkündete Thalo am nächsten Morgen stürmisch in der Küche, die aus schwarzen Granitarbeitsflächen, einem beheizten Parkettboden und makellosen Edelstahlgeräten bestand.

»*Mom* ...«

»Komm mir jetzt nicht damit, junges Fräulein.« Thalo brauste um die Kücheninsel herum – wo Arlo trübsinnig in ihrer Schüssel mit Cheerios herumstocherte – baute sich direkt gegenüber ihrer Tochter auf und funkelte sie an. »Ich bin über dein Verhalten gestern Abend *entsetzt* – über euer *beider* Verhalten. Ich weiß, Celadon ist nicht viel älter als du. So gesehen ist auch er immer noch ein Teenager. Aber er ist auch ein Prinz. Er sollte verdammt noch mal endlich anfangen, sich verantwortungsvoller zu benehmen, so wie es sich für seine Position geziemt. Er hatte kein Recht, dich da mit hineinzuziehen! Dass es ihm überhaupt in den *Sinn* gekommen ist ...« Mit einem frustrierten Knurren brach sie ab und nestelte wütend wieder an ihrem rotbraunen Haar herum, um es am Hinterkopf zusammenzubinden.

»Und so was macht er nicht zum ersten Mal! Ihr zwei, wenn ihr zusammen seid – ich bin nachsichtig gewesen, weil ... aber mir reicht's endgültig! Der Hohe Rat der Elfen ... die anderen Königsfamilien ... verflucht, die meisten Höfe halten Celadon Viridian für ein unausstehliches, verwöhntes Kind. Wegen seiner vermeintlichen Intelligenz und Wichtigkeit ist er so aufgeblasen, dass er nicht mal für einen Moment darüber nachdenkt, wie sich seine ›Witze‹, ›Tricks‹ und cleveren kleinen ›Pläne‹ auf andere Leute auswirken. Unschuldige Leute! Seine eigene *Familie*.«
Thalos Tirade endete in einem weiteren Knurren, das sich erst nach einigen Sekunden wieder legte.

Arlos Meinung zum Monolog ihrer Mutter musste ihr zu deutlich ins Gesicht geschrieben stehen, denn Thalo kam wieder auf Touren und sagte: »Sieh mich nicht so an. Glaubst du, er sieht nicht, wie du ihn vergötterst? Denkst du, *ich* sehe das nicht? Wie du ihm und seinem armen Neffen von Jahr zu Jahr immer ähnlicher wirst. Dass Serulian und Elexa ihren jungen, beeinflussbaren Knaben dem schlechtesten Betreuer überlassen, den sie sich von allen Leuten im Palast aussuchen können ... also wenn es nach mir ginge ...«

»Dich hat nun mal *keiner* gefragt!«, erklärte Arlo hitzig und warf ihren Löffel in die Schüssel. »Es geht dich nichts an, wer sich um Elyas kümmert – der *übrigens* ein ganz liebenswürdiger und wunderbarer Junge ist, genauso wie Cel ...«

»Das ist genau die Schwärmerei, von der ich rede – Celadon ist über alles erhaben, stimmt's?«

Stöhnend rutschte Arlo von ihrem Hocker und auf die Füße. »Das ist nicht Celadons Schuld. Ich habe ...«

»Nicht ganz, nein, aber er hätte mehr tun müssen – irgendetwas –, um dich aufzuhalten. Ist dir eigentlich klar, was du getan hast? Ist dir klar, dass du mit diesem Stunt alles komplett ruiniert haben könntest? Nach dem ganzen Stress deiner WÄGUNG und nach allem, was getan wurde, um dich in dieser Familie zu behalten? Und Celadon hat nichts anderes getan, als dich zu ermutigen. Er hat mich in Zugzwang gebracht. Du wirst dich *nicht* mit ihm treffen, bis ihr beide euch am Riemen reißt, *und* du wirst im Herbst bei deinem Vater wohnen.«

Arlos Gesicht verfinsterte sich. »Was?«

»Diese Verantwortungslosigkeit lässt mich ernsthaft daran zweifeln, ob du schon so weit bist, allein zu leben, Arlo. Wenn du dich entscheidest, im Herbst an die Uni zu gehen, wirst du das erste Jahr bei deinem Vater verbringen, wo er dich besser als offenbar ich im Auge behalten kann. Sobald du genügend Reife bewiesen hast, darfst du ins Wohnheim ziehen. Du wirst auch ein paar neue Freunde finden. *Andere* Freunde. Ich mein das ernst. Es ist nicht gesund, nur mit Celadon abzuhängen, zumal sein Einfluss der Grund für dein spektakulär unreifes Benehmen von gestern Abend ist.«

»Was, jetzt schmeißt du mich also raus?«

»Nein, so ist das nicht, aber ...«

»Ich bin achtzehn, also ist es meine Sache, wo ich wohne, wenn ich zur Uni gehe! Und wo wir schon dabei sind, wenn ich Celadon treffen will, ist das *ebenfalls* meine Angelegenheit.«

»Ach ja? Du bist meine Tochter. Also wirst du immer *meine* Angelegenheit bleiben, und solange du unter diesem Dach wohnst, wirst du dich an *meine* Regeln halten müssen. Wenn du glaubst, dein Vater und ich werden dich ab jetzt nicht besser im Auge behalten, dann hast du dich geschnitten.« Thalos Missbilligung zeichnete scharfe Linien in ihr Gesicht. »Abgesehen von der Uni ist es dir und Celadon ab sofort untersagt, Zeit miteinander zu verbringen – ein für alle Mal. Und wenn du das nächste Mal mit einem Haufen Krimineller Detektiv spielen willst, denkst du vielleicht daran, dass deine Handlungen Konsequenzen haben, Arlo. Letzte Nacht ist jemand *gestorben*, verstehst du das? Dieser Jemand hättest du sein können.«

»Na vielleicht wär das auch besser gewesen!«, schrie Arlo, warf ihre Hände in die Luft und marschierte aus der Küche. Sie wusste, dass sie sich wie ein kleines Kind benahm, aber das war ihr egal. Die Worte ihrer Mutter erinnerten sie schmerzhaft daran, was sie auch so schon nicht vergessen konnte: dass Leute starben, dass sie *Zeugin* dieses Todes gewesen war und dass sie das eigentliche Ziel hätte sein können. Außerdem konnte sie immer noch dazu werden, denn woher wusste sie schon, dass *sie* keinen Stein in sich trug, der nur darauf wartete hochzugehen?

Zum ersten Mal in ihrem Leben hatte Arlo wirklich Angst vor der Magie, die sie sich so sehr gewünscht hatte.

Und zum allerersten Mal wünschte sie sich, dass sie nur ein Mensch wäre.

»Sag so was nicht!«, brüllte Thalo ihr hinterher. »Und wag es nicht, einfach so wegzulaufen ...«

Arlo ignorierte ihre Mutter, die ihr dicht auf den Fersen war, stürmte den Flur hinunter und zurück in ihr Zimmer. Sie verstand Thalos Wut, aber das hieß noch lange nicht, dass sie das gut finden musste. Es war einfach nicht in Ordnung, dass jemand anderes über ihr Leben bestimmte und auf einmal ein Embargo über ihre Freundschaft mit einer der wenigen Personen verhängt wurde, die an genau diesem Leben Anteil nahmen.

Wie viele private Unterrichtsstunden gab Celadon ihr, um ihr dabei zu helfen, mit den Wissensanforderungen der Höfe Schritt zu halten? Wie viele Tage und Nächte leistetet er ihr in dieser einsamen Wohnung Gesellschaft, als ihre Eltern viel zu beschäftigt mit ihrer Arbeit waren, um daheim zu sein? Wie viel seiner

Zeit opferte er im Laufe der Jahre, um Arlo ein bisschen mehr Magie zu entlocken, damit sie den Rat ausreichend beeindrucken und bleiben konnte? Celadon zweifelte sogar dann nie an ihr, wenn Arlo sich selbst aufgab.

Er bedeutete ihr genauso viel wie ihre Mutter und ihr Vater. Er gehörte zur Familie. Er liebte und unterstützte sie, gab ihr kein einziges Mal das Gefühl, seltsam zu sein, nicht dazuzugehören oder dass sie ihm etwas für seine Aufmerksamkeit schuldete.

Sie wusste ja, dass ihre Eltern sie liebten. Genauso war ihr klar, dass ihre Mutter unermüdlich arbeitete, und zwar nicht nur für sich selbst, sondern auch für Arlo, und dass ihr gutes Ansehen beim Hochkönig der Grund für ihr angenehmes Leben war. Ihr war ebenso bewusst, dass es schwer sein musste, alleinerziehend zu sein, und niemand schuld war, dass sie als Einzelkind so viel allein machen musste. Thalo reagierte so, weil sie Angst um Arlo hatte, aber das machte es nicht einfacher, alles einfach so hinzunehmen. In ihrer momentanen Stimmung hatte Arlo keine Lust, ihrer Mutter auch nur einen Zentimeter entgegenzukommen.

»Geh doch einfach arbeiten«, polterte sie. Sie erreichte ihre Zimmertür. »Lass mich in Ruhe.«

Thalo blieb ein paar Schritte hinter ihr stehen und stemmte eine Hand in die Hüfte. »Es wird keinen weiteren Kontakt zwischen dir und deinem Onkel geben, bis ich es sage, verstanden?«

»Okay.«

»Und du hast Hausarrest.«

»Dacht ich mir schon.«

»Das bedeutet, du darfst nirgendwo hingehen außer zur Schule, zur Arbeit oder zu deinem Vater. Wenn du dich nicht daran hältst, krieg ich's raus.«

Natürlich tat sie das. Als Generalin der Falchion konnte Thalo ihre Tochter auf Schritt und Tritt beschatten lassen, wenn Arlo ihr Glück noch weiter überstrapazierte, obwohl das eigentlich nicht erlaubt war: Das Gesetz verbot, Minderjährige zu verfolgen. »Hab's kapiert.« Arlo zog die Luft durch die Nase ein, blinzelte heftig, um ihre Tränen zurückzuhalten, und wandte ihr Gesicht zur Tür. »Sind wir fertig?«

Ihre Mutter antwortete ihr lediglich, indem sie auf dem Absatz kehrtmachte und den Flur entlang zurückstiefelte. Mit zusammengebissenen Zähnen stieß Arlo die Tür auf und knallte sie hinter sich wieder zu. Sie durchquerte ihr Zimmer, um sich auf ihr ungemachtes Bett zu werfen, und schnappte sich vom Nachttisch ihr Handy. Dabei stieß sie den Würfel zu Boden, den sie von diem Nichttroll erhalten hatte.

Sie sah ihn über den Boden rollen, bis er auf der Zahl Vier zum Stillstand kam.

Ich will nicht, dass du eine Heldin bist, Arlo Jarsdel ..., hatte der Nichttroll gesagt, bevor xier ihr dieses rätselhafte Geschenk gegeben hatte. Sondern ... *mein Hollow Star.*

Eine Heldin ... ein Hollow Star (was auch immer das sein mochte) ... eine verantwortungsvolle Erwachsene, aber auch: *Halt dich aus Schwierigkeiten raus, Arlo, du bist nur ein Kind und wir wissen es besser.*

Allem Anschein nach wollte niemand, dass sie einfach nur sie selbst war. Doch das beleidigte sie nicht sonderlich, denn wer war diese »sie selbst« überhaupt? Müde ... einsam ... *verängstigt ...*

Eine Enttäuschung.

»Moment mal ...« Arlo schoss wieder hoch.

Dieser Würfel sollte gar nicht hier sein. Sie erinnerte sich klar und deutlich daran, ihn nach dem Reaper geworfen zu haben. Und nach ihrer Flucht hatte sie sich natürlich nicht die Zeit genomen, um ihn wieder aufzusammeln. War das eine Art Magie? War dieses blöde Ding verhext, um sie für den Rest ihres Lebens zu verfolgen?

Mit einem Brummen – Arlo fragte sich, warum sie das nutzlose Ding überhaupt angenommen hatte, da es ihr bis jetzt nicht viel geholfen hatte – beugte sie sich über den Rand ihres Betts, um den Würfel vom Boden aufzulesen und ihn in die Schublade ihres Nachttischs zu werfen. Anschließend blickte sie wieder auf ihr Handy.

23:53 Uhr, Dad: Hab eben mit deiner Mutter telefoniert. Du und Celadon habt euch in einen Nachtklub geschlichen? Thalo ist fuchsteufelswild. Ich bin auch nicht gerade begeistert. Wir müssen uns morgen unterhalten, junge Dame.

00:28 Uhr, Elyas: Opa schreit Onkel Cel gefühlt schon seit 10 Jahren an. Sie haben ihm sein Handy weggenommen. MUSS ERNST SEIN!!! Was habt ihr 2 denn gemacht?

00:40 Uhr, Elyas: Srsly, bist du oaky?

00:40 Uhr, Elyas: *okay?

Neuigkeiten – Topmeldungen:
Ein Gasleck in der Innenstadt Torontos wird als Grund für einen schweren Unfall mit einem Toten und mehreren Verletzten angegeben.

Arlo las sich die Nachrichten auf ihrem Sperrbildschirm durch und seufzte. Sie hatte das Telefon die ganze Nacht lang nicht in der Hand gehabt und war in ihrem elenden Selbstmitleid zum Frühstück herausgelatscht, ohne einen Blick auf den Bildschirm zu werfen. Offensichtlich drehte sich die Welt auch ohne die eigenen Sorgen weiter.

Sie war begierig zu erfahren, in was ihre Mutter diesen besonderen Fall der »Teenager-Rebellion« umgewandelt hatte, damit Rory es verstand. Doch selbst wenn ihr Vater das alles vermutlich bloß für den Versuch einer Minderjährigen hielt, sich zu betrinken, wollte sie sich seine Enttäuschung nicht anhören.

Dann war da noch Elyas, der inzwischen über alles Bescheid wissen musste. Arlo fühlte sich erneut für ihre Schuld an diesem Streit schuldig, der nicht nur in ihrer Familie, sondern auch in der des jungen Prinzen ausgebrochen war. Sie tippte seine Nachricht an und entsperrte ihr Handy.

Arlo: Danke, El, bin okay. Sorry, dass du dir wegen mir Sorgen gemacht hast ... Ich fühl mich schlecht. Hab Mist gebaut, alles ist eskaliert und jetzt steh ich unter Hausarrest, bis ich sterbe oder mich entscheide, zur Uni zu gehen. Ungefähr so sieht's aus. Ist mit Cel alles okay? Er steckt doch nicht in zu großen Schwierigkeiten, oder?

Ihr Herz raste, als sie die blinkenden Auslassungszeichen in der unteren Ecke des Bildschirms sah. Arlo befürchtete das Schlimmste für Celadon. Doch da Elyas nicht allzu panisch schien, war sie auch zuversichtlich, dass seine Bestrafung nicht ganz so hart ausfiel, wie es die Stimmung des Hochkönigs hatte vermuten lassen.

Elyas: Alle haben SO VIEL GESCHRIEN. OMG, hab Opa noch nie so wütend gesehen. Bin mir ziemlich sicher, das

WAR auch Teil der Strafe, weil ich Onkel Cel auch noch nie im Leben hab weinen sehen. Sein Gesicht war klitschnass, als er sich wie ein erschöpfter Stiertroll aus dem Thronsaal schleppte. Glaub, die 2 hatten einfach nur Angst, weil du in Gefahr warst. Opa mag dich, das weißt du. Du gehörst zur Familie. Onkel Cel mag er auch und der ist ja IMMER ein Volltrottel. Also ja, er hat Hausarrest und darf erst mal nich mehr mit dir reden und dich nicht besuchen, aber is halb so wild. O-Ton aber tabu. Als Opa aufgehört hat zu schreien und er gehen durfte, hat deine Mom angerufen und ihn auch angeschrien. Jetzt ist jeder auf jeden sauer und wir werden uns wohl auseinanderleben und uns erst in 20-50 Jahren weidersehen.

Elyas: *wiedersehen

Mit noch einem Seufzer ließ Arlo ihr Handy aufs Bett fallen. Dann plumpste sie auf ihren Rücken und starrte an die Decke.
Na super.
Eine Familienfehde.
Wenn sich Arlo doch nur um ihre eigenen Angelegenheiten gekümmert und nicht versucht hätte, die Heldin zu spielen, wie es die VORSEHUNG von ihr gewollt hatte. Hätte sie die Dinge doch einfach Celadon und den anderen überlassen, wie sie es versprochen hatte, dann würden sie jetzt nicht in diesem Vollschlamassel stecken.

Wäre sie damals mit diem Nichttroll nur etwas entschlossener gewesen oder hätte sie vielleicht besser aufgepasst, wo sie danach hinlief, um nicht mit diesem Lesidhe-Mann zusammenzustoßen. Oder wäre sie Nausicaä nicht in diese Hintergasse gefolgt, wo ein Reaper auf sie gelauert hatte. Dann hätte sie den

Klub so verlassen können wie geplant und der ganze Abend hätte nicht im Chaos geendet. Wäre sie bloß nicht in dieses Café gegangen ... wäre sie doch keine Eisengeborene ...

Celadon und Arlos Mutter kriegten sich nicht zum ersten Mal wegen irgendwas in die Wolle – und stritten auch nicht zum ersten Mal wegen Celadons »rücksichtsloser Gefährdung« von Thalos einzigem Kind –, aber so wütend wie diesmal hatte Arlo sie noch nie erlebt. Damit ähnelte sie dem Hochkönig wirklich sehr, der Arlo sogar gedroht hatte, *sie zu verhaften*, wenn sie fortan nicht aufpasste.

Es blieb ihr nichts anderes übrig: Sie würde von nun an »aufpassen«.

Elfen waren unglaublich geduldig – was für ein Volk, dessen Lebensspanne sich über Hunderte Jahre erstreckte, nicht überraschend war – und Thalo war besonders gut darin, über längere Zeit einen Groll zu hegen. Sie brauchte nur einen guten Grund dafür. Doch sollte sich Arlo an die Regeln ihrer Mutter halten und sich eine Weile aus Schwierigkeiten heraushalten, würde sich die Sache von selbst erledigen.

Musste sie einfach.

Wieder vibrierte Arlos Handy und kündigte so eine neue Nachricht an. Sogleich fischte sie es aus ihrer Daunendecke heraus und las.

> **Elyas:** Ich spür deine Panik von hier aus. Keine Sorge, Arlo. Wird alles gut. Heut ist Samstag, also gehst du bald zur Arbeit oder? Doppelschicht richtig? Bäh, na viel Spaß! Btw, soll dir von Cel sorry sagen.

> **Arlo:** Danke El. Hab euch beide lieb. Und ICH muss Sorry sagen. Cel hat nichts falsch gemacht.

Arlo schob ihr Handy zurück auf den Nachttisch und setzte sich auf. Sie musste sich für ihre Samstagsschicht bei Starbucks fertig machen, die in ein paar Stunden beginnen würde. Da sie die Nacht damit verbracht hatte, wütend und verängstigt in ihr Kissen zu weinen, brauchte sie definitiv erst einmal eine Dusche.

»Keinen Ärger mehr, verstanden?«, sagte sie zu den harmlosen Sternen, die von der Mitte ihres Baldachinnetzes herabbaumelten.

Arlo wollte nichts mehr mit den Dingen zu tun haben, die um sie her geschahen.

Wieso auch immer sich der Hochkönig geweigert hatte, Nausicaäs Behauptungen nachzugehen, welche Geschichte auch hinter diesen sogenannten Steinen der Weisen und dem Reaper stecken mochte und warum man in eisengeborenen Herzen schwarze Magie züchtete – Arlo hatte genug von all dem Kram.

Sie würde sich nicht länger in diese Gefahr begeben.

Arlo war keine Heldin. Sie hatte die Nase gestrichen voll von all den Geheimnissen und dem Tod, die ganz gemütlich ihr Leben übernommen hatten. Davon, die Dinge jedes Mal nur noch zu verschlimmbessern, und davon, ständig auf falsche Weise Aufmerksamkeit auf sich zu ziehen. Sollten die Erwachsenen doch entscheiden, was wegen der sterbenden Eisengeborenen, der potenziellen Alchemie und der schrecklichen Bedrohungen zu tun war. Arlo würde sich auf die Schule und ihr Leben konzentrieren, so wie vor dem Vorfall im Café. Sie würde sich zwingen, ihre Energie auf etwas anderes als ihre Ängste zu lenken, und mit der Zeit würden ihr sowohl ihre Mutter als auch der Hochkönig verzeihen.

Mit der Zeit würde sie dieses ganze Kapitel hinter sich lassen können, Cassandras Gesicht langsam aus ihrem Gedächtnis verblassen und das Weinen von deren Mutter nicht mehr in ihren

Ohren klingen. Vor allem würden der massige Schatten und der blutige Gestank eines Reapers sie nie wieder so wie letzte Nacht als Albträume heimsuchen.

Allmählich würde Arlo nicht mehr befürchten, dass das Flattern in ihrer Brust, dass sie bei all diesen furchtbaren Erinnerungen spürte, etwas Unheilvolleres war als Angst.

KAPITEL 19

Vehanx

~~~~~

Das Unendliche Atrium war Vehans Lieblingsraum im Strahlenden Palast des Sommers. Es war ein höhlenartiger, ausgedehnter Saal aus poliertem weißen Speckstein, Marmor und Granit mit einer Kuppel aus Diamantglas. Wunderschöne Sonnenstrahlen und luftig leichte Wolken, die lebensecht wirkten, waren in die Wände gemeißelt. Sie alle waren mit demselben leuchtenden Gold bedeckt, mit dem auch die Risse gefüllt waren, die sich wie Blitze durch den Boden zogen.

Alle Korridore führten hierher, wobei einige von ihnen nur von diesem Raum aus zugänglich waren. Das Unendliche Atrium wirkte wie das Herz, das den Palast am Leben hielt, und diese Gänge schienen seine Arterien. Vehan hatte einen Großteil seiner Kindheit damit verbracht, die Hallen seines Zuhauses zu erforschen. Dennoch vermutete er, dass dieses Herz immer noch Geheimnisse enthielt, die es zu entdecken galt – ähnlich wie sein eigenes. Vielleicht war das auch der Grund, weshalb er diesen Ort so sehr mochte.

»Möchte ich wirklich wissen, was Ihr den Wachen versprochen habt, damit sie Euch das gestatten?«

Vehan reckte seinen Kopf und grinste. »Wahrscheinlich nicht. Aber es ist nicht mein erstgeborener Sohn, falls du das denken solltest.«

»Sehr lustig«, sagte Aurelian und sah ganz und gar nicht begeistert aus. »Na schön. Tun sie's nicht, halt ich Euch auch nicht auf.«

Das war so etwas wie Aurelians Motto. Er hatte zwar nie zugelassen, dass Vehan zu Schaden kam, hielt ihn aber auch niemals von Ärger fern – zumindest nicht in letzter Zeit. Auf dem Höhepunkt ihrer Freundschaft hatte er sich etwas mehr Sorgen gemacht. Vielleicht hoffte Aurelian, die Königin würde ihre Gunst zurücknehmen und ihm seine Aufgabe entziehen, wenn er sich als unfähig erwies, seinen Schützling zu kontrollieren und für seine Sicherheit zu sorgen. Vielleicht war es ihm aber auch einfach egal.

Vehan musste immer noch den nötigen Mut aufbringen, um herauszufinden, um welches »Vielleicht« es sich eigentlich handelte.

Er richtete seine Aufmerksamkeit wieder auf den Spiegel, den einzigen Gegenstand im Raum. Außer ihm gab es keinerlei weitere Dekoration – keinen anderen Schmuck oder sonstiges Inventar, nicht einmal einen Teppich auf dem Boden oder eine Topfpflanze an der Wand. Das Unendliche Atrium beherbergte einzig und allein diesen Spiegel, nach dem es auch benannt war. Da jede Hoheitsgewalt eines jeden Hofs einen Unendlichen Ausgang besaß, gab es insgesamt nur acht von ihnen.

Ein Portal.

Ein *echtes* Portal – nicht wie das Glas, das man massenhaft herstellte und verkaufte und das eine Person nur an begrenzte, vorher festgelegte Orte sowie unter strengen Betriebsbedingungen von ihrem Zuhause fortzubringen vermochte. Ein

Unendlicher Ausgang war ein Spiegel aus Sternenstaub. Dieser stammte aus den Vorräten, die die Götter hier im Reich der Sterblichen zurückließen und bei ihrer Vertreibung durch die Große Rebellion geplündert wurden. Ein Unendlicher Ausgang könne einen überall hinbringen, wohin man nur wollte – sogar in ganz andere Reiche, behaupteten viele. Außerdem sei er eine direkte Verbindung zwischen den acht Höfen und *deren* Spiegeln. Deshalb wurde er auch sorgfältig bewacht.

Mit dem Großteil des Palastpersonals verstand sich Vehan zum Glück blendend, so auch mit Zale – mit seinem strandglasgrünen Haar, den großen grauen Augen und der muschelbraunen schimmernden Haut –, dem derzeitigen Wächter auf Spiegeldienst. In seiner strahlenden perlmuttfarbenen und zitronengelben Zeremonienrüstung stand Zale neben dem Spiegel und tat so, als seien Vehan und Aurelian nicht ohne Erlaubnis hier. Er starrte auf seine perfekt gepflegten Nägel und betrachtete ihren Glanz in verschiedenen Einfallswinkeln des Lichts. Zale blickte kein einziges Mal auf, vermutlich um später sagen zu können: »Nein, ich habe Euren Sohn nicht *gesehen*, Eure Majestät«, falls Vehans Mutter nach ihm fragen sollte.

»Warum hört sie mir nicht zu, Aurelian? Wieso glaubt sie mir nicht? Ich kann sie ja schlecht anlügen ... Warum würde ich das auch überhaupt wollen? Würde sie nur ein paar Leute in die Wüste schicken, wäre sie sich dessen genauso sicher wie ich.«

Aurelian ließ sich mit seiner Antwort Zeit. Sein offensichtlicher Wunsch, eine Distanz zwischen ihnen zu wahren, stand auf Kriegsfuß mit seinem gütigen Herzen. »Die verschwundenen Leute ... das Leuchten, das wir bei dem Jungen gesehen haben ... die Leichen in den Nachrichten ... die alchemistischen Symbole und dieses *Ding* auf Eurer *Brust* ...« Er brach ab, um mit einem scharfen Blick Vehans Herz zu fixieren. »Eure Mutter weiß zweifellos, dass hier mehr vor sich geht, aber will man sich noch weiter einmischen, braucht man die Erlaubnis des Hochkönigs, und Ihr habt den Sommerrat gehört. Seine Hochmajestät verhält sich in letzter Zeit ›eigenartig‹. Er akzeptiert keine Audienzen mit Hofbeamten.«

Vehan stieß einen Seufzer aus.

Wenn der Hochkönig die ganze Sache als Bagatelle abgetan hatte, weil er es einfach nicht wahrhaben wollte, führte das nur zu weiteren Problemen. Und wenn es einem achtzehnjährigen, frisch GEREIFTEN Elfen zufiel, ihr Oberhaupt zur Vernunft zu bringen, obwohl er kaum alt genug war, um den Titel »Kronerbe des Seelie-Sommers« zu tragen? Sei's drum. Vehan würde nicht zulassen, dass die Paranoia eines alternden Königs sie alle ins Verderben stürzte. Dennoch empfand er die Last dieser Aufgabe manchmal als ein wenig ... unfair. »Es wäre so viel einfacher, wenn sich die Erwachsenen einfach wie Erwachsene verhalten würden«, murmelte er.

»Stimmt.«

Vehan seufzte wieder und rieb sich in Gedanken die Brust. »Seelie-Sommer und UnSeelie-Frühling ... Unsere beiden Höfe haben sich noch nie gut verstanden.«

»Stimmt auch.«

»Es ist eine sehr schlechte Idee, sich unangemeldet in den Frühlingspalast zu teleportieren und eine Audienz beim Herrscher über die gesamte magische Gemeinschaft zu verlangen, wenn er klar und deutlich den Wunsch geäußert hat, in Ruhe gelassen zu werden.«

»Richtig.«

Vehan biss sich auf die Zunge und warf seinem Gefährten einen Blick zu. »Das ist gefährlich. Wir könnten eine Menge Ärger bekommen – als mein zukünftiger Hofmeister könntest du mehr als nur gefeuert werden, wenn du mitkommst. Ich sollte dir befehlen hierzubleiben.«

»Ich würde nicht darauf hören.«

Er ließ sich nicht unterkriegen, obwohl seine nächsten Worte die Kluft zwischen ihnen womöglich weiter vergrößerten. »Würdest du aber, wenn ich deinen Namen benutze.«

»Wir haben eine Abmachung.« Aurelian blickte mit starrer Miene und steifer Körperhaltung auf ihn hinunter.

Die hatten sie. Die Lesidhe hielten ihre wahren Namen für noch wertvoller als die Sidhe und verrieten sie nur jenen, die sie zutiefst schätzten. Als Aurelian REIF wurde und Vehan die Treue schwor, war er jedoch gezwungen, diese Überzeugung zu verraten und seinen Namen preiszugeben – ein weiterer Schlag gegen Vehan sowie eine weitere Sache, die einen Keil zwischen die beiden trieb. Der Prinz legte seinen eigenen Eid ab und gab im Tausch seinen eigenen Namen her, um den Schlag abzumildern. Dabei versprach er, dass es Aurelian von seiner Pflicht entbinden würde, wenn er jemals dessen Namen gegen ihn einsetzte – ganz gleich wofür.

Manchmal war Vehan drauf und dran, ihm zu geben, was er wollte, und seinen Namen für etwas Unwichtiges einzusetzen, um ihn zu befreien. Doch so einfach wäre das nie. Aurelians Familie würde unter diesem Affront gegen die »Großzügigkeit« der Königin leiden – nämlich für diese Art, entlassen zu werden, noch schlimmeren Verurteilungen und Gerüchten ausgesetzt sein – und beide wussten das.

Zale hustete.

In diesem Augenblick erkannte Vehan, dass er und Aurelian nur dastanden, einander anstarrten und kostbare Zeit vergeudeten. »Genau«, sagte er. »Nun, wir sollten's jetzt durchziehen, falls das überhaupt noch infrage kommt.«

Der Prinz schüttelte sich ein wenig und konzentrierte sich wieder auf den Spiegel. Dann legte er eine Hand an das Glas. Es war warm, glatt und irgendwie flüssig, wie die Oberfläche eines stillen Gewässers. Anschließend schloss er seine Augen und besann sich darauf, wohin genau er gehen wollte. Ein Unendlicher Ausgang vermochte jeden beliebigen Ort herbeizurufen, den sich der Reisende vorstellen konnte. Reiste man allerdings *zwischen* Spiegeln, waren solche Anweisungen unnötig. Sobald sich seine Gedanken der Reverdie und dem Spiegel darin zuwandten, erschien sie kräuselnd unter seinen Fingern.

»Bereit?«

Aurelian nickte ihm zu.

Vehan trat durch das Glas, dessen Oberfläche so leicht wie eine Flüssigkeit zurückwich. Auf seiner Haut fühlte es sich kühl und glitschig an, aber ansonsten nicht unangenehm. Als er jedoch auf der anderen Seite wieder herauskam, spürte er die kältere, prickelnde Magie des Hochkönigs, die ihre Zauber von ihnen zog und ihn frösteln ließ.

Das schwarze Haar seines wahren Erscheinungsbildes wurde so dunkel, dass es das Licht um ihn herum verschluckte. Seine Augen hellten sich zu einem solch elektrischen Blau auf, dass sie beinah Funken sprühten. Seine porzellanblaue Haut leuchtete sanft wie die Morgendämmerung, die seine Fraktion anbetete, und seine Ohren liefen auffällig spitz zu. Auch seine Gestalt veränderte sich und nahm ätherische, vogelartige Konturen an. An seiner dunkelgoldenen Hose, dem cremeweißen Hemd und dem weichen, beigefarbenen knielangen Gewand, auf dessen Rücken das Siegel des Seelie-Sommers prangte (eine Sonne mit Strahlen wie Blitze, die bei jeder Bewegung schimmerten und knisterten), gab es nichts mehr, was noch über sein wahres Ich hinwegtäuschen konnte.

Neben ihm hatte Aurelian ebenfalls eine Verwandlung durchgemacht.

Die Elfen legten ihren Zauber nicht oft ab, nicht einmal in ihren eigenen vier Wänden. Das war so etwas wie eine unausgesprochene Herausforderung unter ihnen, um zu sehen, wie lange sie durchhalten konnten, ohne ihre Illusionen fallen zu lassen, und wie weit sie an ihre Grenzen zu gehen vermochten, bis sie nicht mehr umhinkamen, sich auszuruhen.

Vehan wusste nicht, ob die Lesidhe ähnlich miteinander wetteiferten oder ob Aurelian dieses Verhalten übernommen hatte, um sich anzupassen. Jedenfalls kam es nur selten vor, dass er ihn so zu Gesicht bekam, mit seinem gebräunten Teint, der nun leicht bläulich schimmerte, seinen goldenen, glühend heißen Augen sowie seiner härteren Magerkeit und seinen schärferen Zügen. Sein Reiz wurde in keiner Weise durch die Förmlichkeit seiner derzeitigen Kleidung gemindert – seiner Palastuniform, bestehend aus einer gerade geschnittenen braunen Hose, einem weißen, sowohl an den Manschetten als auch am Kragen makellosen Hemd und einer Sonne aus Emaille über seinem Herzen (die einzige Kennzeichnung einer Position, für die der Hofmeister von Vehans Mutter angeblich jemanden vergiftet hatte).

Aurelian war wie immer einfach wunderschön.

Vehan dachte manchmal ganz ehrlich, sein Gefolgsmann sei der Schönste, dem er je …

»Prinz Vehan Lysterne, pünktlich auf die Minute.«

Erschrocken riss sich Vehan von seiner Bewunderung für Aurelian los. Der Palast des UnSeelie-Frühlings bewahrte seinen Unendlichen Ausgang ein wenig anders auf. Der Raum, in dem sie sich nun befanden, war viel kleiner, in Grün statt in Weiß gemeißelt und mit einem dunkelsmaragdgrünen Samt ausgelegt, der wie moosige Erde unter ihren Füßen einsank. Wie im

Unendlichen Atrium bestand die Decke auch hier aus Glas, doch die Fenster reichten bis zum Boden und gaben den Blick auf ganz Toronto frei. Der Kalkstein dazwischen war von gewundenem Efeu, hängenden Ranken und leuchtenden Blumen überwuchert.

Dieser Raum glich einem Gewächshaus und befand sich auf der Spitze des Turms. Nur jene im Besitz einer Sondergenehmigung durften den Spiegel in seinem Herz benutzen. Als ein Prinz des Sommers und Erbe seiner Fraktion war es Vehan gestattet, eine solche zu beantragen. Doch heute hatte er sich um keine bemüht. Eigentlich wurde er nicht erwartet ... er sollte nach niemandes Plan »pünktlich auf die Minute« sein.

Vehan richtete sich auf und musterte den Elfen vor seinen Augen. Dieser trug einen fein geschnittenen Anzug in den Farben Salbei und Holzkohle, was ziemlich gut zu seiner lilienschwarzen Haut passte. Außerdem wies er eine dunklere Saphirbläue auf, die ihn als UnSeelie auswies. Sein silbernes Haar war voll, dicht, leicht wellig, reichte ihm bis knapp unter seine breiten Schultern und unterstrich seine messerscharfen Züge. Dennoch war das Lächeln, das seine Lippen umspielte, sanft und aufrichtig. »Ich wusste nicht, dass es einen Empfang geben würde«, sagte der Prinz.

Der unbekannte Elf verschränkte die Hände hinter dem Rücken. »Eure Mutter, Königin Riadne, hat uns wissen lassen, dass Ihr vorbeikommen werdet«, erklärte er schlicht, als sei alles in Ordnung und als hätten sie in den letzten Wochen nicht sowohl Delegierte als auch besorgte Adelige abgewiesen. »Ich heiße Lekan und bin das Oberhaupt des Hauses Otedola. Wenn Ihr mir folgen würdet. Es wäre mir eine Freude, Euch in bequemere Gemächer zu geleiten. Der Hochkönig hat der Bitte Eurer Mutter um eine Audienz gnädigerweise zugestimmt, als er hörte, wie sehr Euch gewisse Ereignisse mitgenommen haben.«

Seine Mutter?

Sie hatte das arrangiert? Vehan schaute zu Aurelian, der zwar mit den Schultern zuckte, aber ansonsten schwieg.

Neben Verlegenheit flammte auch Dankbarkeit in Vehans Brust auf. Seine Mutter war eine gute Frau, wenngleich sie streng war und seine Dummheiten nicht ertragen konnte. Sie half ihm auf ihre eigene Weise und Vehan spürte, wie sich sein Glauben an sie teilweise wiederherstellte. »Ausgezeichnet. Nun denn, ja, ich bin gekommen, um mit Seiner Majestät dem Hochkönig zu sprechen. Ich ... entschuldige mich für die kurzfristige Vorankündigung. Ich fühle mich geehrt, dass Sie als Oberhaupt eines Hauses keine Mühe gescheut haben, mich zu empfangen.«

»Unsinn. Und Ihr braucht Euch nicht zu entschuldigen. Seine Hochmajestät möchte Euch nur von Euren Sorgen befreien – die Kinder seiner Höfe sollten niemals so beunruhigt sein. Kommt.«

Vehan folgte ihm mit Aurelian auf dem Fuß. Die Türen der Spiegelkammer führten zu einem Fahrstuhl aus noch mehr Kalkstein, Glas und saftigem Grün. Mit ihm fuhren sie schweigend die vielen Stockwerke des Turms hinunter. Es überraschte den Prinzen, als sie viel früher als erwartet anhielten, noch dazu auf einer privaten Etage. Diese Räumlichkeiten waren der Königsfamilie Viridian, den vom Hochkönig begünstigten Häusern (wie Lord Lekans Haus), der Repräsentantin des UnSeelie-Frühlings im Hohen Rat der Elfen und *ihrer* Familie sowie allen anderen Personen vorbehalten, die die Viridians als wichtig genug erachteten, um ihnen einen längeren Aufenthalt zu gewähren.

Das war kein Ort für Vehan.

Der Hochkönig lebte so weit abseits von allen anderen, dass es Vehan ein wenig vorkam, als würden sie in das Heim eines uralten Gottes eintreten.

Lekan führte sie durch eine weitläufige und lange Halle, die mit verschiedenen Wandbehängen, Teppichen, teuren Kunstwerken und Kronleuchtern geschmückt war. Letztere sahen eher wie mit den Kronen nach unten hängende Bäume mit unzähligen Glühwürmchen darin aus.

Dann kamen sie an einem Raum an. Lekan drückte die schweren Türen auf und winkte sie hindurch, wobei er Vehan nur wenig Zeit gab, um mit seinen Fingern über das in den Holzrahmen geschnitzte Laub, die Reben und die blühenden Rosen darin zu fahren.

»Hochprinz Celadon, was *macht* Ihr da?«

Vehan verschluckte sich und blieb urplötzlich stehen, sodass Aurelian fast mit ihm zusammenstieß.

Dieses Gemach war genauso schön wie alles andere, was er bisher vom Palast gesehen hatte. Es war groß und mit demselben plüschigen Moos wie die Portalkammer ausgelegt und das riesige Fenster am anderen Ende ließ viel Sonnenlicht durch. Vehan unmittelbar gegenüber befand sich ein Kamin, an dem bestimmt zehn Leute auf einmal Platz fanden. Unter wucherndem Efeu, der so dunkelgrün war, dass seine Blätter wie herabtropfender Teer erschienen, war sein Sims kaum zu sehen. Zwischen dieser Feuerstelle und den drei Elfen befand sich Hochprinz Celadon Cornelius Fleur-Viridian – auf einem smaragdgrünen Sofa liegend, die Beine über die Rückenlehne geworfen und den rotbraunen Schopf gen Boden gerichtet.

»Wonach sieht's denn aus, Lekan? Ich warte auf meinen Vater.«

Lekan seufzte. »Eure Hoheit, also wirklich, was erhofft Ihr Euch denn noch? Ihr wisst, dass Seine Hochmajestät diese Angelegenheit für beendet erklärt hat ...«

»Beendet?« Der Hochprinz presste ein Lachen heraus, bei dem Vehan zusammenzuckte. Anschließend schwang er seine

Beine auf den Boden, um sich aufzurichten. Die nachlässige und doch elegante Bewegung lockerte seinen smaragdfarbenen Morgenmantel aus Seide auf und enthüllte mehr von seinem Pyjama: ein schlichtes weißes Unterhemd mit einer salbeigrünen Seidenhose. So ein Outfit hätte Vehan nicht von einem Elfen erwartet, der für sein sorgfältig gepflegtes Äußeres bekannt war.

»Beendet! Ein Reaper treibt sich in der Stadt herum, Thalo lässt mich vermutlich für den Rest meines Lebens nicht in Arlos Nähe und mein Vater weigert sich ... Wer ist das?«

Vehan spürte, wie sich seine Augen weiteten, denn die Hand des Hochprinzen deutete auf *ihn*. Aurelian prustete. Er allein wusste, dass Vehan den jüngsten Sohn des Hochkönigs vielleicht ein kleines bisschen anhimmelte – immerhin war er der Erste gewesen, in den sich der Prinz des Sommers verknallt hatte. Celadon Viridian war gut aussehend, charmant und unverschämt clever. Er brachte die Leute leicht zum Lachen und war trotz all seiner Dummejungenstreiche immer noch der Liebling der magischen Gemeinschaft.

Natürlich blickte Vehan zu ihm auf!

Was war schon dabei, dass er dem Fanklub beigetreten war, der sich um den Hochprinzen geschart hatte? Wie hätte er denn sonst lernen sollen, wie ein Elf zu sein, den er nie getroffen hatte? Und ... okay, ja, er hatte ein Poster von ihm ... oder zwei ... aber das war doch der Hochprinz! Die Leute besaßen von allem Möglichen Plakate. Deswegen war es ihm auch ein Rätsel, wieso sich Aurelian so darüber amüsierte. Schließlich zeigten alle seine Poster Dinge wie menschliche Raketenschiffe, Planeten und etwas, das sich »Periodensystem« nannte. Vehans Meinung nach war das viel seltsamer.

Er trat vor. »Vehan Lysterne, Eure Hoheit. Ich bin der Seelie-Prinz des Sommers. Und das hier ist Aurelian Bessel, mein Freund. Wir sind gekommen, um Euren Vater zu sprechen.«

»Vehan?« Der Hochprinz musterte ihn genauer. Während dieser näheren Betrachtung wäre Vehan beinah dahingeschmolzen. »Sorry, ich hab Euch nicht erkannt.«

»Das ... das macht nichts! Ich war noch ziemlich klein, als Ihr das letzte Mal im Strahlenden Palast wart. Ich habe nicht erwartet, dass Ihr Euch an mich erinnert.«

»Mmm, da bin ich mir sicher. Niemand erwartet irgendetwas von mir, bis man auf einmal alles erwartet.«

Vehan wusste nicht, was er darauf sagen sollte.

»Celadon«, tadelte Lekan ihn mit Nachdruck. Zu Vehan sagte er: »Der Hochprinz bittet um Verzeihung. Ignoriert ihn einfach. Er ist unerträglich, wenn er schmollt.«

»Ach, verpiss dich, Lekan, ich kann mich auch selbst entschuldigen.«

»Das höre ich aber nicht ...«

Der Hochprinz stöhnte laut auf. »Es tut mir so leid, dass ich Euch mit meinen Emotionen belästigt habe, Prinz Vehan.«

»Das war keine Entschuldigung.«

»Ähm ... wir können auch ein andermal wiederkommen, falls das günstiger wäre?«, bot Vehan vorsichtig an.

»Nein, können wir nicht«, widersprach Aurelian. Vehan wirbelte herum und starrte ihn verdutzt an. Dabei sah er, wie sein Freund den Hochprinzen mit einem finsterem Blick bedachte. »Wir sind gekommen, um mit dem Hochkönig zu sprechen, nicht mit seinem bockigen Sohn. Hochprinz Celadon kann gern ein andermal wiederkommen, wenn *ihm* das lieber sein sollte.«

Vehan machte noch größere Augen. Aurelians Bemerkung ließ ihn zwischen Erstaunen und Entsetzen schwanken. Einerseits war es seltsam angenehm, von ihm in Schutz genommen zu werden, andererseits hatte er soeben dem *Hochprinzen* gegenüber eine dicke Lippe riskiert. »Was mein Freund damit sagen will ...«

»Euer Freund hat klipp und klar gesagt, was er will«, unterbrach ihn der Hochprinz mit einem Ton, der sich schwer deuten ließ. Seiner Miene nach könnte er gleich den Hof des Seelie-Sommers für exkommuniziert erklären oder aber nur nach dem dortigen Wetter fragen.

»Okay, ja, er hat klipp und klar gesagt, was er will.« Trotz seiner Nervosität sah Vehan Celadon entschlossen an und fügte hinzu: »Sollen wir gehen?«

Der Hochprinz sah die beiden zuerst abwechselnd an und sank dann zurück aufs Sofa. Er wirkte ... todmüde. »Tut mir leid. Geht nicht. Meine Kommentare waren unpassend. Ihr seid hier, um mit meinem Vater zu sprechen, richtig? Worüber denn?«

Vehan hatte eigentlich nicht vor, die Einzelheiten mit jemand anderem als dem Hochkönig zu besprechen. Wer wusste schon, wem sie trauen durften? Oder bis wohin dieses tödliche Komplott reichte? Er wollte nicht riskieren, von den falschen Ohren belauscht zu werden, damit diese nicht mitbekamen, wie viel sie bereits herausgefunden hatten. Doch der Hochprinz – sowie generell alle Hochadeligen – besaß eine Befehlsmacht, der sich niemand vom Feenvolk widersetzen durfte. Sie brauchten nicht einmal wahre Namen auszusprechen, um Gehorsam zu erzwingen. Vehan würde ein wenig ehrlicher sein müssen, als ihm lieb war. »Es geht um die Todesfälle in den menschlichen Nachrichten. Ich habe Informationen, an denen er vielleicht interessiert sein könnte.«

Jetzt machte der Hochprinz große Augen.

Sein Blick hielt so lange an, dass Vehan glaubte hinzufügen zu müssen: »Ich weiß, es steht mir nicht zu, immerhin bin ich noch nicht das Oberhaupt meiner Familie oder meiner Fraktion. Aber es geht hier so viel mehr vor sich, als Euch vermutlich bewusst ist. Und all diese Todesfälle in den Nachrichten ... Wir wissen beide, dass dies nicht das Werk eines menschlichen Serienkillers ist, oder?«

Der Hochprinz sah ihn immer noch schweigend an. Vehan spürte, wie sein Herz zu rasen begann und sein Mund noch mehr Geheimnisse auszuplaudern gedachte, die sein Kopf für sich behalten wollte.

»Ganz genau«, entgegnete der Hochprinz nach einer Weile. »Ich bin felsenfest überzeugt, dass unsere Eisengeborenen von jemandem aus unserer eigenen Gemeinschaft ins Visier genommen wurden.«

»Bei den Menschen ist aber *auch* etwas faul. Sie verschwinden spurlos. Werden direkt von der Straße entführt ... und von jemandem gekauft, der sich tief in der kriminellen Unterwelt verschanzt. Und dieser Jemand ist nicht nur dafür, sondern auch für die toten Eisengeborenen verantwortlich.«

Der Hochprinz neigte seinen Kopf.

Vehan griff in seine Hosentasche, zog ein Stück Papier heraus und hielt es vor sich – darauf war das in die Tür im Wüstenboden eingebrannte Symbol zu sehen. Er hatte letzte Nacht praktisch gar nicht geschlafen und seine Hände damit beschäftigt, das zu zeichnen, was seinen Verstand nicht zur Ruhe kommen ließ.

Celadon nickte Lekan zu, damit dieser ihm das Papier brachte. Als er sah, was darauf skizziert war, erstarrte er.

Vehan blinzelte. »Ihr wisst, was das ist?« Was für Berechtigungen der Hochprinz auch besitzen mochte, die Alchemie war vor Jahrhunderten verboten worden – lange vor seiner Zeit. Ihm sollte nicht bekannt sein, was das war. Es sei denn, er war bereits damit vertraut.

»Ja«, entgegnete der Hochprinz leise. »Das glaube ich zumindest. Das ist ... ein Siegel. All die Symbole und diese Schrift ... das ist Alchemie.«

Im Raum herrschte Totenstille. Selbst die Luft wurde schwerer.

Dennoch wurde Vehan von einer Erleichterung wie von warmem und wohltuendem Badewasser überflutet. »Das dachten wir uns auch. Der Hochkönig wird uns doch helfen, oder? Wir hoffen, er wird uns wenigstens die Erlaubnis geben, die von ihm aufbewahrten alchemistischen Bücher und die Aufzeichnungen der Alchemisten, die früher an den Höfen gedient haben, durchzusehen. Vielleicht ...«

»Oh nein, das wird er garantiert nicht.«

Vehan fiel die Kinnlade herunter. Bevor er fragen konnte, warum nicht, erhob sich der Hochprinz vom Sofa. Seine Müdigkeit war verflogen. Seine Laune schien sich sogar zu bessern. Der von ihm befehligte Wind stürmte in seinen jadegrünen Augen heftig und strahlend, und das dämmrige Leuchten seiner Saphirbläue verdunkelte sich zu einem nächtlichen Marineblau. Der Hochprinz reichte Lekan auf beängstigend elegante Weise das Papier und sie wechselten einen Blick. Lekan nickte und Celadon wirbelte zu den Sommerelfen herum. »Mein Vater wird Euch nicht helfen. Er ist ... nun, ich schlage vor, Ihr macht gleich nach dem Gespräch mit meinem Vater einen kleinen Spaziergang mit Lekan. Wir wollten uns heute mit jemandem treffen, der viel besser als wir weiß, was hier vor sich geht. Aber vielleicht wäre sie eher bereit, mit Euch zu reden. Dark Star und ich ... unser erstes Treffen hatte keinen guten Start und hat noch schlimmer geendet.«

»*Dark Star?*«, platzte Vehan heraus und sah den Hochprinzen erstaunt an. »Dark Star ist *hier*?« Hatten sie es endlich geschafft, sie zu schnappen und etwas Wesentliches zu erfahren?

Hochprinz Celadon nickte. »Allerdings.«

»Sie steckt doch nicht wirklich dahinter, oder? Ich ... hab nie geglaubt, dass meine Mutter damit richtigliegt.« Das schien wirklich nicht zu dem zu passen, was er über sie wusste. Aber was wusste Vehan schon über irgendetwas?

»Das denke ich nicht, nein. Aber das stimmt ... Eure Mutter hat gesagt, sie sei eine Mörderin. Also mag sie uns wohl beide nicht besonders leiden.« Celadon seufzte. Dann schürzte er seine Lippen und musterte Vehan so eindringlich, dass dieser gegen den Drang ankämpfen musste, unsichtbare Falten aus seiner Kleidung zu bügeln. Er stand nur aufmerksam und steif da.

Der Hochprinz vermochte Geheimnisse direkt aus der Luft zu greifen, wenn er wusste, wo er suchen und wonach er fragen musste – so lautete zumindest das Gerücht. Doch Vehan kam nicht umhin, sich zu fragen, ob er auch Gedanken lesen konnte. Falls ja, dann hoffte er inständig, dass er nicht so weit vordringen würde zu erfahren, wie *extrem* unanständig er in so vielen seiner jugendlichen Träume aufgetreten war. Und verdammt – jetzt geriet er noch mehr in Panik. Allein der Gedanke daran hob es in seinem Kopf nur noch klarer hervor und machte es noch einfacher, die Bilder mitzubekommen!

»Ich glaube immer noch, dass unsere Chancen besser stehen, wenn Ihr beide geht und nicht ich.«

Vehan stieß beinah einen erleichterten Seufzer aus und sackte sichtlich zusammen, als Celadon weitersprach, ohne seine peinlichen Gedanken zu erwähnen.

»Außerdem sollte ich lieber nicht riskieren, am vereinbarten Treffpunkt erwischt zu werden. Geht mit Lekan und sprecht mit Nausicaä. Wenn das wirklich das Werk von Alchemie *ist*, dann wurde es schon zu lange ignoriert. Dark Star ist womöglich unsere einzige Hoffnung. Bitte verzeiht«, er verbeugte sich vor Vehan, was diesen so sehr überraschte, dass er fast vergaß, die Geste zu erwidern, »aber ich muss mich verabschieden. Ich habe jetzt etwas zu erledigen. Lekan wird Euch meine Handynummer geben, damit wir das später weiter besprechen können. Wenn Ihr mich entschuldigen würdet, Prinz Vehan. Lord Bessel.«

Celadon verließ den Raum und sein smaragdgrüner Morgenmantel flatterte hinter ihm her.

Für den Moment konnte Vehan abermals nur große Augen machen, so plötzlich war Celadon verschwunden. Er stotterte: »H... Hab ich gerade wirklich die Nummer des Hochprinzen bekommen?«

»Dieser Junge ist ein wahrer Wirbelsturm«, sagte Lekan in einem verärgerten und doch liebevollen Ton. »Seine Nichte kommt als Einzige wirklich an ihn heran. Kommt, setzt Euch! Am besten, Ihr versucht einfach, Eure Geschichte vor dem Hochkönig vorzutragen. Ich werde etwas Tee bringen lassen – und Timbits. Seine Hochmajestät mag Timbits sehr gern. Und nach Eurem Treffen können wir uns auf die Suche nach Euren Antworten begeben.«

Timbits, sagte Vehan lautlos. Er hatte keine Ahnung, was dieses Wort überhaupt bedeutete.

Leicht benommen ging er auf das Sofa zu, das der Hochprinz soeben verlassen hatte, und nahm darauf Platz. Aurelian tat es ihm nach. Selbst wenn der Hochkönig Vehan nicht glaubte, war Hochprinz Celadon nun auf ihrer Seite. Was auch immer das bedeuten mochte, es war immerhin ein Anfang. Als Vehan Luft holte, kam es ihm zum ersten Mal seit Langem so vor, als würde er wirklich atmen.

KAPITEL 20

Arlo

~~~~

»Hallo«, begrüßte Arlo den Mann mittleren Alters, der an ihre Theke trat. »Was darf ich Ihnen heute bringen?«

»Einen Latte.«

Arlo verkniff sich einen Seufzer.

Als Bedienung in der Gastronomie hatte man einen Nachteil: Man hatte zwangsläufig auch mit schlecht gelaunten Leuten zu tun. So wie mit diesem Herrn hier. Er trug einen mitternachtsfarbenen Anzug, schwarze Lederhandschuhe und eine schicke goldene Krawatte. Sein schwarzes Haar war perfekt gepflegt und glänzte. Dieser Mann sah definitiv wie jemand Wichtiges aus. Mit dem säuerlich verkniffenen Mund und dem zornigen harten Blick war er obendrein eindeutig ein *unzufriedener* wichtiger Jemand.

Am besten beschleunigte Arlo den ganzen Prozess.

»Einen Latte.« Sie gab die Bestellung ein. »Welchen Namen darf ich auf den Becher schreiben?«

»Hero.« Sein Stirnrunzeln steigerte sich zu einer noch mürrischeren Miene. »Euer Kundenservice ist grauenhaft.«

»Ver...zeihung?« Arlo hatte keinen Schimmer, womit sie ihn womöglich gekränkt hatte. Der Mann suchte ganz klar nach jemandem, bei dem er Dampf ablassen konnte.

»Weißt du, du solltest mehr lächeln. Mädchen sehen viel hübscher aus, wenn sie lächeln, und du könntest das wirklich gebrauchen. Wenn ich nur daran denke, dass ich *hierfür* den ganzen Weg auf mich genommen habe – ich versteh gar nicht, was er an dir findet. Du bist doch keine Bedrohung für mich.«

»Ähm ...« Ging es immer noch um sie? »Sie können sich ihr Getränk dort drüben abholen ...«

»Mehr hast du nicht zu sagen? Meine Güte, Mädchen, ich *beleidige* dich. Du kannst doch nicht einfach ...«

»Hey, Kumpel«, ertönte eine Stimme hinter dem Mann. »Mich dünkt, die Dame sagt: Verpiss dich.«

Arlos Herz setzte kurz aus und ihre Augen weiteten sich. Sie hatte einen Frosch im Hals und verschluckte sich beinah. Sie kannte diese Stimme – und würde sie vermutlich nie wieder vergessen, weil sie ihr die Albträume von letzter Nacht eindringlich vor Augen führte. Und als sich der Mann umdrehte, stand als Nächste wirklich Nausicaä in der Schlange.

»Verzeihung?«

Die ehemalige Furie strahlte – Arlo hatte gehofft, das nie wieder erleben zu müssen, denn es war mehr als nur ein wenig beängstigend, hinter falscher Fröhlichkeit eine solche Bedrohung zu sehen. »Du hast mich gehört. Bezahl dein Getränk und beweg deinen Hintern, Arschloch. Jetzt bin ich dran, die Barista zu terrorisieren.«

»Du *wirst* es noch bereuen, so mit mir gesprochen zu haben.«

»Ähm ... soll ich ...«

»Versprechen über Versprechen und nichts dahinter. Steck dir deine schlechte Laune sonst wo hin und hau ab.« Der Mann starrte weiter auf sie herab, sodass Arlo bereits in Erwägung zog, einen der anderen Mitarbeiter herbeizuwinken. Nausicaä lächelte immer noch. Dieses unmenschliche Lächeln. Ihr wahres

Äußeres schien kurz durch ihren Zauber hindurch – ein Grinsen, das sich von einem Ohr zum anderen zog und mit grausamen Zähnen besetzt war, als könnte sie den Mann allein damit in Fetzen reißen. »Weißt du«, fügte sie hinzu, wobei sich die Lippen ihrer geisterhaften wahren Gestalt synchron zu denen ihres Trugbilds bewegten, »du solltest mehr lächeln, denn dann würdest du hübscher aussehen. Und mein Ego ist unglaublich fragil. Ich bin auf verletzliche Menschen angewiesen, um meine beschissene Existenz zu bestätigen.«

Arlo war nicht überrascht, als der Mann ein paar Münzen auf die Theke warf und zur Bar stürmte, um dort auf seine Bestellung zu warten. Hätte Nausicaä sie jemals so wie ihn angesehen, wäre Arlo höchstwahrscheinlich ohnmächtig geworden. Ein Problem war gelöst – doch gleich trat ein neues an seine Stelle.

»Danke.« Sie atmete erleichtert auf und fuhr anschließend fort: »Was machst du hier?« Dann senkte sie ihre Stimme und beugte sich über die Kasse. »Ist ... du weißt schon, die JAGD nicht hinter dir her?«

Nausicaä zuckte mit den Achseln. »*Tss* – vielleicht? Ich weiß nich, und wen kümmert's schon? Sag mal, wann machst du heut Feierabend?«

»Äh ... wieso fragst du?« Auch wenn sie die Rettung zu schätzen wusste, sowohl jetzt als auch damals im Feenring, war Arlo ihr Ärger noch frisch in Erinnerung. Dasselbe galt für ihr Versprechen, sich von weiterem fernzuhalten, aber Ärger schien Nausicaä wie ein Fluch auf Schritt und Tritt zu verfolgen.

»Ich will, dass du mit mir mitkommst.«

Arlo hatte Hausarrest.

Obendrein hatte ein großer Teil von ihr Angst vor diesem ungeheuer frechen und vulgären Mädchen.

Letzte Nacht hatte sie eine ganze Stunde lang auf ihrer Brust und ihrem restlichen Körper nach Spuren von etwas Ungewöhnlichem gesucht. Doch sie hatte kein Siegel gefunden – wie auch immer so was aussehen sollte. Aber der Übeltäter aus den Nachrichten, der eine Leiche nach der anderen hinterließ, lauerte offenbar in dieser Stadt. Arlo war sich dessen mehr als bewusst. Und er benutzte einen Reaper, um Leute wie sie zu jagen. Die Eisengeborene war alles *andere* als mutig und zu allem Überfluss schien ihre einzige GABE darin zu bestehen, ohnehin schon aussichtslose Situationen zu verschlimmern – sie wollte weder ihren Tod *noch* ihr verheißenes Schicksal weiter herausfordern als in den letzten Wochen schon.

Trotz all dieser Gründe, um Nausicaä mit einem *Nein* abzuweisen, hörte sie sich sagen: »Ich bin in einer Stunde fertig. Wo soll's hingehen?«

»Ich bin so froh, dass du fragst! Ein gewisser Jemand und sein Freund würden dich gern kennenlernen. Und da es in meinem Interesse liegt, dich ihnen vorzustellen, hab ich ihnen gesagt, ich würd schau'n, was ich tun kann. Also, was hältst du davon, mir einen dieser widerlich süßen Einhorn-Frappuccinos zu machen? Dann bleib ich so lange hier, bis du fertig bist, und verrat dir dann noch ein paar Details.«

Nein, schimpfte Arlos Verstand. *Du musst Nein sagen. Das hat garantiert mit dem Stein der Weisen zu tun. Das letzte Mal, als du dich auf sie und ihre Ziele eingelassen hast, wurdest du fast von einem Reaper gefressen. Willst du wirklich die Aufmerksamkeit eines verrückten Serienkillers auf dich ziehen?*

»Welche Größe?«, fragte ihre verräterische Stimme laut.

»Bring mich um.«

»Ich ... glaub nicht, dass das eine der Optionen auf meinem Bildschirm ist.«

»Oh doch. Ihr nennt sie ›Venti‹.«

Arlo gab die Bestellung auf. Nausicaä zahlte, warf ihr Wechselgeld in die Trinkgelddose und stolzierte davon, um an der Bar auf ihr Getränk zu warten.

Die letzte Arbeitsstunde verlief ereignislos.

Arlo blickte oft zu Nausicaä hin. Sie lümmelte auf einem Stuhl am Fenster herum, weil sie aus unerklärlichen Gründen nie normal sitzen konnte, nippte an ihrem knallig bunten Getränk, vertrieb sich die Zeit mit ihrem riesigen blaugrünen Smartphone und schaute erst auf, als Arlo mit ihrer Schicht fertig war und sich müde und verschwitzt auf den gegenüberliegenden Stuhl fallen ließ.

»Also, wer sind dieser Jemand und sein Freund und warum soll ich mich mit denen treffen?«

»Vehan Lysterne. Wusstest du, dass er heut hier in Toronto is?«

Arlo starrte sie verwundert an.

Vehan Lysterne war der Prinz der Seelie-Fraktion des Sommers. Er gehörte einer der beiden Königsfamilien an, die über diese Jahreszeit herrschten, wobei die Seelie-Fraktion ihren Hof in Amerika hielt – und zwar in Nevada, wenn sich Arlo recht erinnerte. Die UnSeelie-Fraktion befand sich derzeit irgendwo in Indien. Das war alles, was Arlo über ihn wusste, jenseits der Gerüchte, die besagten, er sehe nicht nur gut aus, sondern sei auch im Umgang mit dem elektrischen Element begabt, das die Seelie-Sommer-Elfen beherrschen.

»Äh ... nein, wusste ich nicht. Wie hast *du* das denn herausgefunden? Wie kam es überhaupt dazu, dass du mit ihm gesprochen hast, um dieses Treffen zu arrangieren? Solltest du nicht untergetaucht sein oder so? Und was noch viel wichtiger ist: Warum will er ausgerechnet mit *mir* reden?«

»Ehrlich gesagt hab ich keinen blassen Schimmer. Er wollt's mir nich sagen. Wir haben 'nen Deal: Ich bring dich zu ihm und er sagt mir, wie er von den Steinen der Weisen erfahren hat.«

Sie hatte es gewusst.

Arlos Herz verkrampfte sich vor der wieder aufkeimenden Angst. Sie war keine Zielperson, entsann sie sich. Sie trug kein Siegel und Nausicaä hatte selbst gesagt, dass die Herzen, die sie gesehen hatte, nur mit einem solchen zu Steinen verwandelt wurden. Doch da negative Gedanken immer dann auftauchten, wenn die Panik das Ruder übernahm, kam Arlo auf noch eine Idee: Vielleicht war das ja nicht der einzige Weg, um ein Herz zu versteinern? »Ich trag definitiv keinen Brocken in mir rum ... oder? Ich werd doch nicht sterben, richtig? Das ist nicht der Grund, wieso er mit mir reden will, stimmt's?«

Nausicaä wedelte mit ihrer Hand herum. »Nee, keine Sorge, mit dir ist alles gut. Zumindest denk ich das. Ich spür nichts Komisches an deiner Magie. Hast du irgendwo an deinem Körper ein Siegel?«

Arlo schüttelte ihren Kopf. »Ist das die einzige Möglichkeit, um aus einem Herzen einen Stein zu machen?«

»Gibt keine andere.«

Die Eisengeborene atmete erleichtert auf. »Okay. Aber sollte ich mich nicht trotzdem von alldem fernhalten? Ich mein, erstens will ich damit gar nichts zu tun haben. Ich weiß nicht, ob's dir aufgefallen ist, aber ich gehör nicht grad zum Abenteurertyp. Außerdem neigen die Dinge immer dazu, furchtbar, schrecklich, entsetzlich schiefzugehen, wenn ich mich einmische. Und du hast selbst gesagt, nur weil ich jetzt nicht im Visier stehe, heißt das noch lange nicht, dass das nicht noch passieren kann, wenn ich meine Nase weiter in diese Angelegenheit stecke.«

»Das alles sind total berechtigte Bedenken, Arlo«, sagte Nausicaä, legte ihr Handy weg und verschränkte ihre Hände auf dem Tisch. »Ehrlich gesagt hoffe ich, dass du das alles von dir wegschieben wirst. Du magst zwar nicht die geborene Abenteurerin sein, aber ich kenn eigentlich niemanden, der in dieser Situation besser helfen könnte.«

»Ich hab auch noch Hausarrest, weißt du?«

»Ich bring dich im Handumdrehen hin und wieder zurück – immerhin kann ich uns ja teleportieren, schon vergessen? Sag deiner Mutter einfach, du wurdest auf der Arbeit aufgehalten oder so. Es wird nich lang dauern, es ist nur ein Treffen. Ich schlag dir ja nich vor, zusammen nach Vegas abzuhauen.«

»Dir ist schon klar, dass meine Mutter die erstklassigste Polizeitruppe der magischen Gemeinschaft leitet und mit einem *Fingerschnippen* prüfen kann, ob ich Schlupflöcher ausnutze, um sie anzulügen.« Arlo schnippte mit ihren Fingern, um Nausicaä zu veranschaulichen, wie einfach es für Thalo wäre, ihren Schwindel aufzudecken.

Nausicaä lehnte sich in ihrem Stuhl zurück und grinste sie an. »Ah ja, du und das Lügen. So viel Potenzial ... und keine anständigen Lehrer in Sicht. Ich könnt dir 'ne Menge beibringen, Arlo. Wir würden ein richtig gutes Team abgeben, du und ich ...«

Arlo ignorierte standhaft den Teil von ihr, der diese Aussage als Kompliment auffasste. »Eine gesuchte Ex-Furie und eine magisch unterentwickelte Eisengeborene – richtig, das Dream-Team ever.« Sie verdrehte die Augen. »Wenn's wirklich nur ein Treffen ist – und Prinz Vehan nur reden will –, dann ... Ich weiß nicht, ja. Wieso nicht? Aber es muss schnell gehen. Maximal eine Stunde. Aber im Ernst, warum *ich*?«

Arlo war ein Niemand. Sie war Prinz Vehan noch nie im Leben begegnet und konnte sich nicht vorstellen, wieso er das ausgerechnet jetzt ändern wollen würde. Sie wusste rein gar nichts über die Steine der Weisen, die Alchemie oder was auch immer hier los war. Welchen Sinn hätte es, ihn und seinen Gefährten überhaupt zu treffen?

»Ich wiederhole: Hab keinen blassen Schimmer. Wenn sie nur unsre Zeit vergeuden, versprech ich, mich zu rächen und sie in Cyberniskos' Versteck zu locken.«

Cyberniskos, der kartenspielende Feenkannibale aus dem Feenring?

»Was? Nein! Nausicaä, du kannst den Seelie-Prinzen des Sommers nicht einfach töten, nur weil er ›deine Zeit vergeudet hat‹. Das ... weißt du doch, oder?«

»Mmm, dann kommst du besser mit. Ich find's schwierig, allein den Überblick über all diese erfundenen Regeln zu behalten.«

Sie wackelte mit den Augenbrauen.

Und Arlo stieß einen tiefen Seufzer durch die Nase aus.

Die UnSeelie-Fraktion des Frühlings hatte sich unter anderem wegen der menschlichen Vielfalt in Toronto niedergelassen. Da es eine der multikulturellsten Städte der Welt war, konnten sich Leute aus aller Herren Länder in den zahlreichen Vierteln ansiedeln, ohne sich ganz von ihren Wurzeln lösen zu müssen.

Noch dazu fiel man bei so vielen verschiedenen Einwohnern auf engem Raum nicht so leicht auf. Arlo hatte einmal in einer Schlange bei Tim Hortons hinter einer menschlichen Gruppe von Final-Fantasy-Cosplayern gestanden und niemand hatte auch nur mit der Wimper gezuckt. Deren Anwesenheit hatte es dem Oger hinter ihr erlaubt, völlig unbemerkt zu bleiben, obwohl sein Zauber schlecht funktionierte und einen kurzen Blick auf seine beeindruckenden Stoßzähne erlaubte.

Die größte Rolle bei der Ortswahl hatte jedoch der Stolz gespielt.

Die Seelie-Fraktion des Frühlings hielt ihren Hof in einer ländlichen Gegend in England, wo sich Teppiche aus smaragdgrünem Gras wie ein Meer über welligen Hügeln ausbreiteten und alles sattgrün wurde, sobald Schnee und Eis schmolzen.

Hier in Toronto, einer Stadt, in der die Winter bitterkalt und die Sommer glühend heiß werden konnten, war es keine kleine Leistung, einen Platz für den Frühling zu beanspruchen. Jedes Jahr musste man einen Krieg gegen das Eis und den Schnee führen, die dieses Land so gern heimsuchten. Und jede gewonnene Zeit musste effizient genutzt werden, bevor die hohen wie feuchten Temperaturen sie wieder rauben konnten.

Das Ergebnis war eine Herrlichkeit, wie sie nur der Un-Seelie-Frühling hervorzubringen vermochte – leuchtende juwelenbesetzte Tulpenfelder, zugefrorene Seen, die saphirblau strahlten. An der Westküste ragten schneebedeckte Berge hoch in den klaren blauen Himmel und im Osten legten sich üppige grüne Wandstreifen um zerklüftete, gewundene Klippen. Als der UnSeelie-Hof kam, um den hiesigen Frühling einzunehmen, war er ein halb verbrannter Docht gewesen. Hätte Azurean Lazuli-Viridian jedoch die Herausforderung gefürchtet, trüge er seine Krone jetzt nicht.

»Es überrascht mich immer wieder, wie *heiß* es in Kanada werden kann«, beschwerte sich Nausicaä.

Arlo musterte ihre Begleiterin.

Es war zwar erst Mitte Mai, aber die ersten Anzeichen sommerlicher Hitze waren für diese Zeit des Jahres nicht ungewöhnlich. Arlo schwitzte bereits in ihrer Arbeitskleidung – einer schwarzen Skinnyjeans mit einem dazu passenden, ebenfalls schwarzen Polohemd –, doch in der Kleidung, die sie auch bei ihrem ersten Treffen getragen hatte, musste Nausicaä förmlich eingehen.

»Du könntest doch die Lederjacke ausziehen.«

»Wie bitte? Ich kann nich einfach was ausziehn. Das is immerhin mein *Outfit*.« Sie warf Arlo einen beleidigten Blick zu. »Außerdem machen mir die Temperaturen nich wirklich was aus. Das war nur eine Beobachtung. Ich dachte, hier gäb's fast nichts außer Schnee, Karohemden und Ahornsirupfabriken.«

Arlo schüttelte den Kopf. »Also, wo gehen wir hin?« Sie hatten sich aus einer Gasse in der Nähe ihrer Arbeit herausteleportiert und waren direkt in einer anderen auf der Danforth Street gelandet, einer Ausfallstraße, die durch das sogenannte Greektown führte. Das war ein florierender Boulevard mit Restaurants, Geschäften und zahlreichen Kneipen, die sich nur so aneinanderreihten. Sie war laut und zu jeder Tageszeit bis spät in die Nacht hinein belebt. Nicht gerade der erste Ort, an dem Arlo einen Prinzen auf Besuch vermutet hätte.

Nausicaä führte sie zu einem Zebrastreifen, wobei sie sich wie eine Rauchwolke durch die Fußgängermenge schlängelte. »Dort drüben, da müssen wir hin.« Sie deutete auf einen Laden auf der anderen Straßenseite.

»Was, *Chorley's Curiosities*?« Arlo runzelte die Stirn. »Sieht aus wie eine Pfandleihe.«

»Ah, aber du weißt ja, der Anschein kann in der magischen Gemeinschaft trügen.«

Chorley's Curiosities befand sich in einem schmalen Gebäude zwischen einem alten Buchladen und einem kleinen Souflaki-Restaurant. Sein Sonnenblumengelb war verblasst und blätterte an vielen Stellen ab. Die schmutzigen Vorderfenster waren mit allerlei Schildern und alten Zeitungen beklebt und eine Warenauslage zeigte, womit drinnen gehandelt wurde. An der ebenso schäbigen tannengrünen Tür hing ein Schild mit den Öffnungszeiten ... die sich offenbar nicht auf das Wochenende erstreckten.

»Zu«, bemerkte Arlo an ihrem Ziel.

Nausicaä ignorierte ihren Kommentar und klopfte an die Tür. Diese öffnete sich anders als erwartet – sie schwang nicht an der Griffseite, sondern an den Angeln auf. Und der Blick raubte Arlo den Atem. Sie folgte Nausicaä, trat über die Schwelle und direkt in ...

»... Bäume?«

Mit offenem Mund starrte sie auf die Landschaft vor ihr.

Die Danforth Street war nirgends zu sehen. Doch nicht nur sie – ganz Toronto war fort. Bäume erstreckten sich in alle Richtungen, so weit das Auge reichte – papierweiße Birken, duftende Zedern und hoch aufragende Mammut*bäume*. Ihre Stämme trugen allesamt einen hübschen moosigen Mantel und ihre dichten Blätterkronen ergaben eine Palette aus den hellsten, reinsten Grüntönen, die Arlo je gesehen hatte.

Der Wind rauschte so gelassen wie ein Wasserfall durch das Blätterdach.

Von den Ästen zwitscherten die Vögel ihr sanftes, fröhliches Lied.

Alles rings um sie schien ein schwaches, weit entferntes Klirren von sich zu geben, ganz wie ein gläsernes Windspiel. Dann gab es noch diesen funkensprühenden Geschmack auf ihrer Zunge und einen frischen Duft, der sich wie die Winterkälte in ihrer Nase festsetzte.

Arlo hatte mit ihren Eltern viele Wanderungen durch die schönsten Wälder dieses Erdteils unternommen, aber *hier* war sie noch nie gewesen. Die Ruhe, die sich über diesen Wald ausbreitete, war eine antike Magie, die Arlo bis tief in ihre Knochen spürte. Gleichzeitig war sie aber so friedlich – so erholsam und *wohltuend* –, dass sie am liebsten in dem Meer aus Glockenblumen unter ihr versinken und nie mehr gehen wollte.

»Das Hiraeth«, sagte Nausicaä mit ungewöhnlich ehrfürchtiger Stimme. Arlo hatte sie noch nie zuvor so sanft sprechen hören.

»Was ist das?«, fragte sie schläfrig. Je länger sie sich in diesem Wald aufhielt, desto besser fühlte sie sich. Wie ein Balsam auf einer Brandwunde linderte er alle Schmerzen, von denen sie noch nicht einmal gewusst hatte. Die Wirkung war jedoch ein wenig berauschend. »Was ist das Hiraeth?«

Nausicaä drehte sich zu ihr um. Arlo fand, sie sah genauso träge aus, wie sie selbst sich fühlte. Nausicaäs weit aufgerissene Augen glitzerten indessen wild und sie war unnatürlich wachsam. Jedes ihrer Worte und jede ihrer Bewegungen begleitete eine Sorgfalt, die auf eine starke Zurückhaltung schließen ließ ... aber wovor? Arlo fehlte die Energie, um diesem Gedanken weiter nachzugehen. »So nennt man diesen Ort. Du kannst ihn dir wie eine Ader vorstellen, die durch alle Welten verläuft und sie miteinander verbindet.«

»Alle Welten? Du meinst ... Universen? Pluralform? Es gibt noch andere?«

Nausicaä summte und nickte langsam mit dem Kopf.

Arlo drehte sich wieder zum Wald um, um ihn sich noch einmal anzusehen. Ein waberndes Nebelband schlängelte sich durch die Bäume und bahnte sich seinen Weg in die Tiefen des Waldes. An manchen Stellen schien sich der Boden zu bewegen. Bäume und Glockenblumen neigten sich von einer Seite zur anderen, als sich die Erde unter ihnen hob und wieder senkte. Der Anblick erinnerte Arlo an eine Lunge. »Die Erde *atmet* ja!«

»Nun, sie is immerhin lebendig. Das Hiraeth ist der Geburtsort der Magie – und zwar des guten alten reinen Zeugs.

Deswegen fühlst du dich jetzt vielleicht 'n bisschen wirr im Kopf, weil du sie einatmest.«

»Die Magie wurde hier geboren?« Arlos Faszination wich einem Staunen. Auf einmal schien der Wald zu überwältigend, um ihn zu begreifen – als würde man in eine endlose Schlucht blicken, die groß genug war, um einen Berg unterzubringen, oder an einem hohen Gebäude stehen, das weit über die Wolken hinausragte.

Nausicaä schnippte direkt vor Arlos Nase mit ihren Fingern und das Mädchen blinzelte sie benommen an. »Komm, Zeit zu gehen. Dieser Ort is speziell darauf ausgerichtet, Unsterblichen ihre Hemmungen zu nehmen. Und es ist WILDES Gebiet. Die Jäger kommen immer her, um zu feiern. Ich würd nur ungern die Fassung verlieren und dich aus Versehen töten wollen.«

Sie wandte sich wieder um. Arlo, die sich sogleich aus ihrer Betäubung freischüttelte, folgte ihr – wenngleich nach dieser Aussage etwas vorsichtiger. Die Tür, durch die sie hereingekommen waren, befand sich immer noch dort, zusammen mit dem Rest von *Chorley's Curiosities*. Es war exakt derselbe Laden, nur sah er auf dieser Seite viel besser aus als auf der Danforth. Der Anstrich war frisch, die Fenster waren geputzt und fort war all der Plunder, der die Sicht zuerst versperrt hatte. Durch die Glasscheibe erspähte Arlo eine Ansammlung von Leuten, die vorher nicht da gewesen waren.

Nausicaä klopfte abermals an die Tür und wieder schwang diese auf, doch diesmal genau richtig herum. Beide Mädchen betraten den Laden. Als die Tür zuschlug, fühlte sich Arlo plötzlich in Leben, Geräusche und Bewegungen hineingesogen.

Das Innere von *Chorley's Curiosities* war eine charmante Konstruktion aus poliertem dunklen Holz und rustikalen Möbeln. Zu Arlos Rechter befand sich ein gemütlicher Raum mit beigen Sofas und antiken Tischen vor einem noch kalten Kamin aus hellem Stein. Im linken Teil des Ladens standen Regale mit lauter Krimskrams darauf. Die Preisschilder daran ließen erkennen, dass all der Klimbim verkauft wurde.

In der Raummitte stand ein massiver Mahagonischreibtisch. Zahlreiche Leute scharten sich darum und unterhielten sich angeregt.

Arlo machte große Augen.

Diese Leute waren keine Menschen – zumindest keine vollständigen. Da stand eine kleine geschmeidige Lesidhe-Frau mit glänzend schwarzem Haar und Augen, die so hellgolden strahlten, dass sie beinah weiß wirkten. Neben ihr war ein älterer Sidhe-Mann, doch Arlo erkannte das weder an seiner Saphirbläue noch an den spitzen Ohren oder seinen vogelartigen scharf geschnittenen Zügen. Schließlich *kannte* sie diesen Elfen – das war Lekan, das Oberhaupt des Hauses Otedola, einer vom Hochkönig begünstigten Familie.

»Lord Lekan!«, stieß Arlo aus und verbeugte sich hastig.

Der Angesprochene drehte sich mit zurückhaltender Miene um, bis auch ihm klar wurde, wen er vor sich hatte. »Arlo Jarsdel?«

Der Raum schien zu erstarren.

»Jarsdel?«

Der Mann, mit dem die Lesidhe-Frau und Lekan gesprochen hatten – stämmig, mittleren Alters, mit borstigem schwarzem Haar und sandfarbenem Teint, dem man sein Alter deutlich ansah –, wirbelte ebenfalls herum und starrte sie an.

Der feuerrote Pixie hinter dem Schreibtisch zuckte mit seinen schillernden Flügeln, drei auf den Sofas herumlümmelnde Fuchsgeister mit glattem vulkanglasfarbenen Haar und schneeweißen wedelnden Schwänzen betrachteten sie mit neugierigen blutroten Augen und das Elfenpaar, das gerade die Treppe hinter dem schwarzhaarigen Mann hinauf verschwinden wollte, machte auf den Stufen kehrt.

Alle unterbrachen ihre Tätigkeit und blickten Arlo an und sie hatte keine Ahnung, wieso.

»Ähm ... ja? Hallo.« Sie lächelte die Anwesenden verlegen an und umklammerte den Riemen ihrer Handtasche noch fester.

»Nausicaä«, sagte der schwarzhaarige Mann mit strenger Stimme. »Was soll das hier? Wir spielen auch so schon die Gastgeber für zwei Adelige des Sommers. Mit einer Verwandten des Hochkönigs gehst du definitiv zu weit. Muss ich dich ernsthaft daran erinnern, dass wir eine *Geheim*organisation sind – für deren Mitgliedschaft wir alle das MAL der Wilden Jagd abbekommen, wenn man uns erwischt?«

Oh.

Sie hatten Arlo an ihrer Verbindung zum Königshaus wiedererkannt. Deswegen starrten sie alle so an.

Arlo kam es jedoch so vor, als würde der Mann sie noch aus einem anderen Grund kennen. Die Art, wie er die Augen nicht von ihr abwenden konnte – menschliche Augen, doch seine spitzen Ohren verrieten, dass er höchstwahrscheinlich ein Eisengeborener war –, und das flüchtige ehrfürchtige Leuchten in seinem Blick unterschied sich von dem, das sie bei anderen Leuten sah, wenn ihnen bewusst wurde, wer sie war.

Nausicaä prustete. »Hey, das war dein weiches Herz, das dem Prinzlein und seinem Babysitter die Tür geöffnet hat. Ich helf ihnen nur, das zu bekommen, wofür sie hergekommen sind, damit *ich* im Gegenzug die Info bekomme, wegen der *ich* herkam, und *du* deine Rebellenallianz in Ruhe weiterführen kannst.«

Der Mann mit den schwarzen Haaren schnaubte verärgert. »Hör auf, es so zu nennen. Wir sind hier nicht bei *Star Wars*.«

»Äh, Rebellenallianz?« Arlo hob eine Augenbraue. »Wo genau sind wir hier?«

»Im topsecret Hauptquartier des BEISTANDS«, erklärte Nausicaä enthusiastisch. »Was 'n echt dämlicher Name ist, wenn du mich fragst. Rebellenallianz klingt viel besser. Als diejenige, die ihnen den Zugang zum Hiraeth ermöglicht hat, sollte man meinen, ich hätt bei den Titeln ein Mitspracherecht.« Nausicaä verdrehte ihre Augen. Dann schwang sie ihre Hand in Richtung des Mannes und trat beiseite, um ihn vorzustellen. »Wie dem auch sei. Arlo Jarsdel, das is Nikos Chorley, Gründer und Vermittler der größten magischen Organisation, die sich der Kooperation zwischen den Menschen und dem Feenvolk widmet.«

KAPITEL 21

Arlo

Arlo starrte Nikos an.

Natürlich wusste sie vom BEISTAND – wer kannte ihn heutzutage nicht? Immerhin hatte er den Hochkönig unter Druck gesetzt, damit er die Todesfälle unter den Eisengeborenen öffentlich anerkannte. Doch seine Wurzeln reichten viel weiter zurück.

Der Zweite Weltkrieg und die Gräueltaten, die das Feenvolk »zum Wohle der Höfe« hatte geschehen lassen müssen – zusammen mit der ungerechten Bestrafung aller, die zu helfen versucht hatten: Durch all dies wollten immer mehr Angehörige der magischen Gemeinschaft den Menschen in Notzeiten ihre Macht auf jede erdenkliche Weise zur Verfügung stellen und sogar so weit gehen, zugunsten einer neuen Ära der Einheit ihre geheime Existenz gänzlich aufzugeben.

Erst seit der Gründung des BEISTANDS vor ungefähr zwanzig Jahren trug alles, was sie jemals vollbracht hatten, endlich Früchte – wider das ständige Bemühen der Hofoberhäupter und des Hohen Rats der Elfen, die Gemeinschaft in Schach zu halten.

Doch in letzter Zeit wagte der BEISTAND mehr denn je zuvor.

Es schien, als sei er nun überall präsent, in jedermanns Gedanken und in aller Munde. Früher aber hatte ihm kaum jemand Beachtung geschenkt, weil die Organisation nur als eine Handvoll Leute angefangen hatte. Als Bürgerwehrgruppe, die sich unauffälligeren Angelegenheiten widmete, fehlten ihm ursprünglich die Mittel, um viel mehr zu tun, als menschliche Proteste für die Rechte der Frauen, der BIPoC und der LGBTQ+-Gemeinschaften zu unterstützen, Hilfsmissionen zu bilden, die das Nötigste in kriegsgeschüttelte und von Klimakatastrophen verwüstete Orte auf der ganzen Welt brachten, Schulen zu bauen, Menschenhändlerringe aufzuspüren und aufzulösen und die Angehörigen des Feenvolks zu beschützen, die sich – aus welchen Gründen auch immer – den Höfen nicht unterwerfen wollten oder konnten.

Soweit Arlo verstanden hatte, bemühte sich der BEISTAND, aus den Schatten heraus zu agieren, um die Identität seiner Mitglieder geheim zu halten. In all den Jahren waren den Höfen nur ein paar wenige ins Netz gegangen und Arlo wusste, wie hart sie gegen diese »Übeltäter« vorgingen. Nikos könnte dafür in mächtige Schwierigkeiten geraten, ganz zu schweigen von Lekan, einem hochgeschätzten Angehörigen der Höfe und verheiratet mit dem Hofmeister des Hochkönigs. Wenn Azurean jemals herausfände, dass er hier war ...

»Ich werde es niemandem sagen!«

Einen Augenblick lang stand Nikos regungslos da. Er tauschte einen Blick mit Lekan aus, der bloß mit einem Schulterzucken antwortete. Dann seufzte er. Seine Miene wurde milder und seine Augen strahlten wieder diese seltsame Zuneigung aus. »Natürlich würdest du das nicht tun. Du bist immerhin eine Jarsdel.«

Eine Jarsdel? Na ja, das war sie, aber das hatte noch nie jemanden interessiert. Keiner aus der Familie ihres Vaters lebte in Kanada. Er war ein liebenswürdiger Mensch, hatte seine Freunde und die übliche Gruppe von Leuten, mit denen er donnerstagabends beim Kneipenquiz mitmachte. Aber Arlo war noch nie jemandem begegnet, der sie in erster Linie als eine *Jarsdel* ansah und nicht als eine *Viridian*.

Nikos legte ihr eine Hand auf die Schulter und drückte sie leicht. Arlo vermochte nichts anderes zu tun, als zu ihm aufzustarren. »Du musst Rory Jarsdels Tochter sein.«

»Ich ...« Arlo nickte nur, weil sie vor aufsteigender Verwirrung einen Kloß im Hals fühlte.

»Du siehst ihm wirklich ähnlich.« Er lächelte sie an, sodass seine Augen funkelten und die Lachfältchen noch tiefer wurden. »Dein Vater war ein guter Mann. Wenn Arlo Jarsdel schwört, dass sie uns nicht verraten wird, genügt mir das völlig.«

Es kam ihr seltsam vor, dass Nikos von ihrem Vater in der Vergangenheitsform sprach, ganz als wäre er nicht mehr am Leben und nicht mehr wohlauf und als könne sich Nikos deshalb nicht mehr mit ihm treffen, wann immer er wollte. Andererseits ... vielleicht hatte er Rory kennengelernt, bevor er seine Erinnerungen aufgegeben hatte. Oder ... Nein, das konnte nicht sein, aber sie musste doch nachfragen: »Mein Dad war doch kein Mitglied des BEISTANDS ... oder?«

Für einen Moment erwiderte Nikos ihren Blick. Aus einem wurden zwei. Und im nächsten lachte er los, und zwar so laut und rau, dass Arlo erschrocken zurückwich. »Nein, nein, nichts dergleichen. Er war einfach nur ein guter Mann mit einem klugen Kopf und dem Herzen am rechten Fleck.«

Arlos Verwirrung verflog und sie entspannte sich, bis Nausicaä ihre Hände zusammenklatschte und sie daran erinnerte, dass sie auch noch da war. »Alle sind Freunde, wie schön. Ich hoffe, es macht dir nichts aus, aber ich muss jetzt eine Lieferung zustellen. Vehan is immer noch oben, oder?«

»Genau«, bestätigte Lekan. »Ich fürchte, ich muss jetzt wirklich zurück – das alles dauert etwas länger als erwartet und ich muss mich heute noch um andere Dinge kümmern. Aber ich kann mich darauf verlassen, dass du zu deinem Wort stehst und unseren Gast zurück in den Palast bringst, sobald ihr mit ihm fertig seid?«

Nausicaä nickte und winkte auf Lord Lekans scharfen Blick hin ab.

»Wunderbar.« Er drückte Nikos' Hand und zwinkerte Arlo beim Abschied zu. »Passen Sie auf sich auf, Lady Jarsdel.«

»Sie auch, Lord Lekan«, entgegnete sie und nickte ihm zu.

»Komm, lass uns endlich gehn.« Nausicaä war bereits auf halbem Weg zur Treppe und Arlo musste ihr förmlich hinterherrennen. Ihr Blick verharrte auf Nikos' durchdringendem Starren. Kurz sah es so aus, als wollte er noch etwas hinzufügen, aber dann sagte er nur: »Sei vorsichtig, Arlo Jarsdel.«

»Ich ... werd's versuchen, danke.« Sie winkte ihm zum Abschied zu und ging die Treppe hinauf. »Ist Nikos ein Eisengeborener?«, fragte sie Nausicaä auf dem Weg nach oben.

»Ja. Wehe, du erzählst ihm, was ich dir jetzt sage, aber er is ganz in Ordnung. Zumindest für 'nen alten Knacker. Er hat sich die meiste Zeit seines Lebens für die Einheit zwischen den Menschen und der magischen Gemeinschaft eingesetzt, auch wenn's die Höfe mega angepisst hat. Bin überrascht, dass sie ihm noch nix angehängt haben – bei Leuten, die sie dabei erwischen, wie sie mit Magie einem Menschen helfen, kennen die Höfe *null* Gnade.«

Die beiden erreichten den Treppenabsatz. Ein schmaler, schwach beleuchteter Flur erstreckte sich zu Arlos beiden Seiten, doch Nausicaä steuerte auf die Tür direkt vor ihrer Nase zu.

»Ich bin zurück!«, rief sie großspurig und platzte in das Zimmer.

Arlo folgte ihr und kämpfte zum millionsten Mal gegen ihren Wunsch an, über dieses Mädchen die Augen zu verdrehen.

Das Zimmer war bescheiden eingerichtet. Zwei Doppelstockbetten drückten sich an gegenüberliegende Wände, dazwischen lag ein abgenutzter ovaler Teppich und direkt gegenüber der Tür gab es ein Fenster mit einer schlichten braunen Kommode darunter.

Auf einem der unteren Betten lag ein Junge ausgestreckt, der ungefähr so alt war wie Arlo. Er trug ein weißes Oberteil und eine goldfarbene Hose. Am Bettende lag ordentlich zusammengefaltet sein Gewand von einem etwas helleren Gold. Als sie ihre Fähigkeit fokussierte, gelang es ihr, seine Magie wahrzunehmen – ein ingwerartiger, blumiger Duft stieg ihr in die Nase. Sein weiches kohlrabenschwarzes Haar, die leuchtend hellblauen Augen und der sanfte, morgendämmrige Schimmer seiner gebräunten Haut ließen keinerlei Zweifel daran, wer er war.

»Du warst über eine Stunde weg.«

Die Antwort kam von einem Schreibtisch an der Tür. Arlo drehte sich um und entdeckte den zweiten Bewohner des Zimmers. Auch dieser war bestimmt nicht viel älter als sie selbst. Er saß seitwärts auf einem Stuhl und streckte seine langen Beine in Richtung des Prinzen auf dem Bett aus. Er war ebenfalls gut aussehend, nur auf eine hübschere Art und Weise, und war abgesehen von den vielen silbernen Piercings an den Bögen seiner Ohrmuscheln schlicht gekleidet. Sein Zauber verschleierte seine Aura überraschend gut – Arlo nahm nur einen Hauch von Herbstblättern und sonnenerwärmten Steinen wahr –, aber das unnatürliche Gold seiner Augen vermochte er nicht zu verbergen.

Ein Lesidhe.

Mit seinem goldenen Blick fixierte er Nausicaä und funkelte sie regelrecht an.

»Oh, es tut mir ja so leid. Ich wusste nich, dass dieser große Gefallen, den ich euch erweise, ein Zeitlimit hat.« Sie zeigte dem Jungen ihren Mittelfinger. »Ihr wolltet 'ne Alchemistin, hier habt ihr eine. Arlo, das sind Vehan Lysterne, Prinz des Seelie-Sommerhofs, und sein superfreundlicher Leibwächter Aurelian. Jungs, das ist Arlo Jarsdel.«

»Moment mal – *Alchemistin*?« Der finstere Blick des Hochkönigs, sein grimmiges Verhalten, seine Drohung, sie festzunehmen, wenn sie jemals wieder die von ihm verbotene Magie anwandte – all das kam Arlo mit diesem einzigen Wort wieder in den Sinn und ihre Panik steigerte sich so jäh wie noch nie zuvor zu einer Übelkeit. »Ich bin *keine* Alchemistin. Ich praktiziere diese Magie gar nicht. Gehst du jetzt rum und erzählst Leuten, ich würde das tun? Ist das deine Rache für die ganze ›Ich dachte, du bist eine Mörderin‹-Sache?«

Vehan stand vom Bett auf und durchquerte flink das Zimmer. Er blieb direkt vor Arlo stehen und sah sie prüfend an. Aus dieser Nähe wurde ihr auf einmal bewusst, dass die Gerüchte seiner Attraktivität keineswegs gerecht wurden. Er hatte wunderschöne Augen.

Schade nur, dass sie einer Ohnmacht nahe war und sich nicht an ihnen erfreuen konnte.

»Arlo? Doch ... doch nicht etwa Arlo, des Hochprinzen Celadons *Nichte*, oder?« Er erblasste, als er diesen Zusammenhang herstellte, und sah nun genauso aus, wie sich Arlo fühlte – nämlich kurz vor dem Erbrechen.

»Doch«, antwortete sie, wenn auch leise. »Genau die. Ich weiß nicht, was Nausicaä Euch erzählt hat, aber ich bin *keine* Alchemistin.«

Der Prinz warf Nausicaä einen düsteren Blick zu. »Ich dachte, du könntest uns helfen? Es ist schon schlimm genug, dass ich in all das verwickelt bin – warum ziehst du sie da auch noch mit rein? Du *willst* wohl, dass der Hochprinz mich hasst?« Bei dem Gedanken lief ihm ein Schauer über den Rücken.

»Hör mal zu, Prinz Charmeless«, schnauzte Nausicaä. »Du wolltest 'nen Alchemisten. Ich nehm an, ihr wollt ihn auch *einsetzen*, wenn ihr euch all die Mühe macht, einen zu finden, stimmt's? Okay, nein, das is nich grad Arlos regulärer Job. Aber wusstest du, dass sie nich nur 'ne seltene Begabung darin hat, sondern auch noch keine legale Bürgerin der Höfe ist?«

Vehans Einwände zu Arlos Involvierung waren allesamt schnell vergessen. »Das heißt, die Höfe können deine Magie noch nicht aufspüren!« Sein Entsetzen verwandelte sich in Freude. »Sie werden nicht wissen, dass du mir hilfst. Oh, perfekt! Also gut. Arlo – darf ich dich Arlo nennen? Was hat Nausicaä dir darüber erzählt, warum du hier bist?«

Ihr Blick huschte kurz zu ihr. »Ähm ... okay, wir überspringen also die ganze ›Keine Alchemistin‹-Sache. Nicht besonders viel. Sie meinte nur, dass ihr mit mir reden müsst und mir die Einzelheiten erklärt.«

»Mach ich, aber zuerst: Was weißt du über die Steine der Weisen?«

Arlo schaute noch einmal zu ihrer Begleiterin. Als sie keinerlei Zeichen erhielt, ihr Wissen für sich zu behalten, zuckte sie mit den Schultern und antwortete: »Ich weiß nur, was Nausicaä mir erzählt hat. Sie sind mächtig und jemand hat mal versucht, einen zu erschaffen. Und jetzt könnte es noch jemanden geben, der dasselbe versucht, indem er Eisengeborene, Alchemie und Siegel benutzt ...«

Vehan nickte. »Sonst noch was?«

Wieder hob sie ihre Schultern. »Die Höfe glauben nicht daran. Ich weiß nicht, wieso. Vielleicht haben sie zu viel Angst davor, was das alles bedeuten könnte.«

»Oh, ich denke, sie glauben daran«, übernahm Vehan das Wort und ein verärgertes Knistern verfinsterte seinen Tonfall. »Vielleicht würden sie sogar entsprechend handeln, wenn der Hochkönig es ihnen erlauben würde. Er hat den Hofhäuptern jede weitere Beteiligung an dieser Angelegenheit untersagt – weißt du denn, wie viel Wirbel sie alle zusammen machen mussten, damit das Treffen mit dem Hohen Rat der Elfen zustande kommen konnte? Bei dem Nausicaä zu Freiwild erklärt wurde?« Er lachte auf, jedoch nicht, weil er das lustig fand. »Du hast doch seine offizielle Erklärung gehört. Zum Wohle der Höfe, Arlo.«

Ich gestehe, diese Tragödie ist zutiefst alarmierend, aber es gibt keinerlei Hinweise auf einen magischen Ursprung. Die Eisengeborenen unserer Gemeinschaft wurden ins Visier genommen und die Mitglieder der Falchion, die bei der menschlichen Polizei tätig sind, werden sich auch weiterhin darum bemühen, den Familien und Freunden derer, die wir verloren haben, Gerechtigkeit widerfahren zu lassen. Doch angesichts der Art dieses Problems und des Ausmaßes der menschlichen Beteiligung sowie des Mangels an Beweisen, die darauf hindeuten, dass der Täter kein Mensch sein könnte, habe ich beschlossen, diese Angelegenheit den menschlichen Behörden zu überlassen. Ich bitte darum, ihnen die Möglichkeit zu geben, diesen Fall abzuschließen, und zwar ohne die beträchtliche Energie, die Ressourcen und das Risiko, die unser Eingreifen erfordern würde. Dies erkläre ich zum Wohle der Höfe.

Ja, Arlo hatte sie gehört. Sie war auf allen Webseiten und Streaming-Plattformen des Feenvolks weltweit veröffentlicht worden. »Zum Wohle der Höfe« – das Motto, das die meisten ihrer Gemeinschaft zu verabscheuen begannen. Viele Angehörige des Feenvolks waren über diese Stellungnahme empört gewesen. Die Elfen waren größtenteils beschwichtigt worden, aber die Mehrheit der Feen (und insbesondere die Eisengeborenen) hatten sogleich darauf hingewiesen, dass niemand die »beträchtliche Energie, die Ressourcen und das Risiko« gescheut hätte, wenn umgekehrt die kostbaren Elfen angegriffen worden wären.

Vehan schüttelte entrüstet den Kopf. »Niemand darf etwas dagegen unternehmen, nicht ohne die Erlaubnis des Hochkönigs. Und die wird wohl keiner so schnell bekommen, denn das Treffen mit dem Hohen Rat war das letzte Mal, als er etwas zu diesem Thema hören wollte. Jetzt verweigert er sogar jedem eine Audienz, der diese Sache besprechen möchte. Ich habe keine Ahnung, warum er heute zugestimmt hat, mit mir zu reden, oder womit meine Mutter ihm gedroht hat, um mir eine Audienz bei ihm zu verschaffen, aber mir hat er bloß gesagt, ich solle ›meine Jugend genießen‹ und ›die Erwachsenen sich um dieses Problem kümmern lassen, solange diese Bürde noch auf ihnen liegt‹. Er wollte nichts von dem hören, was ich zu sagen hatte.« Er ließ noch ein paar spöttische Bemerkungen ab.

Arlos Herz verkrampfte sich vor Groll und Kummer. Sie durften nicht länger ignorieren, wie schlecht es dem Hochkönig wirklich ging, wie sehr er sie alle – *Arlo* – im Stich gelassen hatte, trotz all seiner guten Werke.

Wie lange würde es noch dauern, bis sich endlich jemand um seine Krone bemühte? Arlo hasste es, darüber und über die Folgen nachzudenken, aber dieser Moment würde schon bald kommen, ob sie nun wollte oder nicht.

»Die Beweise häufen sich schon seit einer Weile«, fuhr Vehan fort. »Leute verschwinden von der Straße ... Eisengeborene leuchten in seltsamen Farben, bevor sie sterben ...«

»Wie Cassandra!«, platzte sie heraus.

Vehan nickte.

»Genau. Nausicaä hat uns davon erzählt. Es ergibt jetzt Sinn, warum ich es im Gegensatz zu Aurelian bei einem ähnlichen

Vorfall nicht selbst gesehen habe – die Lesidhe-Elfen können so ziemlich jede magische Aura wahrnehmen. Und ich vermute schon seit Langem, dass Alchemie sie umbringt. Aber Nausicaä, du hast gar nicht erwähnt, dass Arlo auch im Café war.«

»Sorry«, schnaubte sie, ohne wirklich so zu klingen, als täte es ihr leid. »Hab's nich für wichtig gehalten. Würdest du auch gern erfahren, welche Unterwäsche ich an dem Tag getragen hab?«

Seufzend drehte sich der Prinz wieder zu Arlo. »Alle Eisengeborenen haben ein natürliches Talent für Alchemie, aber nicht alle können etwas damit anstellen. Nikos zum Beispiel ist kaum fähig, ihre Aktivierung zu sehen, geschweige denn sie zu benutzen. Nausicaä scheint zu glauben, dass du mehr vermagst. Und da du schon so viel darüber weißt, was hier vor sich geht, bist du vielleicht genau die, nach der wir suchen.«

»Hurra.« Arlo fühlte sich nicht so glücklich, wie es die kollektive Begeisterung von ihr zu erwarten schien. »Wenn ihr mir erklären könntet, was hier eigentlich los ist, könnte ich euch vielleicht sagen, ob ich überhaupt die Hilfe *sein* will, die ihr sucht.«

»An den Worten Ihrer Königlichen Frechheit is was dran«, warf Nausicaä ein. »Und ihr schuldet mir auch ein paar mehr Infos. Ich hab meinen Teil der Abmachung erfüllt, also sagt mir jetzt: Wie seid ihr beiden drauf gekommen, dass hinter den Morden an den Eisengeborenen ein Alchemist stecken könnte? Ich mein, ich bin älter und weiser als ihr drei zusammen und selbst *ich* wusste bis vor Kurzem nich mal, dass überhaupt was los war. Wie zum Teufel habt ihr den Zusammenhang erkannt?«

Vehan schaute zu Aurelian und seufzte.

»Nun ...« Und dann erzählte er ihnen, wie er vor ein paar Jahren in einem Park einen eisengeborenen Jungen entdeckt hatte, von dem Leuchten in seinen Adern und dem Brandmal auf seiner Haut, das zu sehr wie ein Siegel ausgesehen hatte, um etwas anderes zu sein als Magie.

»Ah – und die Alchemie ist die einzige Magie, bei der man Siegel einsetzt.« Nausicaä nickte. »Bist wohl doch kein Vollpfosten. Das muss ich dir lassen.«

Vehan ignorierte die Provokation und setzte eine neutrale Miene auf. Er stand gedankenversunken da, als würde er über seinen nächsten Schritt nachdenken und seine Optionen abwägen. Anschließend hob er grimmig und entschlossen eine Hand, zog den Ausschnitt seines Oberteils bis zu seiner Brust herunter und entblößte direkt über seinem Herzen einen verblassten, perlweißen Narbenknoten.

»Das sieht wie ein Schmetterling aus«, bemerkte Arlo und beugte sich zusammen mit Nausicaä näher heran, um die Narbe genauer zu betrachten. Sie fing sich noch rechtzeitig, ehe ihre Finger über die kaum sichtbaren Linien eines der Flügel fahren konnten. »Was ist das da? Diese Symbole und Schriftzeichen … Das ähnelt einer komischen mathematischen Gleichung. Ist das …? Das kann doch nicht ernsthaft *Alchemie* sein, oder?«

»Heilige Scheiße, Vehan.« Nausicaä war so verblüfft, dass ihre Stimme seltsam atemlos klang. »Das is 'n Siegel. Das is 'n verdammtes Siegel eines *Steins der Weisen* – warum zum Henker hast du das? Du bist doch kein Eisengeborener!«

Mit einem Schulterzucken, das lässig aussehen sollte, ließ Vehan seinen Ausschnitt wieder los und das erste alchemistische Siegel, das Arlo je gesehen hatte, verschwand wieder aus ihrem Blickfeld. »Keine Ahnung«, antwortete er. »Ehrlich gesagt bist du die erste Person, die meinte, das wäre etwas anderes als eine Narbe.«

»Oh«, sagte Nausicaä, wobei sie ein wenig unbehaglich aussah. »Also, vielleicht irre ich mich auch.«

»Nein, keineswegs«, entgegnete Vehan ihr mit fester Stimme. »Ich weiß schon seit einiger Zeit, dass das ein Siegel ist. Nimmt mir echt eine Last, dass das jemand bestätigen kann.«

»Okay, dann nichts zu danken. Herzlichen Glückwunsch zu deinem magischen Todesmal. Ich hoffe, ihr zwei seid glücklich zusammen.«

»Das ist nicht witzig«, knurrte der Leibwächter des Prinzen – Aurelian.

Bis jetzt war er die ganze Zeit über still gewesen, hatte das Gespräch nur am Rande verfolgt und sie alle beobachtet. Wenn er seinen Blick auf Arlo richtete, zeigte er passives Interesse, bei Nausicaä kühlte er ab und war voller Verachtung. Aber wenn er Vehan ansah, wurde Arlo an den dunklen und hungrigen Ort in ihrem Inneren erinnert – den ein jeder besaß –, an dem man die Dinge versteckte, von denen sonst niemand erfahren sollte.

Vehan wedelte mit der Hand. »Ist schon gut. Mir ist lieber, die Leute reißen Witze darüber, anstatt es zu ignorieren.«

»Nicht in meiner Gegenwart.«

Die Jungen sahen einander stirnrunzelnd an. Aurelian hatte sich endlich vom Schreibtisch wegbewegt. Sonst waren ihm keinerlei Emotionen anzusehen, doch die Härte in seinen Augen zeigte Wut. Arlo sah seine Hand zucken – und ihr kam es so vor, als sei er vom Wesen her lieber taktiler, mehr am Geschehen beteiligt und näher dran, zumindest an Vehan. Sie fragte sich kurz, was ihn jetzt daran hinderte.

»Warum sollte jemand so was tun?«, erkundigte sie sich laut, um die Anspannung zu lösen. »Was genau macht ein Stein der Weisen?«

Jede Legende, die Google zu diesem Thema ausgespuckt hatte, beschrieb ein und dasselbe – ein Stein der Weisen vermochte

Gold zu erschaffen und Menschen unsterblich zu machen. Sicher ließ sich das auf anderen Wegen besser erreichen als mit einem alchemistischen Gegenstand, der gefährlich war und mehr wie ein Mythos denn etwas Reales erschien.

Aller Augen richteten sich auf Nausicaä. »Nun«, begann sie. »So ziemlich jeder weiß, wozu er imstande ist. Alles wegen des letzten Mals, als jemand so was ausprobiert hat. Sogar die Menschen haben's spitzgekriegt – deshalb stolpert man in ihrer Kultur auch immer wieder über ihn. Diese Steine verwandeln Dinge in Gold, ja, und gewähren Unsterblichkeit ... aber das sind nur Leistungsanreize, neben vielen anderen. Sozusagen *Belohnungen* für die erfolgreiche Schaffung eines solchen Dings, die einen blenden sollen, damit man nicht begreift, was man da wirklich getan und im Prozess verloren hat. Geld und Unsterblichkeit sind irgendwie das Einzige, worüber sich alle Sterblichen so richtig aufzuregen und zu freuen scheinen. Deswegen wundert's mich auch nich, dass die feineren Details dieser Überlieferung im Laufe der Jahre verloren gegangen sind.«

»Würdest du uns vielleicht verraten, woher du das alles weißt?«, fragte Aurelian nach.

»Und eurer kleinen Detektei den ganzen Spaß verderben? Nee.«

»Wir haben dir alles gesteckt, was wir wissen«, warf Vehan ein. »Und wir gehören alle zum selben Team, wieso also ...«

»Nein, nein, nein – wir sind nicht im selben Team«, fiel Nausicaä ihm ins Wort. »Ich bin keine Heldin! Nur weil ich nich rumrenne und Kinder in Steine verwandle, heißt das noch lange nich, dass ich eine feine, aufrichtige Bürgerin bin wie Rotkäppchen und Prinz Charmeless hier und ... ich weiß nich, welche Märchenfigur willst *du* sein, Aurelian?«

Aurelian warf ihr einen tödlichen Blick zu.

»Und der verdammte König Griesgram.« Nausicaä hielt ihre beiden Hände hoch – das universelle Zeichen für Kapitulation – und stolzierte zu den Betten. »Ihr steckt eure Nasen in diese Sache, weil ihr sie stoppen wollt; ich bin ihr nachgegangen, weil ich *dabei* sein wollte.«

Arlo dachte über Nausicaäs Aussage nach. »Wolltest du das wirklich?«

»Mehr oder weniger«, erwiderte sie und rümpfte die Nase. »Ursprünglich wollt ich mich mit dem Reaper und seinem Meister zusammentun. Dann schien mir das 'n Chaos zu sein, das man zumindest näher unter die Lupe nehmen könnte. Und, ich weiß nich, vielleicht ist unser Killeralchemist hinter der ganzen ... Kindermordgeschichte ja ganz in Ordnung. Jeder von uns schleppt eine Vergangenheit mit sich rum, in der man Scheiße gebaut hat, von der man sich wünscht, man hätt sie sein lassen. Hör auf, mich so anzuglotzen.«

Arlo schürzte ihre Lippen und starrte die sie nun anfunkelnde Nausicaä weiterhin an.

»Weißt du, abgesehen von deinem Namen hast du uns noch gar nicht gesagt, wer du bist«, erinnerte Aurelian sie.

»Jedes Mal, wenn ich's enthülle, wird's langweilig.«

Das Schweigen zwischen ihnen hielt so lange an, dass er und der Prinz glaubten, Nausicaä wolle diese Information nicht preisgeben.

»Gut, was soll's?«, schnauzte Vehan. »Aber wenn du immer noch vorhättest, dich dem Reaper und seinem Meister anzuschließen, wärst du jetzt nicht hier und würdest nicht dieses Gespräch mit uns führen.«

»Vielleicht warte ich ja nur auf den richtigen Moment und möchte mir anhören, was ihr so wisst, bevor ich mich selbst um euch kümmere?«

»Warum kommst du mir dann immer wieder zu Hilfe?«, erkundigte sich Arlo. Wenn sich Nausicaä wirklich mit demjenigen zusammentun wollte, der hinter alledem steckte, wieso hatte sie dann Arlo beim Feenring nicht dem Reaper überlassen? Die Eisengeborene wusste nur sehr wenig über die Furie, aber sie begriff allmählich: Nausicaäs Worte waren ebenso eine Maske wie ihr Zauber.

Doch Nausicaä schwieg. Sie würde keine Fragen beantworten, die ihr nicht gefielen. Arlo vermutete, dass ihre Launenhaftigkeit ein stiller Wutanfall war, weil sie nicht zu verstehen vermochte, wieso keiner von ihnen ihr ihre ruchlosen Absichten abkaufen wollte.

»Also gut«, sagte Arlo, ehe es hier noch hitziger zuging. »Nun ... wie wäre es damit: Vehan, könntest du mir sagen, was du konkret von mir willst? Und warum du generell nach einem Alchemisten suchst?«

»Oh! Ja klar. Wir haben also die Seherin aufgespürt, die uns sagte, wir müssen diesen Butzen finden. Der soll uns nämlich zu der Einrichtung führen, deren Eigentümer für große Goldsummen Leute von der Straße kauft.« Vehan wedelte mit einer Hand. »Nausicaä kann dir später mehr dazu erzählen. Leider wird der Eingang nicht durch ein bloßes Schloss bewacht. Dort war ein *Siegel* – ein alchemistisches Siegel, direkt aus den Büchern, von denen die Höfe behaupten, sie hätten sie alle vernichtet. Und das kann nur ein Alchemist deaktivieren. Die Einrichtung hängt irgendwie mit allem zusammen – ich weiß das –, aber ich muss da rein, um das zu beweisen. Ich will den Ort unbedingt untersuchen, Arlo, und herausfinden, was dieses Mysterium mit mir zu tun hat. Ich weiß nicht, was uns da drinnen erwartet, und es wird garantiert gefährlich sein, aber wir werden's nie erfahren, wenn wir nicht hineingelangen können. Und dafür brauche ich *euch*.«

Nausicaä dachte nicht im Traum daran, das Angebot in Erwägung zu ziehen. »Also *ich* werd euch definitiv nich helfen.«

»Ach, komm schon«, flehte Vehan sie an. Er sah wild zwischen der blassen, entsetzten Arlo und der gleichgültig wirkenden Nausicaä hin und her. »Natürlich hilfst du uns. Du willst doch genauso wie wir erfahren, was hier los ist. Kann sein, dass du dich fragst, ob es deinen guten Ruf wert ist, aber du willst es trotzdem herausfinden. Du willst der Sache nachgehen. Wäre es denn nicht toll mit noch ein paar Leuten? Ist Teamwork nicht besser, als allein zu arbeiten?«

Nausicaä prustete, vermutlich wegen der Aussage, sie habe einen guten Ruf, oder aber wegen der Meinung, jemand von ihnen sei ihr eine große Hilfe, wenn sie mal in der Klemme stecken sollte.

Arlo hatte andere Sorgen. »Nein. Auf keinen Fall.«

Vehan sah sie stirnrunzelnd an. »Was? Wieso nicht?«

»Machst du Witze?«, erwiderte sie trotz ihrer wachsenden Übelkeit so scharf wie möglich. »Erstens: Wie kommst du darauf, dass ich euch da reinbringen kann? Ich wiederhole: Ich bin *keine*. *Alchemistin*. Ich hab noch nie im Leben Alchemie benutzt! Und zweitens: Hast du vergessen, was ich bin und auf wen man es abgesehen hat? Wenn ich meine Nase noch weiter in die ganze Sache reinstecke, als ich es schon habe – wenn ich direkt in … in diese … in diese *Mörderfabrik* reingehe –, könnte ich *sterben*! Da draußen treibt sich was rum, das Leute umbringt, und ich bin kein heldenhafter Prinz mit allerlei Magie, um mich davor zu schützen.«

Das einzig Gute an Vehans Siegel war: Nun war das letzte bisschen Angst verschwunden, die Arlo bei der Frage verspürte, ob sie vielleicht doch noch irgendwo ein eigenes tödliches Brandmal besaß. Doch sie hatte keins. Sie trug nichts an ihrem Körper, was Vehans Narben ähnelte. Das hieß jedoch nicht, dass sie sich kein Siegel mehr einfangen konnte, wenn sie mit irgendeiner Dummheit nicht genau die falsche Aufmerksamkeit erregte.

»Ohne Arlo werd ich euch nich helfen«, fügte Nausicaä schnell hinzu. Sie nutzte auch jede mögliche Ausrede. »Aber Arlo, hör mal. Glaub ... mir jetzt einfach aufs Wort, aber du kannst das schaffen. In ihrem jetzigen Zustand braucht deine Magie vielleicht 'nen kleinen Anstoß, aber sie ... sie reicht vollkommen aus. Was du in dir trägst, ist mehr als genug. Und ehrlich gesagt is es besser, wenn du sie einsetzt. Außerdem schwebst du in gar keiner Gefahr. Erstens würd ich das nie zulassen. Zweitens ...«

»Das wird ein bisschen schwierig, wenn du nur dabei bist, um der gegnerischen Seite zu helfen!«

Die Wucht von Arlos bissiger Antwort schien Nausicaä zu überraschen. Als die Eisengeborene sah, wie das andere Mädchen die Fassung verlor, fühlte sie sich jedoch nur schlechter statt besser. All die giftigen Emotionen, die an ihr genagt hatten, waren nun herausgeplatzt – all ihre Enttäuschungen und Ängste, ihr Frust und ihre *Hilflosigkeit*, die sie so gut wie in jedem Aspekt ihres Lebens empfand. Jetzt, da sie begonnen hatte, war sie unfähig, sich wieder zusammenzureißen.

Danach fiel Arlo erneut über Vehan her. Langsam stiegen ihr die Tränen hoch und es befriedigte sie nur *wenig*, dass das sommermorgendämmrige Leuchten des Prinzen angesichts ihres Zorns verblasste. »Es könnte dich eventuell interessieren, dass ich auch noch *Hausarrest* habe – vielleicht sogar einen lebenslänglichen, wenn meine Mutter jemals von diesem kleinen Verschwörungstreffen erfährt. Und um diese Bestrafung aufzuheben, muss ich mich aus jeglichem Ärger heraushalten. Das geht mich alles nichts an. Es gibt andere Eisengeborene, die für euch dieses alchemistische Zeug erledigen können. Ich kann euch nicht weiterhelfen.«

Nach diesen Worten war Arlo schier atemlos. Ihre Augen waren heiß und brannten. Gleich würde sie losweinen, konnte aber gar nicht sagen, wieso. Immerhin entsprach alles, was sie gesagt hatte, der Wahrheit.

Sie konnte ihnen nicht helfen.

Sie war weder besonders noch mutig.

Arlo war nur ein Mädchen mit ausgefallenen Beziehungen und ohne echte Magie, ganz gleich, was Nausicaä auch über sie zu wissen glaubte. Sie war keine Heldin, keine auserwählte Retterin, war niemand anderes als Arlo Jarsdel, ein eisengeborener *Mensch*. Die Art von Verschwörungen, an denen Prinzen und abtrünnige Furien beteiligt waren, konnten sie niemals betreffen.

Vehan stand noch einen Augenblick lang fassungslos und schweigend da. Doch dann fragte er sie vorsichtig: »Warum hast du Hausarrest?«

Arlo kniff ihre Augen zusammen. Wollte er ihren Ärger etwa runterspielen?

Der Sommerprinz erkannte, auf welch dünnem Eis er sich befand, und fügte flink hinzu: »Ich wollte nur plaudern! Ich hab versucht ... die Dinge wieder ins Lot zu bringen. Ich, äh, erinnere mich noch an die eine Sonnenwende vor Jahren, als Hochprinz Celadon meiner Mutter einen Satz Karten geschenkt hat, auf deren Vorderseiten bizarre Tiere abgebildet waren. Er sagte ihr, sie seien verhext und sie müsse sie nur werfen und ihre Namen rufen, damit die gewünschte Kreatur ihr zu Hilfe kommt. Sie hat eine ganze *Woche* lang versucht, etwas namens ›Pikachu‹ zu beschwören, bis ihr jemand freundlicherweise erklärt hat, was Pokémon-Karten sind und dass sie keine Magie besitzen. Ich bin mir ziemlich sicher, dass sich der Hochprinz dadurch den ersten

Platz auf ihrer Abschussliste gesichert hat, aber der Hochkönig hat ihm dafür nur Hausarrest gegeben.« Vehan kicherte zwar, klang aber viel zu nervös für den sorglosen Ton, den er offenbar hatte anschlagen wollen. »Was könntest du denn getan haben, das einer Beleidigung meiner Mutter in ihrem eigenen Haus gleichkäme?«

Ja, Arlo erinnerte sich an jenen Vorfall.

Sie war damals noch recht jung und daher nicht dabei gewesen, aber das war vielleicht der einzige Streich, für den Celadon *nicht* mehr als eine oberflächliche Ermahnung erhielt. Die Oberhäupter der Höfe hegten allesamt eine gegenseitige Abneigung, doch Azurean Lazuli-Viridian und Riadne Lysterne, die Königin des Hofes des Seelie-Sommers, würden einander am liebsten umbringen. Deswegen amüsierte sich Azurean köstlich über dieses Ereignis.

»Es war nichts Besonderes«, seufzte sie. »Ich hab nur …«

»Sie hat sich in den Feenring geschlichen und wollte mich aufzuspüren, weil sie dachte, ich sei die freundliche Psychopathin von nebenan.«

Arlo warf Nausicaä einen boshaften Blick zu.

Vehan klappte die Kinnlade herunter und er machte Stielaugen. Dabei glich er einer Figur aus einem komischen Zeichentrickfilm, die schockiert und gleichzeitig beeindruckt war. »Der Feenring«, hauchte er. Seine Aufregung nahm erneut zu und seine Laune besserte sich – seine Augen leuchteten wieder hell auf. »Aber das ist illegal. Nur Kriminelle, die sowieso schon Ärger mit den Höfen haben, besuchen den Feenring!«

»Hör auf«, schrie Arlo. »Hör auf, beeindruckt zu sein! Das war dumm von mir.«

»Ja, das war es, aber es *ist* dennoch beeindruckend – und jetzt bin ich noch verwirrter, warum du uns nicht helfen willst. Du warst im *Feenring*, Arlo. Dann bringst du doch bestimmt auch den Mut auf, uns dabei zu unterstützen, in eine zufällige Einrichtung zu gelangen. Du musst nicht einmal mit reinkommen! *Bitte*, Arlo. Wir brauchen deine Hilfe. *Ich* brauche deine Hilfe.«

»Such dir einfach jemand anderes dafür«, brüllte sie, während ihr Frust abermals außer Kontrolle geriet. Sie blinzelte heftiger, denn sie würde garantiert nicht anfangen, in einem Raum voller Leute zu heulen, die der Gefahr hinterherjagten, als wäre es eine Achterbahnfahrt. Sie wusste immer noch nicht, warum sie eigentlich weinen wollte, aber je mehr sie sich ärgerte, desto eher würde sie losheulen.

Vehan wirkte selbst ein bisschen verärgert. Man hörte es an seinem Tonfall und seinen inzwischen messerscharfen Worten. »Hier geht es um Eisengeborene wie dich, Arlo. Um Menschen. *Leute*. Ich versteh nicht, warum du nicht mitkommen willst – warum du nicht wenigstens versuchen willst, *ihnen* zu helfen, selbst wenn's dir egal ist, was mit mir passiert. Du redest so, als könnte jeder zweite Eisengeborene ein alchemistisches Siegel aktivieren, aber dem ist nicht so. Wir brauchen dich. Wenn die gottverdammte Dark Star sagt, dass du unabdingbar bist, dann *brauchen wir dich* auch. Und du musst einfach nur mit uns mitkommen. Du musst nur die Tür öffnen, *das war's*!«

Sie musste nur ...

Sie musste nur auf die Universität gehen.

Sie musste nur ein normales menschliches Mädchen sein.

Sie musste sich nur ein bisschen elfischer und ein bisschen weniger peinlich für den Familiennamen benehmen.

Sei magisch ... sei besonders ... sei eine Heldin, Arlo, aber halte dich auch von Problemen fern.

Vergiss das Schicksal und werde zum Hollow Star dies Nichttrolls.

Sie musste einfach nur die Macht benutzen, die sie – bestenfalls – komplett von den Höfen verbannen könnte, ohne überhaupt zu wissen, wie man sie einsetzte. Auf einmal stürzten all die Dinge auf sie ein, die sie sein und für andere tun sollte, und es fiel ihr immer schwerer zu atmen.

»Arlo?«, fragte Nausicaä sanfter, als sie je zuvor mit ihr gesprochen hatte.

»Ich brauch frische Luft«, antwortete Arlo knapp. Sie verlor kein weiteres Wort, machte auf dem Absatz kehrt, schritt durch die offene Tür und lief die Treppe hinunter.

KAPITEL 22

Vehan

»Na, schlechter hätte es nicht laufen können«, sagte Vehan. Angst braute sich in ihm zusammen. Er betrachtete den leeren Eingang und war sich nicht sicher, ob er der Nichte des Hochprinzen nachlaufen und versuchen sollte, ihr erstes holpriges Treffen zu retten.

Ultimative Punktlandung bei den Viridians.

Vor dem heutigen Tag war er Arlo Jarsdel noch nie begegnet. Doch wie jedes anständige Mitglied des Celadon-Fandoms (besser bekannt als »das Celadom«) wusste er natürlich, wer sie war. Auf Fanwebseiten und in Klatschzeitschriften tauchten immer wieder Bilder von ihr und dem Hochprinzen auf, sodass Vehan sie bei ihrer Ankunft auch schnell wiedererkannt hatte. Die Begegnung hatte ihn allerdings so ziemlich überrumpelt.

Fotos wurden Arlo nicht gerecht.

Nicht dass sie in natura außergewöhnlich schön wäre. Natürlich war sie hübsch – wie könnte sie es auch nicht sein, mit ihrem leuchtend roten Haar und den viridiangrünen Augen? Auf den Bildern kam jedoch gar nicht zur Geltung, wie viel sie abgesehen von ihrem Äußeren mit dem Hochprinzen gemeinsam hatte. Ihre Eigenarten, ihre Stimmungsschwankungen, die Art, wie sie sich verhielt, wenn sie ihre große Unsicherheit vergaß und gebieterisch wurde ... Es gab einen Punkt in ihrem kurzen Gespräch, an dem Vehan hätte schwören können, die beiden seien Zwillinge; die Ähnlichkeit zwischen ihnen war frappierend. Wie viel hatte Arlo vom Hochprinzen übernommen? Wie viel hatte der Hochprinz von Arlo gelernt? Wie sehr würde der Fanklub Vehan verachten, wenn er zwangsläufig herausfand, dass dieser es hinbekommen hatte, *beide* anzupissen?

»Sie wird doch nicht in diesen Wald gehen, oder?«, fragte Aurelian und drehte sich zu Nausicaä um. »Dieser schien mir nicht der sicherste Ort, um ›frische Luft‹ zu schnappen.«

»Ich bin mal ganz offen und ehrlich mit dir: vermutlich schon. Arlo is zwar ein süßes Mädchen, aber inzwischen weiß ich, dass sie ganz schlecht drin is, sich von Problemen fernzuhalten. *Argh.*« Stöhnend entfernte sich Nausicaä von den Betten. »Okay, wartet hier. Ich geh und sorg dafür, dass sich meine Zelda nicht umbringt oder so.«

»In Ordnung«, erwiderte Vehan. Mal ganz abgesehen von Arlos Beziehungen tat es ihm leid, versucht zu haben, sie zu etwas zu drängen, das ihr unangenehm war. Verständlich, dass sie nicht ihr Leben für sie riskieren wollte – verdammt, Vehan würde das alles wahrscheinlich auch nicht, wenn es ihn nicht direkt betreffen und der Hochkönig ihn nicht so höllisch aufregen würde. Immer, *immer* war in seinem Hinterkopf die Erinnerung, dass sie nur Kinder waren, dass nichts von alledem ihnen zufallen sollte. Arlo hatte vernünftig entschieden und er konnte ihr keine Vorwürfe machen. Er hätte sich nicht von seinem Starrsinn leiten lassen dürfen. »Ich komme mit.«

»Nope. ›Wartet hier‹ bedeutet was anderes, Charmeless.«

Vehan runzelte die Stirn.

»Ich weiß nicht, für wen du dich hältst«, sagte Aurelian in ungewöhnlich scharfem Ton, »aber so solltest du mit niemandem sprechen, schon gar nicht mit dem Prinzen des Seelie-Sommers. Entschuldige dich.«

»*Bei den Göttern* – ihr alle geht mir mit euren Regeln echt auf den Keks. Vehan is nix Besonderes. Es gibt noch ganze zwei andere Königsfamilien in der Fraktion des Seelie-Sommers und jede von ihnen könnte den Lysternes den Thron wegnehmen. Und das würde gar niemanden interessieren, denn so läuft das Spiel nun mal. Also, danke für den Hinweis, aber du kannst ihn dir gern in den Ar...«

»Bist du immer so feindselig?«, fragte Aurelian.

»Wag es nicht, meine Drohungen zu unterbrechen. Aber ja, so ziemlich.«

»Also gut, okay«, besänftigte Vehan sie. »So langsam verstehe ich, warum du so viele Probleme damit hattest, jemanden zu finden, der dir bei deinen Ermittlungen hilft, aber das bringt uns jetzt nicht weiter. Wir müssen nach Arlo sehen und uns vergewissern, dass es ihr gut geht. Am besten, *bevor* etwas in diesem Wald beschließt, sie zu fressen.«

Nausicaä rümpfte ihre Nase und blickte sichtlich empört auf Vehan herab. Aus welchem Grund, konnte er nur vermuten. Das Mädchen mochte sie nicht – schon seit ihrem ersten Treffen. Und das war nur fair, denn immerhin hatte seine Mutter sie zur Mörderin ernannt. Außerdem war das *die* Dark Star – sie war nicht dazu verpflichtet, überhaupt jemanden zu mögen. Urteilte er danach, wie sie so ziemlich mit jedem außer Arlo umging, war das nichts Persönliches. Außerdem konnte er nicht behaupten, sie selbst sonderlich zu mögen. »Gut. Was auch immer. Mach, was du willst«, murrte sie. Anschließend stapfte sie an den beiden vorbei und in den Flur hinaus.

Der Prinz folgte ihr.

»Sind wir uns auch wirklich sicher, dass wir die Hilfe dieser Fee brauchen?«, zischte Aurelian dicht hinter ihm. »Sie ist schlimmer als die Leute, mit denen Ihr in der Schule abhängt.«

Eisenzähne werden euch den Weg weisen. Doch … Erst wenn die Sterne günstig stehen, werdet ihr die Antworten finden, die ihr begehrt.

Vehan wollte sich nicht unbedingt mit jemandem wie der berüchtigten Dark Star zusammentun, vor allem weil sie sich bei ihrer ersten Begegnung wie ein gehässiges, unausstehliches *Kind* benommen hatte. Aber was, wenn das die Ausrichtung war, die die Seherin erwähnt hatte? Was, wenn »die günstige Stellung der Sterne« bedeutete, dass sie Nausicaä brauchten? Es war den Versuch wert. »Weißt du, an wen sie mich erinnert?«, neckte Vehan ihn, als sie die Stufen zum Erdgeschoss hinabstiegen. »An deinen kleinen Bruder.«

»Ganz und gar nicht.«

»Oh doch. Harlan. Sie haben denselben trockenen Humor und dieselbe Einstellung. Bist du deshalb so seltsam knurrig zu ihr? Mit seltsam meine ich die Art, die du dir für Harlan vorbehältst. Dieses beneidenswerte Band der Geschwisterrivalität? Leute, die dich nerven, ignorierst du normalerweise einfach. Ich sollte es wissen – *mich* ignorierst du fast immer.«

Das hatte er nicht sagen wollen, aber zum Glück nahm Aurelian es gelassen hin.

»Dann sollte ich das mal wieder tun.«

»Ja, hab auch nichts anderes erwartet. Aber tief in deinem Inneren weißt du, dass du mich doch schon irgendwie magst. Schließlich hab ich dich bei Marvin Party gewinnen lassen.«

»Erstens heißt es *Mario* Party.«

»Nein, das hört sich nicht richtig … Gah!!«

Als sie um die Kurve am Treppenende bogen, stießen sie beinah mit Nausicaä zusammen. Vehan entfuhr ein überraschter Schrei, doch dank Aurelians schnellen Reflexen stürzte er die letzte Stufe nicht hinunter. »Gute Neuigkeiten!«, erklärte Nausicaä. »Nikos meint, Arlo sei direkt zurück nach Toronto, also haben wir eine Sorge weniger. Die schlechte Neuigkeit: Ich trau ihr immer noch nich zu, sich aus Ärger rauszuhalten. Also werd ich mal nach ihr sehen. Wenn du mitkommen und dein Glück noch mal versuchen willst, halt ich dich nicht auf. Aber vielleicht solltest du dich nächstes Mal zügeln und ihr kein schlechtes Gewissen einreden? Und nur zur Info: Es heißt definitiv Mario Party.«

Nausicaä machte auf ihren Stiefelabsätzen kehrt und steuerte auf die Tür zu. Aurelian warf ihr einen finsteren Blick hinterher. Er war nicht gerade froh über ihre Unterstützung. So verhielt er sich auch immer, wenn sein jüngerer Bruder ihre Streitereien einfach beiseiteschob, um ihm zu helfen. Vehan schüttelte den Kopf, verbarg sein Grinsen und folgte Nausicaä. Doch auf einmal blieb er stehen, denn es ertönte ein Klopfen. Auch das Mädchen hielt inne.

»Ähm ... Nikos, erwartest du jemanden?«

Vehan runzelte die Stirn und sah zwischen Nausicaäs angespannter Miene und dem tieferen Stirnrunzeln auf Nikos Chorleys Gesicht hin und her. »Gibt es Probleme?«

»Noch nicht.« Der Prinz glaubte ihm nicht, denn für seine Begriffe antwortete Nikos zu schnell. »Aber man kann nicht von der Straße aus an diese Tür klopfen – der einzige Weg hierher führt durch das Hiraeth, und was von *dort* aus anklopft, ist normalerweise keinesfalls willkommen.«

Vehan wusste nicht viel über den Raum, den sie Hiraeth nannten. Seine Lehrer bei der Nachhilfe und in der Schule hatten ihm beigebracht, dass es sich dabei um ein Abstraktum handelte, eher einen Geisteszustand denn einen realen Ort. Es war ein Raum im eigenen Inneren, in dem man sich eine große Macht zunutze machen konnte, wenn man ruhig und konzentriert genug war. Als Lord Lekan sie hindurchgeführt hatte, war er vor Neugier außer sich gewesen, doch Aurelian hatte es ganz und gar nicht gefallen. Er hatte darauf bestanden, nicht zu lange dort zu verweilen. Vehan und Lord Lekan machte die Atmosphäre entspannt und seltsam benommen, doch Aurelian kratzte sie wie eine Bürste aus Wildschweinborsten.

Das Klopfen ertönte erneut, ein kurzes Stakkato von fünf Schlägen.

Nausicaä riss die Tür auf und alle Anwesenden im Raum stießen erschrockene Schreie aus. Die Kumiho im Gesellschaftsraum sprangen auf die Füße. Nikos ergriff geschwind einen eisernen Schläger, der am Tresen lehnte, und der Pixie, der sie bedient hatte, duckte sich dahinter.

Doch es stand niemand an der Tür.

Sie führte hinaus zum Hiraeth, in dem sich der Wald noch immer in alle Richtungen erstreckte. Aber es gab keinerlei Anzeichen für irgendjemanden oder irgendetwas, der oder das für das Klopfen verantwortlich sein konnte.

»*Tss* – wie langweilig.« Nausicaä zog die Tür wieder zu. Doch in dem Moment, in dem sie sie schloss, klopfte es erneut fünfmal. »Also gut, tut mir leid, Nikos, hab du Spaß mit deinem Gespensterwald. Ich muss andere Dinge erledigen.«

Sie drehte den Griff in die entgegengesetzte Richtung und machte die Tür auf, doch wieder eröffnete sich ihr das Hiraeth und anders als offensichtlich erhofft nicht Toronto.

Auch dieses Mal war niemand zu sehen.

»*Irgendetwas* muss ja dort sein«, sagte Nikos und trat mit seinem Schläger vor, um nach draußen zu lugen. »Die Tür lässt sich nicht zur Straße hin öffnen, wenn etwas versucht, aus dem Hiraeth hereinzukommen.«

»Oh mein Gott, das sind bestimmt die beschissenen Wechselbälger, die sich über uns lustig machen ... Hört mal her, ihr hässlichen Waldgören!« Nausicaä trat hinaus. Vehan schlich sich an die Schwelle und spähte ihr hinterher. »Seid vorsichtig«, mahnte Aurelian, obwohl auch er näher heranrückte, um einen besseren Blick nach draußen zu erhaschen.

Von der Türschwelle beobachtete Vehan, wie Nausicaä durch den Wald ringsum stapfte und dabei eine lange, beeindruckende Schimpftirade gegen verschiedene mögliche Übeltäter abließ. Immer noch fehlten Anzeichen eines heimlichen Zuhörers. Ein Teil von Vehan hoffte, dass sich hier ein Wechselbalg einen Spaß mit ihnen erlaubte. Diese Feenart war ziemlich schlüpfrig und die anderen an der Schule hatten sogar einen Wettbewerb laufen, wer zuerst einen finden und als Beweis ein Foto mitbringen konnte. Vehan hatte sein Handy zwar wie üblich nur selten dabei, aber Aurelian hatte seins immer mit.

Er wollte ihn gerade danach fragen, als ihm in der Ferne etwas auffiel.

»Was ist das da drüben ...?« Er zeigte auf die schattenhafte Gestalt, die an einem weit entfernten Baum lauerte. Ihre Umrisse waren verschwommen, als sei ein Kameraobjektiv nicht scharf gestellt worden. Vehan erwartete nicht, dass es etwas bringen würde, die Augen zusammenzukneifen, und seine Vermutung erwies sich als richtig. Nichtsdestotrotz befand sich dort irgendetwas, und zwar eindeutig. »Siehst du das?«

»Nein. Ich seh gar nichts.« Aurelian änderte seine Position und schaute noch etwas konzentrierter in die Ferne. Seine Sehkraft war viel besser als Vehans. Er müsste die Figur eigentlich um einiges deutlicher sehen. »Da ist nichts. Seid Ihr sicher ... Vehan!«

Der Prinz drängte sich an ihm vorbei und ging hinaus in das Hiraeth. Sobald er in den Wald trat, überkam ihn das warme sowie leicht berauschende Gefühl von gerade eben. Dieses Mal war er jedoch darauf gefasst, sodass es ihn weit weniger beeinflusste. Er fühlte sich zwar leicht betäubt, doch dank der Ruhe, die sich in seiner Brust einnistete, schärfte sich sein Blick. Dort zwischen den Bäumen *war* etwas und jetzt sah er es auch klarer – ein schwarz gekleidetes Etwas mit einer Maske um seinen Hals, einer Knollennase, Fledermausohren und lila Haut.

Dieses Etwas grinste ihn an. Dabei glänzten seine eisernen Schneidezähne auf, als würden sie Vehan zuzwinkern.

»Das ist der Butz – Pincer! Aurelian, er ist hier!«

Kaum rief er seinen Namen, nahm Pincer auch schon Reißaus. Da Vehan nicht riskieren wollte, ihn ein zweites Mal entwischen zu lassen, rannte er ihm hinterher. Er ignorierte Aurelians Bitte zu warten und Nausicaäs lautstarke Äußerung über seine mangelnde Intelligenz.

Das Hiraeth gab ihm das Gefühl, unbesiegbar zu sein.

An seinen Fingerspitzen knisterte seine Magie – bereit zum Einsatz. So mächtig wie jetzt hatte sie sich noch nie angefühlt. Wegen seines halsbrecherischen Tempos hätten seine Muskeln brennen und seine Lunge nach Luft ringen müssen. Aber je schneller er rannte und je tiefer er atmete, desto mehr Waldmagie zog er in seinen Körper und umso weniger spürte er den Tribut der Anstrengung.

Rings um ihn erklang hässliches Gelächter.

»Vay die Fee! Vay die Fee«, jubelte das Wiehern auch noch.

Vehan wäre beinah gegen einen Baum geprallt, denn sein Kopf schnellte zur Seite und er bemerkte, dass er nicht allein war.

Pincer war nicht der Einzige, der dort stand – seine Mannschaft war wieder vollzählig. Hinter Vehans Rücken sprangen noch mehr Butzen von den Bäumen und schlüpften aus dem Gebüsch. Als er seinen Blick über sie schweifen ließ, sah er auf jedem ihrer Gesichter etwas, das wie eine Gasmaske aussah. War das eine Art Abschrecktaktik? Fanden sie einfach, sie sähen dadurch furchterregender aus? Oder war in diesem Wald etwas, von dem sie anders als Vehan wussten, dass man es nicht einatmen sollte? Er war unfähig nachzudenken, denn die Butzen kamen immer näher und verhöhnten ihn kreischend, brüllend, zischend.

»Vay die Fee!«

»Prinzenbalg!«

»Wir werden dich genauso plattmachen, wie du's mit unsren Brüdern gemacht hast!«

Der Prinz legte noch einen Zahn zu.

Das Blatt hatte sich gewendet und er kam sich unglaublich dumm vor. Das alles war von Anfang an eine Falle gewesen. Vehan hatte sich von der Gruppe getrennt, raste nun durch unbekanntes Terrain und wurde von demjenigen verfolgt, den er eben noch selbst gejagt hatte. Er stürmte auf eine Lichtung – und stolperte über seine Füße, weil ein Stück Erde unter ihm ausatmete. Mit ausgestreckten Händen stürzte er zu Boden, schnappte nach Luft und hustete. Ihm war schwindlig, er zitterte und würde sich bestimmt jede Sekunde übergeben.

Mit einem Schlag spürte er, was ihn dieses rücksichtslose Tempo gekostet hatte.

Er rieb sich die Brust und befahl seinem Herzen, sich wieder zu beruhigen. Seine Augen tränten. Sein Kopf pochte. Er musste aufstehen, weiterlaufen, wegkommen, aber sein Körper zog ihn wie Blei nach unten, sodass er sich kaum zu bewegen vermochte.

»Komm schon, Vehan. Steh auf«, befahl er sich selbst. »Komm wieder auf die Beine, du hast keine Zeit für so was!«

Er drückte sich vom Boden und richtete sich wacklig auf.

Dann tat er einen Schritt.

Noch einen.

Seine Panik ließ nach. Sein Atem wurde gleichmäßiger. Es war eigenartig, wie totenstill und ruhig diese Lichtung geworden war. War es ihm etwa gelungen, seine Butzenverfolger abzuhängen? Oder war er doch in ihre Falle getappt? Er hielt inne und sah sich um.

Hier gab es nichts, keine anderen Lebensanzeichen außer von Vehan selbst. Die einzigen Rufe von »Vay die Fee« waren hohle Echos in seinen Ohren. Das Blätterdach über ihm schmolz zusammen. Geflecktes Grün und Porzellanblau wirbelten so langsam ineinander wie ein Farbstoff, der sich im Wasser ausbreitete. Dieses Phänomen verursachte Vehan Kopfschmerzen, also senkte er den Blick. Der Blumenteppich unter seinen Füßen schien ebenfalls zu schmelzen. Von den zuvor überall verstreuten Glockenblumen war keine Spur mehr zu sehen. An ihrer Stelle wuchsen Blumen, die so groß waren wie Untertassen und von einem solch leuchtenden Rot, Gelb, Blau, Orange, Grün und Violett, dass es ihm geradezu lächerlich erschien, dieselben Farbbezeichnungen je für andere Dinge verwendet zu haben.

Eine leichte Brise pflückte ihre Blütenblätter von den Stängeln und nahm sie mit auf einen luftigen Tanz, der an ein buntes Kaleidoskop erinnerte. Dies war eine wunderschöne, fabelhafte Magie, mit der keine seiner eigenen Beschwörungen je mithalten könnte. Die kleinen Blätter kreisten miteinander und ritten auf dem Wind wie auf Wellen, zerplatzten in einem Feuerwerk über seinem Kopf und flatterten wieder gen Boden.

Einige nahmen Gestalt an. Vehan sah ihnen staunend zu, wie sie sich zusammensetzten und als Tiger, Schlangen, Elefanten und Löwen zum Leben erwachten. Die Lichtung verwandelte sich in einen Zirkus wie bei den Menschen – als er klein war, hatte ihn seine Mutter einst in einen mitgenommen. Dort war ihm nach der ganzen Zuckerwatte, den karamellisierten Äpfeln und den von geschickten Menschen zusammengebauten wirbelnden Fahrgeschäften übel geworden. Doch am meisten hatte ihm die Tierparade gefallen.

Lachend streckte er seine Hand aus. Einer der Tiger schlich näher an ihn heran und diesen wollte er unbedingt streicheln. Vielleicht würde er ihn ja lassen? Hier konnte ihm nichts zustoßen, immerhin war das ein Zirkus – das gehörte alles zur Show.

»Du *dummer* Junge.«

Der Zirkusdirektor war da!

Er war gertenschlank und hatte seltsam lange Gliedmaßen. Während er querfeldein auf ihn zuging, verzog sich sein Körper in verschiedene Richtungen, gleich einem Spiegelbild in gebogenem Glas. Vehan kannte ihn. Er *wusste*, dass er ihn kannte. Aber woher? Er konnte sich nicht daran erinnern. Das lange metallgraue Haar, die frosthellen grünen Augen und die Haut, die wie das Sternenlicht schimmerte – all das kam ihm bekannt vor. Aber natürlich, Vehan hatte ihn in der Werbung für diese Show gesehen.

»Ihr Sterblichen seid eine absolute *Plage*.«

Und wieder lachte Vehan. Der Direktor war urkomisch, wenn er wütend war.

»Versprechen über Versprechen ... Ich verabscheue *Versprechen*, die dich betreffen. *Beschütze ihn* – hätte ich nur gewusst, wie viel Arbeit ich mir damit aufhalsen würde.«

Auf seinem Weg zu Vehan drehten sich die dressierten Tiere zu ihm, um ihn zu begrüßen. Sie warfen sich direkt vor ihn, sprangen mit wildem Knurren und donnerndem Gebrüll auf ihn zu, fuhren die Krallen aus und rissen ihre tödlichen Mäuler weit auf. Eine besorgte Anspannung breitete sich über das Feld aus, doch der Zirkusdirektor war ein Profi. Mit einem Schwung seiner funkelnden Silberhand zersprangen die Tiere in einem Blütenschauer, noch ehe sie ihn verletzen konnten.

Der Anblick war atemberaubend. Es war spektakulär. Vehan schrie ehrfürchtig auf und lachte, als ein Blütentier nach dem anderen in leuchtende Schnipsel zerschlagen wurde. Eins von ihnen war auf Vehan losgegangen – der Tiger, den er hatte streicheln wollen –, doch gerade als er auf sein Gesicht zusprang, explodierte er ebenfalls. Seine Blütenblätter regneten auf den Prinzen herab und blieben an seinem Haar, seiner Haut und seiner Kleidung haften.

Der Direktor packte sein Kinn mit der silberlosen Hand. »Mund auf«, zischte er.

Vehan gehorchte.

Warum auch nicht?

Der Mann schob ihm ein Holzstück zwischen die Zähne und Vehan stöhnte auf – das war Ebereschenrinde, eine andere Art von Gift, um Feenbanne zu brechen. Die Hand packte ihn allerdings fest am Kiefer und zwang ihn, in das Holz zu beißen.

Langsam bog sich die Welt wieder zurecht, verlor an Leuchtkraft und setzte sich wieder zu einer festen Form zusammen. Über den Mann vor ihm hinaus konnte Vehan nicht viel sehen. Auf einem Feld von totengrauen Blumen, deren Blütenblätter schlaff herabhingen und wie aschige Muscheln aussahen, vermochte er jedoch strahlend blaue Kleckse auszumachen.

»Was machst du hier?«

Vehan konnte nichts anderes tun, als auf seiner Rinde herumzukauen und vor sich hin zu starren.

Es war ein mühsamer Prozess, doch endlich kämpfte sich sein Verstand durch den Nebel, der sich um ihn gelegt hatte. Als sein Organismus die Droge verarbeitete, die diese aschfahlen Blumen in die Luft ausgestoßen hatten, bebte sein Körper und krampften seine Muskeln. Die Pollen hinterließen rußige Flecken auf seinen Händen, seinen Armen und seiner Kleidung, aber als er die Substanz genauer unter die Lupe nahm, stellte er fest, dass sie nicht nur aus ihnen bestand.

»Das hier ist das *Hiraeth* und kein Spielplatz für Prinzen. Komm.«

Der mysteriöse Feenmann schüttelte Vehan grob, woraufhin er das Ebereschenholz ausspuckte.

Die blauen Kleckse ... Er hatte sie auch: in seinem Haar, auf seinem Gesicht ... Sie waren warm, klebrig und ... »Blut«, murmelte der Prinz mit belegter Stimme. Diese blauen Spritzer waren Feenblut. Und es gab *so viel davon*. Er blickte an seinem Retter vorbei, dessen lange kalte Finger seiner bloßen Hand über sein Hemd strichen und ohne Rücksicht durch sein Haar wischten, um die restliche Asche zu entfernen. Nun erkannte Vehan den grausamen Ursprung dieser eigenartigen blauen Kleckse. Sie waren über das Feld verspritzt und sammelten sich in immer dunkler werdenden Pfützen um die zusammengebrochenen, reglosen Körper der maskierten Butzen, vor denen er geflohen war.

Ein weiterer Hinterhalt.

Die Gasmasken mussten die Butzen vor den Blumenpollen geschützt haben.

Er wäre unter Drogen und lachend gestorben, mit einem Lächeln auf den Lippen, ohne auch nur etwas zu ahnen.

»Mir wird schlecht.«

»Kann ich mir vorstellen.«

Sein Retter drehte ihn gewaltsam herum und führte ihn vom Feld. Vehan tapste wie ein Fohlen – mehrmals stolperte er über seine eigenen Füße, doch die Person hinter ihm zerrte ihn wieder auf die Beine, als würde er nicht mehr wiegen als ein Mehlsack. »Ich kenne dich ...«, lallte Vehan. »Du warst in der Wüste. Du hast Aurelian und mich vor diesen Kreaturen gerettet. Und jetzt hast du mich wieder gerettet ... warum?«

Als er keine Antwort erhielt, versuchte er, den Kopf umzudrehen und in das Gesicht seines Retters zu sehen, aber ihm schlugen ein solcher Frost und ein derartiger Widerwillen entgegen, dass er zusammenzuckte und den Blick wieder abwandte.

Seine geheimnisvolle Fee trieb ihn zurück durch den Wald.

Das Holz, in das Vehan gebissen hatte, half seinem Organismus überraschend schnell, sich zu entgiften. Das änderte jedoch nichts daran, dass er sich ausgemergelt und schwach fühlte und ihm sein ganzer Körper wehtat.

»Vehan!«

Als er Aurelians Stimme hörte, begannen seine Augen zu brennen. Und in dem Moment, in dem er seinen Gefährten zwischen den Bäumen erblickte, schüttelte er sich aus dem Griff seines Retters. »Hier drüben!«, rief er. Kaum hatte der Prinz gesprochen, stand Aurelian auch schon vor seiner Nase, betätschelte ihn, wischte ihm das Blut aus dem Gesicht und drehte ihn hin und her, um ihn auf mögliche Verletzungen zu untersuchen.

»Mir geht's gut«, versicherte Vehan ihm.

»Ihr seht aber ganz und gar *nicht* gut aus.« Verängstigt runzelte Aurelian die Stirn und seine Augen glühten vor Sorge. Er verhielt sich so, wie er *sollte*, wenn ihre Beziehung unbelastet wäre, weshalb Vehans brennende Augen trüb wurden. »Was ist passiert? Wieso seid Ihr voller Ruß und Blut? Wer ist ...« Er brach mitten im Satz ab, als er endlich bemerkte, wer Vehan hergeführt hatte. »Du.«

Aurelian knurrte.

Die Fee knurrte zurück. Schneller, als eine Viper zuschlagen konnte, griff seine krallenbesetzte Hand nach Aurelians Hemd. Dann zog er ihn näher an seine scharfen Zähne heran, als Vehan lieb war.

»Lass ihn los!«, brüllte der Prinz so kräftig, dass ihm wieder übel wurde. Funken tanzten wütend an seinen Fingerspitzen – eine Drohung, passend zu seinem Tonfall.

»Lethe?«

Die Fee schaute auf. Nausicaä hatte sie letztendlich eingeholt. Sie schlenderte nun vorsichtig zu ihnen herüber, was ihrer Persönlichkeit zu widersprechen schien. Als der Blick der mysteriösen Fee den ihren traf, hielt sie an und hob ihre Hände hoch – als Zeichen der Kapitulation und um ihr Gegenüber zu beschwichtigen. Ein Augenblick verstrich, dann noch einer. Zuletzt ließ die Fee Aurelian los, wobei sein Hemd durch ihre Krallen glitt und in feine Fetzen zerfiel. »Nun habe ich diesen sterblichen Jungen schon zum zweiten Mal retten müssen. Zuerst von den Cava, heute aus einem SCHLUMMERNDEN TAL ... Kinder zu haben, auf die man auch noch aufpassen muss, ist so anstrengend. Ich verstehe wirklich nicht, wie man das freiwillig machen kann. Schau mal, ich *haare* mich deswegen sogar.« Angewidert zog er ein Haar aus seinem Umhang und schnippte es in Nausicaäs Richtung.

Vehan erblasste.

Ein Schlummerndes Tal? Das Feld vorhin war ein Schlummerndes Tal gewesen? Er kannte den Begriff aus Märchenbüchern, die er heimlich gelesen hatte. Diese hatte er nämlich aus einem Teil ihrer Bibliothek herausgeschmuggelt, der nur für REIFE und Ältere zugänglich war. Schlummernde Täler waren verfluchte Böden. Orte, an denen eine so schwarze und furchtbare Magie gewirkt worden war, dass sie einen unauslöschlichen Abdruck in der Erde hinterlassen hatte, der bis in alle Ewigkeit ungeheilt blieb. Die Blumen, die auf ihren Böden wuchsen... Aus ihren aschfahlen Blütenblättern wurde Feenstaub hergestellt.

Vehan beobachtete, wie Aurelian seine Hände untersuchte, sie fast schon mühsam senkte und an seiner Hose abwischte.

»Okay, also, in diesem Satz gab's 'ne Menge Worte, die mich beunruhigen«, antwortete Nausicaä. »Frage Numero eins ...«

»Packt eure Sachen zusammen und *geht*«, erwiderte die Fee – Lethe, wie ihn Nausicaä nannte. Seine Stimme war nun so frostig wie sein Blick und klang leicht gelangweilt. »Ich war gerade mit etwas beschäftigt, wisst ihr? Es ist schwer, seine Freizeit zu genießen, wenn Kinder in der Nähe herumtoben.« Er schauderte.

»Gut, aber ernsthaft, Lethe, was zum Teufel meinst du mit ›Cava‹?«

»Was ist eine Cava?«, fragte Vehan. Diesen Begriff kannte er *nicht*. »Ist das der Name der Kreaturen, die in der Wüste waren?«

Nausicaä sah ihn seltsam an. »Du sagtest, es gibt 'ne Einrichtung in der Wüste. Von Cava war nie die Rede.«

»Vielleicht weil ich nicht weiß, was das ist!«

»Ich geh dann mal«, verkündete Lethe. »Tu mir den Gefallen und geh mit deinen kreischenden Parasiten auf einen anderen Spielplatz, Cousine. Sonst interessiere ich mich womöglich doch noch für den sehr öffentlichen Haftbefehl, den der Hochkönig gegen dich erlassen hat.«

Vehan warf seinem zweifachen Retter einen finsteren Blick zu und blieb standhaft. Er hatte es satt, dass ihm Antworten wie Bonbons vor die Nase gehalten wurden, nur um anschließend von Leuten weggeschnappt zu werden, die meinten, er solle sie nicht bekommen. Wenn er diese Situation als Einziger ernst nahm, hatte er das Recht zu erfahren, was die anderen wussten.

»Ich habe da eine Idee. Ich will auch nicht hier sein. Mir wäre es lieber, wenn ich mich nicht mit alldem befassen müsste. Jetzt wär ich gern daheim, um alle meine Hausaufgaben zu erledigen, die sich in der ganzen Zeit anhäufen, in der ich Fragmenten einer Mordermittlung nachjage. Aber dort bin ich nicht, weil ich der Erbe meines Hofs bin. Weil ich für die Sicherheit meines Volks verantwortlich bin. Und da sonst niemand beunruhigt oder hilfsbereit scheint, fällt es mir zu, das alles zu regeln. Ich musste nur deshalb aus dem Tal gerettet werden, weil ich die Butzen gesehen habe, denen wir in der Wüste begegnet sind. Und vielleicht könnte ich *dich* vor weiteren unerklärlichen Verwicklungen in meinem Leben bewahren, wenn du dich dazu herablassen würdest, uns zu sagen, was du weißt.«

Lethe sah mit milder und gleichzeitig mörderischer Miene auf ihn herab.

»Bitte bring ihn nicht um«, flehte Nausicaä, und zwar so aufrichtig, dass Vehan sich geschockt zu ihr umdrehte.

»Die Butzen aus der Wüste ... meinst du die, die zu unserem ersten Treffen geführt haben?«

Der Prinz wandte sich wieder zu Lethe um und nickte. »Einen von ihnen, Pincer, habe ich vor dem Antiquitätenladen gesehen. Ich habe versucht, ihn zu fassen, aber er war nicht allein, wie du ja gesehen hast. Es war ein Hinterhalt. Er hat mich direkt in das Schlummernde Tal gelockt und wollte mich dort vermutlich umbringen. Aber woher wusste er überhaupt, dass wir in Nikos' Laden sein würden ...?«

»Die Butzen haben dich mit *Absicht* dorthin geführt?«

Die Leichtigkeit in Lethes Tonfall war irgendwie noch furchterregender als sein Knurren. Seine stechend grünen Augen leuchteten vor all seinen geheimen Gedanken. Vehan zuckte mit den Schultern und hütete sich vor dem Ergebnis dieser Befragung. »Sieht so aus.«

»Wenn es jemanden gibt, der noch stumpfsinniger ist als ein Mensch, dann ist es ein Butz. Sie zanken und kämpfen um ihr Revier, töten sich gegenseitig für erbärmliches Zeug – sie jagen Elfen nicht in Gruppen, Prinzlein.«

»Nun, heute muss wohl eine Ausnahme gewesen sein. Ich war *da*. Ich habe es mit eigenen Augen gesehen – bevor mir mein Verstand in diesem Schlummernden Tal Streiche gespielt hat. Du warst doch auch dabei. Du hast sie *umgebracht*.«

»Ich muss es also ausführlich erklären, ja? Na schön. Ich meine, dass es ihnen an der nötigen Raffinesse fehlt, um die Schwachen von ihren Gruppen wegzulocken und sie anschließend einen nach dem anderen auszuschalten. Jemand anderes steckt hinter diesem Angriff. Die Frage ist nur: Wer? Und: Warst du das eigentliche Ziel, mein hübscher Vehan, oder nur eine kleine Ablenkung von deinen Freunden?« Lethe sah sie alle abwechselnd an. Er betrachtete sie, als wären sie Teile einer Gleichung, die er zu lösen versuchte.

»Scheiße!«

Nausicaä zersprang so plötzlich zu einer schwarzen Rauchwolke, dass Vehan erschrocken aufschrie. Der Rauch zog sich zusammen, bis nichts mehr von ihm übrig blieb und auch jede Spur von ihr verschwunden war.

»Was in aller ... wie ... *was*?«

»Habt Ihr eines Eurer Schäfchen aus den Augen verloren, Eure Hoheit?«

Kaum erholte sich Vehan von dem Schock, erwischte ihn auch schon der nächste. Er ignorierte Lethes Stichelei und wandte sich mit weit aufgerissenen Augen Aurelian zu. »Du glaubst doch nicht, dass sie auch hinter Arlo her sind, oder?«

»Verzeihung. Arlo?« Lethe lachte. Es war ein schrilles Geräusch, bei dem Vehan die Zähne zusammenbiss. »Du kannst doch unmöglich Arlo Jarsdel meinen, oder? Das ist unmöglich, denn niemand könnte so *dumm* sein.«

Wie bitte?

Vehan starrte ihn verdutzt an. »Ach ja? Arlo Jarsdel. Sie war bei uns, ist aber dann Luft schnappen gegangen. Wir haben versucht, sie einzuholen, bevor das alles passiert ist. Woher kennst du sie?«

Unversehens wurde Lethe wütend und sein Lachen ging in ein Knurren über. »*Rühr sie nicht an* – simpler kann eine Anweisung nicht sein! Dieser Wurm, dieser eifersüchtige, jämmerliche Wurm, ich werd ihn ausweiden.« Was Lethe damit meinte – wieso er überhaupt so besorgt um Arlo sein sollte –, war Vehan ein Rätsel, doch das Sternenlicht in dessen Gesicht wurde genauso aschgrau wie die Blumen im Schlummernden Tal. Sie hatten erst seit Kurzem miteinander zu tun, aber er hatte ihn noch nie so zornig gesehen. »Aus dem Weg.«

Der Prinz sprang zur Seite und schaffte es gerade noch, der Wut zu entkommen, die Lethe vorwärtstrieb.

Der Waldboden hob und senkte sich, schwoll in einem weiteren Atemzug an – und im selben Augenblick, in dem er die Luft wieder ausstieß, war Lethe auch schon verschwunden.

Vehan hatte ... so viele Fragen. »Am besten, wir gehen ein Problem nach dem anderen an.« Und zu Aurelian sagte er: »Gehen wir.« Ohne länger zu zögern, rasten die beiden Jungs zurück zum Laden.

KAPITEL 23

Arlo

Sie hatte gehofft, im Wald wieder zu Atem zu kommen – das Hiraeth war wie Balsam für ihre Seele gewesen –, aber als Arlo an Nikos und den anderen in der Lobby des BEISTANDS vorbeirannte und die Tür aufriss, landete sie direkt in Toronto.

Das war okay. Hier draußen gab es ja auch Luft.

Arlo warf ihre Tasche auf den Boden, hockte sich hin und steckte den Kopf zwischen ihre Knie. Sie vermochte nicht zu sagen, wie lange sie in dieser Pose verharrte. Wie eine Ertrinkende schnappte sie nach Luft und versuchte nebenbei, ihre wirbelnden Gedanken zu ordnen.

Vehan hatte recht.

Sie *sollte* ihnen helfen, selbst wenn sie die Gruppe nur (irgendwie) durch diese versiegelte Tür hindurchbringen konnte. Sicher würde der Hochkönig ihr verzeihen, Alchemie angewandt zu haben, wenn dies das Ende all dieser Morde bedeutete – wenn sie dadurch den Prinzen des Seelie-Sommers davor bewahrte, ebenfalls in den Schlagzeilen zu landen. Außerdem würde sie garantiert nicht noch mehr unerwünschte Aufmerksamkeit erregen als ohnehin schon, wenn sie Vehan zu dieser mysteriösen Einrichtung folgte.

Aber sie hatte *Angst*.

Cassandras Tod war ihr noch frisch ihm Gedächtnis und sie wollte nicht als weitere Leiche in den Nachrichten enden. Sie wollte nicht auf eine Zahl reduziert und von den Höfen sogar im Tod als menschliches Problem abgetan werden.

Also ja, sie hatte Angst und sie war *müde*.

Ein Großteil ihrer Familie betrachtete sie als Plage. Und diejenigen, die anderer Meinung waren, behandelten sie wie ein rohes Ei. Als sei sie zerbrechlich und unfähig, selbst etwas zu tun – sogar Celadon, den sie so *sehr* mochte und der ihre Zuneigung im gleichen Maß erwiderte, wachte manchmal zu sehr über sie. Es gab Zeiten, in denen sie sich wie eine Märchenprinzessin fühlte, die in einem Turm abgeschottet wurde und die Außenwelt immer nur beobachtete, ohne jemals wirklich am Leben teilzunehmen. Nausicaä, Vehan und selbst Aurelian ... Sie wussten nicht, dass sie nicht auf sie bauen konnten. Dass ihr Team zum Scheitern verurteilt wäre, wenn sie sich ihm anschloss. Dass jedes Mal, wenn sie versuchte, den Turm zu verlassen, eine Katastrophe geschah.

Sie sollte ablehnen, um ihnen und sich selbst eine weitere Enttäuschung zu ersparen.

Arlo wusste, dass es so besser wäre, aber ein guter Teil von ihr wollte das nicht. *Was, wenn?*, flüsterte dieser genau wie bei ihrer WÄGUNG und damals, als diese zwei Worte sie in den Feenring und generell in diese ganze Sache getrieben hatten – *was, wenn* es diesmal anders laufen würde?

Die Minuten krochen dahin.

Arlo hob ihren Kopf von den Knien und wischte sich die Tränen aus dem Gesicht, die sie sich nun doch erlaubt hatte. Sie musste nach Hause. Es war schon spät – ihr blieb nicht mehr lange, bis sie daheim sein musste –, aber das reichte nicht mal annähernd, um eine so wichtige Entscheidung zu treffen. Sie konnte nicht einfach gehen, sie musste zurück und dem Prinzen *etwas* sagen, aber was? »Was soll ich nur tun?«, fragte sie laut.

Vielleicht würden sie Arlo darüber schlafen lassen – das wäre doch vernünftig, oder? Sie konnten nicht allen Ernstes erwarten, dass sie diesem lächerlichen, hochriskanten Plan ohne ein bisschen Bedenkzeit zustimmte: Sie sollten ihr wenigstens noch ein paar Stunden geben.

Fragen kostete ja nichts. Wenn sie sich dagegen entschied, würde sie einfach ablehnen müssen und wäre fertig. Sie wandte sich wieder zum Antiquitätenladen und öffnete die Tür. Dabei stellte sie allerdings fest, dass es gar nicht mehr die Lobby war, die sie verlassen hatte. Es war zwar eine exakte Nachbildung, aber die Feen und die erwachsenen Elfen waren nirgends mehr zu sehen. Ein Menschenjunge stand genauso angewurzelt da wie Arlo, überrascht über ihr plötzliches Erscheinen und mit einem Besen in seinen Händen. Er war dürr, sein rabenschwarzes Haar war ein wildes Durcheinander aus losen Locken und seine braunen Augen waren groß vor Schreck – er sah nicht älter aus als Elyas.

»Ähm ... hallo?«, grüßte er zaghaft. »Tut mir leid, aber wir haben eigentlich geschlossen ...«

»Ja, ähm, wo sind ... ist Nausicaä noch oben?«, stotterte Arlo.

»Wer?«

»Nausicaä?«

Verwirrt schüttelte der Junge seinen Kopf.

»Äh, und Nikos? Wo ist er hin?«

Die dichten Brauen des Knaben zogen sich noch beunruhigter zusammen. »Mein Vater ist heute nicht da. Hey, alles in Ordnung? Brauchst du ... brauchst du Hilfe oder so?«

Sie hatte den falschen Laden betreten. Das war nicht der Sitz des BEISTANDS, das war die menschliche Fassade von *Chorley's Curiosities*.

»*Mist*«, stöhnte Arlo und ging rückwärts aus dem Laden. Dann knallte sie die Tür zu und versuchte es noch einmal, aber als die Tür erneut aufging, stand da immer noch der Junge mit seinem Besen, starrte sie verdutzt an und dachte vermutlich darüber nach, die Polizei zu rufen.

Und wieder schlug sie die Tür zu. Ganz gleich, wie Arlo sich auch an die Angeln krallte, an denen sie sich zuvor geöffnet hatte, und wie sie auf dieser Seite des Holzes auch klopfte, sie vermochte nicht, zu ihren Freunden zurückzukehren.

»Okay, also ... Ich schätze, ich werde einfach auf sie warten müssen?« Ihr blieb sonst nichts übrig. Sie hatte zwar ihr Handy dabei, aber darin waren keine Nummern eingespeichert, die ihr jetzt weiterhelfen konnten. Wenn sie lange genug hier draußen wartete, würde bestimmt jemand kommen, um nach ihr zu suchen, oder? Sie würde ihnen genau eine Stunde geben, dann aber wirklich gehen.

Arlo strich sich das Haar aus dem Gesicht und drehte sich wieder um. Anschließend lehnte sie sich an das Ladenfenster, um auf die Straße zu starren, auf die vorbeiströmenden Fahrzeuge und die wogende Menschenflut.

Die Minuten verstrichen.

Und keiner kam.

Laut ihrem Handy war die Zeit abgelaufen und die Straße füllte sich mit Menschen, die sich zum Abendessen aufmachten. Sie sollte einfach gehen – Nausicaä war offenbar ganz gut darin, sie in dieser Stadt aufzuspüren, und wenn Vehan wollte, dass Arlo ihre Meinung änderte, könnte die ehemalige Furie ihn zu ihr bringen.

Seufzend griff Arlo nach ihrem Handy und wollte tun, was Nausicaä vorhin vorgeschlagen hatte, nämlich ihrer Mutter eine Nachricht schicken. Sie würde ihr sagen, die Arbeit habe etwas länger gedauert und sie würde sich nun auf den Heimweg begeben. Vielleicht kaufte ihre Mutter ihr das ja ab, vielleicht aber auch nicht – sie musste es jedenfalls probieren. Aber gerade als sie ihr Handy entsperrte ...

»Hilfe!«

Arlo hielt inne.

Sie hätte schwören können, etwas gehört zu haben – eine Kinderstimme, die um Hilfe rief. Sie war jedoch zu leise und Arlo zu abgelenkt gewesen, um sich sicher zu sein. Sie wartete und lauschte, schaute sich um, aber alles schien in Ordnung. Ihr Verstand musste ihr einen Streich gespielt haben und so wandte sie sich erneut dem Handy zu.

»Irgendjemand, *bitte*, helft mir!«

Das war kein Streich. Da steckte wirklich jemand in der Nähe in Schwierigkeiten. Arlo drehte sich um und steckte das Telefon wieder in ihre Tasche – der Schrei war aus der Gasse zwischen dem Souflaki-Lokal und einem Maklerbüro gekommen, da war sie sich sicher –, doch sonst schien ihn niemand gehört zu haben. Keine andere Person auf dem Bürgersteig war stehen geblieben oder hatte sich zu dem Schrei umgewandt. Was die Passanten allerdings mitbekamen, war *sie*, wie sie bleich und mit vor Schock weit aufgerissenen Augen etwas suchte, das sie nicht hörten. Sie gingen jedoch weiter und machten dabei einen möglichst großen Bogen um sie.

»*Mist.*« Arlo würde wohl oder übel die Retterin spielen müssen. Schließlich konnte sie das weder ignorieren und einfach weggehen noch sich mit den anderen in Verbindung setzen.

»Mist, okay.« Sie setzte einen Fuß vor den anderen und betrat etwas benommen die Gasse. Aber dort fand sie nur das vor: eine schlichte Gasse – einen schmalen Abschnitt aus Ziegelsteinen, ein paar riesige Mülltonnen und überfüllte schwarze Säcke, die sich überall stapelten. Die Pflastersteine und die Ziegel der umliegenden Gebäude waren mit Schmutz bedeckt. Ansonsten war die Gasse gähnend leer.

Kein Kind befand sich in Gefahr. Keiner schrie um Hilfe. Genau genommen war hier so gut wie nichts Lebendiges zu sehen – und kaum ein *Geräusch* zu hören, ganz als wäre das gar keine Gasse, sondern eine in Magie gemeißelte Spalte.

Arlo starrte mit weit aufgerissenen Augen in die leere Gasse.

Sie spürte, wie ihr Herz gegen ihre Rippen pochte. Durch ihren Körper pumpte so viel Adrenalin, dass sie sich schwindlig und wie betäubt fühlte. Ihr jetziger Zustand war wohl auch der Grund, weshalb sie vom sicheren Bürgersteig in eine Gasse getreten war, die so durch und durch *verkehrt* war.

Ein Schritt.

Ein zweiter.

Arlo fröstelte und blieb stehen.

Diese Stille ist unnatürlich, warnte sie ihr Verstand. Vielleicht erzwang Magie diese Ruhe, genauso gut aber verschluckten vielleicht die porösen Ziegelsteine um sie herum den Lärm des Stadtlebens. Sie musste ihre Ruhe bewahren. Arlo holte tief Luft, um ihre Nerven zu stählen, und spähte tiefer in die Gasse hinein.

»Hallo?«, rief sie. »Ist da jemand?«

Keine Antwort. Sie seufzte und machte kehrt, *erleichtert*, dass es doch nichts gewesen war. Das Geräusch war das Ergebnis des enormen Stresses der letzten Wochen gewesen – wenn sie heute Abend nach Hause kam, würde sie erst mal ein Schaumbad nehmen und danach auf Netflix so lange *She-Ra und die Rebellen-Prinzessinnen* gucken, bis sie einschlief.

Doch dann ...

»Hübsche Blüte.«

Arlo blieb das Herz stehen. Sie kannte diese Stimme – erkannte sie auf Anhieb, zusammen mit dem kaum wahrnehmbaren Geruch von Salzlake und Fäulnis – und sie wollte sich nicht umdrehen. Gleichzeitig vermochte sie sich nicht davon abzuhalten.

Der Reaper.

Also war das doch Magie – ein mächtiger Zauber, den man nicht nur über sich, sondern auch über etwas anderes werfen konnte, und der zu stark war, um von dieser Kreatur zu stammen. Hieß also, sie arbeitete nicht allein. Jemand musste dieses Monster unterstützen ... aber wer?

Sie hatte keine Zeit, um über diese Frage nachzudenken.

Im Gegensatz zum letzten Mal beim Feenring war der Reaper nicht mehr verzerrt: Die riesige, skelettartige Gestalt überragte Arlo bei Weitem – er musste über zwei fünfzig groß sein. Die eine Hälfte seines Schädels fehlte, die andere war eine hohle Schale ohne Augen oder Gehirn. Aber er brauchte auch kein Augenlicht, um sich fortzubewegen. Durch die Löcher, die ihm von seiner einstigen Nase geblieben waren, konnte er die Luft riechen sowie die Angst *schmecken*, die er mit seinem klaffenden Maul voller gezackter Zähne verbreitete.

Er bestand aus nichts als knubbeligen Knochen und verrottetem Fleisch, das sich wie eine graue Abdeckplane über seine ausgemergelte Gestalt spannte. Jedes Kind der magischen Gemeinschaft war mit den Geschichten darüber aufgewachsen, was diese Feen mit ihrer uralten, eiternden Magie und ihren lang gestreckten Fingern anzurichten vermochten, mit denen sie Knochen aufbrachen, um das Mark aus ihnen auszusaugen.

Reaper verzehrten.

Das war alles, was sie taten.

Aasgeiern gleich wurden sie von schwarzer Magie, Tod und Verfall angezogen. Außerdem waren sie sagenhaft schwer zu töten.

Thalo Viridian-Verdells Position beruhte darauf, dass sie einst in den Thronsaal des Hochkönigs schritt und ihm den Kopf eines Reapers zu Füßen warf. Niemand – nicht einmal die frauenfeindlichen Mitglieder der Höfe, die es *hassten*, eine Frau und Mutter zur Anführerin ihrer Armee zu haben – konnte nach dieser Tat noch leugnen, dass sie die Richtige für diesen Job war.

Ja, Thalo Viridian-Verdell hätte eine Chance gegen diese Kreatur.

Ihre Tochter aber war kaum noch imstande, sich auf den Beinen zu halten.

»*Hübsche kleine Frühlingsblume*«, fuhr der Reaper fort. Seine krächzende Stimme klang wie ein schneidender Wind, der durch ein zerbrochenes Fenster rauschte. »*Endlich.*« Er beugte sich vor, um die Luft um Arlo herum zu schnuppern. Das Mädchen selbst keuchte, stolperte nach hinten und hielt sich die Nase mit beiden Händen zu, um den fauligen Gestank dieses Monsters abzuwehren.

»*Ist es nicht ein bisschen zu früh, um schon zu gehen? Ich habe* überall *nach dir gesucht.*«

Er hatte nach *ihr* gesucht?

Arlo wurde schwindlig. Vom Adrenalin, das sie hierhergeführt hatte, war ein Teil von ihr immer noch ganz aufgedreht, in der Gewissheit, schon bald zu sterben, war der andere indessen wie versteinert.

Das war's.

Sie hatte die Heldin gespielt und dadurch zu viel Aufmerksamkeit auf sich gezogen, genauso wie sie es vorausgesagt hatte. Der

Reaper war gekommen, um sie zu holen, und sie würde todsicher sterben – auf eine schreckliche und *schmerzhafte* Weise. Reaper verschlangen ihre Beute am liebsten, wenn sie noch lebte, schrie und sich wehrte. Sie zu zerstückeln, war obendrein nicht gerade eine sanfte Angelegenheit.

Das Monster folgte Arlo, indem es jeden ihrer zittrigen Schritte zur Straße mit einem eigenen langen und leichten Schritt begleitete. »*Du bist mir so oft durch die Lappen gegangen ... Ich habe so viele falsche Ziele erwischt ... Ihr Sterblichen, für mich seid ihr alle gleich, aber mein Meister war unsagbar unzufrieden. Heute Abend wird er glücklich sein. Komm her, kleine Blume, lass mich dich* kosten.« Vor lauter Erwartung stöhnte der Reaper, doch gerade als seine Fingerspitzen Arlos Haar berührten, wich ihre Erstarrung – und sie flitzte los.

Arlo stürmte zurück auf die Straße und rannte so schnell davon, wie ihre Beine sie tragen konnten. Der Reaper folgte ihr – Mist, sie hatte das Ganze nicht durchdacht! Ohne Rücksicht auf die menschliche Welt um ihn herum stürzte er ebenfalls auf die Straße, stieß Fußgänger beiseite und prallte gegen Fahrräder, Telefonmasten und Autos am Straßenrand.

Die Menschen waren unfähig ihn zu sehen – er hatte also etwas von seinem Zauber aufrechterhalten. Sie konnten ihn allerdings hören, wenn er knurrte, und die Angehörigen des Feenvolks unter ihnen schrien auf.

Arlo strengte sich noch mehr an und legte den Turbo ein. Sie wäre nie imstande, einem Reaper zu entkommen – dass sie es überhaupt geschafft hatte, so lange ihren Vorsprung zu behalten, hatte sie höchstwahrscheinlich der Stadt selbst zu verdanken. Reaper waren zwar blitzschnell, aber es nicht gewohnt, sich im städtischen Räumen mit all ihren Hindernissen zu bewegen. Arlo hörte etwas durch Ziegel schlagen,

Fensterscheiben bersten und noch mehr Geschrei. Als etwas ziemlich Schweres umfiel, spürte sie, wie ein Beben durch die Erde lief. Arlo wirbelte herum – der Reaper hatte sich wirklich verschätzt und war gegen ein Gebäude neben ihm gekracht. Er fiel zu Boden und *brüllte* vor Wut.

In der Ferne heulten Sirenen.

Der Reaper schlug auf die Menschen ein, die ihm unfreiwillig im Weg waren, während er sich wieder aufrappelte.

Arlo gab noch mehr Gummi – das Monster war hinter *ihr* her, also musste sie es von der Danforth Street weg – und an einen Ort locken, wo sich keine potenziellen Opfer aufhielten.

Etwas Großes segelte über sie hinweg. Arlo hörte es ächzen und sah, wie sein Schatten sie umfing. Überwältigt von seiner Größe kam sie gerade rechtzeitig zum Stillstand, um nicht von dem Ding zerquetscht zu werden, das direkt vor ihr herabstürzte.

Der Reaper hatte ein *Auto* nach ihr geworfen.

Arlo blieb keine Zeit, um in Panik zu verfallen oder sich abzutasten, um sicherzugehen, dass sie auch wirklich überlebt hatte. Sie flitzte über die Straße und schlängelte sich geschickt durch den Verkehr, der ehrfurchtsvoll quietschend zum Stillstand gekommen war. Immerhin musste es für die Menschen so ausgesehen haben, als wäre der Mazda *selbst* vom Boden abgehoben. In Windeseile glitt sie durch die vielen Menschen, die auf der Suche nach einem sicheren Ort auseinanderstoben, und steuerte eine andere Gasse an. Sie hoffte, dass diese zu einer etwas weniger überfüllten Straße führen würde.

Doch kurz vor ihrem Ziel blieb ihr Schuh an der Ferse ihres anderen Fußes hängen – sie stolperte. Sie stürzte nach vorn, auf die rissigen bröckelnden Pflastersteine, und streckte ihre Arme aus, um sich abzufangen.

»Wollt ihr mich auf den *Arm nehmen*?«

Dort, nur wenige Zentimeter von ihren ausgespreizten Fingern entfernt, war der gottverdammte *Würfel* dies Nichttrolls hingerollt. Er lag ganz harmlos da, mit der *Vier* nach oben und seiner polierten Jade und den glänzenden goldenen Zahlen, vollkommen nutzlos. Das hatte sie schon bei ihrer letzten Begegnung mit dem Monster festgestellt, das sich ihr nun von hinten näherte.

»Du kannst mir nicht entkommen, Blütenkind.«

Der Reaper hatte sich von seinem Sturz erholt. Er ging über die Straße auf sie zu und schleuderte die Fahrzeuge zur Seite, die ihm im Weg standen. Wie Galle stieg ihr die Angst die Kehle empor und sie musste würgen, aber *dafür* hatte sie *keine Zeit*.

»Ich kann dich nicht ausstehen«, zischte sie den Würfel an, den sie sich schnappte und wieder einsteckte. Dann hievte sie sich mit einer Kraft auf die Beine, pures Adrenalin.

Am anderen Ende der Gasse hatten sich neugierig Leute versammelt. Bei all dem Gebrüll, den Erschütterungen und den vielen anderen Geräuschen des Tumults konnte Arlo es ihnen nicht verübeln. Aber wie viel Zeit blieb ihr noch, bis der Reaper seinen Frust an Unschuldigen ausließ?

»Geht wieder rein!«, schrie Arlo, als sie sich durch die gaffende Menge drängte. Sie versuchte, die Leute beiseitezuschieben, und einige von ihnen zerstreuten sich auch. Viele andere nahmen jedoch wie magnetisch angezogen ihre Plätze wieder ein.

»Verdammt«, fluchte sie. Sie würde es mit einer anderen Taktik versuchen müssen. »Hey!« Arlo fuhr just in dem Moment herum, in dem der Reaper durch die Menge preschte. »Hey, du ... du Dummkopf!« Oh, wow, in ihrem nächsten Leben würde sie bessere Schimpfwörter lernen müssen. Doch es gelang ihr, das Monster von den Menschen abzulenken, die eine viel leichtere Beute wären als sie, wie sich herausgestellt hatte.

»Du willst mich, du hässliches Dreckstück? Dann komm und hol mich doch!«

Und schon düste sie los.

Der Reaper kreischte und warf sein Spielzeug beiseite. Wie jedes anständige Raubtier war auch er nur zu gern bereit, vor seiner Mahlzeit an einem kleinen Wettstreit teilzunehmen. Und schon stürmte er Arlo hinterher.

Beide rasten eine weitere Gasse entlang und hinaus auf eine andere Straße, die durch ein Wohnviertel führte. Hier saßen die Leute wenigstens in ihren Häusern und waren nicht unmittelbar bedroht. Arlo gab alles, was sie noch hatte. Der Reaper hinter ihr kam jedoch gerade erst in Fahrt – er spielte mit ihr, war vielleicht zu neugierig, um das Katz-und-Maus-Spiel jetzt schon zu beenden, und wollte sehen, wie lange sie noch durchhalten würde. Früher oder später *würde* es jedoch enden. Als sie an einer weiteren Gasse zwischen zwei Wohnhäusern ankam, bog sie schnurstracks ab. Sie wollte dieses Fangspiel nur so lange fortführen, bis die Falchion eintraf oder vielleicht sogar die Wilde Jagd ... doch dann wurde Arlo ihr verhängnisvoller Fehler bewusst.

Diese Gasse erwies sich nämlich als eine *Sack*gasse – ein Holzzaun versperrte ihr auf der anderen Seite den Weg. Sie saß in der Falle.

»Es gibt keinen Ausweg, hübsche Blume.«

Komplett außer Atem kniff Arlo die Augen fest zusammen. Sie nahm sich einen Moment Zeit, um sich zu sammeln – das war's, das würde ihr Tod sein. Der Zaun war zu hoch, um ihn zu überwinden.

»Genauso wie es kein Entkommen mehr gibt. Ich hätte nie gedacht, dass ich so viel Spaß haben würde, als sie mich hierhergebracht haben, um ihre kleinen Möchtegernalchemisten einzusammeln –, und mich mein Meister beauftragt hat, auch dich zur

Strecke zu bringen. Bist du bereit, dem Tod ins Gesicht zu sehen, Kind des Frühlings?«

Arlo wirbelte herum. »Wieso mich?« Die Worte platzten nur so aus ihr heraus, ehe sie diese unterdrücken konnte. Allerdings flehte sie nicht um ihr Leben, wie sie es vielleicht tun sollte. Stattdessen war sie wütend und verwirrt darüber, was sie getan haben könnte, damit jemand sie unbedingt ausschalten wollte. »Warum bist du ausgerechnet wegen *mir* hier? Was hab ich getan, das deinen *Meister* bedrohen könnte?«

Der Reaper stieß ein hohles, rasselndes Lachen aus und kam ein paar Schritte auf sie zu. *»Was interessiert mich das? Sie boten mir an, mich auf eure Städte loszulassen, und erlaubten mir, mich an fehlgeschlagenen Steinen satt zu fressen. Je schwärzer die Magie, desto süßer das Fleisch. Sie ist wie ein Gewürz für eure sterblichen Köstlichkeiten – wie konnte ich da ablehnen? Wenn mein Meister dich ebenfalls loswerden will, habe ich nichts dagegen. Du bist nur eine weitere Mahlzeit.«*

»Wow, verdammt noch mal.«

Arlo wie der Reaper richteten den Blick auf das Dach rechts von ihr.

»Das wird ja immer besser! Meine Prinzessin *und* mein Reaper auf einen Schlag. Wie soll ein Mädchen nur all diese Aufregung aushalten?«

Erleichterung durchströmte Arlo wie eine Flut. Sie wusste nicht, ob Nausicaä auch wirklich eine Chance gegen einen Reaper hatte, aber sie war hier und sie musste ihn auch nicht zwingend besiegen – mehr als eine einfache Teleportation brauchte es nicht. Sie würde einen weiteren Tag erleben, an dem ihre Mutter verkünden würde, dass sie die Wohnung definitiv nie wieder verlassen dürfte. Schließlich würde Thalo zweifellos von alldem erfahren. Doch das Wichtigste war: Arlo würde *leben*.

»Willst du wirklich so sehr sterben?« Der Reaper schnupperte. Da er Nausicaä nicht sehen konnte, versuchte er offenbar, sich wieder mit dem Geruch ihrer Magie vertraut zu machen. *»Ich kenne dich ... was bist du? Komm herunter, kleines Vögelein. Lass mich deine Angst kosten.«*

Nausicaä lachte und sprang vom Wohngebäude. Als sie landete, taten sich in den Pflastersteinen unter ihren Füßen Risse auf. »Herrje, und da heißt es, *ich* sei dramatisch.«

Als sie so sprach, geschah etwas Wunderliches.

Dunkelheit brach aus der Mitte ihres Rückens, direkt zwischen ihren Schulterblättern. Wie Rauch breitete sie sich in der Luft aus und strömte scheinbar unendlich aus ihr hervor. Für einen Augenblick dachte Arlo, dies sei das Stichwort für ihre Flucht. Das war wohl genau derselbe Rauch, der sie hierherteleportiert hatte. Also tat die Eisengeborene einen Schritt nach vorn und wollte nach Nausicaäs Arm greifen. Doch irgendetwas an dieser Substanz fühlte sich anders an und sie hielt inne.

Die sich ausbreitende Finsternis nahm Gestalt an.

Die einheitliche Masse, die wie Tinte aus einem Fässchen quoll, begann sich zu teilen und wurde größer. Dann streckte sie sich zu Nausicaäs beiden Seiten aus und bildete riesige, schattenhafte, zerfetzte Flügel.

Arlo wich wieder einen Schritt zurück, um Platz für diese sich entfaltende Dunkelheit zu schaffen. Als ein lautes *Kracks* erklang und bröckelnde Ziegel auf den Zement prasselten, blickte sie auf die Wand. Sogleich erkannte sie ihren Fehler – diese Schattenfetzen *waren* Flügel. Aus Nausicaäs Rücken wuchsen Knochen und die starken Krallen, mit denen die Skelettstrukturen versehen waren, vermochten Steine zu durchbohren. Mit ihrer Spannweite nahmen die Schwingen schon bald mehr Raum ein, als die schmale Gasse bot, sodass immer mehr Ziegelsteine um Nausicaä herunterfielen. Staunend schaute Arlo der Finsternis zu, als diese die letzte Phase ihrer Verwandlung durchlief.

Von den ebenholzfarbenen Knochen Nausicaäs hingen nun schwarze Fetzen herab, die weder Leder noch Federn waren und eher an eine Membran erinnerten. In einer nicht vorhandenen Brise flatterten sie wie Streifen zerrissener Seide. Diese umherwehende Schwärze schwelte auf dieselbe Art wie ein Feuer, dessen Flamme erst vor Kurzem erloschen war, und gewundene, glühend rote Adern gaben Hitze ab.

Nausicaä selbst wirkte größer, sonst jedoch unverändert, soweit Arlo das von ihrem Standpunkt aus hinter ihrem Rücken beurteilen konnte. Gleichzeitig wurde sie jetzt allerdings auch von einer Unschärfe umgeben, die an ein Negativbild eines schlecht aufgenommenen Fotos erinnerte – eine Andeutung, dass zwischen den finsteren Riesenschwingen etwas Größeres und weitaus Schrecklicheres aufragte als das umwerfend hübsche blonde Mädchen.

Dieses Durchschimmern ihrer früheren Gestalt – ihrer ehemaligen FURIOSEN Pracht – genügte, um Arlo zu verstehen zu geben: Im Augenblick sollte sie sich vielmehr vor dieser Person fürchten, die zwischen ihr und dem schmerzhaften, knochenzerschmetternden Tod stand. Und doch … spürte sie so wenig Angst wie noch nie zuvor in ihrem Leben.

In Wirklichkeit fühlte sie sich sogar irgendwie … fasziniert, und zwar so sehr, dass es ihr den Atem raubte.

Der Reaper sah keineswegs erfreut aus – ganz im Gegenteil. Als ihm endlich bewusst wurde, wer vor ihm stand, schien zu zerfallen, was von seinem Gesicht noch übrig war. Welche Erinnerungen an die Furien und Nausicaä er auch immer haben mochte, Arlo konnte wetten, dass keine davon angenehm war.

»Erinnye«, krächzte er und verkrümmte sich zur grotesken Parodie einer Verbeugung. *»Verzeih mir, ich habe dich nicht erkannt.«*

»Kein Ding, manchmal vergesse ich auch, wer ich bin.« Nausicaä tat einen Schritt nach vorn, wobei die Krallen an ihren Flügeln Furchen in die Wände ritzten. Daraufhin warf sich der Reaper komplett zu Boden, was Arlo verwunderte.

»Ich flehe dich an, erlaube dieser niederen Kreatur, sich zurückzuziehen. Verurteile mich nicht dazu, in den Pool *zurückzukehren – ich werde diese Stadt verlassen und nie mehr wiederkehren. Ich möchte nicht* vernichtet *werden.«*

Der Reaper bettelte um sein Leben. Trotz allem, was geschehen war, zog sich Arlos Herz vor Mitleid zusammen, als er so jämmerlich sprach. »Was ist dieser Pool?«, fragte sie.

»Der Sternenfeuerpool«, entgegnete Nausicaä voller Verachtung und mit angespannter Stimme. Es grenzte an ein Wunder, dass sie überhaupt reden konnte, und Arlo bereute es, sie gefragt zu haben. »Der Abgrund, in den Unsterbliche geschickt werden, um vernichtet zu werden, aus welchem Grund auch immer ... und in den diejenigen, die die ehernen Gesetze brechen, gebracht werden, um zu sterben.« Mit vor der Brust verschränkten Armen ging sie weiter auf den Reaper zu, bis sie direkt vor ihm stand. »Steh auf. Selbst wenn's noch mein Job wäre, würde ich dich nicht dorthin schicken. Du magst 'n Widerling sein, aber du hast nichts getan, was eine Vernichtung rechtfertigen würde – Menschen zu essen, ist keine schwarze Magie, sondern einfach nur unhöflich.«

Der Reaper zögerte, als könnte er sein Glück kaum fassen. Dann hob er den Kopf. *»Lässt du mich gehen?«*

Diese Frage brachte Arlo wieder auf den Boden der Tatsachen zurück. »Nausicaä, wir können ihn nicht einfach gehen lassen.

Er hat die Eisengeborenen umgebracht. Wir müssen ihn zum Hochkönig bringen. Wir müssen ...«

»Mhm, bist du deshalb den ganzen Weg hergekommen?« Nausicaä drehte sich um und stemmte die Hände in die Hüften. Arlo war verblüfft, wie ernst sie aussah. »Wolltest du dieses Arschloch auch festnehmen und zurück zum Palast schleppen, so wie du's mit mir vorhattest? Hör mal zu, ich bin megastolz auf deinen Mut, aber tu mir nächstes Mal bitte den Gefallen und sag jemandem Bescheid, bevor du dich auf die Jagd nach mörderischen Wendepunkten der Geschichte machst. Im Moment bin ich sozusagen für dich verantwortlich. Vielleicht will ich im Ruhestand einen Krieg gegen die Höfe anzetteln, aber ich würd's lieber nich über deine Leiche machen.«

»Sorry.« Angesichts dieser Zurechtweisung seufzte Arlo – war ja klar, dass sie nicht nur zu behütet, sondern auch zu unabhängig sein konnte. »Ich hab versucht, zu euch zurückzugehen! Aber ich hab den Weg zum richtigen Laden nich gefunden. Ach übrigens, was, wenn ... was ist, wenn die JAGD auf dem Weg hierher ist? Sie werden todsicher mitbekommen, dass ein Reaper gerade ein Riesenstück Danforth Street zerstört hat.«

Etwas an der Aussage fand Nausicaä offenbar amüsant, denn sie prustete los.

»*Ich schwöre dir, ich werde nie wieder in eine Stadt gehen*«, sagte der Reaper noch verzweifelter, nachdem Arlo die JAGD erwähnt hatte. »*Lass mich gehen, übergib mich nicht der JAGD. Ich habe Informationen! Diese würde ich dir im Tausch für mein Leben geben.*«

Arlo schürzte ihre Lippen. Sie warf Nausicaä einen Blick zu und bückte sich unter die rauchende, flatternde Flügelbarriere, um etwas näher zu rücken. »Du sagtest, jemand hat dich hergeschickt, um mich zu töten.«

»Oh, okay, die Sache mit den Butzen ist also *wirklich* eine Ablenkung gewesen. Cool. Cool.«

Arlo warf dem anderen Mädchen nun einen unsicheren Blick zu, denn sie wusste nicht, was es damit meinte. Aber sie beschloss, sich ihre Frage für später aufzuheben. Anschließend wandte sie sich wieder dem Reaper zu. »Du hast gesagt, jemand wollte, dass du hinter ihm aufräumst – was genau solltest du aufräumen? Die Eisengeborenen, an denen dein Meister herumexperimentiert hat?«

Es war schon ein wenig furchterregend, von etwas mit einem hohlen Kopf und ohne sichtbare Augen betrachtet zu werden. Sie glaubte nicht, dass sie diesen Anblick so schnell wieder vergessen würde.

»Man sagte mir, ich solle die Möchtegernalchemisten jagen, deren Herzen es nicht hinbekommen haben, zu vollwertigen Steinen zu werden. Ich weiß nicht, in welcher Beziehung sie zu meinem Meister standen. Ich habe nie danach gefragt.«

»Wer *ist* denn dein Meister? Kannst du uns wenigstens das sagen?«

Nur ein Name und sie müssten nicht in Vehans fragwürdiger Einrichtung nachforschen und Arlo bräuchte ihre Nase nicht noch tiefer in diese Angelegenheit stecken. Das alles könnte sogleich enden und sie müsste sich keine Gedanken mehr darüber machen, dass sich jemand ihren *Tod* wünschte oder wieso. Sosehr ihr Großonkel die ganze Sache auch ignorieren wollte, einen echten Täter könnte er nicht außer Acht lassen – die Erwachsenen würden ihren Part erledigen müssen und Arlo könnte wieder das bisschen Kind werden, das noch in ihr war und sie gern wieder wäre. Das den Tod nur als Konzept und die Angst als etwas kannte, das sich durch eine Umarmung heilen ließ.

»Ich weiß es nicht.«

Und so schwand mit dem erwartungsvollen Ausdruck auf ihrem Gesicht auch Arlos Hoffnung. »Du ... du weißt es nicht?«

Das Monster schüttelte den Kopf. *»Nein. Mein Meister und derjenige, dem er untersteht ... Keiner von ihnen hat mir jemals seinen Namen genannt, obwohl ich beide getroffen habe. Ich weiß, dass sie beide männlich sind. Der eine ist wie du ein Eisengeborener. Den anderen konnte ich weder riechen noch schmecken. Ich wusste nur, dass er da war, wenn sie sprachen. Er nennt meinen Meister ›mein Held‹.«*

»Also wirklich«, unterbrach ihn Nausicaä, »du weißt ja gar nichts. Das is kein guter Tausch. Jetzt bin ich doch irgendwie angepisst, also denk ich, ich VERNICHTE dich vielleicht doch.«

»Nein, warte! Bitte, ich kann euch sagen, wo ihr sie finden könnt! Ich kann euch sagen, was der Geruchlose ist. Ich kenne ihre Namen zwar nicht, aber der, dem mein Meister dient – ich weiß, wem er dient, ich kenne solche Leute. Bitte, versprich mir meine Freiheit und ich werde euch alles sagen.«

Nausicaä tat einen Schritt nach vorn und stellte sich neben Arlo. Dabei zog sie ihre Flügel wieder ein. Der sie umgebende Negativraum verblasste. Die schwelenden Schatten erloschen, Nausicaä setzte wieder ihre sterbliche Maske auf und sie wechselte mit Arlo einen Blick. Die tödlichen Linien in ihrem Gesicht zeichneten sich nach wie vor scharf ab und sie richtete ihre stählernen Augen wieder auf den Reaper. »Du wirst es mir jetzt sagen oder ich leg dich auf der Stelle um.«

»Der Geruchlose, er gehört zur J... nngh.«

Was auch immer der Reaper sagen wollte, wurde durch sein Ächzen unterbrochen.

Der Boden um sie herum verdunkelte sich. Ein pflaumenschwarzer Fleck quoll hervor und fraß sich in die Pflastersteine, auf denen der Reaper kniete. Mit Nausicaäs Hilfe, die sie an ihrem Hemd fortzerrte, sprang Arlo sprang beiseite. Gemeinsam entzogen sie sich dieser mysteriösen, ätzenden Pfütze. Sie erinnerte die Eisengeborene an die schattenhafte Substanz, aus der Nausicaäs Flügel gewachsen waren.

»Was geht hier vor sich?« Arlo geriet in Panik.

»Mein alter Job«, erklärte die Nausicaä verblüfft. »Aber ... wieso?«

Ihr alter Job ... Meinte sie etwa ... Steckten die *Furien* hinter dem, was gerade passierte?

»Warte!«, schrie Nausicaä über das erneute Kreischen des Reapers hinweg. Dieser wurde von der Lache verschluckt, vom Boden unter ihm verzehrt, und versank in den Tiefen eines Ortes, von dem Arlo vermutete, dass sie selbst niemals dorthin würde gehen wollen. »Warte! Was wolltest du sagen? Der Geruchlose, wer ist er? Sag es mir!«

Der Reaper war außerstande zu antworten. Seine Schreie klangen immer erstickter, während die Dunkelheit seinen Körper hinaufkroch, sich wie eine Schlange fest um ihn zurrte und ihn an sein Schicksal fesselte. Er sank unter die Erde und nach wenigen schier ewigen Sekunden war er ... fort.

Die Lache aus Dunkelheit zog sich wieder zusammen und schrumpfte zu einem Tropfen, den die Erde zuletzt einsaugte. Und so wurden die beiden Mädchen in einer ohrenbetäubenden Stille allein zurückgelassen.

»*Scheiße.*«

Arlo riss ihren Blick von der Stelle los, an der vor wenigen Augenblicken noch der Reaper gewesen war, und sah zu Nausicaä. Sie wollte etwas sagen, wollte fragen, warum sie so verstört aussah, wenn doch laut dem Reaper *sie* das Ziel war. Sie wollte wissen, was mit ihm geschehen würde, wohin er gebracht wurde, was das alles zu bedeuten hatte, doch als sie den Mund öffnete ...

»*Was* habe ich dir gesagt?«

Erschrocken wirbelte Arlo herum. Irgendwie war ein Mädchen, das nicht viel älter war als sie selbst, in die Gasse geraten. War es schon die ganze Zeit über dort gewesen? Hatte es sich wie der Reaper unter einem ungewöhnlich starken Zauber versteckt und den richtigen Moment abgewartet, um sich ihnen zu zeigen? Es war hochgewachsen, beinah unmenschlich groß, aber dennoch von menschlicher Gestalt. Die lange Kaskade seines tintenschwarzen Haars, die kantigen Gesichtszüge, das violette Kleid, das wie Farbe an seiner Haut haftete – nichts von alledem war im Grunde außergewöhnlich. Doch irgendetwas an diesem Mädchen war *anders* – jenseitig. Sein Teint war so grau wie bitterkaltes Wasser und nichts an ihm passte hierher. Mit der Gasse im Hintergrund und ihr in der Mitte sah das Gesamtbild wie ein schlecht bearbeitetes Foto aus. Die Luft um das Mädchen herum glitzerte und wirkte verzerrt, als läge eine dünne Eisschicht auf ihr.

Und seine Augen waren genauso scharf und stählern wie Nausicaäs.

Arlo wusste, wer das war, ohne dass man es ihr sagen musste – eine weitere Furie. Bei der Erkenntnis wich sie einen Schritt zurück.

Nausicaä ging sofort in die Offensive über. »Nicht besonders viel, Meg. Deshalb bin ich ja auch noch hier. Warum hast du das getan? Warum hast du diesen Reaper zur VERNICHTUNG verurteilt? Er hat 'nen Haufen Leute umgebracht und wennschon – er hat keine Magie benutzt, also geht's die Unsterblichen nichts an. Du darfst ihm nichts antun!«

Der Neuankömmling – Meg – lachte. Dabei warf sie ihren Kopf leicht nach hinten und entblößte ihren schlanken bleichen Hals. Das Lachen selbst erinnerte Arlo an ein Echo, das in einer bodenlosen Grube gefangen war. Dadurch kam ihr diese Meg noch Furcht einflößender vor als der Reaper und sie rückte etwas näher an Nausicaä heran.

»Hältst du mir etwa eine Strafpredigt über *Regeln*? Wie absurd.« Die Furie namens Meg trat vor und ihre grauen Augen blitzten auf. »Ich muss mich nicht rechtfertigen, und schon gar nicht vor dir – derjenigen, der ich ausdrücklich befohlen habe, sich aus dieser Sache herauszuhalten. Ich frage mich, was du zu erreichen hoffst, indem du diese Anweisung ignorierst. Indem du Dingen hinterherläufst, mit denen du nichts mehr zu tun hast.« Ihre Augen wanderten zu Arlo und musterten sie von Kopf bis Fuß. »Du glaubst doch wohl nicht, dass man dir gestatten wird zurückzukehren?«

Nausicaä kniff ihre Augen zusammen. »Verpiss dich, ich käm nicht mal zurück, wenn ihr mich auf Knien anbetteln würdet.«

»Wer würde das schon?« Meg trat einen weiteren Schritt auf sie zu. »Jemanden wie dich auf Knien anbetteln – ich hätte gelacht, wenn diese Idee nicht so erbärmlich und so typisch für *dich* wäre.«

Nausicaä, die sich keine Herausforderung entgehen ließ – das wusste Arlo schon über ihre neue Freundin –, drängte Meg sogleich wieder zurück. »Oh, du willst also über Erbärmlichkeiten reden, ja? Der kleine Reaper scheint dich echt angepisst zu haben, aber du hast *megalang* gebraucht, um ihn einzuholen. Die große böse Megära, die ja so viel besser als alle anderen ist, hat *Tage* gebraucht, um das Ding zu finden.«

»Bis jetzt war er nie ein Ziel«, entgegnete Megära steif.

Bei der Art, wie sie Arlo ansah, fragte sich diese, was das zu bedeuten hatte. War ihnen der Reaper am Ende so lästig geworden, dass eine Furie eingreifen musste, oder hatte er es heute auf etwas Bestimmtes abgesehen ... auf etwas, von dem die Unsterblichen nicht wollten, dass es Schaden nahm?

Ehe sie dazu kam zu fragen, was das wohl sein könnte, knurrte Nausicaä: »*Wieso?* Versteh mich nich falsch, ich will definitiv nicht zurück in euren blöden kleinen Baumhausklub. Ich will nur wissen, was hier los is. Erklär mir *irgendwas* davon und dann lass ich's vielleicht sein, so wie du willst!«

»Wie ich will?« Meg kam vorwärtsgestürmt. Sie schien vor Wut größer zu werden und ihre magische Aura durchflutete nun die gesamte Gasse, sodass Arlo sie spielend leicht wahrnahm – kühl und salzig, wie eisige Meeresluft. »Weißt du denn, was *ich* will? Du hättest es sein sollen. Es hätte dich treffen sollen! *Du* hättest sterben sollen, nicht Tisiphone. Wenn die Götter mir erlaubt hätten zu wählen, welche Schwester ich verliere, *hätte ich mich für ...*«

Hals über Kopf schaltete sich Arlo ein.

Vom Schock und Adrenalin lagen ihre Nerven immer noch blank.

Megäras Worte waren das Schrecklichste, was sie je gehört hatte. Diese richtete sie allem Anschein nach auch noch an ein Familienmitglied. Das ließ sich nicht mal damit vergleichen, als Hochprinz Serulian Arlo bei einem denkwürdigen Palastbesuch beiseitegenommen hatte, um ihr zu sagen, sie habe ihrer Mutter durch ihre Geburt das Leben ruiniert.

Nausicaä stand wie angewurzelt da.

Das alles veranlasste Arlo dazu, direkt auf die unbekannte Furie zuzugehen und sie zu ohrfeigen.

Erst als sie das vollbracht und Megäras Gesicht zur Seite gefegt hatte, wurde ihr bewusst, was sie da getan hatte. Aber es tat ihr nicht leid – sie hatte bloß fürchterliche Angst, dass sie gerade einen Reaper überlebt hatte, nur um von einer Furie ausgeweidet zu werden. Denn die verdutzte Miene, die sich ihr wieder zuwandte, verriet ihr, dass sie sich genau darauf gefasst machen konnte. Doch nichts davon tat ihr leid. »Entschuldige dich!«, befahl sie. »Wie kannst du zu deiner eigenen Schwester nur so was sagen? Das kannst du nicht ernst meinen – sag ihr, dass es dir leidtut!«

Nausicaä machte große Augen.

Megära tat es ihr gleich.

Arlo blieb standhaft, auch wenn sie sich ein wenig wünschte, der Boden unter ihr würde so wie beim Reaper nachgeben und sie verschlucken. Gleichzeitig fürchtete sie jedoch genau das. Doch obwohl sich Megära sträubte und imposant, unvorstellbar groß aufrichtete, sagte sie kein Wort. Sie tat nichts, als sich umzudrehen und schwungvoll einen Arm auszustrecken, woraufhin lederne, glänzend schwarze Flügel aus ihrem Rücken hervorbrachen. Diese umhüllten sie in nur einem Wimpernschlag und fort war sie.

Das undefinierbare schmerzhafte Gefühl, das Arlo gelegentlich in Nausicaäs Blick wahrnahm, leuchtete hell und ebenso namenlos wie immer, als sie sie nun ansah. Dann – wie jedes Mal, wenn die Eisengeborene es erhaschte – verblasste es auch schon wieder. »Du hast grad 'ner Furie 'ne Ohrfeige verpasst.«

»Ist mir auch aufgefallen …« Arlo atmete bebend aus, als sie auf ihre Hand hinuntersah. Sie schmerzte – sie hatte eine Furie geohrfeigt, und zwar *wie*.

»Gehn wir«, fügte Nausicaä sanft hinzu und hakte sich bei Arlo unter. »Ich find, das war mehr als genug Aufregung für einen Tag. Lass uns unsre zurückgebliebenen Sommerelfen suchen und dich vor Beginn deiner Ausgangssperre heimbringen.«

KAPITEL 24

Arlo

Die Dunkelheit, die Arlo erst zur Danforth Street gebracht hatte, spuckte sie nun alle vier in die schattige Innenhofecke der *Indigo*-Buchhandlung aus. Diese lag nur wenige Blöcke vom Frühlingspalast entfernt.

Die belebte Kreuzung Bay und Bloor Street – nicht nur eine der teuersten Einkaufsmeilen der Stadt, sondern auch Heimat zahlreicher Touristenattraktionen wie dem Royal Ontario Museum – bot genug Ablenkung, um unbemerkt aus dem Nichts wiederaufzutauchen. In der frühen Abenddämmerung kleideten sich die Wolkenkratzer allesamt in immer dunklere Roben aus geschmolzenem Orange und königlichem Pflaumenblau, als würden sie die Rückkehr des Prinzen feiern. Die Tausenden blassen Lichter der Autos, Schilder, Straßenlaternen und Büroräume schimmerten wie Juwelen, die sie als Schmuck trugen.

»Da wären wir wieder. Zurück im Feindesland. Meine Abenteuerlust kennt echt keine Grenzen«, verkündete Nausicaä monoton, während Vehan und Aurelian von ihr davonstolperten. Ersterer fiel auf die Knie und übergab sich auf den Boden. »Wirklich reizend.«

»Was ist gerade passiert?«, röchelte Aurelian, dem offenbar auch ziemlich übel war.

»Mir kommt's so vor, als würdest du sogar die wissenschaftliche Erklärung dafür verstehen. Ich hingegen versteh die nich. Es reicht, wenn ihr wisst, dass ihr grad eure erste Teleportation erlebt habt. Juhu!«

Aurelian schien alles andere als erbaut. »Erklär mir bitte, wie das möglich ist. Nur die Wilde Jagd ist dazu imstande. Und selbst für sie gibt es Regeln, um den Einsatz dieser Fähigkeit in unserem Reich zu regulieren. Die Jäger dürfen sich nur in der Nacht, aber in kein Gebäude teleportieren. Du hast das allerdings noch bei Tageslicht bewerkstelligt.«

Nausicaä zuckte mit den Achseln.

»Bist du ein Mitglied der Wilden Jagd?«

»Das hätten sie wohl gern!«, erwiderte sie und lachte auf.

»Was für eine furchtbare Art, sich fortzubewegen«, murmelte Vehan, als er wieder aufstand.

Im Gegensatz zu den beiden Jungs hatte es Arlo diesmal viel besser überstanden. Sie war sich zwar nicht sicher, ob sie sich jemals an diese Reisemethode gewöhnen würde, aber sie war glücklich, dass sie sich jetzt nur leicht desorientiert fühlte.

»Wie funktioniert diese ganze Teleportationssache?«, fuhr der Prinz fort. »Kannst du dich auch in Räume teleportieren? Oder an Orte gelangen, an denen du noch nie gewesen bist?«

Nachdenklich tippte sich Nausicaä ans Kinn. »Ja und ja, aber auch nein. Theoretisch kann ich an jedem x-beliebigen Ort auftauchen, aber das is verdammt schwer, wenn man nich weiß, woraus man sich wieder zusammenpuzzelt. Heutzutage is es natürlich viel einfacher, irgendwo hinzukommen, denn ich brauch nur 'n Bild von dem Ort, an den ich will, und das Internet hilft mir immer gern dabei. Google Street View is das Beste, was die Menschen je erfunden haben.«

»Interessant«, sagte Vehan und wandte sich wieder der Eisengeborenen zu. »Arlo? Würdest du dir meine Bitte wenigstens durch den Kopf gehen lassen?«

Sie hatte den beiden Sommerelfen berichtet, wie sie auf den Reaper gestoßen war und was sie zusammen mit Nausicaä von ihm erfahren hatte. Diese blieb während des ganzen Gesprächs ungewöhnlich ruhig, also entschied sich Arlo, die Furien in ihrer Zusammenfassung nicht zu erwähnen.

Sie hatten wohlweislich darauf verzichtet, sie weiter zu bedrängen, aber nun, an der Schwelle zum Abschied, konnte Vehan sie offenbar nicht ohne einen letzten Appell gehen lassen. »Wir möchten einfach nur, dass du die Tür für uns öffnest. Ich brauche von dir doch nur ein Quäntchen des Muts, den du aufgebracht hast, um einen Reaper von unschuldigen Leuten wegzulocken. Dir ist das alles nicht egal. Ich weiß das. Niemand hätte heute so gehandelt wie du, wenn er sich nicht um das Leben anderer sorgen würde. Bitte hilf uns, Arlo. Bitte hilf *mir* – ich möchte mein Leben genauso wenig verlieren wie du.«

Während Vehan sprach, schaute Arlo ihn geradewegs an.

Sie hatte noch nie jemanden mit so blauen Augen gesehen. Sein Blick war unglaublich intensiv und voller Entschlossenheit, diesen überaus gefährlichen Plan durchzuziehen, koste es, was es wolle. Dabei spielte es für ihn keine Rolle, dass er selbst mehr oder weniger noch ein Kind war. Oder dass Leute wie der Hochkönig sich damit begnügten, den Kopf in den Sand zu stecken und nichts zu unternehmen, obwohl sie diejenigen waren, die andere zusammentrommeln sollten.

Aber dieses Problem zu ignorieren, würde es auch nicht lösen.

Wenn niemand außer einem Teenager und seinem Leibwächter versuchen würden, etwas dagegen zu tun – wenn es nun einem Kinderprinzen zufiel, die Welt am Laufen zu halten –, dann würde Vehan alles in seiner Macht Stehende tun, um dieser Herausforderung zu begegnen – und zu gewinnen.

Das alles konnte Arlo aus seinen ruhigen Augen herauslesen. Angesichts der Art, wie er ihren forschenden Blick erwiderte, als ob er einen Hauch von alledem auch in ihr zu sehen vermochte, wandte sie ihren Blick ab.

Ohne recht zu wissen, wieso oder was sie zu finden hoffte, sah sie zu Nausicaä hoch. Erst war das blonde Mädchen völlig undurchschaubar. Doch plötzlich wurden all die scharfen Kanten und die vagen Anzeichen ihrer geisterhaften wahren Gestalt sanfter, was ihr ganz und gar nicht ähnlichsah. »Es ist deine Entscheidung«, sagte sie. »Ich mein, wenn du mitgehst, werd ich dich *wohl oder übel* begleiten, wenn du willst. Jemand muss ja aufpassen, dass du nich umkommst. Nicht zuletzt wird der Prinz mir 'ne Menge für meine Hilfe schulden, und da er ein zukünftiger König is, könnte sich das eines Tages als nützlich erweisen. Aber du musst selbst entscheiden, was du tun willst. Das oberste Gesetz des Universums ist immerhin die freie Wahl – schlimme Dinge passieren denen, die jemand anderem diese Wahl nehmen.«

Es war Arlos Entscheidung.

Sie würde selbst darüber entscheiden müssen, wie ihre Zukunft aussehen sollte.

Sie wollte weder eine Heldin sein noch sterben. Aber wäre ihr Leben wirklich lebenswert, wenn sie nie an etwas teilnähme, ohne Rücksicht auf das Risiko?

Arlo dachte an Nikos zurück, der sein Leben und seine Magie aufs Spiel setzte, um anderen zu helfen, die höchstwahrscheinlich nie davon erfahren würden.

»Ich denk drüber nach«, hörte sie sich sagen.

Vehan nickte eifrig und ein zurückhaltendes Lächeln umspielte seine Lippen. »Natürlich. Unsere Pläne können noch ein paar Tage warten. Darf ich dir meine Nummer geben? So könntest du mich erreichen, selbst wenn ich wieder zu Hause bin.«

Arlo erklärte sich einverstanden. Sie tauschten alle ihre Nummern aus, sogar Nausicaä (dem Feenvolk gefiel es vielleicht nicht, wie tief die Technik inzwischen in ihrem Leben verwurzelt war, aber sie mochten ihre Handys doch genauso sehr wie die Menschen). Dann trennten sich ihre Wege auch schon wieder. Arlo sah Vehan und Aurelian sich dem Menschengewühl auf dem Bürgersteig anschließen und um die nächste Ecke biegen. Ihr Herz war schwer und ihr Kopf voller Gedanken. Sie legte ihre Hand wieder um Nausicaäs – der Funke, der bei ihrer Berührung sprühte, war nun beinah beruhigend – und zusammen verschwanden sie wieder aus dem Dasein.

Als sie wiederauftauchten, befanden sie sich an einem weiteren Gasseneingang direkt gegenüber von Arlos Wohnhaus.

»Danke«, sagte sie.

Nausicaä nickte.

Sie musterte Arlo aufmerksam, sagte jedoch nicht, worüber sie nachdachte. Die Stille zwischen ihnen war nicht gerade unangenehm, doch Arlo wollte wieder einmal etwas sagen, um sie zu füllen. »Also ... wirst du ihnen wirklich helfen?«

Nausicaä nickte erneut. »Ja. Ich dachte, 's kann nich schaden, wenn's so aussieht, als würd ich nur versuchen, den Erben eines Seelie-Throns vorm Tod zu bewahren. Und er hat recht. Ich *nehm ja* Anteil. Ich mein, wer immer hinter alldem steckt, is selbst für meinen Geschmack 'nen Tick zu bösartig, danke sehr. Und wo wir schon dabei sind: Ich halt auch nicht viel davon, dass diese Person eine Zielscheibe auf deinen Rücken malt. Aber sie erschafft Steine der Weisen und das is ... das is schon heftig.« Sie zwinkerte Arlo zu und wich einen Schritt in die Gasse zurück, fort von ihr und vermutlich, um sich fortzuzaubern.

»Es tut mir leid«, platzte Arlo heraus, bevor Nausicaä aufbrechen konnte. Wegen irgendeines verspannten und flatternden Gefühls in ihrer Brust war sie noch nicht ganz bereit, sich von Nausicaä zu verabschieden.

Diese blieb stehen und starrte sie verdutzt an. »Wieso?«

»Die Worte dieses Mädchens – deiner Schwester? Megära? Es tut mir leid, was sie zu dir gesagt hat. Der Jäger aus dem Thronsaal. Ich glaub, du hast ihn Eris genannt. Er sagte, man habe dich aus dem Reich der Unsterblichen rausgeworfen, stimmt das?«

Wieder einmal erhielt sie auf ihre Frage nur ein stummes Nicken.

»Was auch immer passiert ist, weshalb du auch verbannt wurdest, es tut mir leid. Ich weiß nicht genau, worüber du und deine Schwester geredet habt, aber ... was dich dazu getrieben hat, das Gesetz zu brechen und ... und diese Leute vor langer Zeit zu töten ... niemand rastet einfach so aus. Da muss etwas wirklich Schlimmes geschehen sein und das ... tut mir einfach leid und ... ähm, geht es dir gut?«

Das stumme Starren wurde Arlo ein wenig unangenehm.

Rosige Hitze stieg ihr ins Gesicht.

Angesichts ihrer Aufrichtigkeit war Nausicaä wie versteinert. Sie standen einander nicht nahe genug, um so ein inniges Gespräch zu führen. Arlo begriff es. Sie verstand. Sie rückte ihre Tasche, die ihr Vehan zurückgegeben hatte, ein wenig höher auf die Schulter und winkte Nausicaä etwas unbeholfen zum Abschied zu. »Ich mein, natürlich geht's dir nicht gut, es war immerhin ein langer Tag. Ich wollte nur ... Ich wollte dir nur sagen, dass mir das alles leidtut. Das ändert zwar nichts, aber ... nun ja. Okay, wie auch immer, man sieht sich, vielleicht? Versuch bis dahin nicht in zu viele Schwierigkeiten zu geraten, ja?«

Schlussendlich brach der Bann, unter dem Nausicaä stand, und sie prustete los. »Du bist echt seltsam, weißt du das? Ich mein, du hast dem Reaper vorhin ganz schön den Hintern versohlt. Ich kenn ausgewachsene aufgeblasene Elfen, die im Gegensatz zu dir nich mal in der Lage wären, dem Ding ins Auge zu sehen. Und lass mich dir eins sagen: Megäras Ausdruck, als du sie geohrfeigt hast – den vergess ich nie. Ernsthaft. Wir können's zwar nicht hören, aber du hast mein Herz auf jeden Fall zum Hüpfen gebracht. Du bist ... Du bist einmalig, Arlo Jarsdel. Aber du bist auch verdammt seltsam.«

Arlo konnte ihr nicht wirklich widersprechen. Ihr ganzes Leben lang hatte sie sich überall, wo sie sich anpassen wollte, wie eine Außenseiterin gefühlt. *Seltsam.* Aus Nausicaäs Mund hörte sich der Begriff irgendwie nicht mehr schmerzhaft an.

»Aber trotzdem danke. Mir geht's gut. Das alles ist vergangen. Ich denk ja kaum noch dran«, fuhr sie schroff fort. Doch Arlo brauchte sie nicht ein Leben lang zu kennen, um diese dreiste Lüge zu durchschauen.

»Du gehörst zu den Leuten, die auf taff und stachlig tun, aber in Wirklichkeit superlieb sind, stimmt's?«, neckte sie Nausicaä, um die Situation herunterzuspielen und nicht zu erwähnen, was sie beide wussten – nämlich dass es Nausicaä ganz und gar nicht gut ging und Megäras Worte nur die Spitze des Eisbergs waren.

»Nee, mein Kern is genauso stachlig wie meine Schale. Ich bin wie ein Kaktus, der sich in noch mehr Kakteen spießt.«

Arlo lachte. »Okay, nun, danke, Kaktus, dass du mich wieder gerettet hast. Wenn ich euch nicht ... Nein, ich mein, ich werde euch garantiert keine große Hilfe sein, abgesehen von der ganzen Sesam-öffne-dich-Sache. Obwohl ich mir selbst dabei nicht so sicher bin, ob ich das hinkriege. Also möchte ich dir gern sagen, dass *ich* deine Hilfe trotzdem zu schätzen weiß, selbst wenn ich meine Meinung doch nicht ändere und nicht mit euch mitkomme.«

»*Tss* ... wenn du hier jetzt weinerlich wirst, geh ich. Es is keine große Sache. Ich hab nur ... nun, das kleine Mädchen im Café ... ich dachte mir, ich bin ihr was schuldig. Ich konnte *ihr* nich helfen, also ... aber ich bin nicht gut! Hör auf, mich so anzuglotzen! Ich bin egoistisch und hab mit diesen ganzen Rettungsaktionen nur versucht, dass meine Schuldgefühle weniger werden, mehr nicht!«

Arlo hatte keine Ahnung, wie sie Nausicaä ansah, deren Pupillen sich leicht geweitet hatten. Sie fühlte sich offensichtlich so unangenehm berührt, dass ihr gebräuntes Gesicht blau anlief. Was auch immer in Arlos eigenem Gesicht zu sehen war, sie spürte, wie sich in ihrer Brust wieder etwas zusammenzog. Sie verstand nicht, wieso sie so traurig wurde, als sie unter Nausicaäs Angeberei diesen Anflug von Schmerz und Panik erhaschte. Also lachte sie abermals auf. »Klar doch. Keine gute Person. Der dunkelste Stern am Himmel – kapiert.«

»Ich mag's, wenn du frech zu mir bist.« Nausicaä zwinkerte ihr zu und grinste. Ihr voriges Unbehagen wurde durch ein messerscharfes Vergnügen ersetzt.

Kopfschüttelnd warf sich Arlo nach vorn, und zwar einfach nur, weil sie ihre Arme um Nausicaä schlingen und sie umarmen wollte. Ohne irgendwelche Hintergedanken. Als wären sie *enge* Freundinnen. »Gute Nacht, Nos.«

»... Was?«

Verwirrt drückte sich Arlo von ihr weg.

Sie brauchte einen Moment, um ihr Gespräch geistig noch einmal Revue passieren zu lassen und zu verstehen, wovon

Nausicaä gerade überrumpelt war. Sie zuckte zusammen, als ihr klar wurde, was sie da gerade gesagt hatte – wie vertraut sie mit einem Mädchen umgegangen war, das Jahrhunderte älter als sie selbst und auch noch viel wichtiger war. »Sorry, das ist mir so rausgerutscht«, erklärte sie und berichtigte sich, »Nausicaä.«

Wieder herrschte Schweigen.

Nausicaä hatte die Umarmung nicht erwidert, sondern stand nur wie eine Statue da. Als hätte in ihren vielen Lebensjahren noch nie jemand sie umarmt oder ihr trotz ihrer vielen Titel einen freundschaftlichen Spitznamen gegeben ... Vielleicht aber war es einfach nur viel zu lange her, seit sich jemand getraut hatte, das zu versuchen.

Offenbar würde sie auf ihre Entschuldigung keine Antwort bekommen. Also nickte Arlo kurz zum Abschied und machte auf dem Absatz kehrt. Sie würde abhauen, bevor ihre zwischenmenschliche Unbeholfenheit noch mehr Schaden anrichten konnte. »Entschuldige!«, rief sie ein letztes Mal über ihre Schulter. »Man sieht sich!«

Sie machte, dass sie davonkam, ließ Nausicaä in der Gasse zurück und flitzte die Straße hinauf zum Zebrastreifen auf ihrem Heimweg. Ihre Mutter würde erst in ein paar Stunden nach Hause kommen. In ihrer Wohnung angekommen schickte Arlo ihr sogleich eine kurze Nachricht, dass sie von einer etwas längeren Schicht zurück war. Seit sie *Chorley's Curiosities* verlassen hatte, war sie nun zum ersten Mal allein mit ihren Gedanken und konnte Luft schnappen.

Sie schleppte sich in ihr Zimmer, entledigte sich ihrer zerrissenen und schmutzigen Kleidung und ließ sich auf ihr Bett fallen. Sie lag auf ihrer Daunendecke und sah der untergehenden Sonne zu, wie sie durch die Glastüren ihres Balkons hereinschien und ihre Zimmerdecke in Orange-, Rosa- und Porzellanblautöne tauchte.

Noch keine zwei Wochen war es her, dass sie achtzehn Jahre alt und im Café *Good Vibes Only* Zeugin eines Todes geworden war.

In dieser kurzen Zeit war bereits so viel passiert und vieles in Arlos Leben auf einmal ganz anders. Und es würde noch viel mehr geschehen, bis jemand alledem ein Ende setzte. Vehan ... Aurelian ... Nausicaä ... Alle drei gehörten zu der Art von Leuten, die in ihren Büchern zu Helden wurden. Die Kühnen. Die Tapferen. Die Begabten. Diejenigen, die trotz ihrer Angst dem Tod ins Auge zu blicken und einen Moment länger an ihrer Entschlossenheit festzuhalten vermochten als alle anderen.

Ich kenn ausgewachsene aufgeblasene Elfen, die im Gegensatz zu dir nich mal in der Lage wären, dem Ding ins Auge zu sehen.

Du bist einmalig, Arlo Jarsdel.

Arlo seufzte – stöhnte auf, als sie sich daran erinnerte, wie peinlich sie sich in der Gasse benommen hatte. Sie wünschte sich, sie könnte die Zeit zurückspulen und an sich feilen, um ein bisschen »cooler« rüberzukommen.

An diesem Abend war Nausicaä jedoch stolz auf sie gewesen. Sie hatte Arlo zwar nie wie ein zartes, unfähiges Blümchen behandelt, aber heute war das erste Mal seit ihrem ersten Treffen, dass Nausicaä sie auf Augenhöhe angesehen und auch so mit ihr gesprochen hatte.

Wie mit einer *Freundin*.

Vielleicht lag das Problem ja gar nicht darin, dass Arlo nicht das Zeug zur Heldin hatte. Womöglich konzentrierte sie sich wieder einmal viel zu sehr auf das, was sie nicht war, und übersah dabei, was sie bereits war – einfallsreich, mutig und, vielleicht am wichtigsten, nicht auf sich allein gestellt.

Könnte sie sich stattdessen auf diese Dinge fokussieren, wäre sie vielleicht in der Lage, aus Vehans mysteriöser Einrichtung, die er unbedingt untersuchen wollte, herauszukommen und sich Nausicaä als ebenbürtig zu betrachten.

KAPITEL 25

Nausicaä

Gute Nacht, Nos.
Nausicaä warf einen Stein in den schlummernden Springbrunnen.

Die Atmosphäre im *Casa Loma* war nach Feierabend viel angenehmer als tagsüber, wenn das prächtige gotische Herrenhaus im Zentrum Torontos der Öffentlichkeit zugänglich war. Als Touristenattraktion und beliebter Ort für Trauungen war es gut gepflegt. Man bemühte sich, die schlossgrauen Ziegel, die weiß- und goldverzierten Fenster und die ockerfarbenen Türme so gut wie nur möglich instand zu halten, doch der Garten gefiel Nausicaä am besten. Mit seinem frühlingsgrünen Rasen, den kunstvoll angelegten Blumenbeeten und dem ausladenden Brunnen mit kristallblauem Wasser war seine Schönheit eine sorgfältige, nüchterne Perfektion – eine Maske, die von den hoch aufragenden Eichen und dem kriechenden Gebüsch um ihn her ablenkte: von der Wildnis, die ihre Klauen nach seinem Saum ausstreckte.

Gute Nacht, Nos.
Gute Nacht, Alec.

Sie warf einen weiteren Stein auf den Widerschein des Mondes im Wasser und beobachtete die sich ausbreitenden Wellen.

Es war schon viel zu lange her, seit sie aus Zuneigung einen Spitznamen erhalten hatte. Tisiphone hatte ihr vielerlei Namen gegeben – clevere, alberne, süße, zornige Namen – und sie war nicht die Erste gewesen. Definitiv auch nicht die Letzte, aber kein Kosename hatte Nausicaä jemals so den Atem verschlagen wie Arlos schüchternes und doch aufrichtiges »Gute Nacht, Nos.«

Verdammt, sie hatte sich so sehr bemüht, sich vor solchen Dingen abzuschotten und Mauern aufzubauen, um andere und deren Vertraulichkeiten von sich fernzuhalten. Arlos kleines »Geht es dir gut?« und »Gute Nacht, Nos« sowie diese gottverdammte Umarmung, Dinge, dir ihr schon *viel zu lange* niemand mehr gegeben hatte – nichts davon hätte sie so berühren dürfen und doch war es geschehen ... »Ich will das nicht«, knurrte sie.

»Ich fürchte, du musst schon etwas genauer sein.«

»Eris!« Endlich. Sie hatte sich schon gefragt, wie viele Steine es wohl brauchen würde, um die gewünschte Aufmerksamkeit zu erregen. Nausicaä drehte sich um und strahlte die vier Gestalten hinter sich an. »Ich dachte schon, ihr wärt gar nicht schlecht in eurem Job, sondern euch wär nur alles egal.«

Sie wusste, der Hochkönig wollte sie einfangen und dass es für die Wilde Jagd ein Kinderspiel wäre, wenn sie sich denn wirklich auf die Aufgabe konzentrieren würde. Nausicaä war klug und sie vermochte sich mit weit weniger Einschränkungen zu teleportieren als die Jäger. Wegen all der Regeln, die die Höfe für ihre Anwesenheit in diesem Reich aufgestellt hatten, konnten diese nur dorthin gelangen, wohin die Nacht sie brachte. Dennoch hatte sie sich nicht gerade versteckt. Sie hatte Toronto nicht einmal verlassen. Und die Positionen, die die vier Wilden Jäger innehatten, verliehen ihnen besondere Fähigkeiten – als ihr Anführer brauchte Eris sie nur zu ergreifen, um jedes Gramm ihrer Macht vorübergehend außer Kraft zu setzen.

Dass sie bis jetzt noch keinem von ihnen über den Weg gelaufen war, war eines der vielen Dinge, die sie in letzter Zeit verwirrten – es wurde Zeit für ein paar Antworten.

»Hast du uns deswegen herbeibeschworen? Kannst du es nicht erwarten, bestraft zu werden?« Eris trat vor. Sein mitternachtsfarbener Umhang flatterte um seine Beine. Er hatte seine Kapuze zurückgezogen, sodass seine schwarz-bronzene und silbergesprenkelte Haut freigelegt war. Diese glitzerte unter bestimmten Winkeln wie der Himmel, dem sie alle rechtmäßig gehörten. Schwarzes Haar mit bernsteinfarbenen Strähnen ... zermürbende Augen wie von weißem Arsenik ... starke Gesichtszüge und eine kräftige Statur – er sah genau so aus, wie ihn Nausicaä in Erinnerung hatte. »Du bist eine Närrin. Zu deinem Glück ist der Hochkönig auch ein Narr. Nach deiner Geschichte im Palast würde ich dich lieber hier haben, falls etwas passieren sollte. Aber denk nicht, dass du meinen Großmut überstrapazieren kannst.«

»Siehst du? Ich wusste immer, dass du mich magst.«

»Das habe ich einst getan.«

Die Enttäuschung in Eris' klarem Tonfall war ein weiterer Schlag, den Nausicaä nicht erwartet hatte. Die Wilde Jagd und die Furien – wegen der lebenslangen Konkurrenz zwischen ihren Einheiten ließ sich ihre Beziehung bestenfalls als turbulent bezeichnen. Doch Nausicaä hatte Eris und seinem Kader ziemlich nahegestanden. So nahe, dass er ihr sogar einen Umhang angefertigt hatte, der sich in nichts von den Gewändern unterschied, die alle Jäger trugen und die *nur* sie tragen durften. Diese Kleidungsstücke waren wirklich exquisit und hatten eine Menge drauf – weit mehr, als die Sterblichen wussten –, einschließlich der Möglichkeit, sein Äußeres zu verändern. Nausicaä hatte dies ausgenutzt und sich in Eris' exaktes Ebenbild verwandelt, um sich dorthin zu schleichen, wo sie nicht hätte sein sollen, und sich das FEUER zu verschaffen, das zu ihrem Fall geführt hatte. Mehr als hundert Jahre später hatte er ihr immer noch nicht verziehen, dass sie ihre Freundschaft verraten hatte. Er hatte für sie Regeln verbogen oder übersehen, ihr erlaubt, ein Leben zu nehmen, das eigentlich nicht für den Tod bestimmt gewesen war – nur das eine, nicht die zehn anderen, die sich als genauso verachtenswert wie das ihres Anführers herausgestellt hatten –, und war in Schwierigkeiten geraten, als sie rebelliert hatte. All das vermochte er ihr bis heute nicht zu verzeihen. Von allen, die sie seit Tisiphone verloren hatte, vermisste sie ihn am meisten. »Was willst du, Nausicaä?«

Dir sagen, dass es mir leidtut.

Von dir hören, dass du mich verstehst.

Dass alles zwischen uns wieder so wird wie früher, bevor mir klar geworden ist, wie schrecklich alles war.

Nausicaä öffnete den Mund, doch brachte keines der Worte hervor, die sie sagen wollte.

»Du willst also nur mit Eris reden? Hast nicht mal ein einziges Hallo für mich übrig?«

Sie stieß ein kurzes Lachen aus und die Spannung löste sich. Vesper glitt nach vorn und zog ebenfalls xiese Kapuze zurück. Xier war lang und schmal, golden und so schimmernd wie das Sternenlicht, hatte schockgelbe Augen, efeugrünes Haar und xiese Zähne waren aus Adamant statt Knochen. Vesper ähnelte xiesen Gefährten wirklich sehr – xier war genauso schön, auf eine beunruhigend geisterhafte Weise. Xier war auch der Jüngste, da xien die Unsterblichkeit mit kaum sechzehn Jahren für sich beansprucht hatte, und hegte eindeutig den kleinsten Groll von allen gegen sie.

»*Hallo*, Vesper. Wie ich sehe, hat sich an deinem Geltungsdrang nichts verändert.« Sie breitete ihre Arme aus und schnaufte, als Vesper ein wenig zu hastig auf sie zustürmte, um sie auf der

Stelle zu umarmen. Yue schloss sich ihnen an – kräftiger, nur etwas kleiner als Vesper und ein bisschen älter, mit glänzend schwarzem Haar, einem perlmuttartigen, rehbraunen Teint und Augen von einem giftigen Hellviolett. Er war mit Zwillingsdolchen ausgestattet – Waffen aus Adamant zu beiden Seiten, die er mit beispielloser Präzision zu werfen vermochte.

Erst als ihre Augen zu brennen begannen, erkannte sie, wie sehr sie die beiden vermisste. »Hi, Lethe«, grüßte sie viel kühler das vierte und letzte Mitglied der JAGD.

Lethe grinste sie spöttisch an. Seine Verachtung für sie war ihr nicht neu und im Moment war diese ebenso bitter wie sein stechend grüner Blick – er schien noch gereizter als sonst. Ein guter Grund, ihn in Ruhe zu lassen.

»Es reicht. Vesper, Yue, reißt euch zusammen.«

»Ach, komm schon, Eris«, jammerte Vesper. »Es ist *Jahre* her, seit die ganze Bande beisammen war!«

Yue nickte eifrig. Er war kein Freund von Worten, wenn Taten ausreichten.

Es brauchte nicht mehr als einen scharfen Blick, um die beiden an ihre Positionen zu erinnern: Da Eris der Anführer der Gruppe war, galt sein Wort. Wenn er ihnen etwas befahl, mussten sie gehorchen. Vesper und Yue ließen sich zurückfallen und reihten sich wieder neben Lethe ein. Letzterer war gerade damit beschäftigt, sich mit einer seiner tödlichen Krallen etwas aus den Zähnen zu pulen.

Als alle wieder an ihren Plätzen waren, wiederholte Eris: »Warum hast du uns heute Abend hergerufen, Nausicaä? Ich werde dich nicht noch einmal danach fragen.«

»*Tss* – na gut. Du Spielverderber.«

Sie rutschte vom Steingeländer herunter und landete auf ihren Füßen. Dann ging sie auf Eris zu, pflanzte sich direkt vor ihm auf und blickte finster in sein stoisches Gesicht. »Ich will Antworten.«

»Konkreter.«

»Ich will alles wissen, was ihr über diese Todesfälle unter den Eisengeborenen und über die Menschen wisst, die wohl wegen einer Art Schwarzmarkthandel von der Straße verschwinden. Ich will erfahren, was ihr über die Steine der Weisen wisst. Ich stand so kurz davor, von diesem Reaper einen verdammten Namen zu erfahren – von dem, den du wohl auf Lethes Veranlassung hin bei den Furien gemeldet hast, damit sie ihn bestrafen?«

Nausicaä konnte den Grund erahnen und war sich ziemlich sicher, dass der Reaper ausradiert worden war, weil er direkt auf die eine Sterbliche losgegangen war, die sie in Sicherheit wissen wollten. Arlo ... aber wie passte Lethe in das Ganze hinein? Er tat nichts für andere, es sei denn, er profitierte irgendwie davon ...

Sein Blick war nun wirklich eingefroren – vielleicht war er nur wütender als sonst, weil er Extraarbeit hatte verrichten müssen. Ehrlich gesagt hätte Nausicaä es bevorzugt, wenn er sich diese Mühe nicht gemacht hätte.

»Lethe erwähnte etwas von Cava«, fuhr sie fort und deutete mit ihrem Kopf in seine Richtung. »Das is 'ne riesige Mistkacke, Eris. Warum beteiligen sich nich mehr Unsterbliche daran? Warum unternehmen die Furien nichts *dagegen*? Wieso macht der Hochkönig nichts?«

Eris seufzte. Sie konnte den Ärger in seinen Augen flackern sehen. »Mir sind die Hände gebunden, Nausicaä. Was auch immer ich dir erzählen könnte, der Hochkönig hat uns befohlen, den Mund zu halten. Und was auch immer Lethe dir gesagt hat, er hätte es nicht tun sollen.«

»Dann fordere ich euch heraus.«

Damit lockte sie ihn aus der Reserve. Mit weit aufgerissenen weißen Augen starrte Eris sie an. »Ich ... was?«

»Ich fordere euch heraus. Sucht euch ein Spiel aus. Wenn ihr gewinnt, lass ich euch in Ruhe. Wenn *ich* gewinne, musst du mir sagen, was du weißt. Jeder, der die JAGD bei einer Herausforderung besiegt, verdient sich einen Gefallen von ihr – dieses Gesetz steht über dem, das deinen Mund verriegelt.«

»Genau, und jeder, der gegen uns verliert, wird in das Hiraeth gebracht, in eine Bestie verwandelt und zum Spaß von uns GEJAGT.«

Nausicaä deutete mit einem Finger auf ihn. »Genau deswegen würde ich euch auch in Ruhe lassen. Komm schon, Eris. Lass uns kämpfen.«

Einen Augenblick lang herrschte Stille, und die ehemalige Furie und der Jäger trugen einen geistigen Wettstreit aus. Eris starrte härter als je zuvor auf Nausicaä herab, doch sie begegnete seiner Strenge mit der ihr eigenen kühlen Entschlossenheit.

»*Eris*«, stöhnte Lethe regelrecht. Seine Miene zeigte ein solches Verlangen, dass Nausicaä erschauderte. »Eris, ich weiß, wir haben unsere Differenzen und dass du über meinen Mangel an Enthusiasmus in letzter Zeit nicht allzu erfreut bist. Aber ich *flehe* dich an, lass mich bitte diese Herausforderung annehmen. Lass mich dieses Spiel spielen. Ich verspreche dir, meine Leistung wird sich dann schnurstracks verbessern.«

Wieder herrschte Schweigen.

Eris richtete seinen Blick auf Lethe.

Nausicaä war kein bisschen überrascht, dass es in ihren Reihen Unruhen gab. Lethe war der Älteste von ihnen – viel älter als sie selbst. Gerüchten zufolge war er der allererste Jäger, den Cosmin je erschaffen hatte. Eigentlich sollte er Eris' Position innehaben, nur ... wollte er sie nicht. Jäger (von denen es unzählige gab) waren einst lebende Angehörige des Feenvolks mit erstaunlichen Fähigkeiten. Sie wurden dem Tod entrissen und unsterblich gemacht, um Cosmin als Seelenfährmänner zu dienen. Nur die Besten von ihnen, Cosmins Lieblinge, erhielten einen der vier glorreichen Posten bei der Wilden Jagd und durften erneut im Reich der Sterblichen wandeln, als wären sie wieder am Leben – Posten, derer man sich nur durch eine andere Art von Herausforderung bemächtigen konnte. Schon zu Lebzeiten waren sie alle Jäger. Und Lethe war eine Legende ... eine grausame Legende.

Die Zeit milderte diesen bösartigen Charakterzug in ihm ganz und gar nicht – im Gegenteil, sie verstärkte ihn nur und Lethe wurde vollkommen labil. Er war nicht der Anführer der JAGD, weil er die Verantwortung – die Beinschelle, wie er sie selbst nannte – für sie nicht tragen wollte. Doch Nausicaä beneidete Eris ganz und gar nicht. Es musste schwierig sein, mit Lethe klarzukommen und ihn ständig im Zaum zu halten.

Sie könnte echt am Arsch sein, wenn Eris ihn die Herausforderung annehmen lassen würde.

Verdammt – sie hätte bessere Bedingungen stellen sollen.

»Nein.«

»*Uff* ...« Nausicaä lachte erleichtert auf, ehe sie es sich verkneifen konnte. Sowohl Eris als auch Lethe warfen ihr einen Blick zu. »Ich mein, oh nein! Wie schade.«

»Eris ...«, begann Lethe.

»Die Antwort lautet: Nein.«

Lethes Gesicht verzog sich vor Wut, jedoch nur kurz, sodass man es leicht hätte übersehen können, wenn man geblinzelt hätte. Er sah so aus, als könnte er seine Absicht dennoch verwirklichen – aus Gewohnheit –, doch stattdessen öffnete er nur den Mund, um weiter zu streiten. Eris hob eine Hand. »Ich werde dein schlechtes Verhalten nicht auch noch belohnen. Du haust ohne Erlaubnis ab, Vater allein weiß, wohin, und drückst dich vor deinen Verantwortungen. Sobald deine Leistungen besser werden, wird auch meine Gunst wieder steigen. Vesper – ich überlasse es dir.«

Vesper – eine kleine Gefälligkeit, wenn man so will. Sie wollte nicht zu viel hineindeuten oder zu viele Hoffnungen daraufsetzen, dass Eris' Zorn doch nachließ, aber Nausicaä hatte bereits bewiesen, dass sie Vesper bei einigen ihrer Spiele zu schlagen vermochte. Ihre Chancen gegen xien standen zumindest besser als gegen Lethe, sogar wenn sich Vesper nicht zurückhalten würde. Das war immerhin eine echte Herausforderung – xier konnte nicht anders.

»Ja, Mann!«, rief Vesper und schlug mit der Faust in die Luft. »Jetzt geht's los, Alec. Wart's nur ab, ich hab den besten …« Xier zuckte zusammen und warf ihr einen entschuldigenden Blick zu. »Tut mir leid. Ich mein, Nausicaä.«

Inzwischen war Lethe auf hundertachtzig. Eris schritt wieder zurück zu Yue und der aufgebrachte Jäger sollte ihm allem Anschein nach folgen. Letzterer ließ sich jedoch Zeit, um Nausicaä zu verdeutlichen, wie außer sich vor Wut er war, dass sein Anführer die Folter verhindert hatte, auf die er sich so gefreut hatte. Nausicaä antwortete ihm mit einem schlichten Achselzucken.

»Komm schon, Nausicaä, komm! Ich hab die beste Idee, lass uns los!« Vesper stürmte vor und packte sie an der Hand. Die Nacht senkte sich herab. Sie breitete sich um sie herum aus, als wäre sie Tinte, die vom Himmel wie aus einer Schale verschüttet worden war.

Sie hasste diese Reiseform. Die Nacht war kühl und ein wenig glitschig. Sie war nicht feucht, aber es kam ihr so vor, als würde sich Schlamm an sie schmiegen, und sobald sie sie komplett einhüllte, fühlte sie sich wie lebendig begraben.

Auf einem Gebäudedach in der Stadt spuckte der Schlamm sie wieder aus. Eris, Yue und Lethe waren nirgends zu sehen. Nur Nausicaä und Vesper waren noch da. Xier konnte xiese Freude kaum noch zurückhalten, während xier sie nun ansah und xies Haar in der nächtlichen Brise um xies fuchsartiges Gesicht wehte.

»Also gut, Kindchen. Was hast du Schönes für mich?«

»Wie wär's mit einer Runde Apport?«

Nausicaä verdrehte ihre Augen, um ihre aufsteigende Zuneigung zu überspielen. Sie nannten es *Apport*. Dabei lief man in die Welt hinaus, JAGTE die tödlichste Kreatur, die man finden konnte, und brachte als Beweis für diese Begegnung eine Trophäe mit. Die Trophäenart hing von den Vorlieben der Spieler ab und war meistens der Kopf der Kreatur. Vesper hatte allerdings eine gütigere Seele. Xier bevorzugte es, solche Teile an sich zu reißen, die deren Besitzer nicht schmerzlich vermissen würden.

»Dieselben Regeln wie immer?«

Vesper nickte. »Spätestens wenn die Sonne aufgeht, treffen wir uns wieder hier. Bist du bereit, dir den Hintern so richtig versohlen zu lassen, Krake?« Xier grinste sie an und zeigte ihr alle xiese spitzen Metallzähne. Sosehr sie einander auch mochten, xier war immer noch ein Jäger – der ganze Sinn xieses unsterblichen Daseins bestand darin, bei Dingen wie diesem Spiel zu gewinnen. Nausicaä nahm es xiem nicht übel.

Sie erwiderte sogar xies Grinsen.

Als sich Vesper erneut fortzauberte, blieb Nausicaä an Ort und Stelle. Sie besaß bereits alles, was sie für diesen Sieg brauchte. Erst heute hatte sie im Hiraeth etwas aufgelesen, das sie dachte gebrauchen zu können. Und als Vesper Stunden später zurückkehrte, erwies es sich sogar als extrem nützlich. Nausicaä ließ das einzelne Haar auf das Dach fallen, direkt neben die Drachenschuppe, die xier ihr zu Füßen warf. Vesper stöhnte auf, als xier sich seiner Niederlage bewusst wurde. Xier fiel zu Boden und umarmte schmollend xiese Knie. »Das ist so unfair, wie hast du das überhaupt hingekriegt?«

»Spielt keine Rolle – es zählt nur, dass ich gewonnen hab. Lethe is 'n schlimmeres Monster als dein kleiner Drache. Und jetzt erzähl mir mal, was ihr über die Eisengeborenen wisst und was mit ihnen los is.«

Vesper seufzte.

KAPITEL 26

Aurelian

Es gab so vieles, was man hinter Riadne Lysternes Rücken flüsterte.

Die Leute nannten sie ehrgeizig – schon als Kind setzte sie sich zum Ziel, die KNOCHENKRONE zu erlangen. Sie trainierte, lernte, lebte, atmete und blutete dafür. Trieb sich dazu, alles mit äußerster Perfektion durchzuführen, und gab sich mit nichts zufrieden, was nicht perfekt war.

Man bezeichnete sie auch als intelligent – sie war stets die Klassenbeste sowie die Siegerin jedes Sparringkampfes. Sie bestand schon in jungen Jahren darauf, an den Ratssitzungen ihrer Mutter, der Königin, teilzunehmen. Erst zweifelten die Mitglieder, ob sie viel mehr als nur zuhören könne, und staunten schließlich über ihren scharfen Sinn für Politik und Strategie.

Wunderschön ... stark ... talentiert ... Das waren die Begriffe, mit denen das Feenvolk am lautesten über die Seelie-Königin des Sommers sprach. Doch die Feen beschrieben sie auch noch mit *anderen* Worten ...

Weißt du, warum ich euch hierhergebracht habe, Aurelian?

Niemand wollte in das Büro eingeladen werden, in dem Aurelian gerade stand. Eigentlich war es ein ganz gewöhnlicher, fast schon freundlicher mittelgroßer Raum mit grauen Teppichen und buttergelben Wänden. Zu seiner Rechten befand sich ein großes Erkerfenster, hinter ihm an der Tür ein Schiefersteinkamin. Ein massiver Schreibtisch von so hellem Eichenholz, dass er beinah weiß schien, wurde zu beiden Seiten von je zwei Bücherregalen aus purem Gold flankiert. Anhand nur dieser Einrichtung wirkte der Raum recht langweilig – nicht gerade einer Königin würdig geschweige denn von sämtlichen Palastbewohnern mehr als ein Kerker gefürchtet.

Der einzige sichtbare Hinweis auf den Schrecken, den dieses Gemach symbolisierte, gab das in die Wand direkt hinter dem Schreibtisch der Königin zwischen diesen glänzenden Elementen eingebaute Kolumbarium. Zahlreiche kompakte Nischen waren in eine weitere Platte aus beinah schwarzem Schiefer eingelassen und keinerlei Inschrift wies auf einen Zweck hin oder verriet, was sie enthielten. Aber das war auch nicht nötig. Aurelian bildete sich ein, er könnte die letzten, panischen Schläge der Herzen hören, die in dieser Wand eingeschlossen waren – Herzen, die die Königin denen entriss, die ihr in die Quere kamen, Herzen der Leute, die wie Aurelian vielleicht ein bisschen zu viel über ihre geliebte Königin des Lichts wussten, aber im Gegensatz zu ihm nicht klug genug waren, sich auf die Zunge zu beißen.

Weißt du, warum ich euch hierhergebracht habe, Aurelian? Ich gebe dir einen Tipp – es hatte nichts mit deinen Eltern zu tun. Oh, ich wollte sie schon hier haben, zum Zweck der Kontrolle über dich. Aber weißt du, warum ich dich *wollte?*

Es war totenstill.

Keiner sprach, bis die Königin das Wort ergriff.

Aurelian stand weiterhin regungslos da und starrte auf die Nischen. Er war hundemüde – es war schon spät und er hatte einen langen Tag hinter sich. Er war gerade erst aus Toronto zurückgekehrt, als Isolte, eine von Riadnes Gefolgsleuten, ihn aus seinem Zimmer geholt und mit Tränen in den Augen in das Büro der Königin geschickt hatte, als wäre dies das letzte Mal, dass sie ihn sah.

Das würde es nicht sein.

Er war noch immer eine viel zu nützliche Schachfigur, als dass Riadne ihn jetzt schon zu einer weiteren Trophäe machen würde. Er stand, starrte vor sich hin, wartete und zwang sein Herz, nicht so wild zu rasen. Vielleicht war es zwar noch nicht an der Zeit für ihn, zu einem Teil dieses Mausoleums zu werden, aber man hätte ihn nicht *hierher*bestellt, wenn Riadne nicht wütend auf ihn wäre.

»Nun?«

Aurelian riss seinen Blick von der Wand los. Riadne saß an ihrem Schreibtisch und schaute nicht von dem Bericht auf, den sie so gemütlich durchlas, als hätten sie alle Zeit der Welt für dieses Gespräch – und die hatten sie ja auch. Sie konnte ihn hier tagelang stehen lassen, wenn sie wollte. Aurelian verlagerte sein Gewicht unruhig von einem Bein aufs andere. »Wir ... haben mit dem Hochkönig gesprochen, Eure Majestät. Vielen Dank, dass Ihr dieses Treffen arrangiert habt. Seine Hoheit war sehr erfreut, dass Ihr seine Sorgen ernst genommen habt.«

»Gehöre ich zu der Sorte, die ihren eigenen Sohn nicht ernst nimmt, Aurelian?«

»Nein, Eure Majestät.«

Eine weitere Sekunde Schweigen verging und noch eine.

Wie eng du dich mit meinem Vehan angefreundet hast.

»Ihr habt mit Azurean gesprochen. Wie ist es gelaufen?«

Sie sah immer noch nicht zu ihm auf. Aurelian wusste ehrlich nicht, ob ihm das so lieber war. »Er versicherte Seiner Hoheit, dass er alles in seiner Macht Stehende tut, um diese Situation aufzuklären ...« Die Königin prustete. Aurelian wagte es nicht, einen Kommentar dazu abzugeben. »Er dankte ihm für seine Besorgnis und lud uns zu einem Abendessen mit ihm und seiner Familie ein. Deshalb sind wir auch so spät zurückgekommen. Ich würde nicht sagen, Seine Hoheit sei beruhigt, aber ...«

Er ist wirklich sehr angetan von dir.

Er findet jeden sympathisch, der ihm Aufmerksamkeit schenkt.

Wieder wurde er unterbrochen, doch dieses Mal von einem Klopfen an der Tür. Die Königin bat die Person herein und Aurelians Herz schlug schneller. Er fragte sich, wer das war. »Ah, Zale. Sehr schön.«

Weißt du, warum ich dich hergebracht habe? Na los, rate mal.

Zale, der Meermann, der schon seit zehn Jahren in Riadnes Diensten stand und ein Mitglied ihrer königlichen Garde sowie Vehans persönlicher Trainer war. Die Meermenschen konnten ihre Schwimmflossen jederzeit gegen Beine tauschen und umgekehrt, nur taten es die meisten nicht gern. Ein Großteil von ihnen mochte es nicht, sich lange von ihrem wässrigen Zuhause fernzuhalten, wenn überhaupt. Sie konnten es nämlich nicht – welche Mühen Zale auf sich nahm, um hier nicht auszutrocknen ... Warum er ausgerechnet in den Palast gekommen war, konnte Aurelian nur vermuten: Womöglich war er auf dieselbe Weise angelockt worden, mit der die Königin auch seine Eltern für sich gewonnen hatte. Doch obwohl Aurelian und Zale gut miteinander auskamen, stand Zale Vehan näher. Viel mehr als das wusste Aurelian nicht über ihn.

Riadne sah nun auf. Sie legte ihren Bericht beiseite und lehnte sich in ihrem Stuhl zurück. Ihre strengen Gesichtszüge wurden durch den knisternden Unmut in ihren Augen noch schärfer. Beides stand im totalen Kontrast zu ihrem gelassenen Lächeln.

»Du hast meinen Sohn ohne meine Erlaubnis den AUSGANG benutzen lassen.«

Zale trat tiefer in den Raum ein. Statt seiner zeremoniellen Rüstung trug er nun eine bequeme braune Baumwollhose und ein lockeres weißes Schlafhemd, das gerade so von seinem marineblauen Cardigan bedeckt wurde, den er sich wohl eben erst übergeworfen hatte. An seinen zerzausten grünen Haaren war zu erkennen, dass er durch diese Vorladung aus dem Bett geholt worden war.

Sein Blick traf Aurelians nur flüchtig, bevor er sich an seiner Seite steif und stramm aufstellte. »Das habe ich, Eure Majestät.«

»Du hast meinem Sohn erlaubt, den AUSGANG zu benutzen, um sich dem Hochkönig aufzudrängen. Vielleicht dachtest du, es steht dir nicht zu, ihn aufzuhalten? Verzeihlich, denn das tut es wirklich nicht. Aber du hast es zugelassen und ich habe noch keine Nachricht von dir erhalten, dass so etwas geschehen ist.«

Zale schwieg. Selbst er, der so wortgewandt, charmant und umgänglich war, Humor als Ablenkung nutzte und dessen Witz oft seinen Verstand übertraf – wusste, dass er sein Glück nicht herausfordern durfte. Nicht an diesem Ort. Nicht in Gegenwart dieser Herzen, die so kalt waren wie der Stein, der sie gefangen hielt.

Riadne griff nach einem silbernen Brieföffner auf dem Tisch, zog ihn aus seiner Scheide heraus und stand auf. Aurelian schluckte und beobachtete besorgt, wie sie sich ihnen beiden näherte. Mit dem glänzenden Metall zwischen ihren Fingern verschränkte sie ihre Hände viel zu unschuldig hinter ihrem Rücken. »Mach den Mund auf«, sagte sie ruhig, als sie vor Zale stehen blieb.

Sämtliche Farbe wich aus Zales Gesicht, doch weder zögerte er noch stellte er den Befehl infrage. Er öffnete seinen Mund und

Riadne machte eine ganze Show daraus hineinzuspähen. »Du hast ja doch noch eine Zunge dadrin. Urielle weiß, ich habe schon zur Genüge gehört, wie du sie benutzt – ihr Meermenschen liebt eure Stimmen wirklich sehr, aber *du*, mit deinem unentwegten Geplapper und deinen Liedern ... Sing etwas für mich, Zale – nach dem heutigen Tag sorge ich mich, dass du es verlernt haben könntest.«

Als Zale sie nur mit vor Angst geweiteten grauen Augen anstarrte, schnipste Riadne mit den Fingern der freien Hand hinter ihrem Rücken.

»*Souls of Poets dead and gone, what Elysium have ye known, happy field or mossy cavern, choicer than the Mermaid Tavern?*«

Aurelian biss sich auf die Lippe und verkniff sich ein Stöhnen.

Das Feenvolk mochte noch so wenig von der Menschheit halten, aber es hatte die menschliche Kreativität schon immer geschätzt. Der Gründer der *Mermaid Tavern* hatte sie nach einem von ihm vertonten Gedicht benannt. Dieses Lied kannte so ziemlich jede Fee, aber nicht weil ihre Schulen den Werken menschlicher Dichter der Romantik eine ganze Unterrichtseinheit widmeten. Das Jingle »The Mermaid Tavern« war beinah genauso beliebt wie die Schenke auf dem Goblin Market, die es bewarb. Würde seine Wahl Riadne beleidigen? Würde sie denken, er nähme die Situation auf die leichte Schulter?

»Sing weiter«, sagte sie und hob ihre freie Hand, um seine Wange zu tätscheln. Für die geheuchelte Zuneigung war ihr Lächeln viel zu hohl. »Aurelian.« Sie hatte nur einen Schritt machen müssen, um sich direkt vor ihm aufzubauen.

»*... Have ye tippled drink more fine than mine host's Canary wine? Or are fruits of Paradise sweeter than those dainty pies of venison? ...*«

»Jawohl, Eure Majestät?«

Sag es mir, ich möchte es aus deinem Mund hören. Ich weiß, du bist schon dahintergekommen. Du bist wirklich gut in diesem Spiel und ich muss zugeben – ich bin beeindruckt. Wie lange wirst du durchhalten können? Wie lange wird dein innerer Konflikt noch anhalten?

»Aurelian ... du bist so ein cleverer Junge. So eigensinnig. Trotz all deiner großen Bemühungen weiß ich, dass du Vehan sehr liebst. Ich liebe ihn auch. Es würde mir das Herz brechen, wenn ihm etwas zustoßen würde ... zum Beispiel bei einem heimlichen Treffen mit bewaffneten Butzen. Oder durch Drogen. Ich bin mir sicher, du weißt, dass ich von deinem früheren Drogenkonsum Bescheid weiß.« So viel hatte er angenommen, ja – es gab nicht viel am Hof der Seelie-Königin des Sommers, wovon sie nichts wusste. Und das war bei Weitem nicht das Schlimmste, was sie gegen ihn einzusetzen vermochte. Genauso war ihm bewusst, dass sie sein Spiel mit Vehan durchschaute. Doch solang der Prinz selbst ahnungslos blieb, war das nicht weiter wichtig. Solang Aurelian noch *Zeit* hatte ...

Viel besorgniserregender war jedoch im Moment, dass sie über den Vorfall mit Pincer Details kannte, von denen ihr Vehan nichts erzählt hatte. Der Revierkampf, in den sie verwickelt worden waren ... der Feenstaub, den sie als Vorwand für ihr Treffen benutzt hatten ... Toronto lag zwar außerhalb ihres Einflussbereichs, aber Aurelian war sich sicher, dass sie dennoch herausfinden würde, was heute sonst noch passiert war. *Ihn* müsste sie nur bedrängen, um an diese Informationen zu gelangen, und er würde nachgeben. Riadne brauchte seinen wahren Namen nicht, um ihn auszuschalten.

»Ich nehme nichts mehr, ich schwör's ...«

»Das spielt keine Rolle.«

»... *I have heard that on a day mine host's sign-board flew away* ...«

»Und das ist mir auch egal.«

»... *Nobody knew whither* ...«

»Wichtig ist nur, dass du deine Arbeit auch weiterhin erledigst. Dass mein Sohn in Sicherheit, beschützt und am *Leben* bleibt. Das kriegst du doch hin, nicht wahr, Aurelian?«

Weißt du, warum ich dich hierhergebracht habe?

»Jawohl, Eure Majestät.«

»Wunderbar. Ich würde deine reizende kleine Familie nur ungern für dein Versagen bestrafen ... und jemand anderen mit deinen Pflichten betrauen. Ich finde deine Sturheit zwar lästig und wünschte, du wärst nur ein *bisschen* entgegenkommender, aber Vehan ist dickköpfig. Er braucht einen Gefolgsmann, der mit seinen Launen Schritt halten kann. Habe ich mich klar genug ausgedrückt? Hast du mich verstanden?«

»Vollkommen, Eure Majestät.«

Vollkommen.

Riadne würde ihn ersetzen, wenn sie ihres gemeinsamen Spiels je mehr als nur »überdrüssig« wäre. Sobald er mehr über sie wusste, als sie gegen ihn in ihrer Hand hielt, um seine Lippen zu versiegeln. Seine Zeit würde ablaufen. An seiner Stelle würde sie jemanden einsetzen, der sich weder um Vehan noch um Aurelians Familie scherte. Jemanden, der *mit* ihr statt gegen sie arbeiten würde, um den Prinzen zu unterwerfen und zu einer Marionette zu formen, die ihrer absoluten Kontrolle unterstand.

Aurelian würde verschwinden, Vehan würden sie brechen und seine Eltern und sein kleiner Bruder ... Von den offenen Nischen in der Wand würden drei gefüllt werden, da war er sich sicher.

»Du bist entlassen.«

Aurelian brachte nur deswegen den Mut auf, bei diesem Befehl zu zögern, weil Zale nicht verdient hatte, was die Königin unter vier Augen für ihn geplant hatte, und weil dieser zu Vehan immer so gut gewesen war.

»Es sei denn, du möchtest dir die Vorstellung nicht entgehen lassen?«

Zale begann sein Lied von Neuem zu singen: »*Souls of Poets dead and gone, what Elysium have ye known, happy field or mossy cavern, choicer than the Mermaid Tavern?*«, denn Riadne hatte ihm noch nicht befohlen aufzuhören. Doch nach ihren letzten Worten wurde seine Stimme nur noch kräftiger.

Riadne hatte einen so guten Soldaten nicht verdient, der auch noch um Längen tapferer war als Aurelian.

»Nein, Eure Majestät«, krächzte er die Worte gerade noch hörbar heraus. »Vielen Dank, aber ich empfehle mich.«

Aurelian verließ den Raum.

Er entfernte sich, so schnell er nur konnte, doch das genügte nicht. Das Lied war nun lauter und klang schmerzverzerrt – wirr und unverständlich, bestand nicht mehr aus Worten, sondern aus einer vom Schluchzen und Würgen des Meermanns verwässerten Melodie. Riadne machte ihre unausgesprochene Drohung wahr und beraubte Zale dessen, was sie für ihn als nutzlos erachtete: seiner Zunge.

Weißt du, warum ich dich hergebracht habe?

Auf den Fluren, die er entlangeilte, sagte niemand etwas zu ihm, denn es gab nichts zu sagen. Weder ein »Tut mir leid« noch ein »Geht es dir gut?« oder »Was ist los?« – allen tat es leid, alle wussten, was los war, was bereits seit *Jahren* vor sich ging, und es ging *niemandem* gut.

In diesem Palast waren sie alle Gefangene, Marionetten in einer grausamen Puppenstube, Schmetterlinge, mit Nadeln unter Glas befestigt. Vehan wusste das. Unmöglich, das nicht mitzubekommen. Er war intelligent und aufmerksam, wie alle Kinder, deren Eltern wegen ihrer Launenhaftigkeit gefährlich wurden. Selbst wenn die Königin erschreckende Anstrengungen unternahm, um ihn über das Schlimmste im Unklaren zu lassen, um Güte vorzutäuschen und Vehan davon zu überzeugen, dass auch er würde lernen müssen, gelegentlich eine »harte Hand« einzusetzen, sobald er König wurde. Immerhin respektierte niemand eine Macht, die nicht ein klein wenig gefürchtet wurde. Vehan war genauso ein Häftling in diesem Haus und sich bewusst: Die Leute unter diesem Dach waren unglücklich. Aurelian sah, wie sehr er sich bemühte, in den unangenehmen Momenten zu vermitteln, in denen seine Mutter nicht umhinkonnte, in seiner Gegenwart ihr wahres Wesen durchschimmern zu lassen. Wie sehr sich Vehan bemühte, »erwachsen« zu werden und sich auf den Thron vorzubereiten. Sein Volk sehnte sich danach, dass er ihn bestieg, noch bevor die Königin einen Weg fand, sein Licht komplett zu ersticken.

Würde Aurelian ihm alles erzählen, wäre das das Ende.

Fände Vehan heraus, wie tief diese Wahrheit wirklich reichte, würde es keine Heucheleien mehr geben. Aurelian war sich sicher: Wüsste Vehan, wie entsetzlich seine Mutter wirklich war, würde er sich ihr entgegenstellen. Er würde versuchen sie aufzuhalten, sie vielleicht sogar entthronen, weil es das einzig Richtige wäre. Es half nichts, dieses Geheimnis für sich zu behalten, doch gleichzeitig hatten sie alle zu große Angst, es auszusprechen – es wahr werden zu lassen und das Schlimmste zu erzwingen, das erst kommen müsste, ehe sich die Dinge *vielleicht* bessern könnten.

»Aus dem Weg«, knurrte er den Wachen vor Vehans Tür zu.

Aurelian hasste es, hier zu sein. Er hasste diesen Ort. Dies war nicht sein Zuhause, nicht sein Hof, nicht sein Volk. Er hasste Politik, Hofintrigen und gelangweilte Adelige, die mit dem Leben anderer Leute furchtbare Spiele trieben, als wären diese nichts weiter als hohle Figuren auf einem raffinierten Schachbrett. Er hasste Vehan. Er hasste es, dass alle, er selbst eingeschlossen, so sehr damit beschäftigt waren, Vehan in Sicherheit, bei Glück und Gesundheit zu halten, während sie direkt vor seiner Nase zerbrachen, starben und auseinanderfielen.

Aber Aurelian liebte ihn noch viel mehr.

Vehan, der Riadne in jeder *besten* Hinsicht zu ähnlich war, der seine eigenen Hemmungen genauso wie sie ablegen und den daraus resultierenden Konflikt niemals überleben würde. Aurelian war *todmüde.*

Weißt du, warum ich dich hergebracht habe, Aurelian?

»Vehan!« Während Zales Lied wie ein Echo ununterbrochen in seinen Ohren weiterhallte, stürmte er aufgebracht und zitternd in das Zimmer des Prinzen. Er hatte keine Ahnung, was ihn hierherführte, was er wollte oder was er Vehan sagen würde, außer ... Würgegeräusche störten seine Konzentration.

Aurelians Kopf schnellte in Richtung Badezimmer. Überstürzt stiefelte er hinein, um nachzusehen.

Auf dem weiß gefliesten Boden, zwischen einer enormen Badewanne mit Klauenfüßen, einer Regendusche und makellosen reinweißen Möbelstücken, fand er den Prinzen über seine Toilette gebeugt vor. Er krümmte sich und erbrach das Essen, das er sich am Tisch des Hochkönigs hineingezwungen hatte.

Sein schwarzes Haar hob sich wie ein greller Fleck von all der kalten, gefühllosen Farblosigkeit um ihn herum ab. Vehan selbst war nur eine jämmerliche Gestalt, die in irgendeinen goldenen Pyjama gekleidet war. Aurelian spürte, wie sein Zorn verebbte.

Schweigend ging er auf Vehan zu und sank neben ihm zu Boden. Er presste seinen Rücken gegen den Waschtisch und ließ seinen Kopf darauf sinken. »Mit all dem Blütenstaub in Eurem Körper hättet Ihr nicht so viel essen sollen.«

Ein weiterer Würgeanfall – Vehan ächzte. »Ich wollte nicht unhöflich sein.«

Aurelian stieß ein Lachen aus. Dieses klang schwach und hätte genauso gut ein Schluchzen sein können, nur erlaubte er sich schon lange nicht mehr zu weinen. Er hatte das Gefühl, wenn er seinen Tränen freien Lauf ließe, würde es nicht mehr aufhören.

»Ich dachte, Ihr seid schon im Bett.«

»Ich kann auch hier schlafen.«

Nun lachte Vehan. Doch gleich danach stöhnte er wieder auf und musste sich erneut übergeben. Dem Prinzen war es gelungen, sich sämtlichen Blütenstaub von der Haut zu schrubben, und er dankte dem Gott, der beschlossen hatte, ihnen Lethe zu schicken. Immerhin hatte er Vehan das Stück Ebereschenrinde gegeben, um den Effekt des puren, unverdünnten Feenstaubs auf dieses Minimum zu reduzieren. Aurelian wusste jedoch nur zu gut, wie unangenehm es war, von diesem High wieder herunterzukommen. »D... Danke.« Vehan schluckte.

Seine Lippen waren trocken und rissig. Sein Zauber war verschwunden. Seine Augen hatten ihr allumfassendes Blau verloren – sie waren nun blutunterlaufen und von einem so dunklen Saphirblau, dass es schwarz wirkte. Und wegen des Zitterns, das seinen Körper durchlief, sah er in diesem Moment unglaublich zerbrechlich aus.

Vehan war jung.

Genauso wie Aurelian.

»Danke«, brachte er noch einmal hervor und schenkte Aurelian ein solch strahlendes Lächeln, wie es niemand sonst in seiner derzeitigen Position hinbekommen hätte. »Es ist egoistisch, ich weiß, aber ich bin froh, dass ich jetzt nicht alleine bin.«

»Ja«, erwiderte Aurelian. Er war viel zu müde, um über die Dinge zu sprechen, die ihm auf dem Herzen lagen. Er zog seine

Knie an die Brust, umschlang sie mit beiden Armen und drückte sie fest an sich, als könnte er sich so körperlich zusammenhalten und verhindern, in Abermillionen Teilchen zu zerfallen. Erst als Vehans Kopf auf seine Schulter fiel – der Prinz hatte sich inzwischen neben ihm niedergelassen und ein unerhört weiches Handtuch wie eine Decke über ihre Schöße geworfen –, bemerkte Aurelian, dass er eingeschlafen war. »Jemand hat versucht, dich zu einem Träger für einen Stein der Weisen zu machen, und ich glaub, deine Mutter hat irgendwas damit zu tun«, gab er in der Stille zu. »Ich denke nicht, dass du egoistisch bist«, antwortete er dem einsamen Jungen auf dem Goblin Market. »Ich finde, du bist wundervoll, aber ich habe *Angst*«, gestand er.

Das änderte nichts.

Ihm lief die Zeit davon.

Mein lieber Vehan ist wirklich sehr angetan von dir – aber er braucht ja auch nie viele Gründe, um jemanden zu lieben. Er hat seinen Vater auch geliebt und war am Boden zerstört, als er ihn verloren hat. Aber das war noch nicht genug. Es würde ihn noch mehr zerstören, dich auch zu verlieren – dich, Aurelian, seinen letzten Kindheitsfreund. Ich habe mein Bestes getan, damit er einsam ist, damit er nach Hoffnung und Zuneigung dürstet, aber das Band zwischen euch war augenblicklich da. So was ist selten. Ich konnte mir die Gelegenheit nicht entgehen lassen und du bist dahintergekommen. Sagst du mir bitte, dass ich recht habe? Dass du den Grund für alles herausgefunden hast.

Ich habe dich hergebracht, um ihn zu brechen.

Ich habe dich hergebracht, um dich zu töten.

Und sobald du fort bist, oh, dann werde ich wohl die Einzige sein, die er haben wird, um gemeinsam die Scherben seines gebrochenen Herzens aufzusammeln. Und glaub mir, es wird nichts so Nutzloses wie die Liebe sein, womit ich ihn wieder aufbauen werde.

Aurelian hob den Prinzen hoch und trug ihn zurück ins Bett. Holte ihm ein Glas und einen Wasserkrug und stellte beides auf seinen Nachttisch. Verließ das Gemach, als die Nachtdämmerung hereinbrach. Ging zurück auf sein Zimmer, warf sich auf sein Bett und blieb dort zu jeder Mahlzeit und bei jedem Klopfen liegen, bis der nächste Morgen graute und eine weitere Nacht den folgenden Tag ablöste. Irgendwann platzte Vehan mit der Neuigkeit herein, dass Zale »auf etwas, das er gestern gegessen hat, so heftig allergisch reagierte, dass der Palastarzt ihm die Zunge hat entfernen müssen!« Und es flatterte eine Textnachricht herein, bei der sein Prinz aufleuchtete, als hätte er lauter Blitze verschluckt.

Und verdammt, Aurelian *liebte* ihn.

Nur leider liebte Vehan ihn auch.

KAPITEL 27

Arlo

»Bürgerinnen und Bürger der Feenhöfe. Freies Feenvolk der WILDNIS. Familie und Freunde: Inzwischen habt ihr zweifellos von den Ereignissen letzte Nacht in Toronto und auch die Ansprache des Hochkönigs heute Morgen gehört, in der ein Reaper als Täter benannt wurde. Nach Aussage unseres unnachahmlichen Herrschers wurde diese Kreatur auch des Mordes an neun eisengeborenen Kindern für schuldig befunden – ein Verbrechen, das bisher leichtfertig Dark Star zugeschrieben wurde.

Es wurde verkündet, dass der alle Höfe umfassende Notstand endlich vorbei sei – doch dem ist nicht so.

Der Reaper mag bei dieser Übeltat eine Rolle gespielt haben, aber er hat nicht allein gehandelt.

Zu viele Fragen müssen noch beantwortet werden, zu wenige Informationen wurden gegeben, um unsere Ängste zu besänftigen. Die Höfe haben ihre Wachsamkeit eingestellt, aber wir können uns dasselbe nicht leisten. Solang handfeste Beweise fehlen, dass dieser über uns aufragende Schatten vorbeigezogen ist, bittet der BEISTAND euch um Folgendes: Passt künftig aufeinander auf. Sichert euch gegenseitig ab. Wir müssen uns jetzt auf uns selbst verlassen.

Wir müssen stark sein, obwohl sie es nicht sind – wir müssen daran denken: Wir sind alles, was wir haben.«

Arlo drückte auf die Wiedergabetaste.

Wir sind alles, was wir haben – dieser Slogan war überall. Auf Flitter, der angesagtesten Social-Media-Plattform der Höfe. Auf Folk News, ihrem größten Nachrichtennetzwerk. Er hatte sich sogar über die privatisierten Streaming-Plattformen des Feenvolks hinaus auf menschliche Webseiten wie YouTube ausgebreitet, bei denen die meisten Kommentarbereiche mit *What the F... ist das?* und *Ist das eine Art Filmpromotion?* gefüllt waren – die Zugriffszahlen erhöhten sich jedoch immer mehr und würden weiter steigen, bis es den Höfen gelang, das aus dem Netz zu nehmen.

Wir sind alles, was wir haben.

Arlo schaute auf den Würfel auf ihrem Nachttisch. Dieser Sonntagmorgen war ereignisreich gewesen. Er begann in aller Herrgottsfrühe, nämlich als Thalo mit Bacon und Pancakes mit Ahornsirup auf einem Tablett sowie einer Entschuldigung für ihre wütende Reaktion am Vortag in ihr Zimmer kam. Auch Arlo entschuldigte sich für ihre Bemerkungen, aber ihre Versöhnung fiel kurz aus, weil Thalo dringend zum Palast musste. Dann folgte schon die Ansprache des Hochkönigs. Und es folgte die Erwiderung des BEISTANDS.

Wir sind alles, was wir haben – Arlo konnte den Slogan einfach nicht abschütteln.

Eigentlich sollten sie sich nicht allein mit diesem Problem befassen. *Wir sind alles, was wir haben* war der Grund, wieso alles überhaupt so schlimm geworden war. Genau deswegen hatte sich Arlo in den Feenring gewagt und sowohl die Gefahr als auch die Bestrafung seitens des Hochkönigs riskiert. Sie hatte wenigstens *etwas* versuchen und auf jede ihr erdenkliche

Weise helfen wollen, um zu beschleunigen, dass den neun toten Eisengeborenen und den Leuten, die sie liebten, die verdiente Gerechtigkeit widerfuhr.

Wir sind alles, was wir haben – so sollte es gar nicht sein und doch war dies nun mehr denn je der Fall. Was auch immer der wahre Mörder vorhatte, sobald es ihm gelingen würde, einen Stein zu erschaffen – es würden noch mehr Leute sterben. Er würde sich nicht mehr bloß auf die Eisengeborenen und vielleicht sogar nicht nur auf die magische Gemeinschaft beschränken – und das Einzige, was zwischen ihnen und dieser drohenden Katastrophe stand, waren vier Jugendliche, von denen eine kaum zu gebrauchen war.

Wir sind alles, was wir haben.

Arlo lag auf ihrem Bett und starrte ihren Würfel an, während im Hintergrund der beschwörende Aufruf des Beistands zu hören war. Nausicaä war sich so *sicher* gewesen, dass Arlo Prinz Vehan helfen könnte, das Siegel zu brechen, das er überwinden musste. Wenn sie diese Theorie doch nur ausprobieren könnte. Das hätten sie gestern tun sollen, als sie alle zusammen gewesen waren. Doch Arlo war in Panik geraten und der Angriff des Reapers hatte sie daran gehindert, klar darüber nachzudenken. Ihr würde es nichts ausmachen, sie hineinzubringen, wenn sie sich nur ein bisschen sicherer wäre, dass sie es wirklich *konnte* – wenn sie nur von irgendwoher einen kleinen Hoffnungsschimmer nehmen könnte, dass sie niemanden enttäuschen würde. Sie verlangten wirklich nicht viel von ihr – sie musste sie einfach nur hineinbringen. Der Hochkönig brauchte nicht zu wissen, dass sie es mithilfe von Alchemie taten …

»Arlo!«

Sie schrie überrascht auf. »Elyas!« Sie setzte sich in ihrem Bett auf und blinzelte den Jungen an, der gerade in ihr Zimmer geplatzt war, als hätte sie schon die ganze Zeit auf ihn gewartet. »Was machst du denn hier?«

Ähnlich wie Celadon trieb Elyas gern seinen Spaß mit anderen, allerdings war auf seinem Gesicht weder ein Lächeln noch in seinen hellen Jadeaugen ein schelmisches Funkeln zu sehen. Der Junge blickte sie stirnrunzelnd an. Arlo hätte darüber lachen mögen, wie sehr er seinem Onkel im Moment glich, aber sie war viel zu sehr damit beschäftigt, sich daran zu erinnern, was sie getan haben könnte, um ihn zu verärgern. »Alles in Ordnung?«

»Warst du gestern Abend wirklich beim BEISTAND?«

Vor Schock wie gelähmt wägte Arlo ihren nächsten Schritt ab. »Hat ... Lord Lekan dir das gesagt?«

»Nein«, entgegnete Elyas und sauste ins Zimmer zu ihrem Bett. »Er hat's Onkel Celadon erzählt und ich hab's nur zufällig mitbekommen. Onkel Celadon gehört nicht grad zu den gechilltesten Elfen und ist außerdem echt laut, wenn er sich aufregt, was er bei dieser Nachricht definitiv gemacht hat. Also schieß los: Warst du echt dort?«

»Ich ... Wirst du's Cel erzählen?«

»Wahrscheinlich.« Er fiel neben ihr aufs Bett. »Du weißt ja, wie er ist. Ich hab mich davongeschlichen, weil grad alle richtig zerstreut sind. Aber wenn er rausfindet ...«

»Du bist ganz *allein* gekommen? Elyas! Das ist doch gefährlich. Du bist elf Jahre alt und jemand hat grad ein sehr kontroverses Video gepostet, in dem dein Großvater wegen grober Fahrlässigkeit verurteilt wird. Du ...«

»Nope, du darfst mich nicht ausschimpfen, Miss Rebellengeheimagentin.«

Stöhnend ließ sich Arlo zurück auf ihr Bett fallen. Sie hätte dieses Gespräch viel lieber mit Celadon geführt, aber Elyas war wie ein Hund mit einem Knochen, wenn er ein Geheimnis witterte, das er noch nicht kannte. Irgendetwas würde sie ihm erzählen müssen. Das Problem war nur, dass auch andere Fakten aus ihr sprudelten, sobald sie den Mund öffnete, um zu bestätigen, dass sie wirklich beim BEISTAND gewesen war. Sie berichtete ihm vom anschließenden Angriff des Reapers, von ihrer früheren Begegnung mit dieser Kreatur und von den Ereignissen im Feenring und diem Nichttroll, dien sie dort getroffen hatte.

»Niemand weiß davon. Nicht einmal Celadon oder Nausicaä. Ich hab's irgendwie immer vergessen, als es wichtig war. Und jedes Mal, wenn ich mich daran erinnerte, schien es angesichts all der anderen Dinge, die los waren, eher unbedeutend zu sein. Aber dier Nichttroll hat mir etwas gegeben. Ich weiß nicht so recht, was das ist, aber ...«

Elyas hob eine Hand und unterbrach sie. »Eine seltsame Fee hat dir was gegeben, von dem du ›nicht so recht weißt, was das ist‹, und du hast *es genommen*? Arlo, das ist so ziemlich das Erste, was man lernt. Steck nichts in Steckdosen. Vergiss nicht, in beide Richtungen zu schauen, bevor du über die Straße gehst. *Nimm keine Geschenke von Fremden an!* Was, wenn's ein Geas war? Was, wenn du dieser Feentrollperson jetzt deine Seele schuldest oder so? Was, wenn ...«

»Es ist nur ein Würfel, guck.«

Arlo schnappte sich den Würfel von ihrem Tischchen und hielt ihn zwischen sich und den Jungen. Elyas mit seinem Gespür für Dramatik schrie: »Nein, *aaah*, fass mich mit deinem Feenfluch nicht an!«, und wich zurück.

Arlo verdrehte ihre Augen.

»Alles ist okay, wirklich. Ich hab ihn schon ein paarmal angefasst und es ist nichts passiert. Er macht nicht viel, außer mich zu verfolgen. Wie ein Gegenstand in einem Videospiel, den man nicht aus dem Inventar entfernen kann – ich hab ihn nach dem

Reaper geworfen, und als ich nach Hause kam, war er wieder da.«

»Ja, denn das klingt ja auch nach einem supernormalen Würfelverhalten, von Magie ist hier nicht die Bohne zu sehen.« Elyas riss ihr den Würfel aus der Hand und sprang vom Bett auf.

Arlo flitzte ihm hinterher. »Was machst du da?«

Der Junge warf ihre Balkontür auf, ging zum Geländer und warf ihn so weit, wie er nur konnte, in den windigen Tag.

»Elyas, *was machst du da*?«, schrie sie und flog an seine Seite.

Während ihnen der Wind die Haare ins Gesicht wehte, sahen sie den Würfel gemeinsam nach unten fallen. Elyas zuckte mit den Schultern. »Ich mach einen Test. Wie lange dauert es, bis er wieder da ist?«

»Das ... weiß ich ehrlich gesagt nicht. Hab nie so genau darauf geachtet.«

»Hmm.« Elyas drehte sich abrupt um und ging wieder hinein. Arlo schaute einen Augenblick länger in die Richtung, in die der Würfel gefallen war. Dann wandte auch sie sich um und folgte Elyas nach drinnen. Doch als sie sah, dass er mitten in ihrem Zimmer stehen geblieben war, hielt auch sie inne. »Wie's aussieht, nicht sehr lange.«

Arlo folgte seinem Blick. Dort, auf dem Nachttisch, lag wieder ihr Würfel.

»Cool ...« Der Junge zögerte. »Aber was soll das bringen?«

»Wer weiß?«, seufzte sie. »Ich hab nur das eine Mal versucht, ihn zu benutzen, aber wie ich schon sagte, es ist nichts passiert.« Dier Nichttroll war ganz und gar nicht hilfreich, als xier ihr dieses Rätsel mit seinen zwanzig Seiten überreicht hatte. Möglicherweise hatte der Würfel überhaupt nichts Nützliches drauf. Vielleicht hätte sie doch noch etwas länger bleiben sollen, um xiem ein paar mehr Fragen zu stellen und eine Vorstellung zu bekommen, was sie mit xiesem Geschenk anstellen sollte. Oder, wie Elyas betont hatte, um herauszufinden, ob es irgendwelche Bedingungen für seine Verwendung gab. »Nein, warte, dier Nichttroll – xier hat mir doch noch was gesagt ...«

Der Würfel ... Dier Nichttroll hatte ihr alles über die Pfade erzählt, die die VORSEHUNG für sie ausgelegt hatte, aber auch über die Wege, die sie in andere Richtungen führen würden. Erst jetzt dämmerte ihr, dass sie den Pfad eingeschlagen hatte, den dier mysteriöse Nichttroll für sie vorgesehen hatte – nämlich denjenigen, der sich mit Nausicaäs kreuzte. Aber der Würfel, zu ihm hatte xier ihr auch noch etwas erklärt ...

»Ich glaube, xier meinte, ich müsse ihn würfeln. Bis jetzt hab ich ihn ja nur geworfen. Vielleicht sollte ich mal versuchen, ihn rollen zu lassen?«

»Ja, okay, aber das musst du entscheiden. Kann ich deine PlayStation haben, wenn du stirbst? Vater will mir immer noch keine kaufen und wenn das so weitergeht, werd ich Onkel Cels Trophäenanzahl *nie* überholen.«

»Na klar doch, El.« Sie lief quer durch ihr Zimmer zum Nachttisch und nahm den Würfel wieder in die Hand. »Okay, legen wir los.« Sie schloss beide Hände darum und schüttelte.

»Warte, was, *hier*? Arlo, das ist dein Schlafzimmer. Was, wenn etwas ...« Dann ließ Arlo den Spielwürfel los. »Oh mein Gott, okay, sicher, mach's einfach.«

Der Würfel rollte nicht weit. Als er zum Stillstand kam, stürzte Elyas gleich hin, um zu sehen, auf welcher Zahl er gelandet war. »Vier«, stellte er fest.

Vier. Schon wieder. Genau wie all die anderen Male, als sie darauf geachtet hatte.

»Hat er irgendwas gemacht?«, erkundigte sich Elyas, als er wieder zu ihr hochblickte. »Fühlst du dich irgendwie anders?«

»Nein ...« Arlo fühlte sich ganz gut und wie immer. Sie schaute sich um und auch an ihrer Umgebung schien sich nichts verändert zu haben. Den Würfel zu rollen hatte nichts bewirkt – also war er doch nutzlos. Aus einem unerklärlichen Grund machte diese Erkenntnis Arlo traurig, als hätte sie sich schon darauf gefreut, dass hinter diesem Rätsel ein viel größerer Sinn steckte. Aber es war nutzlos, eine Enttäuschung, genau wie sie selbst.

So viel hätte sie sich denken können.

»Hmm.« Elyas hob den Würfel auf und nahm ihn auf seiner Handfläche genau unter die Lupe. Ein paar Sekunden später sagte er: »Ich hab eine Idee. Komm, lass uns aufs Dach gehen.«

»Was? Warum, was ist da oben?«

»Vertrau mir einfach.«

»Aber ich bin doch noch im Schlafanzug!«

»Dann *zieh dich um*, du Diva, und *komm mit*.«

Der Dachgarten des Success Tower war ein gut gepflegter Gemeinschaftsplatz mit Sitzgelegenheiten zum Faulenzen und Blumen, die den Stahl der City milderten. Von der Nordseite aus konnte man die sich ständig verändernde Stadtlandschaft überblicken, auf der Südseite hatte man einen atemberaubenden Ausblick auf den weiten Ontariosee. Außer den beiden gab es hier oben niemanden. Eine dichte Wolkendecke schirmte die Sonne ab und so war der Tag etwas kühler. Zusammen mit dem starken Wind waren das nicht die besten Voraussetzungen, um sich im Freien zu entspannen.

Sie standen sich im Zentrum des Gartens gegenüber und Arlo hatte keine Ahnung, was Elyas mit ihr vorhatte. Sie hoffte jedoch, es würde nicht allzu lange dauern. Sie hatte die Temperatur falsch eingeschätzt. In ihrer rosafarbenen Jogginghose und dem pastellgelben Tanktop wurde ihr an den Armen schon kalt – sie hätte sich einen Pulli überziehen sollen.

Anders als sie schien sich Elyas überhaupt nicht an dem Wetter zu stören. Aber er war auch in einer blassgrünen Windjacke herausgekommen und seine Wangen hatten immer etwas Farbe – wegen seines Zaubers sahen sie rosig aus, schimmerten jedoch darunter bläulich.

»Okay«, begann er. »Also, ich hab mir Folgendes gedacht. Vielleicht funktioniert das wie bei *Dungeons and Dragons*.«

»Bitte, was?«

Dungeons & Dragons war ein Spiel, so viel wusste Arlo, und zwar eins, das mit mehreren Würfeln gespielt wurde. Einer davon war ein Ikosaeder – wie der, den Elyas gerade in der Hand hielt, hatte er zwanzig Seiten. Sie hatte das Spiel allerdings noch nie selbst gespielt und war mit den Regeln nicht sonderlich vertraut.

Zum Glück schien sich Elyas besser damit auszukennen. Mit seiner freien Hand winkte er ihr aufgeregt zu. Dass dies gefährlich und tödlich sein könnte, hatte er gründlich verdrängt. Nun gab er sich komplett seiner Neugier hin. »Du musst dir ein Ziel setzen.«

Arlo fiel nichts anderes ein, als ihn weiter anzustarren.

Elyas seufzte. »In *Dungeons and Dragons* hält dich der Spielleiter an, wenn du bestimmte Aktionen durchführen willst. Dann musst du würfeln, um über Dinge wie Skills oder dein Charisma entscheiden zu lassen. Vielleicht funktioniert dein Würfel genauso. Vielleicht musst du eine Aktion ansagen und *dann* würfeln, um zu sehen, wie erfolgreich du dabei sein wirst.«

»Hast du dieses Spiel eigentlich schon mal gespielt? Du hast mir nie davon erzählt.«

»Nee. Na ja, irgendwie schon. Ich mein, ich will's ausprobieren. Hab sogar schon das Starterset gekauft … und mir ein paar

Podcasts dazu angehört. Eine eigene Kampagne hab ich mir auch schon ausgedacht und so, aber bis jetzt hat nur Onkel Cel gesagt, dass er mitmachen will. Und so ein Spiel macht mehr Spaß, wenn man mehr als nur einen richtigen Spieler hat.«

»Und wieso hast du mich nicht gefragt?«

Elyas zuckte mit den Schultern. Von vielen in seiner Familie hatte er sich abgeguckt, dass man sich völlig ungerührt verhielt, wenn man in Wahrheit wegen etwas beunruhigt war. Doch Arlo, die ihm schon sein Leben lang nahestand, sah ihm an, wie er sich wirklich fühlte. »Du hattest in letzter Zeit viel zu tun. Warst wegen der Uni und deiner WÄGUNG ein bisschen gestresst und dann wegen dieser ganzen Sache mit dem Mädchen, das gestorben ist, Cassandra – ich wollt dich nicht auch noch nerven.«

»Okay, also, wenn wir mit allem fertig sind, was Prinz Vehan geplant hat, spielen wir deine Kampagne, in Ordnung? Ich *und* Cel. Und ich bring den Prinzen dazu, auch mitzuspielen, und seinen Freund Aurelian. Und Nausicaä – sie würde sich bestimmt am meisten darüber freuen. Dann spielen wir mit einem ganzen Team, ja? Sobald wir fertig sind.«

Elyas lächelte, doch am Leuchten unter seiner Haut erkannte sie, wie sehr er sich freute. »Abgemacht. Aber hey, wir spielen ja jetzt schon mehr oder weniger – oder würden's zumindest, wenn du endlich aufhören würdest, uns hinzuhalten. Hör zu. Heute ist's echt windig.«

Arlo empfand diese Bestätigung als überflüssig, da ihm eine Böe gerade den sandfarbenen Pony in die Augen geblasen hatte. Trotzdem nickte sie.

»Und welches Element befehlen die Elfen des UnSeelie-Frühlings?«

»Wind ...«

Nicht nur die Elfen des UnSeelie-Frühlings waren fähig, dieses Element zu kontrollieren. Elfen, deren Eltern von verschiedenen Höfen stammten, konnten eines, beide oder keines der zwei Familienelemente erben. Deshalb war es für einen im Seelie-Winter lebenden Elfen ebenfalls möglich, den Wind zu beherrschen. Aber als »wahres« Erbe würdigte der UnSeelie-Frühling den Wind, so wie der Seelie-Frühling die Manipulation der Natur, der UnSeelie-Herbst die Beherrschung der Erde und der Seelie-Winter das Wasser schätzte. Im UnSeelie-Frühling wurden die Personen mit der stärksten Kontrolle über den Wind stets als ideale, bemerkenswerte Vorbilder ihrer Kultur angesehen.

»Und was versuchen wir dir schon seit Ewigkeiten zu entlocken? Das den Hohen Rat der Elfen zwingen würde, dir den Status einer Elfe zu gewähren?«

Arlo spürte, wie das bisschen Hitze in ihrem Gesicht abkühlte und sie vor Entsetzen kreidebleich wurde. Endlich war ihr klar, woraus das hinauslaufen würde. »Elyas, nein. Du schlägst nicht wirklich das vor, was ich denke, oder? Du sagst mir doch nicht ernsthaft, ich solle den Würfel darum bitten ... meine Magie zu verstärken?«

»Er soll sie nicht verstärken, nein – ich könnte wetten, sie ist auch so schon stark genug. Stattdessen schlag ich vor, du bittest den Würfel darum, deine Magie zu boostern, damit sie das überwinden kann, was auch immer sie zurückhält.«

Elyas warf ihr den Würfel zu. Seine absurden Worte widersprachen seiner ernsten Miene. Instinktiv fing Arlo das Ikosaeder auf.

»Arlo. Du hast mir grad erzählt, dass du einem *Reaper entwischt bist*. Ja, er wurde sicherlich durch seine Umgebung abgebremst, aber es war ein *Reaper*. Ob abgebremst oder nicht, eine gewöhnliche Person – eine gewöhnliche *Elfe* – dürfte diesem

Ding niemals entkommen. Ein beschleunigtes Tempo ... das ist eine GABE der Windgeborenen. Du hast alles, was es braucht, um eine richtige Elfe zu sein, da bin ich mir absolut sicher! Was, wenn dieser Würfel dir dabei helfen könnte, deine Magie komplett zu entfalten?«

Unmöglich.

Das konnte nicht so einfach sein.

Nach Jahren der Tränen, des Drucks und der Angst, in denen sie sich immer und immer wieder dazu gedrängt hatte, besser zu werden, und alle Hoffnung verloren glaubte, als sie es doch nicht schaffte. Ihre Magie wollte ihr ganzes bisheriges Leben einfach nicht kommen, da konnte es jetzt doch nicht so einfach sein. Es konnte nicht sein, dass sie wie bei einem Spiel nur einen Würfel einsetzen musste und sich dieses Riesenproblem so mir nichts, dir nichts lösen würde.

Aber *was, wenn* ...

»Was soll ich tun?«, hörte sich Arlo leise fragen, als würde sie jede Erfolgsaussicht verscheuchen, wenn sie die Frage zu laut äußerte.

»Heute weht ein ganz schön starker Wind. Bitte den Würfel darum, dir zu helfen, dass er aufhört. Sag einfach: Ich sorge dafür, dass der Wind in der Stadt aufhört.«

Wieder spürte Arlo, wie sich ihre Hand unwillkürlich um den Würfel schloss. Dann kniff sie ihre Augen zu. »Okay ... Ich sorge dafür, dass der Wind in der Stadt aufhört«, verkündete sie mit einer immer noch leicht zittrigen, aber lauteren Stimme.

Wie ein Zug, der schnaufend auf seinem Gleis stehen blieb, schien auch die Welt um sie herum mit einem heftigen Ruck zum Stillstand zu kommen.

Das panische Pochen ihres Herzens war ohrenbetäubend und schwoll in der plötzlichen und völligen Stille zu einem Crescendo an. Arlo öffnete ihre Augen und ihr stockte der Atem, als sie feststellte, dass die Welt buchstäblich stehen geblieben war.

Die gesamte Umgebung hatte sich in ein beunruhigendes Steingrau gefärbt.

Alles um sie her war erstarrt. Die Vögel in der Luft, der Verkehr auf der Straße unten. Nichts bewegte sich auch nur einen Millimeter. Die Zeit hielt alles an Ort und Stelle fest und der Anblick erinnerte sie an Insekten, die in Bernstein gefangen waren. Die Grenzen dieser Zone schienen sich nur ein paar Hundert Meter in alle Richtungen zu erstrecken, denn oben zogen die Wolken immer noch dahin. Und niemand, der sich außerhalb dieses Gebiets befand, schien diese Anomalie zu bemerken. Soweit Arlo es beurteilen konnte, fuhren die Autos und gingen die Leute dort weiter, als wäre gar nichts geschehen. Was sie sahen, überlagerte ihr Verstand vielleicht mit einem Bild, wie es eigentlich aussehen *sollte*, ähnlich wie wenn sie auf Zauber des Feenvolks trafen.

In diesem gefrorenen Raum vermochte sich nur Arlo noch zu bewegen. Elyas war ebenfalls erstarrt und wie eine Statue auf dem Dach fixiert.

»Heilige *Scheiße*!«, schrie Arlo atemlos und war verwundert, beunruhigt und erschrocken zugleich.

Hatte das wirklich sie verursacht? War sie nachlässig gewesen und hätte sich konkreter ausdrücken müssen? Hatte sie so beim Versuch, den Wind anzuhalten, noch viel mehr gestoppt? War dies umkehrbar oder dauerhaft?

»*Bitte*, das soll nicht dauerhaft sein.« Sie spürte, wie ihre Panik weiter anwuchs.

Genauso wie Arlo hatte auch der Würfel seine Farbe behalten: leuchtende Jade, die in dieser neuen tristen Welt noch heller erschien, mit goldenen Zahlen, die ihr fast schon frech entgegenglitzerten. »Dümmer geht's echt nicht!«, schimpfte sie sowohl über sich selbst als auch über den Würfel. Wieder schloss sie ihre Hand um das dumme Objekt. Sie hob es über ihren Kopf und wollte es sogleich wegwerfen, als ihr Blick an etwas anderem hängen blieb – einem schimmernden, smaragdgrünen Glanz über ihr. Als Arlo näher hinsah, entpuppte sich dieser als eine Zahl.

Genauer schwebte eine *17* direkt über ihr.

Arlo starrte sie verdutzt an.

»Was zum ...?«

Und dann bemerkte sie auch die Worte, die so hell wie poliertes Gold in der Luft geschrieben standen. Sie trat einen Schritt zurück, um sie zu lesen.

Zu ihrer Linken stand: *Zeitstopp verlassen.*

Zu ihrer Rechten und leicht ausgegraut war das einzelne Wort zu lesen: *Unterstützen.*

Und in der Mitte sah sie das Wort: *Würfeln.*

»Heilige Scheiße«, wiederholte Arlo, weil es einfach zweimal gesagt werden musste. Dier Nichttroll im Nachtklub hatte ihr einen magischen Würfel gegeben und Elyas mit seiner Vermutung, wie man ihn benutzte, genau ins Schwarze getroffen. »Das war echt ein Glückstreffer ...«

Als sich Arlos Panik legte, schlug ihr Herz allmählich langsamer. Aber bei dem Adrenalin hämmerte es immer noch stark gegen ihre Brust. Sie könnte es tatsächlich hinbekommen! Aus einer Laune heraus rief sie »Würfeln« und die Beschriftungen zerfielen in glitzernden Staub und rieselten herab.

Die Welt blieb weiterhin wie versteinert.

Und wartete.

Arlo betrachtete noch einmal die über ihr schwebende Zahl und biss sich auf die Lippe. Sie schüttelte den Würfel in ihrer Hand, kniete sich hin und warf ihn.

18 verkündete er, als er ein paar Meter weiter zum Stillstand kam.

Hieß das, sie hatte die Probe bestanden oder musste sie exakt siebzehn würfeln, damit es klappte?

Die Welt gab ein dumpfes Geräusch von sich, bebte anschließend und setzte sich wieder in Bewegung. Der Zug nahm wieder Fahrt auf und mit einem Mal erwachte die Umgebung wieder zu vollem Leben.

Ein warmer, prickelnder und *freudiger* Schauer durchfuhr auch Arlo, als würde sie ihre taub gewordenen Beine ausstrecken und spüren, wie das Blut wieder hindurchströmte.

Die Zahl über ihrem Kopf war verschwunden und alles war wieder normal, als wäre es nie anders gewesen. Es gab jedoch einen anderen Grund, weshalb sie ihre Augen weit aufriss, ihr der Atem in der Brust stockte und sich ihre Kehle um einen dicken Klumpen aus Emotionen zusammenschnürte – *Hoffnung-ÜberwältigungAngstFassungslosigkeit.*

Elyas blinzelte. Ihm war nicht bewusst, was seit ihrem Spielzug passiert war. Er öffnete seinen Mund, doch die Frage, die er stellen wollte, kam nicht. Stattdessen blinzelte er noch ein paarmal.

Gemeinsam standen sie auf dem Dach da und *starrten* einander an, beide mit **heruntergeklappter Kinnlade.** Um sie herum herrschte Stille und sie spürten keinen einzigen Windhauch.

Arlo hatte es geschafft.

»*Arlo*«, wisperte Elyas und strahlte sie an. »Arlo, du hast es geschafft.«

Sie standen noch zwanzig Minuten lang herum, nur um sicherzugehen, dass der Wind auch wirklich aufgehört hatte.

»Und jetzt lass ihn wieder wehen!«

Arlo wusste nicht, wie – so etwas hatte sie nie gelernt –, aber als sie den Würfel um Hilfe bat und eine weitere Probe mit einem viel kleineren Zahlenwert bestand, spürte sie wieder dieses magische Kribbeln. Daraufhin nahm der Wind wieder zu und wehte so, als hätte er nie nachgelassen.

»Oh mein Gott, Arlo – weißt du, was das bedeutet?«

Sie wusste es, allerdings.

Das bedeutete, sie war doch nicht nutzlos.

Wenn dieser Würfel ihre Magie verstärken, ihr dabei helfen konnte, etwas hinzubekommen, womit sie ihr ganzes Leben lang zu kämpfen gehabt hatte – wie viel schwieriger wäre es dann, ihn dazu zu bringen, ihr bei anderen Dingen zu helfen? Wie beispielsweise einen Prinzen dabei zu unterstützen, in eine fragwürdige Einrichtung einzubrechen, die mit Alchemie verriegelt war?

Dieser Würfel ... Er bedeutete, es gab doch noch Hoffnung, dass sie etwas anderes als eine Enttäuschung war.

»Ich muss ihnen eine Nachricht schicken!«, rief sie und flog zurück in ihr Zimmer. Dort angekommen schnappte sie sich ihr Handy vom Bett und schrieb den anderen:

Gruppennachricht
An: Vehan, Aurelian, Nausicaä

Arlo: Bin dabei. Ich helf euch

Nausicaä: ¤=[]:::::> NAAA GUUUT dann werd ich's auch tun

Vehan: Perfekt – danke euch! Okay, also das ist der Plan ...

Hero saß zusammengesackt auf dem Boden seines Büros und lehnte an der Wand. Die Regale, die den Raum wie Rippen säumten, die Werkzeuge und Bücher, die er in ihnen aufbewahrte, die Lichtleisten an der Decke, sein Schreibtisch – alles war zerstört, verbogen, zerbrochen, hing an Kabeln so wie Augäpfel, die an ihren Nerven aus ihren Höhlen gerissen worden waren, oder lag wie ausgeweidete Organe verstreut da.

Nichts war von Lethes Zorn verschont geblieben, nicht einmal Hero. Von der Misshandlung schmerzte sein Körper und sein Gesicht war von blutigen Linien durchzogen – vier, die von seinem Auge bis zu seinem Mund verliefen, und eine, die sich um seinen Kiefer schlang, wo Lethe ihn mit seinen Klauen gepackt hatte, um ihn *anzuschreien*.

Dafür sollte ich dich töten.

Für mich bist du ein Nichts.

Sie sind dir auf den Fersen, Hero. Der Prinz, sein Freund, meine Cousine, Arlo – und ich werde sie nicht aufhalten. Ich werde ihnen erlauben, dich hier zu finden, alles zu zerstören, was du aufgebaut hast, und dich zu dem jämmerlichen Müll zu zerstampfen, der du schon immer warst. Ich habe dir gesagt, du sollst sie in Ruhe lassen, aber du konntest es ja nicht – *wieso konntest du diese* eine simple Anweisung *nicht befolgen?*

Es ist aus mit uns.

Diese Wunden würden nicht so schnell verheilen. Das lag am Wesen von Lethes Krallen: Ihr Schaden reichte *tief* und ließ sich niemals vollständig beseitigen. Doch Hero hatte seinen Stein – er trug ihn immer bei sich. Die Magie, die er mit seiner Hilfe auszuüben vermochte, sollte gerade noch ausreichen, um die Blutung zu stoppen. Und er war sich sicher: Lethe wusste das.

Es ist aus mit uns.

Das war es nicht.

Lethe hatte zwar sein Büro verwüstet, aber ihn selbst am Leben gelassen. Hero hatte ihn noch nie so wütend gesehen, doch der Jäger hatte ihm *nichts* genommen, nicht einmal seinen Stein, obwohl er ihm alles spielend leicht hätte nehmen können.

»Es ist noch lange nicht aus mit uns ... Du erwartest, dass ich meinen Fehler wiedergutmache, nicht wahr?«

Arlo war auf dem Weg hierher.

Lethes Warnung gab ihm zu verstehen: Der Jäger hoffte, sie würde diesen Ort genauso verlassen, wie sie ihn betreten würde – nämlich lebendig.

Hero sah den Blutstropfen dabei zu, wie sie von dem Stoff an seiner Hose aufgesaugt wurden und einen Fleck bildeten, der sich immer weiter ausbreitete. Es war noch nicht aus mit ihnen. Lethe hatte getobt, aber der Alchemist hatte auch damit gerechnet, falls der Jäger von diesem Plan Wind bekam, ehe Hero ihn zu Ende führen konnte. Lethe glaubte, er brauchte Arlo – bis Hero ihm das Gegenteil bewiese –, also würde er sich natürlich aufregen und nicht verstehen, dass er das alles nur für *ihn* tat.

Zu seinen Füßen lag ein Buch – sein Tagebuch und gleichzeitig eines der vielen Opfer, die Lethes ungezügelter Wut erlegen waren. Vorsichtig beugte sich Hero vor und zog es zu sich heran. In seinem Tagebuch bewahrte er seine Ideen zu den Siegeln auf, mit denen er herumspielte, um etwas Neues zu erschaffen und seine Magie weiter voranzutreiben.

Arlo war auf dem Weg hierher.

Und sie würde *nicht* lebend davonkommen.

Sein Reaper war jedoch nicht mehr da und er würde dieses Ziel auf eigene Faust erreichen müssen. Aber vielleicht hatte er dafür sogar bessere Mittel zur Verfügung als eine Kreatur, deren legendäre Stärke offenbar nichts als ein Hype war. Ein inkompetentes ... dummes ... ungeschicktes Monster ... Hero blätterte durch die Seiten, bis er endlich an der gesuchten Stelle ankam. An dem dort abgebildeten Siegel hatte er schon seit Monaten gearbeitet. Es hatte sich als viel schwieriger erwiesen, als er ursprünglich angenommen hatte. Er wusste, er hatte die richtige Formel, aber irgendetwas fehlte, etwas hatte er immer wieder nicht *richtig* hinbekommen. Er hatte es frustriert beiseitegelegt, doch etwas in seinem Inneren flüsterte nun: *Was, wenn ...?*

Was, wenn dies der Anstoß war, den er brauchte?

Was, wenn er jetzt keine andere Wahl hatte, als die Lösung für sein Siegelproblem zu finden, da er sonst nichts mehr hatte, worauf er zurückgreifen konnte? Was, wenn ihm lediglich die richtige Überzeugung fehlte?

Ich werde ihnen erlauben, dich hier zu finden – gut. Lass Arlo ruhig zu ihm kommen. Lass sie direkt in sein Netz gehen, außer Sichtweite, gefangen unter der Erde, wo niemand sie jemals finden würde. Tötete er dieses Mädchen, würde Lethe *ihn* endlich als das ansehen, was er war, was er für ihn und die anderen Unsterblichen sein könnte, die sich viel zu sehr auf die *falsche Person* konzentrierten. Brachte er sie um, würde er dieses Hindernis aus dem Weg räumen. Doch wenn er irgendwie auch noch das absorbieren könnte, was sie so besonders machte ... wenn er ihr mickriges Talent seinem eigenen hinzufügen könnte ...

»Ich kann jedoch nicht riskieren, dass du noch mal bei mir reinplatzt«, murmelte er und blätterte die Seite um.

Das Siegel auf der Rückseite war ebenfalls kompliziert gewesen, aber er hatte es schon vor geraumer Zeit perfektioniert. Bis jetzt hatte es einfach keinen Anlass gegeben, es einzusetzen. Lethe war hier immer und überall willkommen gewesen. Aber Hero hatte all seine Versuche aufgebraucht. Er wusste, Lethe würde keinen weiteren Anschlag auf Arlos Leben dulden und ihn trotz ihrer Freundschaft umbringen. Der Alchemist musste sich selbst schützen, bis er bereit war, seine Hand zu enthüllen – er musste auslöschen, was Lethe erlaubte, sich in dieses Labor zu teleportieren.

Hero rappelte sich auf, klemmte sich das Buch unter den Arm und ging auf das klaffende Loch in der Wand zu, wo sich bis vor Kurzem noch eine Tür befunden hatte.

Arlo war auf dem Weg hierher.

Schon bald würde all das enden.

Hero hatte viel zu tun und musste sich beeilen, um sich auf ihren Empfang vorzubereiten.

KAPITEL 28

Arlo

~~~~

»Es ist so heiß hier«, beschwerte sich Arlo, während sie sich mit dem Rücken gegen die Eismaschine lehnte und sich mit einer Hand Luft zufächelte.

Bevor Nausicaä Arlo aus ihrer Wohnung schmuggeln und sie ihren Plan in die Tat umsetzen konnten, hatten sie noch auf Thalos Rückkehr warten müssen. Als diese sich vergewissert hatte, dass alles in Ordnung war, und zu Bett gegangen war, hatten die Mädchen sofort losgelegt. Jetzt stand die Eisengeborene vor dem *Love's Travel Stop*, einer großen Tankstelle am Rande von Las Vegas. Sie fand nichts anderes zu tun, als den Zahlen auf ihrem Handy dabei zuzusehen, wie sie auf einundzwanzig Uhr zuliefen, und die hiesige nächtliche Hitze kaum auszuhalten.

Zu Hause stieg die Temperatur im Sommer öfter auf über 30 – manchmal sogar bis zu 38 – Grad und die Luft war viel schwerer und feuchter als hier, aber Arlo waren die kühleren Temperaturen viel lieber. Sie war noch nicht bereit, sich so einer Hitze zu stellen.

»Hübsche Blume«, girrte Nausicaä neben ihr und ahmte den Reaper auf beunruhigende Art nach, ohne wirklich Mitleid mit

Arlo zu haben. »Es sollte nich mehr lang dauern, aber du kannst gern wieder reingehn und noch was zu naschen kaufen?«

Heute Abend hatte Arlo wahrscheinlich ihre gesamten Ersparnisse für Slush-Eis verpulvert. Im Augenblick war sie so voller Zucker und *Blau*, dass sie nicht glaubte, noch ein weiteres Getränk vertragen zu können. Außerdem beäugten die Verkäufer sie wegen ihrer zahlreichen Besuche inzwischen schon misstrauisch. Kopfschüttelnd warf Arlo noch einen Blick auf ihr Handy und die Nachricht, auf die sie schon seit einer halben Stunde zu antworten versuchte.

Elyas: Arrrrlloooooo. Hi. Ich bin's, Cel. Ich weiß, es ist schon spät. Zu Hause. In Toronto. Wo du eigentlich sein solltest. Und wo du bestimmt immer noch bist, denn Elyas hat sich diese WITZIGE Geschichte GARANTIERT nur ausgedacht, um mich davon abzulenken, dass er diesen Schokokuchen in sein Zimmer schmuggeln wollte. Er hat mir nämlich erzählt, dass du und der Prinz des Seelie-Sommers euch zusammengetan habt, um zu den Morden an den Eisengeborenen zu recherchieren. Ich bin mir sicher, der Snapchat-Standortfinder lügt mich auch nur an, denn er sagt, dass du grad in Nevada bist. Richtig?

Arlo bereute es inzwischen, Elyas auch nur ein Fünkchen in ihre Pläne eingeweiht zu haben. Doch je länger sie Für und Wider abwog, desto mehr kam sie zu dem Schluss, dass es vielleicht sogar klüger wäre, jemandem außerhalb ihres Teams zu sagen, was sie vorhatte. Nur für den Fall, dass sich die Dinge zum Schlechten wenden würden.

Arlo: Bitte sei nicht wütend.

Elyas: Wütend? Warum sollte ich denn wütend sein? Du bist doch zu Hause mit Thalo und liegst sicher in deinem Bett. Snapchat hat nur ne Macke – für Schokokuchen würde Elyas ja alles Mögliche erzählen. Du kennst Prinz Vehan doch gar nicht, wieso also solltest du mitten in der Nacht mit ihm durch Nevada laufen? Hab nichts zu meckern.

Arlo: Hab deinen Sarkasmus zur Kenntnis genommen, btw. Aber wie du weißt, hab ich Vehan am Samstag nach der Arbeit kennengelernt. Hat sich rausgestellt, dass er ne Menge über die Morde weiß. Er ist auch in Gefahr, Cel. Er braucht meine Hilfe und ich will ihm zur Hand gehen. Ich erklär dir morgen alles. Tut mir leid. Ich hätt's dir schon früher erzählt, aber ich wollte nicht, dass du noch mehr Ärger bekommst, wenn wir erwischt werden. Nausicaä ist auch bei mir! Wird schon schiefgehen! Und jetzt weißt du wenigstens, wo ich bin, wenn ich morgen zum Frühstück nicht zurück sein sollte, also ja ... :D

Elyas: Arlo

Elyas: Cyan

Elyas: Jarsdel

Im Moment hatte sie wirklich nicht die Kraft, sich mit Celadons Ängsten zu beschäftigen, nicht wenn sie schon ihre eigenen hatte. Abgesehen von seinen unaufhörlichen Nachrichten, die ihr Handy weiterleuchten ließen, gab es von den anderen nichts

Neues. Zuletzt hatte sie von den Sommerelfen Aurelians knappe Antwort erhalten, dass sie *in zehn Minuten da* wären, vor exakt zehn Minuten.

»Hey«, rief eine fremde Stimme. Arlo sah von ihrem Telefon auf und entdeckte an der Schwelle des *Travel Stop* einen älteren Mann in einem blauen Hemd und ausgeblichenen Jeans. Mit hoffnungsvollem Interesse musterte er die beiden Mädchen. Am liebsten wäre Arlo angewidert zurückgeschreckt. »Sucht ihr Mädels Arbeit?«

Arbeit?

Nausicaä trat einen Schritt vor.

Irgendetwas an der Art, wie sie sich von der Wand entfernte, veranlasste den Mann, sein »Angebot« zu überdenken. Arlo vermochte den genauen Moment auszumachen, in dem sein anzüglicher Blick von vorsichtiger Reue erfüllt wurde. »Die ›Arbeit‹, zu der ich neige, endet nicht gut für Leute wie dich«, drohte sie, während sie sich neben Arlo stellte. Sie sprach gedehnt und mit heiserer Stimme, die so kalt wie schmelzendes Eis war und Arlo einen Schauer über den Rücken jagte.

Zweifellos wegen Nausicaäs geisterhafter wahrer Gestalt, die durch ihren Zauber hindurchschimmerte, wich der Mann zurück. »Bitch«, murmelte er und floh in den Laden.

Arlo seufzte dramatisch. »Man wird uns entführen und ermorden, noch bevor wir überhaupt mit unseren Ermittlungen starten können.«

»Oh, schau mal!«, rief Nausicaä übertrieben fröhlich und doch erleichtert aus und deutete in die Ferne. Bald schon erblickte auch Arlo die Scheinwerfer eines schwarzen Mercedes-SUV, der von der Bundesstraße in eine Kurve abbog, die zu ihrem Rasthof führte. »Ich wette zehn Dollar, dass sie's sind.«

»Wenn nicht, geh ich nach Hause.«

»Hey, ich bin kein Taxiservice oder hast du vor, zurück zu *latschen* ...«

»Unterwegs wird mich garantiert jemand mitnehmen«, sagte Arlo und rümpfte die Nase.

Nausicaä lachte spöttisch. »Man wird dich entführen und ermorden, schon vergessen?«

»Das ist mir fast schon lieber, als bei lebendigem Leibe in der Wüste gegrillt zu werden. Ich kann nicht fassen, dass es Leute gibt, die hier *wohnen* – ist es hier das ganze Jahr über so heiß? Das muss ja die reinste Hölle sein.«

Der SUV fuhr auf den Parkplatz. Nausicaä trat an den Bordstein und das Auto hielt direkt vor ihr. Durch die getönten Fensterscheiben war es schwierig, etwas zu erkennen. Doch als sich Arlo zu Nausicaä gesellte, sah sie hinter dem Lenkrad Vehans begeistertes Grinsen. Aurelians ausdruckslose Miene verdeutlichte indessen, wie gleichgültig ihm ihre Existenz war.

»Ich glaube, Aurelian mag mich nicht besonders«, grübelte Arlo laut.

Nausicaä lachte wieder. »Mir kommt's so vor, als würde er die meisten Leute nicht mögen, also würd ich mir das nich zu Herzen nehmen. Wenn du aber ein gut aussehender Prinz des Seelie-Hofs des Sommers mit schwarzen Haaren und blauen Augen wärst ...«

»Na, das sind extrem spezifische Anforderungen, die ich nie im Leben erfüllen werde. Apropos – was *läuft* da eigentlich? Beim BEISTAND herrschte so eine komische Spannung zwischen den beiden.«

»Wer weiß?« Nausicaä zuckte mit den Achseln. Dann legte sie lachend einen Arm um Arlos Schultern und drückte sie an ihre Seite. Beim Gefühl all ihrer harten Muskeln brannte in ihrem

Gehirn eine kleine Sicherung durch. »Das Wichtigste is ja, dass *ich* dich richtig dolle mag, Rotkäppchen.«

»Juhu«, scherzte Arlo trocken und hievte den megaschweren Arm von ihren Schultern, um der seltsamen Wärme zu entkommen, die sie dabei durchflutete. Sie ging zur Hintertür des Wagens. Sobald sie diese aufschwang, strömte ihr eine willkommene kühle Luftwelle entgegen.

»Das hat ja echt ewig gedauert«, brummte sie, warf ihre Reisetasche und ihr Handy auf den Sitz und stieg ein.

»Sorry, wir hatten paar Probleme, vom Palast wegzukommen. Ich bin mir mehr oder weniger sicher, dass meine Mutter genau weiß, was wir vorhaben«, entschuldigte sich Vehan. Sein sorgloses Lächeln widersprach dem Ernst seiner Worte. Als wäre es total in Ordnung, dass der Königin des Seelie-Sommers bewusst war, wie schwer sie direkt an ihrem Hof gegen das Gesetz zu verstoßen gedachten.

Arlo stöhnte auf.

»Nun denn«, begann Vehan, als sich auch Nausicaä zu ihnen gesetzt hatte. »Alle da und bereit zum Aufbruch?«

»Alle vollzählig. Lass uns losdüsen, Prinz Charmeless.«

»Ja, los«, stimmte Arlo zu und sagte leiser, »bevor ich noch komplett die Nerven verliere.«

Falls jemand sie gehört haben sollte, gab er oder sie keinen Kommentar ab.

Als alle eingestiegen waren, verließen sie die Tankstelle und fuhren zurück auf die Bundesstraße. Dort setzten sie ihre Reise zum Solarzellenfeld fort, das nordwestlich mitten im Nirgendwo lag. Die zehn Minuten Fahrt schwiegen alle, aber dadurch fühlte sie sich keineswegs länger an. Eigentlich schien die Zeit sogar wie im Flug zu vergehen, während sie über die nächtliche felsige Erde und bräunlich werdende Vegetationsflecken rollten. Der

Himmel war jetzt fast vollkommen dunkel und nur die gespenstischen Glutreste am Horizont bewahrten einen Schimmer des Tages. Vegas war nicht weit entfernt und durch die Lichtverschmutzung rings um die Stadt war die Nacht längst nicht so finster, wie sie sein *sollte*. Dennoch sah Arlo nur selten so viele Sterne am Himmel wie jetzt.

Sie war so sehr in diese unzähligen, glitzernden Flecken vertieft – und die Sorgen, die angesichts des gefährlich kalten Sternlichts in ihr hochkamen – , dass es ihr so vorkam, als hätte ihre Gruppe ihr Ziel im Nu erreicht.

Der Wagen fuhr an den Straßenrand und kam langsam zum Stillstand. Vehan schaltete Scheinwerfer und Motor ab und so tauchten alle noch tiefer in die Nacht ein. »Von hier aus müssen wir zu Fuß weitergehen«, erklärte er, drehte sich um und sah Arlo und Nausicaä über die Mittelkonsole hinweg an.

Arlo wusste das bereits.

Immerhin hatte der Prinz sie angewiesen, sich angemessen zu kleiden – in die dunkelste Kleidung, die sie besaßen, damit sie ungesehen herumschleichen konnten. Also hatte Arlo ihre dunkelroten Blundstones, eine schwarze Jeggings und ein dazu passendes schwarzes Top angezogen. Ihr Outfit war fast identisch mit Nausicaäs, nur dass deren Kleidung beinah komplett aus Leder bestand und sich nicht wirklich von der unterschied, die sie tagtäglich trug.

Da Weiß und Gold die offiziellen Farben des Seelie-Sommer-Hofs waren, bezweifelte Arlo, dass Vehan oder Aurelian jemals in ihrem Leben so viel Schwarz getragen hatten. Vor allem weil das eine der Farben ihrer Rivalen war – nämlich des UnSeelie-Winter-Hofs.

Im Kontrast zu seinem Baumwollhemd und der taillierten Hose, die ebenso kohlrabenschwarz waren wie sein Haar, wirkten Vehans Augen noch elektrisierender. Zudem wurde die blasse Wärme seiner Haut gemildert. Er sah leicht vampirhaft aus und seine feinen, aber kräftigen Züge schienen ihm noch schärfer ins Gesicht geschnitten.

Aurelian war genauso gekleidet wie der Prinz und seine hagere Gestalt erschien noch länger. Jede seiner Bewegungen erinnerte Arlo nun stark an die einer Raubkatze auf Jagd.

Ein Sidhe-Prinz, ein Lesidhe-Wächter, ein eisengeborenes Mädchen und eine ehemalige Furie – sie wirkten vielmehr wie der Auftakt zu einem grauenvollen Slapstick als ein seriöses Ermittlerteam.

Mit Nausicaä im Schlepptau ging Vehan um das Auto herum zu Aurelian und Arlo. »Also, wie ich schon sagte«, begann er und winkte alle näher zu sich heran. »Ein paar Meter weiter stehen lauter Solarzellen und dort in der Nähe ist in die Erde eine Tür eingelassen. Pincer ist durch sie verschwunden und wir nehmen an, dass es dort unten *etwas* geben muss – etwas, das mit all den Menschenentführungen zu tun hat und, wie ich vermute, auch mit den Experimenten mit den Steinen der Weisen. Was auch immer das ist ...«

»Um das herauszufinden, sind wir hier«, beendete Nausicaä den Gedanken belustigt.

Vehan nickte und fuhr fort. »Ganz genau. Das bedeutet, das hier ist nur eine Erkundungsmission, verstanden? Wir wissen nicht, was uns da unten erwartet. Wir gehen rein, sehen uns um und kommen wieder raus. Wir alle haben Handys, also macht so viele Fotos wie möglich. Und sobald wir etwas haben, das den Hochkönig endlich zum *Zuhören* bringt, gehen wir wieder. Nausicaä?«

Die Angesprochene horchte auf.

»Du wirst uns doch aus der Einrichtung herausholen können, richtig?«

»Jepp. Mit einem Fingerschnippen werden wir direkt wieder bei diesem Auto hier sein.« Zur Betonung schnipste sie, woraufhin sich Vehans Schultern ein wenig entspannten. »Ich könnt uns auch reinbringen, wenn ich wüsste, wie's da unten aussieht, aber hey, das wär ja langweilig.«

Ihre Nervosität vermochte Arlo nicht so leicht abzuschütteln. »Was, wenn wir dort nichts finden? Wenn das nur ein weiterer Feenring ist oder so? Oder wenn uns zuerst jemand anderes findet?«

»Dann müssen wir improvisieren«, antwortete Vehan grimmig. »Ob wir mit unserer Vermutung richtigliegen, erfahren wir leider erst, wenn wir einen Blick hineingeworfen haben.«

Aurelian wandte sich Arlo zu. »So wie deine Freundin herumstolziert, nehm ich an, dass sie *etwas* übers Kämpfen wei...«

»Erinner mich dran, dir in den Arsch zu treten, wenn wir hier fertig sind, damit du am eigenen Leib erfahren kannst, was ich draufhab.«

Aurelian ignorierte diesen Ausbruch (obgleich seine Miene noch ein bisschen trockener wurde) und sprach weiter: »Aber du scheinst nichts darüber zu wissen.«

»Zu meiner Verteidigung«, erinnerte Arlo ihn, »ich hab euch gesagt, dass ich bei dieser Nachforschung extrem nutzlos sein werde.«

Der Lesidhe schüttelte seinen Kopf. »Das hab ich nicht gemeint. Ich wollte dich damit nicht kränken oder so. Ich dachte einfach, es wäre vielleicht am besten, wenn Vehan die Führung übernimmt und ich die Nachhut bilde. Mir kommt's nämlich so vor, als würdest du dich viel wohler fühlen, wenn dir Nausicaä unmittelbar zur Seite steht und nicht ich.«

»Und *ich* würd mich wohler fühlen, wenn du mit deinem verdammten hübschen Prinzlein die Vorhut bildest«, warf Nausicaä ein. »Ich kenn euch gar nich. Soweit ich die Lage einschätzen *kann*, könntet ihr mit unsrem mysteriösen, mörderischen Alchemisten zusammenarbeiten, um Arlo zu fangen und sie zu seinem nächsten Folteropfer zu machen. Also nee, Jungs. Ich übernehm die Rückendeckung.«

»Warum bist du nur so schwierig? Du redest viel über Vertrauen, aber von allen Anwesenden vertrau ich *dir* am allerwenigsten«, schnauzte Aurelian nun wütend.

»Na, kannst dich ruhig drauf verlassen, dass ich dich in die verdammte Sonne schieße, wenn du diesen Kampf beginnst, auf den du offenbar aus bist, Elfenknirps. Warum bist *du* so schwierig?«

»*Ich* soll auf einen Kampf aus sein?« Aurelian trat einen Schritt vor und dicht an Nausicaä heran. Selbst nach drei Leben wäre Arlo nie so mutig, um so etwas zu wagen. »*Ich* droh nicht jedes Mal mit Gewalt, wenn jemand etwas sagt, das dir nicht ...«

»Kommt schon, ihr zwei, das bringt uns auch nicht weiter«, versuchte Vehan zu beschwichtigen, der wie angewurzelt dastand und ziemlich schockiert wirkte, weil dieser Streit auf einmal so eskalierte.

»Beende den Satz«, zischte Nausicaä und würdigte Vehan keines Blickes. Stattdessen warf sie sich nach vorn, um ihrerseits auch Aurelian zu bedrängen. »Gib mir 'nen Grund und ich werd ...«

»Oh, wow, könnt ihr bitte aufhören?«, rief Arlo und schob sich zwischen die beiden. Erst funkelte sie Aurelian an, dann Nausicaä. Zuletzt klapste sie beiden nacheinander gegen die Brust. »Konzentriert euch! Die meisten von uns kennen hier niemanden besonders gut. Lasst uns aufhören, mit dem Finger auf andere zu zeigen, Gründe zu suchen, um zu zanken, und ...

die ganze Sache einfach hinter uns bringen, okay? Vorzugsweise *vor* Sonnenaufgang?« Bevor Celadon mit der Kavallerie eintraf.

»Einverstanden«, sagte Vehan und schaute zwischen seinem Freund und Nausicaä hin und her. Sein Unbehagen war ihm noch immer deutlich anzusehen und er räusperte sich. »Wir werden nichts erreichen, wenn wir von unseren Verbündeten nur das Schlimmste erwarten.«

»*Verbündete*«, spottete Nausicaä. »Ich hätt's echt allein durchziehen solln.«

»Du kannst gern jederzeit gehen«, erwiderte Aurelian.

»*Ich* geh jetzt«, murrte Arlo und stürmte von der Gruppe fort in Richtung Solarzellenfeld.

»Und *ich* übernehm die Rückendeckung«, schnauzte Nausicaä Aurelian an.

Der Elf begegnete ihr mit einem Fauchen – einer echten, katzenartigen und wilden Drohung –, aber das Problem war so weit beigelegt. Vehan übernahm die Führung und sein Freund lief ihm steif hinterher. Als Arlo hinter sich eine Präsenz spürte, drosselte sie ihr Tempo, um sich an Nausicaäs Geschwindigkeit anzupassen. »Glaubst du wirklich, dass wir ihnen nicht trauen können?«

»Nö, die sind ganz in Ordnung. Die Lesidhe sind nich allein gut darin, Auren zu lesen. Aber Aurelian hat einfach irgendwas an sich, das mich echt ankotzt – und das beruht wohl auf Gegenseitigkeit. Außerdem ...«

Arlo sah über ihre Schulter, um Nausicaäs plötzlichem Schweigen auf den Grund zu gehen. Erst in diesem Augenblick bemerkte sie, dass sich ihr breiter Mund zu einem belustigten Grinsen verzogen hatte. »Ja?«

»Na ja, wenn einer von uns Arschlöchern deinen umwerfend attraktiven Beschützer spielen soll, dann überlass ich doch nie im Leben dem verfickten Thranduil da vorn diese Rolle.«

Arlo konnte sich ein Lachen nicht verkneifen. »Ich finde ja, dass du Thranduil viel ähnlicher bist.«

»Hast recht. Er is nicht annähernd so fabelhaft wie ein Elbenkönig. Dann kann er eben mein leicht unterlegener, aber genauso arroganter Sohnemann Legolas sein.«

»Ich überlass es dir, ihm die gute Nachricht zu überbringen.«

Als sie weitergingen, verstummten sie. Ihr Weg zweigte von der Schotterstraße ab, die sie bisher genommen hatten, und schlängelte sich nun in die felsige Wüste. Da es hier sehr viele Gefahren gab, auf die sie nun aufpassen mussten, etwa giftige Pflanzen oder auch Tiere, war es schwieriger, sich auf ihr Reiseziel zu konzentrieren.

Schließlich gelangten sie an einen Drahtzaun, der das riesige Solarfeld umgab. Die Zellen schienen sich bis ins Unendliche zu erstrecken. Aurelian trat vor, packte die Drähte mit seinen Fingern und zog kräftig daran. Das Metall ächzte bloß und riss lächerlich einfach wie Papier entzwei. Wie gut, dass der Elf bei einer solchen Stärke auf *ihrer* Seite war.

Die Gruppe schlüpfte durch den Zaun und lief weiter zum nächsten der insgesamt vier Scheinwerfermasten. Sie waren an jeder Ecke des Geländes aufgestellt und tauchten die Solarzellen in ein grelles weißes Licht.

Vehan hob eine Hand in die Luft und ballte sie als Zeichen anzuhalten zu einer Faust. Er drehte sich zum Rest der Gruppe um, legte einen Finger an die Lippen und zeigte auf den Lichthof, der ihnen am nächsten lag.

Er schüttelte seinen Kopf und fuhr sich in einer lautlosen Geste mit dem Daumen über den Hals. Ebenso lautlos deutete er dann an Arlos Linker vorbei und am Rand des Lichtkegels entlang zu den hinteren Schatten, die vom Scheinwerfer nicht erfasst wurden.

Haltet euch vom Licht fern, mutmaßte Arlo, was Vehan ihnen damit sagen wollte.

Nausicaä trat zurück, um sie vorbeizulassen, und folgte ihr. Die Mädchen schlichen dem Prinzen und seinem Leibwächter durch die Dunkelheit hinterher. Beide Elfen bewegten sich mit solch langen und eleganten Schritten, dass sich Arlo ein wenig wie ein Elefantenbulle vorkam, der ihnen hinterherstapfte.

Ein paar Zentimeter vor der Kurve um die anvisierte Solarzelle hieß Vehan die Gruppe erneut anhalten.

»Dort«, flüsterte er und wandte sich abermals zu ihnen herum. Er sprach so leise, dass Arlo ihre Ohren spitzen musste, um ihn zu hören. »Die Tür ist gleich da vorn.«

Sie stellte sich hinter Aurelian und spähte über seine Schulter auf die Solarmodulreihen. Außer dunklem Glas und glänzendem Metall vermochte sie nichts zu sehen. Aber der Prinz hatte ja auch erwähnt, dass die Tür in den Boden eingelassen war.

»Also, wie kommen wir rein?«, erkundigte sich Nausicaä ebenfalls mit gesenkter Stimme.

»Pincer hat sie sich problemlos geöffnet, aber uns ... Sie wird durch mehr als nur ein alchemistisches Siegel bewacht. Ich denke, mit unseren Fähigkeiten können wir ohne große Schwierigkeiten durchkommen, aber das braucht etwas Arbeit.«

»Irre«, hauchte Nausicaä. »Eine richtige Infiltration.« Sie schien sich wahrhaftig zu freuen, als sie aus der Reihe trat und um die anderen herumschlich. Anschließend steuerte sie auf die Mitte des Solarfelds zu, wo das Licht am schwächsten war, indem sie sich durch die Schatten zwischen den Zellen schlängelte. Aurelian folgte ihr dicht auf den Fersen, als wären sie Teilnehmer einer Survivalshow, die darum wetteiferten, wer dieses Rätsel als Erstes lösen konnte.

»Sie sind sehr ... komisch miteinander«, sagte Vehan, der die beiden dabei beobachtete, wie sie sich etwas steif und zusammengedrängt weiterbewegten. »Ich kenne Nausicaä nicht, aber normalerweise benimmt sich Aurelian mit fremden Leuten anders. Er ist vielmehr der starke und ruhige ›Das ist reine Zeitverschwendung‹-Typ, wenn ihn Fremde aufregen. Aber mit ihr verhält er sich ein bisschen so wie mit seinem kleinen Bruder ...«

Arlo dachte über diese Bemerkung nach und erinnerte sich an das, was sie über Nausicaäs Verhalten gelernt hatte. Sie hatte keine Ahnung, wie Geschwister miteinander umzugehen hatten. Eine solche Beziehung konnte sie am besten nur mit der zwischen ihr und Celadon vergleichen und sie beide verstanden sich unglaublich gut.

Aber natürlich stritten auch sie hin und wieder.

»Manche Menschen reiben sich wohl einfach aneinander.« Arlo zuckte mit den Schultern. »Ich kenne Nausicaä auch nicht besonders gut, aber ich glaube, in ihr steckt ... viel Schmerz. Unter der ganzen Angeberei. Sie kann's nicht so gut vertuschen, wie sie denkt.«

»Genauso wie Aurelian«, erwiderte Vehan nach einem Moment bedeutungsschwerer Stille.

Arlo vermutete, die Worte galten vielmehr ihm selbst als ihr, weil er sie nur murmelte. Wie dem auch sein mochte, sie verstand sie nicht wirklich. Statt zu antworten, stupste sie seine Schulter an und lächelte, als er seinen Blick auf sie richtete. Anschließend deutete sie mit dem Kopf zu ihren Freunden hin. »Wir werden sie einfach im Auge behalten müssen. Lass uns gehen, bevor sie uns noch vergessen und die Burg ohne uns stürmen.«

Gemeinsam bahnten sie sich ihren Weg zu den beiden.

»... keine Wache berücksichtigt. Deswegen sind wir bei unserem letzten Ermittlungsversuch nicht weit gekommen.

Was sie geschickt haben, um uns aufzuhalten ... Ich hab keinen Schimmer, was sie waren, aber es gab genug, um für zwei Elfen zum Problem zu werden.«

Aurelian war gerade dabei, etwas zu erklären, als Arlo um die beiden herumschlüpfte und sich neben Nausicaä stellte. Vehan nahm die gegenüberliegende Flanke ein. »Ich hab eine Idee, wie wir die Scheinwerfer überwinden können. Nur weiß ich nicht, ob es funktionieren oder noch einen Alarm auslösen wird«, sagte er.

Während der Prinz sprach, hob er seine Hand. Er bog seine Finger und ballte sie zu einer Faust. Dabei ertönte um sie herum ein Surren. Die Luft rings um Vehan knisterte – schlug sogar Funken – und für einen Augenblick wurde das starke Licht der Scheinwerfer schwächer.

Es war nichts weiter als eine Demonstration dessen, was er vorhatte. Trotzdem war Arlo wahnsinnig beeindruckt. Celadon spielte gelegentlich mit Brisen und ihre Mutter hatte ihr in ihrer Kindheit manchmal kleine Tricks vorgeführt, um sie zu unterhalten. Doch nur selten durfte sie einem Elfen dabei zusehen, wie er seine Kräfte in größerem Maßstab einsetzte.

Vehan war der Thronfolger des Seelie-Sommers. Deshalb erwartete man von ihm, dass er mit dem elektrischen Element so geschickt umging wie sonst kaum jemand aus seinem Volk, über das er eines Tages herrschen würde. Der Teil von Arlo, der Magie immer noch ziemlich aufregend fand, sah ihm begeistert zu, wie er sie gebrauchte.

»*Tss*«, spottete Nausicaä. »Angeber.« Aber da ihnen dieses Geprotze in die Hände spielen könnte, schien sie mit der Vorführung nicht wirklich unzufrieden. »Also gut, wir schalten die Lichter aus, und wenn's klappt, nehmen wir die Tür näher unter die Lupe, ja?«

Aurelian nickte.

Und Vehan grinste.

Plötzlich schrie Arlo auf, und zwar ein wenig zu laut für ihre jetzige Situation. Der Würfel in ihrer Hosentasche war auf einmal heiß geworden und erinnerte sie daran, dass er auch noch da war. Sie fischte ihn heraus, ignorierte die neugierigen Blicke der anderen und untersuchte ihn genauer. Auf ihrer Hand war er komplett kühl. Die Zahlen aber leuchteten nun wie geschmolzenes Gold, so heiß wie Aurelians Augen.

Und irgendwie ... fast schon instinktiv ... wusste sie, was er von ihr wollte.

»Is das noch 'n Würfel?«, fragte Nausicaä und beäugte Arlos Hand misstrauisch. »Ich mein, du bekommst von mir 'n paar Punkte für deine Verbissenheit, ja, aber der letzte hat beim Feenring richtig mies abgeschnitten. Also denk ich, wir sollten dir 'ne bessere Waffe besorgen.«

Ah.

Arlo hatte noch niemandem von ihrem Würfel erzählt – zumindest niemandem außer Elyas. Sie konnte sich nicht genau erklären, warum sie ihn hatte geheim halten wollen, bis sie sich selbst bewiesen hatte, dass er ihr wirklich helfen konnte. Dass der Vorfall auf dem Dach kein Zufall gewesen war. Sie hatte ihr Glück nicht beschreien wollen.

Sie legte ihre Finger um den Würfel und schloss ihre Augen. Dann flüsterte sie entschieden: »Wir nutzen Vehans Magie, um die Scheinwerfer abzuschalten.« Sobald sie dies ausgesprochen hatte, hielt die Welt genau wie letztens ruckelnd an. Als sie ihre Augen wieder öffnete, stand alles reglos und grau da.

»Arlo, was zum Teufel is grad passiert?«

Offensichtlich gab es eine Ausnahme.

Vor Überraschung hätte Arlo den Würfel beinah fallen gelassen. Sie kreischte, wirbelte herum und erblickte Nausicaä, in voller Farbe und vollkommen beweglich, die sich total geschockt umsah. »Jo!«, rief sie laut. »Hast du grad die *Zeit angehalten*?«

Als Arlo die total verblüffte Nausicaä ansah, war sie selbst fassungslos und verstand nicht, wie das möglich war. »Ähm ... ja? Ich glaub schon? Aber ... wie ...?«

Ein messerscharfes fröhliches Lächeln umspielte Nausicaäs Lippen. Sie winkte ab. »Ich bin unsterblich. Ich hab keine Zeit, die du stoppen kannst. Aber das is egal – heilige Scheiße, Rotkäppchen. Und du meintest, du wärst nicht nützlich! Woher hast du überhaupt 'nen zeitstoppenden Wü... *oh* mein Gott.« Arlo sah an ihren Augen, dass ihr etwas in den Sinn gekommen, klar geworden war. Nausicaäs Stacheldrahtgrinsen zog sich so breit wie noch nie von einem Ohr zum anderen. »Hast dich also mit jemandem angefreundet, verstehe. Wenn wir hier fertig sind, müssen wir zwei Hübschen uns mal unterhalten. Inzwischen ...« Sie zeigte geradeaus und lenkte Arlos Aufmerksamkeit auf die goldenen Worte in der Luft. »Die Zeit wurde nur im Gebiet um dich herum angehalten – außerhalb läuft sie wie gewohnt weiter. Also würd ich mich an deiner Stelle beeilen und schnell entscheiden.«

Ihr standen dieselben Optionen zur Auswahl wie beim letzten Mal.

Sie konnte würfeln oder den Zeitstopp verlassen, aber diesmal erregte das Wort *Unterstützen* ihre Aufmerksamkeit – es leuchtete heller als alles andere. *Würfeln* war jetzt ausgegraut und nicht verfügbar, aber das ergab auch Sinn – nicht sie würde ja die Lichter löschen, selbst wenn sie diejenige war, die würfeln musste. Vehan würde die Magie wirken und Arlo konnte ihm nur mit dem Glück helfen, um es erfolgreich durchzuziehen.

»Unterstützen«, sagte sie an.

Die Worte zersprangen und zerfielen zu glitzerndem Staub, der sich in der Form einer goldenen Zwölf wieder zusammensetzte.

Nausicaä stieß ein Pfeifen aus. »Schwierigkeitsgrad: Normal. Schätze, du musst 'ne Zwölf oder höher würfeln, damit's klappt. Wie aufregend!«

Arlo lockerte ihren Griff um den Würfel, schüttelte ihn und ließ los. Er rollte davon und landete ... auf der Achtzehn.

»Ha!« Nausicaä gackerte höchst amüsiert und Arlo atmete erleichtert auf. Als sie ihren Würfel wieder einsammelte, kam die Welt erneut in Gang. Das Leben kehrte in ihre Komplizen zurück und Vehan, der in seinem kurzen Stillstand nichts mitbekommen hatte, wandte sich an Arlo: »Alles in Ordnung?«

Nausicaä warf dem Prinzen ein breites und bequemes Grinsen zu. »Alles prima. Zeig uns, was du draufhast, Charmeless.« Als Vehan mit den Schultern zuckte und seine Hand wieder in die Luft hob, zwinkerte Nausicaä Arlo zu.

Der Prinz ballte seine Hand abermals zur Faust.

Die Nacht begann zu surren.

Je fester er zudrückte, desto lauter wurde das Geräusch. Die Luft schmeckte nun bitter, so als würde man mit der Zunge das Ende einer Batterie unter Strom berühren. Die Härchen auf Arlos Armen und im Nacken sträubten sich.

Funken knisterten.

Wie weiß glühende Risse in der Finsternis zischten sie durch die Luft und schossen direkt auf Vehans Finger zu. Seine Haut nahm den elektrischen Strom wie ein Schwamm auf. Während die Nacht düsterer wurde, leuchtete der Prinz immer heller. Es sah förmlich so aus, als hätte jemand sein inneres Strahlen angeworfen. Als die Scheinwerfer beinah komplett erloschen waren, öffnete er seine Hand wieder, um den Strom freizusetzen, den er ihnen entzogen hatte.

Das Stromnetz, an das die Scheinwerfer angeschlossen waren, war von dem elektrischen Stoß im Nu überlastet. Erst leuchteten die Glühbirnen taghell auf, sodass Arlo vor der Grelle zurückwich. Dann ... *knallte* es viermal laut und erschütternd und schlagartig erlosch jedes Licht.

Die Nacht legte sich noch dunkler als zuvor über die Wüste.

Ein Ächzen zerriss die Luft, begleitet von einem schweren Krachen, das die Erde unter ihren Füßen erschütterte. Mehrere der zweifellos teuren Solarmodule zerbrachen. Nausicaä streckte einen Arm aus, um Arlo zu stützen, ehe diese umkippen konnte, doch in wenigen Augenblicken legte sich das Chaos. Übrig blieb nur eine ohrenbetäubende Stille.

»Wow, gute Arbeit, Vehan. Du hast die Mordfabrik außer Betrieb gesetzt.«

Verlegen kratzte sich der Prinz im Nacken. »Sorry. Ich hab's wohl etwas übertrieben. Eigentlich wollte ich nur das Licht ausmachen.«

Nausicaä flüsterte in Arlos Ohr: »Toll gemacht.« Die Eisengeborene musste den Kopf einziehen, um zu verbergen, wie sehr ihr Gesicht vor plötzlichem Stolz glühte.

Auf einmal stand Aurelian auf und das Gespräch verstummte auf der Stelle. Er starrte auf das Fotovoltaikfeld und aller Augen richteten sich auf ihn.

»*Psst.*« Nausicaä zerrte an einem seiner Hosenbeine. »Was sehen deine Elfenaugen, Legolas?«

Ohne sie zu beachten, hob er eine Hand, zeigte auf die Solarzellen und warnte sie: »Wir bekommen gleich Besuch.«

Die Sinne der Lesidhe waren doppelt so scharf wie die ihrer Sidhe-Kollegen. Keiner dachte auch nur daran, an seiner Beobachtung zu zweifeln.

»Wie's aussieht, haben wir wohl 'n bisschen zu laut angeklopft«, seufzte Nausicaä und richtete sich auf. Sie schwang eine Hand durch die Luft und in ihrem Griff erschien das schwarze Katana, das sie auch schon im Feenring beschworen hatte. Es steckte noch in der Schwertscheide und so hielt sie es wie einen Schild zwischen Arlo und die zu erwartende Begrüßung.

Arlo, die nun auch auf die Beine gekommen war, drückte ihren Würfel fest an ihre Brust. Sie begegnete kurz Nausicaäs Blick und nickte ihr zu – hoffentlich sah sie nicht so verängstigt aus, wie sie sich fühlte.

»Es wird Zeit, dass wir rausfinden, womit wir's zu tun haben«, erwiderte Vehan fest entschlossen, wenn auch mit einem leisen Seufzer. Auch er schnellte mit seiner Hand durch die Luft. Offenbar hatte er etwas von der Ladung behalten, die er von den Scheinwerfern gesammelt hatte, denn aus seiner Handfläche schoss ein Lichtstrahl, der sich zu einem surrenden Elektroschwert formte.

»Hier«, sagte Aurelian. Er hielt Arlo etwas entgegen. Sie nahm das Objekt in Augenschein und erkannte, dass es ein langer und glänzend scharfer Dolch war. Das war besser als das Nichts, das sie momentan zu ihrer Verteidigung besaß. »Nimm ihn.«

»Ähm, aber womit wirst du denn kämpfen?«

»Lesidhe brauchen keine Waffen, um sich zu wehren. Außerdem ist es uns verboten, welche zu benutzen. Ich hab ihn nicht für mich mitgebracht.«

Arlo neigte ihren Kopf zur Seite, um über dieses Angebot nachzudenken – es überraschte sie, wie aufmerksam er war, da er sich doch die ganze Zeit über so distanziert verhalten hatte –, und nahm das Messer an. »Danke.«

Aurelian nickte.

Sie hatte keine Zeit, um noch länger über sein Benehmen nachzugrübeln. Der Aufruhr, den er zuvor wahrgenommen hatte, wurde nun so laut, dass selbst Arlo ihn hörte. Mit einem Zischen wie von Druckluft öffnete sich die Tür im Boden und aus dem Untergrund strömte eine Infanterie aus ununterscheidbaren humanoiden Gestalten. Sie vervollständigten das RPG-Spiel, zu dem ihr Leben schlagartig geworden war.

Kapitel 29

Arlo

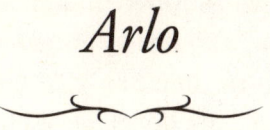

»Du übernimmst die Verteidigung!«, befahl Nausicaä Aurelian.

Er nickte und fiel zurück, um sich wie ein Schild vor Arlo zu stellen.

»Bereit?«, fragte Vehan und ließ mit einer kurzen Drehung seines Handgelenks wütende Funken aus seiner elektrischen Waffe sprühen, die damit an einen aufgebrachten Wespenschwarm erinnerte.

Nausicaä hob eine Faust in die Luft und warf dem Prinzen ein tödliches Grinsen zu. »Wer die meisten von ihnen umlegt, gewinnt?«

Vehan ballte ebenfalls eine Hand zur Faust und stieß sie gegen die ihre. »Wenn du damit meinst, dass wir so viele wie möglich außer Gefecht setzen, aber noch am Leben lassen sollen, bin ich dabei, klar.«

»Wow, wie *langweilig*...«

»Nein wirklich, bringt bitte niemanden um«, versuchte Arlo zu warnen, doch ihre Bemerkung wurde von einem lauten, kehligen Brüllen übertönt. Dass es von Nausicaä stammte, hätte sie nicht überraschen sollen, verdutzt war sie dann doch. Ein wenig entsetzt – aber vor allem erstaunt – sah sie zu, wie sowohl der Prinz als auch die Furie loslegten.

Sie verstand, wieso es Aurelian und Vehan schwergefallen war zu beschreiben, was sie bei ihrem ersten Versuch vom Solarfeld verjagt hatte. Inmitten der Finsternis waren ihre Angreifer kaum mehr als gesichtslose Schatten, die vage an Männer erinnerten, wenngleich viel größer, breiter und leicht missgestaltet.

Es gab nicht viele Feenarten, die den Menschen von Natur aus ähnelten, aber sie alle vermochten ihre Zauber so zurechtzubiegen, damit sie wie sie aussahen. Ihre Gegner konnten alles Mögliche sein und wegen der Finsternis war es ziemlich schwierig, die Situation genau einzuschätzen.

»Es ist etwas dunkel hier!«, hörte Arlo Vehan über das Klirren von aufeinandertreffendem Metall sowie über das erzürnte Surren einer elektrischen Klinge, die zahlreiche Treffer auf Stahl landete, hinweg rufen.

»Tja, Auszeit, Leute, der Prinz muss seine *Taschenlampe* suchen. Ich bin ja wohl nich diejenige, die das verdammte Licht ausgemacht hat, weißt du?«

»Ich mein ja nur ... *argh* ... Ich mein nur, dass das hier viel einfacher sein könnte und dass ich keine Ahnung habe, ob ich einen Freund oder einen Feind angreife.«

»Ich geb dir 'nen Tipp: Wenn du mich abstichst, bring ich dich verdammt noch mal um.«

»Komisch, aber das ist so was von gar nicht hilfreich!«

»Oh mein Gott.« Arlo massierte sich die Stelle zwischen ihren Augenbrauen und seufzte. Dann ließ sie die Hand wieder fallen, griff in ihre Hosentasche und tauschte den Würfel gegen ihr Handy. Eines musste man der modernen Technik lassen: Die Taschenlampen der Smartphones waren ziemlich hell. Dafür war sie noch nie in ihrem Leben so dankbar gewesen wie jetzt. Sie tippte auf das Symbol und beleuchtete ihr Schlachtfeld.

Es war nicht viel, aber als Aurelian noch sein Handylicht beisteuerte, ergab das eine wahrlich brillante Kombination. Vehans Wunsch wurde erhört und Arlo bereute sofort, dass sie an seiner Erfüllung beteiligt war.

»Äh ...«

Der Prinz taumelte.

Die plötzliche Enthüllung dessen, wogegen sie kämpften, überrumpelte ihn so sehr, dass es ihn von den Beinen riss und er unsanft auf dem Rücken landete.

»Vehan!«, rief Aurelian und stürmte nach vorn. Arlo war ebenso besorgt um den Prinzen und folgte ihm.

Glücklicherweise schockierte die Identität ihrer Gegner Nausicaä weniger.

Diese Kreaturen waren wandelnde Monstrositäten aus Metall und Fleisch. Ihre Rüstungen schienen direkt mit der Haut verschmolzen zu sein – einer Haut, die eindeutig von mehreren Quellen gesammelt und zusammengeflickt worden war, sodass eine groteske Parodie eines Menschen entstanden war. Ihre trüben, knolligen Augen und schlaffen, eingefallenen Gesichter zeigten keinerlei Anzeichen von Gedanken oder Leben. Sie waren einfach nur leere Hüllen und besaßen keine magische Aura. Ihren mechanischen Bewegungen nach waren sie sich womöglich überhaupt nicht bewusst, wer sie waren, wo sie sich befanden und was sie taten.

Bei ihrem Anblick schien es Arlo, als würde etwas unter ihrer Haut krabbeln. Nausicaä indessen drückte ihre Abscheu mit einem einzigen vielsagenden »*Uäh*« aus.

Sie hatte offenbar schon viel Schlimmeres zu Gesicht bekommen. Zudem war Vehans Notlage wichtiger als ihre Vorliebe für dramatische Auftritte.

Soweit Arlo das beurteilen konnte, gab es nur ungefähr zehn dieser wimmelnden Kreaturen. Da jene, die sie bereits »außer Gefecht gesetzt« hatten, kein Blut aufwiesen, hatte Nausicaä also von ihren Drohungen abgesehen und keine getötet. Die Gegner kannten jedoch keine solchen Skrupel.

Ihre rein brutalen Absichten ließen sich daran ablesen, wie sie sich auf sie stürzten und mit ihren im Schein der Taschenlampen glänzenden Dolchen zustachen. Anfangs hatte Nausicaä womöglich nur mit ihnen gespielt. Doch als sie erkannte, wogegen sie kämpften, und Vehan auf dem Boden erblickte, legte sich in ihr ein Schalter um.

Diesmal kündigte kein Gebrüll ihren Angriff an.

Die meisten Kreaturen konzentrierten sich auf die plötzliche Schwachstelle ihres Teams – auf den erschöpften Prinzen, der sich bemühte, wieder auf die Beine zu kommen und sein Schwert zu fassen. Doch Nausicaä beschäftigte sich mit einer, die sich den anderen nicht angeschlossen hatte.

Nausicaä hob ein Bein und versetzte dem Monstrum einen kräftigen Tritt gegen die Brust. Gleichzeitig griff sie geschmeidig nach ihrer Schwertscheide und zog ihre Waffe im Bruchteil einer Sekunde mit einem tödlichen *Shiiink* heraus. Und im nächsten Augenblick folgte ihrer Klinge auch schon eine rubinrote Flüssigkeit wie ein schlängelndes Band durch die Luft.

Die Kreatur stürzte zu Boden.

Arlo stockte der Atem und sie blieb wie erstarrt stehen. Nausicaä aber würdigte das tote *Ding*, das sie zurückgelassen hatte, keines Blickes, sondern nutzte den Schwung ihrer Waffe und wirbelte flink und geschickt umher. Arlo fragte sich, ob sie mit diesem Katana in ihren Händen geboren worden war und schon ihr ganzes langes Leben der Schwertkunst gewidmet hatte.

Die kurze Drehung brachte Nausicaä so dicht an die Kreatur heran, die Vehan am nächsten war (und zu einer eigenen Attacke ausholte), um einen wuchtigen Treffer landen zu können. Mit der Waffe, die sie mit ihrer unsterblichen Stärke führte, schnitt sie senkrecht durch Rüstung, Fleisch und Knochen – direkt durch das Herz und die Wirbelsäule der Kreatur – und gelangte zwischen ihren Beinen wieder heraus.

Das Monster klappte in zwei Hälften und fiel wie eine Marionette mit durchtrennten Fäden zu Boden.

»Versuchst also, alle Aufmerksamkeit auf dich zu ziehen, was?« Kopfschüttelnd warf Nausicaä die Scheide ihres Schwerts beiseite und diese löste sich in Rauch auf, kaum dass sie den Boden berührte. Mit ihrer nun freien Hand half sie Vehan wieder auf die Beine.

Aurelian stürmte zu den beiden. »Vehan ...«

»Ich hab dir *eine* verfluchte Aufgabe gegeben, Legolas!«, fauchte Nausicaä und warf dem näher kommenden Lesidhe einen finsteren Blick zu. Arlo, die er eigentlich aus der Gefahrenzone heraushalten sollte, folgte ihm dicht auf den Fersen. Doch angesichts der Lebensgefahr, in die der Prinz geraten war, hatte beide ihre Aufgaben vergessen. »Geh sofort zurück und nimm sie m...«

»Leute, passt auf!«, fiel Arlo ihr ins Wort. Schlitternd kam sie hinter Aurelian zum Stehen und deutete mit ihrem Dolch auf fünf weitere Kreaturen, die noch sehr lebendig waren und die Gruppe nun umzingelten.

Eine von ihnen stach nach Nausicaä, doch ihr Hieb wurde abgefangen, ehe er treffen konnte – diesmal von Vehan. Ein zorniges Surren erfüllte die Luft, als er sein Elektroschwert erhob, um das wuchtige Gewicht der Kreatur zu parieren, mit dem sie sich auf ihn warf. Nausicaä wirbelte abermals herum und schloss sich dem Gefecht wieder an.

Mit den übrigen Monstern machten sie und der Prinz kurzen Prozess. Im Umgang mit seiner Klinge war Vehan eindeutig geübt. Aber neben Nausciaä, die mit jedem präzisen Schritt und jeder Handbewegung den schönsten Tanz vollführte, den Arlo je gesehen hatte, wirkte er fast so, als hielte er zum ersten Mal in seinem Leben ein Schwert in den Händen.

Als Aurelian sicher wusste, dass Vehan nicht mehr in Gefahr schwebte und wieder selbst auf sich aufpassen konnte, führte er Arlo vom Kampfgeschehen weg.

»Was *sind* sie?«, fragte sie ihn. Ihr aufmerksamer Blick wanderte zwischen Nausicaäs anmutigen Bewegungen und den nach ihrem Schwerttanz am Boden liegenden Leichen hin und her. »Warum greift keine von ihnen uns beide an?«

Aurelian schüttelte den Kopf. »Ich weiß es nicht. Aber was auch immer sie sind, sie scheinen sich weder bewusst zu sein, was los ist ... noch Schmerzen zu empfinden.«

Zusammen sahen sie eine Kreatur ohne jeden Laut oder auch nur ein Zucken zu Boden stürzen – in einem Moment war sie lebendig und im nächsten schon ein reglos auf der Erde liegender Haufen.

»Ihr Blut ist *rot*«, bemerkte Arlo.

Als das letzte Monster bezwungen war, wurde das Metallgeklirre von einer Stille verdrängt, die jedes andere Geräusch an diesem Abend übertönte. Diese Stille dauerte mehrere Minuten an und die Gruppe fand wieder zusammen.

»Cava«, sagte Nausicaä, wohl weil sonst niemand etwas zu sagen wusste. »Erinnert Ihr Euch noch an den Vorfall im Hiraeth, Eure *Hoheit*?« Sie sah Vehan eindringlich an. »*Das* sind Cava. Künstliche Menschen ohne Seelen, getötet und durch ein verdammt schwarzes Magiesiegel wieder zum Leben erweckt ... Deswegen hat's mir auch nichts ausgemacht, sie abzuschlachten. Sie sind nur ... leere Hüllen. Sie haben nichts mehr, was noch *irgendetwas* ist.«

»*Nekromantie*«, spie Vehan aus.

Aurelian hatte die Lampe seines Handys ausgeschaltet. Arlo ließ ihre allerdings weiterleuchten und richtete sie auf den Boden, um niemanden zu blenden. Die Schatten verzerrten zwar so aller Gesichtszüge, doch sie erkannte, dass der Prinz erzürnt war.

Nausicaä schüttelte den Kopf. »Na ja, aber das hier ist immer noch Alchemie, ob du's glaubst oder nich – Alchemie in ihrer schlimmsten ... oder besten Form. Je nachdem, auf welche Seite du dich stellst. Aber es is definitiv Alchemie in ihrer mächtigsten Form.«

»Das ist ein viel größeres Problem, als wir denken. Und du willst uns immer noch nicht alles verraten, was du weißt«, sagte Aurelian.

Arlo sah zu Nausicaä. Als diese ihren Blick mit ihren stählernen Augen erwiderte, wiederholte sie die Frage, die sie bereits im Hauptquartier des BEISTANDS gestellt hatte. »Was kann ein Stein der Weisen noch, außer Dinge in Gold zu verwandeln und ewiges Leben zu gewähren?«

»Steine«, korrigierte die einstige Furie sie.

»Was?«

»Steine. Plural. Es gibt mehr als nur einen. Meinen schwer erkämpften Informationen zufolge gibt es sogar sieben und jeder hat sein eigenes kleines Partygeschenk für den Narren, der so schlau ist, einen zu erschaffen.«

Verwirrt runzelte Vehan die Stirn und blickte Nausicaä an. »Ich will dich natürlich keineswegs hetzen, aber es wäre wirklich nett, wenn du dich herablassen würdest, uns zu erklären, womit wir es deiner Vermutung nach hier zu tun haben. Am besten, *bevor* wir uns in den Tod stürzen?«

Nausicaäs Miene wurde so scharf wie die tödliche Schneide ihrer Klinge, die sie immer noch in der Hand hielt. Im Interesse eines zivilisierten Miteinanders – Nausicaä hatte schon den ganzen Abend über unter Spannung gestanden – beschloss Arlo einzugreifen, ehe noch ein Streit entbrennen konnte. »Also, was machen sie dann?«

»Na ja«, begann Nausicaä und war froh, sich wieder Arlo zuzuwenden. »Einer verwandelt Scheiße in Gold und ein anderer verleiht Unsterblichkeit. Aber es gibt auch einen Stein, der dir die komplette Kontrolle über jedes Herz gewährt, das du besitzen möchtest, und einen, der dir unermüdliche Ausdauer verleiht. Noch einer gewährt Schönheit, ein anderer befreit dich von der Notwendigkeit, sterbliche Nahrung zu dir zu nehmen, und der letzte beschert dir den Oberbefehl über die Höllischen Mächte wie Furien, Dämonen und all die großen bösen Schuppenbiester, die in der UNTEREN TIEFE eingesperrt sind. Denn diese Steine sind nich nur magische Felsbrocken.«

»Ja, das wissen wir bereits«, erinnerte Vehan sie. »Sie sind Herzen.«

»Nein. Sind sie nich. Okay, ja, sind sie schon, aber nur, weil die Steine Träger sind, genauso wie die Eisengeborenen, die für ihre Zucht benötigt werden. Nur mit diesen Herzen können die Geister physisch in die Welt gelangen.«

»Geister?«, wiederholte Aurelian und hob eine Augenbraue.

»Die SÜNDEN.«

Nausicaäs Antwort klang ein wenig zu lässig für das, was sie da gerade gesagt hatte. Wieder herrschte zwischen den vier Teenagern Schweigen.

»Und mit ›Sünden‹«, erkundigte sich Arlo vorsichtig, »meinst du …?«

»Habsucht. Stolz. Wollust. Trägheit. Neid. Völlerei. Zorn. Ja – die Sünden. Das sind nich nur Verhaltensweisen – sie sind richtige Entitäten, negative Energien, so alt wie die verfluchten Titanen. Der Legende nach besaßen sie mal Körper, aber jetzt sind Steine die einzige greifbare Form, die sie haben können. Ein Stein für jede Sünde und jeder hat seine eigene Superkraft, die speziell dafür gedacht is, dämliche Sterbliche dazu zu verleiten, sie in diese Welt zu beschwören – denn selbst als Felsbrocken haben sie noch das Zeug, die Welt zu beeinflussen. Aber wie's aussieht, haben sie ihre Chance vergeigt, ein direktes Chaos zu veranstalten, und zwar lange bevor ich auf die Welt kam. Das letzte Mal, als ich in dieses Wissen eingeweiht wurde, waren alle Sünden in den Tiefen des Reichs der Unsterblichen eingekerkert. Die Herausforderung, die ich bestehen musste, nur um ein bisschen mehr zu erfahren …« Sie brach mitten im Satz ab. So, wie sie nun aussah, kam sie Arlo seltsam menschlich vor – richtiggehend *besorgt*.

Vehan und Aurelian runzelten beide ungläubig die Stirn – Nausicaä hatte ihnen noch nicht gesagt, wer sie wirklich war –, aber sie verkniffen sich die Fragen, die in ihren Augen aufleuchteten, und ließen sie weitersprechen.

»Es gibt 'ne extrem lange Legende, die damit verbunden ist, wieso die Sünden eingelocht wurden, aber jetzt is nich das richtige Timing, sie zu erzählen«, erklärte Nausicaä und schüttelte sich von dem Gedanken frei, in den sie kurzzeitig versunken war. »Ich kann nur sagen, dass es für niemanden gut aussehen wird, wenn irgendein Arschloch es hinkriegt, sie alle wieder herzubringen.«

Augenscheinlich konnte sich Vehan nicht länger zurückhalten, denn er hob eine Hand. »Also, was genau ist eine Cava und was haben sie mit alldem zu tun?«

»Nun, Cava ist die Pluralform des Begriffs. Das Wort, nach dem *du* suchst – die Singularform – ist Cavum. Und wie ich schon sagte, sie sind künstliche Wesen: Puppen, die aus den Teilen echter Leute zusammengesetzt werden. Ich glaub, wir haben soeben herausgefunden, was die Mordfabrik mit all den Menschen macht, die sie in letzter Zeit gesammelt hat, hmm? Außerdem braucht man verdammt viel Magie, um so 'ne Puppe zum Leben zu erwecken. Und jemand hat hier 'ne kleine *Armee* von diesen Dingern aufgestellt. Heißt also, wir haben hundertpro mit jemandem zu tun, der schon einen Stein erschaffen hat.« Nausicaä schüttelte ihren Kopf und richtete ihren Blick auf die toten Cava, die rings um sie verstreut lagen. »Ich würd hier 'n Foto schießen und zurück zum Auto gehen – das dürfen die Höfe nich ignorieren. Überrascht mich, dass meine Schwestern das tun. Ihr könnt eure Ermittlungen hier abschließen, wenn ihr wollt. Ich aber bin mit diesem Ort noch lange nich fertig, jetzt, da er so interessant geworden is. Diese Cava sind von irgendwoher gekommen und dann dieses Siegel auf deiner Brust, Vehan. Jemand hat versucht, den gottverdammten Prinzen des Seelie-Sommers in einen Stein der Weisen zu verwandeln – wahrscheinlich wusste diese Person damals noch nich, dass das nur mit Eisengeborenen funktioniert, aber das war verdammt mutig. Ich muss schon sagen, ich bin echt beeindruckt, dass sie's überhaupt versucht hat.«

Arlo sah, wie Vehan entschlossen die Zähne zusammenbiss. »Ich bleibe hier«, erklärte er fest entschlossen. »Wir sind schon den ganzen Weg hierhergekommen. Und wenn das, was du gesagt hast, stimmt, dann ist die ganze Sache sehr viel schlimmer, als Aurelian und ich bisher angenommen haben. Wenn es dort drinnen jemanden gibt, der erklären kann, was hier vor sich geht … wie ich dieses Siegel bekommen habe … Ich kann nicht riskieren, dass diese Person in der Zeit entkommt, die die Höfe brauchen würden, um auf ein Beweisfoto zu reagieren. Ich bleibe. Unsere Abmachung gilt jedoch noch, Arlo – du musst nur das Siegel an der Tür für uns deaktivieren, dann kannst du nach Hause gehen. Du musst nicht mit uns reingehen.«

»Oh nein. Ich komm mit«, erwiderte Arlo entschlossener, als sie sich fühlte. Die Eskalation dieser Verschwörung jagte ihr zwar Angst ein, aber zugleich verstand sie nicht so recht, warum sie sie überhaupt abschrecken sollte. Sie hatte bereits beschlossen, dass sie bis zum bitteren Ende gehen würde, und ihr Würfel hatte sie noch nicht im Stich gelassen. Sie konnte den beiden helfen, weitaus mehr zu tun, als nur hineinzugelangen. Und so wie sich das alles anhörte, würden sie jede verfügbare Hilfe gebrauchen können.

Wir sind alles, was wir haben.

Außerdem könnte Nausicaä sie alle einfach fortzaubern, wenn die Lage zu kritisch werden sollte. »Wenn ich's hinbekomme, diese Tür aufzubrechen, komm ich mit. Ich will auch wissen, was hier los ist.«

Aurelian wandte sich an Nausicaä und fragte ziemlich ernst: »Du hilfst uns doch nicht nur, um einen dieser Steine zu stehlen, oder?«

Arlos Herz vollführte einen komischen Hüpfer.

Der Oberbefehl über eine unsterbliche Armee, unermüdliche Ausdauer, Kontrolle über *Leute* ... mit solchen Fähigkeiten könnte Nausicaä kinderleicht das Chaos zu verursachen, auf das sie es abgesehen zu haben schien. Und wenn sie einen Alchemisten dazu überreden könnte, mit ihr zusammenzuarbeiten, um weitere Steine zu schaffen – eine Alchemistin wie Arlo, um die sich Nausicaä wie um nur wenige andere zuvor ungewöhnlich viel gekümmert hatte ...

»*Tss.*« Nausicaä drehte kurz ihr Handgelenk und ihr Katana löste sich in pechschwarzen Rauch auf. »Ich hab ernsthafte Probleme und es macht mir 'nen Heidenspaß, Dinge in Brand zu stecken, aber ich bin keine Psychopathin. Und ich bin viel zu kreativ, um den bösen Plan von jemand anderem zu kopieren. *Außerdem* bin ich verdammt ehrgeizig – ich werd doch nich zulassen, dass jemandes Wutanfall meinen eigenen in den Schatten stellt. Also bevor du fragst: *Ja*, ich werd versuchen, diesen Scheiß zu beenden. Wenn ihr das auch wollt, sind wir wohl Partner.«

Sie streckte Vehan die Hand entgegen und Arlo atmete leise und erleichtert auf.

Der Prinz zögerte kurz, doch dann schlug er ein und ihr Pakt war besiegelt. »Du hast meine uneingeschränkte Unterstützung, Nausicaä …?«

»Krake.«

Er schwankte. »Ist … ist das dein Ernst? Waren alle anderen Nachnamen schon vergeben, oder was?«

»Ich brauch keine volle Sekunde, um dir das Genick zu brechen. Ich find, du solltest es mir überlassen, wie ich mich nenne.«

»Dagegen ist nichts einzuwenden.«

Sie schüttelten die Hände. Als Nächstes drehte sich Nausicaä zu Aurelian. »Wenn das hier funktionieren soll, musst du eins wissen.«

Der Lesidhe schwieg zwar, aber seine goldenen Augen beobachteten sie aufmerksam.

»Zwischen uns herrscht 'ne gewisse Spannung.«

Aurelian starrte sie weiterhin an.

»Aber ich halt dir trotzdem den Rücken frei.«

Er schwieg immer noch und sah sie nur an.

»Aber ich halt trotzdem auch deinem *Prinzen* den Rücken frei.«

Endlich eine Reaktion – ein Muskel in seinem angespannten Kiefer zuckte.

»Aber wenn ich dir vertraue, dass du *Arlos* Rücken freihältst, und du sie noch mal unbewacht zurücklässt, werden die Sieben SÜNDEN und der Untergang, den sie mit sich bringen, deine kleinsten Sorgen sein. Kapiert?«

Aurelian nickte. Dann verzog sich sein Gesicht kurz vor Reue und er nahm wieder eine kühle und gleichgültige Haltung ein.

»Sehr schön. Na dann, wir sollten uns auf den Weg machen, ehe derjenige, der da unten ist, die nächste Welle Gegner losschickt.«

Nausicaä hatte recht. Sie hatten keine Zeit, sie stundenlang auszufragen. Die Tür, durch die die Cava geströmt waren, hatte sich dank des Siegels wieder hinter ihnen geschlossen. Jetzt vermochte nur noch Arlo, sie für alle zu entriegeln.

Sie wollte ihren Freunden bereits dorthin folgen, als eine Hand sie am Ellbogen aufhielt. »Tut mir leid«, entschuldigte sich Aurelian leise, als sie sich umdrehte, um zu sehen, was er wollte. »Wegen vorhin ... als ich einfach weggegangen bin und dich ohne Schutz gelassen habe ...«

Arlo schüttelte ihren Kopf. »Er ist immerhin dein Freund, stimmt's?«

Im Dunkeln, das noch immer von ihrem Handy beleuchtet wurde, sah sie, dass Aurelian die Frage unangenehm war. »Er ist mein Prinz und als sein Gefolgsmann ist es meine Pflicht, ihn zu beschützen.«

Seine Aussage klang zu einstudiert, um der vollen Wahrheit zu entsprechen, aber Arlo wollte nicht weiter darauf eingehen. »Dann muss es dir nicht leidtun.«

Er neigte seinen Kopf fragend zur Seite und sie erkannte, dass er sie nicht verstand. »Es muss dir nicht leidtun, dass du die Menschen beschützen willst, die dir wichtig sind«, erklärte sie. »Geht es hier nicht genau darum? Menschen zu beschützen? Und, du solltest nicht auf Nausicaä hören. Wir beide kennen uns erst seit ... ungefähr zwei Wochen? Das ist lang genug für mich, um zu wissen, dass sie in bestimmten Situationen ziemlich heißblütig wird ... aber auch eine viel zu kurze Zeit, um einen tobenden Rachefeldzug zu rechtfertigen, wenn ich bei dieser Mission ins Gras beißen sollte.«

Nun schüttelte Aurelian den Kopf. »Nausicaä kommt mir nicht vor wie jemand, der viele Freunde hat. Es würde sie bestürzen, dich zu verlieren, glaub mir.«

»Vermutlich«, erwiderte sie nicht sonderlich überzeugt. »Aber mach dir deswegen trotzdem keine Sorgen. Ich bin dir nicht böse, es ist alles okay.«

»Na gut.« Aurelian nickte und ging an ihr vorbei. Arlo folgte ihm und bemühte sich, nicht in die Gesichter der Cava zu sehen, während sie sich ihren Weg durch den Leichenhaufen bahnte. Als sie zwischen dem Lesidhe und der ehemaligen Furie stehen blieb, blickte sie auf die Tür hinab, um die sich alle versammelt hatten. Genau wie Vehan gesagt hatte, war in die Metalloberfläche ein Siegel eingestanzt worden – ein simpler Kreis, in den eine Rautenform eingezeichnet war. Über jeder Ecke des Rhombus befand sich ein und dasselbe eigenartige Symbol, sodass das ganze Gebilde einem Kompass glich. Und alle vier Zeichen waren durch verschlungene Zeilen komplizierter Gleichungen miteinander verbunden.

»Also ... ähm ... was soll ich machen?«, fragte Arlo und richtete das Licht ihres Handys auf das Siegel, um es besser zu sehen. »Ich weiß echt nicht, wie man Alchemie wirkt – sie ist verboten, erinnert ihr euch noch? Eigentlich dürfen wir nicht mal drüber *reden* und nach dem Siegel auf Vehans Brust ist das hier erst das zweite, das ich in meinem Leben gesehen habe.«

»Schaut euch diese Symbole an«, sagte Nausicaä und streckte ihre Hand aus, um das Zeichen über der nördlichen Ecke anzutippen. »Wisst ihr, was das ist?«

Alle blickten auf das Siegel unter ihnen. Vehan und Aurelian schüttelten nur stumm den Kopf, aber Arlo ... »Eisen?«, sagte sie kurz darauf kaum hörbar, passend zu der verschwommenen Erinnerung, die ihr auf einmal in den Sinn kam.

Eine eigentlich unmögliche Erinnerung, mit der Zeit verblasst und von einem Nebel umgeben, der zu dicht war, um hindurchzusehen.

Aber sie konnte sie immer noch hören ...

Die Stimme ihres Vaters – *und das ist Eisen, siehst du die Kraft in seinen Linien?*

»Und du dachtest, du wärst nutzlos.« Nausicaä strahlte sie an. Arlo erschrak und die Erinnerung verflüchtigte sich wie Rauch. »Das *ist* das magische Symbol für Eisen. Alle physischen Substanzen bestehen aus Stoffen und alle Stoffe bestehen aus Teilchen. Und diese Teilchen haben alle ihre eigenen Symbole, richtig? Nun, die Magie hat ihnen ihre eigenen Symbole gegeben. Wenn man sie alle zusammenfügt, die Wissenschaft mit der Magie ins Gleichgewicht bringt und diese Gleichungen mit genug Kraft erfüllt, kann man diese physische Substanz in seine Gewalt bringen. Man kann sie zu allem Erdenklichen zwingen – natürlich nur im Rahmen des Möglichen. Ich bin auch keine Alchemistin und kann deswegen nich viel dazu sagen. Aber das sind so die Basics. Je mehr man sich damit beschäftigt, desto komplizierter wird's und in den falschen Händen wird Alchemie richtig unheimlich. Aber wenn du das in der Schule lernen dürftest, Arlo, wär's zuerst supereasy. In den ersten Stunden würdest du mit so leichtem Scheiß wie Eisen beginnen.«

»Okaaay ... und was soll ich jetzt mit dieser ganzen Info?«

Nausicaä zog ihre Hände vom Siegel zurück und hielt sie hoch. »Sorry, mehr weiß ich nich.« Dann drehte sie sich zu Arlo um. »Hör zu. Das Siegel eines anderen Alchemisten zu aktivieren, is 'ne verdammt fortgeschrittene Fähigkeit. Aber ich wette, dass es für dich 'n Klacks is, dieses Ding auf ähnliche Weise zu *de*aktivieren. Du hast das Zeug dazu. Ich hab nich gelogen.«

»Wenn du meinst ... Aber wie soll ich das anstellen?«

Nausicaä zuckte mit den Achseln.

Arlo stieß einen tiefen Seufzer aus und nahm das Siegel ein wenig genauer in Augenschein. »Ich mein, haben wir schon versucht, es physisch zu beschädigen? Indem wir es zum Beispiel spalten oder so, um den Magiestrom zu unterbrechen?« Sie hatte keine Ahnung, wovon sie da sprach, aber das klang nach der einfachsten Lösung. Der zufällige Gesprächsausschnitt, den sie in Gedanken gehört und der ihr geholfen hatte, das Eisensymbol zu erkennen, war jetzt natürlich verstummt – woher war er überhaupt gekommen, fragte sie sich, und warum war es die Stimme ihres sehr menschlichen Vaters gewesen?

Nausicaä beschwor erneut ihr Katana und zerstörte diese Theorie, indem sie die Klingenspitze über das Eisen schleifte. Sie zerschnitt das Siegel, doch in Sekundenbruchteilen wurde es durch die Magie wieder zusammengelötet und sah praktisch funkelnagelneu aus.

»Hmm.« Arlo kniete sich hin. Sie legte ihren Dolch beiseite und streckte ihre Hand aus, um mit ihrem Finger über eines der Eisensymbole zu fahren – es erwärmte sich unter ihrer Berührung. Sie wusste weder, wie man diese konkrete Fähigkeit einsetzte, um Siegel zu deaktivieren, noch, wie man sie damit aktivierte. Sie wusste lediglich, dass Nausicaäs Magie wohl ihre eigene verstärkte. »Wenn wir diese Gleichungen irgendwie in

Unordnung bringen könnten, sollte das Siegel doch nicht mehr funktionieren, oder?«, überlegte sie laut.

Nausicaä hockte sich neben sie. »Woran denkst du?«

»Einen Moment.«

Die Eisengeborene ließ ihre Hand auf dem Siegel und schloss ihre Augen. So, wie sie sich von der Dunkelheit abhoben, schienen die Symbole vor ihrem geistigen Auge zu brennen. Sie vermochte sie klar und deutlich zu sehen, aber etwas fehlte – die Wärme, die sie unter ihren Fingern spürte, fehlte in der Nachbildung, die sie sich vorstellte. »Nausicaä«, rief sie mit noch immer zugekniffenen Augen. »Kannst du mit deiner Magie vielleicht das machen, was du vorhin getan hast? Um meine in Gang zu bringen?«

Ohne ein Wort kam Nausicaä der Bitte nach. Ein Teil ihrer Eisen- und Holzrauchmagie löste sich aus seinem Versteck und hüpfte freudig auf Arlo zu. In der kurzen Zeit, die sie einander kannten, musste die Magie der Furie gelernt haben, etwas sanfter mit ihr umzugehen. Denn im Gegensatz zu all den vergangenen Malen stach sie jetzt nicht zu, sondern verflocht sich eng mit Arlos Aura. Dieser zusätzliche Energieschub war genau das, was sie brauchte, um das Siegel in ihrem Kopf bis zum Glühen zu erhitzen.

Ein Hauch bläulich-weißen Lichts drückte gegen das Schwarz ihrer geschlossenen Augen. »Ich versuch mal, eines der Symbole aufzulösen«, sagte sie zu ihren Gefährten. Sie konnte nicht erklären, warum, aber ihr Bauchgefühl sagte ihr, dass es das Richtige war. Und aus irgendeinem Grund fühlte sich diese Wärme unter ihrer Hand vertraut an. Sie konzentrierte sich so stark, wie sie nur konnte, und lenkte all ihre Magie darauf, das Symbol am nördlichsten Punkt ihres imaginären Siegels zu löschen.

Das Zeichen unter ihrer Hand wurde heiß.

»Echt schnieke«, lobte Nausicaä und blies die Luft aus ihren Wangen. »Siehste? Bist ein verdammtes Naturtalent.«

Arlo zog ihre Hand zurück und öffnete die Augen. Sie hob ihren Dolch auf, kam wieder auf die Beine und sah mit den anderen staunend zu, wie das Symbol an der nördlichen Spitze des echten Siegels durch die Hitze zerbrach – und diesmal blieb es auch entzwei.

»Scheiß auf das Verbot, wir sollten dir *definitiv* einen richtigen Mentor finden.« Nausicaä hob einen Fuß hoch und stieß ihn so fest gegen die Tür, dass sie nach innen eindellte. Sie wiederholte das so lange, bis sich die Eisentür aus den Angeln löste und krachend in den soeben geöffneten Schacht einer Metallstiege im Untergrund hinabfiel. »Nun, da haben wir ihn. Unseren dunklen Abstieg. Also Leute, bereit, ein bisschen rumzuwüten?«

»Ein bisschen *nachzuforschen*«, korrigierte Vehan bestimmt und zückte sein Handy, um ein Foto von den Cava hinter ihnen sowie von dem Loch im Boden zu schießen, durch das sie gleich eintreten würden. »Das hier ist in erster Linie eine Recherche. Ich möchte hier so vielen Konflikten aus dem Weg gehen wie nur möglich. So beeindruckend du auch sein magst, es wäre unklug, uns mit unserer derzeitigen Anzahl auf weitere Kämpfe einzulassen. Wir wollen einfach nur herausfinden, was hier vor sich geht, bevor unser schlüpfriger Alchemist die Chance bekommt, seine Spuren wieder zu verwischen.«

»Schon klar, aber was ich gesagt habe, klang cooler, also machen wir genau das, okay?«

Verärgert runzelte Vehan die Stirn und in seinen Augen sprühten abermals Funken. »Du nimmst wohl nie was ernst, was?«

Einen Moment lang herrschte Stille.

Nausicaä dachte scharf nach, doch dann sah Arlo sie müde und todernst werden. Noch nie war ihr das Mädchen so alt vorgekommen wie jetzt.

»Vor hundertsechzehn Jahren haben elf Leute die Antwort auf diese Frage erhalten, Vehan Lysterne. Was ihr alle als das Bermuda-Dreieck kennt, ist ein Schlummerndes Tal. Ich hab schon einen Therapeuten, vielen Dank. Manchmal schau ich sogar zu einem Termin vorbei. Aber wenn du lieber zu mir nach Hause gehen und bei einem Eis weiter drüber reden willst, sag's bitte jetzt. Ansonsten lass uns einfach dankbar sein, dass dieses Jahrhundert die schönste Zeit während meiner Depression ist, und mit dieser Mission weitermachen, okay?«

Vehan wusste offenbar nicht, was er sagen sollte, und hielt den Blickkontakt zu Nausicaä noch etwas länger aufrecht. Dann begnügte er sich mit einem kurzen Nicken. »Versuch einfach nur, uns nicht umzubringen.«

»Und du versuch, mir die Idee nich so schmackhaft zu machen«, witzelte sie und schon war ihr Humor wieder da. Sie zwinkerte dem Prinzen zu und beendete das Gespräch, indem sie in den Schacht hinuntersprang.

KAPITEL 30

Nausicaä

Die Stiege mündete in einen schummrigen Gang. Dieser war überhaupt nicht aufregend und bestand ausschließlich aus einfarbigen Fliesen, Aluminiumplatten und einer unheimlichen Notbeleuchtung, die mittig an der Decke verlief. Nausicaä war im Laufe der Jahre oft genug in Laboratorien gewesen, um diese kalte und klinische Atmosphäre auf den ersten Blick als solche zu erkennen.

»Ganz schön ruhig hier«, wunderte sie sich. Ihre Stimme hallte laut durch den kahlen, geschlossenen Raum. »Du musstest nich das *ganze* Licht mit deinem kleinen Partytrick ausschalten, weißt du, Charmeless?«

Vehan blickte sie finster an. »Ich sagte doch, das war nicht meine Absicht. Und vielleicht ist es hier unten ja immer so dunkel.«

»Mhm. Man lernt ja auch als Erstes, ›alle Lichter auszuschalten‹, wenn man zur Sicherheit am Arbeitsplatz belehrt wird. Typisch Geldsack.« Sie verdrehte die Augen. »Wie lang wird's noch dauern, bis du sie wieder für uns anmachst?«

Vehan murmelte etwas vor sich hin, ging aber dann auf ihren Vorschlag ein. Er öffnete und schloss seine Hand und machte sie wieder auf. Doch nichts geschah. Seine Miene, die in dem gedämpften Licht geisterhaft wirkte, verzog sich vor Ärger immer mehr. »Ich würd's ja gern, aber irgendwas stimmt hier unten nicht. Mir gelingt's nicht, die Elektrizität so wie sonst zu kontrollieren. Es fühlt sich an, als gäbe es eine Störung.«

»Mich beunruhigt, dass hier nichts los ist«, bemerkte Aurelian. »Ich höre in der Nähe nichts, was sich bewegt.«

Arlo, die neben ihm herlief, hielt sich ihr Handy über den Kopf. Nausicaä war nahe genug an ihr dran, um all die Nachrichten des zweifellos wütenden Celadons zu erhaschen, die darin gipfelten: Ich gebe dir noch eine Stunde und wenn ich nichts von dir höre, werde ich Vater sagen, wo du bist. Schnaubend wischte die Eisengeborene seine panischen Worte weg. Dann ließ sie ihr Handy wieder sinken und fragte: »Ähm ... Leute? Hat noch jemand Empfang? Ich nämlich nicht.«

Nun fischte Nausicaä ihr riesiges blaugrünes Handy heraus. Es war das neueste in einer langen Reihe von kaputten, gegrillten und ertrunkenen iPhones; angesichts ihrer Erfolgsgeschichte standen die Chancen schlecht, dass dieses hier viel länger überleben würde. Alle anderen taten es ihr gleich und hielten ihre Smartphones ebenfalls hoch, und zwar in unterschiedlichen Winkeln, als könnten sie dadurch ein besseres Signal einfangen. »Na super«, seufzte sie. Sie richtete ihr Handy auf Arlo und schoss ein Foto.

»Hey!«

»Ein bisschen zu dunkel«, stellte Nausicaä fest. »Aber wenigstens funktioniert die Kamera noch. Menno, ich wollte eigentlich sehen, welche Pokémon ich hier unten auf Go fangen kann.« Sie sah zu der stirnrunzelnden Arlo hoch und lächelte breit. »Also, was sagt ihr jetzt? Wollt ihr drei immer noch mit mir nach Antworten jagen, selbst wenn wir niemanden anrufen können?«

»Kannst du uns immer noch in Sicherheit teleportieren, wenn's brenzlig wird?«, vergewisserte sich Vehan.

»Jaja, keine Bange. Wir sind hier nicht *alle* nutzlos.« Nausicaä wischte seine Sorgen beiseite. Um ihre Teleportationsfähigkeit außer Gefecht zu setzen, bedurfte es schon sehr viel größerer Störungen als das, was ihren Handyempfang blockierte. »Okay, wir stöbern also herum, bis wir jemanden finden, aus dem wir Infos rausquetschen können, ja?«

»Aber wir bleiben als Gruppe zusammen«, fügte Vehan hinzu. »Niemand geht irgendwo alleine hin. Ich hab ein ungutes Gefühl bei der ganzen Sache.«

So, wie sich Aurelian bis jetzt verhalten hatte, würde er sich höchstwahrscheinlich nicht allzu weit von Vehan entfernen. Und Arlo schien sehr gut zu wissen, dass sie nur einen einzigen Trick zur Verfügung hatte, um sich zu verteidigen, falls sie allein in Schwierigkeiten geraten sollte. Vehans Bemühungen, die Gruppe zusammenzuhalten, nervten Nausicaä fürchterlich. Sie vermutete, dass diese Warnung ihr galt: Von allen vieren würde sie am ehesten mindestens zwei ihrer Teammitglieder im Stich lassen, sollten diese sie ausbremsen.

»Jawohl, Sir!«, stieß sie aus und salutierte übertrieben. »Gehen wir nun, oder was?«

Arlo hob ihren Dolch in die Luft.

»Ja, Arlo?«, übergab Nausicaä ihr gnädig das Wort.

»Na ja ... wenn wir beim Herumstöbern zufällig ein Badezimmer finden ...«

Vehan drehte sich um und starrte sie ein wenig ungläubig an. Nausicaä hingegen konnte ihr Lachen kaum unterdrücken. »Okay, Freunde, wenn wir jemanden treffen, fragen wir nicht nur, ob sie Leute entführt haben, um Cava zu machen, und Kinder getötet haben, um Steine der Weisen zu schaffen, sondern auch nach dem Weg zur nächsten Toilette.«

»Bevor wir euch abgeholt haben, wart ihr fast eine *Stunde* auf einem Rasthof«, erinnerte Vehan sie verdutzt.

»Es war heiß ... Und ich hab mir eine Menge Slush-Eis geholt ...«

»Warum hast du ihr erlaubt, so viel zu trinken?«, fuhr der Prinz Nausicaä an.

»Ähm, ich bin nich ihre Chefin?«, spottete sie. »Sie kann jede schlechte Entscheidung treffen, die sie will.«

»Wir sind hier nicht auf einem Ausflug in eine *Schokoladenfabrik.*«

»Das stimmt, Veruca Salt. Aber das is 'n Riesenort mitten im Nirgendwo. Sicherlich wird's hier 'n Klo geben und wir können einfach nebenbei nach einem Ausschau halten. Komm schon, Arlo – wenn mich Videospiele etwas gelehrt haben, dann, dass es in der Nähe 'ne Schatztruhe mit 'ner Karte geben muss. Wir werden schon finden, was du suchst, schöne Maid.« Sie klammerte sich an Arlos Arm, zerrte sie aus der Mitte der Gruppe und lief zusammen mit ihr den Flur entlang.

Die Labortoiletten zu finden, war überraschend einfach.

Doch leider war das so ziemlich ihr einziger Erfolg.

Dank Vehans und Arlos Magie war hier alles verriegelt, sodass jede einzelne Tür mit Gewalt aufgebrochen werden musste. Nausicaä hielt das Team mehrmals an, um hier und da in ein paar Räume zu schauen. Dabei stellte sie fest, dass die Zimmer, in denen keine Vorräte gelagert wurden (von Schusswaffen und Klingen bis hin zu medizinischen Geräten und Werkzeugen), Pausenräume mit Plüschsofas und gut gefüllten, aber nicht funktionierenden Automaten waren.

»Das is echt komisch«, verkündete sie, während sie im dritten Pausenraum an einem Automaten rüttelte, damit er seine Süßigkeiten ausspuckte. »Mir kommt's so vor, als würden wir in ein superschickes Klubhaus eindringen. M&Ms?«

Sie bot ihre hart erkämpfte Tüte erst Arlo an und als diese ablehnte, auch noch den Jungs.

»Willst du die wirklich essen?«, erkundigte sich Vehan, der die gelbe Tüte beargwöhnte, die ihm vor die Nase gehalten wurde.

»Nachdem du mich die ganze Zeit über genervt hast, dass ich aufhören soll, so viel Lärm zu machen? Ja.«

Vehan verdrehte die Augen. »Hat dir denn niemand beigebracht, dass man von Fremden keine Süßigkeiten annehmen darf?«

»Von Fremden?« Nausicaä rümpfte die Nase und tat beleidigt. »Verkaufsautomaten und ich kennen uns schon megalang. Wir sind uns also nicht fremd.«

»Die Gänge sind endlos«, unterbrach Aurelian sie und nahm neben Arlo auf dem Sofa Platz. »Wir laufen schon seit fast einer Stunde rum und haben außer Aufenthalts- und Lagerräumen nichts gefunden. Außerdem gibt's keine Spur von einem Fahrstuhl oder einem zweiten Treppenschacht. Vielleicht sollten wir mal drüber nachdenken, ob wir uns geirrt haben und es hier abgesehen von dem, was wir schon draußen entdeckt haben, wirklich nichts anderes gibt.«

Nausicaä steckte sich eine Handvoll M&Ms in den Mund, kaute auf ihnen herum und dachte über den Vorschlag nach. »Wir haben noch nich alle Räume durchsucht«, erinnerte sie ihn. Hier musste es *irgendetwas* geben, das sie bis jetzt übersehen hatten – niemand würde das alles mitten in der Wüste aufstellen, nur weil ihm langweilig war.

»Können wir das hier vielleicht irgendwie benutzen?«

Alle konzentrierten sich auf Arlo und den Gegenstand in ihrer Hand.

»Kommt drauf an. Was ist das?«, fragte Vehan und trat näher an sie heran, um es unter die Lupe zu nehmen. »Was macht es denn?«

Arlo schüttelte ihren Kopf. »Ich weiß nicht so recht. Aber er funktioniert ein bisschen wie bei Dungeons and Dragons ... zumindest nach dem, was Elyas mir erzählt hat.« An Vehans ausdrucksloser Miene erkannte Nausicaä, dass er keinen blassen Schimmer hatte, wovon sie sprach. Sie musste jedoch lachen, als sie hörte, dass dieses seltene Geschenk mit einem Gegenstand aus einem Pen-&-Paper-Rollenspiel verglichen wurde. Die Person, die ihn Arlo gegeben hatte, würde das zweifellos auch amüsant finden. »Im Grunde ist das ein magischer Würfel«, fuhr Arlo fort. »Ich sag ihm, was ich tun will, und wenn ich eine ausreichend hohe Zahl würfle, dann ... klappt's auch. Ich hab ihn von jemandem im Feenring bekommen. Xier sah wie ein Troll aus, aber ich glaub nicht, dass das xiese wahre Gestalt war.«

»Wenn das da in deiner Hand das Original is, war xier definitiv kein Troll«, bestätigte Nausicaä und verputzte noch ein paar M&Ms. Wenn Arlo die Wahrheit sagte, dann war dier Troll genau die Person, für die sie xien vorhin gehalten hatte, als sie zum ersten Mal von dieser Macht erfuhr. »Ich mein, ich hab xien selbst nich gesehen, aber wenn xier dir diesen Würfel gegeben hat, dann war xier höchstwahrscheinlich das GLÜCK. Der Glücksfall. Fortuna. Wie auch immer – xier hat viele Namen und viele Gesichter. Das Wichtigste ist, dass du einen verdammten *Titanen* getroffen hast, Arlo. Xier hat dir diesen Würfel gegeben, und wenn du echt keine Ahnung hast, was er bewirkt, dann klingt's so, als wärst du noch mit 'nem neuen Auto auf 'ner Probefahrt.« Mit einem M&M im Mund grinste sie. »Das is 'n Bonus für uns. Niemand würde je versuchen, jemanden mit 'nem lausigen Werbetrick zu ködern. GLÜCK wird's dir schmackhaft machen – es setzt alle Hebel in Bewegung, um dir das zu geben, was du willst –, damit du dich später dafür entscheidest, diese Macht zu behalten, wenn xier kommt, um deine Antwort zu verlangen. Wie du dich am Ende entscheidest, bleibt dir überlassen, aber *bis dahin* ...«

Nausicaä näherte sich Arlo, beugte sich vor, legte ihre Finger um den Würfel und schloss ihre Hand. »Heb ihn dir für den Notfall auf. Probezeiten sind immer begrenzt und ich will nicht, dass du deine für triviale Dinge verschwendest.«

»Okay, aber ... was bedeutet das jetzt genau? Hat ein *Gott* Arlo etwas gegeben, das ihr außergewöhnliches Glück beschert?«, fragte Vehan. »Tut mir leid, aber das klingt absurd. Es gibt einen strengen Pakt zwischen uns und den Göttern, der sie von unseren Angelegenheiten fernhält. Warum sollte einer im Feenring auftauchen?«

»Ein Titan«, berichtigte Nausicaä ihn. »GLÜCK ist keine Gottheit, xier hat einen etwas höheren Rang – und wo wir schon dabei sind, xier ist auch genderfluid. Xiese Pronomen sind ›xier‹ und ›xien‹ und wie viele Unsterbliche, die genderqueer und nicht binär sind, benutzt auch xier nicht den zu männlichen Begriff ›Gott‹. Im Großen und Ganzen sagen wir alle einfach nur ›Gottheit‹. Aber wie auch immer, zurück zu deiner Frage: Ja, eine Gottheit hat Arlo diesen Würfel gegeben, und nein, der macht sie jetzt nich grad zu 'nem *Glückspilz*.« Nausicaä seufzte. Sie war bereits über ein Jahrhundert hier und es überraschte sie immer noch, wie wenig die Sterblichen über diejenigen wussten, die sie einst angebetet hatten. »Hört zu, es is nich wirklich meine Aufgabe, die Gottheiten und ihre Tricks zu erklären, und außerdem kenn ich nich alle Details. Bis jetzt bin ich nur einem einzigen Hollow Star begegnet und ...«

»Was genau ist ein Hollow Star?«, platzte Arlo heraus.

Nausicaä nahm ihr diese konkrete Unkenntnis nicht übel. Selbst den Unsterblichen waren die Hollow Stars ein Rätsel. Die meisten kannten sie nur aus spärlichen Gerüchten, denn GLÜCK wachte seltsam streng über xiese sorgfältig ausgewählten Schachfiguren und wusste, wie gefährlich das Interesse der Unsterblichen an ihnen sein konnte – und Arlo hatte schon genug davon geweckt. »Schätze, das ist ein JENSEITIGER Begriff«, erklärte sie. »So nennt Cosmin die Kinder, die sein Herzblatt adoptiert, und im Endeffekt hat sich dieser Begriff bei uns eingebürgert. Scheint, als wär er hier unten auch nich sonderlich bekannt, aber im Grunde genommen würdest *du* zu einem Hollow Star werden, Arlo, falls du dich entscheidest, diesen Würfel weiter zu benutzen, wenn GLÜCK dir einen zweiten Besuch abstattet. Ein Hollow Star is jemand, der der VORSEHUNG – den Sternen, die ihr dienen – das Schicksal entreißt und in seine eigenen Hände nimmt. Dieser Handel is erstaunlich einfach. Alles, was es braucht, ist die Zustimmung des Sterblichen und bumm, die VORSEHUNG übergibt dich ohne Wenn und Aber. GLÜCK wird zu deinem Schutzunsterblichen und, ganz ehrlich, xier gehörte schon immer zu meinen Lieblingsunsterblichen – nicht dass ich und die vielen Gottheiten uns besonders gut verstehen oder so.«

»Woher weißt du das?«, rief Vehan auf einmal ziemlich aufgebracht. »Dieses ganze Zeug über Gottheiten, Steine der Weisen und Titanen – woher weißt du das alles? Wer *bist* du?«

Einen Moment lang erwog Nausicaä ernsthaft, nicht zu antworten. Vehan war nicht furchtbar oder so. Von allen Elfen, denen sie jemals über den Weg gelaufen war, war er ganz klar einer der freundlichsten und sie verstand, dass er sein Herz am rechten Fleck hatte und so, aber ... na ja, wenn es ein Gesicht gab, das sie nie im Leben vergessen würde, dann war es das Gesicht des Mannes, der Tisiphone in den Tod getrieben hatte – Heulfryn ... der dem jungen Prinzen hier mit seinen hellen, klugen Augen, seinem unermesslichen Charme und seinem rabenschwarzen Haar so sehr ähnelte. Aurelian begegnete ihr brummig und sie erwiderte das, aber *Vehan* ... allein sein Anblick ging ihr durch Mark und Bein. Ihre Abneigung ihm gegenüber war schon persönlicher, so ungerecht das auch sein mochte. »Ich war mal eine Furie«, verriet sie schließlich der Fairness halber und nicht, weil sie es wollte. »Vor langer Zeit. Dann hab ich einige grundlegende Gesetze gebrochen, ein paar Leute umgebracht, die ich nich hätte anfassen dürfen, und wurde aus dem Höllenhof verbannt. Man hat mich nicht nur meines Namens, sondern auch meiner stärksten Kräfte beraubt, und für eine verfluchte Ewigkeit an das Reich der Sterblichen gebunden. Jetzt bin ich ein Niemand, der aus dem Stammbaum gestrichen wurde. Ein ›Dunkler Stern‹.«

Von allen Spitznamen, die sie je erhalten hatte, mochte sie ›Dark Star‹ am meisten. Aber noch viel mehr gefiel ihr, wie die Angehörigen des Feenvolk erschauderten, wenn sie ihn aussprachen, als wäre er eine Art Fluch – obwohl Vehan und Aurelian im Moment weniger verängstigt denn sichtlich schockiert waren.

»Jepp, Nagel auf den Kopf. Ich bin eine Unsterbliche und zurzeit auf eurer Seite. Und solange wir Arlo bei uns haben, is auch GLÜCK dabei. Du hättest dir echt kein besseres Team wünschen können, Prinz Vehan. Und so frag ich dich: Ganz ehrlich, hat diese Antwort was verändert? Wirst du aufhören, mich ständig auszufragen, da du jetzt weißt, wer ich bin?«

Vehan schnaubte und musterte sie misstrauisch. »Nein, vermutlich nicht.«

»Eben.«

Aurelian neigte seinen Kopf zur Seite, als würde er Nausicaä in einem neuen Licht sehen. »Ich hab immer gedacht, Furien seien ein Mythos. Und, tut mir leid, auch noch hässlich.«

Diese Aussage wurmte sie gewaltig – ja, natürlich hatten die Sterblichen sie für hässlich gehalten –, aber statt ihn anzuschnauzen, strahlte sie ihn an. »Ha! Du findest mich also hübsch.«

»Ich denke, du bist nicht unattraktiv. Da gibt es einen Unterschied.«

»Oh, wow, nicht so viele Liebesgeständnisse auf einmal, Aurelian. Ich fühl mich geschmeichelt, echt, aber ich fürchte – da ich lesbisch bin – bist du nich grad mein Typ.«

»Ich fürchte, da ich schwul bin, bist auch du nicht wirklich mein Typ.«

»Sehr schön. Jetzt wo das geklärt is, können wir da vielleicht weitergehen und dumme Fragen zur Vergangenheit anderer Leute für später aufheben?«

»Ich hab nur gefragt, weil es für uns wichtig ist, dasselbe zu wissen, damit wir als Team zusammenarbeiten können«, erwiderte Vehan ein bisschen gereizt.

»Wow, das war echt tiefgründig. Wirklich genial. Es fühlt sich fast so an, als hättet Ihr Euer ganzes Leben im Glauben verbracht, dass Ihr zu Recht alles bekommt, was Ihr wollt, und zwar nur weil Ihr es wollt, *Eure Sidhe-Elfen-Hoheit.*«

»Leute ...«

»Oh! So was muss ich mir von *dir* nicht anhören. So wie du mit deinem aufgeblasenen Ego herumstolzierst und machst, was du willst, weil die Welt ja entbehrlich ist und Nausicaä Krake nur ihre eigenen Interessen verfolgt.«

»Leute, wie wär's, wenn ihr zur Abwechslung mal die Klappe haltet?«

»Ich hab keinen ganzen Hof und keinen persönlichen Leibwächter, der mir den Arsch abwischt, also *werd* ich meine eigenen Interessen ...«

»Leute«, zischte Arlo. Sie sprang vom Sofa auf und packte sowohl Vehan als auch Nausicaä am Arm. »*Klappe* – Aurelian hört was.«

Der Prinz warf Nausicaä einen finsteren Blick zu, befreite sich aus Arlos Griff und ging zu seinem Freund, der während ihres Streits aufgestanden und etwas weiter weggegangen war.

Nausicaä sah ihm stirnrunzelnd nach.

»Alles okay?«, fragte Arlo.

Nausicaä sah sie mit einem viel sanfteren Blick an und nickte.

Sie wusste, dass ihre zugegebenermaßen Furcht einflößenden Gesichtszüge in ihrer momentanen Stimmung schärfer hervortreten mussten als sonst. Drangen ihre Wut und Bitterkeit zu nahe an die Oberfläche, bekam ihre sorgfältig geformte Schönheit leicht etwas Ausgezehrtes.

Wie lange würde es noch dauern, bis ihre Maske, hinter der sie ihre dunkleren, nagenden Gefühle verbarg, komplett abfiel? Was würde geschehen, wenn sie diese nicht länger zurückhalten könnte? Daran zu denken, dass sie noch weiter zerbrechen könnte als ohnehin schon, machte ihr Angst – die Möglichkeit in Betracht zu ziehen, dass etwas Schlimmeres dahinter lauerte und darauf wartete, das zu verzehren, was seit ihrem Sturz noch übrig war.

Arlo jedoch ... so wie sie zu Nausicaä hochstarrte, schien sie überhaupt keine Angst vor dem Monstrum vor ihren Augen zu haben.

Dummes Mädchen.

Warum hatte ihr niemand beigebracht, sich von tödlichen Dingen fernzuhalten?

»Was is los?«, fragte Nausicaä, um die Spannung aufzulösen und ihre Gedanken auf sicheres Terrain zu lenken.

Arlo schüttelte nur ihren Kopf und deutete auf die offene Tür. Aurelian und Vehan standen regungslos daneben, spähten in den Korridor hinaus und lauschten aufmerksam. Nausicaä riss sich von Arlo los, warf ihre Süßigkeiten beiseite und gesellte sich zu den Elfen an der Tür.

Der Prinz machte ihr Platz und ließ sie nahe an sich heran, wenngleich etwas steif.

Aus einem Augenblick wurde eine Minute und daraus noch eine zweite. Nausicaä sah nichts.

»Wie sieht's aus?«, flüsterte Arlo.

»Da«, hauchte Vehan nach einer gefühlten Ewigkeit. Mit einer knappen Geste deutete er auf etwas in der Ferne. Nausicaä reckte ihren Hals, um an ihm vorbeizusehen.

»Ein Cavum!« Endlich mal Action. »Schätze, das ganze Rumgeknalle hat doch für 'n bisschen Tumult gesorgt. Gern geschehen.«

»Sollen wir ihm folgen und sehen, wo es hingeht?«, fragte Aurelian, ohne die Stichelei zu beachten.

So spaßig es auch war, ihre Kampffähigkeiten an den Kreaturen mit ihren toten Augen zu erproben, Nausicaä hoffte doch inständig, dass der heutige Abend mehr bieten würde, als nur Cava zu zersäbeln. Dieses *Ding*, das da herumlief ... Es musste von irgendwo hergekommen sein. Die Chancen standen gut, dass es auch irgendwo hinmusste.

Ihm zu folgen, war ihre beste Option.

Also nickte sie. Arlo, die nun um einiges blasser aussah, nickte ebenfalls. Noch leiser, als sie es den ganzen Abend über hinbekommen hatten, schlichen die vier Jugendlichen aus dem Pausenraum zurück in den Gang und verfolgten das Cavum.

Dabei hielten sie sich so nahe an der Kreatur, wie sie sich trauten, und so weit von ihr entfernt wie möglich, ohne sie aus den Augen zu verlieren.

Vermutlich wurden sie über Kameras beobachtet.

Ab und zu warf Nausicaä einen Blick an die Decke und spähte in die Ecken, wo sich die Dinger meist versteckten. Dort war nichts zu sehen, was jedoch nicht unbedingt hieß, dass sie nicht überwacht wurden. Obgleich diese Einrichtung den Anschein erweckte, von Menschen geführt zu werden, wirkte hinter ihren Kulissen Magie – sie konnte sie spüren. Wenn sie es wirklich mit jemandem zu tun hatten, der diesen Ort für alchemistische Experimente nutzte, dann gab es zig Methoden, mit denen dieser Jemand ihre Fortschritte ohne menschliche Technologien verfolgen konnte.

Dagegen vermochte sie momentan nichts zu tun.

Sie schlichen weiter hinter diesem grotesken Führer her. Mehrmals fragte sich Nausicaä, ob das Cavum taub war oder sie einfach nur zu einem geheimen Ort führte – vielleicht in eine Falle – und von ihnen erwartete, dass sie ihm hinterhergingen. Sie persönlich hoffte auf Letzteres.

Sie bogen um eine weitere Kurve und gelangten auf einen Gang, dem sie schon einmal gefolgt waren. Nausicaä erkannte ihn daran wieder, dass er nirgendwohin führte – eine Sackgasse mit nichts als Vorratsschränken.

Die Kreatur humpelte weiter.

Sie erreichte das Ende des Flurs und die Wand, die ihn absperrte. Nun war Nausicaä fest überzeugt, dass ihr Zielort eine Falle war. Und erst wenn sie dort anlangten, würden sie erfahren, was genau für ein Hinterhalt das war. Höchstwahrscheinlich würde etwas versuchen, sich von hinten auf sie zu stürzen. Dem Prinzen musste das auch in den Sinn gekommen sein, denn er fiel hinter die Gruppe zurück, um die Nachhut zu übernehmen, offensichtlich sehr zu Aurelians Unmut.

Er funkelte Vehan an, doch sie hatten keine Zeit für Diskussionen.

Da Nausicaä nun das Kommando über ihre Gruppe zufiel, erhob sie eine Hand, ballte sie zur Faust und hieß so alle anhalten.

Die Kreatur blieb ebenfalls stehen.

Sie stand nur da und starrte reglos auf die weiße Betonwand, als hätte sie ihre Mission bereits erfolgreich beendet.

»Das macht mich langsam wahnsinnig«, flüsterte Arlo und klammerte sich an Nausicaäs Tanktop. Im Korridor hinter ihnen war nichts zu hören. Aurelians verwirrtem Kopfschütteln nach nahm nicht einmal er etwas wahr.

»Vielleicht sollten wir es einfach fragen, was es da macht?«, flüsterte Nausicaä zurück.

»Oh, na sicher, super Idee: Hallo, wie geht's dir? Ich weiß, deine Freunde haben grad versucht, uns zu töten, aber würdest du uns bitte erklären, was ...«

»Klar, klappt todsicher«, stimmte Nausicaä zu und konterte Arlos Sarkasmus ganz und gar aufrichtig. Dann sagte sie etwas lauter zur Kreatur: »Hallo! Wie geht's dir? Ich weiß ...«

Sie wurde unterbrochen, jedoch nicht durch Arlos hektisches Zerren, Aurelians Zischen oder einen Schlag, den Vehan ihr verpasste.

Die Kreatur schien sie gar nicht zu hören – und falls doch, ignorierte sie das Kleeblatt einfach weiter. Stattdessen beobachtete sie, wie etwas in der Wand zweimal ein leises Zirpen von sich gab und ein kleines Lämpchen an der Decke zu grün leuchtendem Leben erwachte.

Die Wand öffnete sich wie ein gähnender Mund. In der Mitte teilte sie sich horizontal und glitt in die Decke sowie in den

Boden zurück. Helles fluoreszierendes Licht strömte aus dem wachsenden Spalt.

»Äh ...«, sagte Nausicaä. Sie gab es auf zu flüstern, und als die Kreatur die Gruppe auch weiterhin außer Acht ließ, trat sie einen Schritt von der Wand weg. »Scheiße.«

Arlo folgte ihr und hielt sich immer noch an ihrem Tanktop fest. Sie war sorgfältig darauf bedacht, in Nausicaäs Nähe zu bleiben, und spähte zusammen mit ihr in diese gleißende Flurerweiterung, die sich plötzlich aufgetan hatte.

Das Cavum ging nicht weit.

Der gefliese Boden erstreckte sich nur ein paar Meter bis zum unverkennbaren Schimmer einer Fahrstuhltür. Das Monster hinkte darauf zu, und als es das Ende des Gangs erreichte, drehte es sich zu ihnen um.

Nausicaä erwartete einen Angriff und streckte einen Arm aus, um Arlo hinter sich zu schieben. Die beiden Sommerelfen stürmten nun ebenfalls nach vorn. Der Prinz versuchte, sich am Strom der Einrichtung zu bedienen, um einen Lichtstrahl aus seiner Handfläche zu schießen. Doch wieder einmal wurden seine Bemühungen, sich zu bewaffnen, vereitelt – was Nausicaä leicht beunruhigte.

»Verdammt!«, fluchte er und biss die Zähne zusammen.

Allerdings machte die Kreatur keinerlei Anstalten, sich auf sie zu stürzen.

Sie stand einfach nur stramm an der Fahrstuhltür, die Augen geradeaus ins Leere gerichtet, und wartete darauf, dass sie sich näherten, um sie zum nächsten Teil dieser Tour durchzulassen.

»Na endlich«, sagte Nausicaä langsam. Diese kleine Vorführung würde sie nicht verunsichern, falls das etwa beabsichtigt war. Sie neigte ihren Kopf zur Seite und ließ ihren skeptischen

Blick zum Flurende gleiten. »Der Qualitätsservice, für den ich bezahlt habe.«

»*Verzeihung*«, erschallte eine ruhige und hohe Männerstimme. Diese kam Nausicaä seltsam bekannt vor und klang mehr als nur ein wenig selbstgefällig. »*Nach all der Rauferei da draußen war es schwer, eine bereitwillige Vertretung zu finden, die euren Führer spielen würde.*«

Nausicaä prustete. Cava besaßen keinen Willen, um sich für irgendetwas freiwillig zu melden. Sie wandte ihren Blick von dem Monster ab und schaute stirnrunzelnd zur Decke auf. »Bist du Gott?«

»*Nicht ganz*«, kicherte die geheimnisvolle Stimme. »*Obwohl ich sagen muss, dass ich auf dem Weg zu etwas noch Besserem bin.*«

»Das Traurige daran is, dass du's hundertpro auch noch glaubst.«

»*Am Ende des heutigen Abends werdet ihr das auch. Aber kommt doch herein!*« Mit einem leisen Surren öffnete sich der Fahrstuhl. »*Ich nehme an, ihr habt einige Fragen, da ihr diesen langen Weg auf euch genommen habt. Ich werde sie euch mit Freuden beantworten.*«

Nausicaä ließ ihren Blick zurück auf die Gruppe fallen. »Also, das is ominös. Wahrscheinlich sogar gefährlich. Und auf jeden Fall nich empfehlenswert für drei jugendliche Elfen. Ich bin dabei, aber ich bin halt unsterblich. Es bräuchte schon mehr als das, was dieses Reich als Ganzes aufbringen könnte, um mich kaltzumachen. Ich wiederhole: Ihr müsst nich mitkommen. Ihr habt schon mehr als genug Beweise.«

»Aber ich habe noch keine Antworten bekommen«, erinnerte Vehan sie grimmig.

»Ich schlag vor, wir ziehen's durch.«

Alle drehten sich zu Aurelian um. Er hatte sein Handy herausgeholt, um ein Foto von der Szene vor ihnen zu machen. Doch als er ihre bohrenden Blicke bemerkte, hielt er inne. »Wir sind schon so weit gekommen. Nausicaä, wenn du uns herausteleportieren kannst, wann immer wir wollen, ist das persönliche Risiko bei dieser Tour noch immer ziemlich gering«, erklärte er achselzuckend. »Deshalb schlag ich vor, wir machen's einfach.«

Nausicaä sah zu Arlo hinüber.

Von allen in der Gruppe war sie die Verwundbarste und die Einzige, um die sich Nausicaä wirklich sorgte. Aber Arlo schüttelte den Kopf und hakte sich überraschend und forsch bei der Furie unter. Mit sanfter, aber aufrichtiger Überzeugung sagte sie: »Wie Aurelian schon sagte: Wir sind schon so weit gekommen. Ich lass dich jetzt nicht im Stich.«

Nausicaä schluckte einen heftigen Gefühlsschwall herunter und zog Arlo noch näher an sich heran. »Du bist *seltsam*«, flüsterte sie und erinnerte sich wieder an ihr Gespräch in der Gasse.

Arlo lachte sanft. »Sicher, du aber auch«, flüsterte sie zurück. Da sie ihren Kopf zu sich gedreht hatte, damit die Jungs ihr kleines Spielchen nicht mitbekamen, war es Nausicaä so ziemlich unmöglich, etwas anderes anzusehen als das Lächeln, das Arlos Lippen umspielte.

»Ja«, schluckte sie abermals. »Definitiv.« Nausicaä räusperte sich und schüttelte sich leicht. Lauter und an die ganze Gruppe gewandt verkündete sie: »Na gut, unser körperloser Gastgeber scheint uns eh erwartet zu haben. Dann können wir genauso gut mitspielen, solange es noch interessant is.«

»Aber woher wusste er, dass wir kommen würden...?«, fragte Vehan verwundert und sah, wie Aurelian sein Handy sinken ließ. »Wir haben so aufgepasst, es geheim zu halten. Außer euch beiden wussten nur meine Mutter und der Hochkönig, dass uns dieser Ort nicht ganz geheuer war.«

»Alles Fragen, die man dem Typen nebenher stellen kann, nehm ich an«, beruhigte Nausicaä ihn und ging mit Arlo am Arm weiter.

Sie betraten nacheinander den Lift.

»Wehe, wir bekommen nach der ganzen Sache nich mal 'ne Portalpistole«, meckerte Nausicaä, als Vehan und Aurelian zu ihnen stießen und die Türen direkt vor ihrer Nase zuschlugen.

Ohne auch nur eine Vorwarnung stürzten sie in die Tiefe hinab.

KAPITEL 31

Arlo

Nur Sekundenbruchteile später hielten sie abrupt an.
Arlo wankte und drohte zu stürzen.
»Ging ja fix!«, rief Nausicaä und fing sie geschickt an der Taille auf.

Arlo fielen bessere Adjektive ein, um ihre Fahrt zu beschreiben. Doch als die Fahrstuhltüren aufsprangen, lenkte der Anblick vor ihnen sie davon ab, sie auszusprechen. Der Gang, der sie erwartete, unterschied sich von denen, durch die sie im oberen Stockwerk geschlichen waren. Er war nicht gefliest, sondern Aluminiumplatten pflasterten den Weg vom Lift bis hin zu den identischen Türen am anderen Ende vollständig. Die Leuchtstoffröhren über ihren Köpfen spendeten weicheres Licht und der Boden war mit ebenso matt leuchtenden Scheinwerfern ausgestattet. Statt aus Beton wie oben bestanden die Wände auf beiden Seiten aus riesigen Glasscheiben – Fenster, wie Arlo feststellte. Sie war sich nicht sicher, ob sie wissen wollte, was hinter ihnen zu sehen war.

»*Willkommen bei Aurum Industries.*« Die Stimme war zurückgekehrt und drang erneut aus unsichtbaren Lautsprechern. »*Mein Name ist Hieronymus Aurum. Ich bin der Gründer dieser bescheidenen Einrichtung. Die meisten hier nennen mich Doktor, aber ihr, werte Gäste, dürft mich gern Hero nennen. Wenn ihr euch bitte zum Ende des Flurs begeben würdet. Es wäre mir eine Freude, euch herumzuführen.«*

Angesichts der gleichgültigen Sorglosigkeit in seiner Stimme runzelte Arlo ihre Stirn. Es überraschte sie, dass Nausicaä, deren gesamte Fassade auf einer ähnlichen Unbeschwertheit aufgebaut schien, es ihr gleichtat. »›Hero‹, was?«, wiederholte sie und tauschte einen Blick mit Arlo. »Sieht so aus, als hätten wir grad den ›Meister‹ unseres lieben verstorbenen Reapers gefunden. *Tss.* Wie kann er's wagen, mich für diese blöde Tour zu begeistern, als würde ich auf eine Achterbahnfahrt in Disney World warten? Jetzt werd ich garantiert die ganze Zeit bloß enttäuscht.«

Kopfschüttelnd trat Arlo aus dem Lift in den Gang.

»Oh mein *Gott.*« Ihr stockte der Atem. Ihr Gehirn schaltete auf Autopilot um und trieb sie zur linken Glasscheibe.

Dieser Flur war eine Brücke und auf beiden Seiten bot sich ihnen dieselbe schreckliche Aussicht: ein Hangar so groß wie ein Stadion und an seinen Wänden Hunderte Zellen, die wie senkrecht stehende Särge aussahen.

Jede Zelle enthielt ein schlummerndes Cavum.

Unter ihnen stand eine Zentralvorrichtung, die über mehrere mechanische Arme die weiter schlafenden Cava aus ihren Kammern holte und auf ein Förderband an der linken Raumseite legte.

Nausicaä schloss sich der schockierten Arlo an, die das Bild hinter dem Glas aufmerksam betrachtete. Sie schnalzte mit der Zunge, fischte ihr Handy aus der Tasche und schoss ein Foto der Szene. Vehan und Aurelian begaben sich auf die gegenüberliegende Seite der Brücke und waren offenbar genauso entsetzt über das Spektakel, da auch ihnen schier die Luft wegblieb.

»*Unser Rundgang beginnt mit der atemberaubenden Aussicht auf unsere sogenannte Verteilerstation. Aurum Industries ist stolz darauf, als erstes Unternehmen die Herstellung der Cava – der künstlichen Soldaten, die ihr unten sehen könnt – perfektioniert zu haben. Lebende, atmende Wesen, die weder Pausen noch Batterien benötigen und nicht aufgeladen werden müssen, um in Gang zu bleiben. Schmerz und Angst sind ihnen fremd, sie besitzen keinen eigenen Willen, der ihre Effizienz beeinträchtigen könnte, und sind sogar stärker und schneller als die Elfen. Sie sind, wenn ich das so sagen darf, die perfe...*«

»Jaja«, fiel Nausicaä ihm ins Wort, während sie sich von der Glasscheibe entfernte und ihr Telefon wieder einsteckte. »Wir haben's kapiert. Du bist widerlich und kannst jetzt deine Klappe halten.«

Arlo wandte ihren Blick ab.

»Das sind *Menschen*«, presste sie heraus. Die brennende Hitze in ihren Augen ging auf ihr Herz über. Ihre Wut begann zu brodeln. »Das sind Menschen, an denen du da unten herumexperimentierst!«

So viele Leute – wurden sie alle von diesen Butzen entführt und verkauft, wie Vehan erwähnt hatte? Kümmerte sich die Welt wirklich so wenig darum, was mit den Armen und Obdachlosen geschah? Dass diese Hunderte Personen, die es brauchte, um all diese Cava »auszustatten«, einfach verschwinden konnten, ohne auch nur in den Nachrichten erwähnt zu werden?

Kichernd antwortete »Hero«: »*Ja und nein. Sie waren mal Menschen, meine Liebe. Viele unterschiedliche Menschen. Und jetzt sind sie was Besseres.*«

»Du hast eine unglaublich schräge Vorstellung davon, was ›besser‹ ist«, kritisierte Vehan ihn. Auch er trat von der Scheibe zurück und stellte sich an Arlos Seite, dicht gefolgt von Aurelian.

Sie bekam gerade noch mit, wie Letzterer kurz auf seinem Handy herumtippte und es wieder in seine Tasche schob.

»Welch erhabene Moral! Jedoch engstirnig. Das ist nicht eure Schuld – ihr seid immerhin nur Kinder ...«

»*Tss*, Kinder, vor denen du wohl so viel Angst hast, dass du dich nich traust, es ihnen direkt ins Gesicht zu sagen«, spottete Nausicaä.

»Oh, mach dir mal da keine Sorgen. Dafür wird später mehr als genug Zeit sein. Aber jetzt müssen wir uns sputen! Ich will euch erst noch andere Dinge zeigen.«

Mit einem weiteren mechanischen Surren öffneten sich die Türen am anderen Ende der Brücke. Dahinter befand sich allerdings kein zweiter Fahrstuhl, sondern noch ein Raum.

Arlo war übel. Sie wollte nicht sehen, was ihr Gastgeber für sie auf Lager hatte und wie diese Cava hergestellt wurden – sie vermutete, dass sie genau das erfahren würden. Sie wollte nicht wissen, ob weiter vorn noch schlimmere Gräueltaten auf sie warteten. Und genauso wenig wollte sie den Beweis zu Gesicht bekommen, dass es jemandem möglich war, andere Lebewesen so entsetzlich zu behandeln. Denn würde sie das mit eigenen Augen erblicken, würde das alles *real* werden, so wie der Tod durch den Vorfall im Café.

Hunderte Menschen, die allesamt direkt vor ihren Augen verschleppt wurden ... Ihr Tod würde mit einem einzigen Schritt über diese Schwelle Wirklichkeit werden und Arlo bezweifelte, dass sie fähig wäre, das zu verkraften.

Eine Hand drückte ihre Schulter: Nausicaäs. Als sich Arlo zu ihr umdrehte, sah sie ihre besorgte, für sie völlig untypische Miene. »Geht's dir gut? Siehst ziemlich blass aus.«

Arlo machte den Mund auf, doch ihre Angst legte sich wie Teer über die Worte, die sie aussprechen wollte. Sie brauchte einen Moment, um sie wieder herauszulösen. »Es ist nur ... schau sie dir da unten bloß an. All diese Menschen ... dieser Ort. Das alles ist ...«

»Schwer zu ertragen«, ergänzte Nausicaä und Arlo nickte. »Willst du lieber gehen? *Können* wir, Arlo. Sollten wir vielleicht sogar.«

Oh, das »sollten« sie auf jeden Fall. Jemand anderes als eine Gruppe Teenager »sollte« sich mit diesem Problem befassen. Diese ganze Ermittlung hätten die Erwachsenen übernehmen »sollen«. Alle Opfer dieses Psychopathen »sollten« noch am Leben sein. Arlo »sollte« stärker sein, weil sie wusste, dass das nicht einfach werden würde, und doch ... ganz gleich, wie viele »Sollte« sie zusammenzählte, kein einziges spielte eine Rolle.

Sie befanden sich tief im Dungeon eines Bossgegners weit über ihrem eigenen Level und sie *sollten* definitiv, absolut, todsicher gehen.

»Nun ...«, sagte ihr Gastgeber und mischte sich in das Gespräch ein. Ein Hauch Freude schwang in seinem Tonfall mit. *»Ihr könnt gern* versuchen *zu gehen, aber ich fürchte, ihr werdet nicht weit kommen.«*

Die Fahrstuhltüren hinter ihnen schnappten zu. Gleich danach schaltete das grüne Licht über ihnen auf ein grelles Rot um.

Arlos Furcht wuchs noch weiter an.

»Siehst du? Ich kann dich nicht einfach weglaufen lassen, jetzt, da du endlich hier bist, Arlo Jarsdel. Sosehr es mich auch verärgert, dass mein Reaper es nicht geschafft hat, dich zu beseitigen – die Schwierigkeiten, in die ich für diesen Anschlag auf dein Leben geraten bin –, ich habe doch beschlossen, dass dies die bessere Lösung ist. Wenn ich mich selbst um dich kümmere, werde ich nicht nur meine letzte und größte Hürde überwinden, nämlich dich. Gleichzeitig werde ich endlich auch erfahren, weshalb dich mein

Wohltäter so faszinierend findet, während sich sonst niemand an deinem verfluchten Hof für dich zu interessieren scheint.«

»Nope – das gefällt mir ganz und gar nicht! Das is unser verdammtes Stichwort für: Energie!«, verkündete Nausicaä mit falscher Fröhlichkeit und klatschte ihre Hände zusammen. »Kommt her, Kinder – der Ausflug ist vorbei. Zeit, zu gehen.«

»Du guckst *Star Trek*?«

»Aurelian, *ganz falsches Timing*!«

»Wartet.«

Alle drehten sich verdutzt zu Arlo um.

Ich gebe dir noch eine Stunde, und wenn ich nichts von dir höre, werde ich Vater sagen, wo du bist.

Hieronymus hatte recht. Den meisten in den Acht Höfen war Arlo Ironborn Jarsdel völlig egal – aber Celadon war sie verdammt wichtig. Und wenn sie im Laufe der Jahre etwas über ihn gelernt hatte, dann dass er niemals leere Versprechen gab.

Das hier war schwer zu ertragen.

Es verängstigte Arlo bis ins Mark.

Ein wildfremder Mann wollte ihren Tod – ausgerechnet ihren, obwohl sie ihm noch nie in ihrem Leben begegnet war und ihm niemals etwas getan hatte (zumindest soweit sie wusste).

Es sollte nicht bei ihr und ihren Gefährten liegen, das alles zurechtzubiegen, aber sie waren nun mal die Einzigen hier. Das war total unfair. Doch wenn es ihnen gelänge, Hieronymus so lange mit Gesprächen hinzuhalten, bis der Hochkönig eintraf, würde er ihnen vielleicht nicht so einfach entwischen, wie wenn sie jetzt gingen. Dieser ganze Albtraum könnte schon heute Nacht enden und Arlos Wunsch nach diesem Abschluss übertraf offenbar ihr Verlangen, sich selbst zu retten.

Sie hatte sich entschlossen, diese Nachforschung zu Ende zu führen, und würde jetzt nicht umkehren.

Arlo war noch immer totenblass und mehr als nur leicht angeekelt. Sie bekam ihre Panik jedoch schnell wieder in den Griff und sah zu Nausicaä hoch. Sie hatte einen Plan, aber wie sollte sie ihn vermitteln, ohne dass ihr lauschender Gastgeber etwas mitbekam?

»Warte kurz, Nausicaä.« Sie griff in ihre Hosentasche und holte ihr Handy heraus. »Das ist vielleicht krank, verdreht und einfach nur falsch.« Sie öffnete ihren Nachrichtenverlauf, tippte Celadons Text an und hielt ihn so hin, dass ihn alle außer den möglichen Kameras sehen konnten. »Aber ich denke, wir sollten hierbleiben.«

Nausicaä neigte ihren Kopf zur Seite und las die Nachricht. Dann verzogen sich ihre Lippen beinah zu einem Grinsen und sie zeigte der Eisengeborenen ein Daumenhoch. Die Sommerelfen wechselten einen Blick und nickten ihr zu, ohne zu verraten, was sie von dem Gelesenen hielten. Das genügte ihr. Vielleicht konnte Hieronymus ihre Gruppe irgendwie beobachten oder die Nachricht auf ihrem Handy lesen, doch er gab weder einen Kommentar ab noch reagierte er in irgendeiner anderen Weise.

»Alles klar, Cave Johnson«, begann Nausicaä. »Schätze, du hast dein Publikum. Aber benimm dich, sonst wirst du wieder allein spielen müssen, kapiert?«

»*Aber hallo.*«

Dann trat Nausicaä näher an Arlo heran und flüsterte noch: »Du benimmst dich wie eine wahre Absolventin aus dem Hause Gryffindor, aber denk dran – du musst es nur sagen und ich teleportier uns alle in Sicherheit. Übernimm dich nich, okay?«

»Okay.« Dankbar für ihre Unterstützung nickte die Eisengeborene. »So weit geht's mir aber gut. Bin nur ... kurz in so was wie 'ne Negativspirale geraten. Wir müssen Hieronymus ablenken – und es kann nicht schaden, die Schalttafel zu finden, mit der die Fahrstühle verbunden sind. Damit unsere Verstärkung später reinkommen kann.«

»Ich glaub, das kriegen wir hin.« Nausicaäs Augenbrauen zuckten.

»Sehr gut. Danke dir, wirklich. Aber Plan B ist und bleibt definitiv, uns von hier wegzuteleportieren. Ich find diesen Ort ekelhaft – ich find's ekelhaft, was dieser Mann all den Menschen angetan hat.« Sie schaute wieder aus dem Fenster und auf die Cava.

Schweigend legte Nausicaä ihre Hand um Arlos, woraufhin ein warmer Funke ihren Arm hinaufschoss. Erstaunt blickte sie zuerst auf ihre ineinander verschlungenen Finger und dann wieder auf Nausicaäs Gesicht. Sie sah aus, als würde sie um Worte ringen. Sie zeigte ihre Gefühle so offen, wie Arlo es noch nie zuvor an ihr gesehen hatte – eine Mischung aus einer Trauer, die tiefer reichte als der dunkelste Graben eines jeden Meeresgrunds, und einem so starken *Schuldgefühl*, dass es die Traurigkeit beinah übertünchte. Arlo war es ein Rätsel, wieso sich Nausicaä gerade jetzt so fühlte. Gleichzeitig bekümmerte es sie, sie in einem solchen Zustand zu sehen.

»Heute Nacht bereiten wir all dem ein Ende«, versprach Nausicaä.

Arlo nickte. »Ja genau, was du heute kannst besorgen, das verschiebe nicht auf morgen, schätze ich. Bringen wir's hinter uns.« Sie warf einen Blick auf die Jungs und ihre entschlossenen Mienen. Sie hoffte, ihr Plan würde sie nicht alle umbringen, und übernahm die Führung der Gruppe. Sie gingen in den nächsten Raum – eine hell beleuchtete, runde Kammer, die von noch mehr Glas umgeben war.

Darin befand sich ein Steuerpult.

Die Wände säumten mehrere Monitore und die meisten zeigten verschiedene Bereiche der Einrichtung. Außerhalb dieses Kontrollzentrums trug das Förderband aus dem vorherigen Raum die Cava weiter.

»Buh, wie enttäuschend. Fühlt sich fast so an, als hätt er nich mal versucht, es uns schwer zu machen«, beschwerte sich Nausicaä. Arlo musste zustimmen, dass dies irgendwie zu leicht wirkte.

Als die Tür, durch die sie soeben gekommen waren, geschlossen und verriegelt wurde, öffnete sich genau wie im Raum zuvor gegenüber auch schon die nächste. Hieronymus' Stimme erklang erneut.

»Ihr befindet euch im Kontrollturm. Von hier aus wird das Fließband von unserem hochqualifizierten und engagierten Personal gewartet und beaufsichtigt. An diesem Ort wird auch unser Endprodukt einer letzten Prüfung unterzogen.«

Arlo ließ Nausicaäs Hand los und trat an das Steuerpult. Für den unwahrscheinlichen Fall, dass das wirklich so einfach sein sollte, suchte sie nach einem Schalter oder Knopf, der den Aufzug hinter ihnen entriegeln könnte. Letztendlich musste sie sich den Schwachpunkt ihres Plans eingestehen – gab es überhaupt jemanden in ihrem Team, der besonders geschickt im Umgang mit Computern war? Vielleicht würde sie ihren Würfel doch noch einsetzen müssen.

»Geht ruhig weiter.«

Erschrocken fuhr Arlo herum. Während sie tief in Gedanken versunken war, hatte sich Aurelian neben sie gestellt. Mit nachdenklicher Miene beugte er seinen Kopf über die Schalttafel und schürzte die Lippen. »Ich guck, was ich tun kann, um die Fahrstühle zu entriegeln, wenn ihr mir ein bisschen Zeit verschaffen könnt.«

»Bist ... bist du sicher? Weißt du, wie man mit all *dem* umgeht?«

Sie deutete auf die Tafel.

Aurelian grübelte bereits und gab keine Antwort. Arlo entschied sich, diese eine gute Sache nicht weiter infrage zu stellen. Erleichtert fügte sie leise hinzu: »Okay, na danke schön. Wir werden dir Zeit verschaffen.«

»Kommst du allein zurecht?«, flüsterte Vehan, als er hinter ihnen auftauchte. »Es wäre nicht richtig, Arlo ohne uns weitergehen zu lassen, wenn ich doch der Grund dafür bin, dass sie überhaupt hier ist.« Er zog etwas aus Aurelians Hosentasche, und zwar so blitzschnell, dass Arlo nur die Handlung selbst sah, nicht aber, was er stibitzte. Als der Lesidhe das spürte, spannte er sich an. Er blickte von der Schalttafel auf und wirbelte zum Prinzen herum.

Die Besorgnis, die auf seinem Gesicht aufblitzte, entging Arlo nicht. Ihn schien jedoch weniger zu kümmern, was Vehan an sich genommen als was er gesagt hatte.

»Nein, es wäre mir lieber, wenn Ihr bei mir bleiben würdet, Vehan. Eure Mutter wäre nicht ...«

»Entspann dich«, rief Nausicaä, die bereits an der offenen Tür stand. »Wir passen schon auf deinen Prinzen auf. Ihm wird nichts passieren. Ich bin 'ne Unsterbliche, schon vergessen? Und dazu auch noch 'ne knallharte. Nichts und niemand rührt euch an, ohne dass ich's erlaube.«

So wie Aurelian Nausicaä anfunkelte, hatte Arlo den Eindruck, dass seine Ohren jetzt flach an seinem Kopf anliegen würden, wenn er die Katze *wäre*, der er ziemlich oft ähnelte. »Wenn man bedenkt, wie feindselig du dich uns gegenüber verhalten hast, beruhigt mich das nicht besonders.«

»Vielleicht können wir ja einfach *alle* hierbleiben?«, schlug Arlo vor, da die Spannung im Raum plötzlich so groß war, dass sie allmählich zweifelte.

»Wir werden schon *zurechtkommen*, Aurelian«, versicherte Vehan, ohne auf Arlos Bemerkung einzugehen. Er verdrehte die Augen, klopfte seinem Freund auf die Schulter und steuerte auf die wartende Nausicaä zu. »Mach einfach dein magisches Computerding und wir kümmern uns um den Rest.«

Aurelian murmelte etwas, das selbst Arlo – die direkt neben ihm stand – nicht verstehen konnte. Sie biss sich auf die Lippe und musterte sein Profil. Sein Unmut stand ihm ins Gesicht geschrieben. »Wir werden nicht zulassen, dass ihm etwas zustößt, versprochen. Nur der Fahrstuhl scheint gesperrt zu sein – wenn es nach Ärger riecht, kommen wir sofort wieder zurück.«

Mehr als ein knappes Nicken würde sie als Antwort nicht erhalten, schloss Arlo daraus. Danach drehte sich Aurelian wieder um und überprüfte mit einem noch tieferen Stirnrunzeln erneut die Schalttafel. Seufzend ließ sie ihn mit seiner Aufgabe allein und folgte dem Rest der Gruppe in den nächsten Raum.

»*Und hier haben wir das, was ich gern als Waffenkammer bezeichne*«, fuhr Hero freundlich fort.

Sie betraten einen weiteren Gang, der sich zwischen noch mehr Fenstern erstreckte.

Das Fließband lief weiter. Es beförderte die bereits ausgerüsteten Cava unentwegt durch diese dritte Kammer und direkt in die nächste. Dieser Raum war viel größer als der, den man vom Kontrollturm aus überblickte, und entlang des Fließbands standen riesige Maschinen. Hier gab es noch mehr mechanische, allerdings inaktive Arme und die Werkzeuge, mit denen die »Rüstungen« der Cava höchstwahrscheinlich angebracht wurden.

Abgesehen von den Maschinen und den überall herumstehenden Materialbehältern befand sich in dieser neuen Kammer nichts weiter. Obendrein fehlte immer noch jede Spur von

Angestellten – niemand bediente die Arme oder irgendetwas anderes und niemand führte die Cava auf ihrem Weg.

Arlo würde es verstehen, wenn »Aurum Industries« vielleicht nur tagsüber geöffnet war – es war immerhin schon ziemlich spät –, aber warum sollte man dann das Förderband laufen lassen?

»Wie der Name schon sagt, bringen wir unsere Soldaten hierher und putzen sie heraus, indem wir ihnen eine kleine Titanpanzerung verleihen. Wie ihr schon aus erster Hand erfahren habt, ist Titan natürlich alles andere als unzerstörbar. Ich freue mich, euch mitteilen zu können, dass das Metall, das wir kürzlich synthetisiert haben, viel widerstandsfähiger ist.«

Vehan zerrte an Arlos Arm. Dann zog er schweigend ein Handy aus seiner Tasche, und zwar nur so weit, um ihr das Display zu zeigen. Es gab immer noch keinen Empfang, aber die App, die zurzeit aktiv war, zeichnete den gesamten Austausch auf, denn dafür brauchte es weder Empfang noch Internet.

Es war Aurelians Smartphone – Arlo erkannte es wieder, weil sie es gerade eben gesehen hatte. Jetzt wusste sie wenigstens, worauf er herumgetippt und was Vehan ihm gestohlen hatte.

Der Prinz drückte einen Finger an seine Lippen, um ihr zu verdeutlichen, dass dies unter ihnen bleiben sollte. Weil sie vielleicht beobachtet wurden, beschränkte sich Arlo auf ein kurzes Nicken. Ohne ein weiteres Wort folgten sie Nausicaä, die bereits auf das Ende des Flurs zusteuerte.

»Was hast du überhaupt davon?«, fragte Arlo laut. Nun, da sie von der Aufnahme wusste, hoffte sie, ihrem Gastgeber noch mehr Informationen entlocken zu können. »Und was hat das alles mit der Erschaffung von Steinen der Weisen zu tun?«

Wenn sie ihren Fahrstuhl nicht entsperren konnten, würden sie wenigstens die Antworten erhalten, derentwegen sie gekommen waren.

»*Was ich davon habe?*« Hieronymus kicherte abermals. »*Genau genommen nichts, aber weit mehr, als dein kostbares junges Hirn begreifen könnte, sollte ich meine Zeit damit vergeuden, es dir zu erklären. Es genügt zu sagen, dass der Preis für Experimente auf diesem Level ziemlich hoch ist. Ich habe immer noch nicht die verdiente Anerkennung erhalten. Doch das wird sich ändern, sobald ich dich beseitigt habe – sobald meine wunderschönen Schöpfungen auf den Märkten der Menschen und des Feenvolks auftauchen und ganze Höfe und Länder um* meine *Unterstützung werben werden, nachdem sie mir ihre einst versagt haben.*« Bei der letzten bissigen Bemerkung brach er kurz ab, um über ihre widerliche Kleinlichkeit nachzudenken. Er fasste sich jedoch schnell wieder und fuhr fort. »*Und was das alles mit dem Projekt ›Stein der Weisen‹ zu tun hat … Tut mir leid, aber die Antwort lautet mal wieder: nichts und doch alles. Du wirst einfach abwarten müssen, meine liebe Arlo.*«

Sie betraten den nächsten Raum. Dort erwartete sie ein Anblick, der Arlos Entschlossenheit, diese Nachforschung zu Ende zu führen, zu erschüttern drohte.

»*Ah – meine Werkstatt.*«

Es bedurfte keiner Erklärung.

Da derzeit alles außer Betrieb war, gab es auch keine Livevorführung, der sie beiwohnen konnten. Arlo dankte allen Gottheiten, die sie beim Namen kannte, denn das unterbrochene Grauen auf der anderen Seite des Flurfensters war auch ohne Liveshow entsetzlich genug. Arlo würde ihre Augen nie wieder schließen können, ohne diesen Raum mit den Operationstischen und den unheimlichen Werkzeugen zu sehen, die für das Gerben menschlicher Haut bestimmt waren.

Das Fließband lief auch hier entlang, doch es zog sich noch an einen anderen Ort, da es durch ein weiteres Loch am Ende des Raums verschwand. Arlo wusste nicht, ob sie noch eine

Stufe dieser Verdorbenheit verkraften könnte – sie hing jetzt praktisch schon an Vehan. Angesichts der Szene, von der sie ihre Blicke nicht abzuwenden vermochten, standen die beiden wie angewurzelt da.

»*So bescheiden dieses primitive Labor auch erscheinen mag, in diesen vier Wänden wurden große Ergebnisse erzielt. Ein solch wissenschaftlicher Fortschritt mit so wenig Geldmitteln und so wenig Werkzeug ... Wenn ich nur daran denke, wie ich angefangen habe und zu wem ich bald schon werde ... Es bloß in Worte zu fassen, macht mich sentimental.*«

»Es sollte dich eher krank machen«, entgegnete Nausicaä. Sie war unerträglich ruhig gewesen, hatte all die Bilder auf sich wirken gelassen und nichts von dem verraten, was sie dabei dachte oder fühlte. »Ich mein, das is doch eigentlich sinnlos. All diese Menschen auseinanderzuschneiden, nur um sie wieder zusammenzunähen? Ich bin für jeden verrückten Scheiß zu haben, aber mit dir stimmt echt was nich. Man muss Cava nicht *verstümmeln*, um sie zu erschaffen.«

»*Vielleicht.*« Hieronymus' Entzücken war nun so schmierig wie Öl. »*Aber ehrlich gesagt gibt es nicht viel Sinnloses an meinen Methoden. Ich meine, würde ich meine Schöpfungen mit demselben Aussehen in die Welt hinausschicken, wie sie zu mir kamen, würden einige irgendwann wiedererkannt werden. Ich wäre in Schwierigkeiten, und zwar in viel größeren als ohnehin schon, meinst du nicht? Außerdem besorgen sich die Leute lieber die hässlichen Dinge, wenn sie dabei nicht erwähnen müssen, wer sie sind.*«

»Stimmt.« Nausicaä ließ ihren Blick noch einmal über die Folterkammer schweifen. »Aber im Ernst, ich denk, du solltest jetzt rauskommen. Wir sind fertig mit dem Rundgang. Komm raus oder wir gehn und kommen mit viel mehr als nur dem Hochkönig und seinen Jägern zurück – ich hab selbst noch ein paar Freunde, die dich *liebend gern* in die Schranken weisen würden.«

Erneut ertönte über ihren Köpfen sein schallendes und vergnügtes Gelächter. *»Nein, nein ... Habt ihr es immer noch nicht begriffen? Ich fürchte, ihr werdet nirgendwohin gehen.«*

»Ach ja? Na, tut mir leid, dir das sagen zu müssen, aber ich bin keine Nullachtfünfzehn-Fee, du fieser kleiner Scheißer.«

»Oh, das ist mir bekannt. Ich weiß ganz genau, wer du bist, Alecto. Ich kenne dich, Vehan Lysterne, Aurelian Bessel und den Star unserer kleinen Show heute Abend, die holde Lady Arlo. Ich habe mich hierauf vorbereitet, weißt du – sogar darauf gehofft. Wenn ihr nur wüsstet, was für Pläne ich auf Lager habe.«

Die Angst stieg Arlo wiederholt die Kehle hoch und lag ihr schwer auf der Zunge.

»Du weißt, wer wir sind?« Vehan runzelte die Stirn.

»Ganz genau. Einige von euch kenne ich sogar schon eine ganze Weile.«

»Du hast es auf etwas Bestimmtes abgesehen«, übernahm Arlo das Wort. »Du willst nicht nur meinen Tod. Wenn das der Fall wäre, hättest du jemand oder etwas anderes geschickt, um das für dich zu erledigen. Du hast gesagt, du wolltest mich *hier* haben – warum? Hör auf mit deinen Spielchen und *sag es uns einfach*!«

»Was für ein intelligentes kleines Ding du doch bist.« Das klang ganz und gar nicht wie ein Kompliment. *»Ehrlich gesagt wäre es mir lieber gewesen, wenn mein Reaper dich umgebracht und es damit geendet hätte, ja, aber du hast recht. Ich kann dich hier gut gebrauchen. Es gibt da nämlich noch ein Experiment, das ich gern durchführen würde, und du bist das perfekte Mädchen für den Test.«*

Nausicaäs Gesicht verlor jede Farbe und das beunruhigte Arlo zutiefst. Sie hatte nicht die leiseste Ahnung, was Hieronymus hinter seinem Schleier aus Andeutungen und Drohungen verbarg, aber der Miene der ehemaligen Furie nach musste diese mehr wissen. Vehan schienen die Ereignisse ebenso wenig von seinen Sorgen zu befreien. Arlo ... sie wollte einfach nur Antworten. Und sie musste bloß ein bisschen mehr Zeit schinden. »Ich kapier's nicht«, schnauzte sie. »Ich bin keine Alchemistin. Ich hab keinen Schimmer, was du vorhast, und keine Mittel, um dich aufzuhalten, selbst wenn ich's wüsste. Ich bin nichts Besonderes, ein Niemand, und ich seh...«

Als der Doktor diesmal lachte, klang er so kalt und grausam wie noch nie zuvor an diesem Abend. *»Und eben weil du ›es nicht kapierst‹, ist es eine Verschwendung, dir diese Macht zu überlassen. Dir ist nicht bewusst, warum ich dich als Bedrohung ansehe? Wieso ich dich loswerden will? Arlo Jarsdel – ja, du bist ein absoluter Niemand. Nur leider sehen das andere nicht so.«*

»Arlo«, krächzte Nausicaä auf eine Art, die vermuten ließ, dass ihr etwas sehr Unangenehmes in den Sinn gekommen war. »Vehan, kommt bitte her. Ich glaub, ich hab sein Spiel durchschaut und wir müssen auf der Stelle Leine ziehen.«

»Oh nein. Nein, nein, nein, ihr werdet nirgendwohin gehen. Du hast es verstanden, nicht wahr? Nun, das kommt jetzt ein bisschen zu spät. Mit Arlos und meinen Kräften zusammen sowie dem Reichtum, der mir jetzt zur Verfügung steht, kann ich mich Projekten zuwenden, die viel überragender sind als diese blechüberzogenen Puppen und unterirdischen Laboratorien.«

Arlos und seine Kräfte *zusammen*?

»Arlo – Scheiße, wir müssen *schleunigst* abhauen. Heilige Scheiße, fass ... fass bloß *nichts* an und komm her!«

»Ja, Arlo, tut mir leid – es war dumm hierherzukommen. Das sieht richtig schlecht aus und wir müssen sofort weg. Ich hätt dich nie hierzu zwingen dürfen.« Vehan hakte seinen Arm wieder unter ihren und griff nach Nausicaäs Hand.

»Nein, ich versteh's nicht, ich *versteh einfach nichts davon!*« Sie riss sich aus dem Griff des Prinzen los und funkelte die Decke an. Nur etwas mehr Zeit – ein kleines bisschen mehr Zeit und das alles könnte endlich vorbei sein. »Denkst du, ich schließ mich dir an? Ist es das, was du willst? Willst du mich etwa überreden, dir zu helfen, unschuldige Menschen zu kidnappen und Eisengeborene in Steine zu verwandeln? Das werd ich *niemals* ...«

»*Meinen Ruhm und meine Genialität mit jemandem wie dir teilen? Du naives Kind, ich will nicht deine Hilfe, sondern schlicht und ergreifend deine Alchemie. Dank meiner Genialität beherrsche ich endlich die Methode, um sie dir zu nehmen. Und wenn ich das getan habe, wird mein Wohltäter mich und nicht dich vergöttern. Er wird mir seine volle Unterstützung gewähren und sich überschlagen, um mich vor jeglichem Schaden zu bewahren. In der Zwischenzeit werdet ihr feststellen, dass einige meiner Sicherheitsvorkehrungen von etwas anderem versorgt werden als vom Stromnetz, das ihr kurzgeschlossen habt, um reinzukommen. Nausicaä, du wirst niemanden aus diesem Schlamassel herauszaubern können.*«

Nausicaä stürzte sich auf Arlo und packte ihren Arm so plötzlich, dass der Eisengeborenen keine Zeit blieb, um auszuweichen.

Doch nichts geschah.

Stirnrunzelnd sah Arlo die bestürzte Nausicaä an. »Was ist los?«, erkundigte sie sich und fürchtete die Antwort bereits.

»Ich kann uns nicht teleportieren«, stieß Nausicaä geschockt hervor. Sie schien sich mit aller Kraft zu bemühen. In ihren Augen erkannte Arlo echte Angst, die mit jedem gescheiterten Versuch, sie fortzuzaubern, weiter anwuchs. »Es funktioniert nicht! Was hast du *gemacht?*«, knurrte sie, riss ihren Blick von Arlo los und funkelte wie Vehan die Decke an.

»Wisst ihr, bevor ich das alles getan habe, war ich ein kompletter Niemand. Ein Hochbegabter – ein Genie –, doch in der einzigen

Sache, die euren kostbaren Höfen wirklich wichtig war, erschreckend untalentiert. In ihren Augen war ich eine Schande für die Magie und so nahmen sie sie mir.

Außerdem raubten sie mir meine Erinnerungen, doch mein Zorn verschwand nicht. Schließlich vergisst das Herz nicht so schnell wie der Verstand. Und als mein glorreicher Wohltäter mir mein Wissen zurückgab, wurde ich mit meiner jetzigen Entschlossenheit wiedergeboren.«

»Du hast einen Stein erschaffen«, schlussfolgerte Arlo verblüfft. »Du hast einen Stein erschaffen und das alles getan ... nur weil du einen Groll gegen den Hohen Rat der Elfen hegst?«

»Ich bin zwar ein Genie, meine Liebe, aber nicht von der Art, die so etwas hinbekommt. Ich habe einen Stein der Weisen erschaffen, ja, aber nur unter der geduldigen Anleitung meines Wohltäters. Und was ich hier mache, richtet sich nicht gegen den Hohen Rat, obwohl ich doch sehr hoffe, dass meine Schöpfungen ihm den verdienten Untergang bringen. Nein ... die Cava sollen mir nur Geld bringen. Meine Genialität ist ziemlich kostspielig, wisst ihr? Reichtum ist die Grundlage für Vermächtnisse und Vermächtnisse sind es, die einen Mann großartig machen – und nicht die Magie, die ihr und euresgleichen so begehren. Magie«, spuckte er das Wort regelrecht aus. *»Mögen der Hochkönig und seine kriecherischen Höfe an ihr ersticken. Sie wird sie sowieso nicht vor dem retten, was im Anmarsch ist, das versichere ich euch.«*

»Also.« Nausicaä sah aus, als würde sie gleich wahnsinnig werden – Arlo bezweifelte, dass sie in all den Jahren ihres langen Lebens jemals komplett hatte auf ihre Kräfte verzichten müssen, und sie schien es auch jetzt nicht besonders zu genießen. »Deine Sünde ist die Habsucht.«

»Sünde? Überleben zu wollen, ist also eine Sünde? Der Wunsch nach einem Leben in Respekt, Würde und Behaglichkeit ... nein, er

ist keine Sünde – er wird nur von denen als eine angesehen, die diese Dinge bereits besitzen. Reichtum ist immerhin das, was diese Welt antreibt. Reichtum, nicht Magie, und ohne ihn ist man ein Niemand. Ohne ihn hat man nichts. Nach dem, was die Höfe mir angetan haben – wie tief ich gesunken bin, als sie mich aus ihrer Gesellschaft verstoßen haben –, schwor ich mir, nie wieder ein Niemand zu sein.«

»Du hast das alles nur aus Rache und für *Geld* getan?« Vehan klang halb angeekelt. »All diese Menschen, all die Zeit, die Mühe und das Risiko, nur um deine eigene …«

»*Es reicht*«, brüllte Nausicaä. Sie ging zur immer noch verschlossenen Tür am Ende des Flurs und trat so kräftig dagegen, dass sie den Stahl verbeulte. »Mach auf. Ich weiß, dass du irgendwo hier bist. Wenn du die Tür nicht öffnest, brech ich sie verdammt noch mal selbst auf und *zerr* dich da raus. Du glaubst, du weißt, mit wem du's zu tun hast, und dass du auf *mich* vorbereitet bist? Warum testen wir deine kleine Theorie nicht mal, hm? Mach sofort diese *gottverdammte Tür auf!*«

Sie verpasste der Tür noch einen Tritt. Unter dem Angriff ächzte sie und die Beule daran wurde noch größer.

Sie würde nicht lange brauchen, um ihre Drohung wahr zu machen.

»Nausicaä!«, warnte Arlo sie und machte einen Schritt auf sie zu. Im selben Moment glitt die Tür auf und gab den Blick auf das Innere des letzten Fahrstuhls frei, der sich nicht sonderlich von dem unterschied, der sie hergebracht hatte.

»*Was für eine ausgezeichnete Idee! Du hängst sowieso ein bisschen zu sehr an meinem eigentlichen Zielobjekt – ich möchte nicht, dass du mir in die Quere kommst, wenn ich mit der Machtübertragung beginne. Warum führen wir nicht eine andere Art Test durch? Ich habe auch den perfekten Ort für dein Ableben. Einen, der dir sicherlich gefallen wird, mein furioser kleiner Feuerball.«*

Knurrend stürmte Nausicaä in den wartenden Fahrstuhl. »Wenn ich vorhätte, genug von dir zu hinterlassen, um ein Grab zu füllen, hätt ich dir gesagt, dass ich deine Worte in deinen Grabstein meißel.«

Sie drehte sich um. Dabei fiel Arlo der ungezügelte Zorn auf, der ihr Gesicht aushöhlte. Eine skeletthafte, todverheißende Erscheinung verzerrte ihre rasiermesserscharfen Züge sowie ihre gewaltige Stärke. Zudem verlieh sie ihrem Äußeren geierähnliche Konturen, die ihre gewohnte Schönheit komplett entstellten.

Nausicaä sah nun fast so aus, wie sich Arlo die Furie unter all den Masken vorstellte. Und zum ersten Mal stand sie so kurz davor, ihrer Wut in Arlos Gegenwart freien Lauf zu lassen.

Auf einmal drängte es Arlo, ebenfalls in diesen Lift zu steigen. Obwohl es dem Doktor direkt in die Hände spielte, wenn sie sich zu ihm begab, musste sie ihrer Freundin folgen. Sie musste ihren eigenen Zorn und ihre Ängste beiseiteschieben, um diese Situation in die Hand zu nehmen, denn Nausicaä war *verängstigt*. Sie war ganz klar in einer gefährlichen Spirale gefangen, und wenn Arlo ihr erlauben würde, in diesem Zustand allein weiterzumachen, könnte sie sogar verletzt werden.

Mit einer Geschwindigkeit wie noch nie flog sie an Nausicaäs Seite. Hätte sie sich nur für eine Sekunde von Vehans überraschtem Aufschrei aufhalten lassen, wäre es ihr nicht gelungen – aber sie schaffte es gerade rechtzeitig.

Kaum passierte Arlo die Fahrstuhltüren, schnappten diese auch schon hinter ihr zu.

So teilten sich die vier Jugendlichen in zwei Gruppen und Vehan und Aurelian blieben zurück.

Nausicaä starrte sie fassungslos an.

»Wir sind ein Team«, schnaufte Arlo und stützte die Hände auf ihre Knie, um wieder zu Atem zu kommen und ihr rasendes

Herz zu beruhigen. Dann blickte sie auf. »Wir packen das gemeinsam an, okay?«

Nausicaä schluckte. Ihre furiose Intensität hatte etwas nachgelassen, aber sie schien zwischen ihrer blassen, vogelartigen Zorngestalt und der überwältigenden Schönheit ihrer falschen Arroganz zu schwanken. Sie wollte wohl ebenfalls etwas sagen, aber auch darin war sie sich unsicher. Lächelnd richtete sich Arlo auf und trat einen Schritt näher an sie heran.

»Dark Star und Hollow Star«, sagte sie und hielt ihre Faust zwischen ihnen hoch. In ihrer Brust brannte etwas, das sie noch nie zuvor gespürt hatte ... womöglich war es jedoch einfach nur ihr Herz, das wegen des plötzlichen Sprints gerade eben eine Meuterei anzetteln wollte. »Ich lass nicht zu, dass du das allein durchstehst.«

Als sie merkte, wie der Stahl in Nausicaäs Augen glasig wurde, bereute sie ihre Worte schon. »Tut mir leid ...«, fügte Arlo eilig hinzu. »Ich mein, es kommt mir so vor, als ob wir ...«

Ihre Entschuldigung wurde unterbrochen.

Ihr Kopf brauchte einen Augenblick, um den Grund für diese Pause zu verstehen – um zu begreifen, dass ihr Mund nicht aufgehört hatte, sich zu bewegen, weil Nausicaä die Worte ausgegangen waren, sondern weil sie ihre Lippen auf Arlos presste.

Ein Kuss.

Vor lauter Überraschung erstarrte Arlo zur Salzsäule. Sie hatte noch nie in ihrem Leben jemanden geküsst – zumindest in keiner Weise, die von größerer Bedeutung gewesen wäre. Und hier war sie nun zusammen mit Nausicaä, die plötzlich ihre vollen Lippen gegen die ihren drückte, so ungestüm wie der Ausbruch einer wilden Flamme. Und Arlo kam nur eins in den Sinn: *Oh.*

»Oh, Scheiße«, stieß Nausicaä hervor, als sie sich von ihr löste. »Tut mir leid, ich wollte das nicht. Ich mein, ich wollt es *schon*, aber ...« Ihre Stimme war immer noch tief und rau, wenn auch wegen eines ganz anderen Gefühls als der Wut, die ihr mysteriöser Gastgeber entflammt hatte. Was auch immer sie hatte sagen wollen, wurde ebenfalls unterbrochen. Jedoch nicht durch etwas so Angenehmes wie einen Antwortkuss – Arlo war immer noch viel zu verblüfft, um zu sprechen, geschweige denn diese Initiative zu ergreifen.

Nein. Genau wie bei ihrer ersten Fahrt gab es auch diesmal keine Vorwarnung. Der Fahrstuhl *stürzte* in die Tiefe, und zwar so rasend schnell, dass Arlo nach vorn schwankte und gegen Nausicaä fiel. Diese fing sie auf und schlang die Arme fest um ihren Oberkörper, um Arlo an sich zu drücken und auf den Beinen zu halten.

Rote und blonde Haare wirbelten um ihre Köpfe wie ein Sturm aus Feuer und Sand.

Der rasante Sturz erfüllte Arlo mit einer eigenartigen Schwerelosigkeit. Ihr Herz schlug wie eine Kriegstrommel bis in ihre Kehle. Als der Fahrstuhl endlich zum Halten kam, fühlte sie sich benommen und überempfindlich – schwindlig und bleischwer –, alles gleichzeitig. Sie biss jedoch entschlossen ihre Zähne zusammen und trat von Nausicaä zurück. Wieder einmal legte sie ihre Finger um das Heft ihres Dolchs und drückte es, um etwas von seiner Kraft in sich aufzunehmen.

»Hey, Arlo?«

»Ja?«

»Erinnerst du dich noch, wie ich dir sagte, du sollst deinen Würfel sparsam einsetzen?«

Arlo nickte. Sie griff in ihre Hosentasche und holte besagten Gegenstand heraus. Seine Zahlen glühten golden, wie schon seit einer geraumen Weile, und warteten bloß darauf, dass sie das Glück anrief, um ihnen zu helfen.

»Mach dich drauf gefasst, das Teil volle Kanne auszureizen.«

KAPITEL 32

Arlo

~~~~

»Herzlich willkommen!«
Kaum waren die Mädchen aus dem Fahrstuhl getreten, verriegelten sich hinter ihnen die Türen. Das Licht, das seinen Betriebszustand anzeigte, sprang sofort auf Rot um. Sie saßen in der Falle. Ihnen blieb nichts anderes übrig, als vorwärtszugehen.

Arlo holte tief Luft und zwang sich, ruhig zu bleiben. Sie konnte sich später Gedanken darüber machen, was gerade zwischen Nausicaä und ihr vorgefallen war. Aurelian würde (hoffentlich) nicht mehr lange brauchen, um das System zu hacken, das ihre beiden Gruppen voneinander trennte. Celadon wusste, wo sie waren. Arlos Plan hatte sie so weit gebracht und sie würde sich noch etwas ausdenken, um sie zurückzubringen – sie musste einfach nur die Fassung bewahren und dieses neue Problem mit kühlem Kopf angehen.

Seite an Seite begaben sie sich in den Raum vor ihnen.

Für die relativ spärliche Ausstattung war er ziemlich weitläufig. Er wurde von zahllosen Scheinwerfern gesäumt, die ihn zusammen mit einer Reihe Deckenlampen beleuchteten.

In der Mitte stand ein schlanker Mann mit einem kurzen Pferdeschwanz. Hinter ihm erhoben sich regungslose, voll gepanzerte

Cava, die viel gepflegter schienen als alle bisherigen. Unter anderen Umständen hätte der Mann in seinem maßgeschneiderten Nadelstreifenanzug vielleicht einen beeindruckenden Anblick abgegeben, doch Arlo war nicht in der Stimmung, beeindruckt zu sein.

Außerdem bemerkte sie noch etwas anderes.

Ihr Blick fiel auf die hintere linke Raumseite – ein riesiges, klaffendes Loch im Boden, abgegrenzt durch ein Geländer. Arlo erkannte es als eine Verbrennungsanlage, doch ihr Inneres glühte so heiß, dass es genauso gut eine in die Hölle führende Grube hätte sein können. Während das Förderband hoch über ihren Köpfen auf seine Endstation zulief, fiel ein Cavum nach dem anderen von ihm herab und direkt in diesen offenen, wartenden Schlund.

»Bist du nich der Starbuckstyp?«

Arlos Kopf schnellte zum Mann in der Raummitte zurück. Jetzt, da Nausicaä es erwähnte, kam ihr der Mann *tatsächlich* bekannt vor.

»Das *is* der Starbuckstyp! Wow, Alter, du bist echt *ätzend*.«

»Ich habe dir ja gesagt, dass du es bereuen wirst, so unhöflich mit mir gesprochen zu haben. Es freut mich sehr, dass du dich freiwillig für dieses Experiment gemeldet hast – und sieh mal einer an! Du hast sogar Miss Jarsdel mitgebracht. *Meine Güte*, ihr habt es mir heute Abend aber auch ganz schön leicht gemacht.« Mit hinter dem Rücken verschränkten Händen ging der Mann gemächlich vorwärts, und während er sprach, verzogen sich seine Lippen zu einem schiefen Grinsen. Ja, jetzt erkannte Arlo ihn wieder, trotz der neuen Narben, die sich wie Krallenspuren über sein Gesicht zogen. Die Verachtung in seinen Augen war genau dieselbe wie bei ihrer ersten Begegnung. »Wenn ihr mich fragt, habt ihr fast den ganzen Spaß verdorben – aber eben nur *fast*.«

Nausicaä fletschte die Zähne und knurrte ihn lautlos an, in ihrer Hand setzte sich ihr Katana zusammen. »Wie lange bist du schon hinter Arlo her?«

Hieronymus – kein anderer konnte dieser Mann sein – hielt inne, aber ansonsten ignorierte er Nausicaäs zornige Frage. Seinem Kichern nach schien ihre Klinge ihn kein bisschen einzuschüchtern.

»Wie du siehst, habe ich dir den Zugriff auf deine kleine Messersammlung gelassen, meine liebe Alecto. Ich bin in Versuchung gekommen, dir auch diesen zu verwehren, denn die Herstellung von Adamantrüstungen ist ziemlich kostspielig – in mehr als nur einer Hinsicht. Aber meine neuesten Cavamodelle müssen getestet werden. Und sie gegen eine andere Legende antreten zu lassen, ist mit Abstand die beste Methode, findet ihr nicht?« Sein gierig funkelnder Blick fiel auf Nausicaäs Waffe. »Sternenglas – ein Metall, geschmiedet aus Sternenstaub und Göttin Urielles FEUER. Aus demselben FEUER, das *dich* geboren hat, wenn ich mich nicht irre? Du bist eine der sehr wenigen Furien, die sie je aus diesem ungestümen, unkontrollierbaren Element zu erschaffen wagten. Ihr beide, du und dieses Metall … Ihr seid einfach *unschätzbar*.«

»Du hast verbesserte Cava hergestellt und deswegen willst du die alten jetzt vernichten?«, fragte Arlo leicht verwirrt und mehr als nur leicht entgeistert.

»Wirklich bedauerlich, ja – aber für veraltete Modelle zahlt niemand gutes Geld. Und ich fürchte, die falschen Leute würden es mitbekommen, wenn ich zu viele meiner Schöpfungen in die neue Einrichtung transportieren würde, die ich wegen unseres kleinen Treffens hier brauchen werde.«

»Du wirst's nich glauben«, schnauzte Nausicaä, »aber die falschen Leute haben's schon mitgekriegt.«

Nausicaä war mit ihrer Geduld am Ende. In überirdischem Tempo raste sie auf ihn zu, riss ihre Klinge heraus und schleuderte die Scheide beiseite. In einem Wimpernschlag versetzte sie ihrem Gastgeber auch schon einen gezielten Hieb in den Bauch und legte all ihr Gewicht und ihren gesamten Zorn hinein.

Das Katana *zerbrach.*

Ob es nun an der Wucht ihres Stichs lag oder an dem, was Hieronymus vor ihrem Schwert schützte – es zersplitterte, und zwar bis auf den Griff. Winzige Scherben regneten zwischen den beiden auf den Boden herab und klirrten leise.

Arlo beobachtete die Szene und konnte kaum fassen, dass sie sich noch mehr zu entsetzen vermochte.

»Aber wusstet ihr, dass es viele unterschiedliche Verwendungsmöglichkeiten für Sternenstaub gibt?« Hieronymus hatte nicht einmal mit der Wimper gezuckt.

»Das ist unmöglich ...«, hörte Arlo Nausicaä murmeln, deren Erstaunen sich in ein Leugnen verwandelte. »Nein, das kann nicht sein. Nur die Wilde Jagd ...«

Sie brach mitten im Satz ab.

Dann wich sie einen Schritt zurück ... und noch einen.

Also sah Erkenntnis in Nausicaäs Augen aufblitzen und Hieronymus' immer breiteres Grinsen verriet ihr, dass er dies ebenso wie sie selbst mitbekommen hatte. »Nur die Wilde Jagd darf die Sterne als Schild tragen«, erklärte Nausicaä in besonders eisigem Tonfall. »Wie hieß dein Wohltäter noch mal?«

Höhnisch lächelnd streckte Hero eine bloße Hand aus und umfasste Nausicaäs Handgelenk. Ehe sie darauf reagieren konnte, zog er sie näher an sich heran. »Ich habe einen Vorschlag: Besieg eine Armee und ich erzähle euch alles, was ihr wissen wollt.«

Nausicaä schrie auf und Arlo war sofort alarmiert. Sie stürmte vorwärts, doch Nausicaä hatte sich bereits losgerissen und stolperte von dem Doktor weg. Arlo hastete an ihre Seite, um sie aufzufangen, bevor sie stürzen konnte.

»Was zum ...«, stieß Arlo hervor, als sie bemerkte, was ihre Freundin dermaßen erschreckt hatte – Nausicaäs Handgelenk, ihr halber Arm und fast ihre ganze Hand waren mit glänzendem Gold überzogen.

»Der Stein?«

Neben anderen Dingen war ihr Gastgeber ganz klar von Reichtum besessen. Wenn es ihm gelungen war, einen Stein zu erschaffen, war es nicht abwegig anzunehmen, dass diese Berührung des Midas die »Belohnung« für seine Leistung war.

»So viel Reichtum, wie man sich nur wünschen kann, und zwar immer in greifbarer Nähe? Sieht für mich wie Habsucht aus. Einen Stein haben wir schon mal.« Nausicaä nickte grimmig. »Ich hatte recht – die Steine leuchten in den Farben der verschiedenen SÜNDEN. Gold steht für Habsucht, Rot für ... weiß der Geier, aber wir müssen das aufhalten, ehe ein weiterer Stein erschaffen wird und die Farbe wieder wechselt.«

Mit Arlos Hilfe richtete sie sich wieder auf. Anschließend schwang sie ihre goldüberzogene Hand zur Seite und beschwor eine andere Klinge herauf. Diesmal war es ein langer und elegant geschwungener Entersäbel mit einem Griff aus lauter wie im Tanz verschlungenen Metallschleifen und Mulden für ihre Finger. »Ich *mochte* mein Katana, du Arschgesicht. Hast du überhaupt 'ne Ahnung, wie scheißschwer es wird, 'nen Ersatz dafür zu finden?«

»Dann will ich dir doch die Mühe ersparen«, erwiderte Hieronymus und breitete seine Arme aus. »Wenn deine elende unsterbliche Seele endlich zu den Sternen zurückkehrt, wirst du keine Sternenglasklingen mehr benötigen.«

In diesem Moment erwachten die Cava in den Adamantrüstungen zum Leben.

Die geschmeidige Präzision, mit der sie sich bewegten, beunruhigte Arlo. Schließlich mussten ihre Metallgehäuse unglaublich schwer sein. Und da die Gangart ihrer Vorgänger plump und holprig gewesen war, hatte sie von diesen neueren Modellen nicht erwartet, dass sie sich so einfach der rückseitig angebrachten Waffen bedienen würden. Doch genau das taten sie, während sie um ihren Meister herumschwirrten, als würden sie auf Eis gleiten.

»Arlo, zurück!«, befahl Nausicaä und bereitete sich auf einen weiteren Ausfallschritt vor. »Hast du den Boden gesehen?«

Hatte sie nicht, aber als sie ihn jetzt ansah, fragte sie sich, wie sie die beiden Siegel hatte übersehen können. Sie waren groß genug, um darin stehen zu können, und befanden sich auf beiden Seiten der Stelle, an der Hieronymus anfangs gestanden hatte.

Man musste Arlo nicht ermahnen, keinen Fuß in diese Kreise zu setzen – vor allem da sie wusste, was dieser Mann von ihr wollte.

»Keine Angst«, sagte Hero über den Tumult hinweg. Er begab sich lässig zur Seite, um diesen *Test* wie ein antiker römischer Imperator zu leiten, der einem Gladiatorenkampf beiwohnte. »Die Cava gehorchen meinen Befehlen. Meine Magie gibt ihnen ihre Ziele vor. Bis sie dich beseitigt haben, sind sie einzig und allein hinter dir her, Nausicaä.«

Und so begann der Kampf. Arlo wich zurück – so etwas hatte sie noch nie zuvor erlebt.

Nausicaä bewegte sich unter und über Hieben hinweg, die mit solcher Kraft ausgeführt wurden, dass sie Dellen in den Boden schlugen, wenn sie ihr Ziel verfehlten. Sie achtete darauf, nicht mehr als nötig herumzufuchteln und umherzuspringen. Aber wenn sie es tat, dann mit einer so stillen Anmut, dass Arlo wieder einmal in ihren Bann gezogen wurde. Jede ihrer Bewegungen erinnerte eher an eine professionelle Ballettvorführung als an einen risikoreichen Kampf auf Leben und Tod.

Und ihre Angriffe waren genauso tödlich wie die ihrer Gegner.

Ihr Säbel prallte laut und wuchtig gegen die Panzerungen der Cava, sodass die Funken nur so stoben. In diesem höhlenartigen Raum klang jeder Treffer wie ein Schrei.

Sie hielt sich wacker, schien die Kreaturen jedoch nicht allzu sehr zu verletzen. Der Kampf wirkte immer mehr wie ein Wettstreit, bei dem es darum ging, länger als der Feind auf den Beinen zu bleiben. Nausicaä schlug sich mehr als nur gut, nämlich *brillant*, aber es mussten doppelt so viele Cava sein wie im vorigen Gefecht, bei dem ihr auch noch Vehan zur Seite gestanden hatte.

Aber der Prinz war nicht hier.

Nausicaä hatte niemanden außer Arlo und die Eisengeborene würde nicht mehr in den Spiegel schauen können, wenn sie nicht ihr Bestes gab, um sie zu unterstützen.

Unterstützen!

Arlo schaute auf ihren Würfel.

Sie musste Nausicaä *unterstützen*, aber wie um alles in der Welt sollte sie das anstellen? Damit der Würfel funktionierte, brauchte sie einen Plan. Sie schaute sich wie verrückt um, fand aber nichts, was sie inspirieren konnte.

»Ich könnte jetzt echt deine Hilfe gebrauchen«, murmelte sie ängstlich vor sich hin. Es wäre wundervoll, wenn sich das Glück ihrer Unerfahrenheit erbarmen und ihr den richtigen Weg weisen könnte.

Kaum kam ihr der Gedanke, verlangsamte sich die Welt auch schon und kam ruckelnd zum Stillstand. Sie färbte sich in Grautöne und Arlos goldene Optionen wurden in die Luft gekritzelt. Alles war erstarrt – der Kampf, der Doktor, das Fließband und die Cava, die in ihren feurigen Tod stürzten.

»*Aaarrrgghhhh*«, stöhnte Nausicaä und beugte sich vor, um wieder zu Atem zu kommen, wobei sie ihren Entersäbel als Stütze benutzte. »Mein Level is wohl nich hoch genug für diesen Bosskampf. Lass uns zum letzten Speicherpunkt zurückkehren und ein paar Erfahrungspunkte farmen.«

Na, das war doch mal eine Idee.

Immerhin war die Welt eingefroren – niemand könnte sie daran hindern, wieder in den Fahrstuhl zu steigen und diesen Ort zu verlassen. »Können wir einfach ... gehen?«

»*Du* vielleicht – ich mein, wenn dich 'n verschlossener Lift nich aufhält. Ich aber bin hier ultimativ festgenagelt. In der Magie geht's immer um Regeln und so – würd ich mit dir die Flatter machen, würd's den natürlichen Zeitfluss ändern. Und als Unsterbliche kann ich diese eine Regel nich brechen, wenn ich die paar Vorteile behalten will, die mir noch bleiben.«

»Okay, dann ... na gut. Ich ... schätze, ich würfle dann für eine Unterstützung? Vielleicht ... vielleicht um ... Aurelian dabei zu helfen, die Steuerung zu verstehen und uns hier rauszuholen?«

»Das wär voll knorke, Arlo.«

Als sie das Wort aussprach, leuchtete *Unterstützen* immer heller. Dann zersprang die goldene Schrift zu glitzerndem Staub und verwandelte sich in die Zahl Zwölf.

Anschließend ließ sie den Würfel rollen und sah, wie er exakt auf zwölf landete.

»Der Hölle sei Dank«, rief Nausicaä erleichtert aus. Und während Arlo die einzige Waffe aufsammelte, die sie richtig führen konnte (das Messer, das sie nach wie vor wie einen Talisman umklammerte, wäre hilfreicher gewesen, wenn sie je gelernt hätte, damit umzugehen), nahm die Nausicaä ihre Bereitschaftsposition wieder ein.

Der Kampf ging weiter.

Hero sah immer noch von der Seite aus zu und in seinen Augen funkelte etwas, das stark an Triumph erinnerte.

Arlo flüchtete ein Stück davon, um niemandem in die Quere zu kommen. Ein gut gezielter Tritt ließ Nausicaä nämlich in ihre Richtung taumeln, wodurch ihr das Kampfgeschehen etwas zu nahe rückte.

»Kundenbeschwerde: Beim nächsten Mal sollten wir vielleicht würfeln, um dem Mädchen zu helfen, das grad gegen die Zombiehorde kämpft«, ächzte Nausicaä. Sie rappelte sich auf und vermochte gerade noch rechtzeitig den zerschmetternden Schlag abzuwehren, der ihrem Kopf galt.

»Tut mir leid!« Arlo geriet in Panik. Brauchte sie einen detaillierteren Plan, wenn sie für eine Unterstützung würfelte? »Sorry – vielleicht kann ich das ja auch noch?«

»Wär ich dir nich böse!«, brüllte Nausicaä, als sie ihrem Angreifer einen wütenden Hieb gegen den Kopf verpasste.

Zitternd hielt Arlo den Würfel hoch und betrachtete ihn genauer. Seine Ziffern leuchteten nur schwach, und egal wie oft sie ihre Hand um ihn ballte, die Welt drehte sich einfach in ihrem gewohnten Tempo weiter. Sogar wenn sie einfachere Züge vorschlug, reagierte der Würfel nicht. »Es funktioniert nicht! Ich glaub, es ist noch zu früh. Ich kann nicht noch mal würfeln! Vielleicht müssen wir einfach nur eine Minute oder so warten?«

»Ja, okay, sicher doch! Hört sich gut an. In der Zwischenzeit mach ich hier einfach weiter. Keine Bange, alles is total okay und macht echt *Spaß*.«

In diesem unverhohlenen Sarkasmus steckte auch ein Körnchen Wahrheit – Nausicaä *hatte* Spaß.

Womöglich hätte sie lieber ein etwas leichteres Gefecht. Aber jedes Mal, wenn Arlo einen Blick auf ihr Gesicht erhaschte, glühte es saphirblau und war voller brennender Konzentration und in ihren Augen loderte ein dunkles, vergnügtes Feuer.

Arlo sah abermals auf ihren Würfel herunter, als könnte ihr Fokus ihn dazu verleiten, sich schneller aufzuladen.

Aus einer Minute wurden zwei.

Ein ohrenbetäubender schriller Laut hallte durch den Raum und Arlo ließ erschrocken Aurelians Dolch fallen. Sie hielt sich die Ohren zu, versuchte sich, so gut es ging, vor dem Lärm abzuschirmen und seine Quelle zu entdecken. Die war schnell gefunden: Das Fließband lief jetzt dreimal so schnell wie vorhin und den knirschenden Zahnrädern nach kam die Verbrennungsanlage mit dem stetigen Cava-Zustrom nicht mehr zurecht.

Hieronymus runzelte die Stirn. Die adamantverstärkten Cava ließen sich nicht von ihrem Auftrag abbringen und Nausicaä wehrte ihre Attacken auch weiterhin ab. Der Mann, der die Kreaturen kontrollierte, beachtete sie jedoch nicht mehr. »Anscheinend knabbern kleine Ungeziefer an meinen Leitungen herum. Dieser Prinz und sein Freund ... Ich hätte jeden Raum abriegeln sollen. Aber macht nichts, das erleichtert mir nur die Arbeit. Je schneller ich diese Cava los bin, desto besser.«

Aurelian ... Hatte er das Förderband beschleunigt? Hatte das ihre Unterstützung bewirkt? Arlo warf einen weiteren Blick auf den Cavahaufen, der die Verbrennungsanlage verstopfte, und hatte endlich eine zündende Idee.

»Nausicaä, halt die Cava bei Laune!«, rief sie.

»Oh, okay«, schnaubte die ehemalige Furie. »Aber jetzt ich bin neugierig: Was genau hab ich denn vor dieser konkreten Anweisung gemacht?«

Arlo ignorierte die sarkastische Bemerkung. Als sie ihre Hand wieder senkte, stellte sie fest, dass der Würfel wieder leuchtete – was für einen Dienst sie dem Sommerelfen auch erwiesen hatte, er war endlich beglichen und Arlo konnte das Glück erneut anrufen.

»Wir brauchen einfach nur eine Ablenkung, um Zeit zu gewinnen, bis Aurelian die Türen öffnet und der Hochkönig ankommt«, murmelte sie leise. »Wir schaffen das!«

»Mit wem redest du?«, schnauzte Hieronymus, der sich wieder auf die Eisengeborene konzentrierte. Er ging auf sie zu und Arlo versuchte, so viel Abstand zwischen ihnen zu halten wie nur möglich. »Was hast du da in der Hand? Zeig es mir!«

Je länger dieser Kampf andauerte, desto mehr kamen die adamantbedeckten Cava in Fahrt. Obwohl Nausicaä auch nicht nachzugeben schien, müsste nur ein tödlicher Hieb einer Kreatur sie treffen, um das Gefecht zum Schlechten zu wenden.

Nausicaä hatte recht. Ihre Level waren viel zu niedrig für diesen Kampf. Arlo musste ruckzuck handeln, bevor die Situation noch weiter eskalieren konnte – ehe ihr mörderischer Gastgeber eines dieser Siegel aktivieren und alles beenden konnte.

»Die Cava verstopfen die Verbrennungsanlage und machen sie kaputt!«, schrie sie.

Daraufhin hielt die Zeit ruckelnd an. Alles und jeder außer Arlo und Nausicaä erstarrte.

»Ich raff nichts mehr«, keuchte Nausicaä. Sie ließ ihren Säbel wieder sinken und massierte leicht ihren verspannten Schwertarm. »Wieso verstopfen wir jetzt die Verbrennungsanlage?«

»Wir werden sie ablenken. Da das Fließband schneller läuft, muss Aurelian mit der Steuerung vorangekommen sein. Wenn wir das noch bisschen länger durchhalten, werden der Hochkönig und die Falchion problemlos zu uns runterkommen können«, erklärte sie, während sie sich die goldenen Optionen in der Luft ansah.

»Und wir sind uns auch hundertpro sicher, dass dein hübscher Elfenprinz Hilfe schickt?«

»Ja. Celadon hält seine Versprechen.«

Verlassen leuchtete so hell wie immer.

Unterstützen war trüb und stand nicht zur Auswahl.

»Würfeln«, sagte Arlo an.

Die Optionen zersprangen und verstreuten sich. Sie flogen durch die Luft und suchten sich unterschiedliche Stellen im Raum, wo sie sich wieder zu Zahlen zusammensetzten.

Augenscheinlich hatte Arlo mehr als nur eine Möglichkeit, ihre Ablenkung zu erzeugen.

Ein Teil des Staubs formte eine Zehn, die direkt über dem Kopf des Doktors golden schimmerte.

Der Staub, der zur Verbrennungsanlage hinübergeglitten war, bildete sich zu einer glitzernden grünen Drei.

Über den Cava, gegen die Nausicaä gekämpft hatte, erschien eine grelle scharlachrote Achtzehn. Seltsamerweise freute sich Nausicaä wohl darüber. Als wäre es eine Art Ehre, dass das, was mit ihren Gegnern geschehen würde, dem Glücksranking nach am schwersten zu erreichen war.

»Und was soll ich jetzt machen?«, fragte sich Arlo laut. »Soll ich mich entscheiden, welche Ablenkung ich will, oder einfach würfeln und hoffen, dass ich alle drei abräume?«

Nausicaä zuckte mit den Achseln.

Die Eisengeborene beschloss, sich von ihrem Instinkt leiten zu lassen – bis jetzt hatte er sie noch nie im Stich gelassen. Also würfelte sie und hoffte, zumindest die Probe der Verbrennungsanlage zu bestehen, um die letzte Phase ihres Plans abzuschließen.

»Neunzehn!«, jauchzte Nausicaä. »Ha – hoffe, das is was Gutes.«

Arlo eilte nach vorn, um ihren Würfel einzusammeln, und die Zeit lief weiter. Gerade als Hieronymus zur Seite wirbelte, verwirrt darüber, wie Arlo plötzlich an einem ganz anderen Ort auftauchen konnte, erschütterte ein weiteres lautes wie schreckliches Geräusch die Luft.

Auf einmal bebte der Boden und brachte fast alle umgestalteten Cava aus dem Gleichgewicht, sodass sie in einem verworrenen Haufen klirrend umkippten – wenn man bedachte, wie entschlossen und geschickt sie sich bewegten, war dies zweifellos Arlos erfolgreichen Würfelwurf zu verdanken. Das erklärte auch, warum die dafür benötigte Zahl so hoch gelegen hatte.

Erste Ablenkung.

Auf der anderen Seite des Raums quietschte die Verbrennungsanlage. Sie quälte sich noch mehr, die Cava in ihr Inneres zu zwingen. Doch mit einem gewaltigen *Knall* erloschen urplötzlich ihre glühenden Tiefen und aus ihrem würgenden Maul stieg dichter schwarzer Rauch auf.

Zweite Ablenkung.

»Was ist hier los?« Hieronymus schäumte vor Zorn. »*Du*«, fuhr er Arlo wieder an. »*Du* hast das angestellt. Aber wie? Was hast du getan? Ist das die Kraft, die dich so viel besser macht als alle anderen?« Arlo nutzte seinen kurzen Wutanfall, um sich weiter von ihm zu entfernen. Aber es dauerte nicht lange, bis er sich wieder fasste. Er atmete tief ein, um sich zu beruhigen, und fügte hinzu: »Das macht nichts. Das macht ganz und gar nichts! Was immer du auch machst, ich nehme dir deine Alchemie.«

Er griff in die innere Brusttasche seines Jacketts und seine Augen nahmen einen gefährlichen goldenen Schimmer an.

»*Rühr sie nicht an*, hat er gesagt. *Arlo Jarsdel darf nicht verletzt werden*. Nun, dein Beschützer ist gerade nicht hier. Ich werde deine Macht an mich reißen und sie zu meiner machen. Und was auch immer die VORSEHUNG für dich bereithält, kann sie stattdessen *mir* geben. Ihr verwöhnten Elfengören – *Schmarotzer* der Gesellschaft. Es hat mich *alles* gekostet, meine Träume wahr werden zu sehen. Glaubt ihr, ihr könnt hier einfach so reinplatzen und mir das alles mit *Magie* wegnehmen?«

Aus dem Lachen, das seine Rede unterstrich, sprach klar und deutlich der Wahnsinn.

Arlo konnte nichts anderes tun, als ihn anzustarren, während sie an Ort und Stelle von ihrer wachsenden Panik festgehalten wurde.

Wer war dieser »Er«, von dem er sprach? Sie erinnerte sich, dass der Reaper von einem zweiten Meister gesprochen hatte. War es der Geruchlose? Jemand anderes hatte Befehle erteilt, und so wie sich das anhörte, waren sich dieses »geruchlose« Wesen und ihr Mörder in ihren Zielen uneinig.

Hieronymus holte seine Hand wieder heraus und zeigte, was er aus seiner Jacketttasche gezogen hatte – einen glatten, etwas unförmigen Stein, der genauso golden war wie der Überzug auf Nausicaäs Arm.

»Du glaubst, deine jämmerliche Grünschnabelmagie kann mich aufhalten? Und dass du eine bessere Alchemistin bist als ich?«

Er lachte abermals auf.

»Magie kann mich nicht besiegen – nicht jetzt, da ich meinen Stein der Weisen habe! Deine Taschenspielertricks sind nichts im Vergleich zur Macht meiner Errungenschaften und von hier an werde ich nur noch mehr erreichen. Ich werde dich ausschalten und dann wird meine Genialität *endlich* die verdiente Anerkennung bekommen. Ich werde … *ah!*«

Seine Tirade wurde abrupt durch den plötzlichen Zusammenstoß mit einem Cavum beendet, das direkt auf ihn zugeflogen kam – Nausicaä hatte sich am verworrenen Cavahaufen bedient. Sie brummte Hero quer durch den Raum an: »Bei den Göttern, halt die *Fresse*! Einige von uns wollen hier 'nen Kampf genießen.«

Der Stein rutschte dem Doktor aus der Hand und rollte in Richtung des Siegels, das Arlo am nächsten war, sowie weiter weg vom Wirbel aus Schwertern und Cava, in dem Nausicaä letztendlich die Oberhand gewann. Das musste ihre dritte Ablenkung sein. Arlo kam es beinah so vor, als wäre die Zeit ohne ihren Würfel stehen geblieben. Sie wie auch Hieronymus verfolgten mit glühenden Augen, wie der Stein immer weiterrollte und in der Mitte des Siegels anhielt.

»Der Stein!«, brüllte Hieronymus die Cava an. »Holt den Stein!! Lasst die Furie und holt den Stein zurück!!!«

Arlo schoss vorwärts, ehe sich ihre Füße ihrer lähmenden Angst bewusst werden konnten.

Der Alchemist rappelte sich auf und stemmte sich in die Höhe. Er torkelte auf allen vieren über den Boden und versuchte, den Stein vor Arlo zu erreichen, doch es war zwecklos. Auf der gegenüberliegenden Seite stürmte seine adamantverstärkte Armee vor, um neue Befehle zu befolgen.

Arlo rannte.

Dabei ignorierte sie nicht nur ihr hämmerndes Herz, sondern auch die massigen Metallkörper, die auf sie zustürzten. Im Licht, das durch die aufsteigenden Rauchschwaden hindurchschien, glänzten todverheißend ihre Klingen.

Genauso wenig achtete Arlo auf die hysterischen Schreie ihres Gastgebers sowie auf Nausicaäs Flüche, als diese sie aufforderte weiterzulaufen und gleichzeitig versuchte, die Aufmerksamkeit der Cava wieder auf sich zu ziehen.

Arlo sprintete geradewegs in das Siegel hinein, und als sie den Stein endlich in ihrer Hand hielt, stürzte sie.

»Nein!!«, brüllte Hieronymus.

»Arl... *oh*!«, stieß Nausicaä hervor.

Arlo kam mit Mühe wieder auf die Beine.

Die Cava hatten sie eingeholt und ihr gelang es nur knapp, dem bodenzertrümmernden Hieb eines sehr großen und überaus schweren Schwerts zu entkommen.

»Ihr Narren!! Ihr sollte sie noch nicht töten!!!«

Arlo warf einen wilden kurzen Blick auf Nausicaä und ihre Adern flutete eine Panik, die nichts mit ihrer eigenen misslichen Lage zu tun hatte. Bei dem Anblick wurde ihr Blut so kalt wie noch nie zuvor an diesem Abend.

Da stand Nausicaä und hielt sich den Unterleib.

Sie stolperte und wich von Hieronymus zurück. Dieser hatte sich vom Boden erhoben, um ihr eine Klinge in die Seite zu rammen, als sie selbst abgelenkt war – Arlo zu Hilfe eilen wollte. Nausicaäs saphirblaues Blut tropfte von einem Dolch.

Arlos Dolch ... den sie erst vor wenigen Augenblicken hatte fallen lassen.

»Nos!!!«, schrie die Eisengeborene. Mit Würfel und Stein in der Hand stürzte sie sich in die Cavahorde. Geschickt – es schien schier unmöglich – flitzte sie zwischen ihren tödlichen Klingen hindurch. Sie griffen nach ihr, nach dem Stein, den sie zurückholen sollten, aber sie schlüpfte ihnen wie ein Windhauch durch die Finger, duckte sich und schlängelte sich zu Nausicaä hindurch.

Arlo stieß mit ihrem ganzen Gewicht und Zorn gegen Hieronymus. Dieser fiel abermals hin, doch sie hielt nicht an, sondern rannte schnurstracks weiter. »Nos! Nos, geht's dir gut? Alles okay? *Nos!*« Beide Gegenstände fielen ihr aus den Händen, als sie Nausicaä auffing, die knapp außerhalb des anderen Siegelkreises stürzte. Anschließend ließ sie Nausicaä vorsichtig zu Boden gleiten.

Arlo zitterte so heftig, dass sie es kaum hinbekam, Nausicaä in ihren Schoß zu legen und ihre Wunde fest zuzudrücken. Unter all ihrer schwarzen Kleidung bemerkte Arlo das Blut erst, als es über ihre Finger floss; als sie spürte, wie es durch ihre Leggings hindurchsickerte, warm, feucht, erschreckend, und sich unter ihnen beiden sammelte.

»Hey«, antwortete Nausicaä und aus ihrer heiseren Stimme tönte ein Anflug von Humor. Die ebenfalls darin mitschwingende Schwäche war so untypisch für sie, dass es Arlo schien, als würde eine fremde Person mit ihr sprechen. »Wir sollten ein Wörtchen mit Aurelian reden. Und fragen ... ihn fragen, woher er 'ne Klinge hat, die eine verdammte Furie so schwer verletzen kann.«

Als Arlo all das saphirblaue Blut sah, wurde ihr ganz schwindlig. »Alles wird gut. Alles wird wieder gut, du wirst nicht sterben, du wirst nicht ...«

»*Tss*, nein. Das is nur 'ne Fleischwunde. Tut aber höllisch weh und ich werd vermutlich jede Sekunde in 'ne verdammte Heilungstrance verfallen, damit's zu bluten aufhört. Ein echt furchtbarer Abwehrmechanismus. Hier bin ich also, wird gleich ohnmächtig, während ...« Sie schüttelte ihren Kopf. Dann drückte sie sich gegen Arlo und versuchte sich aufzurichten. »Ich darf noch nich in Trance fallen. Darf dich nich ... allein in diesem Kampf zurücklassen, verdammt noch mal! Reiß dich zusammen, Nausicaä!«

»Nos ... *nicht*! Du bist verletzt, beweg dich nicht!«

»Wie rührend.«

Arlos Kopf schnellte zur Seite und sie beugte sich schützend über ihre gestürzte Freundin. Hieronymus war wieder auf den Beinen und schlenderte gemächlich auf die beiden Mädchen zu. Sein Grinsen triefte vor geronnenem Triumph.

»*Freundschaft.* Es ist schon lustig, dass manche meinen, man könne nicht alles mit Reichtum kaufen. Diese Leute irren sich selbstverständlich – alles hat seinen Preis, und ist man der reichste Mann der Welt, ist sogar Loyalität käuflich.«

»Verpiss dich«, spuckte Nausicaä. Sie stöhnte auf und schüttelte erneut den Kopf, um gegen die eben erwähnte Trance anzukämpfen. Arlo drückte sie noch fester an sich. »Ich hoffe, diese Loyalität fällt dir direkt in deinen hübsch gekleideten Rücken.«

»Falls das passieren sollte, wirst du es sowieso nicht mehr miterleben«, spottete Hieronymus. »Aber nach all dem Ärger, den du mir eingebrockt hast, werde ich dich wohl erst dabei zusehen lassen, wie ich deiner kleinen Freundin hier ihre Alchemie entziehe. Leider wird sie den Prozess nicht überleben – die anderen Versuchskaninchen haben's schließlich auch nicht –, aber das wär ja nicht das erste Mal, dass du einer geliebten Person dabei zuschaust, wie sie stirbt, nicht wahr, Alecto? Ich hab die Geschichte gehört. Was hältst du von einem weiteren Experiment, hmm? Willst du herausfinden, ob es genauso wehtut, deine kostbare Arlo zu verlieren?«

Hero hob seine Hand und trat noch näher an sie heran. Seine Armee versammelte sich um ihn.

»Ich werd dich ... verdammt noch mal ... vernichten«, fauchte Nausicaä, während ihr Bewusstsein zu schwinden begann. »Wenn du sie anrührst ... werd ich dich vernichten. So wie ... den Letzten ... der so blöd war.«

Arlo starrte auf die Symbole neben ihnen auf dem Boden und ging die Worte des Doktors durch.

»Arlo«, röchelte Nausicaä noch schwächer als zuvor. Sie schien entschlossen, noch lange genug wach zu bleiben, um Arlo etwas in die Hand zu drücken.

Diese riss ihren Blick vom Siegel und von der Cavahorde los, die sich hinter dem Doktor neu formierte, und richtete ihn auf Nausicaäs Gesicht. Diese war leichenblass, hielt den Blickkontakt jedoch noch einen Moment aufrecht. Erst dann schloss sie ihre Augen und wurde ruhig. Ein neuer Panikanfall überkam Arlo, aber dann erkannte sie, was Nausicaä ihr zugesteckt hatte.

Den Würfel.

Auf einen Schlag wusste Arlo, was sie zu tun hatte.

»Weißt du was?«, hörte sie sich selbst sagen und wandte sich wieder zum Doktor um. Zur selben Zeit und beinah unwillkürlich drehte sie die Hand um, die Nausicaäs Rücken stützte, und berührte den Rand des Siegels neben ihnen. »Eigentlich bist du strohdumm.«

Hieronymus zögerte. »Wie bitte?«

»Diese Siegel auf dem Boden ... Sie übertragen und entziehen Kräfte?«

»Ja«, kläffte er und fiel aus der Rolle. Er trat noch näher an sie heran, um sich über sie zu beugen. Dabei bemerkte er jedoch nicht, wie er mit seinem Fuß den Kreis berührte – Arlo hingegen schon. »Ich habe lange gebraucht, um die Kunst zu erlernen, mit der man die Magie seinem eigenen Willen beugt. Aber ist man intelligent und motiviert genug, ist alles möglich.«

Arlo prustete.

»Wie ich schon sagte – strohdumm.«

Sie schloss ihre Augen. Es war wirklich ziemlich simpel. Das Siegel unter ihren Fingern erschien genauso einfach und kristallklar vor ihrem geistigen Auge wie beim Fabrikeingang vorhin. Indem sie sich vorstellte, wie sich seine Symbole auflösten, konnte sie ein Siegel deaktivieren ... Aber was würde sie tun müssen, wenn sie eins *umkehren* wollte?

Man muss einfach nur die Symbole umstellen.

Eine weitere nebelumhüllte Erinnerung schoss ihr durch den Kopf, die wieder in der sanften Stimme ihres Vaters erklang.

Mit der schutzlosen, auf ihre Rettung angewiesenen Nausicaä in ihrem Schoß gelang es Arlo diesmal, ihre Alchemie ohne fremde Hilfe einzusetzen.

Das Siegel in ihrem Kopf benötigte nur einen kleinen Stups, um sich zu glühendem Leben zu erwärmen.

Sie wusste nicht, woher sie dieses Magiewissen hatte. Ihr Vater war kein Eisengeborener und hatte gewiss nie Alchemie praktiziert ... Wo auch immer sie das aufgeschnappt hatte, die Erinnerung musste sich mit einer anderen vermischt haben, mit der Zeit verzerrt und durch viele andere Dinge überlagert worden sein. Aber wo konnte sie das alles nur gehört haben?

Die Symbole mussten also umgestellt werden – sie würde das nicht in Zweifel ziehen. Nicht jetzt, da sie sich ihrer selbst so *sicher* war und *wusste*, was sie zu tun hatte, um Hieronymus Aurum den *Sieg* zu verwehren.

»Du bist die ganze Zeit über hinter meiner Alchemie her gewesen, aber hast nie darüber nachgedacht, welche anderen Gaben ich habe.« Die Symbole vor ihrem geistigen Auge begannen sich wie eine Wählscheibe zu drehen und mit ihnen zusammen rotierten auch die Zeichen auf dem Boden.

»Was machst du da?«, stieß Hieronymus hervor, während er auf sein Siegel heruntersah. »Was ist hier los, was ist das? Mein Siegel! Du kannst unmöglich ...«

»Ich bin keine Alchemistin.«

Sie machte ihre Augen auf.

»Nicht so wie du. Ich bin etwas Besseres. Etwas, das sich nicht so sehr in *Regeln* verstrickt.«

Der Doktor schrie auf und erstarrte vor Schock oder vielleicht doch vor Schmerz. Arlo auf der anderen Seite spürte ihn nun – den Zustrom der Kraft. Sie wollte Hero nicht umbringen, wollte sich nicht zu stark an der Verbindung bedienen, die sich wohl zwischen ihnen gebildet hatte – eine Verbindung, die sie beinah zu sehen vermochte und wie ein pulsierender leuchtend blauer Faden wirkte. Aber sie musste diesen Mann schwächen, musste ihn daran hindern, diese Macht gegen sie einzusetzen. Und währenddessen spürte sie etwas in ihrem Inneren loszittern.

Zu viel!, schrie ein Instinkt in ihr. *Das ist viel zu viel, du bist noch nicht bereit!*

Der Turm, in dem sie von allen festgehalten wurde, bebte. Sie spürte jede Verschiebung seines Fundaments, als wäre er auf bröckelnden Felsen errichtet, sowie jede Erschütterung, durch die er zusammenstürzen und sie in gähnende Leere fallen würde. Arlo nahm ihre Hand wieder vom Siegel. Sie sah Hieronymus an und konzentrierte sich darauf, zu atmen und ruhig zu bleiben, während das Beben nachließ ... und aufhörte.

Das alchemistische Siegel verblasste und wurde wieder kreideweiß.

»*Was* hast du gerade gemacht?«, krächzte Hero. Irgendwie schien er durch den Magieverlust noch entschlossener, sie zu töten. »Was hast du *mir* gerade *angetan*?«

Ihre Zeit war abgelaufen.

Das Siegel konnte Arlo nichts mehr antun, die Cava jedoch schon.

In ihrer Hand fühlte sich der Würfel kühl an, aber sie wusste, was sie zu tun hatte, damit er ihnen half – welchen Preis sie zahlen und was sie auf sich nehmen musste, um die Einschränkungen ihrer Probezeit zu überwinden. Nun erinnerte sie sich daran, was Glück ihr damals im Feenring noch erzählt hatte. Ihr fiel wieder ein, was sie sagen und tun musste, wenn sie xiese Unterstützung benötigte.

Sie durfte das nicht länger aufschieben – sie musste eine Entscheidung treffen, musste sich selbst und Nausicaä mit allen möglichen Mitteln aus ihrem Pseudograb herausholen. Und wenn ihr das nur gelingen konnte, indem sie sich auf GLÜCKS Angebot einließ, lag ihre Entscheidung auf der Hand.

»Hilf uns!!!«, schrie sie.

Sie hob die Hand, in der sie ihren Würfel verbarg, schwang ihren Arm zur Seite und warf ihn in den Raum. So laut, dass ihre Stimme widerhallte, sagte sie nun genau das, was GLÜCK von Anfang an von ihr hatte hören wollen: »Ich will den Deal eingehen – ich werde zu deinem Hollow Star, wenn du uns hilfst!!!«

Ein Lachen überlagerte das Echo ihres Schreis.

Der Würfel rollte weiter.

Er rollte und rollte, bis er weit außerhalb von Arlos Reichweite auf der Vier landete.

»Euch helfen?«, höhnte der Alchemist. »Oh, das werde ich und es wird auch nur einen Augenblick dauern. Nur fürchte ich, dass es ziemlich wehtun wird.«

Nun hob er seine Hand. »Du hältst dich also für ach so clever, Kind? Du glaubst, ich sei jetzt machtlos? Du magst mein Siegel gebrochen haben, aber denkst du allen Ernstes, ich werde dich hier und jetzt nicht mehr *töten*?« Der Doktor schnipste mit den Fingern. Arlo warf sich schützend vor Nausicaä, so nutzlos das auch gegen sein Vorhaben wäre.

Sie konnte fast schon spüren, wie eine Klinge ihre Organe durchstach, doch entgegen ihrer Vorstellung geschah nichts.

Als aus einem Augenblick zwei wurden und beide Mädchen unversehrt blieben, hob Arlo ihren Kopf und riskierte einen Blick auf den Doktor und seine Armee. Sie fragte sich, warum sie so lange brauchten ... und stellte fest, dass die Cava erstarrt waren.

Die Zeit um sie herum war nicht angehalten worden, nicht einmal durch ihren Würfel.

Hieronymus stand ebenfalls wie versteinert da. Sein Freudentaumel wurde erneut vom Schock verdrängt, als er auf seine Brust starrte – die von etwas durchbohrt war, das aussah wie eine Hand, von deren krallenbewehrten Fingern Blut und Fleischfetzen tropften.

Arlo stockte der Atem, als sich diese Hand zu einer Faust ballte, aus diesem grauenhaften Loch herauszog und Hieronymus – tot – zusammenbrach.

Erst dann bemerkte sie über den brennenden Geruch von Rauch und überhitzten Maschinen hinweg eine kühle Aura, die so widerlich süß roch wie faulige Blumen.

KAPITEL 33

Aurelian

Aurelian hatte seinen ersten Computer mit gerade mal acht Jahren bekommen. Ein HP-Laptop – groß und sperrig im Vergleich zu dem, den er jetzt besaß – war längst nicht das, worum die meisten Lesidhe-Kinder ihre Eltern zum Geburtstag anbettelten. Letztendlich hatte er sie jedoch überzeugt.

Damals war es das teuerste Geschenk, das sie ihm je gekauft hatten. Er erschauderte, wenn er jetzt daran dachte, wie schwer es gewesen sein musste, das nötige Geld zusammenzukratzen, da sie doch zu der Zeit so wenig besessen hatten – als er und sein kleiner Bruder, Harlan, noch eine menschliche Grundschule besucht und seine Eltern in ihrem winzigen Haus eine bescheidene Bäckerei betrieben hatten.

Dieser Kontrollturm hier – mit seinem Pult aus Knöpfen, Schaltern und ausgeschalteten Lampen rings um den beeindruckendsten Computer, den Aurelian je gesehen hatte – war etwas komplexer als dieser Laptop vor so vielen Jahren.

Doch praktischerweise war er nur durch ein simples Passwort geschützt. Der Lesidhe hatte sich vor Jahren selbst beigebracht, wie man sich an so was vorbeihackte. Und obwohl seine Mutter ihm mächtig den Hintern versohlen würde, wenn sie herausfand, was er heute Abend tat, hatte dieses Abenteuer auch einen Vorteil: Er würde ihr endlich sagen können, dass seine »unelfischen Begeisterungen« keine so große Zeitverschwendung waren, wie sie und so viele andere glaubten.

»Wir haben ein Problem.«

Aurelian drehte den Kopf, ohne den Blick vom Computermonitor abzuwenden. Er würde Vehan immer und überall erkennen – seine Aura fühlte sich wie ein sanftes Sprudeln an, wie kohlensäurehaltiges Wasser, das nach Ingwer und einer Torte mit Zitrusfrüchten schmeckt.

»Nur eins?«, fragte er trocken.

Vehan kam dichter heran. Die Wärme, die er als Prinz des Seelie-Sommers ausstrahlte, lief Aurelian über den Rücken, aber er hatte keine Zeit, darüber nachzudenken, wie sich seine Muskeln anspannten.

»Sehr lustig. Zum Totlachen«, sagte Vehan mit ausdruckslosem Gesicht. »Nausicaä kann sich nicht teleportieren, sie und Arlo sind gerade mit einem anderen Lift hinabgestürzt und ich bin mir ziemlich sicher, dass Hieronymus Aurum die beiden umbringen wird. Das ist ... Das ist einfach nur schrecklich. Von dieser Mission habe ich mir etwas ganz anderes erhofft. Aurelian, wir *müssen* diese Fahrstühle in Gang bringen – wir müssen sie da rausholen. Ich kann nicht zulassen, dass die Lieblingsperson des Hochprinzen wegen eines dummen Plans stirbt, den *ich* ausgeheckt habe.«

»Oh, na ja, wenn wir das tun *müssen*, dann werd ich mich wohl doch anstrengen.«

Er konnte nicht anders.

Vehan war die Quelle von vielem – seiner Verärgerung, seiner Angst, seinem Frust, seinen nächtlichen Gedanken und peinlichen Träumen, an die er bei vollem Bewusstsein *nicht* denken würde. Und ihre stressige Situation verschlimmerte diese Empfindungen nur.

»Bitte sag mir, dass du dich nur lustig machst.«

»Klar.«

»Dann lass es.«

Vehan entfernte sich ein Stück und Aurelian spürte, wie sich seine Schultern ein wenig entspannten. »Fasst hier nichts an«, warnte der Lesidhe. Immerhin konnte man sich darauf verlassen, dass der Prinz irgendwie einen Weg finden würde, sie für immer hier unten einzusperren. Die Elfen waren prinzipiell nicht sonderlich begabt, was moderne menschliche Technologien anging, selbst wenn es sich um Dinge handelte, die sie eigentlich mochten. Doch in Vehans Fall schien es beinah, als wollte er für seinen fürchterlichen Umgang mit Technik unbedingt eine Medaille bekommen.

»Also hast du's schon fast geknackt oder ...?« Vehan schaute wieder über Aurelians Schulter auf den Bildschirm und verstand nicht das kleinste bisschen von dem, was er da sah.

Aurelian seufzte. »Komischerweise noch nicht. Denn ich werde gerade etwas abgelenkt – *da haben wir's.*«

Sie waren drin.

»Du hast's geschafft!«, jubelte der Sommerprinz.

Aurelian beugte sich näher an den Bildschirm heran. Seine oberste Priorität war es, die Energieversorgung der Schalttafel wiederherzustellen. Danach würde er höchstwahrscheinlich herumprobieren müssen, bis sie herausfanden, womit die Fahrstühle bedient wurden. Er tüftelte nur ein paar Minuten herum und schon war seine Mission erfolgreich. Als ihr System brummend wieder hochfuhr, leuchteten die Lampen der Bedienoberfläche nacheinander auf und blinkten. Aurelian war zufrieden, dass bisher alles gut verlief, und prüfte die vielen Optionen, die ihnen zur Auswahl standen.

»Es wäre viel einfacher, wenn es Beschriftungen gäbe«, überlegte Vehan wenig hilfreich. Dann streckte er seine Hand nach einem Knopf direkt vor Aurelians Augen aus. »Wie wär's mit dem da?«

»Vehan, hört auf! Ich sagte, Ihr sollt hier nichts anfassen.«

Auf einmal durchflutete den Lesidhe ein eigenartiges Gefühl, ähnlich dem, das er schon außerhalb dieser Einrichtung empfunden hatte. Die Luft um sie herum bebte und er konnte beinah schwören, dass er einen kleinen Zeitsprung wahrnahm, wie einen Störimpuls, als der Prinz nach dem Steuerpult griff.

Dieser verging genauso schnell, wie er gekommen war, und hinterließ keinerlei Spuren, dass es sich um mehr als nur seine Einbildung gehandelt hatte.

»Ich wollte ihn nicht anfassen«, rief Vehan. »Ich hab nur drauf gezeigt!« Er zog seine Hand wieder zurück. Ihm war gar nicht bewusst, dass soeben etwas Seltsames passiert war. Erst zog er einen Schmollmund, doch urplötzlich überkam ihn eine panische Angst – denn seine Hand hatte ein Einstellrad gestreift.

Ein ominöses Zahnradknirschen durchbrach die Stille der Einrichtung. Das Fließband mit den Cava hinter den Fenstern des Kontrollturms lief nun mit dreifacher Geschwindigkeit.

»Ähm, okay«, sagte Vehan und entspannte sich etwas. »Das ist jedenfalls nicht das *Worst*-Case-Szenario. Wir können es einfach wieder runter...drehen.«

Aurelian spürte seinen Blutdruck steigen. »Ihr habt es kaputt gemacht, nicht wahr?«

»Hab ich nicht, ich hab's ja kaum berührt! Das Rad rührt sich nicht von der Stelle – versuch *du*'s doch mal, du großes und mächtiges Computergenie.«

Der Lesidhe schob den Prinzen beiseite und tat genau das, aber wie Vehan schon gesagt hatte, rührte es sich nicht. Was für einen Sinn hatte ein Einstellrad, das sich nur in eine Richtung drehen ließ? Hatte Vehan es wirklich beschädigt oder gab es einen separaten Drehknopf, um die Geschwindigkeit zu verringern?

»Ich schätze, jetzt suchen wir nach *zwei* Dingen ...«, murmelte der Prinz, der sich offenbar dasselbe fragte.

Aurelian seufzte abermals. »Der Fahrstuhl ist und bleibt unsere höchste Priorität. Vielleicht gibt es hier irgendwo eine Gebrauchsanweisung. Fasst hier *nich...*«

»Ich, Vehan Soliel Lysterne, Kronprinz des Hofs des Seelie-Sommers, befehle dir, diesen Satz *nicht* zu beenden.«

Sein Gefolgsmann schürzte die Lippen und beäugte den Prinzen misstrauisch. »Fasst hier nichts an«, mahnte er ungeachtet des Befehls und verschwand unter dem Schaltpult.

Vehan trat ihm in den Stiefelabsatz. »Arschloch«, zischte der Prinz. Da ihn der Sommerprinz in seiner derzeitigen Position nicht sehen konnte, erlaubte sich Aurelian ein schwaches Grinsen.

»Tss, tss, tss.«

Wieder durchflutete ihn ein vertrautes Gefühl, doch anders als beim letzten Mal erkannte er es im Nu als Furcht. Geschwind unterbrach er seinen Check und richtete sich wieder auf, wobei er sich in seiner Eile den Hinterkopf am Steuerpult stieß. Wie hatte er sie nicht bemerken können – diese sich windende Empfindung auf seiner Haut, wie Maden in einem verwesenden, aufgeblähten Kadaver? Diesen widerwärtigen Geschmack auf seiner Zunge, wie faulige Blumen und Batteriesäure, der ihn zum Würgen brachte? Und diese Aura von schwarzem Schimmel, die am Rand seines Blickfelds nagte? Schließlich war er schon früher auf all diese Dinge gestoßen, das erste Mal sogar direkt vor dieser Einrichtung. Als der Lesidhe herumwirbelte, entdeckte er ganz wie erwartet Lethe. Doch wie war der hierhergekommen? Angesichts der grellen roten Lichter über den Fahrstuhltüren, die sie noch immer als verriegelt kennzeichneten, und seiner Uniform ergab das überhaupt keinen Sinn.

»Du bist ... ein Jäger.«

Das war das Erste, was er zu sagen vermochte.

Da stand es nun, das Wesen, das sie vor Tagen in der Wüste gefunden hatte und auf das sie im Hiraeth gestoßen waren. Lethe war genauso schrecklich anzusehen wie immer ... aber über seinen glitzernden Silberverzierungen und der eng anliegenden schwarzen Tunika trug er nun einen schimmernden Umhang, gefertigt aus Mitternacht und berüchtigt als die Tracht der Wilden Jagd.

»Wie bist du hier reingekommen?«, fragte Vehan ebenso erstaunt. »Die Fahrstühle ... Die JAGD darf sich nicht in Gebäude teleportieren.«

Verwirrt neigte Lethe seinen Kopf zur Seite, was Aurelians Unbehagen nur noch verstärkte. Langes, metallgraues Haar hing ihm an einer Körperseite bis zur Taille herab, und zwar in einem wilden Wirrwarr aus Knoten und Zöpfen sowie dem, was Aurelian für eingeflochtene Dinge aus dem Hiraeth hielt. Der Jäger starrte Vehan wie eine Spinne in ihrem Netz an, die auf das erste Anzeichen einer hängen gebliebenen und zappelnden Beute lauerte.

Lethe mochte sie bereits zweimal gerettet haben, doch Aurelian war sich ziemlich sicher, dass sein jetziges Erscheinen nichts Gutes verhieß.

»Seine Hoheit hat dir eine Frage gestellt«, hörte er sich selbst leise sagen.

Seufzend streckte Lethe seine langen Arme in die Luft und verschränkte sie gelangweilt hinter seinem Kopf. »Ich hab ihn gehört. Nur mag ich keine albernen Fragen. Es ist doch offensichtlich, dass ich mittels Magie hergekommen bin, die stärker ist, als irgendjemand erwartet hat. Und weil mir Regeln so ziemlich egal sind – ähnlich wie euch, wie es aussieht. Alchemie. *Mmm.*« Er unterbrach sich und klapperte übertrieben mit den Zähnen. »Habt ihr Spaß?«

»Wir stecken in einem geheimen unterirdischen Labor fest, dessen Besitzer Menschen entführt und es auf Eisengeborene abgesehen hat, um sie für alchemistische Experimente zu benutzen – also nein, wir haben ganz und gar keinen *Spaß*«, spuckte Vehan so zornesglühend, dass Aurelian schützend näher trat. »Was machst du hier? Bist du auch in all das verwickelt?«

»Das?« Lethe sah sich um. »Ab und zu, aber im Großen und Ganzen? Nein.« Sein Grinsen wurde breiter und entblößte seine Zähne: unzählige und so scharf wie gezackte Klingen. Noch tödlicher war jedoch das silbrige Glitzern an den Fingerspitzen seiner linken Hand – seine Sense. Der Legende nach besaß jeder Jäger eine. Obwohl das Modell je nach Benutzer variierte, trug jeder von ihnen eine Waffe aus Adamant bei sich, geschmiedet im Feuer der sterbenden Sterne, um sterblichem Fleisch die Seele zu entreißen. Jetzt, da Aurelian Lethe vor sich wusste, war er noch entsetzter darüber, wie oft und gefährlich nahe diese Metallkrallen dem Prinzen bereits gekommen waren. »Tut mir leid, aber das entspricht nicht gerade meinem Geschmack. Der Tod, der diesen Ort befleckt, ist *köstlich*, das stimmt schon, aber ... nein. Das war nichts als eine Kuriosität, die ich mir mit Vergnügen angesehen habe.«

»Mit *Vergnügen*?«, schrie Vehan entgeistert auf. »Du ›genießt‹ es, dass so viele unschuldige Leute gestorben sind? Ich versteh das nicht. Eigentlich solltest du zu den *Guten* gehören.«

Aurelian bemerkte, wie Vehan mehrmals seine Hand ballte. Vielleicht war es ein Glücksfall, dass er die Elektrizität vorübergehend nicht befehligen konnte. Würde er in die Offensive übergehen, könnte Aurelian nicht viel tun, um ihn vor einem Jäger zu beschützen.

»Zu den Guten?« Ungeheuer angeekelt verzog Lethe sein Gesicht. »Sei nicht so widerlich. Ich bin ein Unsterblicher, kleiner Elfenprinz – ich habe keine Verwendung für eure erbärmlichen Vorstellungen von ›böse‹ und ›*gut*‹.« Er ließ die Arme wieder sinken und mit ihnen sank auch seine Stimmung auf den Gefrierpunkt. »Und jetzt verzieht euch vom Steuerpult, bevor ihr noch was kaputt macht.«

Vehan verschränkte seine Arme vor der Brust. »Auf gar keinen Fall.«

Aurelian bekundete seine Zustimmung, indem er sich zwischen den Prinzen und den Jäger stellte. Sie hatten keine Chance gegen Lethe. Der gesamte Seelie-Sommer wäre Lethe nicht gewachsen, wenn man den Geschichten über die Jäger Glauben schenken durfte. Aber Aurelian musste seiner Pflicht nachkommen – er war außerstande, Vehan in Sicherheit zu bringen, was stets seine oberste Priorität war –, doch wenn sie schon nicht entkommen konnten, musste er wenigstens sicherstellen, dass der Prinz nicht vor ihm verletzt wurde. »Komm nicht näher«, knurrte er aus tiefer Kehle.

»Wenn du mir nicht aus dem Weg gehst, Lesidhe-Balg, kommst du hier nicht mehr lebend raus.«

Lethe fletschte seine tödlichen Zähne und seine stechend grünen Augen blitzten auf. Aurelian machte sich keine Illusionen darüber, dass ein achtzehnjähriger Lesidhe-Elf jemals eine unsterbliche Todesgottheit einschüchtern könnte. Dennoch trat er einen Schritt vor und bleckte ebenfalls seine Zähne.

»Willst du mich etwa herausfordern?« Lethe lachte wieder in diesem knarrenden Tonfall, bei dem sich Aurelian die Härchen auf den Armen sträubten, und spielte mit seinen Adamantfingern. »Na dann komm her.«

Einen Jäger herauszufordern war mehr als nur töricht, doch welche andere Möglichkeit hatte Aurelian schon? Er musste diese Fahrstühle in Gang setzen und Vehan, Arlo und Nausicaä in Sicherheit bringen. Wenn Lethe ihn daran hinderte, würde er die Ablenkung spielen und hoffen müssen, dass Vehan es an seiner statt hinbekam.

»Eure Hoheit?«

Vehans Miene wurde noch strenger. »Wie oft muss ich dir noch sagen, dass du mich Vehan nennen sollst, und nein. Ich weiß, was du denkst, und *nein*. Ich hab mehr Kampferfahrung. Ich bin ...«

»Geschickt im Umgang mit dem Schwert, das Euch im Moment leider nicht zur Verfügung steht.«

»*Aurelian* ...«

»*Vehan*. Fangt an, Knöpfe zu drücken.«

Aurelian stürmte vorwärts.

Vehan war weitaus geschickter mit einer Waffe, als Aurelian es jemals sein würde, das stimmte. Aber gegenüber dem Prinzen hatte er einen Vorteil, nämlich seine Schnelligkeit. Der Jäger huschte blitzschnell davon und sein fröhliches Gegacker verfolgte ihn quer durch den Raum – Aurelian war ihm dicht auf den Fersen.

Ein Hieb durch die Luft mit den Metallklauen: Der Lesidhe wich ihm mit Leichtigkeit aus.

Eine Finte zur Linken und ein Stiefel zu seiner Rechten: Er wehrte den Schlag ab.

Unter seiner gelangweilten Maske musste Lethe vor Wut toben. Das allein erklärte, warum er so mit ihm spielte. Jeden

Augenblick konnte der Jäger Aurelians Leben so rasch beenden, dass selbst er nicht auszuweichen vermochte – er konnte einfach entscheiden, dass er keine Lust mehr auf diese spielerischen Stöße hatte, und den Lesidhe in derselben Zeit zu Fall bringen, die er für ein Lachen brauchte.

Hinter ihnen drückte Vehan auf Knöpfe.

Er legte Schalter um.

Drehte Einstellräder.

Erst leuchteten die Lichter heller, dann wieder viel zu schwach. Arktisch kalte Luft strömte aus den Lüftungsschächten, dann wurde sie so heiß, als käme sie direkt aus einem Ofen. Ein Knopf löste einen ähnlich ohrenbetäubenden Alarm aus wie bei ihrem ersten Besuch. Bei dem Geräusch zuckte Aurelian zusammen. Lethe nutzte die Gelegenheit, um ihm einen so harten Schlag gegen die Brust zu versetzen, dass er keuchend zu Boden fiel.

»Aurelian!«

»Macht ... weiter und ... drückt Knöpfe«, keuchte er und versuchte sich aufzurichten.

»Nein ...« Lethe stieß ihm einen Stiefel in den Rücken. Sein Tonfall klang erneut kühl und belustigt. »Nein, ich glaube, ich *mag* es, dich auf Händen und Knien zu sehen.« Er drückte fester zu und Aurelian war gezwungen, sich mit den Armen abzustützen, um nicht gegen den Metallboden gepresst zu werden.

»Wenn du deine Position etwas ernster genommen hättest, wäre es vielleicht nicht so weit gekommen«, stichelte Lethe weiter. »Vielleicht wärst du nicht so nutzlos, wenn du nicht so sehr in dein Mitleid, deine sinnlosen Täuschungen und deine Angst vor dem Tod vertieft wärst.«

»Was ... weißt du schon ... darüber?«, stieß er zwischen zusammengebissenen Zähnen hervor.

»Gute Frage.« Er lachte abermals auf und beugte sich so nah über Aurelian, dass dieser den Atem des Jägers an seinem Ohr spürte. »Weißt du, du erinnerst mich an jemanden. Auch sie hat zu viel Zeit für sinnlose Gefühle verschwendet. Dadurch ist sie abgestumpft, *schwach* geworden und ihr Feuer ist erloschen ... Lass uns doch mal sehen, ob du dich vielleicht etwas besser schlagen kannst ...«

Im ersten Moment wollten Aurelians Arme unter Lethes überraschend schwerem Gewicht nachgeben. Doch im nächsten ... war der Jäger verschwunden. So schnell, wie er von Aurelian weggestürmt war, kam es dem Lesidhe beinah so vor, als hätte er sich in Luft aufgelöst. Noch bevor sich der junge Elf aufrappeln konnte, verriet ihm ein Luftschnappen, das ihn noch viele Nächte lang heimsuchen würde, wo genau Lethe steckte.

»Liebster Vehan – was bist du doch für ein hübsches kleines Ding. Was meint Ihr, Eure Hoheit – sollen wir einen kleinen Test durchführen, wo wir schon in einem Labor sind?«

»Julean – nein, *fass ihn nicht an!*«

Lethes Grinsen wurde noch breiter, sodass es aussah, als könnte sein Gesicht entzweibrechen. Aurelian bemerkte kaum, dass er Vehans wahren Namen ausgesprochen hatte. Den Namen, den der Prinz bei seiner REIFE gewählt und *niemandem* außer ihm anvertraut hatte, nicht einmal seiner eigenen Mutter. Er bekam nicht mit, wie er diesen Namen gleich einer Bitte äußerte und Vehan selbst anflehte, am Leben zu bleiben. Als sich der Lesidhe vom Boden stemmte und auf Lethe zustürzte, *vermochte* er einzig und allein diese verdammten Krallen wahrzunehmen, die die Kehle seines Prinzen umklammerten.

Der Jäger tauschte die Sommerelfen mühelos gegeneinander aus.

Mit einer einzigen Bewegung warf Lethe Vehan beiseite, griff nach Aurelian und nutzte dessen Schwung gegen ihn aus, um ihn – mit dem Gesicht voran und *hart* – gegen die Schalttafel zu schmettern. Dem Elfen blieb weder Zeit zum Nachdenken noch für einen Gegenangriff: Der Jäger rammte eine einzelne Kralle in seinen Nacken und zog sie senkrecht herab.

Es brannte höllisch und er schrie auf.

»Die Zeit zu wanken ist vorbei, Aurelian Bessel. Der Geas, der mich dazu zwingt, deinen Prinzen zu beschützen, ist fast verbraucht. Für das, was noch kommt, wirst du deine ganze Kraft brauchen. Ich rate dir, dich im Überleben zu üben.«

Der Jäger streckte seine Hand über Aurelians Kopf hinweg nach etwas aus.

Erst als er diesmal richtig verschwand – das Licht ging gerade so lange aus, um ihn zu verschlucken –, wurde dem Elfen klar, dass er ihn verschont hatte.

Erst als er den Kopf hob, erkannte er, dass Lethe einen Knopf betätigt hatte.

Und erst als Vehan an seine Seite eilte und ihm vom Steuerpult half – verzweifelt und den Tränen nahe, während er seinen Freund auf Verletzungen untersuchte – wurde ihm bewusst, was dieser Knopf bewirkt hatte.

»Vehan«, krächzte er. »Schaut.«

Er deutete durch die offene Tür auf den Fahrstuhl, der sie hierhergebracht hatte – und auf das Licht über ihm. Es leuchtete nicht mehr rot, sondern grün.

KAPITEL 34

Arlo

A rlo konnte bloß große Augen machen.
»Nun, das war ... eine *Enttäuschung*.«
Zuerst hätte sie schwören können, dass die Dunkelheit gesprochen hatte.

In diesem schwach beleuchteten und verrauchten Raum mit all seinen Schatten war es schwer, etwas Konkretes auszumachen, geschweige denn die imposante Gestalt in ihrem mitternächtlichen Gewand.

Nein, das war kein Gewand, stellte Arlo fest.

Die Gestalt hob einen Fuß, um Hieronymus aus ihrem Weg zu schieben. Während sie vorwärtsschritt, beschienen die Scheinwerfer den flatternden Saum ihres Umhangs, sodass der Stoff glitzerte, als wäre er aus Diamanten gesponnen – oder besser gesagt, aus den Sternen.

»Er besaß all den Reichtum, den seine Gier begehrte, und doch wuchs die Habsucht über den Mann hinaus.«

Arlo kannte diese Stimme nicht. Sie war genauso sanft und faulig süß wie der Duft ihrer Magie und so geschmeidig und kühl wie Wasser, das sich in den Tiefen einer vergessenen Höhle sammelte. Jedes Wort ließ Arlo erschaudern.

Die Stimme erkannte Arlo nicht wieder, aber die Gestalt. Jetzt wusste sie ganz genau, wem die Aura in der Nähe des *Good Vibes Only* gehört hatte. Als er sich hinhockte und ihr grinsend in die Augen sah, wurde ihr klar, wer ihr zu Hilfe gekommen war. Sie hatte sie bis jetzt komplett vergessen – diese stechend grünen Augen, die sie im Thronsaal des Hochkönigs so aufmerksam gemustert hatten.

Die Wilde Jagd war hier und zum allerersten Mal sah sie einem Jäger direkt ins Gesicht.

Dieser Augenblick ließ sie erstarren.

»Ich bitte vielmals um Verzeihung, Arlo«, sagte er mit einer Aufrichtigkeit, die auf schier unmögliche Weise in seinem federleichten Tonfall mitschwang. »Ich habe ihm ausdrücklich gesagt, dass er dich in Ruhe lassen soll. Und jetzt sieh dir an, was aus ihm geworden ist.«

Der Jäger streckte seine Hand aus und strich mit seinen langen kühlen Fingern über Arlos Kiefer.

Er wirkte seltsam fesselnd und war so schön wie eine Leiche, die für ihre Beerdigung zurechtgemacht war. Und das verblüffte Arlo kein bisschen.

Aus dieser Nähe vermochte sie unter seine Kapuze zu sehen. Ähnlich wie bei Nausicaä waren auch seine Gesichtszüge tödlich scharf geschnitten – mit den geierähnlichen Konturen hätten die beiden Zwillinge sein können. Sanfte, kokett geschwungene Lippen, große, von dichten Wimpern umrahmte Augen und Wangenknochen, die wie Dolche wirkten und zu seinen verborgenen spitzen Ohren verliefen, milderten das volle Potenzial seiner grauenvollen Erscheinung.

»Ich habe ihm äußerst strenge Anweisungen gegeben, aber sein Benehmen überrascht mich nicht.« Der Jäger seufzte und stand wieder auf. Seine Art zu sprechen – dieser dumpfe und doch schwungvolle melodische Tonfall – ließ alles wie ein gut einstudiertes Musicalstück klingen, das er ohne innere Beteiligung bloß abspulte. »Als ich ihn fand, war er ein elendes Geschöpf, das immer nur *jammerte*. Ich wollte sehen, wie weit dieser Ikarus fliegen würde, wie weit er mit seinem kleinen Projekt gehen würde, also habe ich ihm die nötigen Mittel gegeben.«

»Du ... die *Wilde Jagd* steckt also dahinter?«

Die Wilde Jagd war dem Träger der KNOCHENKRONE verpflichtet und die Jäger durften nicht auf eigene Faust handeln, was bedeuten musste ... »Und Hochkönig Azurean auch?«

»Dieser Hofnarr? Um Himmels willen, nein. Euer auseinanderfallender Verteidiger zieht bei dieser Operation nicht die Fäden – und die Wilde Jagd übrigens auch nicht.«

»Aber ihr ...«

»Uns langweilt unsere endlose Knechtschaft für den *Frieden*. Früher haben wir die Herzen der Sterblichen mit Angst erfüllt. Wir waren *Krieger*. Meine Geschwister haben das vielleicht vergessen, aber nicht *ich*. Die Jäger der Wilden Jagd waren einst die Vorboten der Zerstörung – wir, die VIER LEGENDÄREN REITER. Und jetzt sind wir kaum mehr als eure Pförtner. Eris mag sich damit zufriedengeben, nach den Regeln unseres göttlichen Vaters zu spielen, aber *ich*?«

Er schüttelte seinen Kopf.

»Sorge dich nicht, liebste Arlo. Hieronymus dachte, er könnte das Glück, das dir seine Gunst gewährt, und *mich* überlisten. Nun hat er den Preis dafür gezahlt. Du hast herausgefunden, wer für die Reaperangriffe verantwortlich ist, und hast seinen unanständigen Experimenten ein Ende gesetzt. Jetzt kannst du beruhigt sein, denn niemand wird nunmehr sterben müssen, um seine Ambitionen voranzutreiben.« Er erhob sich. »Du hast deinen Part in alledem vorerst abgeschlossen. Wenn du mich entschuldigen würdest, ich muss jetzt wirklich los.« Er schickte sich schon an zu gehen, doch auf einmal hielt er inne, drehte sich noch einmal zu Arlo um und schlug sich unter der Kapuze leicht gegen den Kopf. »Fast hätt ich's vergessen, aber den da nehm ich mit.«

Mit einem Fingerschnippen erschien der goldene Stein der Weisen in seiner Hand.

»Wieso machst du das?«, schrie Arlo halb, denn sie war am Ende. »Du hast Menschen entführt, sie für grausame Experimente missbraucht und benutzt Eisengeborene für Steine – *wieso*?«

»Ich? Nein, auf lange Sicht bin ich nur ein kleines Rädchen im Getriebe, genauso wie du. Und wie *er*.« Stirnrunzelnd blickte er auf den zusammengebrochenen Hieronymus hinab.

»Du bist nicht so wie ich.« Arlo kniff ihre Augen zusammen, funkelte den Jäger an und bleckte die Zähne. Allein der Gedanke, sie seien sich ähnlich, war ihr zuwider. »Wir sind von Grund auf verschieden. Sag es mir! Nenn mir einfach einen Namen – wer macht das alles?«

Der Jäger neigte seinen Kopf zur Seite und starrte sie eine unendlich scheinende Minute lang schweigend an. »Ich frage mich, was du wohl tätest, wenn ich dir geben würde, was du verlangst.« Er ging zu ihr zurück und kniete sich nieder. Seine grünen Augen glitten forschend über ihr Gesicht. Arlo wich zurück, weil sie die tödliche Schönheit dieses Jägers nicht länger interessant, sondern abstoßend fand.

Seinem Stirnrunzeln zufolge war ihm ihre Reaktion nicht entgangen.

Er hob seine freie Hand hoch und strich mit seinen Fingerspitzen über die Stelle zwischen ihrem Schlüsselbein und ihrer Brust. »Eine Heldin ... ein Hollow Star ... Es gibt auch noch andere Dinge, die du sein könntest, aber du bist nicht bereit dafür. Noch nicht.«

»Fass mich nicht an«, zischte Arlo. Sie wich noch weiter von seiner Hand zurück, um dem unangenehmen Schauer zu entkommen, der sie bei seiner Berührung durchzuckte.

Der Jäger fügte sich umgehend und senkte den Kopf. »Wie du befiehlst.«

So plötzlich, wie er sich hingekniet hatte, erhob er sich auch wieder. Arlo sah ihm erleichtert nach, war jedoch verwirrter als je zuvor.

»Ich habe noch eine Belohnung für deine Tapferkeit heute Abend – sieh es als Trostpreis an.« Der Jäger bückte sich, nahm sich etwas von Heros Leiche und warf es Arlo zu. »Hier, fang!«

In einem Bogen flog etwas Kleines auf ihren Kopf zu. Das Licht brach sich darin und das Ding funkelte golden. Arlo stürzte nach vorn, um es zu fangen.

Bei genauerem Hinsehen entpuppte es sich als ein Ring.

Ein einfacher goldener Fingerreif mit dem Siegel einer schwarzen Schlange, die sich um mehrere goldene Kugeln wandte. Es kam Arlo irgendwie bekannt vor, aber im Moment konnte sie nicht sagen, wieso.

»Ich freue mich schon auf unser nächstes Treffen, Arlo Jarsdel. Bis bald.«

Sie wandte ihren Blick von dem Ring ab und ihr Kopf schnellte wieder hoch zum Jäger, doch dieser hatte sich bereits in Luft aufgelöst. Sie und Nausicaä – ein bewusstloses und schweres Gewicht in Arlos Armen – waren allein.

Hieronymus lag leblos in einer Blutlache und seinen gepanzerten Cava fehlte nun jede Magie, um sie anzutreiben. Sie ragten einfach neben seinem toten Leichnam auf, gleich Denkmälern für die Gräueltaten, die sie durch seine Hand erlitten hatten.

Arlo war ... überwältigt.

Mit einem Schlag wurde der Eisengeborenen bewusst, was sie getan hatte ... wohin sie Nausicaä gefolgt war und was sie nur knapp überlebt hatte – was sie ohne Nausicaä, ihrem mysteriösen alchemistischen Talent und dem Glück in ihrer Tasche *nie* überlebt hätte.

Sie hatten zwar gesiegt, dabei aber irgendwie nichts gewonnen, denn allen Antworten, die sie heute gefunden hatten, standen genauso viele neue Fragen entgegen. Jetzt war alles vorbei und Arlo schlichtweg außerstande, irgendetwas davon zu begreifen.

Das Knirschen von Zahnrädern donnerte durch den Raum und riss Arlo aus ihrer Abwärtsspirale.

Als sie ihren Blick hob, bemerkte sie das grüne Licht über dem Fahrstuhl.

Auch dieser Entwicklung der Ereignisse war sie unfähig zu folgen. Sie sah einfach nur zu, wie sich die Türen schon im nächsten Augenblick öffneten und zahlreiche Leute herausströmten.

»Arlo!«

War das die Stimme ihrer *Mutter*?

»Arlo!«

»*Arlo!*«

Das wilde, andauernde Durcheinanderrufen ihres Namens durch verschiedene Stimmen drohte ihren fragilen Zustand zu zerbrechen. Doch ihre Tränen konnte sie wegen der plötzlichen ungestümen Umarmungen von beiden Seiten nicht länger zurückhalten.

»Arlo, bei den Göttern, mein Baby, du bist in *Sicherheit*. Cosmin sei Dank, ich habe mir solche Sorgen gemacht!«

»*Arlo ...*«

»Mom?« Arlo schniefte und stieß noch einen Namen schluckend aus: »C... Cel?«

Sowohl Celadon als auch ihre Mutter wichen ein Stück zurück. Sie bemühten sich sichtlich, die zittrige Zuversicht in ihrem sanften Lächeln aufrechtzuerhalten – doch dann bemerkte Celadon Nausicaä, die bewusstlos dalag und blutete. »Arlo ... was ist *passiert*?«

Der Schluchzer entfuhr ihr, ehe sie ihn unterdrücken konnte, und sie schlang abermals ihre Arme um ihre Mutter und Celadon. Sie war so erleichtert, die beiden zu sehen, und den Gottheiten sei Dank war endlich der Hochkönig eingetroffen.

Vehan war ebenfalls da und Aurelian ... drei von der Wilden Jagd, die Hochkönigin, Reseda ... und noch jemand, den Arlo wegen ihrer Tränen zunächst nicht erkannte – groß gewachsen, so hell wie der Morgen und so schön wie gemeißeltes Eis. Als diese Person nahe genug herantrat, vermochte Arlo gerade so dasselbe kohlenrabenschwarze Haar und dieselben elektrisch blauen Augen wie bei Vehan auszumachen.

Riadne Lysterne, Königin des Seelie-Hofs des Sommers.

Dem Prinzen und seinem Leibwächter war es gelungen, die Fahrstuhltüren zu entriegeln, und Celadon hatte sein Versprechen gehalten, genau wie Arlo es erwartet hatte.

»Alles okay«, hauchte der Hochprinz. »Jetzt wird alles wieder gut, wir sind ja bei dir. Tut mir leid, Arlo, ich hätte schon früher kommen sollen, und zwar sobald ich von alldem wusste ...«

»Mir tut es ebenfalls leid, Arlo«, fügte Vehan, der nur wenige Schritte von ihr entfernt stand und entsetzt dreinblickte. »Das war ein furchtbar dummer Plan.«

»Da gebe ich dir recht«, entgegnete die Königin des Seelie-Sommers, deren Stimme so geschmeidig wie ein makelloser Stein war. »Vehan, wir sprechen später über deine Beteiligung an diesem Vorfall. Miss Jarsdel?« Sie richtete ihre Aufmerksamkeit auf Arlo. Diese war so überrascht, dass sie von einer so wichtigen Person angesprochen wurde, die nicht einmal Teil ihrer Familie war, dass ihre Hysterie auf der Stelle nachließ. Und als sich Königin Riadne auch noch ausladend vor ihr verbeugte, vergaß Arlo beinah Luft zu holen. »Ich bedaure zutiefst, dass mein eigen Fleisch und Blut dir heute Abend solches Unglück bereitet hat. Ich bitte dich um Verzeihung.«

Arlo riss die Augen weit auf.

»Lass uns gehen«, hetzte Thalo und würdigte Königin Riadne keines Blickes. Als Celadon Nausicaä in seine Arme nahm und auf Verletzungen untersuchte, flog Aurelian an seine Seite, um ihm zur Hand zu gehen. Arlos Mutter half ihrer Tochter auf die Beine. »Kannst du selbst stehen? Bist du verletzt?«

»Nein«, antwortete Arlo und ihre Stimme klang seltsam weich. »Mir geht's gut. Aber Nos …«

»Celadon wird sich um deine Freundin kümmern. Komm schon, Kleines, lass uns heimgehen.«

Arlo konnte sich nicht daran erinnern, sich in ihrem Leben je etwas sehnlicher gewünscht zu haben.

KAPITEL 35

Arlo

Die ersten Sonnenstrahlen erschienen bereits über dem Horizont, doch nach allem, was in dieser Nacht geschehen war, hatte Arlo einfach kein Auge zutun können. Auf einem Stuhl, den sie ans Bett ihrer Freundin geschoben hatte, wachte sie über Nausicaäs Genesung und stützte den Kopf auf ihre über der Lehne verschränkten Arme.

Der Kampf hatte Nausicaä mehr abverlangt, als sie sich hatte anmerken lassen.

Um ihre Heilung zu beschleunigen, hatten sie Aurelians einzigartige Talente benötigt. Lesidhe waren nämlich die einzigen Elfen, die mit ihrer Magie andere heilen konnten – Sidhe vermochten das nur bei sich selbst. Von Nausicaäs Verletzung war inzwischen nichts als ein riesiger, hässlicher blauer Fleck übrig. Sie war allerdings noch immer nicht erwacht.

Und das war in Ordnung.

Sie verdiente es, sich so lange wie nötig auszuruhen.

Ohne sie hätte keiner von ihnen diese schlecht geplante Mission überlebt. Dank Aurelians Tonaufnahme des gesamten »Rundgangs« in der Einrichtung war Nausicaä von allen falschen Anschuldigungen befreit worden.

Sie wurde in den Krankenflügel des Success Towers gebracht, wo sie eine umfassende Vorzugsbehandlung erhielt, um vollständig zu genesen. Arlo musste ganze Überzeugungsarbeit leisten, aber schlussendlich ließen Celadon und Thalo die beiden allein.

Jedoch nicht ganz allein, wie sich herausstellte.

»Du hast etwas vergessen.«

Arlos Kopf schnellte herum. Sie betrachtete die Person, die soeben gesprochen hatte – das Wesen, das am Fußende des Betts stand und dessen Haar ein kleeblattgrüner flammender Fächer war, dessen Gesicht mit kosmisch schwarzen Augen besetzt und deren jeder Winkel so scharf geschliffen war wie die Facetten eines Diamanten. Sie hatte xien noch nie zuvor gesehen, zumindest nicht in dieser Gestalt, doch sie erkannte xien auf den ersten Blick. Angesichts xieses Kleids aus smaragdgrünem Gespinst und seidigem, geschmolzenen Stahl, der von Goldschmuck übersäten Gliedmaßen und der olivgrünen Brust, die durch den tiefen Ausschnitt xieses Gewands entblößt wurde und mit denselben runenartigen Mustern tätowiert war, die sie bei diem Nichttroll im Feenring gesehen hatte, war klar, um wen es sich handelte.

Die Hörner sahen diesmal anders aus. Bei ihrem vorherigen Zusammentreffen waren sie kurz gewesen, aber jetzt erstreckten sie sich stolz – glitzernd und schwarz wie Vulkanglas – von den Schläfen des Wesens, bogen sich nach hinten und liefen an xiesem feinknochigen Kinn zu stumpfen Spitzen aus.

Xier legte etwas aufs Bett: Arlos Würfel, den sie in den Tiefen der Cavafabrik vergessen hatte.

»Ich dachte, Unsterbliche können das Reich der Sterblichen nicht betreten«, platzte es Arlo heraus. »Wieso bist du hier?«

»In dir fließt das Blut desjenigen, der diese Regel aufgestellt hat. Ich bin hier, weil du mich eingeladen hast. Aber das tut jetzt nichts zur Sache, für Feinheiten ist später noch genügend Zeit. Hattest du bei deinem kleinen Abenteuer Spaß?«

Arlo sah zuerst auf den Würfel, dann zu GLÜCK, dier verdächtig teilnahmslos wirkte. »*Nein*«, stieß sie hervor. Keine ihrer Unternehmungen an diesem Abend ließ sich in irgendeiner Weise als »Spaß« bezeichnen.

»Sehr gut. Wenn das nämlich alles wäre, wofür du ihn benutzen wolltest, hätte ich ihn dir weggenommen.«

Empört umklammerte Arlo die Bettdecke. »Du hättest mir ruhig *sagen* können, was dieser Würfel bewirkt. Oder wie man ihn benutzt. Deinetwegen wären wir da unten fast umgekommen.«

»Meinetwegen?« GLÜCK schüttelte xiesen Kopf. »Dank mir habt ihr *gesiegt*. Du bist ein sehr cleveres Mädchen, Arlo Jarsdel, und ich habe dich auf die Probe gestellt. Von jetzt an wird dieser Würfel nicht mehr so einfach zu handhaben sein. Es gibt bestimmte Regeln und ich musste sehen, ob du das Zeug hast, schnell und entschlossen zu reagieren und dich einer Situation zu stellen, die du nicht einmal in deinen kühnsten Träumen auf eigene Faust überstehen könntest. Ich hab's dir schon gesagt, oder? Etwas ist im Anmarsch. Etwas Großes. Und das erfordert die Art von Nerven, die allein Helden besitzen, deren kurzlebige Rollen nicht stagnieren. Ich möchte sichergehen, dass du bereit bist.«

»Aber wieso *ich*?« Arlo seufzte.

Das ergab doch gar keinen Sinn.

Was hatte sie an sich, das die geballte Aufmerksamkeit von Leuten auf sich zog, die keinerlei Grund hatten, ein viel zu menschliches Kind zu bemerken? Es gab überhaupt nichts Besonderes an Arlo ... Ihre Alchemie mochte sicherlich etwas fortgeschrittener sein als beim Durchschnitt, aber Eisengeborene wie sie gab es haufenweise. Sie brauchten nur ein kleines Training. »Bereit wofür? Und was *genau* soll ich für dich tun?«

»Würdest du das gern herausfinden?«

Auf Glücks Gesicht breitete sich ein Grinsen aus. Darin lag ein Wissen verborgen, das Arlo nicht zu verstehen vermochte. Xier versuchte sie zu ködern – sie zu provozieren, xies Angebot anzunehmen. Sie musste einfach nur den Würfel in die Hand nehmen und xiesen Bedingungen zustimmen. Was auch immer vor sich ging, Arlo würde darin einen Part spielen. »Was wirst du tun, wenn ich es nicht will?«

»Nichts.« Die Gottheit zuckte mit den Schultern. »Ich biete dir diese Hilfe einfach nur an, aber du musst sie nicht annehmen, wenn du nicht willst. Es ist ganz allein deine Entscheidung. Wenn du nicht vorhast, deinen Freunden in diese Schlacht zu folgen, ist das auch deine Sache. Dich zwingt niemand, etwas zu tun, das du nicht willst, Arlo Jarsdel.«

Arlo schaute zurück zu Nausicaä.

Ihr Blick wanderte zum sanften Goldschimmer, der ihren rechten Arm von den Fingerspitzen bis zur Mitte des Unterarms überzog. Es war zwar nur eine dünne Schicht, doch keine Magie hatte sie bislang abwaschen können. Arlo vermutete, Nausicaä wäre darüber bloß belustigt.

Über andere Dinge würde sie sich allerdings weniger amüsieren. Sobald sie erwachte und erfuhr, dass ein Jäger seine Finger im Spiel hatte, würde sie im Nu die Verfolgung aufnehmen, so viel war sicher. Immerhin zögerte sie nie, dem Tod hinterherzujagen, wie sie schon so oft bewiesen hatte. Nausicaä würde einen solch großen Verrat nicht ignorieren oder ungestraft lassen – daran bestand keinerlei Zweifel.

Der Teil von Nausicaä, der noch immer eine Furie war, spiegelte sich in den Scherben ihrer Vergangenheit.

Und die beiden Mädchen, sie waren ... etwas.

Arlo dachte an ihren Kuss von letzter Nacht zurück. Sie hatte keine Ahnung, was er zu bedeuten hatte oder was sie sich selbst von ihm *erhoffte*, aber sie war sich absolut sicher, dass Nausicaä ihr wichtig war.

Sie waren zumindest ein Team, wenn schon sonst nichts. So wie Arlo es ohne Nausicaä nicht aus der Fabrik herausgeschafft hätte, wäre es Nausicaä ohne *sie* auch nicht gerade gut ergangen, realisierte sie allmählich. Das Glück, das sie beide gerettet hatte, würde die Unsterbliche nun mehr denn je benötigen, wenn diese Gottheit – Titan? – Arlo die Wahrheit sagte.

Dark Star und Hollow Star.

Arlo war er noch ein Rätsel – dieser unwiderstehliche Drang, Nausicaä auf eine Art *anzusehen*, wie sie noch nie zuvor jemanden betrachtet hatte und die ihr den Atem raubte. Aber es gab eines, das sie sehr wohl verstand, nämlich dass sie Nausicaä folgen würde, ganz gleich wohin.

Arlo holte tief Luft, um sich Mut zu machen, und streckte anschließend ihre Hand aus, um den Würfel vom Bett zu nehmen.

»Also gut, Dungeon Master – ich bin dabei. Lies mir die Regeln vor.«

EPILOG

Riadne

~~~

Von allen Renovierungsarbeiten, die sie seit ihrer Krönung am Palast vorgenommen hatte, war Riadne ihr Kolumbarium besonders ans Herz gewachsen. Wie es durch seine bloße Existenz Angst auslöste, amüsierte sie. Jeder, den sie vor diesen Taubenschlag bestellte, wurde hier vor Schreck immer totenblass. Außerdem tröstete es sie, denn es erinnerte sie daran, dass *sie* jetzt die Kontrolle innehatte. In einer dieser Nischen lag nämlich das Herz ihrer Mutter, dieses Quälgeists, der ihr nun nie wieder etwas anhaben konnte. Zudem inspirierte das Kolumbarium sie mit dem Wissen, dass Azureans Herz bald ebenfalls zu ihrer Sammlung gehören würde.

Vor allem aber bot es ihr Sicherheit. Nur wenige waren mutig genug, einen Blick darauf zu werfen, geschweige denn nahe genug heranzutreten, um den Inhalt zu untersuchen und zu entdecken, dass eine dieser Vertiefungen einen Hebel verbarg. Dass dieses Kolumbarium in Wirklichkeit eine Tür war und sich dahinter eine andere Art Herzstück befand – die zweite Hälfte ihres Büros, in dem sie allerlei Dinge aufbewahrte, von denen die Welt noch nichts erfahren sollte.

Nicht vor ihrer geplanten Enthüllung zur Sonnenwende.

»Warum hast du ihn so lange am Leben gelassen?«

Gerade hatte sich Riadne in diesen Privatbereich zurückgezogen und fuhr mit einem Finger über die Glasscheibe eines hübschen Mahagonischranks und rings um einen Gegenstand dahinter auf einem Regalbrett. Sein harmloses Äußeres widersprach seinem wahren Wesen, von dem sie wusste: Er war so schwarz wie ein Obsidian und erinnerte vielmehr an einen Kohlebrocken als an ein Herz. STOLZ, der allererste Stein, den sie erlangt und den Azurean zuvor über geraume Zeit für sich behalten hatte. Er und die Langlebigkeit, die er verlieh, gehörten ihr noch nicht wirklich. Dafür musste erst sein ehemaliger Besitzer sterben. Lethe hatte ihn vor Jahren gegen eine Fälschung ausgetauscht und ihr gebracht, als das alles begonnen hatte.

Sie drehte sich herum. »Hieronymus Aurum – du hast ihn viel zu lange leben lassen. Warum hast du ihn nicht einfach umgebracht, als er seinen Stein erschaffen hat?« Ihre Lippen verzogen sich spöttisch. »Erzähl mir nicht, du bist sentimental geworden. Kann es sein, dass dir dieser Bauer tatsächlich etwas *bedeutet* hat?«

Lethe funkelte sie von ihrem Schreibtisch aus an, auf dem er die Beine lang ausgestreckte. Er war so hübsch wie eine zum Trocknen aufgehängte Rose, ein Wesen, das einst schön gewesen und nun für immer zwischen seinem letzten Lebenshauch und der Fäulnis des Todes gefangen war. Manchmal war er ihr Liebhaber, aber nie ihr Freund. Sie waren wie Feuer und Öl, kamen kaum miteinander aus, doch Riadne brauchte ihn. Und Lethe brauchte sie. »Ich hab ihn leben lassen, weil ich ihn leben lassen hab. Vor *dir* muss ich mich nicht rechtfertigen. Hier, fang.«

Er warf ihr den Stein zu, mit dem er herumgespielt hatte. Dieser bestand aus massivem Gold und war so glatt poliert, dass Riadne in seinen unförmigen Facetten ihr eigenes Spiegelbild sah.

Stolz … Es gab eine bestimmte Reihenfolge, in der die Steine erschaffen werden mussten. Stolz stand an erster Stelle und zu ihrem Glück hatte bereits jemand die nötige Arbeit geleistet, um seinen Träger zu schaffen. Habsucht war als Nächstes an der Reihe gewesen. Zwei Steine waren fertig und fünf fehlten noch – sie würden fünf weitere Alchemisten opfern, um ihre Ziele zu erreichen. War ein Stein erst einmal erschaffen, konnte ihn jeder benutzen, ob Eisengeborener oder nicht, aber auf dem Weg dahin …

»Ich hoffe, an den anderen hängst du nicht so sehr wie an Hieronymus«, mahnte sie ihn und öffnete den Schrank, um ihre neueste Errungenschaft neben die ihr verwandte zu legen. Dann schloss sie ihn wieder und wandte sich abermals um. »Die Steine reagieren auf niemand anderen, bis ihr derzeitiger Besitzer stirbt. Ich vertraue darauf, dass du mich nicht wegen Gefühlsduseleien verraten wirst, Lethe. Du hast mit alldem angefangen, du bist derjenige, der zu mir kam, um ein Mittel zu finden, das deine Freiheit garantiert. Wenn du mich fallen lässt und unser Vorhaben zum Scheitern verurteilst, werde ich dich mit mir zusammen in den Abgrund ziehen – dich und das Mädchen, das du beschützt.«

Mit gefletschten Zähnen und einem leisen Zischen erhob sich Lethe von ihrem Schreibtisch. »Ich frage mich, mit wem du hier gerade zu sprechen glaubst.« Er stürmte durch den Raum auf sie zu, schien mit jedem Schritt größer zu werden und das Zimmer mit seiner Wut zu erfüllen. »Dass du es wagst, *mir* so zu drohen.«

Er blieb stehen und baute sich vor ihr auf. Riadne lachte höhnisch und legte ihre Hand auf seine Brust. »Wir sind heute aber ganz schön reizbar.« Dann tätschelte sie unter ihrer Handfläche seine Muskeln und schob sich um ihn herum. »Ich lass dir ein bisschen Zeit, damit du in Ruhe um dein kaputtes Spielzeug trauern kannst. Aber komm schnell über ihn hinweg. Denn schon bald wird unser nächster Stein debütieren und ich will, dass du alles Nötige dafür veranlasst.«

Riadne begab sich zur Tür. Im Moment hatte sie wichtigere Dinge zu erledigen, als einen schmollenden Unsterblichen zu verhätscheln – einen Sohn, den es zu befragen galt, eine Versammlung, auf die sie sich vorbereiten musste, und dann rückte auch noch die Sonnenwende immer näher.

»Viel Glück.«

Riadne blieb stehen. »Wie bitte?«, fragte sie und blickte über ihre Schulter.

Plötzlich war Lethe direkt hinter ihr, ein erdrückender Schatten, der sie mit einer sich windenden *Verkehrtheit* erfüllte. Seine Magie fühlte sich auf ihrer Haut wie Würmer an. Doch Riadne war eine Königin – angesichts seiner Dominanz zeigte sie keinerlei sichtbare Reaktion, sosehr sie auch zurückweichen wollte. »Viel Glück. Du wirst es brauchen, wenn du glaubst, dass jemand wie *du* mich jemals ›in den Abgrund ziehen‹ könnte.« Sie verspannte sich, als sie seine Lippen auf ihrem Nacken spürte, doch Lethe stieß nur ein knarrendes Lachen aus. Sein Schatten fiel langsamer von ihr ab, als er sie umhüllt hatte. »Du vergisst, wer ich bin. Es gibt einen Grund, wieso sich der Herr des Todes höchstpersönlich die Mühe gemacht hat, mich zu bändigen.«

Riadne wirbelte herum – auch sie war gewandt in der Kunst der Grausamkeit und darin sogar seit jeher besser als andere. Doch von Lethe fehlte bereits jede Spur.

Das spielte keine Rolle.

Er konnte sie unterschätzen, so viel er wollte – ihre Wand hier war mit den Herzen jener Menschen gefüllt, die dasselbe getan hatten. »Ich brauche dein Glück nicht«, giftete sie in den leeren Raum. »Du vergisst, wer *ich* bin und wer ich *sein* werde, wenn das hier vorüber ist.«

Sobald die ganze Angelegenheit vorbei war, alle ihre Spieler versammelt waren und alle sieben Steine ihr gehörten. Sobald Riadne nicht nur als Hochkönigin herrschte, sondern auch über allen Unsterblichen stand, würde es ihr viel Freude bereiten, ihn daran zu erinnern. Sie würde seine heißersehnte Freiheit in eine weitere Beinschelle verwandeln und ihn mit der zehnfachen Erniedrigung gefügig machen, die er ihr bei jeder sich bietenden Gelegenheit zugefügt hatte. Lethe würde um ihre Gnade flehen und sich entschuldigen. Wie alle anderen vor ihm, die sich für etwas Besseres hielten, würde auch er betteln, zittern und winseln. Und nichts davon würde ihn vor dem Ruin bewahren, den er so sehr verdiente.

Für all das brauchte sie kein Glück – dieses wünschte sie allerdings *jenen*, die so töricht waren, ihren Erfolg auf solchen Unfug zu gründen.

DANKSAGUNGEN

Den Weg zur Veröffentlichung geht man nicht allein. Es gibt so viele Menschen, denen ich dafür danken muss, dass sie dieses Buch überhaupt möglich gemacht, mir auf dieser Reise beigestanden und mir ihre Liebe, ihre Zeit und ihre Unterstützung geschenkt haben. Darüber an sich staune ich schon und bin unendlich dankbar.

Zunächst möchte ich mich bei meiner Familie bedanken – bei meiner Mutter, die mir die nötige Stärke und Beharrlichkeit beigebracht hat, bei meinem Vater für die Videospiele und Gutenachtgeschichten, die meine Fantasie beflügelt haben, bei meinem Bruder und meiner Schwester, die meine allerersten Freunde waren und die wertvollsten Menschen sind, auf die ich nicht stolzer sein könnte, bei meinen Großeltern für die Magie und die liebevolle Familie, die sie mir geschenkt haben, bei meinen Stiefeltern Steve und Chrystal für ihre enthusiastische Unterstützung, bei meinen Tanten und Onkeln, Cousinen und Cousins sowie meinen Stiefgeschwistern, die alle so begeistert von dieser ganzen Sache waren, und bei Diane Larsen für all die Disney-Urlaube. Für mich seid ihr alle seit jeher ein wahrer Schatz und ich liebe euch alle von ganzem Herzen.

Ich hatte das große Glück, nicht nur eine, sondern gleich zwei brillante Literaturagentinnen hinter mir und *A Dark and Hollow Star* stehen zu wissen. Ich bezweifle, dass ich jemals fähig sein werde, richtig auszudrücken, wie viel es mir bedeutet, dass sie in dieser Geschichte etwas gesehen haben, wofür es sich zu kämpfen lohnte. Danke, Lindsay Mealing, der ersten meiner beiden Champions, für unsere gemeinsame Zeit und für die Werkzeuge, die ich für meine ersten Schritte als Autorin benötigt habe. Danke, Mandy Hubbard, dass du voller Elan die Zügel in die Hand genommen hast. Danke, danke, danke, dass ihr meine Mädels so sehr liebt und eine solche Leidenschaft, Entschlossenheit und so einen Glauben in diese Partnerschaft einbringt.

Sarah McCabe – du bist eine absolute WUCHT. Danke, denn du bist die Lektorin, die diese Geschichte gebraucht hat. Dass du sie als wertvoll angesehen und die Chance beim Schopf gepackt hast, der Teil zu werden, der *A Dark and Hollow Star* gefehlt hat, um richtig schön und vollkommen zu werden. Und dass du so viel Geduld und Energie investiert hast, um es bis ans Ziel zu bringen. Danke dir für das pure Vergnügen, mit dir zu arbeiten, und dass du Nos in all ihrer chaotischen und dramatischen Pracht liebst.

Mein besonderer Dank gilt den fantastischen Teams von Simon Pulse und McElderry – allen, die in irgendeiner Weise an diesem Projekt mitgearbeitet haben, darunter Mara Anastas, Liesa Abrams, Chriscynethia Floyd, Justin Chanda, Karen Wojtyla, Anne Zafian, Laura Eckes, Katherine Devendorf, Rebecca Vitkus, Sara Berko, Jen Strada, Lauren Hoffman, Caitlin Sweeny, Alissa Nigro, Anna Jarzab, Emily Ritter, Savannah Breckenridge, Christina Pecorale und dem restlichen Verkaufsteam, Michelle Leo und ihrem Team für Bildungs- und Bibliotheksarbeit, Nicole

Russo, Mackenzie Croft, Jenny Lu und Alison Velea. Ein zusätzlicher Dank geht an Christophe Young für das absolut atemberaubende Coverdesign.

Trotz aller Höhen und Tiefen, die eine Veröffentlichung mit sich bringt, trotz des Glücks und der Tränen, der feierlichen Abendessen und Sad Cakes, würde ich keinen einzigen Augenblick davon missen wollen. Zum Teil liegt das auch daran, dass ich so wunderbare Menschen in der Autorengemeinschaft kennengelernt habe wie Priyanka Taslim, Kat Enright, Natalie Summers, Sadie Blach, Maria Hossain, Zabé Ellor, Erin Grammar, Dan Rogland, Brittany Evans, Jennifer Yen, Adrienne Tooley, die 21ders Debütgruppe, die gesamte Toronto Writing Crew und so viele andere, die zu zahlreich sind, um sie hier namentlich zu nennen. Aber ich möchte dennoch, dass ihr wisst, wie sehr ich euch alle schätze.

Danke an alle Sensitivity Reader und Betaleser, die mir auch nur einen Moment ihrer Zeit geschenkt haben.

Danke an Kade, dass du mein Fels in der Brandung bist und mich sowie meinen Traum immer unterstützt hast, auch wenn das einen Großteil unserer sehr begrenzten gemeinsamen Freizeit gekostet hat.

Danke an Debbie Belair und meine Kollegen aus Wine Rack, dass ihr während dieser ganzen wilden Fahrt für mich da wart, an *Final Fantasy XV* und *Breath of the Wild*, die ich wie besessen gezockt habe, während ich dieses Buch schrieb, an meinen Kater Zack, dass du den gesamten Prozess überwacht und nur manchmal auf meinem Computer gesessen hast, wenn ich versucht habe zu arbeiten, an alle queeren Autoren, deren Bücher vor meinem erschienen sind und nach meinem erschienen werden – ihr seid der Grund, warum ich den Mut gefasst habe, meine Geschichte zu schreiben und zu veröffentlichen.

Jeryn Daly, Colleen Johnston, Abi Alton, Shana VanDusen, Laura Feetham, Jee Hewson und Jessica Flath – ohne euch hätte ich nichts von alledem hier hinbekommen. Ich danke euch für alles. Ich kann gar nicht in Worte fassen, wie viel es mir bedeutet hat, euch in meiner Nähe zu haben und dass ihr mich angefeuert habt: Es gibt eine Familie, in die man geboren wird, und dann gibt es die, die man sich selbst aussucht – ihr werdet immer das Herz und die Seele von allem sein, was ich tue.

Julianna Will. Was soll ich sagen? Ein »Danke« kann nicht annähernd das wiedergeben, was du verdient hast. Für die Stunden und Tage, die du für die Kritik bzw. das Betalesen jeder Version dieser Geschichte aufgewendet hast, für die Telefonanrufe, E-Mails und Nachrichten, die aufmunternden Gespräche und die Feiern auf jedem Level dieses Spiels. Für alles, was du für mich getan hast, um mir diesen Traum zu verwirklichen. Und vor allem für all die Abenteuer, die wir gemeinsam erlebt und die zu diesem geführt haben. Du bist ein seltenes, treues Licht in dieser Welt. Ich fühle mich für immer und ewig geehrt, dich meine Freundin nennen zu dürfen.

Und zu guter Letzt gilt mein Riesendankeschön *euch*, meiner Leserschaft. Vor langer Zeit waren Bücher der einzige Ort, an dem ich mich gehört, gesehen und sicher fühlte. Ich bin euch sehr dankbar, dass ihr mir die Möglichkeit gebt, diese Liebe weiterzureichen.

cross cult

Weitere Informationen
zum Verlagsprogramm:
www.cross-cult.de